Frank Kermode

Pieces of My Mind:
Essays and Criticism 1958-2002

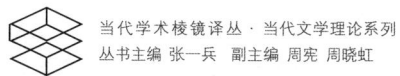

当代学术棱镜译丛·当代文学理论系列
丛书主编 张一兵　副主编 周宪 周晓虹

思想絮语:
文学批评自选集（1958－2002）

［英］弗兰克·克默德 著　樊淑英 金宝 译

南京大学出版社

《当代学术棱镜译丛》总序

自晚清曾文正创制造局,开译介西学著作风气以来,西学翻译蔚为大观。百多年前,梁启超奋力呼吁:"国家欲自强,以多译西书为本;学子欲自立,以多读西书为功。"时至今日,此种激进吁求已不再迫切,但他所言西学著述"今之所译,直九牛之一毛耳",却仍是事实。世纪之交,面对现代化的宏业,有选择地译介国外学术著作,更是学界和出版界不可推诿的任务。基于这一认识,我们隆重推出《当代学术棱镜译丛》,在林林总总的国外学术书中遴选有价值篇什翻译出版。

王国维直言:"中西二学,盛则俱盛,衰则俱衰,风气既开,互相推助。"所言极是!今日之中国已迥异于一个世纪以前,文化间交往日趋频繁,"风气既开"无须赘言,中外学术"互相推助"更是不争的事实。当今世界,知识更新愈加迅猛,文化交往愈加深广。全球化和本土化两极互动,构成了这个时代的文化动脉。一方面,经济的全球化加速了文化上的交往互动;另一方面,文化的民族自觉日益高涨。于是,学术的本土化迫在眉睫。虽说"学问之事,本无中西"(王国维语),但"我们"与"他者"的身份及其知识政治却不容回避。但学术的本土化绝非闭关自守,不但知己,亦要知彼。这套丛书的立意正在这里。

"棱镜"本是物理学上的术语,意指复合光透过"棱镜"便分解成光谱。丛书所以取名《当代学术棱镜译丛》,意在透过所选篇什,折射出国外知识界的历史面貌和当代进展,并反映出选编者的理解和匠心,进而实现"他山之石,可以攻玉"的目标。

本丛书所选书目大抵有两个中心:其一,选目集中在国外学术界新近的发展,尽力揭橥域外学术20世纪90年代以来的最新趋向和热点问题;其二,不忘拾遗补阙,将一些重要的尚未译成中文的国外学术著述囊括其内。

众人拾柴火焰高。译介学术是一项崇高而又艰苦的事业,我们真诚地希望更多有识之士参与这项事业,使之为中国的现代化和学术本土化做出贡献。

丛书编委会
2000年秋于南京大学

克默德的文学评论涉猎广泛,观点和评介在当代文学界影响深远。他于文学经典、新著与文学研究学术话语之间游刃有余,建构智性而有趣的对话,也充分考虑到了普通读者的需求,用语立意既精妙,又力求平实质朴。菲利普·罗斯、大卫·洛奇、约翰·厄普代克等作家对克默德推崇备至,詹姆斯·夏皮罗将他誉为"有史以来最出色的莎士比亚研究者",特里·伊格尔顿认为他"对莎士比亚时代的政治和宗教"做出了"优雅而精练的描绘",哈罗德·布鲁姆在《西方正典》前言中称他为"英国最优秀的评论家"。

《思想絮语》一书收录了克默德自选书评共26篇,大多数均已发表过(写于2003年的《莎士比亚与博伊托》,与另外两篇《记忆》、《遗忘》,之前未曾结集出版)。其中长文19篇,涉猎宽泛,评论了现代小说、诗歌、舞蹈、艺术、哲学、戏剧、歌剧、意识形态、文学批评风格等各种类型,涉及心理学、哲学、叙事学、宗教、后现代理论、语言学、修辞学等学科的关键词语,对文学评论的渊源如数家珍,剖析精准,洞见、妙语俯仰皆是。另有短评7篇,论及现当代重要英美小说家与诗人。

《佳吉列夫之前的诗人与舞者》选自《谜与顿悟》一书。这篇佳作论述了20世纪初期云集在巴黎的艺术家及诗人对初绽光芒的现代舞蹈的迷恋以及感悟,介绍了现代舞蹈创始人之一洛伊·富勒。克默德综述了马拉美、叶芝、西蒙兹、博尼耶、T. S. 艾略特、庞德、威廉斯等诗人和艺术家对现代舞蹈和诗歌的观点,认为富勒的原创性表演提升到了艺术"意象"和象征主义的范畴。现代舞蹈的去人格化方法,"和现代诗学历史上的一个关键时刻紧密相连"。而现代诗人正是从原始大地那鲜为人知的恐惧与欢乐之中汲取了力量,创造出古代风格的艺术,成就了现代诗歌的转向。

《时间与永恒之间》与《单独监禁》两篇皆出自《结尾的意义》一书。《时间与永恒之间》探讨了哲学家与作为"世界信念的创造者"的诗人对于时间的不同想象,比较了上帝的时间、人的时间与"有始无终之境"的天使时间。克默德以《麦克白》为例,对时间、预言及其实现、欲望与欲

译者序

克默德的《思想絮语》译稿终于即将付梓。译序写于翻译工作的最后,置于译著的最前,也是富有深意。正如往往历经世事,才能在话语的层面上,写出后知后觉的断语。本书所收评论文章为克默德亲自拣选辑录,主题各不相同;本译序类似导读,多引用原文,谨拟作摆渡舟车之用,载读者驶往作者的文学艺术时空。

弗兰克·克默德(1919—2010)是英国著名文学评论家。他先后在纽卡索尔大学、杜伦大学、伦敦大学学院、剑桥大学、哥伦比亚大学和哈佛大学等院校任职英语文学教授,教学与学术研究皆成就斐然,获得众多重要荣誉。20世纪60年代,克默德在伦敦大学学院任职期间,力排众议,引入了法国理论学派,尤其是他钟爱的罗兰·巴特,以及米歇尔·福柯、雅克·拉康、克洛德·列维-施特劳斯等人及其理论。这在当时是一大创举,从根本上改变了英国的文学研究格局。尽管后来克默德对文学理论应用趋于泛滥的局面颇有不满(对此本书收有精彩篇章论述),但他对不同学术观点一直持有的开放心怀应为其宽阔视野和深厚造诣的重要原因之一。1991年克默德因对英语文学的杰出贡献受封为爵士,成为继威廉·燕卜荪之后第一位封爵的文学评论家。

在漫长而活跃的学术生涯中,克默德在参与创刊的《伦敦书评》上发表文章超过200篇,并且创作、编撰了超过50本书,其中包括《结尾的意义》《浪漫影像》《莎士比亚的语言》《关注的形式》《历史与价值》《诗歌、叙事、历史》《华莱士·史蒂文斯》等巨著。在去世前几个月,克默德以90岁高龄,依然笔耕不辍。他的著作中,《结尾的意义》中译本于2000年由辽宁教育出版社出版,《愉悦与变革》中译本于2009年由译林出版社出版。

望满足的后果,做了详尽而独到的阐释。他注意到,"结尾变成了一种固有的东西;悲剧化作了末日、死亡与审判、天堂与地狱的形象"。《单独监禁》以克里斯托弗·伯尼的自传体小说为文本,探讨了孤独与贫困常态中语言与虚构的抚慰力量,从而思索了时间与终结的含义。克默德把《单独监禁》看作"一个典型,象征更广泛意义上的单独监禁,象征'服刑'之人的虚构和阐释,想象着结局与协调"。从中克默德联系到了浪漫主义、象征主义、后象征主义批评所反复强调的形式的自主性,认为这也是一种监禁的状态。问题在于是要顾及还是要忽视连续性,尤其是时间的连续性。克默德认为,要研究空间形式具有的时间性与时间形式具有的空间性之间的关系,最好把过去、现在、未来联系起来,而不是"用伪造的空间模式代替时间模式"。

这两篇重要论文对抽象的时间概念与经典文本做了有机结合,反映了克默德对于现代主义关于形式与自由、有限性与无限性、连续性与断裂、终结与有始无终等时空概念的思索。

《1907年左右的英国小说》一文以埃莉诺·格林、弗洛伦斯·巴克利以及威廉·德·摩根的三部小说为例,剖析英国人的时代焦虑,观察到对帝国危机的感受在文学作品中转化为遭受入侵、艰苦获胜的主题。三部小说都从不同侧面体现了时代——或曰"英国状况"——对流行小说的压力。克默德认为,小说技巧的重大变革,"很大程度上源于康拉德"。康拉德的新小说风格技高一筹,形式更胜任社会现实与虚构之间的新关系,从而充分表达了时代的危险状况。

《霍桑与类型》《作为经典的〈呼啸山庄〉》两篇出自《经典》,论证经典作品的魅力有一部分来自其可供阐释的无穷层面。克默德追溯了霍桑反复思索的"类型"一词的词源学释义,注意到霍桑对于未来的"现代性"具有非凡的意识,而这种意识使"他自己的时代成为一个典型的转型期——从一种社会结构转为另一种社会结构,一种信仰体系转为另一种信仰体系,一种知识体系转为另一种知识体系。在这一转变中,过去及其所有类型都必须转化"。《有七个尖角的房子》和《红字》等小说是"站在现代门槛上思索古老命题的作品。能指和所指的旧有约定,权威的创作者和确信有一个正确解释的读者之间的约定,在此处被大胆地推翻了"。

克默德借鉴了伊瑟尔的叙事学理论,对比里维斯的一篇相关论文,重访了另一经典——《呼啸山庄》。他对于小说中重复出现的日期、题铭、人名、梦境等"现代诠释学代码",进行了独到的分析和论证。"题铭标识了一种文学体系,与读者时过境迁发生了变化的口味和期待没有一贯的联系。"在此,多元性不是一种规定而是一个事实。意义和文本之间的差距永远存在,程度永远不同,这是读者的阅读发挥之处。与巴特的解读不同,克默德认为巴特所说的"现代性"非常接近他所说的"经典性",而巴特的"经典"接近于克默德意义上的"死亡"。

《穿雨褂的人》一篇关注希伯来米德拉什《圣经》阐释法,对照并且解读了《马可福音》中一个著名的谜团"穿白衬衣的少年",与乔伊斯的《尤利西斯》中另一著名谜团"穿雨褂的人"。乔伊斯曾经开过一个玩笑,说自己在书中放入那么多谜团和难题,"就是为了使教授们忙几个世纪来弄懂我想说什么,而这是确保一个人的永恒性的唯一办法"。

克默德提出了一个非常重要的问题,即:为什么读者要费尽心思寻求故事细节的连贯性?他指出:"一定存在一种超文学力量,一种文化压力,使我们总在寻找叙事的连贯性,正如我们期待双关谜语有答案,期待笑话有意义。"他认为,所有的阅读训练都建立在这种预期之上。常规的期待是柏拉图首先建立的,得到了亚里士多德的强化,而且在过去两个世纪里被大力加强了,而我们现在不过是刚刚从中解放出来,不再寻找统一性和连贯性。

《康涅狄格:诗意栖居》提到了"诗人哲学家"海德格尔和"哲学家诗人"史蒂文斯的思想渊源,解读了史蒂文斯最后写就的主题关乎死亡的伟大诗篇。克默德认为,史蒂文斯以自己的方式提出了同样的"诗人何为"的问题,但是身处暮年,对于栖居、归家、向死而生,他的感受迥然有异。史蒂文斯履行了诗人在危难时刻的使命:"给困境提供医治,在其真正的困境之中，在其所是的虚无之中，通过揭露创伤来恢复健康。这个世界的英雄，存在的拯救者，神圣事物的命名者，就是诗人。"

《物的本义》也论及史蒂文斯的诗歌，并"提出一种设想，认为事物的本义总是取决于对更大整体的理解，取决于对习俗和权威的改变"。克默德从拉斐尔·勒威论及早期犹太教《圣经》诠释的经文的"朴素"本义谈起，认为本义一词本身就是隐喻的。人为的体制的权威在阐释历史中不断受到挑战，而"一旦我们开始思考或者说到它，暗喻就开始重新塑造本义"。他提出一个重要观点，即本义本身作为一种暗喻，没有办法从暗喻中脱身，语言的单义性不过是一个梦想。

《秘密与叙事顺序》一文，是为一个主题为"叙事：顺序的幻象"的学术会议而作，与保罗·德曼、保罗·利科、海登·怀特、雅克·德里达、罗伊·谢弗等学者进行思辨与探讨。克默德从解读济慈的《希腊古瓮颂》出发，思考叙事顺序（或者任何制造了"叙事顺序的幻觉"的东西）和被他笼统称为"秘密"的东西之间的冲突。他注意到，故事总是从属于解读，但是永远都存在着意义的现代化，而语言"不仅被附加的阐释扭曲，甚至在写下之前在其实质上就被扭曲了"。叙事的本质是开放的，即通过阐释对进入敞开。所以叙事永远有其秘密。克默德认为："所有的叙事在写作和阅读中都与文本在心理分析过程中的持续改写，或者与元历史思维引起的历史叙事中的曲解有很多相同之处。"

《考尼律斯和伏提曼德》一文与《波提切利的复兴》同出于《关注的形式》一书。《波提切利的复兴》考证了赫伯特·霍恩与阿比·瓦尔堡对于文艺复兴时期艺术研究的重大贡献。克默德注意到，波提切利画作中的仙女形象成为对一个记忆痕迹的重新阐释，驾驭了那个古老形象的能量，教化了它。仙女形象代表了古代形式现代化的方法。通过理解波提切利和过去的交流，我们也理解了自己和过去的交流。这一观点实为睿智，对于绘画艺术史研究极具思维层面的启发性。

《考尼律斯和伏提曼德》考据了莎士比亚戏剧中的重言和分身这两个修辞技巧的运用。莎剧早期作品大量着墨于阴影与显示、本体及其意象、镜子与映像之间的关系。阴影与本体、表演与事实,是对立的一对,它们一起表现似是而非、不可能、和谐的不一致或者不一致的和谐。

克默德转而注意到,长久以来,"关注的中心放在了主人公的性格上,而付出的代价是长久忽略了剧本语言不单单是为了证明角色的性格,也忽略了语言中没有明显表露的内在关系"。"本剧的真实的语言,文本的肌理,一直被当成边缘的问题,仅仅被当作一种媒介,使我们能看到更多重要的东西",而这样是对莎剧艺术丰富性、语言表现力的极大损减。克默德以《哈姆雷特》剧中的重要修辞手段"重言"为例,"把话语前景化",探究雅各布森注意到诗歌引发了"语言学层面上的所有结构因素","一切都变为有意义的,交互的,相反的,对应的"。

《五味杂陈》与《厄洛斯,城市的缔造者》两篇都是对20世纪30年代英国知识分子作家的分析与论述。当时的英国资产阶级作家注意到了阶级不平等以及尊重和关爱的缺乏,并投以最深切的关注。在奥登、爱德华·厄普沃德、西塞尔·戴-刘易斯及其作品中,"对英国状况周期性的担忧,直到20世纪还持续了很长时间,如今还在继续"。而"要对他人的不幸感同身受是不容易的,现在如此,当时亦然"。资产阶级诗人虽然富有同情心,"但是并不明白社会的真实状况,不懂得为什么他们感觉最应该揭竿而起的无产阶级却没有强烈的革命意识"。克默德指出,"那种无产阶级需要并可能采取行动的意识,在很大程度上是由中产阶级的良心产生的"。

《厄洛斯,城市的缔造者》一文,更多笔墨落在奥登和格伦韦·里斯身上,对比了二者在30年代对于时代变迁、意识形态发展的态度和选择。克默德认为奥登对时代状况投入了"强烈的关注"。克默德以奥登的生活轨迹为例,分析30年代的诗人在面临变迁、时事复杂之际,不得已"做出跟自己的生活无关的选择",其作品也反映出了围困、窘迫、危机之感。本篇与《1907年左右的英国小说》、《剑桥关系》等文章,都有史料记录与观点阐发的双重使命,厚实的史料支撑和详尽的人物纪年史,使读者对英国文学现代历史上的几个重要时期、代表作家作品以及政治、文化、意识形态对知识分子的影响,有更为直观而具象的了解。

《记忆》与《遗忘》两篇力作从神学、心理学、符号学、解构等层面,剖析了这两个重要概念的渊源与发展,用大量的文本实例深化了相应的观点。

《记忆》一文写于1994年,探讨了自传与记忆的关系。克默德对比发现,与柏拉图的先验知识有所不同,"奥古斯丁把上帝以及上帝的神迹放进人类的记忆中……记忆提供了行使巨大职责的世界之路的线索,因为世界堕落为物质和感知,世界之救赎就必须是一个历史问题,是宇宙记忆的问题……记忆在获得终结、总体性的时候,已经具有了非时间性,模仿了永恒的道"。而现代性的记忆可以直接回溯到弗洛伊德的传统。"奥古斯丁的记忆中有幸福和上帝,现代记忆中则是乱伦和谋杀。奥古斯丁期待生命通过记忆获得外形,在结束之际进入永恒,而现代记忆则需要尽可能完全遗忘。"

克默德援引了卢梭、巴里特·J.曼德尔、普鲁斯特、纳博科夫、贝克特、柏格森、德曼、德里达对于记忆的观点,举华兹华斯的《序曲》为例,对于记忆主题做出了深刻的剖析。记忆点、顿悟时刻成为"路标",给记忆赋予中心意义,赋予整体性,或者对记忆进行"主题化"。克默德认为诗人与作家有别于常人之处,就在于找到了记忆"合适的表达方式,或者设定形式",才言说了记忆与情感。

在写于2000年的《遗忘》一文中,克默德以《李尔王》为例,探讨了阐释学发展过程中似乎忽略或者遗忘了的遗忘的重要性。他认为,"遗忘的地位在历史记录的保存和更新中显而易见,而从书写的过去复原的过程中,先要经过遗忘";"遗忘是记忆的影子或者化身。我们记住了记忆,但是忘记了遗忘"。他的观点独特而深邃:"存在一种记忆与遗忘、主题与分散、整体与碎片的配合。没有记忆与整体,就没有快乐,没有分散、沮丧、记忆的丧失,就没有愉悦。"

《剑桥关系》一篇追溯了文学批评的兴起渊源。剑桥大学各学科之间的紧密联系,促成了文学批评巨擘I. A.瑞恰兹、威廉·燕卜荪,以及

F. R. 李维斯的卓越贡献。而由索绪尔创立,德里达、德曼以及其他学者发展壮大的新兴学派与马克思主义批评也蔚然成风。克默德归纳总结了始于剑桥的文学批评,呼吁重新认识并肯定瑞恰兹的巨大贡献。

《文学批评:新旧风格》写于2001年。克默德戏仿了新历史主义的批评理念和方法,从作曲家理查德·施特劳斯的一则轶事说起,援引了莎士比亚《暴风雨》等剧中词语之力、名字与权利的例证,对照了新历史主义津津乐道的"小叙事",指出其"对轶事的崇拜",固然可以促进或者修正对当时"复杂的文化状况的理解",却失之"散漫无章"。新批评的缺点,在他看来,是"其原则其实让它无法仔细研究重要作品的语言,即研究作品本身,而不是研究可以代替作品的某种更为相宜、更加有趣的东西"。

回归文本本身,是一个重要的问题。克默德此篇文笔生动有趣,妙用轶事,联系到了柏拉图、希伯来文字、莎剧,相关例证信手拈来不露斧迹,令人莞尔又不由信服。文中批评论战虽然激烈,却如此妙趣横生,不得不一再叹服作者如火纯青的论辩功力。

《莎士比亚与博伊托》一文写于2002年,展示了作者对于歌剧《奥赛罗》的悉心研究。克默德本人也曾经与亚历山大·格尔合作,把《李尔王》改编为歌剧。在他看来,莎剧的历史一部分是"受审查的历史"。由此出发,他分析了歌剧《奥赛罗》的删节,认为不论原因为何,诸多情节的删节难免削弱了原剧的深度,"形成一种有意或者无意的文本审查"。博伊托的"选择一直都合情合理,但几乎总是包含了某种缺失",但是改编也有神来之作:"以音乐补足了一些为了得体起见而不得不缺失的片段"。通过咏叹调、合唱、走调、不和谐音等音乐手段的动用,弥补了因为删节、忽略等原因造成的剧情与主题的缺失。克默德认为,"翻译和重新想象的过程带来了本身的回报"。他肯定了博伊托改译的歌剧《奥赛罗》,称其虽然类型迥异,却与莎剧原作一样,是"天才巨作,是个奇迹"。

本书短评部分收录了论卡佛、詹姆斯·利斯-米尔恩、奥登、德里罗、艾米斯、麦克尤恩以及波林等作家作品或者学术论点的文章。在不剧透的前提下，能够把作品的故事技巧、思想、时代以及修辞艺术等方面条分缕析，引人入胜，这也正是克默德的功力所在。

克默德一生著述等身，依然谦逊审慎。他为人低调，并不以煊赫的成就自诩，却自认为是"略觉迷惘的局外人"（见其1995年出版的自传《受之有愧》）。对于文学批评作品，他在本书前言中直言不讳道："如果按照通常的说法称批评是（或者可能是）一种艺术，就会尴尬地发现，当今绝大多数批评都是学术流水线生产的产品，既缺乏独创性又生硬无味，读之让人兴味索然，不到迫不得已绝不会看。"敢做此评价在先，可以想象作者本人必然有意并且自信可以超越这种暗淡无味。而本自选集体现了其知识体系的深广、见解的深刻性与力度，又因其意趣盎然、幽默机智的表述而增色不少。

译者在翻译过程中对此深有体会。精彩篇章读来确实酣畅淋漓，虽然译时往往力有不及，为其指涉之博杂浩瀚既叫好又（为自己）叫苦。翻译过程之中补课众多，翻阅文学原著和理论家作品、检证引文权威译作、查实诸多术语，以储备实力，企及克默德的艺术世界，搭建原文到汉语的一座桥梁。斟酌再三，数度修改，多遍通读，力图尽可能保证译文的准确度、体现原作的优雅意趣。虽必然不能还原原文遣词造句之美、思维论证之缜密严谨、引证与对比之游刃有余，但若能激发读者对于文本阅读的深入思考，激发读者对于克默德思想的兴趣、认同、思辨、追寻，已然欣慰莫名。

翻译体例中遇到了一些问题，解决方法如下：一些原著中的瑕疵保留，如364页"The collapse of"都用了小写，译文在引用时未作改动；原著注释中432、434页出现了"A. E. Lovejoy"与"A. O. Lovejoy"两个相似的人名，经过编辑和译者的共同核查，统一为"A. O. Lovejoy"，见本书91页注释1、100页注释1；凡此种种，不一而足。

本书第1、2、3、4、10、13、18、20、21、22、25、26篇，为金宝翻译。其

余诸篇由樊淑英翻译。全书由樊淑英审校,沈清清编辑。

  感谢南京大学出版社对译者的信任。感谢最负责任、最有耐心的编辑沈清清,钦佩她深厚的文学与理论素养,在三次校对中及时指摘不足之处,最大化地保证了译文的准确性。向在翻译过程中慷慨指点帮助我们的师长好友诚挚致谢。限于译者理论与文字水平的不足,错误、纰漏之处在所难免。望各位读者指正为感。

樊淑英 金 宝
2018 年 5 月 16 日于南京

前 言

这本书中所有的文章都写于1958年之后,为了体现这些年来一个批评者的所思所想。这当然没有展现出全貌,因为还有很多稍纵即逝的想法没有收录其中。我并非声称这些文章就道出了永恒的真理,少有文学批评能达到那样的水准。时尚总在变化,而近来变化尤为迅猛。如今从事艺术创作的人很多,但大多不是出于创作欲望,而是为了职业需要。大部分人急于开疆拓土的心情似乎可以理解,然而急于求成会让人忽略取舍之间的精微妙义。我相信"该做的"与"不该做的"之间的差别总是存在着。事实上,这些差别对我来说显而易见,因此我一直倾尽所能做到明辨是非。

在威尔第的歌剧中伊阿古说道:"我只是一个批评者。"这是对原文的恶作剧式的模仿,在莎士比亚的剧中伊阿古说的是"如果不批评的话我便一无是处";博伊托和威尔第大有理由不喜欢批评家,就这一点而言,他们与大多数艺术家或作家没有什么区别。我们如果按照通常的说法称批评是(或者可能是)一种艺术,就会尴尬地发现,当今绝大多数批评都是学术流水线生产的产品,既缺乏独创性又生硬无味,读之让人兴味索然,不到迫不得已绝不会看。所以我们虽不至于要把批评家看成鹊巢鸠占,但的确需要把批评的位置放低一点。从某些角度来说,批评家的确是不可或缺的:阐释、比较的学问与艺术创作一样源远流长,创作者不能自我辩解,总是需要有人来言说他、为他说话。对艺术作品阐释越清晰,对艺术的发展就越有好处,因此批评虽然卑微,有时候却极为有用。同时,在称颂抑或吹毛求疵的过程中,批评能够,而且必须像其他艺术一样带来愉悦。

一般认为批评中最能立竿见影的是各种书评(剧评、影评等),书评有一个更加实际的功能,德国人称之为"时事批评"(Tageskritik),与那些对某个久负盛名的作家的著作所做的篇幅更长、更深思熟虑的研究相比,更具有时效性。及时的书评类似于新闻,所以往往适合刊登在报纸和杂志上。书评家拿到书的时候,除了出版商对该书的溢美之辞之外,还鲜有人称许过。通常评论的作品质量比出版商的溢美之词更胜一筹。当然,这些书评除了让匆匆一瞥而过的读者了解该书的基本信息之外,还必须尽力娱乐他们。

实际上,书评是一项毫不利己的工作,发表一周之后就销声匿迹。周日报纸一扔,还有谁会记得报上的书评呢?然而,在对所评论的书进行分类、称赞、指摘或者吹捧、咒骂之后,书评的使命就完成了,书评存在的前提就是短命。本书收录的文章远比大多数编辑允许的书评篇幅要长;说到这一点,我们必须承认近年来对于书评长度的要求一直在变,过去二十多年我的书评大都发表在《伦敦书评》上,这本杂志的编辑们对书评长度的态度显然要宽容些。我很荣幸能够为这本杂志撰写一些介于报纸短评和七千字论文之间的评论文章。这种文体有很多优点,我和其他一些作者都觉得这种文章写起来更令人心情愉快,我认为部分原因在于与辛辛苦苦写一本书相比,写一篇这样的文章明显要轻松得多。当然,这并不是唯一的原因。

无论如何,我在书后附上了七篇短评,这些短评都在《伦敦书评》上发表过。在短评之前的每一篇长一些的论文的前面,我都添加了前言。我倾向于按时间顺序而不是根据主题编排这些文章,一是因为文章涉猎的话题繁杂、不太具有系统性,也因为这样编排可以让一些读者看到四十年光阴中独行于批评的荒野是一种怎样的情形。唯一例外的是,我把论"记忆"和论"遗忘"的两篇文章放在了一起。当初没有这样做是因为我把《遗忘》的草稿搁在一旁,却完全忘了这回事,直到六年后写到《记忆》时才突然想起还有这么一篇,赶紧拿出来完稿。除此之外这本书完全按时间顺序编排,成为我漫长职业生涯的见证。

有几篇评论在此之前从未以任何形式发表过,其中包括论"记忆"

与"遗忘"的文章,还有论莎士比亚和博伊托的文章。其他有一两篇曾收录在我之前出版的各种合集里,还有一些是从我做过的讲座中翻拣出来的,我在头注中都说明了出处。

目　录

论　文

1. 佳吉列夫之前的诗人与舞者 / 3
2. 时间与永恒之间 / 35
3. 单独监禁 / 44
4. 1907年左右的英国小说 / 65
5. 霍桑与类型 / 85
6. 作为经典的《呼啸山庄》/ 110
7. 穿雨褂的人 / 134
8. 康涅狄格：诗意栖居 / 161
9. 秘密与叙事顺序 / 181
10. 波提切利的复兴 / 205
11. 考尼律斯和伏提曼德 / 231
12. 物的本义 / 260
13. 五味杂陈 / 278
14. 厄洛斯，城市的缔造者 / 303
15. 记　忆 / 327
16. 遗　忘 / 347
17. 剑桥关系 / 370
18. 文学批评：新旧风格 / 386
19. 莎士比亚和博伊托 / 402

短　评

20. 雷蒙德·卡佛 / 425
21. 詹姆斯·利斯-米尔恩 / 432
22. 奥登论莎士比亚 / 441
23. 唐·德里罗 / 450
24. 马丁·艾米斯 / 455
25. 伊恩·麦克尤恩 / 463
26. 汤姆·波林 / 470

致　谢 / 479

索　引 / 481

论 文

1. 佳吉列夫之前的诗人与舞者

1955年夏,我写了一本小书《浪漫影像》(*Romantic Image*),于1957年出版。写这本书的灵感,很大程度上来自我对W. B. 叶芝(W. B. Yeats)的挚爱。叶芝对舞者情有独钟,而我的书中也专门有一章,题为"舞者",其中谈到以马拉美(Mallarmé)为代表的几位英法**世纪末**(fin de siècle)诗人对舞者的痴迷,这些舞者有的是现实中的,有的是历史上的,还有的是神话里的。他们所景仰的对象可能是这些舞者中最迷人的,那就是莎乐美,但他们也可能崇拜当时的歌舞杂耍戏院里的舞者——诗人和评论家把她们既当成演员,又看成富于异国情调的奇特女人,大加追捧。叶芝的朋友道森(Dowson)和西蒙兹(Symons)就常常在剧场后门徘徊。其中一个名人是神秘而又神经质的简·阿夫里尔(Jane Avril),通过图卢兹-劳特雷克(Toulouse-Lautrec)的海报而为人所熟悉。此外还有许多其他有名的舞者,包括叶芝似乎尤其感兴趣的洛伊·富勒(Loïe Fuller)。

对佳吉列夫的俄罗斯芭蕾舞团的崇拜,包括对福金(Fokine)、尼金斯基(Nijinsky)以及在那一阵潮流中声名鹊起的作曲家、画家的崇拜,是一个我们熟知的话题,但到我写作此文时，这种较为早期的对舞蹈和舞者的崇拜之风，已经差不多被人忘却了。我的书里谈到了富勒，还配了一幅妩媚动人的画像，是托马斯·西奥多·海涅(Thomas Theodor Heine)作的。之后我决心多了解了解她，于是便如下文所说，去图书馆漫游了几回。最后，纯属意外，我找到了大部分要找的资料，文章最终发表于《党派评论》(Partisan Review)，配上了美国《戏剧艺术》(Theatre Arts)杂志几幅漂亮的照片，后来又编入一本题为《谜与顿悟》(Puzzles and Epiphanies，1962年)的文集。尼科尔先生(Mr. Nicol)曾借给我一份极其重要的资料，我后来还给他时，顺便寄去了一份拙文，但没有得到回音。我参考了这份资料，还参考了我在法国期刊中找到的文献材料，以及维多利亚和阿尔伯特博物馆中了不起的藏品，从而能够谈一谈富勒当年的名声，以及她是如何创造出那样惊人的戏剧效果的。尼科尔先生本人幼时曾是富勒舞蹈团的成员(富勒当时不再表演独舞，转而青睐群舞)，所以恐怕想要看到的是一本她的传记，但我可从来没打算写什么传记。

现在要为这一误解而道歉，已经为时过晚。不知是我的文章还是其他富勒迷的作用，富勒再度走红了一段时间，当然从来也没赶上她的对手伊莎多拉·邓肯(Isadora Duncan)。其实就艺术成就而言，邓肯在许多方面都不如富勒，只不过传记写得较为出色而已。邓肯有一部大获成功的电影替她鼓吹，而富勒只有马拉美绚烂的诗篇为她喝彩。有一两年时间，我和乔纳森·米勒(Jonathan Miller)认真地想过办个富勒展览。后来倒的确有了一个展览，但不是我们办的，而且展出的地点是加利福尼亚和巴黎，不是伦敦。这是件憾事，也稍稍降低了富勒的名气。但无论如何，我觉得我的文章不仅仅是《浪漫影像》的附录，作为让世人对一位杰出舞者重感兴趣的初次尝试，这篇文章应该还是值得一读的吧。

题目中的"佳吉列夫①"仅仅代表一个终点。1909年，他来到巴黎，随后发生的事情，众人皆知。吉纶(Ghéon)说，"**马拉美的梦想实现了**"。马拉美的哪个梦想呢？就是真正达到"戏剧性音响效果"(theatrical sonority)的境界，他想要找到一种真正的舞台艺术，这种艺术汇集其他艺术形式的优点同时保留戏剧的特色，这是瓦格纳(Wagner)没有实现的。俄罗斯芭蕾舞团把各门艺术的对应关系揭示得淋漓尽致，相比而言，瓦格纳的作品，用卡米尔·莫克莱(Camille Mauclair)的话说，简直就是"**笨拙的野蛮之作**"。正在英吉利海峡两岸翘首以盼之际，佳吉列夫来了，来得可真是时候。我们不妨追溯一下，在迎接他的到来之前，人们的欣赏品位发生了什么样的变化——不能仅仅局限于舞蹈圈，而是更要研究写演员的文章（譬如对杜斯[Duse]的崇拜）、对东方艺术和戏剧的时髦推崇，还有先锋人士关于戏剧改革的呼声。当时有份大受戈登·克雷格(Gordon Craig)影响的《面具》(*The Mask*)季刊，就是专门鼓吹戏剧改革的。1908年3月号的《面具》杂志在开篇的社论中呼吁，要建立一种宗教，"既不依赖于知识，也不依赖于上帝之言"，而是把"音乐、建筑、动作"融为一体，用以解决"把这三门艺术分开，让世界丧失信仰的邪恶势力"。写这篇社论的编辑应该不会想到，他的呼吁这么快就得到了回应，当然回应他的并不是他所设想的戏剧改革，而是俄罗斯舞蹈家，这些人预示着他热切盼望的和谐与复兴就要实现。哈维洛克·艾利斯(Havelock Ellis)秉承其一贯的宏大视野，在《生命之舞》(*The Dance of Life*，1923年)一书中这样描绘当时的情况："如果说马勒布死了几年之后笛卡儿才成名这件事非常重要，那么，就在爱因斯坦成名前不久，来了俄罗斯芭蕾，这件事同样重要。"

艾利斯把佳吉列夫说成了一场"古典—数学式复兴"的施洗者约翰，而当时的人们的确明显感觉到，这是某种文艺复兴。当然，这场复

---

① 谢尔盖·佳吉列夫(Sergei Diaghilev, 1872—1929)，俄罗斯艺术评论家，于1909年创立了著名的俄罗斯芭蕾舞团。——译注

兴的先声，不仅仅是俄罗斯芭蕾，很显然还有伊莎多拉·邓肯，但从邓肯身上还不能发现问题的本质。对我而言，问题的本质是什么呢？也许可以这样说：卡米尔·莫克莱谈佳吉列夫的话是有点言不由衷的，因为几年前他用几乎同样的话评论过美国舞蹈家洛伊·富勒。他宣称，所谓艺术，就是各门具体艺术本质上共通的精髓，而不是各门艺术的综合；洛伊·富勒代表的就是**艺术**，是"一种景观……藐视一切定义……艺术、无可名状的、光芒四射的……同质而完整的……难以定义的、绝对的……超越一切教义之上的激情"。这语言是马拉美式的，而且看了下文就会明白，除非作者非常幼稚，否则要写洛伊·富勒，就非得这么写不可。然而，即便是马拉美也不能单枪匹马地掀起一场文艺复兴，所以得说一说，到底是什么让大家这么容易以这种方式对舞者感到如此激动。

过去七八十年里，舞蹈独领风骚，其原因我想主要和这种思想有关：舞蹈似乎代表了一种未经分门别类、未经专门化的艺术形式。叶芝明确表述过这一观点，瓦雷里（Valéry）也暗示过。这实质上是一种尚古主义观念，其潜台词是：精神和肉体、形式和内容、影像和话语经历了一个分离的过程，而艺术就是用来暂时弥补这一过程的。所以就有人把舞蹈看成高于其他艺术的一种神圣艺术。这些人包括哈维洛克·艾利斯（他的文章对我正在讨论的理论性发展做了总结，很有价值）。兰格夫人（Mrs. Langer）在《情感与形式》（*Feeling and Form*）的第十二章也表达了这一观点，不过与艾利斯相比，少了几分狂热，多了几分哲理；她在《艺术的难题》（*Problems of Art*）的开篇也谈到同样的观点，但行文较为平淡。说到这种尚古主义，应该知道，就在舞蹈地位上升的同时，人类学家、祭典学家、民俗学家在大力研究各种礼仪，想找出舞蹈的根源，而且还有人开始从医学角度研究舞蹈。瓦雷里一代人和艾略特一代人对这些问题的兴趣，我们都已熟知；而从艾略特对简·哈里森（Jane Harrison）和弗雷泽（Frazer）的研究中，可以看出这些问题怎样激发了文学家的想象力。下面一段文字，摘自一篇发表于《标准》（*Criterion*）杂志但未编入文集的书评，谈的是两本讲舞蹈的书：

> 谁要想帮助我们设想一下芭蕾舞的未来……一开头就应该仔细研究一下原始民族的舞蹈……还应该研究基督教和其他宗教的礼拜仪式是如何衍变的。譬如说大弥撒,像在巴黎的玛德莲教堂举行的那种大弥撒,难道不是舞蹈发展的最高形式之一吗?最后,他还应该在尚未发展的神经学中发现节奏的秘密。

艾略特先生对能剧(Noh plays)大感兴趣,赞扬马塞恩(Massine),说他给无知的现代剧带来了亚里士多德认为至关重要的节奏。但假如舞蹈没有被认可为一门纯艺术,那么不大可能会有人提出这样奇特的现代观点。舞蹈跻身纯艺术行列的时间似乎是 1746 年,当时巴托(Batteux)把舞蹈称为五大艺术之一,与音乐、诗歌、绘画、雕塑并列。按照当时正在发展的浪漫主义思潮的观点,音乐应该是最为高级的艺术,因为音乐毫不散漫,用现在的话说就是"自成一体",没有任何自身之外的意义。诗歌本来也可以如此,但可惜的是诗歌赖以存在的媒介有根本缺陷:词语在日常语言中是有意义的。但毫无疑问,音乐的崇高地位,舞蹈也多少享有,因为舞蹈比音乐更加"自然"、更加"原始"、更加鲜明地体现了兰格夫人所说的"知觉模式"(patterns of sentience)和"神秘意识"(the mythic consciousness)。我这里用了晚近的术语,因为这些术语比较谨慎,不会把人弄得非常糊涂。舞蹈尽管富于表现力,却是非人格化的,像是一首成功的象征主义诗歌。迪尔德丽·普里登小姐(Miss Deirdre Pridden)①觉得,恰当的说法是奥特加·伊·加塞特(Ortega y Gasset)讲的"非人化"(dehumanization):舞者要**"以空灵的舞蹈尽可能地表现人的问题"**。这里要说一说关于现代舞之表现性的有机体论,这种理论不仅像富勒、邓肯、叶芝等人那样反对传统芭蕾,有时甚至反对使用音乐,认为音乐对舞蹈的**格式塔**(Gestalt)而言是毫不相干的。这种理论是德尔萨特(Delsarte)首先提出的,但如今已经大大

---

① 《法语文学中的舞蹈艺术》(*The Art of Dance in French Literature*),1952 年。

完善了。然而,对一个基本原理是没有异议的,那就是:舞蹈是最原始、最不蔓不枝的艺术,表现的是科学之前的生命形象,是一种直觉感知的真理。所以,舞蹈是浪漫主义形象的标志。舞蹈属于自我和世界分离之前的那个时期,所以自然而然地达到了"原初的统一"(original unity),而根据巴菲尔德(Barfield)等人的观点,现代诗只能通过大费周章的融合,才能达到这样的原初统一。

19世纪90年代诗人没完没了地描写舞者,欢迎外国舞团的到来,为下一个十年里日本能剧的巨大影响创造了条件[①]。但他们同时也喜欢舞者本人,常常爱上她们。西蒙兹和他的朋友们时常在演出之后去找那些来自阿罕布拉剧场的姑娘们,带她们去皇冠酒吧喝酒,聊一些严肃话题。"严肃"不过是谦辞而已,不是源于西蒙兹所说的"颓废时期的酒神的侍女们"的"博学的愤怒"。这是"教会与戏剧协会"(Church and Stage Guild)的时代,这个协会由斯图尔特·黑德勒姆(Stewart Headlam)创办,是一个神职人员与演员的俱乐部。黑德勒姆信仰"弥撒、芭蕾、单一税",非常推崇芭蕾,甚至还专门写了本书讨论芭蕾技巧。但他同时认为,礼拜仪式不能再缺乏舞蹈了,所以极力把舞蹈界弄得体面些,好让舞蹈不再有坏名声。他那协会里的姑娘,多数来自大英帝国和阿罕布拉剧场。黑德勒姆关于礼拜仪式的观点倒并不新鲜。由于英国国教高派教会对没有明文禁止的仪式的宣传,这样的观点开始流行起来[②]。然而,在下面一段文字中,他让我们了解到一种必然是相当普遍的观念。这段文字摘自他发表于自己办的《教会改革者评论》(*Church Reformer*,1884年10月号)杂志的一篇文章,是谈教义问答

[①] 说费诺罗萨(Fenollosa)和庞德(Pound)"引进"了能剧,是很不正确的;对能剧的兴趣至少从20世纪初就开始了。

[②] 伊恩·弗莱彻(Ian Fletcher)先生让我注意到萨宾·巴林-古尔德(Sabine Baring-Gould)的杂志《圣器室》(*Sacristy*,1871—1872年),其中讨论了礼拜式舞蹈以及其他问题,如礼拜式灯光和象征动物学,并注意到后来的教会人士撰写的文章。

的系列文章之一。

> ……不妨以舞蹈为例。舞蹈也许在所有艺术中最能清楚明白地体现一种内在的、精神的恩典,主亲自授予它圣职,通过它我们聆听主的旨意,得到承诺与心的安宁。同时,英国庸人之反对圣礼主义(antisacramentalism),对舞蹈的影响甚于对其他艺术的影响。信奉摩尼教的新教徒(Manichean Protestant)和条分缕析的理性主义者对舞蹈不屑一顾,认为它是世俗的、浅薄的、感官的之类;呆头呆脑的好色之徒看到了舞女的腿,便满意地哼哼几声。但圣礼主义者(Sacramentalist)懂得舞蹈其实有更重要的意义。舞者本身倒未必完全明白,但圣礼主义者知道,我们现在是靠信仰而生活,而不是靠眼睛所见的东西而生活,舞蹈的诗意所表现的,乃是看不见的精神上的恩典。"她全身心地投入舞蹈","没有人敢解释她的肢体所表达的一切"。这就是一位真正的圣礼主义者所说的话……

上文引用的诗句,作者是 T. 戈登·哈克(T. Gordon Hake)。黑德勒姆和西蒙兹很熟,和叶芝以及许多其他的 19 世纪 90 年代诗人还有画家也很熟。通过他的协会和上面引用的这种文章,他好像较为准确地反映了这一舞蹈复兴与礼拜仪式、诗歌、歌舞杂耍戏院有关的方面。其中,礼拜仪式这一方面在英国国教高派教会这一边缘地带得到了蓬勃发展。譬如,R. H. 本森(R. H. Benson)在《论舞蹈之为宗教仪式》("On the Dance as a Religious Exercise")一文中,把弥撒描绘成一种戏剧性舞蹈:

> 天主教徒……和崇拜伊希斯①与西布莉②的人,和大卫

---

① 伊希斯(Isis),埃及生育女神。——译注
② 西布莉(Cybele),古代小亚细亚的自然女神。——译注

王、和裸体的斐济人为伍,在上帝面前尽情地舞蹈,并不感到羞愧。

这种古文物爱好者式的兴趣的最终结果,是 G. R. S. 米德(G. R. S. Mead)的《耶稣的圣舞》(The Sacred Dance of Jesus,1910 年发表在《求索》[The Quest]杂志,但此前很久就构思完成了),这便是哈维洛克·艾利斯观点的主要来源。这本书显示了作者渊博而又奇特的学识,延续了一项悠久的传统,那便是解释《马太福音》十一章 17 节中的这句话:"我们向你们吹笛,你们却不跳舞。"米德最感兴趣的是公元 2 世纪的《耶稣颂歌》(Hymn of Jesus),但他讨论的却是神父、中世纪教会舞蹈、希腊正教和亚美尼亚教会的礼拜仪式,等等。我怀疑现代史学家是否把米德很当回事——巴克曼(Backman)的《虔诚的舞蹈》(Religious Dances,1952 年)所附的庞大参考书目中,并未列出米德的作品——但有一阵子他很受重视。比如说叶芝就曾去听过他的讲座。当然他绝不是当时唯一热衷于研究舞蹈的史学家。图卢兹-劳特雷克对这些东西不感兴趣。有一次,一个英国专家(savant)跟他喋喋不休地讲述古史,他叫人把这人从舞厅里给轰走。这人可能就是米德,不过倒也不一定。在当时,舞者要得到有学问的名声,还是比较容易的。据权威人士(阿纳托尔·弗朗西[Anatole France])说,洛伊·富勒就很了解舞蹈的历史。富勒效仿的是米利暗①。米德引斐洛(Philo)的话说,摩西象征完美的头脑,而米利暗则象征完美的情感。

舞厅里居然有**专家**,从中可见英吉利海峡两岸对歌舞杂耍戏院里的舞蹈表演是何等重视。西蒙兹和龚古尔(Goncourt)告诉我们,情况的确是这样。当然,当时伦敦和巴黎的关系是很近的。伊维特·吉博特(Yvette Guilbert)经常去伦敦,玛丽·劳埃德(Marie Lloyd)等人则经常去巴黎,当时,把这几位看成伟大的艺术家,是颇为时髦的。对歌

---

① 米利暗(Miriam),《圣经·出埃及记》中,摩西和亚伦的姐姐,女先知。——译注

舞杂耍戏院的热爱经久不衰。艾略特先生写过一篇谈玛丽·劳埃德的文章（1932年），是这种热爱的经典宣言。在伦敦，虽然只剩一两家苟延残喘的歌舞杂耍戏院，还老是有人要把它们给拆了，但这种热爱依然继续。对某些英国知识分子来说，要是把歌舞杂耍戏院关了，那可真是痛莫大焉。90年代时，有些先锋派人士曾积极反对商业化戏剧，而如今的这种态度，便是当时那股潮流的残余。就算没有舞剧和"超级木偶"（übermarionette），还有玛丽·劳埃德和小蒂奇（Little Tich），无视文化层次、社会阶层之分，嬉笑怒骂，口无遮拦。可以说一说伊维特·吉博特：据安德烈·拉法洛维奇（André Raffalovitch）说，吉博特像杜斯一样歌唱"遭世人唾弃之人的苦难"。

类似的知识界的**吹捧**，巴黎的歌舞杂耍戏院当然也并不缺乏，而且还作为都市体验的一部分，和漂亮衣服、日本印花、神经衰弱症一道，成了专门为精英准备的娱乐之一，而这些精英对他们享受的娱乐可是毫不含糊的。在现代艺术的早期历史中，歌舞杂耍戏院同民间音乐、原始绘画一样重要，而且显然与之相关。我们对这样一个世界的普遍概念，主要来自图卢兹-劳特雷克，但没有理由认为这个概念是准确的。马戏团、杂耍表演、**舞会**在当时都是严肃的娱乐。人们需要原始的、丑陋的、异国情调的东西，典型代表如：粗野而喋喋不休的阿里斯蒂德·布吕昂（Aristide Bruant），粗鲁地调侃威尔士亲王的康康舞娘拉·古留（老饕）（La Goulue），瘦弱而神经兮兮的梅·贝尔福特（May Belfort），丑得惹人爱的阿卜达拉夫人（Mme Abdala）。这些东西产生的氛围，体现为劳特雷克用强烈风格画出的吉博特和简·阿夫里尔像，体现为自称"下水道盖子"和"老饕"的舞娘，体现为叫作"日本长沙发"的咖啡馆音乐会，还体现为**艺名**叫**歌摩**之类的妓女。在这种气氛里，我所关心的所有舞者都起了作用，而且受到了认真对待。

不妨引用西蒙兹歌颂高翘腿妮妮（Nini Patte-en-l'air）的诗句，说她们中的许多人都懂得

　　如何一半是放荡，一半是美，

骨子里却是**世纪末**的颓废气。

包括西蒙兹在内的一帮英国人,在巴黎认认真真地玩乐,赢得了劳特雷克的敬佩。其中最奇特的一位叫康德尔(Conder),劳特雷克常常穿着讲究的晚礼服,喝得酩酊大醉,给这位康德尔画像。但西蒙兹是在建立一种美学,其中舞蹈占据着中心地位——关于这个问题最重要的一篇文章,叫作《世界就像芭蕾》("The World as Ballet")——所以他的兴趣和画家的兴趣略有不同。劳特雷克对"老饕"和简·阿夫里尔也同样着迷,但对于西蒙兹来说,"老饕"没有阿夫里尔重要:"老饕"是个梅萨利娜①式的人物,短衬裤上绣着颗心,而阿夫里尔则表明,女性的身体是"大地最动人、最流畅的音乐,是最神圣的人的和声"。

20世纪30年代的某个时候,在法国举办了一场展览,主题是第三共和国治下的生活,其中以简·阿夫里尔和洛伊·富勒作为舞蹈的代表,其后的大部分内容都是讲这两位舞者的。和富勒一样,阿夫里尔也以文学品位而闻名,和劳特雷克、雷诺阿(Renoir)、西奥多·维泽瓦(Theodor Wyczewa)、莫里斯·巴雷斯(Maurice Barrès)都是好友。从劳特雷克画的海报来看,他感兴趣的是阿夫里尔的舞姿不墨守成规,几近笨拙,与其他姑娘完全不同。她一般都是独舞,而且不仅限于方阵舞的独舞版。她自己设计服装,可能是通过学习英国舞蹈家凯特·沃恩(Kate Vaughan)的旋转动作,取得了某些舞台效果。沃恩也许还影响了富勒。沃恩让舞者重新穿上了长裙,在80年代以及之后获得颇高的评价。阿夫里尔缺乏正规训练,所以动作不那么机械刻板,这一点也和富勒相同。皮埃尔·沙朗(Pierre Charron)说她就像:

一朵花,颤颤地撩人心弦,
一阵暖风吹来,轻轻地催她入眠……

---

① 梅萨利娜(Messalina),罗马皇后,克劳狄一世的第三个妻子。克劳狄发现她在自己不在身边时与情夫结婚,遂将其处死。——译注

阿夫里尔在红磨坊享受特殊待遇。整个红磨坊里，只有她不用参加方阵舞。在劳特雷克为她的伦敦演出而作的海报里，她身边站着三个舞娘，都在甩大腿，唯独她舞动着一条细腿，伸向另一个方向。在其他的画作中，她独自跳舞，一条腿似乎是扭曲的，另一条腿笨拙地举着，或者是在"老饕"的阴影中，独自旋转着她那瘦瘦的身躯。西蒙兹在红磨坊里看到她在镜子前跳舞，作了一首诗，题为《麦宁炸药①：红磨坊》（"La Mélinite：Moulin Rouge"），描写她那"病态、朦胧、含糊的优雅"。1897年，叶芝把这首诗称为"我们这个时代最完美的抒情诗之一"。对阿夫里尔的极度高估的唯一可能的解释来自下面这首魅力无穷的诗。在这首诗中，阿夫里尔被视为《浪漫的痛苦》（Romantic Agony）中的莎乐美和佩特（Pater）笔下的蒙娜丽莎的结合体：

> 独自一人，远离众人，
> 一位舞者看着
> 镜中的她病态的优雅；
> 在镜子前，面对面，
> 独自一人，她看着
> 那病态、朦胧、含糊的优雅。
> 在神秘的夜晚，
> 她谜一般的微笑，
> 自我陶醉地舞蹈。

但她是有才能的。用弗兰西斯·茹尔丹（Francis Jourdain）的话说，"老饕"等人是在撒欢儿，而阿夫里尔才是在跳舞。"**她用一条富于灵感的腿在空中划出的阿拉贝斯克舞姿，不再是空洞的符号，而是一种文字**"，他这样说，或许是不知不觉地重复了马拉美说过的一句话。

有一点是没有多少疑问的，也是她令人感兴趣的重点：这位舞者的

---

① "麦宁炸药"是阿夫里尔之别名。——译注

11　最大魅力,来自西蒙兹所说的病态,尤其是她在十几岁时接受夏科(Charcot)的治疗,在萨佩特雷里精神病院度过了漫长岁月。这所医院,尤其是治疗**严重歇斯底里患者**的病房——阿夫里尔就在那里治疗舞蹈症——成了另一种形式的歌舞杂耍戏院。夏科和他的病人就在那里接待访客,而歇斯底里的症状①也为大众所熟知。夏科把弗洛伊德"从神经病学家变成了精神病理学家",从而有了名气,但尽管他发现能够通过催眠而诱发歇斯底里症状,又发现某些种类的神经紊乱总是**性器官的问题**,夏科本人所知道的,倒不如后来弗洛伊德通过观察他而知道的多②。他看到病人的症状和中世纪关于魔鬼附体和跳舞强迫症的描绘很相似,对此印象深刻,但似乎并不知道目前恐怕已经无可置疑的一个解释,那就是,跳舞症蔓延的原因是麦角中毒,也就是吃了患枯萎病的黑麦而得的一种病。早在 1877 年,他就写到,有一个歇斯底里的病人会看到大蛇的幻象,而且时不时地表现出一种中世纪舞蹈狂的初步症状。他强调,她的症状是一种"初步状态",通过按压左侧卵巢得到了抑制。1887 年,他和保罗·理查(Paul Richer)合著了一本书,叫作《艺术中的魔鬼附体》(*Les Démoniaques dans l'art*)。在书中,他想说明,魔鬼附体之人的痉挛和舞蹈,典型地体现了他所观察到的歇斯底里发作的几个阶段,还画了速写加以说明。阿夫里尔的舞蹈症一直也没根治,所以有足够的机会观察她的病友。不知是出于偶然还是刻意为之,她似乎再现了歇斯底里式舞蹈的某些症状,当然是初步状态,而且我相信,如果夏科看了劳特雷克的那幅著名的海报《简·阿夫里尔与

---

① 当时这被认为是一种女性患有的疾病。弗洛伊德在维也纳发表了一篇论男性歇斯底里的文章,招致一位前辈的批评,他说,如果弗洛伊德懂点希腊文,就会明白男性歇斯底里是不可能的。E. 琼斯(E. Jones),《西格蒙德·弗洛伊德的生活与工作(一)》(*Sigmund Freud*, *Life & Work* Ⅰ),1953 年,第 254 页。

② 琼斯由此出发追溯弗洛伊德之精神分析的发展。1892 年,他已经知道"性错乱构成了神经衰弱(后来他不再用这个词)的唯一不可或缺的原因"(前述书,第 282 页);1895 年,他跟随夏科学习九年之后,精神分析学说初具雏形。该学说成立于 1897 年(前述书,第 294 页)。

蛇》，一定会认为那是歇斯底里的典型症状（不妨比较一下马沙·达·波拉格纳[Mazza da Bologna]在《魔鬼附体》[Les Démoniaques]一书第 72 页上的速写画）。她的确具有"含糊的优雅"，但当时的大众对"神经衰弱"（这是美国人发现的，但很快为巴黎人所接受）颇感兴趣，所以觉得这种"含糊"很对胃口。这样看来，既然阿夫里尔综合了当时某些强烈的美学和病理学方面的兴趣，那么很容易理解，为什么她能够使人产生一种**新奇的战栗**，让文人在红磨坊看到这种"新奇的战栗"时如痴如醉。

在这种情况下，就毫不奇怪，为什么许多舞者和其他艺术门类的先锋派运动产生了联系，为什么会出现一位**印象主义**舞者瓦伦丁·圣普安（Valentine de Saint-Point），她上台表演时，身后有一面幕布，上面投射着"几何形状的影子"①；还有一位立体主义、达达主义的舞者尼娜·佩恩（Nina Payne），她伴着爵士乐起舞，让挑剔的莱文森（Levinson）也赞赏不已。莱文森说，立体主义一定和她戴的那条奇怪的圆筒形**头巾**有关。在"一战"前不久的伦敦，斯特林堡夫人（Mme Strindberg）的《金牛洞》("Cave of the Golden Calf"）里的某些舞者，还隐约带有涡纹派的风格。我们知道，她们使用了剪出来的图案和阴影（见 F. M. 福特[F. M. Ford]的小说《马斯登案》[The Marsden Case]），但当时人写的回忆录对到底如何操作却语焉不详；玛格丽特·莫里斯小姐（Margaret Morris）倒是知道，却不愿意说。伊莎多拉·邓肯是一位"象征主义"舞蹈家，但人们有时候会忘记，她的舞蹈中精彩的部分多半来自洛伊·富勒。这就是本文中最重要的名字。后来的佳吉列夫有了大画家、音乐家、舞蹈家帮忙才做成的事，这个女人几乎仅凭一己之力就做到了。

许多依然健在的人一定见过洛伊·富勒，但除了她的自传之外，没有一本写她的书，她也不像邓肯那样，形成了强大的传统。标准的参考

---

① 她是马里内蒂（Marinetti）的朋友，写文章讨论了女性在未来主义中的地位。和弗洛伦斯·法尔（Florence Farr）一样，她最后去了东方。

书既稀少又不准确。我的研究原本也会是这样，但我有幸碰到了 E. J. 尼科尔先生，他是诺兰小姐（Nolan）的侄子。诺兰不仅支持过富勒，而且在布料和染料方面做了些有名的实验，富勒的风靡一时和这些实验是分不开的。尼科尔先生幼时曾是富勒舞团的成员，彻底了解许多保密的事情，其中大多是关于舞蹈技巧的。本文依据尼科尔先生提供的资料，仅对那些正确评论富勒舞蹈技巧的言论负责，绝无不实之词。其他资料来自日记、报纸、剧院节目表、广告传单之类，当然还有富勒的自传《一个舞者生命中的十五年》（*Fifteen Years of a Dancer's Life*）（法文版 1908 年出版，英文版 1913 年出版）。

洛伊·富勒 1862 年生于伊利诺伊州，家境贫困。据她自己说，她出生时便患上了感冒，一直也没有治好。这样说，倒是和邓肯如出一辙。邓肯坚持认为，她的性格在母腹里就形成了（"我出生前，我母亲精神极度痛苦，境况凄楚。除了冰冻牡蛎和冰冻香槟，她什么都吃不下也喝不下"）。终其一生，富勒都在拿她的先天不足说事儿，要求别人给予她某种超乎寻常的关注。尼科尔先生倒并不觉得她体质特别弱。她是个有天赋的孩子，五岁时就能唱得让听众着了迷，十三岁时就能举办关于戒酒的讲座，其间还展示肝脏的彩图，同样让人听得很入迷。后来她走上了舞台。她的演艺生涯起步平淡，但早早地就组建了自己的剧团，并在南美举办了历时漫长的巡回演出，虽然遭遇惨败，却为后来的发展打下了基础。1889 年，在《幻想曲随想曲》（*Caprice*）中，她首次在伦敦亮相。10 月 22 日，这出剧在伦敦的欢乐剧院开演，几乎马上停演，之后她就回纽约去了。到那时，从莎士比亚到滑稽戏，各种戏她都演过了，但从来没有跳过舞。

在所谓现代舞发展的早期，所有最好的东西都是偶然出现的，这似乎成了常规，譬如露丝·圣丹尼斯（Ruth St Denis）就是从香烟壳子上得到了东方风格舞蹈的灵感。富勒喜欢让别人认为，她的发展轨迹就是一个接一个的奇妙偶遇。第一次意想不到的幸运降临在她在纽约的一家小型剧院演出的时候，当时她演一个被催眠的角色。为了创造适当的氛围,舞台监督让人用绿色灯光照射整个舞台,同时乐队演奏悲伤的曲子。在这匆匆上演的一出戏中,富勒走上舞台,发现自己穿着一件薄薄的印度裙子,对她来说太长了。她在书中说,这裙子是一位英勇的仰慕者送给她的,这人后来战死在开伯尔山口。但她又跟一位法国历史学家说,这裙子是一位姑娘给她的。不管怎样,她忽然灵机一动,托着裙子,催了眠似的在舞台上游走起来。没想到,观众欣喜地喊道:"是蝴蝶!""是兰花!"她在掌声中旋转,最后心醉神迷地倒在催眠者脚下,"全身包裹着云朵般的轻盈料子"。第二天,她重又穿上那条裙子,对着镜子仔细观察,忽然发现,阳光让裙子变得半透明。"金色的光影在闪耀的丝绸褶皱间掠过,在这光线里,我的身体显出朦胧的轮廓。"于是,"轻轻地,几乎是虔诚地",她四面挥舞着丝绸,发现自己"创造了之前从未有过的韵律变化……我终于到达了一种境界,其中身体的每个动作都由丝绸的褶皱来表现,颜色和布料的奇妙运动,可以进行系统的数学计算"①。

  这便是她最初舞蹈表演的基础。她旋转着身体,手臂高高抬起——后来她在衣服里藏了棍子,把手臂延长了,从劳特雷克的石版画里可以看出来——产生螺旋的或蛇一般的效果。她把这种效果分解为十二种典型动作或曰舞姿,每一种都伴随着不同的灯光。光源是一盏装着彩色玻璃的电灯,后来她这种装置也用得神乎其技。跳最后一场

---

① 这个故事不见得千真万确。在 1894 年的《艺术杂志》(Magzine of Art)上,有一篇珀西·安德森(Percy Anderson)写的文章。此人一心想把短裙逐出英国的舞台,仿照"印度博物馆"中的"东方舞裙"为歌剧《印度舞女》(The Nautch Girl)(萨沃伊[Savoy],1889 年)设计了服装。"使用了大量布料,从而使舞者能够把自己裹在层层织物之中,这看似碍手碍脚,其实效果很是优雅。有一位聪明的美国舞蹈家,是在欢乐剧院跳舞的,她发现这个创意可以进一步发挥,于是,凭着她那个民族讲究实用的直觉,她飞快地越过了大洋,来到纽约赌场剧院,表演如今已很有名的'蛇舞',这个舞蹈已经让容易受感染的巴黎人欣喜若狂……这一切都源自一件衣服,它藏在印度博物馆里,安安稳稳,但鲜为人知。"这个说法似乎较为可信,但尼科尔先生不信,而且 1889 年时富勒并未在欢乐剧院表演过。真相也许是,她想到这么好的创意,要更多地归功于其他舞者(如凯特·沃恩),只是她不愿承认罢了。但她把这个创意说成是她自己的。

舞时，只有一道黄色的光线掠过舞台，其余便是一片黑暗。从一开始，她就让人注意到这些光的效果；她从来都不漂亮，即使在那时，身材也过于丰满，所谓躯体朦胧的轮廓并非一大魅力。她做的这件事很新奇，不过她自己倒是谦虚地承认，当时的她"万万没有想象到我居然掌握了能够彻底改变一个美学领域的原理"。她不懂得古典舞技，这同她那催眠似的姿态、对自然物的模拟、光线造成的幻觉一样，使她成为新美学活生生的标志。

她的表演几乎立马火了。纽约的观众喊道："为兰花、云彩、蝴蝶三呼万岁！"但纽约的剧院经理却既贪婪又奸诈。马上就有人模仿她，有的甚至冒名顶替（许多年后依然这样）。经历了一番沉浮和漂泊之后，她于 1892 年 10 月来到巴黎，在那儿找到了真正的家。女神游乐厅（the Folies-Bergère）请她去跳舞，节目是五段舞蹈，包括蛇舞。她的表演大获成功。十年之后，她重回女神游乐厅演出，增添了新节目，愈加受人欢迎。全欧洲、全美国都有人模仿她，但从未成功，主要原因是，她小心翼翼地保守秘密，不让人知道她依靠的是什么技术手段。据她说，女神游乐厅每晚的观众都"淹没在一大群学者、画家、雕塑家、作家、大使中间"，这并不是自吹自擂。在剧院外面，学生们向她抛鲜花，给她拉马车。警察见玛德莲教堂的交通受阻，正要立马采取行动，却发现原来是众人争睹洛伊·富勒，于是就袖手旁观了。

她初获成功时，罗丹（Rodin）就开始关注她，说她是"一位天才的女性，才华横溢"，是"翩翩起舞的塔纳格拉陶俑（Tanagra figurine）"。又说她是用特纳（Turner）的色彩描绘大自然，就像庞贝古城的檐壁上雕刻的女性。阿纳托尔·弗朗西于 1908 年为她的自传作序，说她"聪敏非凡"，但又说，其实她的潜意识才是最重要的。"她是位艺术家……是舞者中最纯洁、最有表现力的，富于灵感，在自己身上，也是为我们找回了久已失传、令人叹为观止的希腊的艺术模仿。她的舞姿既艳丽又神秘，诠释着自然界的种种现象，生物的生命历程。"她的仰慕者还包括居里夫妇，后来她还为居里夫妇专门编排了一段精彩的舞蹈。只要是她想认识的人，她全都认识。巴黎几乎所有的以戏剧为题材的美术家都把她作为创作的主题，其中比较有名的可能要算斯坦伦（Steinlen）和劳特雷克，他们作的石版画应该是最杰出的。但其实富勒并没有让劳特雷克或者斯坦伦给她画海报，反倒更青睐这两位艺术家的模仿者。她的化妆间里，就挂着一幅舍雷（Chéret）画的漂亮海报。也许她觉得自己离劳特雷克真正感兴趣的东西太远。不管怎样，劳特雷克的确是不久后就转向更合乎性情的题材去了。

富勒无疑很享受这一切。在巴黎，她一个月挣一万两千法郎，到处都有女人穿着宽大的富勒式裙子，她觉得自己理应是众人瞩目的焦点。在雷纳德（Renard）的日记（1901年）中有一则轶事，记载了富勒遭遇的一次少有的冷落。据雷纳德说，有一天他在公共马车上碰到富勒，见她体态臃肿，脂粉涂得太浓，手指像小香肠，还好戴了戒指，才看出指节来。她时不时地微笑一下，好像车上所有的人都代表公众似的，眼睛近视，目光迷离。结果因为身上没带钱，给赶下了车。雷纳德想说："小姐，我认识你，仰慕你，**喏，给你一毛钱！**"但他还是没说。她居然还坐公共马车，真叫人惊讶。她的生活可是很奢侈的。

她那广为人知的疑病症没有减轻。她千方百计避免头疼，告诉记者，她的胳膊可能会瘫痪。每场演出结束时，她都像是完全垮掉了。邓肯虽然一直对富勒斥责她耿耿于怀，却并没有想破坏她那神秘、忧郁、古怪而又讨人喜欢的形象。邓肯说她有次去柏林看富勒，见她坐在布里斯托尔酒店的一间豪华套房里，周围像往常一样围着一群漂亮姑娘，"一会儿抚摸她的手，一会儿亲吻她"。邓肯说："在这里，我感受到了前所未有的温暖气氛。"富勒说她脊柱疼得要命，身边的姑娘们得不停地给她递冰袋，夹在她的后背和椅背之间。谁知富勒吃了一顿昂贵的晚餐之后，就去跳舞了，让邓肯大为惊讶："片刻之前，她还是个受罪的病人，一转眼，竟变得光彩夺目，这两者之间，居然能有联系吗？"显然，富勒懂得怎样把痛苦和创作分开。M. F. 茹尔丹也说富勒用冰袋，但记得给她递冰袋的是忠心耿耿的布洛克小姐（Bloch Mlle），绰号"加比"

(Gaby),她给富勒当了多年的伙伴兼经纪人。1928年富勒死后,布洛克继续经营她的舞团。(这个舞团虽然日渐衰落,但还是一直撑到了1940年德国占领法国的时候。1958年,有部法国电影《巴黎女子》[*Femmes des Paris*],里面出现了一种舞蹈就叫洛伊·富勒芭蕾。)茹尔丹先生可以作证,任何声音,哪怕是说话声,富勒都受不了。"如果声音变得更吵,她就赶紧拿冰袋贴着脖子,做一个恳求的手势,拜托人家安静,然后把耳朵堵上。"有一次他看到富勒在排练。她没脱外套,坐在舞台上,把冰袋放在脖子上,用手指堵着耳朵,示意乐队指挥开始奏乐。她就用眼睛跟着指挥的手势,尽量不去听演奏的声音。然后她就回到了马车上。她的正式演出当然要比排练稍微费力些,所以每次演出之后,她都是给抬回家或者直接抬上床的。尼科尔先生说富勒有鼻窦炎,喜欢房间里暖气开得过热。有客人来时,她就会摆出邓肯看到的那副造型,震震他们。说到排练,她对她的舞团可不像对自己那么温柔,整夜整夜地排练,把人弄得精疲力尽。尼科尔先生才五岁时,有一次排练了很久,中途一走神,就因为注意力不集中而被勒令停演了。

富勒在欧洲的歌舞杂耍戏院里大红大紫了许多年。1893年,照有些人说,她征服了伦敦。当时有部乔治·爱德华兹(George Edwardes)的音乐剧叫《镇上》(*In Town*),其中的一大亮点是梅·贝尔福特唱的《爸爸不给我买狗狗》("Daddy wouldn't buy me a bow-wow")。虽然富勒是在幕间休息时出场的,但英国知识界对她的重视却不亚于巴黎人。譬如,1894年6月11日的《剑桥ABC》(*The Cambridge ABC*)杂志(这杂志寿命不长,但封面是比亚兹莱[Beardsley]设计的)上发表了一首奇怪的法语诗,说的是"**多姿多彩的**"富勒,用了"**深刻的感官愉悦**"、"**令人不安的神秘**"等语句。通俗媒体觉得她既叫人惊叹,又合乎道德:她的"镜舞"中,有八个洛伊·富勒"在跳舞,仿佛是传说中狼蛛的牺牲品,整体艺术效果蔚为大观,世人无出其右者"。但同时,她"没有一个手势和动作让思想保守的英国妇人和少女看不惯"。她的长裙似乎带来了艺术和道德之间久违的和睦(rapprochement)。

她出道不久便组建了舞团,她的节目也越来越精致。在巴黎博览会上,她有自己的戏院,就是在那里向公众介绍了川上贞奴(Sada Yacco)。像富勒一样,川上的演艺生涯也是起起伏伏。最终,富勒以川上为中心组建了"日本舞团"——叶芝在《一九一九》("Nineteen Hundred and Nineteen")中说到富勒的"中国舞女",恐怕指的就是这个日本舞团,因为富勒似乎从来没办过什么中国舞团——带领她们还有邓肯去德国巡回演出。(后来,邓肯离开了这群"长得漂亮但疯疯癫癫的女子",自己闯去了。富勒骂她厚颜无耻、忘恩负义、背信弃义,她都从来没有反驳。)

博览会期间的一家法国杂志形容她是"**十足的双面人……在都市里很娇小,在舞台上很强大……是个劲头十足的女人**"。《皮尔森周刊》(*Pearson's Weekly*)的廷德尔(Tindall)先生心悦诚服地写道,"她给世界带来了前所未有的关于色彩的理念。如果想见识富勒舞蹈中较为惊人的效果,不妨看看巴黎沙龙里挂着的画……她堪与各个时代的伟大天才比肩"。但她接下来去了古罗马圆形剧场,举办综艺演出,其中一份节目单题为"神奇的洛伊·富勒表演的大型神秘乐舞",节目如下:

(1) 蝴蝶之舞(镭);

(2) 千层面纱之舞,有五组人物造型:"海上风暴:沉船、丧生","死亡之河","生命之火","圣母颂","幻象之地"。

"蝴蝶"(许多照片的主题)竟和献给居里夫妇的"镭"合在一起,我不知道是怎么回事。据尼科尔先生猜测,演"幻象之地"是为了用完她让人拍的月球表面的照片。

随着时光流逝,她越来越依赖她的舞团,同时也愈加依赖灯光效果。早在1909年之前,她就创立了自己的流派;到1912年,开始允许最杰出的舞蹈家跳她的"百合舞"、"蛇舞"、"火之舞"。但新创的舞蹈越来越抽象。1923年,她的舞团在伦敦表演影子芭蕾《**巨大的阴影**》(*Ombres Gigantesques*),大获成功。当年12月13日,也就是国王和王后观看慈善义演的前夕,《速写》(Sketch)杂志上发表了一些精彩的照片。一只巨大的手的阴影撩拨着缩成一团的舞者,一只巨脚落下,仿佛要把他们踩得粉身碎骨。而在其他的节目里,比如说一出用德彪西(Debussy)的《大海》(La Mer)作配乐的芭蕾,跳舞的人根本不露面,只是在一面巨大的丝绸之海下面起伏。有一出晚期的舞蹈,"其中只有装饰着银色亮片的流苏在一束窄窄的水平光线里'穿梭',背景和演员都用黑布蒙着"(E. J. 尼科尔语)。其他演员风靡一时便销声匿迹,如莫德·艾伦(Maud Allen)就是一位当时有名但已被人忘却的莎乐美。但富勒却一直当红,直到1928年去世。

如果不谈一谈富勒的技巧,就无法理解她的舞蹈生涯。当然,她有自己的美学观念,自称掀起了一场艺术革命。起初,她认为舞蹈是从音乐里自然而然地产生的,但假如未经训练,反倒能最充分地表达人的情感。"一旦想让舞蹈具有经过训练的痕迹,舞蹈就不会自然了。自然是真理,而艺术是人为的。比如说,小孩子自己跳舞,绝不会把脚趾头朝外。"罗丹明确同意她的观点。马斯内(Massenet)也为富勒的信条所折服,允许富勒在演出中任意采用他写的音乐,不用付版税。德彪西也很感兴趣,弗洛伦·施密特(Florent Schmitt)则为富勒写了《莎乐美》的配乐(1893年)。但富勒往往采用平庸的音乐,而且很难相信,她成熟之后的信条会是音乐性或表现性的。如前文所述,对她而言,身体的线条从来都不是舞蹈表演的主要看点。后来,身体线条变得越来越不重要,最终变得几乎完全无足轻重,在有些舞蹈中,观众连一个演员也看不到。照她的说法,她在自己的舞蹈生涯之初偶然发现了一门新艺术,那就是在灯光中舞动帘幕。这种说法,无论如何,大体是真实的。在自传的一个理论性章节里,她思考了光线和舞蹈的问题。她非常关心色彩的情感性质,以及色彩与声音、氛围之间的关系(当时很时兴猜想这些问题)。有一次,她在巴黎圣母院里对着阳光照亮的窗户挥舞手帕,结果被赶了出去。她始终认为,"语言不是真实的,动作才是真实的"。当时的诗人不大可能反对这种观点,但她所说的动作,不是简简单单的舞蹈动作,甚至也不是进行了艺术组合的不由自主的动作——这样的动作是现代舞的基础。她说的是如何运用丝绸和灯光。通过丝绸和灯光,她能够深入观众的内心,"唤醒其想象力,让它准备接受意象"。

在广告宣传中,富勒引用了皮埃尔·罗什(Pierre Roche)的话,说她是无与伦比的灯光师,用彩色灯光照射丝绸,技巧之娴熟犹如画家。其实,在电灯用于戏剧舞台的最初,她在这方面就似乎取得了很大进展,快要实现18世纪以来广为流行的"色彩艺术"(Farbenkunst)之梦了。当时,她的技艺得到盛赞。称赞她的人有美学家,这些人认为她的整个艺术是化妆术的一大进步;此外还有戏院里干实际工作的人。萨拉·伯恩哈特(Sarah Bernhardt)还请教过她。对于如何用电灯照射廉价的料子产生非凡的效果,当时的人越来越感兴趣,但除了富勒之外,没人达到马拉美所说的"工业化成就":用彩色灯光代替所有其他特性,**创造一个场所**(instituant un lieu)。

至于这是怎样做到的,她守口如瓶。她跟人说,有一种非常惊人的效果是偶然发现的,当时有个灯光师"喝烈酒喝得晕晕乎乎,把两盏颜色不一样的灯同时打到了舞台上"(《皮尔森周刊》)。当时,其实她对灯光的运用是极为专注,也是非常巧妙的。她用的就是当时戏院里装的碳弧灯和彩色明胶,但颜色是自己指定的。更重要的是,她设计了大型幻灯投影机,用白玻璃或毛玻璃做幻灯片。涂了液体明胶的幻灯片是最核心的秘密,只有富勒本人和诺兰小姐才能拿到。戏院工作人员不被允许操作投影机,剧团有自己信赖的灯光师。就是在这样的幻灯片上,她印上了月球的照片,用于芭蕾舞《云》("Nuages")。在舞蹈《镭》("Radium")中,为了达到令人眼花缭乱的效果,要把斑斓的色彩投射到丝绸上:先放上一张彩色幻灯片,再叠加一张,然后再把第一张抽出来。说到她对于其后舞台灯光技术的影响,我们不仅应该记得她在兰心剧院表演的那些常常为人模仿的哑剧,更应该记得尼科尔先生的这句话:"整个现代的舞台投射灯光体系,都来源于她的奇思妙想。"后来有人试验把彩色的影子投到半圆形天幕上,又试验采用镜子。这些都是由她在这方面的兴趣自然而然地发展而来的。

她的创新还不仅限于灯光方面。她对**丝绸**的运用同样令人惊叹。尼科尔先生写道:"给丝绸染上抽象的色彩,而不是画上花纹,这似乎无疑是富勒自己的创意。"染色的事是诺兰小姐做的。染好的丝绸在商业上大获成功,今天还有人记得,那叫作"自由"丝绸。尼科尔先生还认为,富勒影响了戈登·克雷格等人。的确,过去许多年里,她的革命性创新为人所忘却,而我们也因而低估了她。现在我们能清楚地看出,这位演员把舞蹈变成了完全另一种东西,她创造的场景和机械属于一个崭新的戏剧时代,她的天才主要体现在这些发明中。莱文森描写过1922年6月富勒在香榭丽舍大剧院的一场演出。他说:"尽管她原本的体形**并不优美**,表现的是盎格鲁-撒克逊人那学究气的**仿希腊风**(这显然是她的流派与邓肯的流派之间的关联所在),但她的个性是迷人的……她善于创造形式,在这方面她有想象力,很了不起。她的宽大衣服让空间活起来,把空间组织起来,赋予她梦幻般的**氛围**,摒弃了几何空间……舞蹈本身完全普普通通,但**光线的效果却趣味盎然**。"莱文森确信无疑,富勒的舞蹈和"**邓肯那过时的幼稚做派以及空洞无物的表现派舞蹈**"相比,是有天壤之别的。

如此说来,富勒之所以有名,一大原因竟是她能够表现自然物,如蛾子、蝴蝶、百合等等,这就有点叫人惊讶了。常常有人给这类舞蹈拍照,而富勒也把这些舞蹈作为她的保留节目,直到20世纪20年代。蛇舞是"新艺术派"历史的一部分。当时的名人纷纷夸赞她能够捕捉自然界转瞬即逝的美景。当然,如果把这些赞美之词一一列出,未免令人厌烦。有些照片里,她的确很像蛾子或百合。除此之外,还一直有人赞赏她的东方风格和希腊风格。也许这两种赞美是矛盾的,但在马拉美这样的诗人的美学里,两者却能够协调起来。马拉美写道,舞者并非就是个跳舞的女郎,而是一个隐喻,包含了我们的形体、刀剑、杯子、花朵等的基本面貌。在《世界就像芭蕾》中,西蒙兹发现,富勒的舞蹈包含了"事物难以捉摸、曲曲折折的变化……生动地象征着既知性又感性的魅力"。她是一种力量,像自然力一般,她的创造也和自然力的创造一样,有神秘的含义。

问题的核心其实就是诗人众口一词的赞誉,以及这种赞誉的表述方式。不妨考虑一下早期就大受欢迎的"火之舞"("Fire Dance")。她告诉《皮尔森周刊》的廷德尔先生,这个舞起源于一个意外,而廷德尔还真就信了。据她说,1893年,她在雅典广场饭店跳《莎乐美》。她在希律王面前跳着舞,这时"落日吻上了所罗门神庙的屋顶",也吻上了她的衣服。观众总是畅所欲言的,这时不禁大叫起来,给起了个名字,叫作"火之舞"。其实,当时的灯光效果是经过冷静的精心设计的,她这样说只不过是为了掩人耳目而已。"火之舞"的灯光是用一盏红灯,通过一只四面装着玻璃的笼子从台下照上来的,造成了惊人的效果(《皮尔森周刊》上登载了几张色彩鲜艳的照片)。在《女武神》("Ride of the Valkyries")的音乐声中,她出现在舞台上。据说,在炫目的岩浆洪流中,她颤抖着,扭动着,长裙喷出火焰,在燃烧的螺旋中翻滚。让·洛兰(Jean Lorrain)说,她站在炽热的余烬中,**却没有燃烧**;她发出光,自己就是火焰。她笔直地立在火盆里,微笑着,她的微笑犹如一副龇牙咧嘴的假面,外面蒙着一层红绸,包裹着她,沿着她那岩浆般赤裸的身体,颤抖着,波动着。接下来,洛兰又把她比喻成淹没在灰烬下的赫库兰尼姆古城(当然,当时这座古城已经被挖掘出来了)、冥河及其两岸、敞开喉咙喷发火焰的维苏威火山。他认为,只有这样才描绘得出她那裹着天堂和地狱的火,一动不动、微笑着、赤裸着站在熔炉里的姿态。古斯塔夫·弗里维尔(Gustave Fréville)说她是用红土塑成的梦魇。"火焰抚摸着她的衣衫,攫住她的全身。这无可阻挡的爱人,不到虚无便永不满足。"多年之后,叶芝在《拜占庭》("Byzantium")一诗中,把舞蹈作为艺术的象征,源于自然,与他心目中永恒的生死轮回之境拜占庭融为一体。他这样写时,恐怕不仅仅想到了但丁和一部能剧,也想到了富勒的"火之舞":

那是血液产生的精灵来到,

> 狂躁的全部混合物离开，
> 消失于一个舞蹈中，
> 出神的一阵悲痛，
> 不能烧焦衣袖之火的悲痛。①

"火之舞"具备了叶芝认为艺术应该具备的所有特质，舞者不仅没有被火焰吞没，反而挂着必须要有的神秘微笑。梅尼尔（Ménil）在《舞蹈史》（*Histoire de la Danse*，1904 年）中说，"从这并未燃烧的火焰中，在两束螺旋形的光之间，跃出一位面带神秘微笑的女性"。像茹尔丹一样，梅尼尔也恰巧问道，这种用丝绸和电灯摆弄出的东西到底还是不是舞蹈，而且还疑惑，那样庸俗的刺眼灯光和波动的裙裾怎么就能让人如此心醉神迷。龚古尔的反应与此类似："人多么善于创造理想的事物！"又用说教的口吻指出，这种"奇特的超自然幻象"其实不过来自普通的物品和低俗的灯光。

富勒的其他舞蹈同样令观众欣喜若狂。乔治·罗登巴赫（Georges Rodenbach）作了一首诗，题为《洛伊·富勒》（"La Loïe Fuller"），最初发表于 1896 年 5 月的《费加罗报》（*Le Figaro*），马拉美对之大加赞赏。这首诗取材于富勒表演的许多节目。全诗共五十八行，此处不便具引，兹举片段为例：

> 刹那间，她撕破黑影，如曙光一样，出现在眼前！
> 从深紫到淡紫，
> 缀着云朵的花边，
> 它时而淡雅，时而浓烈
> 如奇迹一般变幻莫测
> 她的长裙如雾霭缥缈
> 如燃烧的烈酒和生烟的乳香

---

① 袁可嘉译。——译注

似万千百合绽放于烈火之中

然而,正如火山喷发岩浆
似乎是她引导着恣意奔流的火焰之河
如此乖顺地追随她,如影随形
像蛇一样舞动
哦,诱惑的躯体,哦,魅惑
天堂之树,抑或是我们攀附的欲望
如同她编织的色彩之蛇一样缠绕

片刻的停顿
　她又开始了,棕红带绿的头发
在疯癫的节奏中变化
就好像海风再起
在裙裾的漩涡中
淹没了她身体的航迹,化作波涛汹涌……
仁慈的黑夜,你在筛什么?
为了让她缀满宝石、闪闪发光的裙子
成为火之海?
布伦希尔德,就是你——瓦尔基里的女王①,
为了被你选中,人人都梦想成为神

结束了
　空气在它流血的花朵似的伤口处
陡然间愈合

---

　① 瓦尔基里的女王(reine des Valkyries),名布伦希尔德(Brunehilde),北欧神话中的战争女神。——译注

我们被永恒拥抱，但只是短短的一瞬
舞台抑或壁画重又被抹上浓重的阴影
如我们的灵魂般黑暗，静静沉思

马拉美所欣赏的，是罗登巴赫还舞蹈以其古老特质，那便是舞蹈能够自成布景（**它自我充实**）。富勒那"富于想象的织物喷涌而出，犹如一种气氛"，而相比之下，穿着短裙的芭蕾舞演员只有乐队给她创造**氛围**。

所有这些人共同努力把富勒的表演提升为艺术"意象"的象征。这一象征，用叶芝的话说，是"自我创生的"。也可以说，它就像一位女性的身体，但不是自然意义上的身体（**虚幻的奇迹**），而是神秘的、有选择的能力。演出终了时，舞台上一片漆黑，这代表现代人灵魂之天然的黑暗，只有难以把握而又稍纵即逝的"意象"，才能把它照亮，所谓"永恒的拥抱，于我们只有短短的一瞬"。这种融合灵与肉、弥补所有隔阂的能力，连《皮尔森周刊》也大加赞赏。富勒似乎能用具象的形式代表现代世界中无法理解的艺术"意象"，在这一点上，她比先前的任何舞蹈家都做得充分①。如莫克莱所说，她是"艺术本身的标志，超越一切教条的火焰"。从马拉美时代到叶芝时代，她一直是象征主义的舞者。她是女人，却完全超越自我；"死了，但依然有血有肉"；**是摆脱了文字等一切束缚的诗歌**。罗杰·马克思（Roger Marx）说："多亏了她，舞蹈再度成为西蒙尼得斯（Simonides）所谓的'无字诗'……我们尤其感谢她把马拉美梦想过的理想景观变成了现实。这种景观是无声的，超越时空的限制，其影响无与伦比，让人们不论贵贱，都一并欣喜若狂。"

1893 年 2 月，马拉美去女神游乐厅看富勒演出。这是有历史意义的一晚。20 年代初，安德烈·莱文森抨击文学界，说他们对歌舞杂耍戏院崇敬得过了头，认为始作俑者是龚古尔和于斯曼（Huysmans）。但他接下来写道："有一天，有人看见，追求绝对的美学家斯特凡·马拉美坐在女神游乐厅里，用铅笔写下对洛伊·富勒所谓'蛇舞'的精彩**观感**，

---

① 我得说，看了我的《浪漫影像》（1957 年）的人，会更容易理解这一段。

称之为**不竭的源泉**。从此之后,世人纷纷步其后尘……"马拉美写的是一段散文,和他自己的其他作品比起来都算是艰涩的,然而,当代诗人对富勒的评论都是围绕马拉美的文章展开的,而且其实多半就是取材于它的。马拉美说,就富勒本人以及她运用其服装布料的技巧而言,当时的崇拜者写的文章——有时可以称之为诗——没有什么可说的。"她那**独一无二**的表演,既给人以艺术的陶醉,又是一项工业化的成就。在铺天盖地的布料中间,光芒四射而又冷冰冰的舞者神魂颠倒地跳着,不停地旋转,变幻无穷。从她身上发散出一张越来越大的网——巨大的蝴蝶和花瓣,渐渐展开的东西——一切纯粹的、基本的东西。她和瞬息万变的舞台灯光融为一体,这灯光不停变换着薄暮和洞窟的幻影,也不停地变换着情绪,一会儿高兴,一会儿哀伤,一会儿愤怒。这番景象五光十色,一时猛烈,一时冲淡,为了加以衬托,必须用人工的手段,让人看见灵魂的眩晕。"他接下来说,在这种舞蹈里,舞者似乎可以通过她的衣服无限地扩展舞蹈,这对于戏剧当有所启发,因为在戏剧里,舞蹈和观众之间总是会产生平庸陈腐的东西。富勒让人明白,舞蹈固有的微妙之处原来一直给忽视了。马拉美说:"总有一天,一种得到恢复的美学将超越我这些旁注式的文字。"但他至少可以用这里的观点来批驳表演风格方面的一种常见的谬误。"她无意间启发了我,仅仅挥了挥衣裙,便出乎意料地帮我发现了解决问题的办法。"他还说,富勒能在舞台上创造出她自己也没想到过的环境。**布景**隐藏在乐队中,一看到代表其主旨的舞者出现,就闪电般显露出来。这种"从音响到材料的转换……就是富勒唯一的技巧,是凭直觉而夸张运用的,裙子或翅膀的运动,创造出一处场所……这魅人的女子以自身创造了氛围,又把它收回,成为**绉纱**簌簌作响的寂静。这种情况下,传统的做法是设立永久布景,和流动的舞蹈格格不入,显得空洞无聊,而在富勒的舞蹈中,这个问题马上就消失了。不透明的框子、讨人嫌的纸板,统统丢到垃圾堆里去吧!要说氛围,这才是真的氛围。这氛围是虚无,归还给了芭蕾;是幻象,刚刚见到就消散开来;清澈透明,引人遐想。其纯粹的产物,就是从一片舞动得风姿绰约的面纱里,诞生了一座解放了的舞台,凭想象任意挥洒"。他觉得富勒的舞蹈就像是从一个居于中心的"裸露形象中四面发散开来","归结为意志的活动,在心醉神迷中延伸到每只翅膀的末梢。她那雕像般的躯体肃然挺立。为了从这虚拟的自我解放中提炼出天空、海洋、夜晚、香气、泡沫之装饰性的跳跃,她的躯体死去了"。他得出结论:"我认为,不论时尚的口味如何评价这神奇的当代舞蹈,都有必要从中提取出概括性的含义,以及对整个艺术所具有的意义。"

舞蹈在马拉美那不成系统的思想体系中占有什么位置?对此他的学生意见不一,对于这篇赞美富勒的文章,他们也关注不足。但似乎没有什么理由忽视此文表达的观点:对马拉美来说,富勒至少代表了一种尚未诞生的美学之精神,创造了空间上的音乐,代表了他所谓的命运战胜偶然。如博尼耶(Bonniet)在马拉美的《伊纪杜尔》(*Igitur*)序言中所说,她代表了**人类努力的顶点**。富勒就像艺术的原型,《伊纪杜尔》的原型,在她身上没有**偶然**。蒂博代(Thibaudet)认为,事实上,《伊纪杜尔》的构思多少源于马拉美关于舞蹈的思考。莱文森也这样认为,说马拉美在芭蕾中"得到了启示,看见了最终的**作品**,这部作品将总结人,超越人"。后来,居伊·德尔斐(Guy Delfel)先生也这样认为。把舞蹈作为真正诗歌的标志,显然是很恰当的。瓦雷里在舞蹈和诗歌之间做过有名的比较(诗歌之于散文,如同舞蹈之于行走),这其实是在扩充马拉美的观点。L. J. 奥斯汀(L. J. Austin)无可置疑地证明,马拉美对句法越来越关注,但这和如下观点并不矛盾:在马拉美的思想中,舞蹈部分代替了音乐的重要性,因为句法是有目的的语言之运动,而不论是在舞蹈还是在诗歌中,这种运动都得融入"意象"那必然独立自主的状态。比起诗歌来,舞蹈更加完美地消除了概念,更加不受其表现方式的束缚,因为舞蹈不像语言,与不合逻辑的东西格格不入;但舞蹈也不是绝对纯粹,跳舞的人也不是不食人间烟火。在《戏剧素描》(*Crayonné au Théâtre*,1887年之前)的开篇,马拉美恰好谈到了这个问题。在此文中,他认为舞者的地位含糊不清,半是非人格化的,很像诗人的地位

("纯粹的作品要求诗人从话语中消失",消失得越干净越好)。但富勒的个性消解得更加彻底。在罗登巴赫看来,她就是一个幽灵,一个永恒的幻象;在马拉美眼中,她是**理念的具象体现**。

如果说,诗人似乎有必要拿回他们从音乐那里继承的遗产,那么用舞蹈作为他们理想的象征,其实更为恰当。从某种意义上说,富勒代表了象征主义的解放,使它摆脱了瓦格纳的束缚。比起所有正统的芭蕾舞女,她都是更加典型的象征主义舞蹈家。而且,马拉美之前的诗人对舞者的广泛钦佩和马拉美对富勒的赞美之间,显然并不连贯。对波德莱尔而言,"人性的、切实可感的因素"很重要,戈蒂埃(Gautier)也这么认为。但到了新时代,也就是马拉美和叶芝的时代,重要的是舞者"不是一个女人",她"死了,但依然有血有肉"。这样的变化使整个诗歌界的风气发生转变,在英语诗学中,表现为从西蒙兹到庞德的变化。此前,象征主义主要是一个精巧的暗示体系,言有尽而意无穷,而现在则变成了"漩涡"和"表意文字"的动态。富勒就是一种表意文字,是**理念的具象体现**,是无法定义的景观,光芒四射,浑然一体。

无论如何,有些人就是这样看富勒的。他们把舞蹈看成一个**神奇的窗口**,展现一种不变的现实。他们认为富勒是"**能够预言无限的人**"。后来,佳吉列夫来了,打破了艺术体裁的界限,用音乐、色彩、动作让人叹为观止。那时候,可能有一两个人还记得,富勒才是开此先河的人。我认为,这其中一定有瓦雷里。他一再说起,舞蹈很适合作为优美诗篇的象征,因为舞蹈最能够体现他所谓的"反常之语言":"'不'说'下雨了'——这是诗的语言;动作并非手段,除本身之外别无目的,这便是舞蹈的语言。诗歌如同舞蹈,是没有目的的行为。"舞者用寻常的身体动作创造出艺术的形象;同样地,诗人必须"发出纯粹的、理想的**声音**,能够表情达意,而毫无虚弱之感,似乎并未刻意经营,毫不刺耳,也不会破坏诗意空间那稍纵即逝的领域;这是一个表现**自我**的理念,但这个**自我**却神奇地高于**我自己**"。舞蹈把身体的活动,如流汗、肌肉绷紧、胸膛起伏,变成一个理念,一种崇高现实的图示。瓦雷里把他 1921 年出版的对话录《灵魂和舞蹈》(*L'Ame et la Danse*)叫作"一种芭蕾,其中**意象**和**理念**轮流领唱"。这本对话录,用精致而又诙谐、花哨而又优雅的语言,体现了后瓦格纳时代美学的精髓。通常认为,主人公阿希克特是一位墨守成规的芭蕾舞演员。的确,她跳得一板一眼,但莱文森在他评论这本对话录的小册子(《写舞蹈的诗人保罗·瓦雷里》[*Paul Valéry, poète de la danse*],1927年)里,说阿希克特最后那如痴如醉的"**旋风**",不仅是芭蕾舞步,而更是一位神秘主义者回旋的舞蹈。瓦雷里也收集芭蕾舞照片,但他收集的是一种特殊的照片,叫作**连贯动作摄影**:底板在黑暗中曝光,舞者手里拿着灯,拍出来的效果是回旋的白线,记录着无目的的诗意动作的样式。不管怎样,不必设想瓦雷里对芭蕾那么迷恋,乃至忘却了洛伊·富勒。人家请他写那本谈舞蹈的对话录,他差点回绝,因为他"认为……马拉美已经把这个题目写尽了"。但最终他还是写了,决心把马拉美洋洋洒洒的文章变成"我这本书的特殊条件"。所以我认为,在写到把舞者比作蝾螈("在火一般的环境里无拘无束地生活着")的一段时,他心里想的便是富勒。这一段的最后,引用了苏格拉底的一大段热情澎湃的演说:"火焰如果不是**此时此刻**,又能是什么呢?火焰就是天地之间一个时刻的行为……火焰在物质和太空之间放声歌唱……我们无法再谈到动作……也无法再把它的行动和它的肢体区分开来。"斐德罗(Phaedrus)应和道:"她舞动的手势,犹如火花四射……在时间的眼皮底下,她居然偷来了不可思议的姿态!"厄里克西马克(Eryximachus)总结道:"瞬间产生形式,形式让人看见瞬间。"书中的舞者开口说话时,说她既不是死了,也不是活着,最后吟道:"庇护所,庇护所,哦,我的庇护所,哦,旋风!运动呵,我在你之中,在一切之外……"这几乎是一位柏格森式的舞者,用莱文森的话说,"**表露了现实**"。

走笔至此,前文中把阿夫里尔和富勒连在一起,其恰当与否也许不言自明了吧。阿夫里尔在各方面都不如富勒,但她揭示出舞蹈与诗歌之间的联系是多么紧密,也揭示出舞者之魅力中很重要的病态因素。可能有人认为,邓肯得到的关注,其实应该分一些给富勒才对。莱文森反复强调,他相信古典舞蹈是一门"**丰富、完整、有创造力**"的艺术。他景仰富勒,却鄙薄邓肯,认为邓肯技巧拙劣,形象不美,身体僵硬,由于多年赤足而行,双脚大而平,用的音乐也是粗陋不堪。富勒出道之初,有人说她像塔纳格拉陶俑、庞贝壁画上的舞女,其实邓肯才更像。而且,邓肯并没有用奇特的化妆和不自然的灯光把个性掩盖起来。现代舞已经发展出了相当非人格化的理论,所以兰格夫人也对它非常感兴趣,而且现代舞创造了一种独立于自然的象征主义之现实。但现代舞总是要依赖于身体,不是依靠身体表达情感的能力,而是依靠身体把知觉的模式加以客观表现的能力。富勒手执长棒,运用奇特的照明设备,把人体埋藏在成堆的丝绸之下,从而一举达到了非人格化。她的世界和自然是不连贯的。瓦雷里在谈到他的象征主义师承时,说这种不连贯"几乎是一种非人的境界"。她从作品中抽身而出。瓦雷里说,如果不这样做才是人之所为,那么,"我必须宣称,我自己本质上是非人的"。

这就是艺术中的非个人化理论,通过 T. E. 休姆(T. E. Hulme)和 T. S. 艾略特等人的阐述,已为世人熟知。"艺术家的进步,是接连不断的自我牺牲,是不断地消弭个性……艺术家越是完美,在他身上,受苦的个人和创造着的思想就越是相去甚远。"托马斯·帕金森(Thomas Parkinson)在评论奥特加·伊·加塞特的"去人性化"("可以达到这样一个境界,其中人的成分稀薄得微不足道")时,敏锐地指出,世人之所以对庞德的《比萨诗章》(*Pisan Cantos*)莫衷一是,是因为评论家发现庞德既是受难者,又是创造者,便惊诧莫名。庞德撕去了他那"反讽的伪装",干脆打破了自己曾苦心孤诣付诸实行的诗学法则。帕金森先生觉得很欣慰。他想使诗歌重新散发"人的臭气",因为他认为人的臭气在诗歌里才算适得其所。他似乎认为,所谓的非个人化主义偏离了某种真正的"浪漫主义美学",虽然冗长,但还是长久不了。他这样想,我不知道对不对;至于主张非人格化的艺术家之努力方向对人有何意义,他恐怕是有所误解,但误解得有多严重,我也不知道。兰格夫人要是在,倒是可以回答他,而且我还敢肯定,庞德的例子不能说明诗歌应该怎样重新散发人的臭气。在艾略特先生那里,在瓦雷里那里,我们无疑能够感受到史蒂文斯(Stevens)所说的"不断被忽略的因素:艺术家,也就是起决定作用的人之存在"。

无论如何,富勒作为脱离自然的"意象"之标志而大获成功,其一大要素,便是逐渐消弭了舞者的身体。观众的想象从她身上汲取营养,不论她本意如何(有一次,在跳舞时,她偶然瞥见镜中的自己,惊讶地发现,她所看到的与本意毫不相干)。她是抽象的,摆脱了肉体的羁绊,是死亡却完美的存在,仿佛身处拜占庭的舞池,完全独立于平常的动作,脱离了时间。按说她不过是个矫揉造作的舞娘,在歌舞杂耍戏院里跳舞,喜欢摆弄舞台灯光,要不是马拉美的大作在先,我们岂敢用这样的溢美之词来说她。但她也不仅仅就是个怪人而已。舞者总是在努力成为创造诗意境界的工具,如同诗歌那样。莱文森说,"他们每日劳作,以免复归原初的人性"。只有用这种方式把身体客观化,身体才能像怀特海(Whitehead)说的那样,成为"一切象征符号的深厚根基核心依据"。但身体也会死亡,而只要身体以此面目出现,就不能代表对**偶然**的胜利,不能代表完美的存在,也不能代表智力骗术背后隐藏的真理。怎样才能克服呢?"用锋利的工具劈开它,把灰揉进伤口,让它结疤,给它糊上黏土,涂上浆果汁。这东西令人恐惧,这张脸我们如此看重,而他们却一直想要通过头发,通过明暗效果,想尽一切办法,让它变个模样。为什么?就是要让它摆脱死亡的恐惧,把它变成艺术品。"威廉·卡洛斯·威廉斯(William Carlos Williams)谈到人为达到永恒的原始方法时如是说。富勒的去人性化是另一种方法,和现代诗学历史上的一个关键时刻紧密相连。然而,正如我们应该想到的,它也同样植根于那鲜为人知的原始大地之恐惧和欢乐之中,现代诗人正是从那里汲取力量,创造出古代风格的艺术。

(1958 年)

2. 时间与永恒之间

这一篇和下一篇文章曾收入《结尾的意义》(*The Sense of an Ending*),该书于 1967 年出版。1965 年我在布林莫尔学院(Bryn Mawr College)做了一系列玛丽·弗莱克斯纳讲座(Mary Flexner lectures),此书即为讲稿。书的标题来自讲座中用到的一个说法;不论对此书总体评价如何,这个题目似乎流传开来了。

第一篇选自一篇较长的文章,题为"没有终点与起点的世界"("World Without End or Beginning")。当时,需要协调基督教的教义(世界从无诞生)与亚里士多德的哲学,协调《圣经》对创世的记述与亚氏的观点——不可无中生有;这篇文章的一开头,便是讨论这方面的种种困难。后来达成的妥协并没有解决时间与永恒的差异问题,但托马斯·阿奎那(St Thomas Aquinas)认为,在这两者之间还存在第三种延续,并称之为"**有始无终之境**①",即天使的时间;天使并非纯粹的存在,没有上帝那么"单纯"(simple),但没有物质性,不受时间

---

① "有始无终之境"原文为 aevum,指经院哲学中天使和圣徒在天堂里的存在方式。——译注

限制。这第三种延续原来有其俗世的用处;譬如,可以认为公司就是以这种方式存在,并非永恒,却不受时间的通常作用限制(个人会消亡,但他们所属的机构却继续存在)。

这段颇为晦涩的讨论我觉得饶有趣味,但我不知道读者是否也有同感,所以在这里就删去了;另外,有一段讲到诗人斯宾塞(Spenser)对生成周期表现出的**"有始无终之境"**的兴趣,也删去了。提到**"答"**(tock)的地方呼应了这较早一讲中的一个论点:为了满足对结尾的渴望,我们在两个"滴"(tick)之间划出间隔,把第二声叫作甚至听作**"答"**①。

研究哲学和写诗之间的区别之一就是,研究哲学时,如果对主体的非系统性观点中固有的混乱加以模仿,就无法达到目的;而在写诗时,则必须从某种程度上模仿极端而分散的亮点,否则就无法感受到"明亮的混乱"这种感觉。于是,经院哲学家在讨论上帝时,极力要得出一个纯粹的"单纯"概念,这对他们来说变成了一个非常复杂而又理性的问题:例如,一个天使没有上帝单纯,却比人单纯,因为一个物种没有纯粹的存在单纯,却比个人单纯。但当一位诗人讨论这类问题时,比如在《空气与天使》("Air and Angels")一诗中,他是在提出人的观点,其实是在创造而不是讨论天使——一种单纯的东西,却在评论者的手上变得微妙起来。所以,我们不能像巴黎学院说阿威罗伊主义者②错了那样,说阿多尼斯的花园是错的。邓恩(Donne)的结论与其说是讲出了天使的真相,还不如说是在拿女性开玩笑。虽然斯宾塞对这种说法无疑不如阿奎那理解得深刻,但他在关于花园的那几节诗中,却写出了比《经院哲学论文》(*Summa*)的任何一节都"更单纯"的东西;而且他写的

---

① 钟的滴答声,时间的计量。——译注
② 阿威罗伊主义者(Averroists),13世纪以巴黎大学和意大利巴度亚大学为中心反对阿奎那神学哲学的学派,主张宇宙永恒,灵魂不朽,认为有双重真理,反对知识服从信仰。——译注

这段也更赏心悦目、更富于激情。阿奎那把这个词用于天使,而弥尔顿(Milton)把它用于他的规则;诗更加单纯,所以也更加难以讨论,即使诗中含有可称为"哲学"观点的东西也是这样。

虽然如此,诗人也思考,也属于他们的时代;所以,虽然斯宾塞时代的诗人也许和培根(Bacon)一样,讨厌经院哲学家研究的那些"虫蛀的问题"(vermicular questions),却需要大大感谢这些人的研究成果。狄胡夫(De Wulf)指出,经院式的综合极为忠实地反映了西方的思想,所以不能完全抛弃——"对所有人来说,它仍然是鉴赏力的一个固定的参照标准。"而且,这些成果改变了人感受时间的方式,所影响的不仅是斯宾塞等人的哲理诗。史蒂文斯(Stevens)很欣赏让·保兰(Jean Paulhan)的一句话:诗人"创造对世界的信念"——"**诗人自然而然地创造对世界的信念,我们请他们这么做**"。但他接着说,这本身并非诗人和哲学家的区别之一,因为哲学家也用一种不同的方式关注创造这种信念的问题,关注通过因果关系或天使等虚构之物给世界以人性。如果时代的确如以往那样发生变化,那么我们应该指望,在最伟大的信念创造者莎士比亚那里找到这种变化。

这个主题太大,所以请仅仅考虑一两个小问题。我说过,悲剧可以看作世界末日之后的东西,而这显然符合无尽世界的概念。在《李尔王》(King Lear)中,一切都朝着一个结尾发展,但这个结尾却并不出现;就连李尔王个人的死也大大推迟了。在看似最糟糕的事情之外,还有更糟糕的痛苦,而结局来临时,不仅比任何人所设想的更为可怕,而且只是恐怖的意象,而不是恐怖本身。于是,结尾变成了一种固有的东西;悲剧化作了末日、死亡与审判、天堂与地狱的形象;但世界在精疲力尽的幸存者手中延续。爱德伽不幸地登上宝座,只有国王的尸体得以安息。这是关于永恒的悲剧,末日脱离了时间,进入了"**有始无终之境**"。如格洛斯特(Gloucester)认为的那样,世界也许会表现出一切腐朽与变化的迹象与结局将近的一切恐怖,但当结局来临时,却并非结局,而会永远痛苦,也需要永远忍耐。我们发现了我们准永恒性的一个新的方面；如果没有"**有始无终之境**"的概念，没有二元性的王道存在于其中与时间中，就不可能有这样的悲剧。

我们从《麦克白》(*Macbeth*)中能看出怎样的世界之时间意象？用这部戏强调的一个词来说，这个意象是"模棱两可"的。这部戏对预言表现出独特的关注，在一开头就问了一个关于未来的问题："何时姊妹再重逢？"说话的人接下来说了句似乎没有什么意义的话："雷电轰轰雨蒙蒙？"但这三种情况可以说是大同小异，不论选择哪个，差别都不足以水火不容。对可以预测未来的魔鬼来说，预报一下苏格兰的坏天气不过如囊中探物，所以这个问题里非此即彼的选项只是讽刺性地包含了一种毫无意义的选择，即只选择未来的某些方面，而不选择另一些方面。问题的答案是：

> 且等烽烟静四陲，
> 　　败军高奏凯歌回。

"动"之于"乱"犹如雷霆之于闪电，而战役正常情况下就是要一决胜负，有输也有赢。未来被人为地分裂成了对立的可能性，戏仿了人类预言的不确定性，把未来荒谬地变成两倍、三倍之多。"美即丑恶丑即美"，取决于观察者之关注的性质，或取决于他对自己兴趣的估计。

这就是 L. C. 奈茨(L. C. Knights)所谓的"形而上的抛掷硬币游戏"。这个说法很好，因为"抛"之于"掷"正如"动"之于"乱"。这也是在戏仿预言的模棱两可，古老的德尔斐神谕就用到这种手段。所有情节都和预言有共同之处，因为看似必须从局势的首要问题引出未来的形式。亚里士多德认为，最好的形式包括了情节突变(peripeteia)，和其他部分一样取决于"关于可能性或必要性的规则"，但源自我们关注较少的原初局面；情节突变是模棱两可的情节，有人把它比作反讽，倒也不无道理。①《麦克白》首先是一部预言剧，这一点比其他所有戏剧都

---

① 见 S. H. 巴切(S. H. Butcher)，《亚里士多德的诗歌与美术理论》(*Aristotle's Theory of Poetry and Fine Art*)，1951 年，第 331n. 页。

要突出;它不仅表现预言,而且为预言神魂颠倒。它关注一种愿望——在瞬间感觉未来,超越无知的现在。它讲的是人们未能关心模棱两可的话中没有眼前利害关系的那部分(好比说只关心"动"而不关心"乱")。它还关注语言固有的模糊性。希伯来语可以用一个词表示"我是"和"我将是";麦克白是一个属于不同时间秩序中的人。世界满足他关于未来的虚构。他问女巫三姐妹"你们是什么人";而三姐妹则告诉他,他**将要**成为什么人。

《麦克白》是莎剧中最为突出的危机剧,其开头是一个比喻,象征时间交错的那一刻,那看似不受时间影响的痛苦;我们通常认为未来是对过去的承接,而在那个时刻,却变成了另一种时间秩序。也许,要表达这一观点,最好是看看一位早期的选择者原型:奥古斯丁(St Augustine)。他写过人面临未来输赢的时刻——此时,愿望与行动的差距甚远。他虽然对所期望的结局很肯定,却和自己"发生冲突";要做的选择"全都在同一时刻汇聚一处"。他心里说道:"现在就来吧,现在就来吧";但他还是在好与坏、美与丑之间彷徨,喊道:"还有多久?还有多久?明日复明日吗?"此时,灵魂膨胀,容纳过去和未来;语言和情感的相似之处让我们想起,麦克白也得审视期望和预言之间的关系。开头几场全是在用三重的问题和双重的答案做铺垫,让我们准备好聆听第一幕末尾的独白,这是处于同一时刻的一个人的独白[①]。说话模棱两可的三女巫结合了过去、现在、未来,结合了葛莱密斯、考特[②]、苏格兰。像未来一样,她们本身就是能够具有客观形态的幻想。她们说:美与丑,输和赢,低微和尊贵,不如他幸运和比他更有福[③]。她们给"现在"穿上借来的"未来"袍服和模棱两可的预言。麦克白指出,预言本身

[①] 此处指麦克白在第一幕结尾的独白,此时他决心已定,要弑君篡位。——译注

[②] 葛莱密斯、考特,是麦克白在第一幕平息叛乱之后,国王邓肯赐封的爵号领地。——译注

[③] 美与丑等四组词语形成对比,都是三女巫在《麦克白》第一幕中的预言。——译注

无所谓吉凶,但让他看见了恐怖的景象,淹没了现在,从而"把虚无的幻影/认为真实了"。预言让他来到勃鲁特斯明确界定为如同噩梦的时刻,即"做可怕的事情/和迈出第一步之间"的时刻。这是一个过渡时期,病人得不到时间连续性的安慰,似乎没完没了。他的生命被搁置在噩梦的点上,时间也是如此。于是就有了那种跷跷板式的语言:高尚—神圣、好—坏、善—恶。

那一著名的独白开头,表达了让这一时刻不再永恒的愿望。我们把"be-all and end-all"①变成了成语,真是奇怪。对莎士比亚来说,这可不是成语,而是他的发明,从这部戏的主题和语言中酝酿而就。存在(to be)和结束(to end)在时间上是相对的,其特性属于永恒,属于"**停顿的现在**"(nunc stans)。换个角度讲,这个说法是把危机及其固有的结尾意味深长地结合了起来。麦克白会选择模棱两可的未来的一个方面,把它变成永恒的现在,而莎士比亚给了他恰当的危机词汇,使情况发生决定性转折,也就是"完成一切"和"终结一切"的跷跷板。在独白的一开头,他的确用了句格言;你会发现,"要是干了以后就完了"来源于蒂利(Tilley)("做完了的事就不用做了")②,如果你能肯定莎士比亚想到的不是奥古斯丁(或耶稣:"你要做的事,快点去做吧",《约翰福音》十三章27节)。

麦克白的意思是说,如果做一件事可以没有后续事件(succession),没有时间上的后果,就像只有"**动**"而没有"**乱**",那么人就会欣然接受这件事从未来的可能变成现实。但劳而无"**功**"(success)是"**有始无终之境**"的一个属性。在这个意义上,任何事情如果能在时间里**完成**,都要产生后果,都有模棱两可的方面。预言的形式本身就承认了这一点,情节亦然。后来麦克白夫人证实了这个自明之理:"事情

---

① 见《麦克白》第一幕第七场,朱生豪译文为"完成一切,终结一切,解决一切。"——译注

② 见 M. P. 蒂利,《英格兰谚语辞典》(*A Dictionary of the Proverbs in England*),1950年。

已经干了就算了(what's done cannot be undone)。"①行动并不是结束。这部戏里事事成三,麦克白也三次希望能够这样:做了就等于结束了;中止可以取消完成;而"完成"就是"结束"。但只有天使能够选择没有连续性的时间,而只有在上帝那里"完成"和"结束"才是一体的。麦克白提议放弃计划。他的妻子劝阻了他,说了一段话,让过去、现在、未来汇聚在同一时刻:"难道**当时的**希望,只是**醉后的**妄想吗?……你**现在**不敢让你在行为上……跟你的欲望一致吗?……你难道要让'我不敢'永远跟随在'我想要'的后面吗?……"她想要取消欲望和行动之间的过渡——这有限的时间越来越少,只有在此时间段内,人才能以上帝的时间和他们自己的时间概念考虑自身的欲望。

这一区别古已有之。基督等待着他的**时机**(kairos),不肯揣测天父的意志;他说"不要试探主,你们的神",就是这个意思。这是圣依勒内(St Irenaeus)的解释;克莱门特(Clement)也指出,当我们犯罪时,我们就是和上帝的时间作对,"妄称自己具有一种永恒,能'高瞻远瞩',还能'明断是非'"。所以,汉斯·乌尔斯·冯·巴尔塔萨(Hans Urs von Balthasar)认为,"神子恢复秩序,必须革除仓促攫取知识的做法……妄图迅速进入虚假永恒的人必须悔改,回到真正而缓慢的时间的限制之中"。只有时间与永恒这两种选择。生活中不存在麦克白想要的第三种规则。他要攫取未来,就必须既"**动**"又"**乱**"。

关于时代、季节、预言的语言贯穿《麦克白》全剧;在欲望与行动的过渡时期之后,麦克白干下了可怕的事,让他再次处于时间的支配之下,时间预见了他要犯下可怕的罪行,让他头脑错乱,甚至无法再假装懂得时间的奥秘。我现在还不能讨论这部戏中时间的报复,以及时间巨大的模棱两可性。然而,麦克白的关键抉择,和死去的国王一样,是"末日的意象";他自以为选择了天使的时间或上帝的时间,在危机关头对他的结局做出了选择,并因此而在时间里遭受痛苦。而像耶稣那样

---

① 见《麦克白》第五幕第一场。——译注

等待时机(在弥尔顿的诗中,耶稣说:"我等待预定好的时间"①)——《李尔王》中的葛罗斯特必须学着等待时机,哈姆雷特也学会了——则是不同于麦克白的另一种解决办法。

《哈姆雷特》(Hamlet)是另一部关于延搁危机的戏剧,我认为在其中也能够指出时序(chronos)和时机(kairos)之间有意的冲突——在似乎需要行动但对其后果只能做出模棱两可的预测的时刻,一心要把过去、现在、未来结合在一起。最后会认识到,最重要的是做好准备,我们的选择都有其时机,这是另一种时间,不同于我们感觉自己身在其中的时间,尽管它也像天使的时间一样,与我们的时间相交。由于天赐的突变、意外的判断、受到误解的目的等缘故,"**时机**"来临,于是时间最终获得解放;我们不能光靠"高瞻远瞩"来准备迎接它的到来。只要人世间事还有结尾,时机的来临就意味着结束。它并非普遍的结尾,而只是结尾的意象。在重要悲剧《李尔王》中,普遍性遭到了明确否定;我们看到结尾的意象,但尊严幸存下来,成为一种永恒,一种"**有始无终之境**"。这不一定意味着幸福;不仅是马尔康和爱德伽这两位王子②,就连下了地狱的灵魂,都处于"**有始无终之境**"之中。

那么,通过这样简短的讨论,关于永恒世界中人的时间的问题,莎翁的悲剧能给我们以什么启发呢?它展现了危机的意象,展现了未来的意象,通过预言和行动把未来模棱两可地说成现实;这种意象体现为人的时间与其他秩序的对立,以及把有限的设计强加于世界时间的灾难性举动。在《哈姆雷特》中,经历了许多徒劳而虚幻的行动之后,才发现需要忍耐并做好准备。《奥赛罗》(Othello)的"血腥时期"结束了被不合时宜的好奇心毁掉的生命。《麦克白》中千禧年的终结,《李尔王》中末日的破灭,都是虚假的结束,是永恒世界中人的告一段落。四大悲剧探讨了一个时代的死亡问题,这个时代对末日来说太晚,对预言来说

---

① 弥尔顿,《复乐园》(Paradise Regained), i. 269。
② 马尔康(Malcolm)是《麦克白》中国王邓肯的儿子,爱德伽(Edgar)是《李尔王》中葛洛斯特的儿子。——译注

太关键；这个时代更加明白，虚构本身就象征着人对世界的设计。但这个时代仍然感觉到人需要与过去一致的结尾，也就是奥赛罗最后的话中想要达到的那种完满而和谐的结尾。莎士比亚照例让他得到了他的"答"，但他不会自以为时钟不走了。斯宾塞提出人的永恒，与我们看到的结尾的意象加以对照，在这里呈现为马尔康的诏令、福丁布拉斯当选国君①、爱德伽对李尔王的悲惨结局做出的绝望的断言②。

在世界末日里有两种时间秩序，人世的时间停止；对地球上的人来说痛苦的呼喊意味着他们时间的终结，所以"不会再有时间"。在悲剧中，哀号却并不会让延续性终止，而人生的重大危机和终结也不会让时间停止。如果希望时间与延续性满足身居其中的我们的需要，就必须赋予其能够对抗时间的模式，麦克白称这些模式为不言而喻的关系。过去、现在和灵魂所向往的未来之间的和谐处于时间之外，属于认识到人在其中遭遇终结的永恒世界并不和谐时，为天使发明的那种持续状态。我们用互补性的虚构填补这个巨大差距。这种虚构曾经是悲剧，更早的时候是天使，而现在可以是小说，也可以是哲理诗。

选自《结尾的意义》（1967年）

---

① 福丁布拉斯（Fortinbras），《哈姆雷特》中的挪威王子。——译注
② 爱德伽在李尔王听闻考狄利娅死讯时，面对肯特的问话"这就是世界最后的结局吗？"，回答："还是末日恐怖的预兆？"——译注

3. 单独监禁

这是我在布林莫尔学院(Bryn Mawr College)的系列讲座中的第六讲,也是最后一讲。一开头,我说了这是最后一讲,而且颇为花哨地引用了华莱士·史蒂文斯(Wallace Stevens)。我当时很喜欢这位诗人,现在还是。"生活/如其所是,错综复杂地在仿佛中逃避"这个想法让这一观点变得可信:"诗的理论就是生活的理论。"史蒂文斯作为描写形而上贫困的诗人,在系列讲座中出现,在下一段中再度出现。常常有人批评他,说他对实际的贫困太不了解,但我认为他在思考中已经把实际贫困包括进去了,尽管他当然不曾有过亲身的感受。"满足需要的东西"也引自史蒂文斯,他把诗称为头脑寻找满足需要的东西的行为。后面我会提到他的"天气"——他赋予这个词非常个人化的色彩,其中一个意思是偶然遇到的外界现实。"感化我们的**浪荡子**(Lumpenwelt)"这一说法也许没那么令人高兴,是史蒂文斯的另一发明。前一讲剖析了萨特(Sartre)的《恶心》(*La Nausée*)。

克里斯托弗·伯尼(Christopher Burney)在最近一版的《牛津英国文学指南》(*The Oxford Companion to English Literature*, 2000年)中没有被收录其中,所以说他曾有的盛名似乎没能持续到新千年。然而《单独监禁》(*Solitary Confinement*)是一本了不起的书。提到乔治·赫伯特(George Herbert)的地方,专指他那首杰出的十四行诗《祈祷文》("Prayer"),是一连串祈祷用的隐喻,包括这里提到的两个隐喻。

在对华兹华斯的《决心与独立》("Resolution and Independence")的分析中,我关于实际贫困和形而上贫困的观点受到了批评,好像我跟史蒂文斯一样,对前者关心不足。多年以来,这首奇妙的诗已经有了诸多阐释,我相信许多读者,包括作家,都更喜欢这些阐释,而不是我的解读。然而,我的观点仍然是史蒂文斯所谓"思想形成"(the make of the mind)的一部分,所以在此重复一下,只为表示不改初衷。

奥特加·伊·加塞特(Ortega y Gasset)在《〈堂吉诃德〉思考录》(*Meditations on Don Quixote*)中阐发的观点,在本书的前面部分有所讨论。威廉·菲利普斯(William Phillips)论卡夫卡的出处我记不清了。最后的几行诗,可以想见,是华莱士·史蒂文斯所作。

本讲是最后一讲,我会涉及前面几讲中提出的大多数主题,但我并不指望自己能提供什么了不起的线索,让其余内容变得有用而系统化。如果能这样做,除非我是诗里描写的那位大师,那位"更严厉、更纠缠不休的大师",他

>即兴提出
>更微妙、更迫切的证据,证明
>诗的理论就是生活的理论
>
>生活,如其所是,错综复杂地在仿佛中逃避
>在看见和看不见的事物中,无中生有地造出

> 那些天堂、地狱、世界、向往的岛屿。

我有他的计划也想做出上述证明,奈何有心无力。我要尽我所能讨论的就是这一句"生活/如其所是,错综复杂地在仿佛中逃避";很高兴的是,在最近的一讲中,我谈到了萨特。萨特深知虚构虽然容易走向荒诞,却是生活所不可或缺的,而且虚构会变得异常错综复杂,因为我们知道,不幸的是,"**仿佛**"(as)和"**所是**"(is)并不是一回事。我们所有的虚构没有一个是至高无上的虚构①。

我们知道这一点,所以处于最痛苦的状态,萨特称之为"缺乏",而史蒂文斯称之为"贫困"。虽然这样说似乎有点多余,但我必须承认,此时,这位诗人的声音在我听来最为迫切也最为相投,尤其是因为他说到,虚构正是用来抚慰人的孤独的:

> 不幸的孩子,贫困的土著,
> 　　语言的欢乐就是我们的领主。

这便是更古老的方式来谈论刚刚意识到的、想象中的贫困,是无法用言语来缓和的,然而这两种情形有时会合而为一,界线模糊。孤独而贫穷在某种意义上是每个人的命运,但有些人的的确确孤独而贫穷,而我们大多数人不是;在单独监禁中,他们中的有些人检验了一种方法,即通过语言的欢乐向充满敌意的环境展现他们的人性。要讨论这最后一讲中的话题,我最好花一点时间讨论这样的一个人写的一本书。

《单独监禁》②的作者克里斯托弗·伯尼是英国特工,身处德军占领下的法国,书从他被捕后讲起,那时,对他来说,孤独和监禁还只是没有实际威力的概念。其后的内容,就是研究这些概念如何变成了现实。我不应该把伯尼说成在各方面都能代表全人类的人(Homo)。他有不同寻常的英勇,不同寻常的智慧,而且,还有必要说明,他是上流社会的

---

① 至高无上的虚构,或译"最高虚构",原文为 supreme fiction,出自史蒂文斯。——译注
② 克里斯托弗·伯尼,《单独监禁》,1952 年(1961 年第 2 版)。

英国人。他的"计划"受到他所受教育的影响。譬如,受法国式教育的人,也许就不会保持那种形而上的单纯——在这种氛围中,关于他被监禁的哲学性虚构表现出了始料未及的形态。因为这本书讲的是一个人在真正的贫困和孤独中虚构出的一个世界,受现成模式的影响微乎其微。通过它,我们也许能够多少了解一点,世界在真正贫困的人看来是个什么模样;当然,似乎可以把作者看成"时间根据第一理念/孕育的英雄儿女"之一。

在牢房里,伯尼主要关心两件事:胃口和思想。他想尽办法控制胃口,使出各种伎俩,在一天的时间流逝中,慢慢把它打败。但第二件事,即他的思想,却变得难以摆脱。隔壁牢房里的人敲墙,想和他交流,但他没有答应。思想者不想任何人打扰他私人的想象。但伯尼却并不因此而感到庆幸。他知道自己的贫困,如果也知道别人的贫困,或许能从中发现有价值的东西。他说,"能把单一的困境和多种多样的状态结合起来,也许是人类最高的成就",说得很是精辟,因为这就是构成悲剧的条件。但伯尼需要独自理解他的困境,这让他的书成为"后悲剧"作品。吊诡的是,在牢里,在饥饿和"对漫游的动物式渴望"的限制下,他发现自己竟是自由的。这就是接受的自由,是真实贫困的自由,在这种自由中,他的思想让他可以把自己的人性强加于世界之上。这一行为仿佛爱的行为一样,改造了现实。他写道:"在根本层次上,生活变成了思想的恋爱,现实不过是那永远神秘的爱人。"这场经历够可怕的了,但如果不记住它,也就是放弃了"窗户那奇怪而又可靠的情谊,还有那些时刻,脑海如永不停歇的三棱镜一般,看见现实不过是朦胧的真理之光映出的轮廓"。这就是贫困给予的慰藉。

这位作者的勇气和健全的理智,非我们中大多数人所能企及,但我们可以在他的思想活动中,寻找纯粹状态下的某些独特的虚构。兹举数例:他知道,在孤独和自由中,他创造了在正常生活的随机应变中无法创造的东西,即一个客观而井井有条的世界;他想起《自由农的故事》(*The Franklin's Tale*),说这个构建起来的世界"好好地校正过了":

>如同他的螯针和他的观点
>
>还有他的比例项,以便发现
>
>万物的公式

主人公思考着这一结构的充分性,无法避免关于邪恶的问题。他的解决方法是重新创造视邪恶为贫困(privation)的神学。他继续思考,从分光镜的角度重新发现了关于光的新柏拉图主义哲学。他还需要面对另一个问题,就是决定论和自由意志的问题。他抛弃了机械的解释,认为那是异想天开;然而,当他从自身实践的角度考虑自由意志时(我应该把面包一次吃完,还是应该分几顿吃?),他不得不得出结论——熟悉的解释中包含一个根本的误解:"人们认为,一个行为的性质取决于它之前的自主选择,但我现在认为,对任何行为之价值的意识,其实质都是反思,只有通过对未来的想象,才能在行为之前获得大概的意识,但这种想象本身也是反思的行为……有了这个小小的发现,关于人的自由相对上帝之全能的一切悖论都得以解决。"于是,在贫困中,在根本层次上,古老的问题得以重申,而头脑发现了"满足需要的东西"。

伯尼得造出两套虚构的东西,不仅要创造他自己"万物的公式",还要编故事对付盖世太保。这些故事要满足某些条件:不能说实话,但还得让疑心重重的盖世太保们相信他的话。这其实就是小说之**真实主义**(verismo)的实验,要求人物、情景、对话绝对可信。如果做不到,那么这个小说家——我们回想起,他是真穷,而我们是比喻意义上的穷——就会挨批评者的棍子。他们穷凶极恶,要求他的叙述达到逼真:

>"我们来到波城附近……我同伴身上的伤口没愈合,让他痛苦不堪,我们只得休息片刻。"我差点要说那伤口是我身上的了,但我想起来,我没有这样的伤疤。

在批评的压力下,他做了一点修改,直到一位敏锐但还算和气的审讯者挑不出毛病为止。后来,审讯者摆了摆手说:"再见吧,你跟我说的话,我一个字都不信。"从某种意义上说,到这时,这一练习才算成功。如果街道是时间,而龚古尔兄弟①在街道尽头,我们也许会对他们也这么说。

然而,在牢房里,遵守**真实主义**(verismo)的范式,并不获得虚构的满足。拯救人性比拯救生命困难。伯尼说,这是一个关于抽象秩序的问题,因为"现实的粗糙"而黯淡了。不仅是物质世界变得黯淡,人也同样变得黯淡,因为每个粗糙而真实的人都"被他自己的抽象表达加倍了"。因为伦理是虚构的巨人和人这种动物之间的联系,所以伦理意义上的解决方法也是美学意义上的;我们关心的是联系的虚构。于是,孤独就是"自由的练习",而自由就是创造联系的虚构,不论生活中有多少不幸。

伯尼说,他的思维活动常常把他带到"南北美洲,那里到处都是比哥伦布更早抵达的探险者"。在这真正的贫困中,一切都得重新发明,包括时钟在内。他需要一只时钟,不是因为对时间的通常划分有多重要,而是出于更接近于首先造出时钟的僧侣的原因;那些人需要时钟,是为了更虔诚地履行其职务,而伯尼需要时钟,是因为他需要理解一个逐渐逼近的结尾那不断增大的压力。只要他的囚禁像故事一样,其各个时刻的意义由结尾来赋予,他就需要感受结尾的迫近。"让人痛苦的不是空洞时间的流逝,而是其结尾处那个期待中的事件姗姗来迟。"如果不能感觉时间的延续性,那么这个结尾就没有什么效果;如果人感觉不到时间的流逝,那么他其实就不再活着,丧失了"与现实的联系"。所以囚徒发明了钟:透过牢房里高高的窗户上的回纹玻璃,他看见一面山墙在一堵墙上投下的影子,这就是他的钟。人不能面对原始而真实的时间,把它看作偶然性的贮藏所,而是要虚构出有秩序的连续和结尾,赋予时间以人性。

最终的结果,也就是死亡,其非人的原始粗糙也是无法面对的。伯尼哪天都可能死,每天都想到死。但他指出:"死这个词对思想来说不是真正的目标。"如果你想象自己被枪毙,士兵把你的尸体用车子推走,

---

① 龚古尔兄弟(the Goncourts)是19世纪法国自然主义作家。他们发明了一种新型小说,有意忽略整体性,渲染无尽的细节,以强调生命的流逝、时光的形态,等等。——译注

你是在用另外一个人的身体代替自己的身体,或者用一个假人代替,用这个法子来欺骗自己。你看不到自己的死亡。这种自欺欺人,像我上一讲中讨论的那种欺骗一样,可以起坏作用,也可以起好作用;坏作用以《恶心》中的医生为代表,但如果起到好作用,那么它就是悲剧,曾几何时,我们用悲剧来展现不愿意想象的、隐藏的死亡之主题。然而,伯尼回到了悲剧的背后,回到一种简单的末世论。他的虚构和"从此以后"有关。他说,虚构的创作就是一个"像吃饭一样自然"的过程。原因在于,"有人提出,有一个真空,一个完美的秘密,认为这就是我们的结局,而我们马上着手把它填满"。

范式化的虚构,他童年时的天堂和地狱,充斥着他的思想,却遭到了他的摒弃。为什么?原因我在其他地方提到过:我们的怀疑态度,现实的原则已经改变,这些迫使我们抛弃解释得太充分、太抚慰人心的虚构。他渐渐感觉到他的虚构是无力的,但虚构仍然继续,罕见地保持其原有的特性。如同我第一讲中提到的末世论者一样,他陷入了神职人员不应该有的**幼稚状态**(naïveté),粗率地发明了一个对自己有利的结局。"有一件事是毋庸置疑的:我不可能在这里待到圣诞节……这是一条公理。"结果圣诞节到了,他还在牢里,他发现有必要否定先前说过的话:"我设定了期限,这本身就错了。"但圣诞节一过,他就像信奉千禧年说而又否定了先前预言的人一样,重新开始数日子,估算盟军还需要多少天集结所需的坦克和登陆舰。"关键问题是——虽然我当时还不知道——要有一个界限,让时间变成有限的,可以理解的。"这似乎的确是关键所在,不论一个人的贫困是真正意义上的还是比喻性的贫困;而时间浩渺,如果没有被来自结尾的意义切分,委实令人难以忍受。

所有类型的虚构,不论是继承的还是创造的,幼稚的还是世故的,都汇集到了在贫困中寻找自由的头脑中。它们都是词语世界的一部分,是赋予世界生命之骗局的一部分。伯尼考虑了语言,从中分离出一个方面,这让他想起家人讲的笑话或玩的游戏,绕过了无法理解的复杂事物,让一个共享的词语在不同语境下起作用:例如爱,从肉体升向天堂,又重回尘世。他仔细思考了那些绝妙的家庭笑话,它们看似相互矛盾,意义不确定,例如《新约》里的寓言;它们出现在抚慰人心的福音之中,但意义矛盾,似乎与福音脱离了关系,需要我们努力使两者协调一致;饥寒交迫的人坐在牢房里,想着回头的浪子,田野里的百合①。他是那浪荡子,还是上了贼船的人? 其中一个能给人以希望,而另一个则不能。"整个福音越来越成为矛盾的结构,小心翼翼地维持着平衡,每一句话都可能被另一句话推翻,没有哪句话更为重要。迷途的羔羊,愚蠢的处女;浪荡子和有一技之长的人;他们构成了一座无法穿越的迷宫。"同一本书里的另一句话说得直截了当:"因为我们是在您的愤怒之中度过每一天,我们像讲故事一样度过岁月。"前后一致的故事包括反讽、似是而非、剧情突变,而要理解其意义,必须接受无法解释的模式、纷繁复杂的矛盾——这就是给出让人满意的解释的条件。

《单独监禁》的卷首语引自《理查二世》(Richard II)的最后一幕。我得承认,在读伯尼的书以前,我对这一段的含义从来不曾有如此深切的理解:

> 因为没有一个思想是满足的。比较好的那些思想,
> 例如关于宗教方面的思想,却和怀疑
> 互相间杂,往往援用经文的本身
> 攻击经文;
> 譬如说,"**来吧,小孩子们**";可是接着又这么说,
> "**到天国去是像骆驼穿过针孔一般艰难的**"。
> 野心勃勃的思想总在计划不可能的奇迹;
> 凭着这些脆弱无力的指爪,
> 怎样从这冷酷的世界的坚硬的肋骨,
> 我的凹凸不平的囚墙上,抓破一条出路;

---

① 回头的浪子、田野里的百合,都是《圣经》中耶稣寓言中的形象。分别见《路加福音》十五章11—32节,《马太福音》六章28节。——译注

可是因为它们没有这样的能力,所以只能在它们自己的盛气之中死去。①

这些思考源自理查的"研究",题目是"把我所栖身的这座牢狱和整个世界两相比较"。伯尼也做了类似的研究,想发现当野心勃勃的思想失败时,贫困会怎样理解这个世界,发现贫困之虚构的意义。依据似是而非,相互矛盾,语言变化莫测;让经文自相矛盾;最重要的是,对希望和安慰的渴望不可遏制。而针对任何给予希望和安慰的事物都要提出的问题,同样迫切而关乎人性,少了它,任何事物的意义都无法长久:这些解释和安慰能否"和这锅腐臭的汤协调起来"?

这样不着边际地讨论了伯尼之后,不妨把他的书看成一个典型,象征更广泛意义上的单独监禁,象征"服刑"之人的虚构和阐释,想象着结局与协调。"人死是因为无法使首尾相接",但活着就是努力要把开头和结尾相接起来。我们虚构关键时刻来赋予自己意义,比如山墙的影子。据说,詹姆斯在临终时说:"终于来了,那真正的大事";最终,这件事的压力会让虚构失败,但同时,我们有预言游戏,有《李尔王》这样的家庭笑话,有末日的拟人化范式;我们有一个共同的计划,即贫困中的真理,一个共同的目标,即多样状态中的统一困境。自由想象无止境地谋划现实,试图让我们的比例项适合万物的公式;常识让我们看到,如果没有悖论和矛盾,我们的寓言对于复杂的贫困来说就太简单了,太想抚慰人心,反而事与愿违。像理查二世一样,我们的研究必须复杂到一定程度,而且有失败感;他说:"我做不到,但我要勉为其难。"

于是我们置身其中,像理查一样在监牢里重新创造世界。也许,浪漫主义、象征主义、后象征主义批评反复强调的形式的自主性,又一次让人联想到监禁状态;也许,被称为对形式的自主性之研究的"自主的形式"——我们抱怨,这么多现代诗都是关于现代诗的,而新小说是对小说的研究——反映了一种意识:在牢房深处,我们仅仅使用影子,因

---

① 朱生豪译。——译注

为我们已经丧失了那种让我们既关心显而易见的事实，又关心人的和谐的自信。乔治·赫伯特创作过一些祈祷的比喻，说祈祷就是在一个钟头里改变六天的世界，还把祈祷叫作"一种乐曲"。这是个六天的世界，因为上帝花了六天时间创世。音乐有六个音符，每个音符对应创世的一天，音符组成的每一首乐曲都反映了和谐。所有的和谐都有这种创世六日式的结构。（现在它可能拥有十二个音调，按在牢里发明的主观顺序排列。）同样地，编百科全书的人过去往往把人类的所有知识都当作创世六日的注解来编排。如果用字母表顺序排列，就是让它服从人主观制定的模式，而这个模式是过时的，因为人在知识中追求的是从被荒诞包围的牢房里看到的和谐、比例、平衡。《创世纪》中那宏大的宇宙秩序让位于牛顿的广阔天空，而这又让位于现代物理学那微妙的补充；福音先是服从于基督教早期学者对详述的要求，后来又服从于现代人对精要的偏好；中世纪的任意性被亚里士多德式情节的逻辑改变，而这种逻辑又经过了现代小说之反逻辑手法的修正，以极权主义审问者的态度来看待时间和原因。

　　这当然又是在夸大其词。即使我们关心的形式的确只是自己牢房的建筑（但从不如此），我们也应该考虑到，这些形式毕竟让我们愉悦，甚至还祐助我们幸福，而此处又与刚才的论调泾渭分明。即使我们喜欢通过思考皮拉内西①式监狱的幽暗深处，而不是通过遇上威廉斯和史蒂文斯所谓的"天气"来找到自我，我们也会觉得找到了主题，而且暂时发现了自我，同时感觉到，对我们而言，对所有人而言，我们的世界有了意义和结构。我们能意识到自己的欺骗行为，让经文自相矛盾，但这仅仅意味着我们仍然渴望的和谐更加难以企及。一旦企及，不管处于何种情况，我们都会觉得找到了一种现实，不论如何，暂时可以经得起怀疑态度的研究；哪怕在一个无尽而无形的世界里，这个现实仍然

---

　　① 乔凡尼·巴蒂斯塔·皮拉内西（Giovanni Battista Piranesi，1720—1778），意大利雕刻家、建筑师。他最具创造性的作品包括极具想象力的监狱场景。——译注

是——不妨借用约瑟夫·皮珀①的一个奇特说法——"指向结尾的特性"。这种实现之所以困难，是因为必须考虑我们所体验的世界；我们对现实既爱又恨，我们"一再回到现实"；这不断地让我们变得贫困，因为它和我们已经获得的和谐格格不入。于是，我们的行动自由似乎总是越来越少，继承的财富对我们也越来越无用。

造成这种贫困以及让人越来越难以接近范式的原因之一，就是和不久前相比，如今更难以想象世界时间和生命时间之间的关系。在第三讲中，我讨论过这个问题的一种早期形式。现代的形式也许远比早期形式更让人苦恼。虚构的范式所属的那个世界中，开头和结尾的关系并不算太脆弱——一个六天的世界，奥古斯丁那严密的世界格局，厄舍尔(Ussher)那有限的时间标度。历史的时段突然大大延长，这远比哥白尼的革命更让人担忧，文学界对此已多有讨论。对简·奥斯丁同时代的聪明人来说，六天的世界还是完全可以接受的。这一世界瓦解之时，科学获得了解放；给文学艺术带来了难度，却为科学展现了新的维度，使其蓬勃发展。

各门科学接二连三地开始关注起时间来。地质学打头阵，然后，到19世纪中叶，达尔文用时间关系描述了生物学的空间分类。其他的科学纷纷步其后尘，包括天文学。图尔明和古德菲尔德②在他们那本有趣的书中指出，每一次转变都引起了一定的轰动；就连科学之中也有人对范式怀有情感上的依恋。同时，对每个人来说，世界之起源和结局的问题渐行渐远。早在1790年，詹姆斯·哈顿(James Hutton)就说："开端不见踪影——结尾无望得见。"对文学和文学批评而言，这造成了我们至今仍未解决的问题，尽管显而易见小说随着世界的扩张而发展起来，而事实之间互有联系。

与这种时间的延长相关的有一种历史性的过渡，从认为是模仿一种

---

① 约瑟夫·皮珀(Josef Pieper，1904—1997)，德国天主教哲学家。——译注
② 斯蒂芬·图尔明(Stephen Toulmin)和琼·古德菲尔德(June Goodfield)，《探索时间》(The Discovery of Time)，1965年。

秩序的文学过渡到认为必须创造一种秩序的文学,这种秩序是独一无二、独立自主的,也许只能通过一个或许可以称为"反创造"(decreation)的关键过程才能获得。我们也许得接受这样一种过渡,尽管不能拿它太当真。(进一步的问题是,我们是否可以再尝试,转变到另一个立场:不需要创造什么秩序,因为消费者只要得到适当的鼓励,处于适当的情况下,就会自己创造秩序,不需要别人帮助。但我认为这是错误的。)有许多种方法来描述这种转变,其中一些过于简单而戏剧化,充满了哀叹和过分的推理。我自己很看重厄尔·瓦瑟尔曼(Earl Wasserman)的书《更微妙的语言》①中的一些内容,其中提出了一个可以接受的方法,用来讨论这个问题。用他的话说,这种过渡是从模仿过渡到一种多少类似于数学的东西——从模拟(mimesis)到数学(mathesis),从命题到无理数。于是,《库珀山》②之**"不和谐的和谐"**(concordia discors)反映了有限君主制的政治哲学,影射由类似制衡机制规范的宇宙。"敏感植物"的"更微妙的语言"则是建立在另一个假设基础上:感官现实和隐喻现实的交汇处要远得多,是人的头脑想象不到的点。经历了这样的转变之后,那种脱离了现实的体验,或在尚未实现的世界里四处游荡的体验——或人为了否定其虚幻性而拼命抓住的大门一再从手中坠落或消失的体验——变得平常得多了,成为可以经常探讨的问题。其实,正是华兹华斯那脚踏实地的态度让我们熟悉了一个没有尺度、无边无际的世界,这个世界拒绝范式的模仿,要求摈弃旧的形式和旧的说话方式,以时间的模式运行。他体现了现代文学的特征之一,开始让变得不适合科学的准空间模式也不适合文学。

恐惧的学问和爱的学问同样都是实际问题,前者的基础是遥远感和疏离感,而后者的基础是一致和安慰。我们明白,为什么华兹华斯如此看重那些几乎僵滞不动的老人,他们没有用处,非常贫穷,却不知怎

---

① 厄尔·瓦瑟尔曼,《更微妙的语言》(*The Subtler Language*),1959 年。
② 约翰·德纳姆(John Denham),《库珀山》("Cooper's Hill"),1642 年。

的和佝偻所向的地面合为一体,于是和诗一样神秘。在他看来,诗从恐惧中走出,进入爱的时刻;但诗必须承认事实的压力,所以华兹华斯最好的诗**包含**一种令人眩晕的疏离感,后来称为荒诞感,却用欢乐使之脱胎换骨。我想,这就是把"大末日的特征"印在令人恐惧的无限时间上的一种方法。对华兹华斯和普鲁斯特来说,力量的藏身处会导致时间的失败;这样的藏身处被不由自主的回忆发现,像手持陶罐的姑娘那样毫无论辩意义,所以能提供结构、意义和愉悦,而这些则让我们得以摆脱时间那漫长而无意义的消耗。对这里创造出的种种生命,华兹华斯描写得奇特而又优美——"这样的存在……如同被声音攫住翅膀的天使"。不妨说,它们属于**有始无终之境**,属于永恒的时刻,超越了尘世的时间那令人眩晕的延续性。史蒂文斯所谓"感化我们的**浪荡子**(Lumpenwelt)"是有必要的,一定是由必要的天使来完成。

  这种"存在"体现在《决心与独立》一诗中,我认为这是一首很杰出而且很现代的诗。诗人改造了一件平常而令人不安的小事,要了解其间花费的心血,可以参阅华兹华斯于 1802 年 6 月 14 日写给萨拉·哈钦森(Sara Hutchinson)的信,以及多萝西·华兹华斯(Dorothy Wordsworth)当年 5 月上旬和 7 月 2 日的日记。偶遇捉水蛭人的实际时间是将近两年前的 1800 年 10 月。那人背驼得厉害,因为坐马车出过事故,变成了半残废。约翰·华兹华斯(John Wordsworth)猜测他是犹太人。从技术角度看,他的职业比在山上种地还要原始;大自然之力使水蛭的数量变得少之又少,让他陷入赤贫,同时把他变成了风景中的神秘之处。他们在安布尔赛德①附近遇见了这位老人,"天色已晚,日光正在逝去"。

  那个衣衫褴褛的形象在华兹华斯心里激起的波澜,只有诗行才能表现。他发现这个形象很难描述,这首诗很难写,主要因为那老人说的话与这种情况相关,但只是间接相关,就像事实和诗的关系一样。他要

---

  ① 安布尔赛德(Ambleside),英国湖区镇名。——译注

把老人说的话写进诗里;这当然有点乏味,但少了它怎能叫诗呢? 萨拉·哈钦森告诉他,她不喜欢诗的结尾。他不得不试图说明,她的想法为什么错了。"那老人讲故事的方式,在**不耐烦**的读者听来肯定会觉得无聊,但这是老人的性格使然。可是,天哪! 这样的人物,在这样一个地方! ……"老人必须说点什么(而他说了很多)——事实就是这样,无法简化——但他必须**成为**一种很不同的东西,很像一首诗。对华兹华斯而言,他的任务就是解释这个形象蕴含的力量——一个人"独自行走于山间和所有孤独的地方,带着自己的坚毅和一个不公正的社会让他必须携带的必需品"。

但这首诗很少触及这些方面,其实根本就不是"关于"捉水蛭人的。用华兹华斯对萨拉·哈钦森的话说,它讲的是"一位青年诗人……想到最幸福的人,即诗人,所遭受的悲惨挫折,感到情何以堪";讲的是"命运的干预"让这位青年果敢而独立,有能力思考某种贫困。在诗中,诗人的脑海和上午的景色突然暗下来,在这个梦境般的时刻,老人出现了。尽管在诗里提到了老人那段啰啰嗦嗦的话,但直到诗人的思维活动让他坚信,这也许是一种特殊的恩典,是来自上天的一种启示,那些唠叨这时才得到关注;老人和池塘融为一体,化身变成了大石头;这首诗从来没让读者直接关注老人,而是关注诗自身的变化。诗的结尾看似一首简单的诗,甚至一首蹩脚的诗的结尾,但在这里,它是一种伪装,一种情节上的欺骗。它说,从此以后,诗人觉得自己可怜时,会想到这位老人。总有人比你更可怜。

但即使是在简单而**看似纯真**(faux-naïf)的《抒情歌谣集》(*Lyrical Ballads*)中,华兹华斯也在邀请读者为他把叙事复杂化。他把一切都融入了诗里。其实,这首诗的真正目的是证明,和现在一样,我们不时地被自己的精神所神化;特殊的恩典与其说属于过着严肃生活的人,还不如说属于诗。从那难以捉摸的时代和现实的晦涩难懂中产生了这个非凡的时刻,这一时刻具有有关过去和未来的复杂的视角。诗的开头写到欢乐的丧失,然后直面贫困和无聊时代的奥秘——这种直面缺乏交流，让语词自相矛盾。

关键甚至不在于让华兹华斯一直感到痛苦的东西：自然曾经慷慨地提供诗歌和水蛭，但如今也会撇下诗人，让他像捉水蛭的人一样，"坚持不懈，努力寻找"。的确，这是比喻意义上的贫困和真正贫困的初次大交锋，由此产生了梦与诗。于是结尾非常复杂：老人依然贫困，依然一动不动地待在旷野里；诗人显然无法改变他自己的贫困，只能抱着希望去忍受；这一切都表露无遗。但诗的结尾却是欢乐的，因为它成功地给贫困赋予了一种真实而独创的人的形象。

这首诗似乎在模仿奥特加在小说中看到的现象，即走出一个客观的神话世界，进入了在时间里活动的主观意识。① 它仍然表现了旧世界——可以在诗中发现简单的情节——证明了范式的力量，也许还证明了范式之不可或缺。但范式经过了改变，使之改变的力量之一当然就是华兹华斯对过去的感觉，是在时间的"藏身之处"发现力量的需要。诗人思想的成长对他来说是史诗的真正主题，已不再是把握一个六天的世界之空间关系的过程，不再是把人变成好奇而渊博的学者的过程，而是一个在失去的时间里，依靠特殊的恩典寻找自我的过程。

在这个黑暗的回溯过程中，形式可以无限地模仿。这种现成安排的缺失，这种新的偶然之力量，曾萦绕在德·昆西（De Quincey）的心头。在这种情况下，他说时间比空间"更加神秘"；J.希利斯·米勒（J. Hillis Miller）写过一篇论德·昆西的精彩文章②，他解释道，对一番经历的渴望，会给当下的时刻赋予过去和未来难以捉摸的力量，满足这种渴望的东西，他称之为"我内心中的世界末日"——通过抽鸦片得到的一个虚假的结尾，至此不再有时间。这是对时间的胜利；德·昆西想要从句法和议论的角度来反映这种延续性的失败，许多后世艺术家纷纷效仿，预示着描写末日景象和空间化时刻的诗，甚至预示着普鲁斯特作

---

① 奥特加·伊·加塞特，《〈堂吉诃德〉思考录》，1914年。
② J.希利斯·米勒，《上帝的消失》（*The Disappearance of God*），1963年，第17页起。

品中让人摆脱永恒事件之**时间**(chronos)的内容。他预示着一种关于永久危机的文学,如卡夫卡的作品;用威廉·菲利普斯的话说,卡夫卡"让经历的每一事件都承载所有的经验"。但德·昆西渴望找到这种永恒的外部证明,承认说,人不能在时间的文本旁一再注明"**不删**"(stet);用米勒先生的话说,他又重新陷入"一种无力的痛苦之中","在其中,自我又变成了孤独的一点",当这种"幻想的上午"愿意振作起来之时,却"在葬礼般的黑暗背景下旧景重现"。其他人看到了现代形式之牢笼的深度,而德·昆西显然看到了其恐怖之处;在现代形式的牢笼中,我们认识到:我们所承袭的反映世界结构的方法与它毫无一致之处,而只和我们内心的欲望一致,而且困难重重。

让我暂时回头谈谈牢房里的克里斯托弗·伯尼。他发现了现代艺术的形象:有难以想象的多种多样的状态,但没有单一的困境。你指望从中产生何种虚构?当然是尽可能远离仪式,甚至也远离来自仪式的形式,如悲剧。至于"**真实主义**",在这种情况下,完全是警察关心的事。伯尼的虚构是关于时间的,也是关于词语的世界,其中词语前后互相矛盾,词不达意。这样的虚构当然是复杂的,不会被随意简化,而会在时间和变化中长存,因为时间和变化是感觉生命所必需的,在世界的空间范式让位于时间范式之后,尤其如此。到这里,我终于可以谈到如何为时间和变化做辩护。

如果说有一门关于永恒监狱的艺术,那就是诗;许多批评技巧都和永恒的监狱相关,其历史原因可能是"正规"批评和诗的联系要比和小说的联系紧密得多。《荒原》(*The Waste Land*)意在处于时间之外,尽管它当然也有时间性的一面;肯尼思·伯克(Kenneth Burke)讨论这首诗时说,这是渐进的形式,是"本质的时间化"[①]。然而,小说无论怎样改变时间,都会把时间切片一层层重叠起来,以寻找非时间性的和谐,总是在某些方面和萨特所谓时间那"明显的不可逆转性"紧密相连。小

---

① 肯尼思·伯克,《文学形式的哲学》(*The Philosophy of Literary Form*),1941年。

说的开头、中间、结尾无论如何精致,如何偏离范式,都总是要在某处与范式会合。

这是个熟悉的问题。乔治·艾略特(George Eliot)说,"开头总是很麻烦",又说,"大部分作家都不善于写结尾",指出"部分问题在于结尾的性质本身,因为结尾充其量只是一种否定"。① 菲尔丁(Fielding)讨厌书信体,但认为书信体有一个好处:它让作家摆脱"常规的开头和结尾"。历史和编年史分开来,自成结构;小说和简单叙事分开来。这样就创造出了开头和结尾的问题,其形式在范式上模仿世界的形式。所以最好的开头就是伪造得最好的,如《印度之行》(*A Passage to India*)那完美的开头一句,以及《呼啸山庄》(*Wuthering Heights*)开头中的反讽("我要打交道的孤独的邻居")。而只有当结尾并非否定,而是直白地改变具备固有结尾的事件时,才成其为结尾。

以《安娜·卡列尼娜》(*Anna Karenina*)的结尾为例:它概括了小说那个关于家庭的开头。你一定记得那开头:"幸福的家庭都是相似的,不幸的家庭各有各的不幸。奥布隆斯基的家完全乱了套……"一千页之后,在列文家,"人人都亲切友好"。列文在听科兹尼雪夫阐述斯拉夫民族开创新世界的理论,这时他的妻子叫他去婴儿室。在去婴儿室的路上,他想到关于上帝和命运的其他重大问题,这些问题的答案他还没有找到。在婴儿室里,他妻子只想告诉他,孩子能认出他们俩了。列文此前觉得这个小东西很可怜,只会给人增添烦恼,现在变成一个宠儿了。回到客人聚集的客厅时,列文又开始担忧上帝以及异教徒得救的问题。但他刚刚在婴儿室看到的那种真理是他唯一能把握的。这时基蒂打断了他的思绪,让他去跑个腿。他没有告诉她,他发现了人类困境的单一性;他的家庭和其他家庭一样幸福,会给他同样一种生活,其中充满矛盾,说话词不达意,祈祷和争吵不断;而这时他可以说:"不管我

---

① 见艾略特致莎拉·亨内尔(Sarah Hennell)和约翰·布莱克伍德(John Blackwood)的信,转引自弥里安·阿洛特(Miriam Allott),《小说家论小说》(*Novelists on the Novel*),1959年,第250页。

会遇到什么事情,我的一生,其中的每一分钟,都不再像过去一样毫无意义了,而是具备了一种肯定的善,我有能力赋予它以意义。"在这个结尾中,列文说出了全书的主旨;和他一样,这本书也需要一个幸福的家庭作为结尾,需要一些人物,不再是物,而是变成人,需要被赋予一种力量,改变组成其时间历程的逼真事件。对列文来说,这种力量是一种人的力量,给出一种属于人的真理,这种真理也许和我们讨论日月星辰或末日预言式的泛斯拉夫主义一样不准确。也许,如陀思妥耶夫斯基(Dostoevsky)所猜测的那样,列文会"再次毁掉他的信仰……被自己本身思想的钉子刮伤"。但我们关心的是结局,不是列文的结局,而是《安娜·卡列尼娜》的结局,关心的是人所必需的虚假。詹姆斯(Henry James)在《罗德里克·赫德森》(*Roderick Hudson*)的序中说:"的确,随时随地,关系都不会在任何地方停止,而艺术家面临的精妙问题,永远就是运用他自己的几何学画出一个圆,在其中,关系**看似**欣然停止。"他接下来说的恰好符合我们的目标:"他处于永久的困境之中,事物的连续性对他来说就是全部问题所在,喜剧悲剧皆然;这种连续性从来不间断,而且,不论做什么事情,他一方面要充分顾及它,一方面又要努力忽视它。"

这就是问题所在:顾及和忽视连续性,尤其是时间的延续性。如果忽视连续性,我们就假装得到了连续的世界中缺失的形式;我们退回神话,走出这个时间,进入那个时间。如果顾及连续性,我们就让语词自相矛盾,在我们的虚构中对创造难以企及的和谐的需要。但忽视连续性会非常危险;如弗吉尼亚·伍尔夫(Virginia Woolf)所言,当"岁月的皮肤被扔进树篱"时,小说就死了,《尤利西斯》(*Ulysses*)中乔伊斯(Joyce)的日子依然外观完好;约瑟夫·弗兰克(Joseph Frank)说,乔伊斯在写作时是否"假定人们最终会对他的作品达到统一的空间性理解",很值得怀疑①,因为这本书里尽是些琐碎的巧合,而且人物的确具

---

① 约瑟夫·弗兰克,《现代文学的空间形式》("Spatial Form in Modern Literature"),见《扩展的旋回》(*The Widening Gyre*),1963年。

有不确定性,用阿诺德·戈德曼(Arnold Goldman)的话说,只能隐含着一个"越来越密的偶然之网"——我们"不得不把最终的解释保持到小说的结尾"①。其中有静和动的对立,有对变化、潜能,以及我们所谓空间结构的模仿。越往后去,奥德赛式的布局就越来越不占支配地位,限制史蒂芬自由的数据减少了。时间与变化重新回到艺术之中,这让温德姆·刘易斯(Wyndham Lewis)很是厌恶;虚构中对时间性的攻击在旋涡(Vortex)的"明亮的静止"中取得胜利,但不是靠虚构取得胜利的。《狂风》(Blast)说:"我们的旋涡不巴结生活。"但小说却得巴结生活,不管其手段如何精妙;小说不能像刘易斯那样摒弃时间,在这方面甚至不能达到诗和批评的程度;当然,小说也不能摒弃我们认为属于空间的形式。

我认为,伯尼在牢房里看着山墙的影子,把它纳入自己寻找意义的企图,这比空间形式更有意义。自从约瑟夫·弗兰克首次将它命名为空间形式并研究其历史以来,已经变得非常系统性,而且非常复杂。他的"新拉奥孔"的意思是,虽然书本必然属于时间的因素,但其组织形式应该认为是空间性的;人读书似乎会读上两遍,一遍是读时间,一遍是读空间。弗兰克还说,许多现代文学作品本来就是应该这样理解的,说得很有道理。他又谈到普鲁斯特,说他信守承诺,"在他的小说上印上了不可磨灭的时间的形式";但他也通过各种手段"迫使读者把迥然不同的形象并列于空间之上",从而让我们得到拉蒙·费尔南德斯(Ramon Fernandez)所谓的"时间与记忆的空间化"。

有些比喻,我们往往忘记它们是比喻;用在这里,"空间化"就成了这样的比喻,如同"有机形式"这个比喻一般。马塞尔·普鲁斯特(Marcel Proust)在考虑那些让他理解他的经验,而且,用他的话说,恢复了他对文学的信念的事件时,并不是在讲空间形式。他最重要的一天通过意义的施予而对他有了意义;结尾和之前的事情达到了和谐。但脱离了时间之流,用来寻找永久意义的经验,当然并不会产生空间模

---

① 阿诺德·戈德曼,《乔伊斯的悖论》(*The Joyce Paradox*),1966 年。

式;它们不时打断时间的秩序,摆脱了偶然性——只有原始小说(ur-novel)完全存在于偶然中,也可以说摆脱了**延续**(durée)或**有始无终之境**。

我们要记住,空间里的形式所具有的时间性比莱辛所想的要多,因为我们得先一个一个地去读,才知道它们在那里,知道它们之间的关系。时间形式所具有的空间性方面几乎是可以忽略的(如书的尺寸)。要研究它们的相互关系,最好把过去、现在、未来联系起来——我在第二讲中讨论过——而不是用伪造的空间模式代替时间模式。如《尤利西斯》的"伊塔刻"一节所言,把"通过可逆空间在时间中离去和返回"和"通过可逆时间在空间中离去和返回"等同起来,是不能令人满意的。

我们极其关心时间的结构,关心书本在开头、中间、结尾之间安排的和谐关系;但如果假装不关心,就会有所损失——芝加哥派的批评家会赞同这一个观点,当然侧重点会很不一样。用詹姆斯的话说,我们的几何要用来测量变化,因为我们关注的是在遥远或想象的起源和结束之间的变化。在永久的危机中,我们在适当的时候,在或许来自我们自己的结局的压力下,对过去和未来有着令人眩晕的观点,身处自由之中,但这种自由属于不和谐的现实。这种对混沌或荒诞的想象,或许让人难以承受。在下面这首诗中,菲利普·拉金(Philip Larkin)的语气很轻柔,说的却是件可怕的事:①

> 的确,虽然我们的元素是时间
> 但我们并不适应一生中
>   每个瞬间展开的远景
> 它们连接起我们和我们的损失……

仅仅给这样的远景安排秩序就是给予安慰,德·昆西的鸦片正是起到这个作用;而简单的虚构就是人们的鸦片。但过于轻易的虚构,我们又

---

 ① 菲利普·拉金,《回顾》("Reference Back"),见《降灵节婚礼》(*The Whitsun Weddings*),1964 年。

说它"逃避现实";我们不仅需要虚构安慰自己,而且需要虚构在此时此地,在正中间,就揭示那硬道理。如果看不见山墙的影子,听不到不和谐音,即让言词自相矛盾,就感觉不到虚构在起到这种效果。有些书会遮蔽远景,把我们同自身的损失分开,把力量的世界呈现为行为的世界;等鸦片的药性过去了,这些书就会和空瓶子一起被扔进垃圾堆。能够让人持久关注的书则穿过时间,到达一个结尾,我们哪怕不知道这个结尾,也能够感觉到它;这样的书在变化中存在,直到"**仿佛**"和"**就是**"合一,而这是永远不可能的。

当然,每一个这样的虚构都在某种程度上重复其他的虚构,但总是随着现实中的变化而有所改变。史蒂文斯说,脱离了贫困的时刻就是"**一个时辰**(hour)/充满了可以言表的幸福,在其中我/无所匮乏"。但这样的时刻会过去,而匮乏,即对于损失的关注,又会回来;从另一种混沌的体验中,又会产生另一种形式——一种时间中的形式——既是重复,又是新的,两者同时满足。于是,似乎可以主张以下两点:一、诗人说的没错,他的巨人"永远在变化,在变化中存在";二、他说"英雄(man-hero)不是异常的怪物/但他最善于掌握重复",也是对的。而且,还有件事他说对了:我们这些庸人(medium men)生活在永远是二月的现实中,对我们来说,这件事至关重要。如果这件事他说错了,那么我们就应该合上诗集,读读某人论必然性的诗:

庸人

在二月听见想象的赞美诗
  看见了它的形象,它的运动
以及许多种运动

  感觉到想象的仁慈……

选自《结尾的意义》(1967 年)

4. 1907年左右的英国小说

这篇文章，是受哈佛学院（Harvard College）之托，为一本小说研究文集而作的。我感兴趣的是现代性的躁动，而躁动发生之时，像几乎所有时代一样，那些热卖的小说对此类问题漠不关心。1907这个年份似乎值得一谈，因为在短短一季时间里，埃莉诺·格林（Elinor Glyn）出版了一本无聊的畅销书，而康拉德（Conrad）出版了一本杰作。当时的评论家虽然看法不同，总体来说对这两本书都很推崇，但无一例外都做了误读。

借此机会，我读了威廉·德·摩根（William de Morgan）的作品。摩根既不是畅销作家，也不是现代派作家。当时许多人都在思考"英国状况"问题，而亨利·詹姆斯（Herry James）在他的小说序言中则探讨了小说的状况。小说家受了福特·马多克斯·福特（Ford Madox Ford）的启发，开始专注于技巧问题，但埃莉诺·格林和弗洛伦斯·巴克利（Florence Barclay）对此都不感兴趣。

我们可以确信无疑地说，1907年左右，英国社会和英国小说都正在或即将发生重大变化。乔伊斯和劳伦斯已经开始写作，葛特鲁德·

斯泰因(Gertrude Stein)的创作生涯也开始了。詹姆斯在连续发表小说序言；曾经和康拉德合作的福特，则在构思小说的新理论。阿诺德·贝内特(Arnold Bennett)根据他认为正确可靠的法国理念，在撰写《老妇人的故事》(The Old Wives' Tale)。对小说而言，1907是个不错的年份，《间谍》(The Secret Agent)和《最漫长的旅程》(The Longest Journey)都是这一年出版的。可谁会去读呢？三年前，《诺斯托诺莫》(Nostromo)和《金碗》(The Golden Bowl)都找到了读者；过了一年，贝内特的小说，以及《名叫星期四的人》(The Man Who Was Thursday)、《大空战》(The War in the Air)、《看得见风景的房间》(A Room with a View)都出版了，读者虽然起初反应冷淡，但最终还是接受了。读者之中有人喜欢瓦格纳，也有人喜欢易卜生。1907年，威廉·阿彻(William Archer)的译本面世，纽约也出版了詹姆斯的小说。许多人都读过福楼拜、托尔斯泰、尼采、惠特曼的某些作品，少数人还看过《梦的解析》。还没有几个人知道胡塞尔，但罗素很有名。乍看上去，在当时的气氛中，应该有人喜欢看追求严肃艺术的小说。

就整个社会而言，我们只需要指出的是，当时已经有人对过去持批判态度，而国民开始惯于自省。布尔战争之后，大英帝国之岌岌可危，已经愈发明显。受过教育的人良心发现，开始关注穷人。像妇女受的压迫一样，穷人的疾苦让自由派人士深感不安。同样焦虑的还有有钱人，他们担心的是国民的体质：要不了多久，他们的财产是否安全，就要看国家能不能找到健康的人去参军了。人们强烈地感觉，时代在变。与此同时，一如既往，对一切堕落或者创新的新迹象，人们反应不一。如何反应，要看怎样理解种种放宽限制的表现，如批判资本主义、质疑传统的性道德、在文学里涉足禁区。爱德华七世统治初期，全国上下确实有些惊慌失措，但在其统治结束之前，倒是多少恢复了镇定。当时的人有种危机感，不知道未来会怎样，1914年"一战"爆发之际，詹姆斯伤感地回顾过去，表达了这种情绪："多年以来，一旦局势稍有好转，我们就认为世界在慢慢变好，而今文明堕入了血腥而黑暗的深渊，我们方才醒悟,这些危机四伏的年头,最终的结果是什么,有什么**意义**。这真是悲惨得无以言表。"①

这些问题,对当时的文学作品有什么影响呢? 在英国的状况和英国小说的状况之间,应该是有联系的。这样的联系,应该不仅在于小说家怎样描写国家的状况及其具体方面,而更在于是用什么方式来描写的。有没有所谓"时代词汇"呢? 如果有,那么应该要比"时代句法"容易描述。成功的小说一般使用大众能够理解的语言。我们先来看一看1907年读者喜爱的几部小说,这样就可以从不同侧面了解爱德华时代中期小说的句法和语法。当然,要知道,这里讨论的作品,不能完全反映读者的情况,因为他们可能还读了《间谍》,而这部小说,如果继续拿语言学术语来打比方,其语言要求高得多了。

直到现在,还有人认为埃莉诺·格林的《三周》(Three Weeks)是一部性幻想作品,甚至还有人把它当性幻想来读。从某种意义上说,这样想倒也恰如其分。有人说这书不过是"色迷迷的情欲记录",但美国版的序言为之辩护,而且这书也的确不仅仅**就是**那种东西。书里写的一对恋人,一个是英国青年,外表非常英俊,脑子却极为糊涂,一个是俄国皇后,是个女冒险家,既神秘又实际,让青年人精神振奋,欢欣鼓舞;那青年和她待了三个星期,直到月圆之夜,竟发现自己脱胎换骨,变得才智超群,于是跻身政界,飞黄腾达。俄国皇后把爱情和一切分开,包括家庭用具、学问、艺术,还有"狂热追求不可能的新东西"。在她看来,正是因为把爱情和这些东西搅在一块,所以世人才普遍地躁动个不停。("保罗说:'对啊',想到了他母亲。")最终的结果是,皇后给保罗生了个儿子,自己却被她丈夫杀了。她丈夫又落入一个忠于皇后、想为她报仇的卡尔梅克人手中,于是那孩子就成了沙皇或者皇太子。保罗有幸在

---

① 《亨利·詹姆斯书信集》(Letters of Henry James),珀西·卢伯克(Percy Lubbock)编,1920年,ii.第384页;转引自塞缪尔·海因斯(Samuel Hynes),《爱德华时代思想的转型》(The Edwardian Turn of Mind),1969年,第358页。海因斯的书不仅描写了当时的普遍情绪,还提供了关于整个"英国状况"的有用细节。

首都的大教堂里参加皇太子的五岁生日庆典,看到了他的儿子,是一个"皮肤白皙、脸颊红润、一头金发的英国孩子,将来要登上王位的"。

当时的人越来越觉得,既要摆脱官方正统的道德观,又要摆脱文化孤岛的状态,所以,看到这样奇特而又成功的梦幻,自然很是喜欢。英国美德与异国艺术素养交换,显得合乎情理。书里描写的床上场面和皇后那外邦的举止一样,不严肃地、起码是梦幻般地反映了异国情调。皇后"超越了通常的道德准则",这种尼采式的邪恶最终让她付出了生命的代价,却有利于现实的帝国,也就是大英帝国的发展,这样的结局是令人满意的。保罗摆脱了他那位乐呵呵的英国未婚妻,但还是有了个继承人,一个纯粹的英国继承人,将要继承一个此前一直是外国人领地的帝国。至于他自己,有了一场不会重来的性经历之后,回到了真正的帝国中心伦敦。这城市与欧洲久已疏远,对许多知识和经历都一无所知,而今可以从他身上学到一切,因为他在一位异国皇后的床上待了三个星期。

格林小姐不关心英国的中产阶级女性,可以认为这说明当时的女性渴望摆脱过去的社会角色;同样地,她对大英帝国的狭隘思想不屑一顾,反映了那个时代逐渐高涨的一种情绪。然而,虽然她的读者群相当庞大,对这种思想也多少能够接受,她却没想过让他们放弃与时下提出的变革方案格格不入的、有关社会和民族的种种先入之见。她笔下的"新人"本是个无趣的英国人,碰巧有了一次性经历,学到了在英国社会里学不到的知识,从而脱胎换骨。他仍旧是个中上阶层的英国人,此前那无聊的生活只是掩盖了他的能力,却并没有将其破坏,如今他依然遵守他那个阶层的习俗。新沙皇完全是个英国人,显然并未从他的外国母亲那里得到基因遗传和早期教育,因为皇后只是教育了他的父亲,生了他,然后就死了。就这样,社会上的种种情绪——日益担心帝国之间会发生冲突,刚刚发现英国的现状要改变、要保卫,甚至要推翻,发现教育和社会等级方面的种种愚蠢现象亟待纠正,发现极度的性压抑可能很危险——通过一场梦幻,一部畅销书,得到了缓解和安抚。如果拿它当真，就会显得怪异或招人反感，因为这不是那种明摆着要联系现实的书。现实意义当然有，这可能也是难免的，但有时候书和现实之间差异太大，就看不出来有什么现实意义了。

那时的人觉得，他们正在进入新时代；在此之前，英国人不费劲就能称王称霸，而今，要想继续保持这个地位，就必须对自己加以改造。因为有这种思想，所以产生了一系列描写英国遭到侵略的小说。随着时间的推移，这种小说的结局也在变化，刚开始是轻松取胜，然后是苦战，接下来是惨败。这些小说里最好的一部是厄斯金·奇尔德斯（Erskine Childers）写的，其中他还表现得对英国人的种族优势颇为自信①。在一部连载于 1907 年的书里②，威尔斯（Wells）通过一个没受过良好教育的英国技工的眼光来设想即将发生的世界大战，却把世界之都移到了纽约。然而，对当下问题有意识的探索，比如威尔斯的小说，或者《巴巴拉少校》（*Major Barbara*，1905 年），甚至高尔斯华绥（Galsworthy）的作品，就反映读者的能力与需求而言，反而比不上没有这种明确目标的小说。这类小说的一个代表就是弗洛伦斯·巴克利于 1908 年出版的《玫瑰经》（*The Rosary*）。我年轻的时候，这本烂得出奇的书还在重印，我在 1933 年左右看了本平价版。显然，这本书在四分之一个世纪里一直受读者欢迎，虽然不是什么品位高雅的读者。

美国出版商说这是本现代风格的书（"现代"这个词在当时已经是一大卖点了）。其实这书写的是新女性的梦，书中那位新女性的代表曾经在布尔战争中当过护士，会打高尔夫球，而且身强力壮。她原本和一位雅致的画家有一段风流韵事，但最终还是分手了，因为那人觉得她太老，长相也太寒碜。故事发生在一位公爵的府邸，里面的人说起话来上流社会派头十足，因为作者学的是奥斯卡·王尔德等人。穷人的代表是个铁路上的脚夫，女主人公给了他一大笔小费，他就认为她是天使下

---

① 厄斯金·奇尔德斯，《沙滩谜语》（*The Riddle of the Sands*），1903 年。
② H. G. 威尔斯，《大空战》（*The War in the Air*），1908 年。

凡,给他生病的老婆带好吃的来了。要知道,就在作者对穷人如此幻想的同时,备感愧疚的费边主义者在探究穷人的命运,而有人则害怕暴乱——萧伯纳在《巴巴拉上校》里提到过。高尔斯华绥笔下的富人周围总有一帮穷人,病快快的,愁苦万状;切斯特顿(Chesterton)表示,他把穷人看作一个快乐的基督教国家的捍卫者;康拉德知道,之所以有警察,正是为了管住穷人。但巴克利小姐笔下的新女性依旧认为,穷人就是接受上流社会慷慨施舍的人。她对社会状况的感觉这样迟钝,恰恰反映了她想象力的整体水平。

女主人公的画家失明了。她改名换姓,开始照料他,陪伴他度过最潦倒的时光,最后不光嫁给了他,还协助他毫不费力地从一个画家变成了作曲家。在作家的想象之中,艺术问题变得和贫困问题一样简单易解。顺便说一下,该书热情洋溢的大结局早就可以预料,象征着众人期待中的畅销小说的皆大欢喜。

但这本书的成功,却不仅仅是普通的粗劣浪漫小说的成功,因为读者还没有把它看得那么差劲。有点意思的是,一方面是优雅甚至娴熟的上流社会人士的对话,一方面却是极度庸俗的想象和技巧,这两者竟然相安无事。看来有些人可以学着写一些听上去大约很摩登的东西并让这些东西为人所重视,却一点也不知道小说和社会的关系之间面临着危机,而且已经促使一些人进行了更为激进的现代主义实验。一位美国评论家的赞誉让出版商感激不尽,大加援引。他说《玫瑰经》这本书"让我们进一步坚信把人类放到地球上这个伟大实验取得了成果",还说有些不同寻常的故事是"各个阶层的小说读者"都喜欢的,《玫瑰经》就是其中之一。这样的溢美之词在当时是许多人——比如康拉德——所追求的目标。那时的人确实希望,既能把小说变摩登,又能让小说仍然受大众欢迎。

然而,在技巧上做出创新,以表现现代的真谛——感到这种迫切需要的是小说家,不是读者。不仅当时,现在也多少依然如此,一般大众想看到的,是用传统技巧写亲切的、起码是熟悉的题材。1907年出的一本小说值得从这个角度研究一番,那就是威廉·德·摩根的《简称爱丽丝》(Alice-for-Short)。摩根曾经和莫里斯一起做陶器生意,自己也是位杰出的艺术家。六十五岁时,他没了工作室,才开始写长篇小说,第一部,也是最成功的一部,是《约瑟夫·万斯》(Joseph Vance, 1906年)。

摩根故意采用了一种复古的风格。在《永远不会再发生》(It Can Never Happen Again, 1909年)的末尾,他给读者写了一段话,为书中那特别亲切、无所不知的闲聊开脱:"我知道,和读者拉家常,是维多利亚时代早期作者干的事,已经声名狼藉,一点都不摩登,而如今样样都要摩登……"在《简称爱丽丝》中,他说了类似的话:"我们在这些问题上喋喋不休(想必招您厌烦了),因为我们真的想让您了解查尔斯和爱丽丝的秘密,知道他们的所思所感。不用问我们是怎么知道这些事情的!我们保证说得没错,知道这一点就行啦!"(464页)这样的插话,语气诙谐却又不大自然,说明"摩登"对摩根来说是个麻烦事,而且,他脑子里想着摩登,写出来的故事情节就出现了一些奇怪的波折。《爱丽丝》写的是被一个体面人家收养的弃儿爱丽丝,虽然一直认为和这家人的儿子纯属兄妹关系,但最终还是和他结婚了。虽然各章标题嘻嘻哈哈,行文是滑稽的复古腔,但无法掩盖故事中多处写到的死亡、婚姻破裂、酗酒、贫民窟之类,写到"文明的可怕地狱",写赤贫的爹妈生的孩子,发育不良,惨遭遗弃。故事发生在维多利亚时代早期,显然借鉴了狄更斯的小说。但感兴趣的人知道,摩根说的其实是爱德华时代的贫民窟,只不过有些人不愿意联想到当下的现实,所以他才给出那样的时代背景,用了那样的腔调。

小说的副题叫作"一种历史性"(a diachronism),说明作者知道他写的不仅仅是一部模仿作品。因为他不喜欢维多利亚时代小说复杂的情节,所以塑造了一个不同寻常的角色,叫弗林德夫人,其基本的叙事功能就是撮合一对恋人。但弗林德夫人还起到了进一步修饰情节的作用。六十年前,她二十岁时,被人敲了一下脑袋,最近刚刚苏醒过来,所以初次见到镜中的自己,那场面真是有意思。但真正有趣的是,她其实相当于一部时光机器。作者还写了她对于小说的看法。她听说诗人司各特后来写小说了,很是惊讶。那对恋人跟她讲狄更斯和萨克雷的作品有多好,她就是不信,为了消遣,找来找去,最终还是去看《威克斐牧师传》(The Vicar of Wakefield)。

摩根是个聪慧而善于想象的人,所以这本书提出了一些奇怪的问题。据我所知,除此之外,没有哪部小说一边故意在主题和写作技巧上复古,以此讨人喜欢,一边又能反映出作者意识到了技巧的变化和时代对叙事真实性的复杂影响①。当然,摩根并没有把这一点作为书的主旨。然而,读者对维多利亚时代小说的感觉,正如弗林德夫人对《威克斐牧师传》的感觉一样,而摩根的目的,就是满足读者的需求,尽量不受时间和良心的影响而加以改变。所以,《简称爱丽丝》代表了一系列复杂的关系,如艺术中形式的衍变、作家和读者之间关系的改变。这一切,对一个才智和良心都经过锻炼的人来说,是一直存在的。有些情况下,出于其他原因,你不想让它出现,可它偏偏还是要出现。这样一本书,处于不可避免的时代变迁之际,虽然对变化并不情愿接受,但心知肚明。这很可能成为一个怪现象,可能不会长久存在,然而自有它的意趣。

以上提到的三本书,从不同侧面体现了时代——或曰"英国的状况"——对流行小说的压力。三本书的作者都未曾想需要对技巧做重大调整,以适应隐约可见的世界新局势。摩根倒是意识到了,却故意采用复古风格加以掩饰。然而,在当时,小说的技巧受到了高度重视,不仅仅因为小说家也是艺术家,想改善从前辈那里继承的工具,也因为他们迫切地感觉到,没有技术上的创新就无法理解世界的状况。甚至还有一种典型的爱国主义动机,因为他们认为不能让英国小说在技巧上

---

① 但也应该提到约翰·福尔斯(John Fowles)的《法国中尉的女人》(The French Lieutenant's Woman,1969 年),以及威廉·戈尔丁(William Golding)的《航程祭典》(Rites of Passage,1980 年)。

继续落后于外国小说。这是"无敌战舰"的时代；就像英国海军要领先于德国海军一样，英国小说家也得领先于福楼拜和莫泊桑。

20世纪小说的历史中，占主导地位的思想是：要保持书本和世界之间的鲜活联系，就必须对技巧进行激进的变革。这里我探讨的仅是这种技巧探索的早期阶段。当时的严肃作家不仅知道自然主义的问题何在，还有詹姆斯做榜样。那时候詹姆斯正在发表精彩的小说序言系列。他未能吸引广大通俗文学读者，却写了也评了对重视技巧的作家而言非常重要的小说，这些作家显然并不认为，这些作品的价值仅仅在于体现专业技能。《梅西知道什么》(*What Maisie Knew*)尤其备受推崇，其原因不仅是"技巧"。这部小说告诉人们，要充满想象地把握那个时代，技巧是多么必要。詹姆斯的读者也不仅仅包括写小说的人。早在1884年，他曾抱怨，"有关小说的'严肃'观念，似乎无人问津"，而到了20世纪之初，他就不会再这样说了。1897年，《学术》(*Academy*)杂志的评论家说《梅西》让他"又惊又喜"。《爱丁堡评论》(*Edinburgh Review*)认为，詹姆斯决心做到"与生活之间天衣无缝"，做得非常成功，"给小说的艺术增添了对现实的崭新理解"。《周六评论》(*Saturday Review*)说这部小说"引人入胜"。很多人赞同奥利弗·埃尔顿(Oliver Elton)在1903年发表的一篇美文里的观点，说詹姆斯代表了具有鲜明**现代**风格的美和意义。埃尔顿是英文教授，我们一般不会认为他会持非常大胆的观点①。

这些观点，以及类似的一些看法，说明有人刚刚开始对小说的技巧和理论方面产生了兴趣，当然还仅限于一小群读者。1905年，布劳内尔(Brownell)在《大西洋月刊》(*Atlantic Monthly*)上发表了一篇精彩的长文，敏锐地指出："当今时代，小说理论可谓一统天下……詹姆斯先生的艺术正是在理论方面最具现代性。"当然，他接下来又批评道，詹姆斯

---

① 以上引文均来自罗杰·加尔(Roger Gard)，《亨利·詹姆斯评论集》(*Henry James: The Critical Heritage*)，1968年，第149、269、347、382及349页起。

过于沉湎于理论,"显然故意拒绝对读者期待的东西做出必要的解释和说明"。① 然而,詹姆斯知道,通常的小说往往具有的一些特征,仔细研究一下就会发现,原来过时、累赘而又虚假;由此出发,他革新了技巧,引起那样的批评,其实是很正常的。这些特征所起到的作用,和人们正在逐渐了解的小说之性质之间其实毫不相干,但的确能够让一般不愿意费力气的读者感到安心,让他觉得不管书里写的是什么,都符合他那安逸而又不无武断的设想。这样,他就把这些特征当成艺术的主要内容,而新小说家可不这么想。总之,小说越是具有自反性,越重视技巧和理论,就越要求读者放弃成见,也越要求读者自己的参与②。所以,"新"小说需要大力发扬读者与作家合作的艺术,这样的合作虽然一直需要,但传统上却一直被刻意轻描淡写。所以有人断言,《梅西知道什么》和《金碗》要求读者更加敏锐、更加细致入微地感觉到小说与读者的**相关性**(relevance)。有人认为这是现代性的,原因在于"普遍意识"在现代增强了。就连反对詹姆斯的人,比如威尔斯,也赞同这一观点。所以,新的技巧和变化了的新时代紧密联系在一起,两者都在抛弃一些原本确定无疑的看法,都要考察显得越来越虚假的态度和手段,而且都面临一个新局面,在其中,得考虑更多问题,并且要在不同的相关性语境中考虑。

　　这里我们得谈一谈康拉德,因为上面所说的这种激进的探索很大程度上源于康拉德。到1907年,他已经不指望大红大紫,认为一般读者不可能做出他要求做出的牺牲,比如在结尾方面——结尾是很重要的,因为所谓"大结局"、"一针见血式的结尾",是历史悠久而最为虚假的传统之一,而普通读者"愚蠢得难以置信",偏偏尤其喜爱这种结

---

① 加尔,《亨利·詹姆斯评论集》,第401—407页。
② 布劳内尔指出,这样做的结果就是读者不读詹姆斯的作品了:"据我所知,这再明显不过地证明,詹姆斯先生的艺术中的高超技艺占主要地位,让他的读者不愿重读他的书。"(加尔,《亨利·詹姆斯评论集》,第404页)

尾。① 1913年,康拉德出了本怪书,让亨利·詹姆斯大为惊讶,恐怕也颇为恼火,但后来的读者对这类书就比较熟悉了。这本书叫作《偶然的事》(Chance),在方法、理论、技巧上极度雕琢,就连康拉德的铁杆拥趸也叫苦不迭,却居然一度跻身畅销书榜单。这件事要么说明大众口味进步很快,要么说明康拉德说得对:大众来者不拒,甚至会偶尔碰巧喜欢上"搞"得不错的东西。早先,康拉德与合作者福特观点一致,认为技巧和时代、小说的状况和英国状况之间确实有关系,当然这种关系不太容易理解。福特认为,詹姆斯不仅是技巧大家,而且是了不起的文化历史学家。当时福特可能已经在构思《好兵》(The Good Soilder)了,这部小说不仅在技巧方面做了深刻的探索,而且其目的正是要写就一部文化史。据韦利(Wiley)说,福特的朋友马斯特曼(Masterman)在《英国的状况》(The Condition of England)中提出,需要研究"英国的隐秘生活",认为不妨以小说为手段。② 福特确信,要发展这一手段,就得研究外国的作品,而不是本土的小说;也就是说,为了民族的健康和安全,要具有一种世界性,达到这个目标的方法,和埃莉诺·格林的梦想有稍许类似之处。

　　研究如此重大主题所必需的技巧,要既不松散也不臃肿,应该能够隐晦地揭示出一个虚构事件的症候意义。描写得很节制的"事件",如福特在《好兵》里写的事件,还有他推崇的《梅西知道什么》里写的事件,在吸引了读者的注意之后,应该促使他从若干可能的推论中选出有意义的那些。至于这样的推论有多少,不应该受到旧小说传统规矩的限制。这样的传统规矩,包括正式的结尾、平缓的叙事语调、詹姆斯所谓的贝内特"抱着现实的岸边不放"、叙事者担保所言非虚,如此等等。这些东西都已不再重要,要说有什么用,就是期待这些东西的读者要失

----

① 转引自约翰·D. 戈尔丹(John D. Gordan),《约瑟夫·康拉德:小说家的诞生》(Joseph Conrad: The Making of a Novelist),1940年,第306—308页。

② 保罗·L. 韦利(Paul L. Wiley),《福特·马多克斯·福特:拥有三个世界的小说家》(Novelist of Three Worlds: Ford Madox Ford),1962年,第40页。

望,而正因为失望,反倒能得到些启发。

很容易看出,为什么其他作家,比如贝内特和威尔斯,虽然能够理解新小说,却对其抱排斥态度。归根到底,观点的分歧在于:对读者大众有哪些权利和义务,他们的看法和新派作家格格不入;而且,还有一个问题:去掉一切满足读者期望的技巧,难道最终不就等于废除了小说?康拉德的真正传人是法国现代作家,他们要求读者充分合作,参与到一种行为中;这种行为完全是**词汇**(lexis),没有**理念**(logos),几乎不能再称为小说,所以**小说**(roman)就和广义的**作品**(écriture)没有什么分别了。但当时离这一步还很遥远,所以福特和康拉德还多少希望赢得宫廷和城市的关注,希望吸引读者大众,让他们接受时代所要求采取的技巧。这个目的多少达到了。当年《无名的裘德》(*Jude the Obscure*)的结尾让读者大为不满,如阿伦·弗里德曼(Alan Friedman)所言①,这说明改动"大结局"就是冒犯了大众的道德观。但后来情况有了变化,《恋爱中的女人》(*Women in Love*)的结尾虽然因悬而未决而闻名,其本身倒并没有让人觉得不舒服。读者开始认识到,小说如果写得太完整、太充实、太圆满(rondure),就可能显得虚假;如果不能像《诺斯托诺莫》和《好兵》那样,虽然完整充实,却错综复杂,就尤其虚假。贝内特虽然天资胜过福特和康拉德,但对于需要什么,却判断错误。这样的变化,不论从技术还是从语法的角度来考虑,的确让现代小说,从某种意义上说也是更真实的小说,成为可能。

当时,假如一位作家虽然创作目的严肃,才情却输于贝内特,亦不如康拉德和福特那样聪明,也可能严重失手。不妨以高尔斯华绥的小说《乡寓》(*The Country House*)为例。这部小说出版于1907年。一年之前,他出版了《有产业的人》(*Man of Property*),虽有种种毛病,却颇负盛名,倒也算实至名归。要指出《乡寓》的问题何在,最简单的办法就是说这应该是一部福特式的小说,虽然这样讲也许有些牵强。小说只写了一

---

① 阿伦·弗里德曼,《小说的转向》(*The Turn of the Novel*),1966年,第74页。

件事,也就是如何避免一场离婚诉讼,却对"英国的状况"颇为关注。高尔斯华绥写的是一个上层阶级家庭遇到的麻烦:这家的儿子,也是家产继承人,和一位"新女性"搞在了一起,那女人的丈夫要求离婚,扬言说要把这人作为第三者告上法庭。由于自身经历,作者熟悉离婚法,写作此书之时正值有人鼓吹修改离婚法,这样,离婚法就成了理解英国新状况需要面对的突出问题。① 但小说的主人公却得以完全免遭羞辱,而这归功于相当寒碜的一种小说手段。

他的风流韵事发生在伦敦,那里当然有穷人:在皮卡迪利大街上,他参加的俱乐部门外就站着穷人。他带着那不正经的女人去一家不起眼的餐馆,伺候他的就是病弱的穷人。在纽马克特,肆无忌惮的马主雇佣穷人做赛马骑师。但书里写的实质上是富人的事情,因为离婚是富人的专利,所以也只可能伤害富人。富人对挤在周围的穷苦人漠不关心,书里也只写到了富人的苦闷。这样的漠不关心也许让好心肠的作者有些不安,而且确实把故事弄得一团糟:不痛不痒的讽刺让情节支离破碎,而最终的结局却忽视或者背弃了故事中一切有意思的东西。确定无疑的是,这种社会虚假性和蹩脚的行文腔调之间是有联系的。

小伙子的父亲彭第斯先生是个收藏家:

> 他收藏稀有的、几乎绝迹的鸟生的蛋,他的藏品在"英伦三岛"的此类藏品中出类拔萃。其中有一只蛋让他尤其自豪,因为那是那个品种能够找到的最后一只蛋。他会说:"这是我亲爱的小跟班安格斯从鸟巢里拿出来的,那鸟巢里就这么一只蛋。"他用一只手轻轻把玩着那颗瓷器一般精致的椭圆形物件,他的手是棕色的,长满了非常纤细的、黑乎乎的汗毛。他接着说:"这个物种,如今已经灭绝了。"他是个真正的爱鸟之人,喜欢骂伦敦佬,因为这帮人粗野无知,自己不搞收藏,就肆

---

① 见海因斯,《爱德华时代思想的转型》(*The Edwardian Turn of Mind*),第185页起。

意捕杀翠鸟和其他稀有鸟类，纯属愚蠢。他经常说："真想叫人抽他们一顿。"……如果他的庄园里来了长翅膀的某位稀客，那可就算是件大事，得叫人把它仔仔细细地养着，希望它孵出小鸟，和宅子一起传代；但是，如果知道这鸟是富勒先生或郭里曼先生的——这两位的庄园毗邻他的沃斯特·思凯尼斯庄园——而且眼看着它就要飞回去，他就会立马把它一枪打死，做成标本，好传给后人。

（《乡寓》中的所有引用段落，均出自该书1907年版）

这口气够坚决的了，也许有点过于刻薄，但写得很好，细致到"非常纤细的、黑乎乎的汗毛"。只有自己的后人才算后人；如果彭第斯不能占有蛋或者鸟，那个物种干脆灭绝好了。虽然他那只动物般的手轻柔地把玩着鸟蛋，虽然他对鸟蛋有专门研究，但归根到底，他和那些打鸟的人一样野蛮。这种野蛮，就其本身而言，和想叫人把那些人抽一顿的想法倒是并不矛盾。这一点写得并不巧妙，却很清楚明了。书中写到，后来彭第斯先生当上了治安法官：

有时候……他们把流浪汉交给他处置。于是他就会对那流浪汉说："把手伸出来给我看看。"如果发现他的手没有因为从事诚实劳动而变形，就立马把他关进监狱。如果发现他的手的确因为劳动而变形，他就不知如何是好了，于是就来回踱步，使劲地想，对这样的人，自己的责任何在。还有些时候……他面前站着各种各样的犯人，于是他便根据其罪行的严重程度加以惩戒，偷猎算最严重，打老婆算最轻微。虽然他生性善良，但由于传统的缘故，他认为打老婆不能算犯罪，起码在乡下是不算的。

要是换个年轻、聪明而又训练有素的法官，这些案子一小会儿就审理完了。这倒是不假，但这样一来，就会损害传统，乡绅认为自己在履行职责的坚定信念会遭到动摇，而且还会授人以柄,让爱造谣的人含沙射影地说他无所事事。况且,虽说他这样每天操劳,其实是直接或间接地为自己忙,但这样做,不正是为了履行对国家的匹夫之责,并且不惜一切代价捍卫英国人人享有的做乡绅(to be provincial)的权利吗?

这里的冷嘲热讽让行文显得滞重,有些句子甚至十分笨拙,但不论是写彭第斯对穷人的看法,还是写他以为保护自己的产业就是男人唯一的正事,重点都很鲜明。之所以对这位乡绅着墨甚多,只是因为他儿子的所作所为危及了他的利益和快乐,而且可能让他的产业不保,所以读者就会期待,小说中对他这样浓墨重彩的渲染会告诉我们何时要对他加以质问。有些事情对于上流社会的他来说,是应付得来的。比如说,有一次一个佃户的谷仓着火,他和教区牧师一道,像军官率领部队冲锋一样,带人把火扑灭了。但那个"不讲道德的新女性"和"离婚"对他来说就比较难于处理。然而高尔斯华绥要弄了一个小说家的花招:彭第斯太太是个无趣的女人,不是什么新女性,却和她丈夫一样出身高贵;她以贵妇般的坚决态度,把一切都摆平了。她离开丈夫,暂时动摇了他关于财产和规矩的看法,去了伦敦,见了儿子和儿子的情妇(她当时已经不再和这个小伙子纠缠不清了),又见了那女人的丈夫。那人还是扬言要告她儿子,后来,就是因为看彭第斯太太的确**是**个贵妇人,竟给劝得回心转意,不予起诉。就这样,彭第斯太太把整个乱糟糟的局面收拾妥当了,唯一的代价就是说了几句本不想说的话。

大功告成之后,穷人和受人欺负的赛马骑师就销声匿迹了。彭第斯太太回家了,一切恢复了往日的平静。乌云散去(连天气也真的转晴了),花园里,乡绅和教区牧师看着一棵树,它"象征着俯首帖耳的下层社会,猎犬约翰夹着尾巴蹲坐着,也在看那棵树"。她看见有杂草,但只要跟园丁说一声,就会除去的。她摘下一朵自己栽种的白玫瑰,吻了一下。小说到此结束。这之后,他们一定会坐下来,吃一顿七道菜的简单晚餐,不喝香槟——没有客人时,这家人吃的就是这样的饭。

这个结局无疑证明,富人可能是走运的。在《乡寓》的序言里,高尔斯华绥写到他对上流社会的一些看法,让人家以为他鼓吹革命,但其实他是"最不喜欢政治的。他写作的一贯目的,就是告诉上流社会的人,他们其实很走运;而如果走运的人表现得知道自己走运,那么发生革命的可能就几乎为零"。除此之外,他什么也没做;虽然承诺还有其他事要做,但并没有兑现,置之脑后了。如果说结尾的那个场景有反讽意味,那么这种意味应该属于另一本书,虽然素材(donnée)相同,其中也有描写彭第斯先生搞收藏的段落,但中间部分描写的事情就没那么走运了。值得补充说明的一点是,高尔斯华绥自己也有一只猎犬,就叫约翰。他对待这只狗,就像走运的人对待穷人那样:虽然他受良心驱使,不能再从事流血的打猎运动,但他一到夏天就送约翰去苏格兰打猎,好满足它的本能需要。①

《有产业的人》远比《乡寓》内容丰富,想象得也更为细致,其中的索姆斯竟然"非常爱读小说",这倒是很奇怪。他在书中写了很讽刺的一段,说小说"影响了(索姆斯)对生活的看法",让他枉自期待艾琳最终对他回心转意。在《乡寓》中,高尔斯华绥在索姆斯的那种期待里寻求庇护,创造了另一种期望。他的反讽给解读他作品的人带来了有趣的问题,因为这种反讽在某些地方确定无疑地出现,所以让人设想,也许在其他地方也会出现,无论这是否作者的本意。比如,彭第斯太太为了得知儿子的情况,写了一封语气关切的信,表面上却是询问一个她所关心的可怜女孩的不幸遭遇。这女孩后来怎样,有没有被济贫院收养,我们不得而知;同样,那对搞婚外恋的有钱的年轻人让疲惫不堪的侍者羡慕不已,这群侍者后来怎样,我们也不知道。彭第斯太太拿这桩令人同情的事做幌子,掩盖写信的真实意图,收信人对此心知肚明。那女孩后来杳无音信,因为现实生活就是这样,走运的人办事就是这样。我们所得知的,就是上流社会的高尚品德怎样挽救了一个大庄园的继承人,让他

---

① 达德利·巴克(Dudley Barker),《有原则的人:约翰·高尔斯华绥传记》(*The Man of Principle: A Biography of John Galsworthy*),1969年,第22—23页。

胡闹过后却没有吃苦头；在得知这件事的时候，我们并不觉得那里还有什么伺候人的穷人，还有什么下层社会。他们田园生活的责任就是照顾一下猎犬约翰罢了。

从高尔斯华绥身上可以看出，一位作家也许能够把传统的写作技巧运用娴熟，令人钦佩，却不明白要如他所愿，真实地反映现实生活，就必须掌握更多的手法，其中有些是崭新的。九年之后，福特写了一篇讲婚外情的小说，才指明了方向。福特的叙事几乎根本不涉及穷人；用他的话说，他仅仅写了一只老鼠怎样死于癌症，但写作的手法却让人想起罗马城横遭洗劫。

大多数人都会同意，1907年出版的最好的小说是《间谍》，其情节留有大片空白。所以，让读者解读作品特别费劲的这种做法，其开创者是康拉德，而不是阿兰·罗伯-格里耶(Alain Robbe-Grillet)，虽然格里耶的《窥视者》(*Le voyeur*)情节中的空白更加令人费解。本文不打算比较两种空白的异同，也不打算详细分析《间谍》。康拉德在副标题中称之为"一个简单(simple)的故事"，但这种简单恰恰使作品难懂，就像说天使实质上很简单一样。在这里，我想谈谈次年出版的一本书，切斯特顿的《名叫星期四的人》。这本书可能是回应康拉德的小说的，当然必须指出，这种回应软弱无力。这个故事说的又是"那些旧有的恐惧"，即无政府主义者的阴谋和恐怖活动。在《诺丁山的拿破仑》(*The Napoleon of Notting Hill*)中，切斯特顿把故事背景设在未来的伦敦，却和当前的伦敦一模一样，这是为了反抗社会的变迁，想必也是为了反抗那些不那么保守、乐观的作家提倡的写作技巧上的转变。无论在生活中还是在小说里，切斯特顿都不会喜欢"冷冰冰的、机械的事件"。他认为，"讲故事这个古老行当比现代小说艺术历史久远得多"①。然而，

---

① 匿名报道(塞西尔·切斯特顿[Cecil Chesterton])：《论 G. K. 切斯特顿》(*G. K. Chesterton: A Criticism*)，1909 年，第 202 页。

他的确把《星期四》叫作"噩梦"——这是小说的副题,也许是对康拉德小说的评价——而且认为有必要多年以后提醒人们注意这一事实。他说,他想要"描写一个疑问和绝望肆虐的世界,当时那些悲观者普遍都在写这个题材"①。这些悲观者所害怕的事,大都消散在梦中。萨弗伦(即贝德福德)公园是戈德温一派审美家汇聚之地,但其中也住着无政府主义者斯特普尼亚克,他后来死在公园里的铁轨上。②切斯特顿把公园写成了一片乐土,无政府主义者格里高利和假扮成诗人的警察赛姆可以在此见面。信仰秩序、诗歌、生活的塞姆击败了格里高利,当选为"无政府主义中央委员会"委员。当选之前,他阐述了无政府主义者和警察的相似之处,把两者之间的战争说成了圣战(这是康拉德的观点,但表述方式不同)。切斯特顿制造了一些非常具有舞台化的效果:在莱斯特广场的一家餐馆的落地玻璃阳台上,七个无政府主义者头头相聚,看到下面的街道上有个警察,是"常识和秩序的中流砥柱",还有穷人,在听手摇风琴演奏;这些人活泼、粗俗,不可理喻而又胆大妄为,"在所有肮脏的街道上……坚守着基督教世界的正派和慈善"。看到这些人,连赛姆本人都充满了"超自然的勇气"。不妨比较一下《间谍》中密探维罗克在公园里叫警察的那个奇妙时刻。这就像幻想和想象的区别,表现了悖论和诗歌的差异,而且有助于区分新小说所特有的创意和旧小说所允许的幻想。

康拉德笔下的伦敦是一个粗俗、黑暗、肮脏的世界,其中时空里没有任何结构能让人认识彼此,甚至也不熟悉无生命的物体。在索霍区的咖啡馆里,他笔下的警察谁也不认识,什么东西也不熟悉;人与人的交往随心所欲、稍纵即逝。但切斯特顿在这肮脏的城市里发现了秩序和慈善,用索霍区的咖啡馆保佑陌生的居民。康拉德描写的无政府主

---

① 引自一篇晚期文章,收入企鹅版。
② 伊恩·弗莱彻(Ian Fletcher),《贝德福德公园:审美家的庇护所?》("Bedford Park: Aesthete's Asylum?"),见弗莱彻编《浪漫主义的神话》(*Romantic Mythologies*),1967年。

义贵族是醒醒的政客,在切斯特顿那里,这些人却成了英雄。他在反驳康拉德,但就连他自己写的那个虚假结尾都显出这种反驳是错误的;他描写的真实是噩梦的真实,用自相矛盾的话加以掩盖。于是,在切斯特顿那里,无政府主义者和警察原来"一模一样"①,这真是个笑话。他的书描写的主要过程的确就是个噩梦。我们不会记得那个有教养但是滑稽可笑的警察在堤岸上说的话,却记得暴风雪中一个静止不动却又噩梦般飞跑的古人可怖地追逐着赛姆,或者记得和冷酷的侯爵的那场决斗。

就我们现在探讨的问题而言,《间谍》和《名叫星期四的人》的差异很有启发性。切斯特顿相信,恶的存在是生活的永久特征之一,是一种世界性的阴谋,其代表人物是犹太冒险家。他认为,正是这些人挑起了布尔战争,"让两个更单纯、更勇敢的民族互相残杀,从而坐收渔利"。但他给出的答案陈旧而自相矛盾,而"那帮肮脏的现代思想家"给出的答案不是这样;他认为,这些人和"普通大众"是格格不入的。② 康拉德的小说里也描写了几位肮脏的现代思想家,但写得那么有创意,那么无视普通大众,弄得他自己也成了个肮脏的现代思想家。和康拉德一样,切斯特顿让无政府主义者和警察、富人和穷人在世界的中心别扭地共存着,但他却想把这写成一种良性的混合,一个不错的地方;在小说结尾的盛大场面里,时间本身也具备了仪式的性质:七个无政府主义警察象征一周的七天,模拟一场良善而秩序井然的创世。在康拉德的小说里,有人企图炸毁格林尼治天文台——在天文台上,时空为零,帝国之都吞噬着全世界的光亮。这人是个白痴,受了一个告密者的教唆,而这个告密者的上司是个腐败愚蠢的政客;如此看来,他的企图就显得更加虚无。酒吧里的壁画、衰朽老马的旅程,是任何自相矛盾的话语都无法驾驭的噩梦。小说中的"奥秘"一词,属于那些把肮脏的街道变得

---

① 伦敦东区英语中"一模一样"的发音听起来像"Just the Syme",和警察的名字"赛姆"(Syme)谐音。——译注
② 塞西尔·切斯特顿,《论G. K. 切斯特顿》,第142页。

更脏、让人堕落的报纸,而不属于传统的神正论。帝国、英国的穷人、外来的而且往往是可怕的思想对英国性的冲击——这些问题,切斯特顿关心,康拉德也关心,但康拉德看待问题的方式属于另一个世界。

所以,是一个外国人发现了所谓"英国的状况",只不过是一种更加深刻的状况的影子;这后一种状况,只有采用经过改造的工具才能诊断出来。这种变化如此剧烈,为了理解它,至少应该回溯到尼采,才能发现,文本要做到真实,就必须和现实之间处于一种新的关系;而且还应该往前看,看到半个世纪之后,才能更充分地理解这一变化对小说的技巧有何影响。就此而言,我们只能说,知道或觉察到问题是一回事(对于和埃莉诺·格林有共同的语言和期望的人来说,格林多少做到了这一点),研究用什么方法才能让文本阐明这些问题,则是另一回事。摩根感觉到了这种需要,但对于 1907 年的英国人来说,新小说还是有点太难懂;虽然新小说表述的方式对他们来说太摩登了,但提出的命题其实他们内心里是接受的,那就是:英国的危险状况,如果他们有办法弄懂的话,其实就是生活的危险状况。

(1972 年)

5. 霍桑与类型

本文部分取自1973年我在坎特伯雷市的肯特大学(the University of Kent at Canterbury)所做的纪念T. S.艾略特的四个讲座中的第二讲。开篇论述了美国的古典主义，继而考察了美国人对于历史是由天意安排的这一观念的兴趣，以及他们对类型的兴趣——历史事件和历史人物被认定为预言未来，由后来的人物和事件补充完整，后者是前者的反类型。本文所讲的类型和寓言没有做严格区分，也不是特别限定在其宗教意义的层面上，与读者在霍桑(Hawthorne)对蒸汽机的评论中所看到的类型有所不同。

霍桑着迷于类型，而且对在19世纪40年代达到全盛期的一种类型——银版照相法，即达盖尔成像法(the daguerreotype)很感兴趣。由于《七个尖角顶的宅第》(*The House of the Seven Gables*)的主要人物就是一个叫作霍尔格雷(Holgrave，名字的意思是"雕刻整体的人")的银版照相师，而"茂尔"(Maule)和"品钦"(Pyncheon)这两个名字也来源于早期类型的工具，因此我一开始就认为这本奇怪的书中充满了含蓄的寓言或者类型学，并继而研究进化理论中关于类型的论辩，从而解释诸多现象，例如品钦家的母鸡为什么会越来越小。

这项研究让我乐此不疲,并且我一直相信我的观点合情合理,尽管必须承认据我所知,还没有其他研究霍桑的专家留意到我的观点。仅仅发现了这个观点就有足够的乐趣,而我为了获得这一乐趣也的确颇下了一番功夫,在下面一篇关于艾米莉·勃朗特的文章中也煞费苦心。

从本质上来说,类型就是奥尔巴赫(Auerbach)在提到"种类、类型"(figurae)之时的所思所想,即事件和人物自身,但或许同时预示了其他的事件和人物。为了简明易懂,我不妨概要说明,类型的目的是为了给后来的人物和事件提供一个新的时间秩序。意识到自己站在过去和现在的分水岭的作家,很可能会对类型学感兴趣,尽管也许他所用到的"类型"不一定恰好符合学者们的定义,而且他有可能为了使旧的、被隐藏的感觉适应新的时间秩序,还会采用其他的手段,从而使类型模糊化。霍桑经常用到这个词,而且毫无疑问,他用到这个词的时候是很随意的,有时还使"类型"的词义延伸到其他词上去,例如"寓言"和"象征、符号"。

不论如何,美国人已经把"类型"这个概念放宽了——乔纳森·爱德华兹(Jonathan Edwards)师从洛克和牛顿,把类型一词延伸到了自然现象中去,并且影响到了爱默生(Emerson)的超验主义,而超验主义又影响了霍桑。对爱默生来说,类型的认定借助的不是神学,而是想象——是一种"超人的视力",即看穿事实,把事实看作其表示的类型或者话语,并且加以思考①。因此类型不再以前人所要求的精确而清晰的已完成的形式在自然中展现,而是作为属于某种更高领域的东西以自然的形式加以表达。爱默生的另一个句子也很典型,其中不仅采用了"类型"这个词,而且采用了"影响"这个词:"往溪中投石,那些绵延不断的涟漪就是所有影响的美好原型。"②

---

① 乌苏拉·勃拉姆(Ursula Brumm)在《美国思想与宗教类型学》(American Thought and Religicus Typology,1970年)中引用,第106页。
② 勃拉姆,第108页。

尽管霍桑了解玛瑟（Mather）更严格意义上的类型学，他还是把蒸汽机叫作"所有前进物的原型"。这一说法具有爱默生的定义的流动性，因此他不是唯一一个从后天培养的不确定性的角度来看待过去的人。他从想象的角度出发，而不是从传承的确定性的角度出发来看待过去。霍桑关心的不是小说家为了真实呈现而采用的手法，因为该手法顺从的是现实原则，无法顺应他的目的。正如他在《七个尖角顶的宅第》序言中所说，他写罗曼史，意在"把过去的岁月与正在飞逝而去的当前连接起来，与'不断拉长……一直延伸到我们自己时代的'传奇连接起来"。而传奇在当今时下所呈现的意义却是飘忽不定、含混而又充满暗示，绝非肯定无疑。

在《我的亲戚莫利诺少校》（"My Kinsman Major Molineux"）中，他曾经说过"月亮正如想象力一样，在熟悉的物体中创造了一种美丽的陌生感"。这是一种柯勒律治或者爱默生式的比喻，与知识分子的自由相得益彰；他必须要运用这种自由才得以看到过去的阴影：历史、传统、传说；因为阴影存在于批评的现在。这一意象与一个胆怯的形象共存，并且将这一形象给予消逝的过去，给予不确定的现在，而同时在过去之中寻找未来。霍桑拥有对未来的非凡的"现代性"意识，这种意识与过去的关系比以往任何时候都更加不确定。这使他自己的时代成为一个典型的转型期——从一种社会结构转为另一种社会结构，一种信仰体系转为另一种信仰体系，一种知识体系转为另一种知识体系。在这一转变中，过去及其各种类型都必须转化。

转变这个词本身就意味着一个必须在未来完成的事件，这个未来是任何人都不能预言的。因此，其目前的意义以异常怪异的方式强加到过去的意义之上。从词源角度来看，"类型"一词源自古希腊的 tuptein，意为"切割，雕刻，记下"。几个世纪以来人们都相信上帝给人类提供了两本书：《圣经》和大自然。而大自然同样也铭刻了神圣的印记：每种植物都包含一个暗示其用途的符号，正如历史向人类显示了上帝的意志。在这个时代结束以前，印刷的排版字码被称为类型，每个字码都记下了那个字母,显示其功用。既然类型积蓄了数不清的同样的字母,这个词也同样意味着这一种类的中心,或者意味着该类型的最初组成部分。

类型也标记着被称为支柱(puncheon,《约翰逊词典》的解释为:一种器具,用来钻孔或者留印记)的一种器具,通常用槌棒(mallet)或者大锤(maul)来敲的支柱。这些工具提供了霍桑用在《七个尖角顶的宅第》里的家庭姓氏:品钦和茂尔①。因此霍桑出于自身的目的,谨慎地用了"类型"的印刷意义的双关语。但是这个词在印刷之外还具有各种用途不同的意义:在钱币学和植物学中,在哲学中都有应用。在更普遍的意义上,如《牛津英语字典》解释的一样,这个词用在一种存在的阶级,例如家庭的普遍形式上。默特里因此说过:"他脸上已经没有了他英雄祖先的任何类型特征。"类型也用来表示"纹章、徽章"。

最早的照相师们把图版称为"类型",毫无疑问,一方面是因为图版在一定意义上是由光线刻画的,另一方面是因为它是很多一模一样的图例的源头。达盖尔(Daguerre)的成像法发明于 1839 年。他不允许别人复制这个器材,但将它命名为达盖尔银版成像法(daguerreotype)。达盖尔银版是一种以碘为感光介质曝光的银质图版,后来发展为以水银曝光。达盖尔银版成像法在 19 世纪 40 年代风靡一时,霍桑于 1848 年制造的一个图版一直保存至今。② 这种银质图版的价值在

---

① 托马斯・茂尔(Thomas Maule)确实于 1695 年写了《提出并坚持的真理》(*The Truth Held Forth and Maintained*)——教友派对于清教徒组织及其政治迫害的攻击,霍桑应该有所了解。而霍桑因为用了托马斯・品钦牧师的名字而向他道歉过。这只能表明霍桑发明的名字多么有用。

② 这在《纳撒尼尔・霍桑百年诞辰会议录》(*Proceedings in Commemoration of the One Hundredth Anniversary of the Birth of Nathaniel Hawthorne*,1904 年)第 13 页中重印。米莉森特・贝尔(Millicent Bell)认为达盖尔银版成像法在霍桑脸上产生了一种刻薄相,缺少在会议录中同样重印的 1850 年拍摄的塞法斯・G. 托普森(Cephas G. Thompson)和 1852 年拍摄的乔治・P. A. 西里(George P. A. Healey)的相片上那种理想状态。这种说法有失公允。霍桑对肖像及其与真相的关系做了那么多思索和写作,也许会认可她的观点(米莉森特・贝尔,《霍桑论艺术家》[*Hawthorne's View of the Artist*],1962 年,第 88 页),并且甚至可能在写到霍尔格雷给贾弗利拍照的时候也想到了自己的亲身经历。

于其精巧性和微妙性,但是其准确性也令人玩赏。图版的应用让肖像画家的手法及所受的推崇一时相形失色。霍桑曾经在 1850 年 5 月做过自己肖像画的模特,他对肖像画家不可避免的误差做了以下评述:"没有所谓的真实画像,全都是错觉。我从来没有见过有两幅一模一样的画像。"①以上评述写于他的《红字》(The Scarlet Letter)完成三个月以后,之后不久他即着手写作《七个尖角顶的宅第》。达盖尔银版成像法的问世,使得为复制肖像画而制作雕版的系列工序也变得可有可无,何况在这一流程中,每个工匠都会因自身的因素而使肖像更加失真。继而在《玉石雕像》(The Marble Faun)中,霍桑批评了玉石雕像的创作过程中因为雕刻家启用助手而不可避免带来的损失,并且对成品的缺憾与速写的力量和准确性做了对比。达盖尔成像法不需要任何形式的人为艺术的介入,霍桑对这一技术价值的肯定,原因与后来伊文思(Ivins)在其杰作中所阐发的原因不谋而合。② 只有在照片中形象才不再需要屈从于媒介的限制。没有人为思维的干扰,真实被完整刻画,因此一个达盖尔型摄影师可以有资格自称霍尔格雷。这就是槌棒"Maule"的现代意义(茂尔,Maule 是其原名)。在更早的方法中,槌棒制造可靠的类型。霍尔格雷在光天化日下工作,没有借助以前艺术家那些摇晃不定、犹疑不决、变化多端的手法。上校的旧画像发生了改变。或者不如说,在霍桑的小说中,代表犹豫、试探的"传统"宣布画像发生了改变。类型也同样改变,犹疑不决,不知道是否应该归属现代。而霍尔格雷凭借其新技术,似乎代表了将要否认这种神秘和不确定性的一种现在和未来。

因此,在《七个尖角顶的宅第》中,霍桑主要人物的名字向我们证明

---

① 《美国笔记》(American Notebooks),1911 年版,第 372—373 页。
② 小威廉·M. 伊文思(William M. Ivins, Jr),《照片与视觉交流》(Prints and Visual Communication, 1953 年),第三章。在 1840 年达盖尔成像法出现伊始,肖像画家萨缪尔·F. B. 莫尔斯(Samuel F. B. Morse)高度赞扬成像术为"完美的伦勃朗",因为不用再依赖"艺术家不确定的手"(列欧·斯坦伯格[Leo Steinberg],《另外的标准》[Other Criteria], 1972 年,第 62 页)。

作者思索了过去和现在的类型。但是,那本书的时代对类型的思索也涵盖了对过去和将来的所有新观点。如果想到这本小说与《悼念集》(In Memoriam)同时发表于 1850 年,那么你立即会记起丁尼生(Tennyson)的类型。丁尼生首先哀悼了自然彰显的残酷:

> ……她似乎那么关心类型
> 又对单个的生命无动于衷——

他继而笔锋一转,认为自然连这一点点关心都不曾惠赠:

> 那么她关心类型吗?且慢,也不是。
> 从悬崖峭壁和采石堆中
> 自然呼喊道:一千种类型已经不复存,
> 我漫不在意,一切都要消失。
>
> (《悼念集》,lv,lvi)

上述诗行可能写于 1839 年,诗集的编辑解释了莱尔(Lyell)最先于 1830 年出版的《地质学》(Geology)一书的重要性。钱伯斯(Chambers)的《造物遗痕》(Vestiges of the Creation,1844 年)一书继而面世,因而在丁尼生笔下,类型是普遍关注的概念。已经绝种的类型留下化石遗迹,这已经是无可争议的事实。关于特殊创造的信条,即所有不变的类型在大约六千年前一起由一神圣旨意创造出来的信条,变得越来越难以自圆其说。过去突然之间被无限延长了。然而还存在乐观主义的空间:在被不可思议地延长了的未来时代也许会存在更好的类型。因此,在该诗的结尾,丁尼生回顾了哈勒姆(Hallam),认为他是"一个更高贵的类型,/生不逢时,来得太早",这一元生物学思维不乏其先驱和后继者。①

　　针对这一猜想有不少反对意见，而质疑不仅来自那些奉行原教旨主义、抱住特殊创造论不放的人，也来自声名显赫的科学家。居维叶（Cuvier）死于1832年，但是他关于物种不变性的观点深得人心。这种"固定论者"（fixist）的立场需要为其地质学的推论找到一个理论，即固定的类型被大灾难（他计算出多达20场大灾难）灭绝，每场大灾难都紧跟着一场新的特殊创造，而在这些新类型与前类型的化石残迹之间没有任何连续性。居维叶的一个门徒路易·阿加西兹（Louis Agassiz），作为一位卓有建树的地质学家和生物学家，移民到了美国。他定居波士顿，并且立即声名鹊起，于1846年到1850年之间在洛威尔学院做了一系列广受欢迎的讲座。

　　霍桑正如其他人一样知道阿加西兹，后者很快就成了哈佛的权威教授以及全美最知名的（如果算不上最好的）古生物学家。他继承居维叶衣钵，宣称没有已存证据可证明一种动物能够发展成为另一种动物，或者能显示在互相传承的物种阶层之间有任何基因关联。他说："物种不是缓慢地从一种传递到另一种，而是……以出人意料的方式出现和消失，与之前物种没有直接关系。"②他把每种物种的形式称为类型，并

---

　　① 塞奇维克（Sedgwick）认为有可能存在"创造力的一种逐渐的进化,体现为不断朝更高的类型上升"，尽管欧肯与谢林对此持有更加神秘的看法。见 A. O. 洛夫乔伊（A. O. Lovejoy），《〈物种起源〉之前关于有机进化的论争：1830—1858 年》（"The Argument for Organic Evolution before *The Origin of Species*, 1830 -58"），收录于本特利·格拉斯（Bentley Glass），O. 特穆肯（O. Temkin）与 W. L. 小施特劳斯（W. L. Straus, Jr）《达尔文的先驱：1745—1859 年》（*Forerunners of Darwin, 1745—1859*）。在 E. 卢锐（E. Lurie）编《论分类》（*Essays on Classification*，1962 年）第 26 节第 115—117 页中，阿加西兹好像把"先知型"这一表达当成自己的发明："先知型……以结构的复杂倾向于后来会完全实现的其他组合。"见 E. 卢锐《路易·阿加西兹》（*Louis Agassiz*，1960 年）中关于胚胎学类型的论述。正是居维叶固定型观点的严格性使欧肯与谢林早期的《自然哲学》（*Naturphilosophie*）相形见绌。同样还有歌德，我们记得他在去往西西里旅行的时候还幻想能够发现"原始花卉"（Urpflanz）。

　　② L. 阿加西兹和 A. A. 古尔德（A. A. Gould），《动物学原理》（*Principles of Zoology*），1848 年，引自 1851 年版本，第 16 页。

在他的教科书的前言中解释为普遍说法。① 他让自己的科学与《圣经》论调一致:"《圣经》的记载与人类传统共同教育我们,人与和人相关联的动物一起是由上帝的话语创造的……而这一真理由科学证据所证实,科学毫不含糊地显示了创造力量的直接干预。"②因此,不同时代的动物之间没有任何血缘链,在人和动物之间更是没有。

尽管阿加西兹与达尔文的通信受到了研究者的关注,但他对《物种起源》的摒弃是在情理之中。在死后发表的一篇论文中,他最后一次重申了所有物种与其类型的真相,否定了胚胎学的类推,认为胚胎的变形"据大家所知,从来就没有导致从一个物种到另一个物种的变化"。③胚胎变形的程度依然没有超出其类型。他抓住了达尔文最薄弱的论点,宣称后者对遗传机制的理解有误,"遗传的过程中优劣品质既有可能被淘汰也有可能被继承,遗传有时以类型的退化而完成,不仅不是适者生存,反而是不适者有了生存的机会"。性选择也许没有考虑到力量和美:"条件差强人意的父母往往会有素质良好的后代,反之亦然。"

---

① 《动物学原理》第 18—19 页:"通常我们提到动物的时候,是认为它最完整地代表了一个种群的特征,好像是这个种群的一个类型。"

② 《动物学原理》,第 182 页。这种观点在开始的一章里也经常看到。创造是"对一个开始时就完全成熟并且坚定不移地追求的一个计划的执行,是一个无限智慧的神的作品,他根据不变的法则管制自然,把法则加在其上"(第 34 页)。一个更完整的叙述出现在《论分类》中,在 1857 年露面,正值达尔文主义面世前夕,尽管当时出现在 1844 年钱伯斯的作品之后,如《动物学原理》一样(见爱德华·卢锐[Edward Lurie] 1962 年编的《论分类》,第 8—12 页)。两部作品都认为生物学家研究的是思考出来的东西,因此必须存在一个思想者:"有序的存在及其生存状态之间关系的特征展示了思想,因此这些关系需要被认为是被一个思想的存在建立、决定并且控制的。""他们一定在一开始就为每一种物种确定下来……"(《论分类》第 16 页)。

阿加西兹坚持认为居维叶的灾难论(第 659 页起)是对每个时代之间的变化的唯一解释。《动物学原理》(第 26 页)甚至把自然比作一本书,我们从中研究其作者。居伊·达文波特(Guy Davenport)的《路易·阿加西兹的智慧》(*The Intelligence of Louis Agassiz*,1963 年)是对阿加西兹作品的有用的介绍以及文选。庞德对他的兴趣体现在《阿加西兹的要旨》(*Gists from Agassiz*,1953 年)、《凿石器诗章》(*Rock-Drill*)以及早期的《阅读 ABC》(*ABC of Reading*,1934 年)中。

③ 《路易·阿加西兹生平与书信集》(*Life and Correspondence of Louis Agassiz*),伊丽莎白·凯利·阿加西兹(Elizabeth Cary Agassiz)编,1886 年,第 778 页。

在做出关于获得性特征的判断之时,阿加西兹已经考虑到了物种之内的各种变体,类型的背离。他对自己的观点略作修订,但从未放弃。他是一个伟大的实用科学家,在冰河学和动物学方面都是一样卓有建树(他发现了冰河世纪,但否认其他人从他的书中所做的引发)。他身处一个时代的终结和另一个时代的开始之间,感觉不知所措。他在美国的影响深远,程度之深甚至推迟了美国人对达尔文主义的接受(尤其是在美国南部,他把黑人归结为一种完全异于白种人的类型的说法使他广受欢迎,而原因远远不是科学方面的)。① 在他于 1873 年去世以后,正如我们所见,福音传道者已经选择商业成为新千年的代理,在其社会达尔文主义哲学中利用了斯宾塞(Spencer)"适者生存"的主张。历史学家理查·霍夫斯塔特(Richard Hofstadter)认为无论如何这一趋势都是必然,因为大家对阿加西兹已不再趋之若鹜,而他的哈佛同事阿萨·格雷(Asa Gray)这时已经接替了这位瑞士自然学家的地位,虽然与后者相比他还是相形见绌。格雷在他关于《物种起源》的书评中公开批判了阿加西兹的学说。②

阿加西兹的离世,也宣告了一种科学的希望最后落空了。这种科学认为自然历史是神圣造物所呈现的表象,认为自身只是"解释他的体系,而不是我们的体系",是记录上帝的作为或者他的预言的体系。③类型再也不被认为是神圣的书写,不再是稳定、神圣、井井有条的一种神秘力量的一部分。但是在 19 世纪 40 年代的最后几年,就在霍桑写

---

① 然而由于赫伯特·斯宾塞(Herbert Spencer)和"适者生存"思想的普及,北方倾向于认可达尔文主义,亨利·瓦德·毕彻(Henry Ward Beecher)和菲利普斯·布鲁克斯(Philips Brooks)这样的宣扬者却无论如何想要抛弃原教旨主义关于创世纪的立场。而南方更多受到固定型和退化的影响,采取了更为保守的态度。1925 年斯科普斯审判案判决禁止在田纳西州的学校里教授进化论,这禁令在最近才取消。对这种"北方佬"思想的批评随着时间流逝而越来越严峻,参阅 W. I. 凯什(W. I. Cash)《南方思想》(*The Mind of the South*, 1941 年)卷 2,第 12 节。

② R. 霍夫斯塔特,《美国思想中的社会达尔文主义:1860—1915 年》(*Social Darwinism in American Thought*, 1860—1915),1945 年,第 4—6 页。

③ 卢锐,《路易·阿加西兹》,第 307 页。关于预言性的类型,见卢锐,第 162 页。

《红字》和《七个尖角顶的宅第》之前不久,新英格兰地区公认的科学领袖尽管已经受到更革命的生物学家的攻击,还是在所有现代性和权威性的面前宣称类型可能是神圣的记述。因此,阿加西兹的类型可以与爱默生、克顿·玛瑟(Cotton Mather)以及达盖尔的类型一起在思维中并存,在类型概念的历史上这是一个独一无二的关键时刻,是跨入新时代和新秩序的时刻。

霍桑的研究者们竟然普遍赞同以 E. 瓦根克内希特(E. Wagenknecht)为代表的一种观点,这不由令人好奇。他说尽管霍桑和阿加西兹彼此认识,但是他"对 19 世纪的伟大科学发现和推想的兴趣不比狄更斯多多少"①。要驳斥这一观点,首先可以提及霍桑对催眠术和颅相学毋庸置疑的兴趣,因为催眠术和颅相学在当时都引起了公众普遍的兴趣,而且很多有知之士将其奉为科学。这两种流派后来失去了显赫位置,但这不是此处讨论的重点。尽管不可否认霍桑最关注的是这些伪科学中社会、道德或者想象力等方面的因素,但是这正在情理之中。他的未婚妻,索菲亚·皮博迪(Sophia Peabody)曾经找一个催眠师治疗过头痛。这个催眠师本身也是牙医,在霍尔格雷这一形象中也有所反映。霍桑被这种疗法中的性暗示所困扰,他在给索菲亚的一封信中质疑这种催眠术是否达到了"侵入您最神圣的禁地之中"的程度。② 这是一种不可宽恕的罪过,不论这一手法具有怎样的科学地位。泰勒·斯托尔(Taylor Stoehr)在其重要的文章中指出,"在 19 世纪 40 年代,霍桑在其小说和笔记中反复提到了灵魂如何借助意志的某种神

---

① 《纳撒尼尔·霍桑:生平与作家生涯》(*Nathaniel Hawthorne, Man and Writer*),1961 年,第 27 页。另外,瓦根克内希特关于霍桑在其作品中只提到了阿加西兹一位现代科学家的说法是错误的,见《玉石雕像》结尾处对于居维叶的提及。

② 泰勒·斯托尔,《霍桑与催眠术》("Hawthorne and Mesmerism"),见《杭廷顿图书馆季刊》(*Huntingdon Library Quarterly*),XXXⅲ,1969 年,第 42—44 页。另外,关于当代对催眠术、召唤说之类的兴趣,见霍华德·科尔(Howard Kerr)《灵媒、招魂者与暴怒的激进分子》(*Mediums and Spirit-Rappers and Roaring Radicals*),1972 年。

秘方式,对另一个灵魂加以不道德的控制"①。在他所有的重要小说中,不论是《红字》还是《玉石雕像》,他都屡次重述了这一主题。

但是,本文此处的重点不在霍桑对这一医学时刻的兴趣,而在指出他可能绝非无视阿加西兹的权威赋予类型概念的新意义,而这些新意义使原有的类型学进一步复杂化。在《七个尖角顶的宅第》中有据可依。我们已经看了主角的名字:品钦,茂尔,霍尔格雷,都指涉了"刻画"这个复杂单词的种种方面。小说中品钦家的母鸡的意象提出了另一个类似的间接指涉。

通常认为这些家禽与品钦一家形成主要的类比,都一样退化而没落了,而且情况也确实如此。但是小说中关于母鸡的描述无处不在,所以如果认为描述只限于此,则是把霍桑看成了一个不知分寸、枯燥乏味而且一览无余的作家。事实似乎应该是这样的:当整个波士顿都在谈论阿加西兹和类型的固定性的时候,霍桑记起并且回顾了受过教育的人讨论这个话题时曾经经常引经据典(locus classicus)的那本书,即布封(Buffon)的《自然历史》(*Nature History*)。几年前他就从塞勒姆图书馆②借阅过《自然历史》英译本的第四卷,因此对美国人当时那么津津乐道的那些观点早就了然于胸。

布封相信类型是不变的:大象永远是大象,永远不会变成其他东西。但是他同意在同一物种之中,随着时间推移会产生变化。这些变化是退化性的,因此从原生地被移出的动物,或者圈养的动物,会越来越小。他尤其相信,并且在第四卷中提出,欧洲的物种在被迁移到新世界的时候发生了这种退化。

---

① 斯托尔,第 54 页。

② 玛丽昂·L. 克赛尔林(Marion L. Kesslring),《霍桑的阅读》(*Hawthorne's Reading*),1949 年,第 45 页。霍桑引用了布封在 1836 年 5 月一篇杂志文章上的话(《作为编辑的霍桑》[*Hawthorne as Editor*],A. 特纳[A. Turner]编,1941 年,第 192 页)。他借的另一本书是拉维特尔(Lavater)的《相面术》(*Physiognomy*)。我不想自称掌握了现代霍桑研究的所有浩瀚文献,但是我还没有见到有谁探讨他对拉维特尔可能存在的兴趣。而这种兴趣的存在具有极大的可能性。

持有这些观点的人之所以出名或者说臭名昭著,无疑都是因为杰斐逊(Jefferson)在其《弗吉尼亚札记》(Notes on Virginia)中对该观点所做的详尽驳斥。显而易见的是,杰斐逊完全不能接受布封倒置了大家熟悉的"**变化**"(translatio)条目,特别是他把西方人也放进了退化的物种之中。那么猛犸又怎样呢? 杰斐逊知道也许有人会做出对他论点不利的回答,就回答说当然有过猛犸,但是已经不复存在。为了防患于未然,他坚持认为美洲大陆如此广大,一定在某处还有猛犸存身,而物种创造之后不会变化,也不会被消除。① 这些观点就足以驳斥布封的"东部自然生活着很多不够活跃,也不够强壮的生物"的说法。② 就这样,杰斐逊不仅为自然辩护,也为美洲辩护,认为"在大西洋的另一端自然竟然要贬低自己的产物的这种新观点"是站不住脚的。③ 他这样做就是把旧有的**变化**的题目加工成为爱国主义的战时版本:英国在衰退,"她的帝国的日光迅速消失在地平线之中。她的哲学跨越了海峡,她的自由远渡大西洋,而英帝国自身似乎处于消解之中,人类没有远见可以审视这个问题"④。

这些又与品钦家的母鸡有何相关呢? 布封在第四卷中用了家养鸡来例证他的观点。他解释说,母鸡不是新世界的本土产物,这个原因加上驯养产生的退化,使母鸡变得非常小。他说在野外这一类型的母鸡会跟乌鸦一样大,但是美国鸡却已经缩小到了鸽子的大小。公鸡的交配能力在越过大西洋之后也锐减,理想状态下,每只公鸡是应该有 15

---

① 自然不允许"在她伟大的作品中有脆弱易断的一链"。(《托马斯·杰斐逊生平及选读》[Life and Selected Writings of Thomas Jefferson],1944 年,第 208 页。)
② 《托马斯·杰斐逊生平及选读》,第 205 页。
③ 《托马斯·杰斐逊生平及选读》,第 213 页。
④ 《托马斯·杰斐逊生平及选读》,第 215 页。关于论争的更为广泛的记录,参见丹尼尔·J. 布尔斯廷(Daniel J. Boorstin),《托马斯·杰斐逊失落的世界》(The Lost World of Thomas Jefferson),1948 年,第 81 页起。

只母鸡环绕左右的。① 在此处布封转而考量了本地的火鸡。

《七个尖角顶的宅第》无疑是一本严肃的主题小说,梅尔维尔(Melville)所说的"对于现今事物绝对处境的理解"正是这个意思。②而激发霍桑灵感的正是这一强大的历史危机感,他不仅亲自经历,而且在《福谷传奇》(The Blithedale Romance)中也有意以地质学上的丰富指涉提及这一危机:"无法……不去玩味……的是很多地方地壳破裂,而地球整个表面的拱起也饱含深意,这是危机重重的一天,我们自己正身处危机的漩涡。"(见第十六章)好像居维叶式的大灾难,类型的时代性改变正降临在霍桑身上一样。③ 但是他也看到《七个尖角顶的宅第》里颇费心血的描写中亦不乏可笑之处:"有时候,当我感觉厌倦了,就会认为整个一切从头到尾都是荒诞的。但事实是,在写浪漫史传奇的时候,大家总是,而且也应该总是倾向写最荒诞的内容,技巧在于离荒诞的极致越近越好,只要别失足跌倒。"④品钦家的母鸡就是一例。

在旧世界和新世界居住的品钦家族,已经有两个世纪没有任何联系了(见第四章),当然他家的母鸡更是如此。它们是"一个品种的纯样本,是品钦家当作传家宝保存下来的。据说这个品种在全盛时期有火鸡那么大"。海普奇巴保留了一个有鸵鸟蛋那么大的旧蛋壳。但是现在"母鸡不比鸽子大",这一事实证明"跟很多其他高贵的物种一样,这个物种退化了,是因为太关注保持品种的纯正"。公鸡只有两只母鸡做伴,只孵育一只雏鸡。因此,随着岁月的流逝,缺乏与外来品种混交,以及"当地气候极不适合培养这种类型",使母鸡"在身体体系上产生了

---

① 布封,《自然历史》(Histoire Naturelle) 15 卷本,1749—1767 年,iv,第 209 页。阿加西兹也用了鸡来例证鸡的胚胎也是鸡而不是别的,"但是如果自然中存在着一只成年的鸡,像是当天或孵化前一天那只鸡那样构造不完美的话,我们应该把它归为次等"。

② 在《白鲸》(Moby Dick)第 109 章中梅尔维尔涉足古生物学,引用了居维叶关于"反时间性"鲸化石"在自然类型图版上留下了……前亚当的印迹"。接下来的一章否定了抹香鲸在尺寸上的退化。

③ 值得指出的是 1850 年霍桑读了温克尔曼(Winckelmann),他是古典时代与类型的仲裁者。

④ 瓦根克内希特引用,第 57 页。

重要的变化",而贾弗利也是如此。贾弗利与他的祖先,或他的类型——品钦法官相比,在身材上也大大缩水(见第八章)。

　　霍桑在此提出的观点,是他经常以更普遍的方式提出的同一个观点。英格兰的物种在新英格兰发生了改变,人也更加紧张,说话做事更快捷。在《红字》中,霍桑把现代波士顿柔弱的妇女和她们17世纪的女祖先做了对比。在他看来,美国人在新居住地选择保存的旧世界的所有类型——不论是贵族家庭,他们的战衣,还是他们的英国花园——都必然存在着一种退化,而他们的英国花园很可能突然之间长满新大陆的巨型南瓜,这在《红字》中也有所描述。但是母鸡的例子既是一种例证,也使他的观点不乏喜剧色彩。公鸡只有鹌鹑大小,母鸡像是母鹌鹑。雏鸡小得好像还在鸡蛋里一样,但也久经江湖,生活经验十足,可以做"旧物种的创始者"。小鸡是一种行走的胚胎,"其自身不仅凝聚了这个活着的物种的时代,甚至还凝聚了它们祖先的所有岁月"。简而言之,这就是类型,使我们不能不想到阿加西兹的教科书第十节中对胚胎类型学的重要意义的强调,也使我们想到了他经常重复的观点,认为胚胎概括了已经绝迹的类型的地质学秩序,同时还无疑是它现在本有的样子。① 霍尔格雷告诉菲比,鸡"是旧房子里生命的象征,同样也象征着生命的阐释,尽管这样的暗示一向都令人费解。它是一个长着羽毛的谜,是从蛋壳里孵出的神秘物……"(见第十章)这个物种被菲比救活,而只有不属于品钦家类型的人或特性——霍桑一遍遍告诉我们菲比和克利福德都不是品钦家族的人——才能够挽救这一物种。非品钦(即美国的)女子把品钦一家旧世界的血统从邪恶、退化以及最终的灭绝中拯救出来。

　　因为变化就是新世界的律法。而正是由于不能接受这一法则,由于不能避免习惯性的以及过于执着于退回旧有秩序的行为,才阻碍了在精神和物质方面适应新秩序的命运。霍桑在谈及这些事情时一向都

---

① 《论分类》,第25节。

是感觉复杂而迟疑。旧世界的阴影总是难以消除,总是不同程度地突显出来。此处他的犹豫对亨利·詹姆斯来说是游戏性的,但是霍桑的游戏是关于新旧之间,关于是否接受布封的退化论(实为一种进化的手法)以及在某个世界里有些类型不应该存活的观点。在这个世界里,贵族阶级家庭要沦为工人一族。因此,新一代人都需要重新建房,这也是合乎情理的了。但是旧房子,虽然像旧地毯一样褪了色,仍然谜一样地保存了下来,而以前宣扬的继承(旧地图对新世界宣称的拥有权)也在慢慢消失。旧房子的退化也许可以考虑以下例子:比较而言,经过培育繁衍的旧世界的花(那些古老的遗传下来的花朵[见第六章])是何其娇弱,而霍尔格雷找到的古老的豆类又是何其繁茂。这些豆类依然保有原来类型的特征①,就像是英国的烹饪书,还有古老的咖啡豆一样;或者像是贾弗利,他虽然没有他祖先那么强势,却和他一样卑鄙。或者像是这个家族遗传的病症,或者他们的面部特征,虽然发生了变化,但是还可以辨认。这些特征在未来将会传承下去,这或许意味着我们不但得不到一个其中不乏蒸汽火车、电报还有温情的精神归属的游牧乌托邦,反而可能就像克利福德或者海普奇巴的旅程一样,仅仅是回到一个很像出发点的地方。美德或许在共和国中生长,但是变化相对更加快捷,更加漫无目的,而腐败更加容易发生。

在《七个尖角顶的宅第》中还有一个类型学的笑话,否则就没法解释霍桑为何描述顽童屡次光顾海普奇巴的店。他精心设计了她储存的所有"自然历史",例如那些用模具或者类型做的动物图案的姜汁面包。所有的黑人都是来自一个类型(霍桑有些认同阿加西兹关于黑人问题的观点),尽管时不时会有一例断了脚,或者图案不清楚的大象样子的姜汁面包最后没有办法归类。(正如我前面指出的,布封认为大象一直只是,而且绝

---

① 阿加西兹提到古代的埃及麦子,从坟墓中拿出来还会发芽生长(《动物学原理》,第 136 页)。

对是大象。但是某些大象由于时间或偶然也有可能异化于其类型。①)霍桑玩了一个有关姜汁面包、铅兵、糖果的类型学游戏。通过这些外在但被认为含蓄的小把戏,通过假装开一个有限的但其实意味深长的玩笑,霍桑说道:"考虑到他对人对物无所不包的贪婪胃口,这个了不得的顽童实际上就是时间老人的绝对象征。"(见第八章)他"吞没"了创造。而且最终在最后一章,菲比把所有的饼干种类都给了他。毫无疑问,类型、模具保存下来,但仅仅是作为一个更古老时代的化石;再也没有例证了。

贾弗利的表以及日晷都有力证明了顽童象征着时间。日晷的"阴影越过阳光的肩膀回望"(见第十三章)。② 时间摧毁了事例,能够对抗时间的就是类型,尽管也许类型不免有变化的版本。在一定意义上,这是霍桑的主题,即消失的"过去"在何种程度上必然是现在和未来的一部分。他们是旧世界的一部分,是旧世界的类型,不论他们是人,植物,还是社会,因为家族徽章也是一种类型。但是徽章的主人就像是保留着基因特质一样保留着徽章,直到他们变为平民。我们可以看出为什么梅尔维尔强调这本书的现代性,以及为什么霍桑用了那么多手法来烘托该书的不确定性、模棱两可、迟疑不决、允许文本在权威之间摇摆,说着关于传统和历史含混两可的话,虚假地强调了一些观点,而忽略了另外一些观点。他天性谦虚,因此让人怀疑他的所有论断的权威性;他把叙事归给"传统"或者交给霍尔格雷,或者若无其事但又有意收回自己作为作者的所有权威,不愿意区分传统、历史以及真实。毫无疑问他在叙事中刻画了旧有的类型,但是叙事不是以达盖尔型的方式,而是像克利福德的肥皂泡承载世界的意象一样刻画类型。读者必须自己努力

---

① 见 A. O. 洛夫乔伊(A. O. Lovejoy),《布封与物种问题》("Buffon and the Problem of Species"),见 S. 格拉斯、O. 特穆肯与 W. L. 小施特劳斯,《达尔文的先驱:1745—1859 年》,第 103 页。

② "美的艺术家"这个故事与此有关。艺术家是一个钟表匠,在同行中不受信任,因为艺术——对属于本体的而不是知觉的世界的美的创造——与物质性和时间没有关系。

才能解释,在霍桑的作品中读者总是占了很大的分量。这些肥皂泡一样的题字不具备任何《圣经》类型的肯定性特征,也不是旧时代赋予植物的意义记号,它们属于现代的肥皂泡一样的书本,"小小的不可触摸的世界……用像想象力一样的明亮的色调来描画大的世界,描画在表面的虚无之上"。这些能指与其所指的关系整体上很成问题,而且每个人在面对之时可能欣喜也可能愤慨,而用手指一摸或者棍子一碰就可以把它们摧毁。艺术家的工作就是提供这些脆弱的现代类型学:艺术家从旧有的确定性中逃离,定居在一个新世界,生活在蒸汽机、催眠术、新的未知的过去以及不可测的未来的时代。

霍尔格雷的艺术——写作和达盖尔成像法——并没有占据他所有的时间,他从事的很多工作具有现代社会物质主义的性质。但是,尽管他属于现代,他还是拥有茂尔一家遗传下来的能力,这种能力现在已经不再被认为是迷信,而被认为是科学的催眠术,虽然其来源依然是"他祖先的类型"。霍桑把这些能力称为"同情心"。与他在小说中插入的故事中的分身(double)不同,霍尔格雷不会用他的能力加害品钦家的任何一个女人。在这个意义上他属于一个新时代,经历了这个时代与旧时代的极大断裂。霍桑一直强调这一事实,直到故事奇怪的结局为止。霍尔格雷是现代的、无根的,甚至文本最后以权威的论调谴责他渴望的变化过于革命性,他过于粗暴地抛弃了过去,而且过于迫不及待地相信一个"黄金时代"即将开始。"总的来说,在他的文化,以及文化的匮乏中——因为他原始、野蛮以及模糊的哲学,因为他往往与初衷背离的实际经历,因为他对人类福祉的巨大热望,不管时代为人类建立的所有一切,因为他的信仰和不忠,因为他所拥有以及所缺乏的一切——艺术家可能完全适合充当他国土上众多同仁的代言人。"(见第十二章)在霍尔格雷身上我们看到,新千年和变迁的神话废弃了旧世界的文化和宗教语境,在新世界存活了下来。亨利·詹姆斯在他身上恰如其分地发现了霍桑本人,"美国人中的美国人",一个"对于恒久性和长久存留的观念总是充满恐惧感"①的人。但是他和霍桑一样,也笼罩在他所拒绝的恒久性的阴影之下。

后来在《玉石雕像》中霍桑将会思索作为这些恒久性的意象的罗马:永恒的、城市与人类文明的类型,但在时间的角度上,也是一个肮脏、腐败以及迷信的所在。在霍尔格雷的新英格兰,永恒性就没有那么明显。类型以其模糊的方式存留,在文化或者基因方面发生了改变。但是霍尔格雷是那个用现代的摄影图版记录了整个画面的人,与过去的肖像画法不同,他尽其所能不干预记录的过程。但是,尽管如此,他给贾弗利的达盖尔式相片还是重复了旧画像的哥特式邪恶。而他自己,正如我已经说过的一样,却传承了一些旧有类型艺术家具有的、现在被称为"磁性的"或者"具有同情力的"危险力量。他正是用一个故事,一种艺术作品,几乎催眠了菲比。这个故事是一个关于催眠的典型故事。要成为艺术家,就必须让自己致力于从旧类型中制造新的版本,实施自己的能量,让画像和一些镜子具有邪恶性。霍尔格雷要摧毁过去,通过摧毁旧房子来消解新旧时代的连续性,并且建立一个没有历史的民主的愿望,最终却受了挫折。尽管他的现在相对于过去就像是达盖尔成像法相对于肖像画、新房子相对于旧房子、催眠术(或"磁性"、"影响力")相对于巫术和茂尔家的诅咒一样不同。

在这方面小说文本模仿了霍尔格雷:小说的哥特素材——丢失的地图、继承下来的先辈的诅咒、小说的魔力、把"传统的"与"历史的"混为一谈,以及其中不是太过聪明就是太过含混,但同样手法高明的寓言——都是对叙事权威的回避,暗示着每个读者必须自己阐释文本。那些刻画在其中的类型是转化的,不稳定的,其力量轻重由读者来决定,这与旧的清教徒类型存在极端强烈的对比。因此,文本属于其所处的时刻,而且含蓄地表明现代经典不会全部显示在读者面前。而过去,上帝之书或自然之书,或者是旧有的经典文献,其中意义虽然也许也是

---

① 詹姆斯,第156页。

隐藏的,却可以完全确定。在确定现代文本的意义之时,读者必须亲自参与其中。就是在这个意义上《七个尖角顶的宅第》例证了亨利·詹姆斯的评论,认为霍桑尽管继承了清教徒的良心及其做事的某些模式,但还是有所改变:在霍桑的作品中,良心"只是平常所说的智力上的良心;而不是道德或者神学意义上的。他只是玩味这个概念……"①。当然他的玩味是认真的,而假如我们赞同詹姆斯的另一个观点,即霍桑的想象不乏"亵渎"②的时候,我们依然要同时记住上述观点。

霍桑两次告知读者霍尔格雷依从的是一种新的律法。这是一种亵渎的律法,如果说它与上帝恩典的盟约有关的话,也只是典型地仅与作品的盟约有关。而且实际上也不存在那么多相关性,因为那个时代的灾难使社会、历史、艺术方面发生的改变几乎都可以触摸得到,使所有类型学都成了问题。这就是霍桑在《七个尖角顶的宅第》中所玩味的主题。在此之前更伟大的作品《红字》中,他对于旧有类型学所做的指涉更加直截了当。但即使如此,也不过是无常易变的类型学的一个泡泡而已——自知具有现代性,小心回避权威性,欢迎多重解读——因为现代世界正是如此。

当然,红字本身就是一个类型,被以不同的程度和样式加以刻画,并且适合于多重阐释。小说人物相信,上帝也许用不同的类型刻画这个世界,而小说用不同的类型刻画这个世界的时候却没有上帝所为那样具有确定性。读者通过运用自己的想象力来决定这些题字的意义。传统再一次成为合唱的一部分,这些声音混淆了文本文字及其意指的东西之间的关系,就像是镜子对形象的扭曲,像是盔甲,还有森林中的水塘。在这样一本小说中,文本和现实的关系不是一种对应的结构,文本一直质疑其自身的指涉,用来刻画文本的类型具有极不确定的起源和意义,因为旧有的类型学以及圣灵学的单纯意义已经被悬置。"印象

---

① 詹姆斯,第 57 页。
② 詹姆斯,第 10 页。

缺少特色以及表里不一"不仅适用于丁美斯代尔，同样适用于文本自身，霍桑用了诸多手法加强这个效果。这是另一部站在现代门槛上思索古老命题的作品，能指和所指的旧有约定，权威的创造者和确信有一个正确解释的读者之间的约定，在此处被大胆地推翻了。这样一个文本必须不断地提醒读者注意其自身是一个写就的东西，是开放性的，是多重的。在必须用不同观点阅读所有书籍的时代，文本自身就是一种即将到来的事物的类型。

齐林沃斯是一名草药医生，因此是一个专家，对于神性的提名的学说了如指掌。在他属于的时代，自然对学者宣布其结构和意义的建立具有神性——这样一个世界就与文本中一个兀然响起的声音所说的"今天的不透明物质"完全不同。上帝文本中的类型已经变得不确定了。"可怕的象形文字"是天意写就的，这也是我们的祖先所相信而传统所宣扬的，但是丁美斯代尔却以一种独属于他自己的意义来解读这些文字。正如文本所言，他自己对自己的解读负责。文本自身也是如此，写在文本的天宇中的真相需要每个读者负责读懂。我们好像从真相过渡到阴影般的类型。红字自身在意义上不断变化，文本从其声称的"现代性的怀疑"的意义上，从"精确的现在"及其丧失的确定性的意义上，不断削弱传统的解读。过去变得模糊不清，就像是那些从旧世界带来的"半被埋没的盔甲"一样；就像是地方官的花园一样，错落有致地长满了新型的南瓜。不管是玫瑰花丛还是荒野，象征都迟疑不决，变成现代性眼光中的神秘之物。与以往不同，解读的光线来自想象，而非天堂。

森林是文本允许我们相信的东西吗，是"道德荒野"的象征或者类型吗？或者是田园式的同情，同时也是其目的所在？那么霍桑希望我们如何来解读溪流还有老树，还有那个使自然与邪灵建立了联系的黑人？齐林沃斯邪恶吗，或者这一看法很幼稚，是齐林沃斯自己所说的"典型的幻觉"？齐林沃斯比别的任何话语都更加出色地向我们表达了应该怎样解读霍桑。在临近最终结局的时候文本告诉大家，"读者可以自己从这些理论中做出选择"。那么我们是否可以认为旧世界错把自然、性与邪恶、罪与罚联系在一起？是否可以认为旧世界把自然与上帝的恩典加以严格的对立,不允许自然具有超乎寻常的决定一切的力量呢？所有这一切至少都是合法的解读。丁美斯代尔从伊甸园一般的森林与海斯特相聚的瞬间回来的时候,几乎变成上帝恩典的敌人,这深具喜剧色彩。但在他的经历中罪似乎生发了某种恩典的丰裕,我们或可说(尽管也可以否认)如果他没有犯罪的话,他就不能像他做到的那样布道。

波儿是一个关键的例子。她代表的矛盾修辞中的"自然恩典"也不断地以小仙女、罪恶之子、巫童、暴力儿童、从"精神世界"而来的访客的形象出现(第十三章),而且正是因为有了波儿,她的母亲才没有办法建立一种新的可以称为自然主义的宗教。孩子不断地与镜子和倒影联系,镜子是类型的类型。但是在霍桑的作品中,镜子通常是神秘或者扭曲的,否定了意象与现实、符号与指示物之间的简单关系的可能性,因此我们不可能知道我们在何处能找到她。她是指意含混的红字本身的词素变体吗？她是自然之子,在书中的大多数时候都被排斥在由恩典所支撑的人类家庭之外吗？是一个亦真亦幻的弗洛米尔①吗？不论如何,波儿在迫使丁美斯代尔最终的臣服中扮演了重要的角色,她不仅进入了恩典护佑的家庭禁地,而且消失在拥有贵族类型以及黑暗徽章图案的旧世界之中。而海斯特依然具有她自己的类型,以新型的意义重新融入了社区。波儿漂流回到了旧的类型的世界之中,海斯特是新世界的预言类型。这一类型的实现必须是含糊的,而且文本只能说"读者可以自行选择"同意认为她是自然的无序的类型,或者同意另一种理论,认为她与霍尔格雷一样,是"独属于自己的新秩序"的类型。

我们根据自己有序或者无序的想象力,从这些问题重重的刻画的类型中,有限地制造了这本书。丁美斯代尔的布道可以被看作文本自

---

① 弗洛米尔(Florimell),《仙后》中仙后宫廷中的少女。——译注

身的真实类型。它告诉我们,人类自己可以有真理,却不能够讲出来,因为我们缺少五旬节的恩赐①,这一恩赐象征的似乎不是说外语和未知语言的能力,而是用心灵的本族语、把整个人类当作自己的手足来讲述的能力(第十一章)。尽管丁美斯代尔心中有种种阴暗之处,却承认有这种能力(第十七章)。文本没有给我们提供一点他布道的内容,不论以何种语言(第二十三章),尽管他以独有的方式说给每个人的布道预言了新世界的崇高命运。这个五旬节布道是文本对自己的评论;充满负罪感,备受激发,人人有份,模糊地预示了一个遵从新律法的未来帝国。

因此,这本书是关于书自身的言说,而且也一遍一遍言说类型(例如第十、十四、二十三以及二十四章)和典型的幻觉。海斯特是"一种值得悲伤和敬畏的类型",但是她与哈勒姆一样,在非常现代的类型学意义上来说是一种预言类型,预示着一种女性,将来挣脱旧时代律法的束缚,在她的时代里,"将会揭示新的真理,为了能够在更加坚实的共同幸福的基础上建立一种男女之间完整的关系"。霍桑的文本邀请我们把这种宗法预言与安妮·哈钦森(Anne Hutchinson)联系起来。海斯特因为犯了罪,不能在她自己的时代建立这样一个宗教,却可以是另一个时代的预言家,她的类型有可能会在从过去解放出来的新世界里找到反类型。② 文本没有说明这些预言与类型,因为它刻意回避权威性,不说任何明确肯定的话。但是最终海斯特的红字取代了坟墓上的徽章标记;这是一种新的类型,新世界的类型,由想象力解释,由读者选择,取代旧类型的固定意义。尽管不无讽刺的是,上面的题字还是完全照

---

① 即上帝的圣灵降临,使信徒突然之间会讲各种外语。——译注
② 关于海斯特与安妮·哈钦森之间的关系更加肯定的论证,见迈克尔·J.卡勒库里奥(Michael J. Colocurcio),《安妮·哈钦森的足迹:〈红字〉的语境》("Footsteps of Anne Hutchinson: The Context of *The Scarlet Letter*"),ELH,ⅩⅩⅩⅨ,1972, pp. 459-494。

搬了旧的纹章上的字句:"黑色的原野,红色的 A 字。"①

有关霍桑的种种——他有意为之的迟疑不决、对历史转折时刻的敏觉的洞悉,一种现代文本的方式的发明,这种文本自知只是不稳定地模仿事实,思考自身与过去以及未来的关系——还可以有多得多的解释。在他最后完稿的一部小说中,他尝试以更加外显的方式在过去的帝国中心,《玉石雕像》的罗马,与过去遭遇,这与他所谓的现代新英格兰的"广阔而单纯的日光"相距甚远。由于霍桑不能像霍尔格雷一样为所欲为,而且每半个世纪就会把城市累积的罪恶和肮脏付之一炬,所以他眼中的永恒之城就像是不死的西贝尔一样,永远承受着"悲哀的永恒"。与这种古老而永存的过去并存的,是凯尼恩的新世界的现在:"在那片幸运之地,每一代人只须承担自己的罪和悲伤。在这里,似乎所有的疲惫而沉闷的过去都堆积起来,由现在背负着。"(第三十三章)但罗马也是"那个中心地域,艺术家的每双眼睛,每颗心都向往着它"(第六章)。也许他们不应如此,希尔达就是因为完全照搬了过去,反而放弃了她本有的、可以丰富她自己的新世界的天赋。

值得称许的是霍桑对于罗马的双重视角。它既是永恒帝国(urbs aeterna)的中心,在它周围所有的别处都只是乡下(第二十四章);又是意大利还未曾"因罗马而内疚"的过去的纪念碑(第二十六章),可以回溯到农牧神和森林女神的时代,在艺术上可以回溯露天市场的方尖石塔,即使在罗马这也是最古老的所在(第十二章)。这是古典的罗马,比哥特式的世纪离我们更近,"看上去比奥古斯都时代更加遥远"(第十八章)。这是圣彼得的罗马,是完好无损的"世界的大教堂"(第十二章)。但它也是"一具躺在地上,早就腐败的尸体"一般的罗马(第三十六章),坐落在几个世纪的肮脏和贫穷之中,在"异教所留下的尘垢和腐败之中,而变态了的基督教使其更加有害"(第四十五章)。罹患瘴气、空气

---

① 改写自马维尔(Marvell)在《不幸的情人》("The Unfortunate Lover")一诗结尾处的妙语:"黑色的原野,红色的情人。"

污浊，即使承载着这座永恒之城的永恒性的狂欢节也不过鄙俗而退化。在其事业的终结处，霍桑重新发现了恒久的罗马，但是其恒久性还是存在于时间的范畴之中。

希尔达与罗马的艺术与宗教模糊不清的关系，是新帝国与旧帝国之间的关系。而这种关系尽管更加归于灵魂层面，但也更加脱离人性和艺术的联系，即使相比更少邪恶。一方面是多纳泰罗腐败的天性，而腐败也诞生了其灵魂，以及米立安的创造性的颓废。① 另一方面，是凯尼恩的自负，希尔达的新世界的纯洁。美国具有其乡土气，其过去显而易见不超过一两代人，根本就不具备用玉石塑造什么的价值，其品位就是粗俗、缺少渊源的肖像画。凯尼恩开了一个玩笑，把美国与罗马的特莱维喷泉相提并论，好好奚落了一番这一美国缺憾：古老的众神被推倒了，31 根喷管，每一根代表美国一个州，倾倒在了一个大水盆中，象征着"国家繁荣的伟大蓄水池"（第十六章）。但是罗马代表了罪恶的传统，自然欢乐的丧失。固然这一论断不乏争议之处，但是书中还是指出这一特点可能会使历史经历一次"幸运的堕落"，从中"我们也许得以飞升到一个更加崇高的天堂"（第五十章）。

帝国（imperium）的律法就像清教徒的律法一样，强大、顽固，但是需要在新世界被推翻。罗马是帝国的伟大类型，美丽与邪恶并存，令人难忘，但是需要从记忆中驱逐出去。它是永恒的，只有其部署不断变化。但是还存在一个现代帝国，由"几个饿得半死的狂热者"在西方建成。这个现代帝国将要拒绝这种经典的永恒性，而且，帝国在本质上是变化的，创造出的艺术也是不断变化的艺术。

因为现代国家的经典不可能像《圣经》或者维吉尔那样，是一个不变真理的知识库。艺术中的真理——艺术本身就是一种危险甚至也许暧昧不清的邪恶的活动——将会因为受到自身就是乡土而且不稳定的

---

① 勃拉姆，第 147 页。她认为多纳泰罗象征着古希腊和罗马而米立安象征着文艺复兴。在重新发现之际，既败坏了古代，又加以基督教的洗礼。

新世界的触动，在面对腐败的成熟的大都市时态度迟疑不定。这就是为什么不能够用像通常阅读维吉尔的方式来阅读霍桑——这位伟大的作家发明了对待大都市的过去的态度。《红字》或者《七个尖角顶的宅第》的意义就是作家想要的意义的说法是没有意义的。他的文本中变化多端、无法把握的诸种声音，还有故意使叙事沦为不真实的安排，都是为了邀请读者来加入创作的过程。

从这个意义上可以说，为了生存之需而建立的西方帝国的文本已经丧失了曾有的天真，现代经典在其存在之初，就要求每一位读者正如过去的经典在岁月流逝之后所需要的那样，随时代而改变。想要有新世界的艺术的话就必须如此，而新世界的艺术虽然自身含蓄而不透明，却可以暗示新旧国家之间的真实关系。

那么此处就是一部**革新**（renovatio）的经典，伴随着西进的帝国和学习的转变。过去的阴影以某种永远不可衡量的程度横亘其上，正如笼罩在所有曾经的革新之上一样，尽管这里断裂的力量比以前更有过之而无不及。这一新的经典不像《埃涅阿斯纪》（*Aeneid*）那样，随着时间的变迁和帝国的更迭不得不遭遇改变。因为如果没有读者想象力的配合，该文本几乎无法存在，除非是读者幼稚地满足于认为这是一个看起来讲得很糟糕的简单故事而已。

通过这个渠道我们触及了现代经典，而现代经典因其不能对自身做出确定的描述，而激发不同的解读。与我们期望能够给出答案的旧的经典不同，现代经典提出了一系列可谓无穷无尽的问题。而当我们学会了如何问问题的时候，我们可能发现同样的问题也可以被放入旧的经典之中。现代经典与阅读现代经典的现代阅读方式不可分离。在下一章我将会探讨这种变化带来的后果。

97

选自《经典》（1975年）

6. 作为经典的《呼啸山庄》

  这篇发表于 1975 年的论文也来自我于 1973 年在坎特伯雷的肯特大学所做的艾略特系列讲座。回到这个话题之时,我发现任何人只要最近没有读过《呼啸山庄》,都会觉得费解。写这篇论文之时,正是我对刚从巴黎引入的关于叙事的方式,以及从德国引入的沃尔夫冈·伊瑟尔(Wolfgang Iser)极为感兴趣的时候。如果我现在重写的话,就不会这样处理这个话题。但是我现在觉得我的思路正确,而且还在想当时能否找到其他方式来探讨这部小说,也就是说,我没有找到其他方式,即使我想装也装不来。

  我选择《呼啸山庄》来讨论有充分的理由。它符合的标准之一,是现在读它的这一代人,与该书面世的时代相距甚远,而且还有其他不那么明显的优势。碰巧,我已经很多年没有读这本书了;另外,尽管我不可能意识不到该小说已经有很多不同的解读方式,而且一直处于争议的中心,我还是避免阅读任何此类的二手资料。这些巧合使我处于一种对于教授文学的人来说很陌生的位置:或许我可以不受频繁阅读的拘束,并且免除可能或者习惯性地解读的干预,从而能对一部文学经典作品做出自己的反应。我觉得这种情形很理想,虽然有人可能会说这简直厚颜无耻。不论如何,这是我能想到的对一部经典做出某些普遍结论的最好的方式,尽管我可以断言,这些结论听起来将更像是一个研究项目,而不像是对这一简单练习的真正结论。

那么,我不妨以一个合格的现代读者(我觉得"合格"这一概念是本质上的,不论你觉得我的解读有多么不合格)直接面对一部经典著作时所做的部分阅读作为开篇。但是,在承担起合格读者角色的时候,我不能不注意到一些根本就不在文本之中,而在夏洛蒂·勃朗特(Charlotte Brontë)的传记短评之中出现的有关她妹妹们的评论,其中她单独列出了同时代唯一读懂她妹妹小说的一个评论家。她说:"这些评论家屡次让我们想到那些星相学家、查尔顿人和占卜者,他们聚集在'写在墙上的东西'面前,却对那些文字不知所措,既不会读,也没法读懂阐释文字。"但是,确实有一个人能够正确读出"这个独创思想的含义"①,"而且可以自信地说'这就是关于它的解释'"。这个后世的但以理就是西德尼·多贝尔(Sidney Dobell),但是如果现代读者怀着无比的崇敬之情,希望从他的解读中得到极具价值的信息的话,那么一定会大失所望。也很少有人会想这样做,大多数人都不会相信这样备受称赞的评论家,或者不相信愿意让评论家读懂的书。几乎没有人会相信这样一种解读有存在的可能,虽然评论家如此频繁地制造解开谜团的新"钥匙"。因为我们不相信小说像一个密码或者一个坚果一样能够被打开,不相信小说一旦被解码(en clair),就包含或者指涉一个人人赞同的意义。无须劝说,我们也会相信一本好的小说远非一条信息那么简单。我们设想原则上具有解读的多元性,我所做的也是其中一种。尽管我对其他解释一无所知,却有理由相信我不会重述别人的观点。

当洛克乌德初次访问呼啸山庄时,他注意到有一个刻在大门上的日期:1500年,以及哈里顿·恩萧这个名字,和门上其他不相关的装饰

---

① 《圣经》中,但以理把写在墙上的上帝圣谕"Mene, Mene, Tekel, Upharsin"解读出来,"弥尼,弥尼,提客勒,乌法珥新",此处比喻意为文字的含义。——译注

物混杂在一处。很明显每个人都读过这个情节（见小说第 2 页），而且认为这保证了其他什么就要出现。这属于现代所说的"诠释学代码",答应给出解释,而且,虽然可能有所拖延,解释终究会给出。当然可能存在着某种突变或者诡计,如果所给的解释在某些方面不够令人惊奇,或者不论如何现在也无法预料的话,你反而会感到惊奇。而事实证明确实如此。这些题字所引发的期待在严格意义上来说属于某种类型(generic),你必须对此有所了解才有可能对我所提到的产生共鸣。在这个意义上,类型就是伦纳德·迈尔(Leonard Meyer)（在论及音乐的时候）所说的"一种内化了的概率体系"。① 这种体系被认为能在读者和作者之间建立某种契约,尽管也许不应如此。不管怎样,这些题字不能被看作一连串倒霉事情当中的某些简单元素,甚至是与这样一个故事有关的事件中的简单元素。题字缩小了可能性的范畴,减少了随意性,并且让人期待它们的重现。将会有"反馈"出现。这也许不会消除原来促成因素中的所有信息的可能性,而诱因也许比我们想象的要晦涩得多。在此处,确实如信息理论家所说的"熵数值更高"。叙事本身并不只是一个漫长的延迟,而其后哈里顿·恩萧的真正传人才重新拥有了祖先的房子。但是文中没过多久我们就得知了哈里顿的存在,而且想猜的话也可以猜得出来。

当第一次讨论到哈里顿的时候,是丁耐莉把他描述为"已故的林惇夫人的侄子",这令人觉得奇怪。为什么不说是"已故的恩萧先生之子"呢？她之前刚刚说到林惇一家过去居住在画眉山庄,此时我们才第一次听到了林惇这个姓氏。也许我们会好奇林惇夫人怎么会有一个姓恩萧的侄子。不论如何,丁耐莉就这样以间接而含混的方式,把哈里顿和一所没有(not)刻他名字的房子联系到了一起,和一个已经不存在了的家庭联系到了一起。后来我们才发现他是恩萧家的直系传人,事实上

---

① 伦纳德·B. 迈尔,《音乐,艺术与观点》(*Music, the Arts and Ideas*), 1967 年,第 8 页（提到音乐类型）。

正如丁耐莉所言,是"他们家的最后一个传人"。就这样才履行了原先"阐释学"的承诺,提供并且证实了信息,因为哈里顿理所当然重获继承权,住进了山庄。故事结尾留下的主要人物是哈里顿·恩萧先生和夫人。其他两个曾经闯入恩萧家族的姓氏——林惇和希刺克里夫——此时已经无迹可寻。故事中间两次重新提及原来的题字,意义非同一般——一次是在第 20 章,哈里顿还不会读自己的名字;另一次是第 24 章,他会读名字了,但是读不出年代。

可以说,到目前为止这些有关《呼啸山庄》的信息只要在适当之处改头换面,就适合大多数小说。所有小说都包含类似的题铭,而的确所有写作都可以说是一种题铭,刻入事件内在的变迁之中,使人铭记。而本文讨论的这种题铭出现在写作的本质之中,是其有趣的次要线索,提醒我们注意阅读内容的文学性,暗示故事就是故事,这对我们正常的阅读感受力也许不无裨益。最重要的是,这些题铭标识了一种**文学**(literary)体系,与读者随事过境迁发生了变化的口味和期待没有一贯的联系。或者可以说,艾米莉·勃朗特同时代人的概率体系与我们的差别很大,有可能会忽略文本中任何不符合他们的类型期待的东西,并以某种方式——通过跳过某些章节,指责作者写作技艺欠佳、缺少经验,诸如此类——把它束之高阁。简而言之,他们内化的概率体系留存至今,只是形式上有所变化而且更为宽松。我们现在从文本中能读到更多的东西,而且文本的阅读也一定有所不同。实际上,只有那些经过了时间考验依然证明其存在价值,足够复杂,足够不确定,有允许添加必要的多元性的空间的文本,才是我们唯一认可的经典文本。"Mene, Mene, Tekel, Upharsin"现在有了各种解读方式。艺术作品的本质是开放的,只要是"好"作品;虽然作家和读者本性使然,都要给开放的作品做出终结。

要更加广泛认证《呼啸山庄》的开放性,不妨让我们一起去细查洛克乌德在山庄度过的糟糕夜晚。他第二次拜访呼啸山庄时,一场暴风雪切断了回画眉山庄的路。主人安排他睡到一张很怪异的床上,是一个卧室里面套间的老式卧榻。凯瑟琳·恩萧曾经在这里睡过,而希刺克里夫后来就死在这张床上。床和格子窗都被小说家加以精心"展示",但我想更多考虑一下洛克乌德在睡前仔细查看的刻字。墙上写着字,床边的支架上也写着字。"但是这些字迹只是用各种字体写的一个名字,有大,有小——凯瑟琳·恩萧,有的地方又改成凯瑟琳·希刺克里夫,跟着又是凯瑟琳·林惇。"洛克乌德一闭上眼睛,就被白色的字母纠缠不休:"黑暗中一片亮得刺眼的白闪闪的字母,仿佛鬼怪活现——空中充满了许多凯瑟琳。"他不知道这些名字到底是谁的,但是"只不过是个名字"的说法似乎暗示所有名字都属于同一个人。他打盹醒来以后,找到了一本写着凯瑟琳·恩萧的名字的书,书已经被他的蜡烛烤焦了。

洛克乌德之前的确见到了一位希刺克里夫夫人,根本搞不清楚她到底是谁——他一开始以为希刺克里夫是她丈夫,后来又认为哈里顿·恩萧是她丈夫。而我们发现,其实在不同的意义上来说,她的确先后是希刺克里夫和恩萧夫人。因为她与希刺克里夫仅仅有表面上的一种亲属关系,与他性无能的儿子结婚而承袭了他的姓氏,忍受他这个公公的冷嘲热讽——这是一个前序,后文是她重得自己的姓氏恩萧。这是她母亲故事的反向版本。但是洛克乌德却不知道她叫什么名字。很快他将遇到一个叫作凯瑟琳·林惇的鬼魂,但是他和我们读者都得等着看到底这些潦草涂画的名字指代的是哪个人。不久我们知道了希刺克里夫夫人是希刺克里夫的儿媳,她的闺名是凯瑟琳·林惇,明显不是那个鬼魂。后来我们明白了乱写名字的是凯瑟琳·恩萧,后来成了林惇夫人。这个女孩子很久前已经离世,生前本来可以成为凯瑟琳·希刺克里夫的,但是没有。

处理过了所有等待的信息以后,你会发现这些名字按照洛克乌德给定的顺序排列下来,其中不无深意:凯瑟琳·恩萧,凯瑟琳·希刺克里夫,凯瑟琳·林惇。这些名字从左到右读的话,概括了凯瑟琳·恩萧的生平故事;而从右到左读的话,则是她女儿凯瑟琳·林惇的故事。凯瑟琳和恩萧这两个名和姓分别开始和结束这两个故事。当然洛克乌德在套间过夜的时候，完成这一排列所需的一些事件还没有发生，而哈里顿和凯瑟琳的婚事在小说的结尾处还是个未来事件。但是，这是对小说故事发展的讲述：离开恩萧，又回到恩萧，就像这所房子一样。所有一切的发展都必须借助希剌克里夫。

夏洛蒂·勃朗特从自身的经历出发，认为作家说出的远比自己意识到的多，并强调对于艾米莉来说尤为如此。"她塑造了一切，但一点也不知道自己做了什么。"当然这一论断对于我们来说不过是老生常谈，而夏洛蒂倾向于认为这是因为艾米莉对于这个世界一无所知。叙事不是一种先在之物的抄本。洛克乌德对于自己不懂的名字的思索正是代表了这种状况：他从很多潦草写就的名字中建立了一个本书故事情节的猜字画谜。这一情况说明，当文本向读者展现的时候，如果文本包含的信息比类型概率所需要的要多出很多，我们应该做什么。

让我们再次研究这些名字。这些名字无疑告诉我们小说中的这个社会与世隔绝，但是想到这个故事里所有结过婚的主要角色，其中只有三个姓氏，而两个凯瑟琳都承袭过所有三个姓氏，这点还是让人不由惊叹。另外，恩萧一家一共只有三个教名：凯瑟琳、辛德雷，还有哈里顿。而希剌克里夫也是一个姓，确实既当姓又当名字，相当节省。他不是缺这就是少那，他的名字就是他与其他人不同的一个象征。而他死后情况也没有得到改善，因为他的墓碑上只刻有一个词：希剌克里夫。他就像是辛德雷婚后不久就死去的妻子法兰西斯一样，仅仅是恩萧家族中的一个闯入者。

希剌克里夫好像介于名字之间，介于家族之间（他是一扇门，恩萧家族通过他进入了林惇家族，然后走出去又回归恩萧家族）。作者在描写到他的时候似乎有意赋予他这样的特征，他总是不是站在门外，就是进门，或是离开家门。他同时既在恩萧家之内也在他家之外，既是他家的仆人，也是他家的孩子（就像哈里顿一样，希剌克里夫也把他放在跟自己一样的位置之上，暗示这个家所在的社会古旧的本质——缺少尖

102

锐的社会阶级区别;这点和画眉山庄很不同)。同样他的祖先也是处于中间,不上不下:丁耐莉对他家室的设想不是贫民区就是皇家宫廷;不是王子,就是乞丐;不是美国人,就是印度人;不是上帝的儿子,就是魔鬼的孩子。我认为这种中间状态一直持续,而希剌克里夫在贫穷和富有之间起伏不定,也在阳刚和阴柔无能之间徘徊。对于凯瑟琳来说他介于兄长和情人之间,小时候和她同床共眠,而死后埋葬在一处。但是在青春期和死亡之间的岁月两人没有在一起。他孔武有力,但是生了一个极其孱弱的儿子。他受到了文明驯化,却像他家的狗一样凶猛,外表阴沉而内心燃烧着火焰,就像是这所房子一样。他横亘着巨大的对立面:爱与死(恋尸狂一样的自白),教化和天性("半驯化的凶猛"),这种姿态自然不是任何类型的("拜伦式的"或者"哥特式的")公式所能解释的。

希剌克里夫也站在过去和未来之间。当他的力量不再的时候,古老的恩萧家族发展到了未来,与文明化了的画眉山庄结合。在那里呼啸山庄疯狂的权威性成为往事,文雅与粗犷因为教化之功而势不两立,那是一个更加文明的南方新世界。正是画眉山庄把希剌克里夫和凯瑟琳第一次分开,恩萧家最终也可能住在那里。这些孩子们,哈里顿、凯蒂和林惇,没有一个在外表上和希剌克里夫相像,前两个孩子都有凯瑟琳的眼睛(小说第33章),另一个就像是他的名字所显示的,是林惇家的一个孩子。凯蒂的两次表亲婚姻是希剌克里夫站在恩萧和林惇、北方和南方之间的结果,而她也经由同族结婚的路线通往异族结婚的南方。此前希剌克里夫已经无意之中救了婴儿哈里顿的命。他和凯瑟琳的鬼魂最终只有迷信的当地人才感兴趣,而这些当地人现在要受到更加理性的文明的剥夺。

如果我们再看一次洛克乌德的题铭,我们可以这样来读。

6. 作为经典的《呼啸山庄》   117

```
(呼啸山庄)                              (画眉山庄)
  恩萧           希刺克里夫              林惇
                 希刺克里夫

凯瑟琳 I    (嫁给哈里顿·恩萧)  林惇·希刺克里夫  (嫁给埃德加·林惇)   凯瑟琳 II
(嫁给哈里顿·恩萧)                      (嫁给林惇·希刺克里夫)
```

注：希刺克里夫居于恩萧和林惇中间，因为其来源于恩萧，而娶了伊莎贝拉·林惇。哈里顿自己可以表现为这样的：当希刺克里夫把他贬到与他自己开始时相似的一个地位——家族中的野蛮人、低等成员——的时候，首先被强迫离开恩萧一栏，进入中间位置。但是他最后他们搬到了一起（没有经过已经被废除了的中间位置）。从左到右，从呼啸山庄到画眉山庄与凯瑟琳二世回到了恩萧一栏。因为凯瑟琳二世回到了恩萧一栏，从左到右及从右到左是移动——进入林惇家一栏，然后当哈里顿的继承地位被希刺克里夫剥夺时移到他。

恩萧一家顽强地幸存了,但必须最终融在林惇家族的文化中。凯瑟琳在她从左到右的发展方向中被耗尽了生命。希刺克里夫和伊莎贝拉的准恩萧式的结合给小凯蒂留了一条顺利的通道,她只需要通过林惇·希刺克里夫就可以走到哈里顿·恩萧的身边。而哈里顿经历了类似希刺克里夫的命运,从恩萧家族中离开,来到希刺克里夫那里,沦为儿子—佣人,变成一个无人管束的残暴家伙。但他是恩萧家族最后一个成员,最后一个子嗣,而凯蒂既能还给他那所刻着他名字的房子,又可以带他走上前往画眉山庄的通途。

读小说的家庭大都住在画眉山庄那样的地方,而不是呼啸山庄。连这部小说也不例外,而在恩萧家书房里,是粗鲁的(约瑟夫式的)虔诚读经,对此做出的强调也有所暗示。小说的顺序是一种文明化的顺序,它设定了一个身处有教养家庭、习惯于小说阅读的读者,而该读者相信有可能在伦理教义上做出有效选择。因此作者能够让自己迎合读者的合理期待,不把绝对的类型控制强加在文本或者读者身上。也就是说她不需要知道自己都说了什么。她可以以各种形式邀请读者的合作,她在文本不确定或者不连贯,需要用解释来补充叙事空白的时候把意义的补充留给读者。

书中有很多梦可以加以例证。① 洛克乌德做完名字闹鬼一般的短梦以后,又做了另一个梦。因为他看到凯瑟琳的《圣经》里提到了约瑟夫后受到了暗示,梦到一场冗长的无休无止的布道,主题含糊不清。牧师杰别斯·伯兰德罕从文本中得到了提示,把七条死罪扩展到了七十乘七加一。当他讲到最后一章的时候洛克乌德的耐心终于耗尽了,他提出抗议,引用了《圣经》里的原文:"他将再不会回到自己的家中,他自

---

① 我后来阅读《呼啸山庄》的评论的时候(这些评论当然证实了我当时模糊的感觉,即关于该书有很多评论),了解到刻画的名字以及洛克乌德的梦已经吸引了早期的评论。多萝西·凡·根特(Dorothy Van Ghent)著名的文章里面到,为什么在所有人中只有洛克乌德会梦到鬼魂小孩,而她得出的结论是,做梦者的本性——"一个喊出黑暗的力量的人"——给予我们力量认识到存在于之内和之外的"自动"的力量(《英国小说:形式和功用》[*The English Novel*: *Form and Function*,1953 年])。罗纳德·E.费恩(Ronald E. Fine)认为这些梦是"现实的痉挛",而艾米莉·勃朗特把故事安排得与梦相适应,或者用他的原话就是,让梦引发故事。他强调了这些梦的性的意味,以及梦之间结构上的关系,认为是因为两个情人互相寻找对方、渴求重聚的这个基本的梦生发出来了力量(《洛克乌德的梦以及〈呼啸山庄〉的钥匙》["Lockwood's Dream and the Key to *Wuthering Heights*"],载于《19 世纪小说》[*Nineteenth Century Fiction*],XXIV,1969—1970 年,第 16—30 页)。英格博格·尼克松(Ingeborg Nixon)认为"这些名字一定是凯瑟琳还是孩子的时候第一次去往画眉山庄时候写的……但是它们形成了整个悲剧困境的无声的总结";暗示凯瑟琳的三个可能性,而当然她选择了林惇。这是给刻的字赋予了最有限的可能的"诠释学"的意义,把刻字读进一个可能的编年史中,忽略其作为文学的或者陌生化的符号的更大的功能(《关于〈呼啸山庄〉模式的笔记》["Notes on the Pattern of *Wuthering Heights*"],载于《英语学习》[*English Studies*],XIV,1964 年)。希西尔·W. 戴维斯(Cecil W. Davies)注意到了"希刺克里夫"是一个恩萧家的名字,认为这让他"在尽管不合法但是真实的意义上,成为呼啸山庄的一个真正的继承者"(《〈呼啸山庄〉阅读》["Reading of *Wuthering Heights*"],载于《批评文集》[*Essays in Criticism*],XIX,1969 年)。毫无疑问,C. P. 桑格(C. P. Sanger)当之无愧的备受好评的论文(《〈呼啸山庄〉的结构》["The Structure of *Wuthering Heights*"],1926 年)部分解释了为什么大家普遍希望把所有一切能适合的都放入法律或者编年史的方案之中,但是后果可能是大家都通常会误过一半的观点。所有这些论文都全文或者部分被重印,编入 J. P. 皮提特(J.-P. Petit)编企鹅批评文选《艾米莉·勃朗特》(*Emily Brontë*)之中(1973 年)。其他的文集包括弥里安·阿洛特(Miriam Allott)编麦克米兰丛书系列(Macmillan Casebook Series,1970 年),托马斯·A. 瓦格勒(Thomas A. Vogler)的《〈呼啸山庄〉20 世纪解读》(*Twentieth-Century Interpretations of 'Wuthering Heights'*,1965 年),以及威廉·A. 赛尔(William A. Sale)的诺顿版本(*Norton edition*,1963 年)。1975 年以来增加了数不清的新的版本。

己的家乡也不再知道他是谁。"小说里的梦通常都被赋予梦幻的含混性,但还是与叙事的线索相差不远,否则就包含另外有用的信息。但是这个梦似乎不是这样,如果与哈里顿的归宿有关的话,又缺乏意义上的准确,颇为含糊。但我们可以给定一个自然主义的解释:梦中牧师在讲道坛上的一顿猛敲,是因为枞树枝条在窗户上嘎嘎作响。

洛克乌德又一次睡着而又一次做梦了,而且"如果可能的话,比以前的梦更加让人不快"。他再一次听到了枞树的声响,想起身止住。他打烂了窗户,却发现自己抓住了一个自称凯瑟琳·林惇的孩子冰冷的手。

他说这是一个梦,确实他也把它归因为"噩梦的强烈恐惧感",而流到床单上的血迹也可以被解释为他打破玻璃的时候自己把手划伤了。但是他没这样说,却认为是因为自己残忍地把孩子的手腕在窗玻璃上来回拉伤才流的血。而希刺克里夫很快使我们相信,这两个选择中更容易接受的是洛克乌德根本就没有做梦。

因此我们不能够认为这个梦只不过是一种"哥特"式的装点或者评论,甚至也不能够认为这个梦跟洛克乌德刚刚做的梦是同一种类型,因为同一丛枞树枝的存在,延展引发了颇具喜剧色彩的梦的解释。此处存在着各种不同的谜团:为什么访客是个孩子,而且,就算是个孩子,为什么偏偏是凯瑟琳·林惇?连洛克乌德都不能接受这是因为梦到了《圣经》上一行乱涂乱写的名字。他拿不准这到底是"鬼魂和小恶魔"捣鬼,还是纯粹是一个噩梦,虽然他已经同意了希刺克里夫的想法,不再怀疑"它",那个孩子,试图闯进屋子。下楼的时候他又那么歪打正着地碰见一只斑纹猫,让人不能不回想起莎士比亚戏剧中的巫术。

那么,似乎毫无疑问这个梦不仅仅是叙事的转化那么简单,不是另一程度上的评论,而是叙事的不可或缺的一部分。从一定意义上来说,梦到伯兰登罕牧师是一个把戏,暗示我们也许想要把第一个梦里存在的一定的理性转移到后来的梦里,而洛克乌德也在一定程度上做到了。读到枞树枝第二次敲打窗户,在思索如何与第一次敲打声联系起来的时候,我们意识到文本中给出的线索有很多冲突,并且越来越感觉到这两者之间有更多的对比,因为前者是一种喜剧化的处理,要惩罚犯了种具体但不应该犯的死罪的洛克乌德,把他放逐出自己的家园;而第二个则更可怕,是幽灵闯入他所居住的一个类似子宫或者坟墓的房间里。我们无疑还要做出其他很多的论断。这不是决定哪种阅读是正确的问题,而是作为读者要处理文本悬而未决的一系列不定因素的问题。

凯瑟琳做了一个梦,这个梦一直纠缠着她,就像是"酒流过水"一样,但是丁耐莉不想听。而我们对这些梦毫不知情,除了知道这些梦给她带来的影响。"不用鬼和胡思乱想来烦我们,就已经够烦的了。"丁耐莉这样说。这是文本中另一个适合说出的沉默,因为这意味着此处我们没有渠道获取相关信息。但她自己也做了一个梦,或者有一种幻觉。在希刺克里夫回来以后,她发现自己站在路标下;在路标的砂石上永远刻着这些字,就像是房子上永远刻着哈里顿的名字一样——北方指向"呼啸山庄",东方指向"吉默屯",南方通向"画眉山庄"。温柔的南方,粗犷的北方,而介于两者之间的集市所在的镇则具有半开化的文明(正如丁耐莉自己一样)。与以前一样,这些刻字引起了一种梦幻般的幻影,让她在幻觉中看到了还是孩子的辛德雷。丁耐莉害怕他的鬼魂来意不善,就跑回了呼啸山庄,在那里又看到了那个幽灵般的孩子,却发现他原来是辛德雷的儿子哈里顿。他在呼啸山庄和画眉山庄之间出没,给人感觉有预谋,现在他回到了呼啸山庄,手里拿着一块石头威胁他原来的保姆,拒绝去画眉山庄。而正如辛德雷变成哈里顿,哈里顿也变成了希刺克里夫,因为出现在门口的人是希刺克里夫。

这很像是一个在不断变化和移位的梦。它没有一点点叙事的功用,而只需稍作删节就可以把这段忽略不计。但是几代人的混淆,辛德雷被他儿子和希刺克里夫双重篡夺,而他们三人都是呼啸山庄的野蛮性的不同变体,这所有一切给人物一种新的关系,并且限制了我们理解文本提供的各种叙事解释。因为值得指出的是,关于丁耐莉的经历,文本没有提供任何自然主义的解释,不像后来,文本对那个小孩子看到了希刺克里夫的鬼魂和"一个女人"的叙事做了处理，为结尾处更多含糊的意义做了铺垫。梦、幻觉、鬼魂——小说中的灵魂学整体上与"自然主义"的叙事之间只有不确定的联系。而这样是为了与常规的"单独"阅读混在一起，混杂解释与期待，使我们必须完全认识到文本内在的多元性。

这些对立类型——白天叙事与梦境叙事——的混杂需要一个居于其间的斡旋者，而我们必须满足这种需求。这样说不知有无道理？如果这样的话，我们可以进一步推论，读者的反应使文本提供了这样的斡旋者，出入于生死之间，野蛮与文明之间，家庭与性关系之间。而斡旋可能主要来自希刺克里夫，因为他既不在局内也不在局外，既不全是主人也不全是奴仆，既是丈夫也不是丈夫，既是兄弟也不是兄弟，是父亲但是虐待自己的孱弱儿子，是表亲但是没有血缘关系。而我想必已经说过，一系列的叙事者斡旋于故事的野蛮性与读者的文明之间，使文本自身成为古老与现代之间的中介。

但是我们必须记住，正是当读者完成了文本之时，才做出了这些调整，而每个读者都会做出不同的阅读。多元性在此不是一种规定而是一个事实。文本中存在诸多模糊不清和试探性的东西，让人不能做出决定性的解释。不论我们如何着手阅读，头脑中先有社会逻辑符号、灵性学符号、文化或者叙事的符号，我们最终都必然分道扬镳，各执己见。交流的大门有时候锁着，有时候开着，而希刺克里夫必然是跨在门槛上，开门、关门，或者破门而入。而且显而易见，随着时间流逝，解释的可能性不断增加。时代性文化给定的限制消融了，掩盖差距的类型假说消失了，我们现在看到这本书真正"在一种差距中绽放光彩"，而詹姆斯认为小说本应如此。这种差距是一种阐释学的差距，读者必须从中施加自己的想象，以使自己随时在文本中发出声音。基于上述原因，那个猜字画谜——凯瑟琳·恩萧，凯瑟琳·希刺克里夫，凯瑟琳·林惇——才具有了可示范的意义。文本只是无声地给出了谜底，既不催促，也不禁止读者去联想这个谜语很像斯芬克斯的谜语——在这三种形式中存在着哪种人？这个谜语的唯一可以接受而且可能的答案包括了乱伦和毁灭。

我发现这样阅读《呼啸山庄》的时候，可能会时不时地在文中的只言片语或者某个处理手法上提及法国的新批评。我很高兴承认与该理论有这样亲密的联系，但同时很重要的是，我不认为这种"经典"文本——法国人这样称呼时不无贬低之意——在本质上是幼稚的，只是因为偶然才在一定意义上具有多元性。备选文本数量实在太多，就连任何两个合格的读者都没办法公认哪本是幼稚的。正是因为文本的幼稚，才使其成为经典。我曾经提到，时间确实把文本不断打开，如果读者不死，经典文本将更有可能趋于不变，而读者的死亡，在一个很重要的意义上来说是解放了文本。但是假如把多元性的全部潜力归结于这个原因（或者是归结为后来读者的智慧或精明），就陷入了一个谬误。洛克乌德的"凯瑟琳"题铭很可能没有人留意过，但是它们一直在文本之中，在当时和现在一样都模棱两可，具有多元意义。不同是修复这种不确定的方法改变了，而且，正如沃尔夫冈·伊瑟尔精密的公式所言，"对不确定的修复"产生了"意义的时代性"。①

对《呼啸山庄》做了上述思考之后，我转到研究的第二部分，开始阅读人们如何评论这本书。我发现意料之中的是没有任何两个读者对文本看法一模一样，有的观点看似有些傻，有的看似很聪明，但是不论评论者是自称阐明艾米莉·勃朗特意旨的一员，还是意在一语惊人的自由论者，他们的观点都大相径庭。这种二手资料数不胜数，但是我无意中看到了一篇文章，以其成熟的权威性使其他所有资料相形失色，我就明确知道该做出怎样的取舍了。这篇文章是 Q. D. 李维斯

---

① 《不确定性与读者的反应》（"Indeterminacy and the Reader's Response"），载于《叙事的方面》（*Aspects of Narrative*），J. 希利斯·米勒（J. Hills Miller）编，1971 年，第 42 页。重载于《勘探：从读者反应到文学人类学》（*Prospecting：From Reader Response to Literary Anthropology*），1989 年。

(Q. D. Leavis)的《〈呼啸山庄〉新读》("A Fresh Approach to *Wuthering Heights*")。①

该文深思熟虑,洞察力惊人,具有一种冷静的力量,不论如何也无法抹杀。李维斯女士在开篇提到,仅仅声称《呼啸山庄》这样的书具有经典地位没有什么用处,忽略其中的"对抗因素",或提供这些因素的精密解读,算不上完成了任务;我们必须揭示"该书成功的本质"。她进而提出,对本质的揭示意味着放弃该书的部分章节。"当然通常来说,我们希望阅读文本的时候能够纳入各种因素,但是在这里我相信只要解释其中一些元素,并且关注另外的就足够了。"她最终认为艾米莉·勃朗特由于自身没有写作经验,而且想做的太多,所以在最后的完稿中留下了起初版本的痕迹,"不变的书写"(unregenerate writing),不符合我们应该关注的真正的"现实主义小说"。

她提到一个早期的版本源自《李尔王》,认为希刺克里夫借用的是爱德蒙的形象,并且认为作家因此才描写了一些人为的、不能令人信服的残酷场景。另一层是神话小说,希刺克里夫是变形为野兽的王子。还有一层是浪漫主义的乱伦小说:希刺克里夫是一个兄长—情人的形象。而最接近于表层的是社会学小说,对此她轻松地选取文本的一些材料做出了一种颇具技巧性的阐释。这些残留痕迹说明了小说中为什么有一些不协调或前后不一致之处——例如,凯瑟琳—希刺克里夫关系的含糊性——而且这些痕迹也削弱了其"人性的中心性"。概述李维斯的长篇大论则是,当我们删繁就简时看到的真实小说建立在两个凯瑟琳对比的基础上——一个自取灭亡,另一个吸取了经验教训,避免同样的命运。这种阅读不仅给我们提供了新的视角来研究类似约瑟夫和丁耐莉这样的角色——他们代表了一种文化也代表了一种严肃性,谆谆教诲我们接受一种对自然的虔诚——而且也使我们能够把艾米莉·

---

① F. R. 李维斯和 Q. D. 李维斯,《美国讲座》(*Lectures in America*),1969 年,第 83—152 页。

勃朗特看作"一位真正的小说家……从真实生活中汲取素材,关注提升人们对人类关系以及成熟问题的意识"。而我们要想看到这一点,就必须拒绝很大一部分文本,认为其属于"放任自流的故事",而不是艾米莉最终能够完成的"负责任的作品"的一部分。我们要把希刺克里夫当作"一个仅仅是顺手安排的角色";李维斯女士认为他与陀思妥耶夫斯基笔下的斯塔夫罗金形成鲜明对比,他的"神秘性……只是出于他的创造者的犹豫不决",而如果想找理由做出其他解释的话,不啻为"被误导的批判大工业"。同理,她把凯瑟琳与希刺克里夫爱情的著名片段仅仅看作修辞的过度,妨碍我们阅读"这部上演得如此充分,本来就很难把握其复杂性的真正小说"。①

现在似乎很清楚的是李维斯女士所描述的"真正小说"就在(is)那里,在文本中。同样很清楚的是她意识到自己对文本的处理中存在着一种危险,因为她说只要舍弃某些因素,而集中注意力于另外的元素就可以非常轻易地把《呼啸山庄》当成社会学小说,而这样是"误解小说,低估其价值"。她不想承认的是,在一定意义上,所有这些版本都不光在场,而且要求我们的关注。她在小说元素中根据自己的特殊考古学建立了一种秩序,没有任何证据显示小说早先的存在形式在我们拥有的唯一文本中留下任何痕迹,也没有任何原因说明她的历史观点依据的那种假说,其他不同理论的持有者为何不能将其以相同的权利运用到他们自己的推论中。我也不能解释为什么她觉得要想使自己的解读方式成为主要的方式,唯一的方法就是把其他解读方式完全驳斥出局;因为毕竟还是存在很多别的解读。挖掘史料用碳元素定位年代的方法在阅读中找不到用武之地,没办法把旧的符号与新的符号区分出来,在

---

① 另一种了解李维斯夫人的解读的方式,见 D. 多纳休(D. Donoghue),《艾米莉·勃朗特:论解读的维度》("Emily Brontë: On the Latitude of Interpretation"),载于《哈佛英语学习》(*Harvard English Studies*),I,M. W. 布鲁姆菲尔德(M. W. Bloomfield)编,1970 年;重载于 J. P. 皮提特编《艾米莉·勃朗特》(1973 年),第 296—314 页,316 页。

文本阅读中,没法说一种解读关注的文本就比别的解读关注的更为真实。

不可否认,"对人际关系的良好意识"以及一种成熟性可以认为是经典作品的特质,艾略特在维吉尔的作品中也找到了两者。但是同样不可否认的是,在单个的文本中共存着多元性的意义。读者作为人,其注意力在本质上一定会忽略掉很多意义,而作为个体,在本质上会对某种意义情有独钟。在经验主义上来说,这种多元性意义的并存是经典能够留存下来的一种必要的条件和明显的特征,毕竟,已经经过了一百年(centum qui perfecit annos)。所有的小批评家人手一篇关于《李尔王》或者《呼啸山庄》的论文,也许被评论这一职业的腐败和绝望所触动,但是至少他们的数量和多样性证明了他们蜂拥而上研究的文献具有多元意义。而且尽管文章大多缺少权威性,甚至有时缺少合理性,但是其中还是有很多指出了文本那里都有什么,不应该被打入冷宫。

对多元性的认识使我们不再认为《呼啸山庄》必须要否定希刺克里夫的存在才有意义,或者必须要以凯瑟琳的死亡作为"真实的"终结。或者就像某些道德寓言家所希望的那样,《埃涅阿斯纪》应该到第六卷就戛然而止。本文的阅读当然极有选择性,但是其消极的美德在于没有从文本中把不相关的材料一笔抹杀。而本文确实认为这是从小说文本中可以生发出来的众多阅读方法中的一种。这些阅读方法必然会有重合之处,就像是我的阅读与李维斯女士的也多少有不谋而合之处一样。

这样我得出一个观点:李维斯女士的阅读更胜一筹。顺应她的方法的就是复杂的阅读,不合拍的就是阅读混乱,可以想见所有其他的方法,只要把她所排斥的部分当成合适的关注对象来处理,或多或少都是误读。另一方面,我所提出的观点不需要我拒绝接受李维斯女士的洞察力。本文认为读者在小说中的参与性不是要倚仗智力与猜想来勇于尝试了解艾米莉·勃朗特到底真正想说什么——否则就像施莱尔马赫(Schleiermacher)那样,比作家知道得还多了——而是要创造性地回应文本中固有的意义的不确定性,而这种不确定随着时间流逝可能更加明显了。

如你所见,我们正在进入一个熟悉的争议地带。李维斯女士关注经典中"永恒的"东西,这本身是正确的,但是对她来说这包括了去发觉并且拒绝存在于时间层面的因素,这些她认为似乎没有联系,甚至是有害于文本的。最终留下来的是她认为在小说刚开始写作和她自己的阅读之间没有发生任何变化的东西。而我则宣称自己阅读的文本对不同时代的读者有不同的意义,而且在同一时代的不同读者中也有不同的意义。我知道这个观点不够吸引人,会鼓励愚蠢的思想的产生,会成为用来非法击打历史的一根棍子,会把我们与死者的交流斩断。但碰巧的是我对这些可能性期许颇高,而且希望保存它们。我认为有一种实体终会幸存,不论变化的力量是多么巨大。《李尔王》潜藏着一千种倾向,在变化中依然存留,因为允许有不同的解释而更加耐读。而我读到的《呼啸山庄》尽管粗略而富有煽动性,其倾向却保证与本质有关,就好像我确认这是艾米莉·勃朗特自己认可的一个版本,或者可以说,是她想要表达但是没能完美表达出来的观点。

E. D. 赫希(E. D. Hirsch)以不容置疑的坚决态度批判了这种"对多元阅读的宽容",而他坚决同意解读的对象是作者的字面意义。我相信我这个观点的所有细节都会招致他强烈的反对。例如,他坚信应该从整体上判断解读,要不就整体成立,要不就全盘推倒,这样他不会像我一样选择既接受李维斯女士的"现实主义"解读,同时又反对她关于希刺克里夫的观点。① 但是赫希错在以为文学文本中的"**决定**"(bestimmungen)比法律文本中受到更严格的约束;而他因为过于分明地区分批评与解读,造成了额外的困难。不论如何,他都没有说服我同意在这些事件上的宽容代表"智力上可耻的屈服",而我欣喜地看到他在后来的论文中采取了一种更为和平主义的态度。在意义问题上他容许存在个人爱好的某些因素,这是完全正确的。"最好的意义"一定是

---

① E. D. 赫希,《阐释的有效性》(*Validity in Interpretation*),1967 年,第 168 页。

见仁见智的。

既然如此,我们就明白了为什么无论如何可以在理论上进行所谓的"文学科学"的实践,与批评或者解读截然不同:认为文本的结构是一个能指的系统,是某种意义上的"空白",通过读者的干预而呈现出很多可能的意义。① 换句话说,我们可以认为文本是一种能指系统,在任何具体的限定性阅读之后,总是显示还有一种过剩。是列维-斯特劳斯(Lévi-Strauss)第一个提到"能指的过剩",与萨满教有关,意思是病人被治愈,是因为医生的象征和仪式并没有给他提供具体的医治,而是给他一种语言,"通过语言,那些没有被表达出来的,不以此方式也不能被表达出来的精神状态能够马上得以表达"。② 列维-斯特劳斯接着把这种方式与现代心理分析做了详细的比较。但是正如弗雷德里克·詹姆逊(Fredric Jameson)所言,这个概念的重要性在于宣称能指比所指享有优先权:这种变化本身似乎就给先前压抑的思想提供了一种类似萨满教仪式的表达机会。③

我认为在这篇文章里评论文学文本的后果似乎话题太过庞大,其中当然包括关于回避所有有关"意图"的旧有争论。而且,即使不肯完全接受符号语言学的方式,我们也可以默认这种方法关于多元性的直觉是正确的。意义和文本之间的差距永远存在,程度永远不同,这是读者的阅读发挥之处。④ 作者无疑想要或曾经想给文本一个终结,而有趣的是巴特把那些在不同程度上终结了的文本评定为"经典"文本。这种文本限制了多元性,给读者提供的只是一种产品,一种耗材,除了偶

---

① F.詹姆逊,《语言的牢笼》(*The Prison-House of Language*,1972 年)第 195 页比较了弗雷格-加纳珀(Frege Carnap)关于 Sinn(不变的形式组织)以及 Bedeutung(后代读者给予文本的变化的意义)之间的区别。

② 列维-斯特劳斯,《结构人类学》(*Structural Anthropology*),1968 年,第 198 页。

③ 詹姆逊,1972 年,第 196 页。

④ "……评论或者解读从文本自身存在论的缺失中生发……文本也许没有终极的意义……解读的过程……完全是一个无限的过程。"(詹姆逊,第 176 页对于雅克·德里达的阐释)

有例外。事实上巴特所说的"现代性"非常接近于我所说的"经典性",而他所谓的"经典"接近于我所说的"死亡"。

关于这些问题的争论大多存在一种蛮横,一种**过度**(outré)的性质,而没有理由不把这些考虑在内。然而我们应该记得在任何**争议**(querelle)中,正是现代性的东西才最直观地显现出这种蛮横和过度。主要的现代例子是罗兰·巴特(Roland Barthes)于1963年出版《论拉辛》(*Racine*)之后,雷蒙德·皮卡尔(Raymond Picard)与巴特之间的争论。皮卡尔那本短小活泼的书名为《新批评还是新骗术》(*Nouvelle Critique ou nouvelle imposture*, 1965年),使争论的重点回到了大家熟悉的题目上来。他的书图谋让巴特听上去像是那个说丁耐莉代表恶魔的评论家,使大家群起攻击,但是几乎没有人读过原作。拉辛狂暴但朴素的戏剧被巴特解读得性感无比;如果文本不符合他的理论,他就实施"改变"。他创造了新词,赋予荒诞性以科学尊严,把他考查的著作变成"一个无意形成的猜字画谜,其有趣性只限于未曾说出的部分"。①

巴特的论证做出了精彩的回复;旧批评想当然地把它的意识形态扩大到了自己都意识不到的程度,而用词是75年前女中学生的风格(具体说就是普鲁斯特笔下的吉赛尔,阿尔贝蒂娜的朋友)。但是世界已经改变;如果说哲学的历史和历史的历史已经改变的话,那么文学的历史怎么可能保持不变呢?尤其是旧批评身患他所说的"**说示不能**"(asymbolie)之疾病,运用任何超越狭隘理性主义的语言,都超乎其理解。但是我们一旦开始把作品以其本来的面目加以考察,象征性阅读就势在必行。你也许能够表明读者制定了错误规则或者运用失当,但这类错误并不能使原则失效。这一引人瞩目的文献第二部分更具理论性,巴特解释说在他的运用中,符号不是意象,而是意义的多元性。文本具有众多意义,不是因为读者不如皮卡尔教授历史知识渊博才产生多元解读,而是因为文本的固有本质就是一个能指的结构。"谋事在作

---

① 皮卡尔,第135页。

品,成事在人。"阅读的多样性必然来自文本的"生成含混性",巴特的这一用词取自雅各布森(Jakobson)。而就算这种含混性不排斥作者的权威,死亡也会加以排斥:"通过抹去作者的签名,死亡建立了作品的真实,而这一真实是一个谜团。"①

　　前文提到,读者的死亡也同样重要,是解决类型限制的一个办法。不论我们多么谙熟历史,也无法还原以前的场景,其中一种概率体系具体的任意规则得到了每个人的认同和内化。在这一意义上我坚决赞同巴特的论点,他后来做的类似尝试我也很感兴趣,但是当然这不代表我能全盘接受他的观点。他后来描述了符号破解的程序,认为通过符号的破解,我们在考虑经典作品的时候,能够把现在被认为只是意识形态的沉淀物过滤出来,以思索余下的有限的多元性。②

　　有人指责巴特,认为按照他的阅读程序,我们就可以对研究的作品肆意评述。他对此断然否认。但他其实对给约束下定义根本不感兴趣,更不用说宣扬自由论了。在其最近的著作《文本的乐趣》(*Le Plaisir du texte*,1973 年)中,有一些具有启发意义的数据,我们可以从中论定,作者权威的存在是某种鬼魂似的必然,就像是桥上的哑巴,或者一个幻影,没有它,则"那个没有影子的女人"③永远都不能生育;而这暗示了要是真想进行合格的**新批评**(nouvelle critique),也必须具有语言历时分析,要有一种短暂的部署的知识。这样对**极端**(à outrance)批评的限制也许只能表现为等同于语言学理论的一种能力以及表演的理论。

　　尽管我多半已经认同(主要是乔纳森·卡勒[Jonathan Culler]博士的理论说服了我)可以建构这种理论,但是此处我所探讨的当然不是

---

① 巴特,《批评与真实》(*Critique et Vérité*),1966 年,第 52—53 页。
② 《S/Z》(1970 年)中的"文化符号"能够例证李维斯女士做的考古学分类的一些目的,虽然她倾向于保持他摒弃的一些时代因素。
③ 《那个没有影子的女人》(Die Frau ohne Schatten),理查德·施特劳斯谱曲的同名歌剧。——译注

这些。只需说明的是,假如认为教人学习如何阅读经典是可能的,就可以认为关于经典的知识是前进的。但是,正如巴特所言,那种知识的本质从属于变化。宗教社会科学家告诉我们,世俗化使世界的可能性结构多样化,"这种宗教合法化的多元性在意识中被内化,成为可能性的多元性,从中我们可以做出选择"。① 权威性的或者集权性的阅读认定自身等同于作者的意图,或与其同时代人的见解相当,而从长远看来正是这种多元主义否定了权威性阅读。或者可以说,多元主义使文本可以被看作变化的永恒场所,这种永恒性不再有权显示文本似乎指出的在场与永恒。结构主义者以及符号语言学家在开发文本的这种可能性上劲头最足。

在一本最近出版的关于《早期的维吉尔》(*The Early Virgil*)的书中——尽管这本书不论从任何意义上来说都没有涉及形式主义或者结构主义研究——我注意到在第四牧歌的解读中看似有一种典型的现代性转向。作者认为男孩(puer)就是诗歌本身,认为预言与牧歌自身发起的诗歌的新黄金时代有关。而这个观点看上去与作者认为牧歌整个系列具有自我指涉性一样具有现代性,因为在一定程度上它坚持作品的文学性,作品自称独立于外在的指涉。在其构建中即使数学因素也用来证明这一具体的状况。② 而且我们看到,这种诗意的隔离的形式与"帝国主义"评论家给予牧歌的优越地位有如此截然不同的差异:对于波尔格先生来说,牧歌中不存在基督教预言的问题——甚至不指涉任何近期发生或者即将发生在安东尼、屋大维或者是波里奥身上的政治事件。同样,不论表达方式如何复杂,也不存在这样一种解读,假设

---

① P. L. 波格尔(P. L. Berger),《世俗化与合理性的问题》("Secularization and the Problem of Plausibility"),摘录于《神圣的天篷》(*The Sacred Canopy*,1967 年),载于 K. 托普森(K. Thompson)和 J. 谭斯达尔(J. Tunstall)编《社科视角》(*Sociological Perspectives*,1971 年)第 446—459 页。该文章发展了波格尔和 T. 卢克曼(T. Luckmann)的《真实的社会构建》(*The Social Construction of Reality*,1967 年)的观点。

② 威廉·波尔格(William Berg),《早期的维吉尔》,1973 年。

维吉尔的**主权**(imperium)要被转化为基督教帝国,他的关键词:**爱情**(amor)、**命运**(fatum)、**仁慈**(pietas)、**勤劳**(labor),即使在一个他可以言传但是其实并不意会的永恒模式中这些词具有完整的意义,这样的解读也是这种批评不能接受的。如果说作家说出来的比自己知道的要多,我们只不过用了一个古语而已,意思是文本没有处于任何思想主体的绝对控制之下,或者说文本不是从一个思想进入另一个思想的信息。

我们可以说,经典作品被一个承认其文学文本地位的过程世俗化了,而这个过程不可避免地把文本多元化了。或者不妨说,过程强迫我们承认其自身固有的多元性。关于变化的观点也已经发生了变化。在某种形式下,我们可以接受米歇尔·福柯(Michel Foucault)提出的一个观点,即我们的时代话语被某种无意识的约束所控制,这使我们有可能以某些方式思考,而排除其他的方式。不论我们重建过去知识型①的限制时如何巧妙,一般都走不出自身默认的系统之外。由此可以推论,除了通过非一般的预言,我们必然不能在真正意义上紧密接触到《埃涅阿斯纪》或者《呼啸山庄》的第一批读者所运用的概率系统。而且,即使有人像我一样,认为显然根本没有像福柯危机哲学所断言的那么多的知识型的断裂,以前有关连续性的断言仍然已经过于幼稚。因此,经典作品的存在必须取决于它是否具有能指的过剩,正如在《李尔王》和《呼啸山庄》这样的文本中,能指的过剩被指责为引发混乱,因为能指必然总是比任何一个或者任何一代解读者所需要的指涉更多。我们不妨回忆一下,就像李维斯女士把希刺克里夫弃之不顾一样,乔治·奥威尔(George Orwell)也会更喜欢没有格罗塞斯特密谋的《李尔王》,而且,根据他的原话,最好李尔王只有一个坏女儿就行了,"足够了"。

如果最终比较经典作品现代版本的速写版与我之前研究的帝国版,我们可以看到,一方面,现代观点必然容许变化以及多元性,而较老的版本坚守的是帝国超越时间的观点,认为大多数多元主义形式都是

---

① "知识型"原文为 epistèmes,或译为"认识阈"。——译注

异端。但是,尽管可以说新手法以一种几乎是费尔巴哈的方式世俗化了旧版本,倒不妨看成以一种变化了的概率系统可以接受的形式保护了旧版本。因为任何东西只要是被认为超越时间,被当作天使、庄严的罗马帝国(majestas populi Romani),或者是国家,都处于时间之外,栖息于一种虚构的永恒性,而现在以一种更加人文的意义超越于时间。它就在此,毫不掩饰自己的地方性。它栖居于世界之中,只有在这个世界之中我们才能够,或者与华兹华斯一起找到幸福——我们的快乐阅读——或者根本就找不到。在听完阿波罗的歌声之后,新墨丘利的语言也许会让我们感觉刺耳;但是他所思索的作品伫立在那里,带着自身所有的多元性,作者和读者的死亡释放而非毁灭了多元性。多元性不受时间的影响,再一次在我们具体的时间结构之中展现在读者的面前。"谋事在文本,成事在人。"巴特的观点取决于我们能否想起原来把上帝看作成事者的成语。一种暗示说明经典作品是一种精华,在我们的部署之中,在世间的层面上,依然可以企及。因此帝国经典的形象,在时间之外,在地方的腐化与变化之外,也许毕竟具有一种真实性;我们所需要做的就是把真实性带回生活中。

选自《经典》

7. 穿雨褂的人[1]

  1978 至 1979 学年度我在哈佛大学做了查尔斯·艾略特·诺顿讲座(Charles Eliot Norton Lectures)。这是六个系列讲座之中的第三个。在此一年多以前当我接到讲座邀请时,我正不知出于何故投入大量精力研究《圣经》的《新约》。我大量阅读,咨询博学之士,参加了剑桥神学院约翰·奥尼尔(John O'Neill)博士主讲的一门精彩的讲座课程,并且致力研究希腊语的《新约》。圣经批评奠基于德国启蒙主义时期,几个世纪以来涌现了很多极富技巧和想象力的大胆研究,这让我印象深刻,并且深受鼓励。当时我想不出别的讲座主题,而大部分的演讲内容也都是在哈佛写就,其间我还在诸如米德拉什[2]等主题方面得到了进一步的专业指点。米德拉什是具有重要历史意义的希伯来阐释手法,关注叙事中叙述的阐释,曾经被福音书的作者们以应该被正确地称为米德拉什原型(proto-midrashic form)的一种形式加以运用。

  正是由于福音叙事的本质吸引了我,所以我把主要的关

---

 ① 本文译文参照金隄译《尤利西斯》,人民文学出版社,1996 年。——译注
 ② "Midrash"是希伯来语"解释""阐述"之意,指犹太教对《圣经》的注释。——译注

注点集中到《马可福音》中。这是四福音的第一部,也是《马太福音》和《路加福音》的主要来源。当我的讲座以一本书的形式呈现的时候,圣经学者比世俗学者给予了更多的评论(以及更多的赞同)。但是,我的职业自然还是文学批评,而这一章可以例证。这一章里,我把《马可福音》中一个著名的谜团和乔伊斯的《尤利西斯》中的另一个著名谜团放在一起讲述。用《马可福音》和乔伊斯的谜对阐释做了一般性的论述以后,本文转入另一个更大的谜团——《马可福音》的结尾。

我对圣经批评的兴趣一直持续着,这令我自己也吃惊不已,因为原因并非出于宗教。而且我写了其他几篇类似的研究文章,与著名的希伯来语学者罗伯特·阿尔特(Robert Alter)合写了对整部《圣经》的一个文学性介绍(Collins and Harvard University Press;1987)。但是之后我对《圣经》的研究兴趣就慢慢变淡了,转向了其他方面。

"他是从哪个缝里钻出来的?"——《尤利西斯》

到目前为止我的状况还无法代表阐释者的命运是吉是凶。但是这个世界到处都是阐释者,不可能不做阐释的重复之举,虽然重复之处也许很少。而很显然很多人做的绝不仅仅是很少的重复。他们每天只要醒着,操心的主要就是解释。因此出现了一个问题:为什么我们宁愿解释呢?或者,为什么我们宁愿有谜团(enigma)而不愿有困惑(muddle)?

要回答这个问题,我们不妨首先考虑詹姆斯·乔伊斯(James Joyce)的《尤利西斯》(Ulysses)。文学解读的官方机制对这本书评价甚好;我也是情理之中顺从的一员,自然认可这一评价。我没有参加随之而来不可避免的阐释工作,但是就算不参加,也会意识到这一工作给阐释者带来了良机——这些机会无论怎样都源源不断,对年轻的同事来说实为幸事。穿雨褂的男人的谜语就是这样一个挖之不尽的宝库。我们权且可以认为,假如我们采用了体制认可的精密研究的方法,那么这个难题将会不攻自破。这种精密研究可能起于一种早期体制还对之抱有敌意的狂热崇拜,目前的情况就是如此。但是如果体制决定要接手这个项目,正如已经接管了乔伊斯研究,它就会吸收原来的那种狂热,并且加以日程化。一切都似曾相识,都是从超凡的魅力转变为体制的常规。

请允许我来提醒你回想一下穿雨褛的人。在《哈得斯》一章里,他在派迪·狄格南的葬礼上首次露面。布卢姆不知道他是谁。"那边那个穿雨褛的怪模怪样的瘦高个儿是谁?咦,这个人是谁呢?我很想知道。"而布卢姆意识到这个陌生人的到场使哀悼人数增加到了十三人,"死亡的数目"。"他是从哪个缝里钻出来的?刚才在小教堂里还没有他呢,我敢起誓。"报社记者哈因斯也不知道这个人是谁。在一场混乱的交谈之后,他记下来这个人名叫于郭(M'Intosh)。陌生人就这样被加上了一个伪造的身份,一个人为的专有名词。这个名字出自曾经也误写过布卢姆名字的同一只手。记者曾经喊他"布姆先生"。注意此处身份的减少和缩小。

后来,在《游动山崖》一章中,描写了一些人或者注意到或者忽略了总督大人的队伍。例如,赛门·代达勒斯先生脱掉了自己的帽子;一把火鲍伊岚没有敬礼,却一个劲打量在马车上的女士;而一个穿着棕色雨褛的行人一面啃着干面包,"一面在总督车马前面快步横穿马路,安然而过"。为什么要提到"安然而过"?他难道离车轮很近吗?中尉爵爷对这样的人特别危险吗?在《瑙西卡》中,布卢姆不知道那个晚上散步时碰到的"贵族"是谁。他重新记起了那个男人,现在似乎对他了解更多了,因为他模糊地想起这个人"脚上长鸡眼"(corns on his kismet),意思可能暗示"一向以不走运而出名"。在《太阳神牛》那一章的结局处,那个人再一次露面了,尽管意义依然含糊不定。于郭被描述为又穷又饿,喝着保卫尔浓缩牛肉汁,这是一种黏性牛肉轧出物,可以用来做出一道热牛肉汤,被认为可以增强体质,尽管一般来说是低收入人群喜欢的食品,而且可能是搭配干面包的理想食品。这个陌生人的饮食习惯或许透露了一些他的情况，我们也许应该把这些习惯看作社会地位和性格的指数。但是除了贫困以及总是不走运之外，于郭的悲伤背后似乎还隐藏着更大的原因，因为我们被告知他"爱一个已经去世的女士"。这可以解释为什么他在葬礼上露面，饮食不讲究，还有不顾一切穿过总督的通道。

他接着以一个更加肯定但是幻影一般的形象出现了：《喀尔刻》一章，在新布卢姆撒冷，他从地基处一地板门内跃出，指责布卢姆实际上是利奥波德·于郭，或者是希金斯，一个臭名远扬的纵火犯。布卢姆的身份早就大大缩水，被横加扭曲，他为了抗议这种进一步的威胁，枪击了于郭。但是后来我们观察到这个人下楼了，从衣帽架上取下了雨褂和帽子，这让布卢姆无疑很紧张。而他的确又出现了，但只是在小说的结尾处，在《伊塔刻》这一部分再次露面。当时布卢姆正在思索当天发生的事件的条理，或者缺少的条理。突然桌子的木料发出了一阵尖锐高昂而短暂孤独的开裂声，这让他又回到了对于郭的神秘沉思。但是不用多久，当他吹灭蜡烛的时候，他想起了另一个更加古老的谜团："蜡烛熄灭时摩西何在？"

此处不妨认为①，乔伊斯的小说与荷马《奥德赛》（Odyssey）之间公认的联系可以解释于郭的存在。他代表了荷马的西奥克利米诺斯，是一个罪犯，在第十五部书中出现，忒勒玛科斯没有计较他的罪行。然后相当神秘的是，在二十部书中，求婚者们嘲笑忒勒玛科斯，说他不会强迫他母亲嫁给他们之中任何一个，之后他们突然变得很伤心。在这个时候"神一样的西奥克利米诺斯"评论了他们的言行举止，并说了一个可怕的预言。他告诉求婚者们他们的脸和膝盖在晚上要被盖起来，空

---

① 斯图亚特·吉尔伯特（Stuart Gilbert），《詹姆斯·乔伊斯的〈尤利西斯〉》（James Joyce's Ulysses，1931年）第152页往后。吉尔伯特从维克多·波拉德（Victor Bérard）的《腓尼基人与奥德赛》（Les Phéniciens et l' Odyssée）一书中得出观点。该书中列出了提奥克利米诺斯所有的神秘行踪，猜测他可能是史诗循环的一部分——《奥德赛》之后的《特里格尼》（Telegony）——中的一个英雄。

气中有哀悼的声音,墙上溅了鲜血,门廊上挤满了去往地狱的鬼魂。这些论断的效果是,求婚者们心情反而转好了,而从那以后再也没有这个神一样的罪犯的任何消息了。

关于荷马的西奥克利米诺斯,一种可能成立但不乏严厉的观点是,他的预言陈腐不堪,而在故事中他的在场简直没有任何意义——实际上,他的出现就是一次贸然闯入,与这首史诗根本格格不入。我们可以说《尤利西斯》里于郭的露面也是这样吗?这样就必须解释为什么西奥克利米诺斯与诗的无关确立了于郭的相关性。但是当然他们有共同之处。于郭作为一个多加上的人,使悼亡的人数增加到了十三个,而在《哈得斯》一章中葬礼的进行,回应着荷马史诗中预言的葬礼声调。

然而还有很多有待解释。也许乔伊斯在模仿另一个著名的先驱,练习把具体的人放进书中,就像是但丁把某些人——他书中一些重要的人物放进了地狱之中。因此曾经有观点认为于郭其实是一个叫作卫泽普的真实人物,而《尤利西斯》中甚至还真的两次提到了他(名字都拼写错了),说他开口就是陈词滥调,但是没有穿雨裉。还要注意的是于郭被一些学者认作詹姆斯·达菲先生,这是乔伊斯短篇小说《痛苦的案例》中的一个人物,故事在《都柏林人》(*Dubliners*)中可以找到。达菲先生是一个影子一样的流浪者,爱着一个已经过世的女人。他代表了乔伊斯所说的"穿着棕色衣服的爱尔兰人,精神瘫痪,令人痛恨",如果他就是穿雨裉的那个人,那么布卢姆一旦爬上莫莉的床就把他忘在脑后也不足为怪了。另外,达菲的形象一部分是根据乔伊斯的兄弟斯坦尼斯劳斯来塑造的,他对性持清教徒的态度,认为男人之间因为没有性就没有友谊,而同样女人和男人之间因为有了性也没有了友谊。斯坦尼斯劳斯意识到了乔伊斯在创造达菲先生的时候想到的是他,因为他说达菲是"我哥哥想象我人到中年会变成的样子"。①

乔伊斯不承认这些,但是我们知道他喜欢玩笑和谜语,而且有时候会开玩笑地问他的崇拜者们"谁是穿雨褂的人"。另一种观点是于郭的存在绝对没有理由,绝对偶然,仅仅是对叙事表面的一次打扰。因此如果罗伯特·M. 亚当斯(Robert M. Adams)说得没错,认为乔伊斯只不过是玩弄了读者"没被满足的好奇心",如果于郭可以认同为卫泽普,或者可能是我已经列出来乏味的可能人选中的一个,以及我还没有列出的(例如认为于郭就是乔伊斯本人)各种猜测的话,那么"要是我们觉得小说中的谜语猜出来的越少,感觉就越自在的话,是情有可原的"。亚当斯相信在这部小说的结构中,"无意义和有意义深深地交织在一起",因此"这本书细读的话,得失相抵"。②

有关这个无趣的谜语,我敢说还有比我所引述的更多的文献研究——比如当然会有:为什么会有一系列的名字误拼的毛病?③但是这已经够多了。真正的问题是:我们为什么不论如何都想要解决这个问题?为什么我们不会立刻认同亚当斯的观点,不会直觉地认为他是对的,而会觉得与试图弄懂于郭的努力相比较,他的观点有点让人吃

---

① 斯坦尼斯劳斯·乔伊斯(Stanislaus Joyce),《我哥哥的监护人》(*My Brother's Keeper*),1958年,第165页。还有约翰·O. 莱昂斯(John O. Lyons)的文章(收录于《詹姆斯·乔伊斯杂记》[*James Joyce Miscellany*],第二系列,1959年,第133页起)。还有托马斯·E. 康诺利(Thomas E. Connolly)的文章(收录于克里夫·哈特[Clive Hart]编《詹姆斯·乔伊斯的都柏林人》[*James Joyce's Dubliners*],1969年,第107页起)。

② 罗伯特·M. 亚当斯,《表面与象征》(*Surface and Symbol*),1962年,第218页,245—246页。海伦娜·西苏(Hélène Cixous),《詹姆斯·乔伊斯的流放》(*The Exile of James Joyce*),萨利·A. J. 珀赛尔(Sally A. J. Purcell)译,1972年。这本书中明确表达了对亚当斯意见的反对,认为当桌子发出巨大的单独的破裂声,布鲁姆"知道……谁是于郭……对于布鲁姆'无意识的物质'来说外衣已经变成了透明的。他现在必须努力反抗不显自明的事实"(712页起)。我们如何知道这些她没有做出解释。

③ 注意:"独眼巨人"一章的结尾几页一直避而不提布卢姆的名字。确实正如吉尔伯特指出的,"很多方面都暗示出匿名或者写错姓名这样的观点"——也许通过暗指荷马相关的插曲中把奥德修斯的名字改成"无人"(No-man)(《詹姆斯·乔伊斯的尤利西斯》,第252页)。

惊,有点晦涩呢?为什么我们需要更费劲才能相信叙事缺少连贯性,而却容易想当然认为叙事不缺少连贯性,假如我们能够找到连贯性的话?

这里有一个神秘的答案,但是远远不能让人满意:在文本中所有部分都同样重要,所有部分都可能会受到同等程度和方式的注意。要阻止这种阅读需要元文本指示符(metatextual indicator)加以暗示(比如印刷上的不同),而在目前的例子中没有这样的指示符。为什么这样呢?一定存在一种超文学力量,一种文化压力,使我们总在寻找叙事的连贯性,正如我们期待双关谜语有答案,期待笑话有意义。所有的阅读训练都建立在这种预期之上,而其他类型的存在——例如没有意义的笑话或者不正常的谜语——当然取决于正常类型的优先存在。侦探小说同样取决于神秘情节之中元素的连贯性,这种连贯性只有在小说结尾处才显露出来。也有侦探小说不遵守这个常规,其中最出色的例子就是罗伯-格里耶(Robbe-Grillet)的《橡皮》(*Les Gommes*)。但是这些小说的效果依然有赖于连贯性,而不是漠视连贯性的存在。简而言之:历史上的集体应用决定了语言游戏,情节的游戏也取决于此。而这两者价值的颠倒依靠的是规则的优先存在。

正是因为我们以为叙事有一致性,因为作为读者,我们设想需要完成能够完成的某事,才让我们在解读穿雨褛的人的时候采取同样的手法。我们在所有提到他的片段之间找寻一种神秘的联系(既然没有明显的联系)。这个联系也许藏在荷马的作品里,也许在更多的乔伊斯小说的体系之中,在他的生活中,或在一些神话中。因为我们完全可以认定于郭就是死亡,他甚至可能是赫尔墨斯。我们和干面包、牛肉汤、鸡眼以及质疑布卢姆自己就是于郭的种种解读纠缠不休,最终筋疲力尽,此时才可能重新回到一种假设之中,愿意考虑一下罗伯特·亚当斯提到的穿新衣的国王。最后我们会认定一种观点,因为证据缺少连贯性会引起我们真正的焦虑。或许于郭在小说中的出场缺少连贯性,正是因为乔伊斯模仿了真实生活的偶然性。连贯性和我们通常对叙事期待的另一种连贯性有关。也许为了实现连贯性,有时必须要运用不连贯的手法。亚当斯说,艺术作品可能因这种不连贯的手法而"表面发生断裂"。①

这个观点还是相当中规中矩,假设一个文本中,一部分或者大部分都可以并且应该是连贯的,而如果其中一些部分在仔细解读之后违背这一原则的话,可以置之不理,或者用其他方式来解读。目前存在一个更为大胆的观点,认为理想的文本应该是完全偶然的,只有文本的断裂才有意思。而在建立连贯性的同时我们把文本简化成了一种代码,通过一种文化或者体制的武断命令灌输在我们的思想之中,因此我们成了意识形态压迫的无意识的受害者。自由,意义生产的自由存在于偶然之中,存在于对意义的限制的消除之中。由于《尤利西斯》一书中还没有堆满于郭这样的人物,因此还算不上是一个理想文本,而读者会下定决心努力抗拒代码来纠正文本的不足。常规的期待是柏拉图首先建立的,得到了亚里士多德的强化,而且在过去两个世纪里被大力加强了,而我们现在不过是刚刚从中解放出来,不再寻找统一性和连贯性。相反,我们肆意地利用文本,漫不经心,甚至是跳过文本(罗兰·巴特说,我们每次重读《追忆逝水年华》,读的都是一本新的小说,因为每次跳过的都是不同的部分②),鼓励我们自身的各种变态,从而产生了自己的感觉。亚当斯为什么根本不需要采用这些乌托邦式的极端方式就能够给体制一点震惊,原因就是,乔伊斯研究以及类似的文学研究早已经体制化了——已经建立了一种范式,如果改用托马斯·库恩(Thomas Kuhn)的术语,就是"正常"的研究在进展之中③——因此,就算只是提出《尤利西斯》中的一些章节应该不用常规解读,就足够离经叛道、接近革命了,会引起不安的骚动。

---

① 亚当斯,《表面与象征》,第 186 页。
② 《文本的乐趣》(*The Pleasure of the Text*),理查德·米勒(Richard Miller)译,1975 年,第 11 页。
③ 托马斯·库恩,《科学革命的结构》(*The Structure of Scientific Revolutions*),第二版,1970 年。

现在让我们回头看那个穿衬衣的男孩的叙事（sindōn，衬衣，是一种细麻布制造的外袍；不能算是真正的衬衫，而是一种夏天晚上可以穿的衣服，或者如果足够有钱的话，可以用来包裹尸体）。这个男孩（其实是一个小伙子［neaniskos］）只在《马可福音》(14 章 51—52 节）中出现过。马可说到，耶稣被捕的那一刻，所有门徒都抛弃了他，四散而逃——马太也同意这个说法。他们还都认为逮捕耶稣的人把他带到了大祭司那里。但是马可自己在这两个事件之间加入了另一个事件："一个年轻人跟随着他，身上只穿着一件亚麻布衬衣，他们抓住了他，但是他丢下了亚麻衬衫，赤身逃跑了。"有关这个年轻人马可就说了这么多。

棘手的是解释他到底是从哪个缝里钻出来的。解决方法之一是把他打入冷宫，认为他和文本毫无关系。也许马可只是不假思索地照抄了某种前后不一致的叙述而已。也许有人由于现在已经不能追溯的某种原因，在后来插入了与原来叙述毫不相干的这个故事。也许马太和路加把这段省略了（如果他们在《马可福音》抄本中有这一段的话），因为之前说过大家都（all）四散逃走了之后，马上跟着这个事件，感觉很别扭（也有人推测被译为"跟随"的那个希腊词 sunēkolouthei，还可能有"一直跟随"的意思在其中，尽管其他人都逃走了①）。不论如何，这个年轻人为什么赤身裸体？有些老的文本避免了 epi gumnou 这个词组，这不是通常用来表示"他身上"的词组，这种做法有时候被称为抄写错误（scribal corruption），但是无疑的是当他的外衣被取下的时候他赤身逃走了（gumnos）。因此我们必须要面对的是一个年轻人，在春寒料峭的晚上（大祭司院子里还点着篝火）只穿着一件昂贵但是不保暖的衬衫。一位评论者问道："为什么马可要在这样庄重的叙事中插入这个无关紧要的细节呢？"②而且，如果这个插曲真具有某种重要性的话，为什么马太和路加都对此忽略不提呢？我们毫不费力就可以找到故事中其

---

① 泰勒（Taylor），《马可福音》(*St Mark*)，第 561—562 页。
② 克兰菲尔德（Cranfield），《马可福音》(*St Mark*)，第 438 页。

他插曲的意义(例如犹大之吻,或者禁止暴力反抗,表明耶稣不是暴力革命者),但是这个插曲却没有清楚表明什么。

通常有以下三种方式来解释这个有时候被完全置之不理的插曲。第一,这个插曲表明了马可自己在他描写的逮捕的现场。因此这是一种含蓄的题名,正如阿尔弗雷德·希区柯克(Alfred Hitchcock)在他自己的电影中露面,而乔伊斯就是于郭。这种解释没有得到广泛的认可,也不是很令人信服。第二,这个插曲给整个故事赋予一种真实性,这个奇怪的时刻是一个确凿的细节,只有现场目击者才能提供。它看起来具有历史一样的偶然性,而不像一个编造得有条有理的故事——这体现了一种我们现在有时所说的"真实的效果"(l'effet du réel)。我们也许马上注意到这种现实报道在小说(fiction)中司空见惯,这一形式发展到极致的时候被称为现实主义。第三,这是从旧约文本发展出来的一篇叙事(这一方式并不鲜见,下面我还会有所提及),特别是《创世纪》39章12节和《阿摩司》2章16节。泰勒(Taylor)和克兰菲尔德(Cranfield)同时认为这种说法"极端不顾一切"。① 我认为应该加入第四种观点,即与于郭一样,整个事件可以看作一个伪问题,或者无论如何都不能解决的问题。但是,尽管评论家有时把这个观点作为一种解决问题的方法,他们通常碍于自尊或者是职业责任感而不愿意接受它。

现在我们已经注意到了,不论《马可福音》开头的宣言多么大胆("耶稣基督福音的开始"),退一步说它却是一个含蓄的文本,不论其含蓄性真是一个谜,还是仅仅由于混乱所致。另外,如我所言,大家都相信文本中可能存在着谜团,而同时无法认定其中一些部分一定不是谜。这对阐释历史来说是一个非常重要的原则,而罗伯特·亚当斯令众人备感不安正是因为他有意违反这一原则,而采纳了表面断裂的理论。有两种解读把穿衬衣的少年看作一个谜,是功能性的,现在让我们来看个究竟。

---

① 泰勒,《马可福音》,第561页;克兰菲尔德,《马可福音》,第438页。

第一个解读很好地例证了阐释行业里一个令人不安的问题，即在一部分文本里面引入新的意义，就会影响文本的整体阐释。而这个"整体"可能不仅仅是《马可福音》，而是基督教的早期历史。后来显示《马可福音》存在着不止一个版本。莫顿·史密斯（Morton Smith）在一个犹太修道院发现了18世纪的一个希腊文手稿，其中抄写了亚历山德丽亚的克莱门特（Clement of Alexandria）在二世纪末写的一封信。史密斯证实了这封信的确出于克莱门特的手笔，并研究了其中声称引自《马可福音》的一段话，而在我们现有的福音版本中根本无迹可寻。这段话的上下文是这样的：克莱门特表扬通信者西奥多坚持拥护迦坡加德的诺斯替教派（Carpocratian Gnostics）一方，这个当时的自由思想教派认为犯罪是无害的，因为上帝有丰厚的恩典，而他们也的确"不怕做出不能说出口的事……迷失方向"，伊勒内（Irenaeus）在提到迦坡加德派（Carpocratians）以及该隐派（Cainites）等时，也这样引用过。① 现在克莱门特希望把真正的《马可福音》秘本与迦坡加德所信奉的《马可福音》区分开来：后者是假的，而且可想而知是放肆的秘文。他解释说，马可采用了彼得的回忆，最早在罗马开始写福音书（我们从其他证据得知，克莱门特像大多数其他人一样同意福音书起源的说法）。但是当时马可保留了某些秘密没有写进去。克莱门特说，在彼得殉难以后，马可去了亚历山德丽亚，在那里"写了一部更加具有精神意义的福音书"，给那些正被"接引到这个伟大的神秘中"的人单独使用。迦坡加德很可能接手了这个秘密的福音书，并且掺上了他自己的阐释。克莱门特说，在这种情况下，忠诚的信徒最好否认秘密版本的存在。

他接着引用了亚历山德丽亚真本中的一段。去伯大尼的一次旅行

---

① H.约拿（H. Jonas）引用，《诺斯替教派宗教》（*The Gnostic Religion*），第二版修订版，1963年，第274页。约拿把诺斯替教派描述为"珍珠的颂歌"，或者是"使徒犹大·托马斯之歌"，提到外衣的象征包括被用作地上的人之天堂或者理想的替身，有时候是救世主的化身。而在耶稣遇难叙事中的这个时刻诺斯替教派的本源的寓言被打断，据我所知，没有被注释者提到过，他们也许会发现这完全与直觉相违。

的讲述应该来自现在版本的第 10 章。应一位妇女的请求，耶稣推开一座坟墓的门，使一个富有的年轻人起死回生。这个年轻人看到了耶稣，热爱他，请求跟随他。六天以后，他按要求晚上到耶稣那里去。他听从了吩咐，赤着身子（epi gumnou），只穿了一件亚麻的衬衣（sindōn）。在这个晚上耶稣以"上帝王国的秘密"指导这个年轻人。接着文本就到了我们现有版本的 10 章 35 节。

克莱门特尽其所能，否认有别于伪本的真实秘密文本中有"gumnos""gumnou"这样的词句，否则就说明老师和新学生有可能都赤身裸体。根据迦坡加德的习惯可以推测，这些暗示或者意味着洗礼仪式，或者有其他魔法或者性的寓意。因为如果克莱门特所说属实，那么这些词在他的真本中当然不存在，而只能出现在迦坡加德的伪造本中。

莫顿·史密斯认为我们讨论的这种接引是洗礼的仪式。年轻人死而复生的故事显然与拉撒路的故事有关，而拉撒路的故事只出现在《约翰福音》中。史密斯的观点是他们有一个共同的最初版本，时间上早于我们今天拥有的《马可福音》。他还认为，这个穿着亚麻衬衣的年轻人就是克莱门特福音书里那个看到了耶稣、爱上了他、赤身穿一件亚麻衬衣的年轻人。在现存的福音书里，耶稣从来没有做过洗礼；但是在克莱门特版本的《马可福音》中，洗礼一定是一个中心仪式，而克莱门特想保护这种接引仪式不受放荡的诺斯替教派的玷污。不论如何，马可记叙的逮捕一幕中这个年轻人正在去洗礼的路上，这就是为什么他在衬衣下面什么都没有穿。而这种衬衣的穿着适于真正的葬礼，也适于象征性的葬礼，同时也适于象征性的复活，葬礼和复活在洗礼仪式中都会得到表现。他的洗礼将会借夜幕的掩护，在一个独立的花园里进行。我们知道耶稣设了哨兵（在此意义上是为了防止有人闯入），而哨兵们睡着了。他接着被赤身的年轻人吓了一跳。

就这样，为了使其中一部分合理，整个叙事就被改变了。但是到目前为止，我只叙述了史密斯论点中的一小部分。他还提出，贯穿于整部

《马可福音》中关于耶稣的秘密叙事,几乎都与这种进入王国的神秘洗礼的实践有关。此处耶稣被看作一个魔术师,或者萨满教士,而洗礼带来的改变被解释为萨满教的升仙。这样诺斯替教派对于秘密福音的自由阐释,就可以被看作想要保存或者恢复一个原初的秘密,这个秘密被通行的"罗马"删节版《马可福音》隐藏了。诺斯替教派与克莱门特一样,甚至比他更加坚持认为通行本因为想要保守秘密而面目全非,不再完整。而关于这些亚历山大秘密文本的出处虽然众说纷纭,但的确都想解释为什么现有文本看似既要显露、宣扬什么,而同时又要模糊并且隐藏什么。①

这样我们看出,根据莫顿·史密斯提出的观点,对《马可福音》的两种版本所做的解读必须对一种公认的观点做出极大的修订,不再认为存在一个更长的文本。我们可能想问一些关于可信性的简单问题:例如,那只手能够娴熟地删减第 10 章,却为什么没能处理描写穿衬衣的年轻人的奇怪句子?而且"赤着身子"这个词组的重复出现可能还有其他解释。如我所言,这是正统不能接受的,一些保存完好的手稿中的 14 章 51 节没有这些句子,而泰勒把它从他的文本中删掉了。但是在克莱门特的书信中这些句子重新出现,应该意味着或者这故事是真实的,而马可用到了两次;或者意味着不论写秘密版本第 10 章的人是谁,都知道这个年轻人的故事。不论如何,在我们研究的这两个版本中,这个秘密福音好像是一种闪光在其中显露,局外人仅仅得以一瞥。而福音与其自身的寓言一样,既彰显事实又隐藏真实,对此我们不应过分讶异。

现在明显看出,不能**简单地**解释穿衬衣的年轻人的故事,而复杂的阐释不论能否具有莫顿·史密斯那样震撼的历史效应,其带来的后果都总是远远超出原问题。奥斯汀·法勒(Austin Farrer)的阐释是我所

---

① 莫顿·史密斯,《亚历山德丽亚的克莱门特以及〈马可福音〉秘本》(*Clement of Alexandria and a Secret Gospel of Mark*),1973 年;《神秘福音书》(*The Secret Gospel*),1974 年。

知最优雅的解读①。他用了马可的语言习惯作为证据，在福音中也发现了一个类型学风格的神秘情节。法勒写的时候还没有发现克莱门特的书信，否则在一些方面可能会改变他的观点，尽管他无疑会发现《马可福音》秘本中出现的词"小伙子"（这不是表示年轻人的一个通用词汇）还有"衬衣"有利于他的观点。马可在通用的福音书中，只在这个逃走的年轻人身上，还有在福音结尾处在耶稣的空坟墓里对那些妇女致意的那个人身上，才用到"小伙子"这个词。

法勒做出这样的解读，证明他了解福音中很多重要事件，尤其是殉难的叙事，与旧约文本之间存在紧密的联系。这些事件完成了文本，而我们已有的这些叙事记录了这种完成，并且在相当大的程度上建立在这些完成之上。后来实现了更多的预言，但此时福音中的一个事件可能引发与前面叙事的关系，其价值也部分得自这种关系，这样已经足够了。这种关系，例如耶稣与律法的关系、基督徒与犹太历史的关系，一直都受控于一种神话，认为一切在终结时，即福音叙事的时代，得以完成。而只有我们意识到这种情况，这种联系的力量才得以体现。假如可以认定这种神话，一种泰勒称为"极度孤注一掷"的关系——年轻人的故事与创世纪和阿摩司之间的关系——就一直有可能存在。另外，假如福音书中对早期文本和没有被提及的文本做了如此精巧而晦涩的指涉，那么为什么没有同样微妙的内部指涉和依赖呢？几个世纪以来大家都抱怨《马可福音》结构混乱。而现在找到了《马可福音》神秘的结构组织，我们可以给这一福音赋予我们希望从中发现的那种深度和完整性。而《马可福音》已经逐渐被公认为最早的福音书，而且在很多方面都最具权威性。

法勒关于《马可福音》的数字命理学的、类型学的还有神学的理论过于复杂，在此没有办法尽数，尽管这些理论对于世俗的评论者来说极

---

① 奥斯汀·法勒，《〈马可福音〉研究》(*A Study in St Mark*)，1951年；《〈马太福音〉与〈马可福音〉》(*St Matthew and St Mark*)，1954年，第二版，1966年。

为有趣。他改写了自己的理论,并且或多或少放弃了自己的观点,部分原因是被批评为过于牵强,而他无疑也接受了这个批评,部分是因为有人指责他讨论的叙事更是一种小说作品,而不是一个关键历史事件的记录,而他为之困扰不已。我觉得这两种判断都没有足够的说服力。但请允许我简短说一下他如何解释穿外袍的年轻人。法勒把他置于殉难前后事件的文学模式之中。例如,一个不知名的女子在伯大尼给耶稣涂油,耶稣说这是提早做了葬礼受膏。后来这个女子想给他的尸身涂油,但是没有成功。穿着衬衣逃走的年轻人(也是用了 neaniskos 这个词)与妇女们在坟墓里发现的那个年轻人形成了对照。第一个年轻人背弃了耶稣,第二个显然在他复活以后一直跟随他。另外,亚利马太的约瑟包裹耶稣尸体的亚麻布被称作 sindōn,因此似乎在穿亚麻衬衣(sindōn)的年轻人(neaniskos)和坟墓中已经复活的尸体之间有着错综复杂的关系。我已经说过,要是法勒知道克莱门特书信中提到的也包括一个年轻人(neaniskos)的那个段落,他可以把这一关系阐述得更加详尽。他告诉我们,守庙的人在值夜时如果睡着了,要受到惩罚、被打,除掉亚麻外袍,这种惩罚或许与少年丢掉了衬衣有关。他还认同被泰勒否定了的联系,相信这个少年与《旧约》中的两个类型有关(他没有说"年轻人的故事被虚构出来以迎合旧约类型"):一个在《阿摩司》中(2章16节):"到那日,连大有胆量的勇士也要赤身逃跑";另一个在《创世纪》中(39章12节),波提乏的妻子想勾引约瑟,约瑟逃走了,外袍被她抓在了手里。

  法勒从这样的模式中察觉出一些微妙的意义,很多都不无反讽意味。因为他不是最新的诠释学学派的拥趸,他相信马可一定有意制造这些意义,并且一定有一些听众能够感知这些意义。因此,马可绝对不是一个缺少经验的新手,笨拙地修补传统材料,连缀成一片叙事。相反,他发展了这些神秘的方案,"补充逻辑联系"。我觉得法勒的说法类似"叙事连贯性"。他发挥想象,玩味马可叙事中看似充满缺陷的表层,直到亚当斯所说的表层断裂变成精心设计的部分。

我相信法勒的数字把戏已经失控。但是即使如此,还是存在建立在事实上的基础。他遇到了早期评注家遭遇过的同样的问题。由于《新约》中当然存在着数字学和类型学的写作(12 个门徒和 12 个部落,这一《旧约》里的类型有时被公开引用,有时不公开),难道没有理由认为对此的更多运用可以揭示比直观看到的更多的东西吗?但是纯文学结构看上去越是复杂,大多数人就越难相信这些叙事是建立在历史真实上的简单透明的文本。

法勒甚至曾经提出,这个逃离的年轻人代表了所有逃离者的形象。我很认可这种解读。我们在此刻的叙事中有三个主题:背叛、逃离,以及否认。犹大是第一个主题的代表,彼得代表了第三个。彼得在福音的中间部分第一个承认了耶稣是弥赛亚,但是耶稣马上以下面的斥责否定了他的表态:"撒旦,退到我后面去吧,因为你所想的,不是上帝的意思,而是人的意思。"就在他的主人第一次在犹太全公议会面前表明自己真实的身份和使命的时候,他却否认了自己是他的弟子,甚至可能诅咒了耶稣。① 耶稣最先在相认的时刻做了暗示,接着说了关于受难的第一个预言。他暗示大门徒在受难开始的时候否认了主。在这两个情境中彼得代表着对耶稣的完全否认,几乎是抽象意义上的否认。因此这个代表遗弃的年轻人也同样如此。秘密段落也加强了这种解读:典型的逃离者通过洗礼或者另外一种接引仪式已经重生并被天国悦纳,但他却逃走了。就这样我们在这一系列的背叛、遗弃和否定中看到了一种相当复杂的文学建构,因为经常参与叙事的一种优雅文笔而增色不少——而有些学者努力把文本消解为各种元素,而不去注意各元素间互相联系产生的丰富的意义。他们并没有一直把这种优雅文笔考虑在内。但是必须再次强调,如果我们更多的是寻找一种历史记录,而

---

① 彼得第三次不认主被看作对耶稣的正式诅咒,这一观点参见海尔摩特·默克尔(Helmut Merkel),《彼得的诅咒》("Peter's Curse"),收录于恩斯特·巴莫尔(Ernst Bammel)编《耶稣的审判》(*The Trial of Jesus*)(该书见《圣经神学研究》[Studies in Biblical Theology]第二辑,13,1970 年,第 66—71 页)。

不是寻找一个如此详细的叙事的话,这些叙事的优雅会带来一些不利,让我们难以相信这不是虚构。

那么史密斯和法勒的解读有何不同呢?前者认为马可建构了一种深奥的情节,用的素材在《约翰福音》中也用到过,但是约翰在拉撒路和他姐妹们的故事里对这些素材做了不同的发展。后者则认为马可把一个已存的、也许非常简单的耶稣受难叙事发展成为一个复杂的叙事结构,以至于在最初享有特权的读者和现代注解者之间没有任何人能够完全理解其精妙之处。史密斯的指涉结构不乏历史传记的技巧,而法勒的则是文学批评。两者都深具想象力,尽管想象的质量差别很大。施韦策(Schweitzer)这样的学者可能会把史密斯的著作放在起源于两个世纪以前的巴赫特(Bahrdt)和温多尼利(Venturini)关于耶稣生平的传统之中①,认为福音叙事的意义是四部福音都没有提到的某些方面,例如耶稣是某个秘密社团的工具。至于法勒,他的著作被体制排斥,最终他自己也放弃了这个观点,主要是因为其文学性太强。体制凭直觉知道这样一种文学阐释如此强调必须被称为虚构的元素,这是不能接受的。因为还有人认为福音叙事在一定程度上依然明显是历史性的东西,而这种文学阐释将会毁掉这种想法。②

史密斯观点的结构是历史性的,法勒的则是文学性的。但是两者都假设在彰显的叙事之中还隐藏有一个谜一般的叙事。两人都提出福音书中明显缺少联系,不能马上看出叙事因素是可构成一个更大结构的一部分。这些问题必须从这个隐藏的情节的意义上加以解释,而不能看作表层断裂的证明,或者仅仅是为了表明现实可能具有偶然性,就可以把叙事处理为偶然性。乔伊斯曾经这样评论《尤利西斯》:"我在书中放进了那么多谜团和难题,就是为了使教授们忙几个世纪来弄懂我

---

① 施韦策,《历史人物耶稣探寻》(The Quest of the Historical Jesus),第 4 页。
② 关于"历史相似性"与历史参考混淆时产生的困难,参见汉斯·弗雷(Hans Frei),《圣经叙事的衰落》(The Eclipse of Biblical Narrative),1974 年。

想说什么,而这是确保一个人的永恒性的唯一办法。"①这个玩笑不失狡黠,但是认为需要"放进"谜团和难题的建议是错误的。更准确的说法应该是不论解读范围之内保留的是什么——无论是出自教授们还是出于某些其他团体力量的命令——都会有一份谜团和难题。不论保留的是什么,都会越来越神秘;而时间、解读的压力这些使文本留存下来的机制会注意让文本保持神秘。谁是穿雨褂的人?达菲先生,斯坦尼斯劳斯·乔伊斯,卫泽普先生,布卢姆的分身,西奥克利米诺斯,赫尔墨斯,死亡,或者只是表层断裂的一个系列?每一种猜测都要求建构一种谜团一样的情节,或者,如果做不到的话,就要求宣布文本具有谜团一样的偶然性。谁是穿亚麻衬衣的少年,他又是从哪里蹦出来的?答案非常相似:一个准备接受洗礼者,遗弃的意象,使叙事表面更像生活表面一样具有偶然性。

因此我回到已经提出的问题:为什么在认定存在一种可以给偶然性留出一席之地的阅读方式之前,我们需要先费心劳力削弱偶然性呢?我还没有找到满意的答案,但是我们似乎受到阅读方面的训练,希望看到的是故事的完成而不是失望,希望故事有终结性而不是开放性的结尾。也许这种选择来自我们语言学习的经验:缺乏句法和重复的语言实际上是没有办法学会的。我们依赖完好的形式——必须承认在口语中比在书面语中对形式的依赖要少一些。在书面故事中,不存在说话的中断,不可以用可见的手势和直接的社会情境帮助说出没有说出的句子。有些现代评论者认为我们对完好形式的渴望——或者我们希望从不明显之处推导出完好的形式——是存心欺诈的。他们认为,更为真实的是我们在遭遇叙事时经历的是欺骗和失望。这种观点还没有占据主流,我们还是喜欢意义的完成,这在我们的解读中也表现出来。这方面我们与《新约》的作者以及紧随其后的人们是相似的,尽管他们对

---

① 理查德·艾尔曼(Richard Ellmann),《詹姆斯·乔伊斯》(*James Joyce*),1959年,第535页。他也告诉塞缪尔·贝克特(Samuel Beckett)"我可能过分体系化了《尤利西斯》"(艾尔曼,第715页)。

于完成的喜爱更费力气,也更加高尚。"完成"的动词意为实现,完成,而名词"pleroma"意为完全实施、充分、完成、被无限重复,其意义从预言与类型的实现扩展到完全获得信仰。

面对结尾的惯性态度中依然存在着对完整性的期待,尽管从形式上有所削弱。我们对结尾有某种期待,正如我们对开始读的句子期待有后面的部分一样。这看上去如此自然,就好像它们是语言或者文学中的一部分,以至于(据我所知)对于期待的现代研究仅仅始于 50 年前俄罗斯的形式主义者维克多·什克洛夫斯基(Viktor Shklovsky)。他展示了从文本中我们能够得出期待得到满足的感觉,得出令人满意的终结的感觉,而这些文本实际上根本没有提供我们想要的,只是提供了某种东西,而我们出于纯粹渴求完成的愿望,愿意把它看作一个不存在的结尾的暗喻或者提喻。他说,对天气或者景色的描写就足够了①,例如海明威的小说《永别了,武器》(Farewell to Arms)结尾处的雨,或者是马修·阿诺德(Matthew Arnold)的《苏赫拉布与拉斯特姆》(Sohrab and Rustum)中的河流。这些问题现在依然需要研究,这一事实证明了该观点的正确性,即我们发现最难的是去思考我们最信以为真的东西。

碰巧是《马可福音》的结尾比什么都神秘、都笨拙,而我整合这一章的观点的最好方法就是简短地考察一下这个结尾。这样做无疑太过简短,因为曾经有人写过整本的书,专门讨论这个被称为"所有文学中最大的谜团"②的福音的结尾。首先,值得一提的是《马可福音》被认为是最早的福音书,也是《马太福音》的第一源头。而在获得体制的完全认可以前,我们甚至没有认识到这个文本是文学的最大谜团。当认为《马

---

① 《中短篇小说与长篇小说的建构》("La Construction de la nouvelle et du roman"),收于 T. 托德洛夫(T. Todorov)编《文学理论:俄国形式主义理论文本》(Théorie de la littérature: Textes des Formalistes russes),1965 年,第 170—196 页。

② D. E. 耐恩汉姆(D. E. Nineham),《马可福音》(Saint Mark),鹈鹕鸟《福音》评论系列(Pelican Gospel Commentaries),1963 年,第 439 页。

可福音》是从《马太福音》中发展出来的时候,很容易把它看作相当笨拙的摘要,而奥古斯丁就是这样说的。而结局的戛然而止只不过是不假思索的删节的结果,根本就不成问题,遑论是一个大谜团。即使现在,还有很多人对于谜团一说很不以为然,宣称这个文本一开始根本没有在 16 章 8 节结束,也没有想这样结束。但是几乎没有学者敢说最后 12 节是原创的,即我们现行《圣经》里还有的 9 节到 20 节,因为有古老的证据有力证明了这 12 节不是原作。

我们所讨论的福音在 16 章 8 节结束。在之前的章节中,在坟墓里的年轻人让妇女们给彼得和其他门徒带一条消息,让他们和复活了的耶稣见面。但是她们惊慌地逃出了坟墓,没有跟任何人说一句话。肯定很快就有人看得出这一结局很奇怪,这就是为什么有人附加了 12 节。我们无权做这样的事情。可以认为,出于某种原因,福音没有写完,或者我们可以根据结尾已有的样子加以阐释。

福音的最后几个字是:"**因为他们很害怕**"(ephobounto gar)。我们认为即使一个句子也不可以这种结构结束。而今天当我们认为在通俗希腊文中可以这样结束整本书的时候,也还是找不到除了《马可福音》之外的另一个例子。这是非常反常的,比一本英语书用"是的"(Yes)来结尾更加令人震惊,而乔伊斯正是这样做的。乔伊斯对此做的解释互相矛盾,很有意思。他告诉他的法文翻译说,《尤利西斯》"必须以人类语言中最肯定的词结尾"①。几年以后他对路易·吉莱(Louis Gillet)做的解释却极为不同:"在《尤利西斯》中,为了表现一个睡着了的女人的胡言乱语,我尝试用能够找到的最没有力量的词来结尾。我找到的是'**是的**'这个词,几乎都不发音,表示默许,自我放弃,完全放松,以及所有抗拒的终结。"②在此乔伊斯再次授权给教授们一个解读的机会,而他们无论如何都得接受。从这两个评论中我们能够得到的

---

① 艾尔曼,《詹姆斯·乔伊斯》,第 536 页。
② 艾尔曼,第 725 页。(译文略作改动)

唯一肯定的推论是,正如什克洛夫斯基一样,乔伊斯知道我们都希望最后努力解读,而且认为最后一个字对于整个文本来说可能具有几乎不成比例的巨大影响。后来他用"这个"(the)来结束《芬尼根守灵》(Finnegans Wake)。在某种意义上来说,这个词与《马可福音》中的复数词"gar"一样弱,尽管在另一部小说里面它虽然几乎不发音却有明确的意义,而且从伟大的"ricorso"中得到了力量,这使它成为这本书中第一个也是最后一个字。这些含糊性很像《马可福音》中成问题的结尾。

让我们略过那些说法,认为这本书从来没有完成过,而马可写完16章8节后突然死去,或者他的手稿的最后一页脱页了,或者只有一节丢失了,而这一节把一切都连在了一起(这样一节事实上的确存在,但不是原作,也可能没有出现在你的《圣经》中),或者马可本来打算要像路加一样写结局,但是被制止了。让我们也避开耶利米亚斯更加相似的理论,认为马可不再接着写是因为他认为接下来发生的事情不应该让异教徒的读者读到。① 我们不能否定这与《马可福音》中其他地方显露和隐瞒的模式相符合,也不能否认存在着秘密的证据,为新入会的人保留,或者神秘地表达出来,正如在《启示录》中的做法。另外,很难明白为什么作为宣扬好消息的福音竟然在还没有提到保罗看来最主要的部分的时候就停了;在马可的时代福音已经传教给了整整一代人。

因此让我们假设文本的确是结束了,"他们吓坏了,你知道",而以"gar"作为最后一个字,这是马可"能找到的最没有力量的字"。这样引起的耸人听闻的效果不仅是哲学层面上的。马可只字不提耶稣在复活节后露面的情况,只给大家描述了一个空荡荡的墓穴和惊慌失措的妇女。最后提到彼得的时候(马太没有提到)也只能提醒我们,彼得给人最后的形象不是信仰的拥护者,而是否认耶稣的人。《马可福音》一开篇激扬地宣告:"这是上帝的儿子耶稣基督福音的开始。"但是结尾处却

---

① J. 耶利米亚斯(J. Jeremias),《耶稣的圣餐话语》(The Eucharistic Words of Jesus),诺曼·佩林(Norman Perrin)译,1966年,第132页。

只有妇女们恐惧的低语。如我前面提及,有很多种结尾的方式不去简单地彰显终结,不扬善抑恶、牵手联姻,或者做任何满足我们对于完整性的更简单的直觉的事情。但是这个结尾乍看完全是反直觉,而那个加上了我们现有的后12节的人一定也是这样认为的。

阻止我们接受"因为他们害怕"作为《马可福音》的真正结尾,并且阻碍我们回到原文寻找内部的证据来证明这个结尾的有效性的主要障碍,是因为我们不认为,或者至少过去不认为《马可福音》能够具有我们希望的那种叙事精巧。结论或者笨拙到令人无可容忍,或者是微妙到令人不可思议。有一位知名学者否定了后者,说这种观点预设了"一种新颖性,其程度会使整个文学形式批评的手法完全失效"①,该观点很有意思。文学形式批评尽可能不去考虑福音传道者是福音的作者,而是认为,福音传道者把以口头形式传给他们的东西编纂成为简洁的书面版本。因此,对于统领了20世纪上半叶的文学批评机制的批评方式而言,那种认为福音书的作者以某种自由处理了手头的材料,并且在传统之上施展了卓越的个人才能的想法,听起来过于陌生。而仅此就足以使他们认为这个观点是错误的。既然所有阐释从偏见开始,而没有偏见就没有阐释,这次却是利用体制的偏见来消除建立在更加有趣的个人偏见之上的阐释。如果要在认为《马可福音》是首创还是支持"文学形式批评的整个研究手法"之间做出选择,答案是毫不犹豫的:马可当然不是原创。要是原创的话他得原创到一种令人难以置信的程度才行,得做我们知道他没有办法做的事情,得像一个古代的亨利·詹姆斯一样去组织、指涉、暗示,而不是仅仅从相当不起眼的希腊语原文中做一次非常笨拙的编纂。

但是,假如再回头看看《马可福音》的开始,我们很可能认为这一比其他福音都要短得多的文本在简练的同时,保证了简洁而有力的风格。首先,它欢欣鼓舞地宣布了主题,接着是对施洗者约翰的精彩讲述,尽

---

① W. L. 诺克斯(W. L. Knox),引自泰勒,《马可福音》,第609页。

管带有严重的类型色彩,行文却简约有力,令人难忘。这与其他福音书的序曲相比有天壤之别。马太和路加不满足于此,也许认为这样在开头就插入一个完全成熟,并且着手实施事迹的主人公看上去不像是叙事真正的开始。因此他们在这之前加上了约翰和耶稣的出生故事和家谱。我们长久以来已经习惯于在记忆中把四本福音书混为一谈,变成一个平滑的叙事,以至于外行几乎不会考虑其中的不同,或者反思如果只有《马可福音》的叙事的话,就不会有圣诞节,没有慈爱的处女圣母,也没有在神庙的布道——只有一个喧哗的序言,施洗者身穿骆驼皮外衣,吃着野蜂的蜂蜜,在荒野中呼喊。马太和路加从更早的时间开始写起,记叙了耶稣的家谱、玛丽的受孕和耶稣的诞生。约翰则比他们都还要超前,回溯到了终极的起源,那时在耶稣存在之先,只有道的存在。

　　马可看上去似乎不能坚持这种决断,这种直入主题。他的行文变得越来越笨拙而含蓄。好像有些问题不能那么毫不含糊、直言不讳地讲述出来。故事发展得很飘忽,并不总是一直前行,事物的接续顺序没有明显的原因。而故事的一大部分好像与不能理解这个故事有关。然后,事件在相对而言更清楚明确的受难叙事之后突然结尾,而结尾处可以看作最笨拙而古怪,却也最大地证明了文本的含蓄——坟墓空空如也,受到惊吓的妇女们离开了。故事高潮的奇迹没有得到欢呼,而是一片沉默,而这种沉默是一种笨拙的沉默,与先前不同,先前是要求蒙受奇迹的众人保持沉默但是几乎没有人做到。妇女们来给一具已经涂了油并且已经去世两天的尸身来涂油。她们为什么如此震惊?耶稣已经三次预言过他的复活。也许没有人告诉她们?也许她们的惊慌和沉默就像耶稣被捕和审判的时候彼得的惊慌失措一样令人奇怪?他事先就知道**这件事**(that)。而我们可以这样想当然,却没有真正触及问题的关键。

　　法勒发展了我所提到的这个观点,从受难前后事件的双重结构中找到了答案。在受难之前,耶稣说他会去加利利,提到了受膏,在最后的晚餐之时给门徒们分发了圣体,使他们明白肉体的束缚没有那么重要。受难之前众门徒纷纷逃散,受难之后妇女们纷纷逃散。而法勒说,总而言之,福音的最后六节(3—8)形成了"一个强烈的复杂叠句,回答了福音书中之前章节里我们期待回答的所有结局"①。因此,对他来说,这个结尾就像这个奇怪的默许文本中的其他所有情节一样,是一个意义体系的一部分,而这个意义体系清晰而又充满暗示,潜伏在看似脱节的编年史之下,在所有出行和奇迹系列的唐突描述之下。即使法勒在细节上有误,也许还是能够说服我们相信,在空墓穴里有一个结局有待解读其中意义。

我在早先第一章里用过"先期理解"(fore-understanding)这个词。这是从德语词"Vorverständnis"翻译过来的,在阐释学中它的价值不言而喻。即使在句子的层面上,我们也有某种能力来了解还没有听到的一个陈述,或者不论如何,也能够暂时适当地理解其后果,从而知道意思。而这样做,只是因为我们把一种句子全部的"先期理解"带进对于句子的阐释之中。我们在细节上也许有误,但是通常来说不会完全错误,也许存在某种事先不能预见的情节突变或者反讽,但是即使是这种效果,也要取决于我们已经有了事先的暂时理解。我们必须感觉到这句话的类型。

先期理解只有在信息的重复性中才能实现,信息的重复性在不同的程度上限制了意义的可能范围。有些理论家,大多数都是法国理论家,认为虚构的标记或者指涉必然先在于结构的确定,这个观点听起来与Vorverständnis意义相近,但是它的表达使理论家有权抱怨,这样一种中心必须无可避免地具有一种意识形态的意义。"结局……证明了意识形态的存在。"②因此,限制或者暂时中止文本中意义的自由运动,就被认为是一种邪恶。或许如此,但是在写作的革命性的新概念盛行

---

① 法勒,《〈马可福音〉研究》,第174页。
② 乔纳森·卡勒(Jonathan Culler),《结构主义诗学》(*Structuralist Poetics*),1975年,第244页。

之前,这是我们唯一的阅读方式。而同时,我们一边意识到意识形态与体制的限制,一边却着手把这些意义凝固为不同的模式。当然这些限制是不可避免的,随着意识形态和体制安全的加强也不断增加,这就是为什么局外人可能会做出最出色的阐释。

认为马可**不可能**(cannot)这样想或者那样想,这种观点就很可能是一种体制形成的观点,这在常规研究中很有用。对于具备体制需要的合格资质的判断,消除了以同样的细致注意力来考虑一切细节的必要性,尽管这样做必然可能导致一种危险,即某种潜在的解读的革命会被误认为仅仅是一种反常的学术行为。但是有时候严格会变成暴力。法国学者艾蒂安·特罗克梅(Etienne Trocmé)沉浸在《马可福音》的研究以及现代圣经批评的方法之中,认为对《马可福音》结构的理解取决于我们能否看到在其最初的形式中,福音不是结束于 16 章 20 节,也不是结束于 16 章 8 节,而是在第 13 章就已经结束了。13 章形成了所谓的"马可启示录",紧接着就是受难的叙事。考虑到写作时的宗教和政治状况,这是福音应该终结的地方,指涉到当时的启示录类型,还要顾及一个严格的禁令,这里涉及的不是历史叙事,而是一世纪一个具体的基督徒团体。如果我们接受这个观点,就有可能看出文本前面的部分与这个结局协调一致。而不协调之处可以解释为后来的编辑者修改了福音,加入了受难的叙事,为了"另一个版本,修改原作,并且加入一个长的附录"①。通过这个方法,我们不需要违背体制的监督,就可以得到一个与自己对文本意义的先期理解相一致的文本。另一方面,因为法勒的解读受到体制的批评,可以称之为一个局外人的解读。与从体制化的修正者那里借来的权威中得到的那些解读相比,我感觉这个局外人的解读要更好,而且我认为,关于基督教建立者知识的主要的来源,一定与现在体制的秩序观念是一致的。

---

① 艾蒂安·特罗克梅,《依据〈马可福音〉的福音形成》(*The Formation of the Gospel According to Mark*),帕梅拉·高罕姆(Pamela Gaugham)译,1975 年,第 240 页。

法勒的秩序概念是文学性的，而尽管他的语气一直恭敬有加，有时甚至可以说是虔诚的，但明白无误的是他研究撰写《马可福音》的论文就像其他人撰写斯宾塞的论文，除了他在历史性问题上有点困难，因为他肯定不能接受康德对于历史性的定义：认为这些叙事的历史真实性完全无关紧要。当然他渴望完成的动力，与他的信仰以及职业有关。但是他的渴望需要通过所有诠释者都熟悉的方法得以满足，而与他们一样，尽管他感觉《马可福音》中有这些谜团、不连续性以及惊奇之处，或者说正是因为《马可福音》中有这些谜团、不连续性以及惊奇（而福音中到处都是表示"震惊"、"吓住"、"使人惊讶"等的动词），马可的文本还是可以被看作前后连贯的。

如果存在某种观点，可以使大家——不论是福音传播者，把文本中不合时宜的部分忽略不计的人，还是那些为了所有的不一致和不协调都能够符合一个更大的框架，而随自己心意陈述大的情节的人——都团结起来的话（不论事实如何相反），那么正是这个观点可以使文本中的一切细节联系起来，只要我们能够找到其中某种神秘的方式即可。当罗伯特·亚当斯挑战这种观点的时候，大家认为他胆子太大。法国的乌托邦主义者们以不同的方式质疑这观点，谴责对秩序、对结局的渴望，认为这是资产阶级奸诈性的一种残留。但是这是革命目的的宣言：乌托邦主义者打算改变这个状况。也许这一状况需要改变；但状况就是如此。我们都希望看到结局，想要看到**完成**（pleromatists）；我们都寻找容许所有意义置身其中的中心，不论如何至少是为了一个阐释者，为了某个时刻而定。如果文本有很多令人困惑的细节，那么我们会问细节来自何处。回答也许会多种多样，或者是西奥克利米诺斯，或者是斯坦尼斯劳斯，或者是达菲先生，或是死亡，或是出没于坟墓中的戴帽子的阳具，偶然性的模仿，因此自身不是偶然。或者，在《马可福音》一例中：是洗礼的候选人，情人，真实性的模仿，一个签名。我们使意义暂作停留，或者尽量如此。作者有时候为此煞费苦心。布卢姆没有找到穿雨褂的人的意义；天色已晚，太晚了，他没有办法区分出肉体和灵魂，明显的和隐藏的,显露的和遮蔽的。他那天已经很累,欲火缠身,上床睡觉了。也许以后他会回到这个问题,而我们则必须如此。

选自《秘密的起源》(1978 年)

8. 康涅狄格：诗意栖居

1960年我写了一本论史蒂文斯的册子(1989年该书的新版面世)，并且与琼·理查森(Joan Richardson)同为美国图书馆版本(出版于1997年)的编者。我还准备编辑他的诗集《簧风琴》(*Harmonium*)，但是因为美国版权规则有变而不了了之。本来以为已经过期了的版权要到2018年左右才过期，因此出版商收回了该书。权且把此文作为对诗人的最佳致意。

华莱士·史蒂文斯(Wallace Stevens)最后、可能也是最伟大的诗歌，似乎还没有找到一个能够为之代言的评论家。本文不能为之代言，因为本文目的是想回顾众所周知的史蒂文斯晚年拥有的众多不同兴趣，这个目的比较边缘化。我希望这一研究能够与那些值得尊敬的诗歌产生某种联系。这些诗大多有关死亡，或者有关面对死亡时能够采取的正确态度。史蒂文斯是一个一丝不苟的人。他的诗歌也得到了合适的**舞台排演**(mise en scène)。他关心自己和其他人诗歌的具体呈现，就好像诗歌所揭露的，甚至是最受推崇、最接近终极真实的一切，都要求印刷者的工艺、装帧工人用金、皮革和亚麻做出陪衬和烘托。并不是只有灰色和黑色才能充分展现诗集的规整；观点、诗歌以及人，都需要，或者值得得到某种欢快，需要某种装饰性的来自词汇的更遥远部分的生动色彩与之并驾齐驱。或者,就算他们受之有愧,也应该得到它:"诗人身上的德行就像是其他人身上的德行一样,令人乏味。"(《阿达及亚》[Adagia],《遗作》[Opus Posthumous], p.157)①

史蒂文斯在这一时期也对弗里德里希·荷尔德林(Friedrich Hölderlin)颇感兴趣。荷尔德林同样知道仅有德行是不够的:"充满德行,但人诗意地/栖居在这片大地上。"而且,因为荷尔德林之故,史蒂文斯转向诗人的伟大解释者,哲学家马丁·海德格尔(Martin Heidegger)。但是他是否真的找到了海德格尔,这是个有趣的问题。在海德格尔和荷尔德林之间,形成了集大成的诗人的一种模型——充满阳刚之气的青春和步履蹒跚的暮年——这个模型抓住了史蒂文斯的想象力。但是史蒂文斯自己和他们并无太多相似之处。对史蒂文斯来说,这种诗意,这种分外的恩典也许是一种快乐,"光线或者色彩,意象",或者是顶部镀金的一种边缘。像荷尔德林一样,他认为诗人是"不可见之物的牧师",但是与荷尔德林不同的是,他会不乏理性地谨慎选择一个野性的字眼,并且给他的诗歌冠以扭曲的题目,使其具有自嘲的意味。像海德格尔一样,他把诗歌看作经验的革新;但和海德格尔不同的是,他认为最终真理无关紧要。而且,甚至当他年迈之时,也从来不是步履蹒跚的老者,正如他也从来不是神采飞扬的少年一样。存在与死亡的遭遇一直离他不远,但是他有时间来琢磨这些他感兴趣的东西:精致的字体或者华丽的装帧,或疯狂或籍籍无名的德国人。

史蒂文斯开始越来越喜欢精美的装帧和限量的版本,而且不限于他自己的诗歌。他给印刷者和装订者写信,讨论书籍应该以什么形式出品。他告诉自己的编辑凯瑟琳·弗莱泽(Katharine Frazier),他宁愿重写《最高虚构笔记》(Notes toward a Supreme Fiction)的诗行,也不

---

① 华莱士·史莱文斯,《遗作》,1957年;此后文本中简写为OP。

希望印刷本中有难看的翻折页(Letters, p. 407)①。后来他与维也纳人维克多·汉默(Victor Hammer)关于书籍目录有过书信往来。汉默一开始在肯塔基州的莱克星敦管理一家安维尔出版社(Anvil Press)，后来在韦尔斯大学经营欧罗拉出版社(Aurora Press)。1946年史蒂文斯买了汉默先生出版的印刷精美的珍妮特·刘易斯(Janet Lewis)的《固守土地者》(The Earth-Bound)，并且讨价还价要了一个藏书标签。1948年1月22日，他写信给汉默，订购一本他出版的荷尔德林《诗集：1796—1804年》(Poems: 1796—1804)的限量版(仅有51本)。他说："我有足够的德语阅读能力。"而他后来感谢了汉默出版这本书，纯粹是因为版本的精美(L, pp. 576, 681)。他所提及的不是荷尔德林的艺术，而是汉默的艺术。

对于史蒂文斯来说，汉默在肯塔基州居住这一事实并非不重要。他观察到，现实在改变，而"时时处处想象力因为现实而存在"。想到这个肯塔基州的维也纳出版商，他认为："人不被其熟悉的事实，即他所出生的环境所烦忧。他有可能因为别处的事实而异常心烦意乱，但是即使如此，也仅仅是时间问题。"(L, p. 577)他不知道汉默能否给他弄到弗里茨·克雷德尔(Fritz Kredel)的一幅必要的天使的油画。克雷德尔先生"在画中表明了他认为什么是穷人感觉舒适和快乐的环境"。几周以后，他解释了为什么这个观点令人向往，提到了他自己的诗《被农民围绕的天使》("Angel Surrounded by Paysans")："在我们周围的世界，一定有能够抚慰我们的事物的存在，其力量就像是天使降临一样。"这个计划被放弃了，也许克雷德尔看不到这个天使(L, pp. 656, 661, 662-663)。

尽管没有提到汉默版《荷尔德林》的内容，史蒂文斯对此或许很感兴趣。他最近得到了出版于1949年的《诗集》的德语版，在帕克-博内

---

① 《华莱士·史蒂文斯信札》(Letters of Wallace Stevens)，霍利·史蒂文斯(Holly Stevens)编，1966年。此后简写为L。

特(Parker Bernet)销售史蒂文斯(1959 年 3 月)的书籍目录中,这本书被描述为小本的对开本,全摩洛哥皮,书的侧面、书页边缘都是镀金的。"在摩洛哥皮镶边的亚麻书套里面……是**一本豪华的书,字体是独特刻制的,印刷在手工制造的纸张上**。"(A SUMPTUOUS BOOK PRINTED WITH A SPECIALLY CUT TYPE-FACE AND PRINTED ON HAND-MADE PAPER)对史蒂文斯来说,访问穷人的天使就算是顶部镀金也不错,尽管他们也许宣称自己"没有金质衣着","也没有温暖的光环"。但是,他一定也读了这本装帧豪华的书的内容。他那时候一定在读荷尔德林,1948 年 5 月的时候他读了伯纳德·格勒图森(Bernard Groethuysen)写的论文。四年以后他发现"瑞士哲学家海德格尔"写了一本关于荷尔德林的小册子,就问巴黎的书商波勒·维达尔(Paule Vidal)要一本。他说想要一本法语译本,"但是就算一本德语版本也比没有的好"(*L*, p. 758)。

事实是,他的本地出版商本来可以给他提供这篇论文的英文版,因为《荷尔德林诗歌注解》(*Erläuterung zu Hölderlins Dichtung*)的译本收录在 1949 年海德格尔的论文集《实存与存在》(*Existence and Being*)之中。或许该书普普通通的外表怎么都不合史蒂文斯的口味,他请维达尔夫人从"瑞士弗里堡书商"那里要一本书。她也许没有找到,因为当史蒂文斯的韩国朋友彼得·H. 李(Peter H. Lee)1954 年 6 月在弗里堡的时候,史蒂文斯还写信向他询问关于海德格尔的情况。信的内容表明,他不是很了解海德格尔的作品:"如果你出席他的任何讲座,或者见到他的时候,跟我讲讲他的情况,这样我才可能得到一个鲜活的印象。现在对我来说他就像一个神话,就像哲学里的很多东西一样。"直到九月底,他还没有得到满意的答案,而且还以为海德格尔是个瑞士人。他问李这个哲学家的讲座用的是法语还是德语(*L*, pp. 839, 846)。这封信写于《诗集》出版前两天,也是史蒂文斯 75 岁生日前三天。不到一年他就去世了。在晚年的日子,他对海德格尔的了解似乎依然相当浅薄,更多的只是道听途说而非真知。唯一可以确定的事实是，史蒂文斯把瑞士的弗里堡和德国的弗赖堡混为一谈，这就是为什么他用了这个城市名的法语写法，并且认为海德格尔是瑞士人。因此，他可能对哲学家曾经短暂就任纳粹任命的弗赖堡大学校长一事毫不知情。这个错误很荒唐，因为海德格尔和史蒂文斯一样，在自己的国家以外几乎没有到过其他地方。

但是，史蒂文斯也许还是听到过海德格尔和他写的论荷尔德林的论文的事情（尽管他只提及了一篇）。他很晚才在大学和学院做讲座和朗读诗歌，认识了一些哲学家——他认为他们是主动致力于研究的人，不像诗人一样只是受到幸运的眷顾。但是我们可以肯定的是，他对海德格尔的了解，远不及他对爱默生（Emerson）、桑塔耶纳（Santayana），还有威廉·詹姆斯（William James）那么多，即使算上他读过的法语译本，也还是远远不够。海德格尔的书，是他作为一个读者所没有"掌握"的。几年前，一位哲学教授问过他，为什么不接纳一个"完全"的哲学家，而当史蒂文斯问谁是这个"完全"的哲人的时候，他告诉了他包括C. S. 皮尔斯（Peirce）在内的一些名字。在讲到他与西奥多·韦斯（Theodore Weiss）这段轶事的关系时，史蒂文斯补充道："我一直都对皮埃尔斯（Pierce）（原文如此）很好奇，但是一直都想省省眼力好去读《批评季刊》（*The Quarterly Review*）等书。"（L，p. 476）由于收信人是《批评季刊》的编辑，所以我们不妨把这一评语看作无伤大雅的玩笑，但是不论如何，他也许真的更加愿意保持这份好奇，而不是读他的著作。

也许对他来说，略知一二比明白无误更加有用。穿着农民服装的海德格尔，阴郁地注视着他的英雄和最高诗人。当众神失利之后，我们达到了贫困的极致，而最高诗人就是我们最迫切需要的天使的先驱。这个形象比一个完全的哲学家更加适合史蒂文斯的口味，不论其发表的看法多么具有预言性。也许，设想一个庄严的人，对死亡、诗歌、对两者终极邂逅的时刻做出了全部思索——有这样一个概念就足够了。史蒂文斯将会通过其惯常的渠道获取先哲的书籍。但是，即使书没有来，仅仅知道他长什么样子，在弗赖堡报告厅用何种语言演讲，在他惯常的现实之中,这些已经足够饶有趣味了。

有时候大家认为史蒂文斯的诗歌充满了他人的哲学,的确,他的诗有时就是对这些哲学观点的解释而已。因此,假如要想了解《长着棕色利爪的鸟》("The Bird with the Coppery, Keen Claws")的意思,就要去威廉·詹姆斯的《一个多元的宇宙》(*The Pluralistic Universe*)中寻找答案①。但是不论如何,本文的中心不在此。海德格尔对荷尔德林的思索——那个伟大诗人处于上帝失败而新时代诞生的时代,意识到人诗意地栖居于大地——是对诗歌本质的思索,诗歌对存在的揭示、诗歌与死亡的关系,而死亡完成并且吞没了存在。他以其卓越的前苏格拉底的方式,尽可能有意地探索这些命题,而他思索的文本是一个先知的文本。这个精神分裂的先知热爱这些哲学起源,并且致力于颠覆附加在其上的文明语言。也许,借用一下豪斯曼(Housman)的笑话,我们可以说史蒂文斯与海德格尔相比是更高明的诗人,与荷尔德林相比是更好的哲学家,这样意识到自己处于模棱两可的尴尬位置。但是他身在康涅狄格州,对周围事实习以为常,沉思以上问题,偶然加以探究,评判自己的文本,这些行为互相关联。这是一个沉重的时代,现实就是死亡,想象已经不能再与之对抗。当你住在"一个因其自身的沉重而不能移动的世界"(《必要的天使》[*The Necessary Angel*], p. 63)之中②,你或者可以想象对于一个精力充沛的年轻诗人来说,这看起来有怎样的不同,但是最终你一定也必须为日渐衰老的自己找到办法来承担这一重量,找到可以转变死亡的叙事。

在《诗人的使命》("The Poet's Vocation")一诗中,荷尔德林呼唤时代的天使(des Tages Engel)去唤醒被他们所处的世界麻木了的民众,让

---

① 玛格丽特·皮特森(Margaret Peterson),《〈簧风琴〉与威廉·詹姆斯》("*Harmonium* and William James"),载《南方评论》(*Southern Review*),1971 年夏刊,664 页。

② 华莱士·史蒂文斯,《必要的天使》,1951 年;此后文本中简写为 NA。

他们能通过解读诗人来帮助诗人。但是,即使他请求的帮助遭到了拒绝,他还是会继续前行:

> 而且不需要武器,不需要计谋,
> 直到上帝之最终错过的存在给他帮助。①

史蒂文斯因为上帝之死而开启的诗意的可能性而心怀某种狂喜。的确,在此处,他不如他的先驱更富有格言性。但是像荷尔德林一样,他也感觉到这种冰冷:"诗人何为?"②"在贫困之时代,诗人有何用处?"他经常以自己的方式来提出这样一个问题。他也以自己独有的方式提到了"充满德行,人诗意地/栖居于大地"③,尽管他的晦涩与荷尔德林的有所不同。是否死亡将至使他很难看到这点呢?

在其论文《类比的效果》("Effect of Analogy",1948 年)中,史蒂文斯提出:"举个例子:一个人觉得现实就足够了,当到了生命的尽头,他回归到现实中去,就像是从异乡回归到出生地的小村庄,回归到可以感知、可见的一切,他终于开始珍惜并且希望靠近这一切。他看到的事物不是影像。但是他所见的难道不是自己阐明的事实吗?他难道不是栖居在一个类比之中吗?"(NA,p.129)。史蒂文斯认为正如海德格尔所说,向死而生在具体的、我们所熟悉的现实中的屋顶、树木、原野中找到了其表达的形式。这个主体与荷尔德林的《归家》("Heimkunft")并不遥远,而这正是史蒂文斯的中心所在。诗人所栖居之地,尤其如果又是其出生地的话,将会是他的"**世界**"(mundo),是他所生活的土地的明白

---

① "没有武器也没有/诡计,在神犯错以前。"文本与译文来自迈克尔·汉布尔格(Michael Hamburger)完全平行的文本:《弗里德里希·荷尔德林:诗歌与片段》(*Friedrich Hölderlin: Poems and Fragments*),1966 年,176—177 页(译自《荷尔德林全集》[*Hölderlin: Sämtliche Werke*]),1961 年)。

② 弗里德里希·荷尔德林,《诗歌与片段》(*Poems and Fragments*),迈克尔·汉布尔格译双语版本,1980 年,第 250 页。

③ 同上,第 600—601 页。这些诗行来自散文体诗《在可爱的蓝色里》("In lieblicher Bläue"),这显然不是荷尔德林自己所作,但是海德格尔不加质疑,认为是荷尔德林的原作。

无误的类比,死之将近的时候更犹如此。在同一篇文章里他解释说,诗人对世界的感觉,对住处的感觉,将会影响到他对待死亡的方式。詹姆斯·汤姆森(James Thomson)对世界满怀忧郁的感觉,他的栖身之处是暗夜笼罩的可怕城市。他写道:"我们渴望在完全成熟之时速死/渴望无限的遗忘和神圣的长眠。"另一方面,惠特曼(Whitman)提到了"进入无世界的自由飞行,/远离书本,远离艺术,时间被抹除,修为已圆满"①。史蒂文斯没有进一步阐发这些感触。这些是类比的效果,死亡以类比的形式被理解,最终的事实有自己的现实色彩和形状。在他70岁生日所做的演讲《作为价值的想象》("Imagination as Value")中,他说到帕斯卡虽然痛恨想象("这一不凡的力量,理性的敌人"),却"在死亡的过程中"抓住想象,不论其如何"虚妄",因为想象在死亡时刻也许还创造"美、正义以及幸福"(NA, pp. 135-136)。正如帕斯卡需要想象来帮助自己理解死亡,诗人也同样需要想象,尤其是当"天堂与地狱的伟大诗篇已经写就,土地的伟大诗篇还未完成"的时刻(NA, p. 142)。

这个观点是海德格尔式的,我们觉得史蒂文斯没有在此处引用海德格尔,仅仅是因为他没有读过海德格尔。相反,他想到了桑塔耶纳,50年前两人在哈佛曾经有过深交。他认为桑塔耶纳把想象力在生命中扮演的角色放置于类似其在艺术中的地位。因为,死亡的艺术取决于我们诗意地栖居在大地。因此桑塔耶纳在老年时"住在世界之首,与虔诚的女性为伴,在她们的女修道院里,与熟悉的圣者为伍,而这些圣者使任何修道院成为这个大度、人性的哲学家理想的隐居地……可能存在一种生命,想象力的价值对其而言,不啻其在艺术和文字中的作用。而我把任何关于贫困或财富、做**农夫**(bauer)或是国王等各种想法都排除在外,这些与这个观点毫无关系"(NA, p. 148)。在他写给芭芭拉·丘奇(Barbara Church)的一封提及桑塔耶纳死亡的信(1952年9

---

① 汤姆森,《恐怖之夜的城市》("The City of Dreadful Night"),惠特曼,《晴朗的午夜》("A Clear Midnight"),都在 NA 第119页被引用。

月29日)中,他再次想到了这个为了思想而放弃诗歌的人。他在漫长的晚年施展想象力,选择了一座罗马修道院,一种贫困(他"可能把自己的一切都给了她们,让她们收留他整个身心"[L, p. 762]),选择了在熟悉的祈祷、圣餐仪式的现实中,也在世俗的城市里,建立即将来临的死亡的意象。世俗的城市作为一个世界的中心,也许是另一个世界的比喻,而假如我们诗意栖居意味着栖居在类比之中的话,就更加如此。因此这首可能是他写给海德格尔的诗歌变成了写给桑塔耶纳的了。

《致罗马的一位老哲人》("To an Old Philosopher in Rome")的主题是关于诗意栖居,也是有关熟悉的现实给死亡提供一种语言的时刻,现实发明了这种语言,就像以类比的方式发明了自己的天使一样。这首诗跨立在门槛之上,"街道上的形状/变成了天堂里的形状……门槛,罗马,以及那个更加仁慈的罗马/远处,这两者在思想的构成中没有分别"(《诗集》[Collected Poems], p. 508)①。可以认为这是一首伟大的诗,尽管也许不具备典型的史蒂文斯风格,因为诗中坚持写出了对立面的具体轮廓:"已知的绝对,在未知的绝对/面前",其中可能有的蜡烛和天堂就是象征,生命是在烛心处撕裂的一道火焰,在"遗迹的神启"中、在"贫者和死者的深刻诗意"中找到的伟大,在贫穷中找到的壮观,在生命中找到的死亡。这是语言调整自己,来适应那个结束存在并且完成存在的"绝对伟大"的意象。这种伟大是由床、椅子、走动的修女、钟声、**荒野**(civitas terrena)上的报童构成的,但是这种伟大是绝对的,而一种伟大的唯一意象还是未知的。

另外值得注意的是,做到这些似乎**轻而易举**(easy):"被风吹起的旗帜,多么容易变成了羽翼。"不知为何,在贫穷的话语中寻找天堂变得更加容易。这一安适是"思想的安适",在《写在可能之前》("Prologues to What is Possible")一诗开头有所提及。在诗中,划船的人知道自己的方向,而"船是石头做的,石头失去了重量,不再沉重/石头中只留下

---

① 华莱士·史蒂文斯,《诗集》,1954年;以后简写为 CP。

了一种不熟悉的源泉的辉煌"(CP，p. 515)。航行者很容易穿行进入不熟悉之中——进入了死亡——似乎死亡是已知的。并不是说对史蒂文斯而言,一切都一直那么容易。我想说的只是在他关于这个门槛的一些描写中,有一种令人舒适的从容,那种在海德格尔之后可以被称为"忧虑"(更不用说害怕)的东西不存在了。这种从容来自对贫穷世界的随意恩惠的默许,甚至当因为众神的不在场而引起最强烈的痛苦的时候,这种从容依然存在。

海德格尔把荷尔德林称为时代之间的诗人——众神离去以及回归之间——此时为世界夜晚的午夜时分。史蒂文斯也知道自己是这样一个同时代的诗人。他对荷尔德林的问题"**诗人何为?**"(wozu Dichter)(这个问题被海德格尔用作他在莱纳·马利亚·里尔克[Rainer Maria Rilke]20周年忌辰时那场令人震惊的演讲的题目)所做的回答,在本质上将不会与诗人荷尔德林或者哲学家海德格尔的回答有什么不同。他一直都在努力从寻常之中创造诗歌,例如,他在30年代写的《猫头鹰的三叶草》(*Owl's Clover*)中,以及1949年,在他写的《纽黑文的平常一夜》("An Ordinary Evening in New Haven")中,他都提到,他的兴趣是:"希望与普通、寻常,以及丑陋越接近越好,近到一个诗人能够到达的距离。这个问题无关严峻的事实,而是寻常的事实。目标当然是使自己彻底净化,去除所有的虚假。"(L，p. 636)在这首诗的结尾处,现实,寻常的现实出现在死亡的意象之中:"也许是一个阴影,穿过/一片尘埃,一种力量穿过一个阴影。"(CP，p. 489)那些"最终形式的渐移和缓动",那些试探地接近真实的论断,以其自身的方式对想象力向着对死亡的理解渐移和缓动做出了比喻。因此也就有了自我净化的观点,想象的道义以及诗意的功能不断增长,向身份认同发展,实际上以相同的方式努力把死亡包含在存在之中。死亡是一道门槛,寻常在门槛的这边,门槛那边是超越的类似概念,正如他关于桑塔耶纳的诗歌一开头所提到的一样。而这个观点很具预示作用,因为史蒂文斯是一个书写门槛的诗人,甚至夏天也是一个门槛,在《夏之书》("Credences of

Summer")一诗中,夏天是死亡的意象。在《秋天的极光》("The Auroras of Autumn")结尾处,"持蜡烛的学者"打开门,看到门槛外面是"北极的光辉闪耀在他所是的框架/他恐慌不已"(CP, p. 417)。最后,最高诗人基于这样一种片面的事实,即我们是"快乐世界不快乐的人",终于有所感悟:

> 在这些不快乐中他冥想一个整体
> 运气的全部和命运的全部
> 似乎他经历过所有的生命,才可能知晓
>
> 在形容枯槁的老妇人的厅里,而不是寂静的天堂,
> 对着风和天气的争讨,在这些似乎是
> 初冬时分,夏天的柴草点亮的光线里。(CP, pp. 420–421)

此处所有熟悉的现实都是已知的,在一个冰冷的世界里调整为夏天一样的辉煌。荷尔德林会把这个诗人称为酒神的仆从,承受所有忧虑,代表所有人看到火焰,为他们想象一切,包括死亡。理解贫困("他的贫穷变成了他的心之强大内核"[CP, p. 427])是找到穿越世界的道路的一种方式,这条道路"比远处的道路更加难找"(CP, p. 446)。这就是史蒂文斯所谓的神圣意志。这是荷尔德林最喜欢的一个词。**诗人何为?**他们一定居住在小茅屋里,这是他们熟悉的现实,由其寻常的门槛围成,做着所有天使能做的事情——通过运用也许虚幻的想象力,来熟悉在其外的东西,熟悉当存在已经不断慢慢接近死亡之际那种全面的遭遇。桑塔耶纳选择罗马作为离世之地也是诗人的选择,他挑选了这个中心城市,想象这个城市能够提供想象力娴熟地施加在死亡之上的所有那些结构、仪式,甚至是仪式性的共感。"这就是诗歌,"兰德尔·贾雷尔(Randall Jarrell)在评论《岩石》(The Rock)时写道,"从存在的另一端而来,是一向用平稳的熟悉感来看待事物的人写的诗歌,而

我们则不能,而这个人也看出这些熟谙以及这些事物都将要灭亡。"①或者,正如史蒂文斯自己所说的,"看得见的变成了看不见的"(《阿达及亚》,OP,p.167)。尽管如此,正如他在《阿达及亚》另外一处所说,"诗人是人们和他们所处的世界之间的媒介,……但不是人们和另外世界之间的媒介"(OP,p.162)。这样,在关注自己与死亡的关系的时候,诗人必须让自己与熟悉的贫困相联系,并且关注在其中诗意地栖居。而且,也许正如荷尔德林所说:"上帝最终被错过的存在会帮助他。"也许这也会帮他看到诗人的话语被装帧得金碧辉煌、包着漂亮的书皮的书大加粉饰,这令人备感欣慰。诗行字体清晰鲜明,使一切变得那么轻而易举了:这是贫困中的富足,是忧患重重的世界中的安适。

史蒂文斯对海德格尔不乏好奇,也想知道哲学家是怎样说到荷尔德林,这些都无可非议。从 1936 年关于荷尔德林的论文开始,海德格尔在一系列的著作中做了关于诗歌的深刻冥思。这在一种意义上代表着实现了史蒂文斯的文章中的一个理想,而史蒂文斯出于各种原因没有办法完全实现这个理想。原因之一可能就是对安适的渴望。另外,他的哲学正如他自己所承认的,是短祈祷文的哲学,是外行的哲学。海德格尔既是专业哲人,也富有魔力,他思考的方式与前苏格拉底式哲人(或其中一些)相似,是诗意的思考。但是他思维准确。艾伯特·霍夫斯塔特(Albert Hofstadter)说,思想家海德格尔所做的是诗人做的事情:**用诗表达**(dichtet)②。像诗人一样,他关注的是"世界和大地的话语",关注的是其中的矛盾——与史蒂文斯诗歌里的世界与**世界**(mundo)之间的矛盾不是没有相似之处——也因此关注众神居住之处的所有远远近近。"诗歌言说是(what is)的不加隐藏。真正的语言在任何既定的时刻就是这种言说的发生。"这就是**真理**(truth),因为海德

---

① 贾雷尔,《评论集三》(*The Third Book of Criticism*),1969 年,第 57—58 页。
② 海德格尔,《诗歌,语言,思想》(*Poetry, Language, Thought*),艾伯特·霍夫斯塔特译,1971 年,第 x 页。

格尔寻找的是"alētheia"①的词源学意义,即"不加隐藏"。于是,它建立了一个世界,艺术作品也**让大地是为大地**(let the earth be an earth),"当世界开放自我,大地开始上升",很偶然地,"艺术是真理的发展与发生"。所有艺术在本质上都是诗歌,是大地的探秘,是一种"真理的作为"。这一真理的表象即为美②。

有时候史蒂文斯会把这种声音看作诗歌远亲的声音。例如,在"思想性的诗歌"《诗人哲学家》("The Thinker as Poet")中:

当晨曦静静地
在山顶浮现……

世界之暗从未抵及
存在之光

我们出生太晚,错过了众神,又
出生太早,遇不到存在。存在的诗
刚刚谱写,是人……③

或者,我们可以仅仅想象出现在《阿达及亚》之中的这些警句:

诗歌看似一种游戏,实则不是。
诗歌在我们以为自己身处的可触及、喧嚣的现实面前唤醒了非现实和梦的出现。但是……诗人所说以及致力于做的,才是真实。④

---

① alētheia,也译为"除蔽"、"去蔽"、"敞开"。——译注
② 海德格尔,《艺术作品的起源》("The Origin of the Work of Art [Der Ursprung von Kunstwerkes]"),见《诗歌,语言,思想》第 17—81 页。
③ 《诗人哲学家》,见《诗歌,语言,思想》,第 4 页。
④ 海德格尔,《荷尔德林与诗歌本质》("Hölderlin and the Essence of Poetry"),道格拉斯·斯各特(Douglas Scott)译,见海德格尔《实存与存在》,渥尔纳·布格克(Werner Brock)编,1949 年,第 310 页。

然而我认为这种密缘关系超越了这些相似之处。当然我已经暗示过的一种差异减轻了这种亲缘关系;史蒂文斯不如海德格尔大胆,不愿意发出神谕般的启示。另外还存在着那些新式字体和精美装帧的问题:习惯天使的桨已经磨损,普通的先驱被理想化,书的世界里展露佛罗里达州的一角。同样,**新的发现**(trouvailles)、短祈祷词与令人目不暇接的偶然不时打断对绝对贫困的揭露。但是,尽管如此,还是存在着一种密缘关系①。

如果考虑到居住与死亡的问题,我们或许会逐渐理解这种关系。"人诗意地栖居于大地",荷尔德林如是说。在两种时代之间的贫瘠中,我们若是想建立这种栖居,就需要在寻常之中找到诗歌,在丹麦的丹麦人的快乐中,在巨嘴鸟生活的地方的巨嘴鸟的笑声中,在伊丽莎白公园以及瑞安午餐店里。史蒂文斯一遍遍这样寻找诗意,从自家门口观察这个地球更伟大的辉煌。他栖居于康涅狄格州,似乎这里既是发源地也是门槛,正如桑塔耶纳栖居于世界之巅。他想要建立荷尔德林的观点,而读者也会想起他的诗中多处流露了这种意愿。弗赖堡,弗里堡,都是别处。厅堂,栖居所,可以在哈特福德,纽黑文,也可以在法明顿,或者哈达姆。船长和宝达的"婚姻美满,因为结婚之处/是他们喜欢的

---

① 史蒂文斯的批评者似乎没有太多关注到这个紧密联系,可能一直想当然地认定其存在。据我所知他们没有提到史蒂文斯与海德格尔后期作品(即 1936 年关于荷尔德林的论文之后的作品)之间的关系。但是理查德·麦克西(Richard Macksey)联系到了《存在与时间》(同时提到了胡塞尔和梅洛-庞蒂)来解读史蒂文斯后期的作品。他有一个观点是"史蒂文斯把诗学以及个体性的定义建立在一种即使'在夏天的天才中'也一直在迫近的死亡的基础之上"(CP,第 482 页)。见他的《华莱士·史蒂文斯的气候》("The Climate of Wallace Stevens"),收录于罗伊·哈维·皮尔斯(Roy Harvey Pearce)和 J. 希利斯·米勒(J. Hillis Miller)编《思维的行动:华莱士·史蒂文斯诗歌论文集》(*The Act of the Mind*: *Essays on the Poetry of Wallace Stevens*,1965 年),第 201 页。海德格尔认为"我"的死亡本身就达到了并且划定了存在的完整性(对照:《每个人都各自死去》["Every man dies his own death",*OP*,第 165 页]);而史蒂文斯后期的诗作令人联想到海德格尔的"向死而生"("当存在在死亡之中获得了完整,同时失去了其'别处'的存在"。麦克西引用了海德格尔最喜欢的荷尔德林的诗行("人诗意地栖居于大地")做自己的铭文,但是没有再提到哲学家后期的作品。J. 希利斯·米勒在同一论文集中有文章显示米勒可能想到了后来的文章,只是没有清楚地提及而已。

地方。既不是天堂也不是地狱"(*CP*, p. 401)。这里是地球,而大地的诗歌是荷尔德林所追寻而海德格尔所要求的。史蒂文斯一直写诗,并且命名其指向的地点。这是诗人在危难时刻的使命。他们给这一困境提供医治,在其真正的困境之中,在其所是的虚无之中,通过揭露创伤来恢复健康。这个世界的英雄,存在的拯救者,神圣事物的命名者,就是诗人。史蒂文斯给诗人很多谦虚的意象,然而诗人就是中心。海德格尔把荷尔德林置于这同一个中心点上,冠之以很多有特殊意义的词句:**真理**(truth)、**天使**(angel)、**关怀**(care)、**栖居**(dwell)。

海德格尔给"**栖居**"(dwell)一词赋予了一种特殊意义。借助这个德语单词的一种古老意义,他可以断言"必死者栖居,以此拯救世界",也即"在其自身的呈现中解放自己"。史蒂文斯的说法则是脱离拘役于人的形式。栖居还意味着更多①,但我只想提到栖居意味着发展自己的天性,能够直面死亡,"运用和实践这一能力,从而死得有意义"。另外,"一旦人开始**思考**(gives thought)居所,栖居就不再是悲惨之事"。因此,虽然住处贫寒,缺乏安全感(荷尔德林说:"人居住在棚屋中,衣着粗陋"②;而史蒂文斯说"仅仅一块披肩/紧紧缠绕身上,因为我们贫穷……"([*CP*, p. 524]),人也可以建造,可以写诗③。因为海德格尔在此思索荷尔德林之谜,即人诗意栖居大地,即使生逢赤贫时代,如是为之却不知为何很有满足感,不论我们有无德行,这都是一种恩典。

人所栖居之处就是故土,回归故土是不带偏见地重新审视故土。海德格尔第一篇关于荷尔德林的文章是关于挽歌《归家》的,这是一首描写宁静与天使的诗歌,也描写了诗人给城镇命名,使其"光彩照人"。

---

① 见《存在与时间》(*Being and Time*),约翰·麦考利(John Macquarrie)与爱德华·罗宾逊(Edward Robinson)翻译,1962年,第80页。海德格尔解释说"innan"(wohnen)——栖居一词(尽管不是原词)具有"居住"(inn)与"习惯"、"熟悉"以及"照料"(an)的意思。但是没有可以取代这种对此段和其他段落的解读。

② 海德格尔引文,见《荷尔德林与诗歌本质》,第296页。

③ 海德格尔,《建造栖居思想》("Building Dwelling Thinking"),出自《诗歌,语言,思想》,第143—162页。

只有在故土，天使才被召集于一处，因为"欢乐的起源就是在接近源头时不断感觉归家的过程"。① 众神已经失利，诗人"不害怕失去神性……必须靠近众神的失败，直到得到'崇高者'被命名的那个字"。因为他是众神缺席之后的时代的巨人。他是人中的第一人，其他人必须解读他的话语（就是这个世界的生命）来帮助他，最终每个人都能够回归家园。

在关于荷尔德林的第二篇论文中，海德格尔深化了这些认识，探讨他的诗人具有神一样的能力。人被赋予了武断性，被赋予了语言。人通过语言创造、毁灭，并且确认自己之为是。他能确认的是他"属于大地，并且给大地以存在：只有有语言之中才有世界"。（史蒂文斯说："世界的话语，是世界的生命。"[CP, p. 474]）众神的命名（"这个快乐的生命——是他发明了众神"[CP, p. 167]）仅仅是语言—诗歌—建立存在的第一步。诗意地栖居是站立于对存在的接近之中，当事物的本质接受了命名的时候，正如在诗歌行动第一步里众神曾经接受了命名一样，事物就开始闪光②。这些事物在如是命名之前都平淡无奇，而只有命名之后，"法明顿的尖塔／伫立闪耀，哈达姆发光，晃动"(CP, p. 533)。

存在的完成与划界随着死亡，**我的**(my)死亡，而到来，因为我们不可能真切地思考他者的死亡。海德格尔在《存在与时间》(Being and Time)中对此做了详尽的论述，在1947年与1952年之间的文章中把这个问题与诗歌联系起来。而史蒂文斯也正在同一时间进行了可谓十分相似的思索，而且还说要读海德格尔的著述。只有在关怀、在关于有必要沉重并且无比朴实地提及存在与终结的话题上，他才会发现在海德格尔的德语著作中有他宁愿不担负的生命之重。

但史蒂文斯也许毕竟还是对《存在与时间》有所了解。也许就是因为对这本书的了解，才让他在70多岁的时候还想知道这个"瑞士哲学

---

① 海德格尔，《诗人追思》("Remembrance of the Poet")，道格拉斯·斯各特(Douglas Scott)译，见《实存与存在》(Existence and Being)，第281页。

② 海德格尔，《荷尔德林与诗歌本质》，第293页起。

家"会怎样讨论他的最高诗人。海德格尔深思熟虑的观点也是我们都痛苦地遭遇过的,他认为:我们可能将永远不再存在于彼处的可能性,是我们最深层的可能性,也可以说是自己最大的可能性。有很多种方法来疏离死亡,例如我们会说"人人必死",或者说"总有一死",因此掩藏了自己的"向死而生"。然而死亡是存在,是存在的"终结",也是使存在成为完整的方式。疏离死亡,把它变成一种纯粹的经验的事实,就是否认死亡的本真。存在本真地把死亡理解为其日常性中不可或缺的一部分,否则就会掩饰终结随时迫近的事实。对死亡的理解不是通过逃避这种恐惧,而是我们必须从恐惧中生发勇气。面对死亡的可能性必须有一种"思想上的冲刺"。

海德格尔说:有语言之处才有世界。而有语言之处才有这种思维的冲刺、这种死亡的本真。正是归家呼唤伟大的挽歌,正如海德格尔评论荷尔德林的挽歌所说,是"为了回家学习回家"。① 他说:"所有真正意义上的诗人都是归家的诗人。"他强调说荷尔德林的挽歌不是**关于**(about)归家,而本身**就是**(is)归家。史蒂文斯有此认同,不论是否从海德格尔处了解。他知道海德格尔的很多隽语,例如有关艺术改变的本质。"艺术作品不再是其曾有的样子。确切地说,我们面对的正是作品自身……但是我们还是与作品自身失之交臂。"②艺术作品"开启了一个世界,同时把世界再次搁置在大地上"。③ 这一真实的永恒化,是令人无法忍受的哲学家的人或英雄的任务。史蒂文斯的诗人在暮色渐暗之时写作,在后期诗歌之中的"他"必须回家,读者必须依靠自己来完成回家之举,并且相信回家不是永远的。最高诗人的临近就像上帝的再次降临,会使这一切终止。海德格尔在这一即将到来事件上的最有名的思考是(1946年)有关里尔克的一个演讲,《诗人何为?》("Wozu Dichter?")。时代处于绝对的贫瘠之中,众神只有在余暇之时才会回

---

① 海德格尔,《诗人追思》,第264页。
② 海德格尔,《艺术作品的起源》,第41页。
③ 同上,第47页。

归。生于如此贫瘠时代的诗人必须"感知逃亡众神的足踪",并且在暗夜发出神圣的声音。荷尔德林是暗夜的诗人。里尔克也是吗?他当然慢慢理解了时代的贫瘠,这个时代即使众神的足踪亦无迹可寻,而且"痛苦、死亡与爱的本质也被隐藏"①。他当然理解需要"毫无遮掩",需要"不加否定地读出'死亡'这个字眼"。但是不确定他是否获得了诗人职业的全部资格,或者像荷尔德林一样,为即将到来的时代代言。

这篇论里尔克的黑暗的长篇论文,最终不在史蒂文斯把握的范畴之中。但是史蒂文斯知道,语言在大地上制造了世界,这个世界包括了死亡。这影响到大地的显露,而这正是贫瘠与孤单时代的诗人的使命。他能够为至高诗人想象一种天命。有时候他能像君王一样说出或者吟唱这些事实,但在最后的诗歌里他不想给诗人穿上歌唱的长袍。诗人大多数时间还是住在家中,此时已经年迈,步履蹒跚,充满人性。他不说"我是新发现的夜晚之伟大"(OP,p.93),但是他承认我们所了解的"唯一一个地点/就是我们所了解的宇宙"(OP,p.99)。他的尤利西斯历尽艰险走在归家征途,"在他所在地区的物质之中"寻找一种新的青春(OP,p.118),而这些物质本身平常无奇,就像"在走到第一个黑色大瀑布之前"(CP,p.533)——大瀑布来自幽暗之河——人们会见到康涅狄格州的寻常的大河。

应该补充的是,最后一些诗歌中的"他",诗人,可能是一个"没有厅堂的灵魂"。他在感知的偶然之中,寻找"那种他一直在靠近的宁静/当他面向一个绝对的厅堂之时……"(OP,p.112)。这是"向死而生"的一个不同版本,海德格尔也会认同这种"宁静",因为荷尔德林用过这个词,而他的注释者也在脑海中反复思索过这个词。这种定制的宁静是否太过轻易?当我们爬上一座高山,"佛蒙特四散而去"(OP,p.115);佛蒙特就可以给我们这种宁静,当然条件是我们得去爬山。这没那么

---

① 海德格尔,《诗人何为》("What Are Poets For?"),见《诗歌,语言,思想》,第97页。

容易,但本质上也不太难。我认为史蒂文斯在死亡门槛上所做的关于存在的最伟大意象是《仅仅是存在》("Of Mere Being"),可以确认这是很晚近的一首诗。诗中包含了一首外国歌曲,一只外国鸟。诗中有恐惧。我敢说海德格尔也会承认这首诗的价值,但是我没有理由相信他对史蒂文斯的评价不会像对里尔克一样毫不留情。

就这样,我们把在弗赖堡或者是弗里堡的荷尔德林—海德格尔和在哈特福德的史蒂文斯硬行捆绑在一起。但是史蒂文斯一直不很情愿,好像是在检查装帧的样式,或者与一个疯狂诗人或一个令人费解的哲学家保持距离。在他1952年的一封信中,他说"哲学上的正确性"不是他考虑的重点。接着他说:"最近我已经融进太多哲学框架之中了。"(L, p. 753)也许海德格尔的框架比其他的更加让他满意,至少海德格尔的思想迥异于任何一种史蒂文斯通常认为的具有哲学性的思想。但是也许史蒂文斯并不满意。在一定意义上,找不到《实存与存在》就是一种不满,他继而在巴黎寻找海德格尔,他的书商知道他喜欢什么样的书,而到手的是充满异国情调的版本。另外,还存在至关重要的起源上之不同:史蒂文斯从生到死都是生活在美国的美国人,海德格尔是生活在德国的德国人(而不是瑞士)。这种差异部分反映在庄重性的不同形式上:海德格尔不带任何反讽,而史蒂文斯随时都可以加以反讽。

在他们对世界的感觉、对诗歌的理解的方法上,在他们在贫瘠的暗夜诗意地栖居于——即拯救——世界之时所揭示的真实之中,存在一种亲缘关系。在海德格尔的描述中,荷尔德林自己就具有他所写的俄狄浦斯的第三只眼睛,而史蒂文斯也可谓不谋而合。在《极光》("The Auroras")中,他确实谈到了这第三只眼睛:

> 他冥想一个整体
> 运气的全部和命运的全部
> 似乎他经历过所有的生命,才可能知晓……(CP, p. 420)

但是几乎没有人能够顽抗荷尔德林的命运。对史蒂文斯来说,世界绝不总是对风和天气的争论不休,甚至也不是一种**令人毛骨悚然**(unheimlich)的"宁静"。世界经常,也许每天都是一个闲适的所在,"是柏辽兹的音乐和玫瑰"的所在,假如当天正好"家里两者具备"(*CP*, p. 505)。这里有来自古巴的明信片,来自锡兰的茶叶,这些大地的偶然物安慰了我们,制造了一个世界。或者,就像是他家里这些年来一直挂着的塔尔·科特的油画一样,是现实的天使。汉默先生精心印制的书籍也是现实的天使,尽管它们更加优雅,也更加富有装饰性。汉默先生,这个"没有门厅"的维也纳人,现在已经适应了肯塔基的现实,可以从那里往康涅狄格州运送代理天使。而诗人栖居在康涅狄格,凝视着寻常之物(有时候是一棵远处的棕榈树,一只不知其名、火一样的新品种小鸟)的光辉,并且,大多数时间里,他在自己精美书籍的簇拥之中备感闲适自如,尽管死之将近。

选自《华莱士·史蒂文斯》(1980 年)

9. 秘密与叙事顺序

这个讲座可能是本书中难度最大的一个。主题本身就很难,而讲座是在芝加哥的一个关于"叙事:顺序的幻象"(Narrative: The Illusion of Sequence)的会议上做的,这个话题听起来也许很枯燥,但不失为学术批评家曾经经历过的最伟大而又有趣的一次机会。这篇论文当时就受到了现已去世的保罗·德曼(Paul de Man)温和而友好的抨击,而在不太喜欢争论的发言者之中有保罗·利科(Paul Ricoeur)、海登·怀特(Hayden White)、雅克·德里达(Jacques Derrida),还有罗伊·谢弗(Roy Schafer),著名的心理分析师。他想要简化他的行业里的行话,而他的行话里也关注着叙事,尽管种类有别。这是一场可谓沉闷的纯学术讲座,但是我把这篇放在本书里,来提醒自己在70年代的时候花了很多时间致力于这样的事情。

在制造故事的行为中,为清晰和效果起见,毫无疑问需要遵守某些规矩。

——约瑟夫·康拉德(Joseph Conrad),《在西方的注视下》(*Under Western Eyes*)

露辛达不会读诗。不过呢,她

很擅长读小说。你知道,那些词
不会,嗯,挡住她的路。
然后呢,故事,嗯,你知道的,关于
真实的人,相爱,就是这样的,就这样。
有点引起你的思考,露辛达觉得。

——乔治·凯莱拉(George Khairallah),《我们如今的文学硕士》("*Our Latest Master of the Arts*")①

为了清晰和效果起见需要遵守的规矩,能够使露辛达更好地理解小说而不是诗歌。它们保证词汇不会挡住故事和角色("真实的人")的路。例如,人物是出于相爱而使故事得以发展。"就这样"(And all)是顺序,也是终结:简而言之,即情节。这些是使露辛达思考的东西,是被露辛达纳入意识之内的东西(不像是词语,词语永远处于隔离中)。而她善于理解的是词语的信息。

虽然我们不情愿相信,但是事实是我们和露辛达非常相似,永远希望把词语拿走。首先我们寻找故事——在顺序上有联系的事件(不妨说是拥有不可削减的"联系性"的最小值)。而如果没有**替身**(Doppelgänger)或者阴影、因果关系的话,顺序就无从谈起。另外,如果故事中的人在行动,我们就会假设他们在执行一个动作,亚里士多德就几乎这样说过,但最终没有真正说出来;而我们假设他们拥有"某些**思想与品格**"(dianoia,即思想,理性;ethos,道德风貌,或品格),这是行为的两种起因——而这次亚里士多德真的这样说了(*Poetics*, 49b36)。

因此我们想要问的第一个问题类似于济慈(Keats)的问题:"这是怎样的以树叶做饰边的传奇……这是些怎样的人或神?怎样的少女在躲闪?……到怎样的绿色祭坛?"看似有一个**神话**(mythos),这些人正在行动,似乎尝试做什么或者阻止别人做什么(少女们在躲闪),而他们

---

① 选自《学术界》(*Academe*),1979年。我在此向赠书者亚历山大·巴兰基(Alexander Baramki)致谢。

正在朝某处走去。**神话**通常似乎与**品格**以及**思想**有关,但是济慈以及追随他的我们都找不到情节,因为**事件的安排**(synthesis tón pragmatón)不允许我们这样做。然而,事件的安排一定在我们的世界中留有印记,世界中有顺序和原因的证据,我们曾经有过这样的经验。饮酒过多会引发头痛欲裂,口干舌燥,性的愉悦不能持久,可能随后带来悲伤。由于希腊古瓮上刻画的事物看上去好像有所不同,我们不得不认为此处对比是故事的要点,因为如果和通常的期待和观念有关的话,这个故事就没有意义。它缺乏在模仿我们的世界时应有的一种品质,在此世界里人会头疼,会感到恶心。它缺少的是可以理解的顺序,而这种缺少(lack)或者不在场(absence)必然是其最重要的事情。年轻人永远不停止歌唱,永远不亲吻,这暗示了一个世界,其中树叶永远不会凋落,少女的美貌永不会衰减。在这个没有顺序的天堂里没有什么是有**性格**(character)的——用叶芝的话就是,燃烧过的枝条上的灰烬。这种完全的缺少事件,这种**永恒的现在**(nunc stans),"使我们不知所措",而不是"嗯,使[我们]思索"。但是我们还是热切希望它会对我们**说**(say)些什么。我们说,它说的是,即使在我们的世界里,我们熟悉的机遇和选择的世界里,一个重要但非自明的事实是,美即是真,真即是美。古瓮上故事的重要性,就是它通过闯入流言蜚语和愤怒的顺序中,以其差异性告诉我们虽非显而易见,但是令人宽慰的道理。最终我们使它说出了适合我们的东西。①

---

① 写完这篇文章以后,我读了于利·M. 罗特曼(Jurij M. Lotman)的《类型学关照下的情节的起源》("The Origin of Plot in the Light of Typology"),载于《今日诗学》(Poetics Today),Ⅰ,1-2 号,1979 年,第 161—184 页。罗特曼提到了两种原始的情节。第一种是"神话的",没有"异常性的过剩";是非时间的,静止的。第二种是按照时间顺序的有关事件、新闻、"过剩"的故事。这两种情节辩证地互动,结果是"流言和奇迹的混杂"。从"末世学"情节中产生的秘密的动机侵入时间性的故事,"神话主义插入过剩的范畴"。从这样的结合之中我们学到了解读事实的方法,以情节为据。济慈的诗歌预示着这种理论。神话事件被贯穿于流言和暴行,美包含一种形式的真,以灾难、衰退、后果的形式呈现,确定有一个非时间性的、静止的、超越的世界,把那些似乎构成日常生活的叙事的杂项(faits divers)降格为无关紧要的琐事。

我一直在尝试把济慈的诗变成思想，变成比喻。即使**神话**不完整，而目前为止人物还不具有人类活生生的感情，从中还几乎得不到任何**品格**或**思想**，我们还是把它们和我们的世界联系在了一起，在此世界里，所作所为好像事出有因，而物质会走向终结。如果古瓮上的故事不遵守规矩，我们还是会严格地从与规矩有关的角度加以考虑，这样会使它能对我们**说**些什么。当然诗歌的结尾流露了一种看似可能而且合适的信息，鼓励我们这样做。

很明显，如果动作完成了的话，我们的任务，以及作者的任务，就会更加容易完成。亚里士多德也会同意这一观点，这体现在他关于失败和成功以及关于动作执行者的**品格**和**情感**（pathos）的逐步展现的理论中。而由于此处的目的不是谈论不会动的瓮，下面将只考虑那些更好地遵守了（与连通性[connexity]、终结[closure]以及性格[character]相关的）规矩的故事。首先要说的是，这种故事通常具有一些品质，与我提到的规矩没有直接、明显的联系，也许对于所有的意图和目的来说一直如此。这看似显而易见，我们问的问题都有关完好的叙事，和诗人对古瓮提的问题几乎完全相同——关于行动的人，关于原因、故事**说**了什么。而且，尽管我们都是相当合格的读者，即使我们都认为故事遵循了规矩，我们还是对问题的答案争论不休。这部分是因为，以这种方式讨论的大多数故事，都具有不受规矩直接控制的一些品质。优秀读者会共谋忽略这些品质，但是这些品质与本文的主题有关，即叙事顺序（或者任何制造了"叙事顺序的幻觉"的东西）和我笼统称为"秘密"的东西之间的冲突。

首先考虑一下这个相当直白的问题，即故事总是从属于解读。我们所知的故事开始于解读。它们在书页的空白之处发展变化。圣像的曲解利用(iconotropy)[①]理论中不无真理,如果我们怀疑它在远古发生过,就不会费心否定它也发生在神话故事的后来版本中——民间语源学,日常的闲话,甚至也许在日报里。这种创造性的曲解确实耳熟能详,甚至不需要言词辩解。有意的、有意识的叙事上的改写,不论是叙事的注释还是历史学家做的阐释都是如此。永远都存在着意义的**现代化**(aggiornamento)。对原初计划的干预可能在开始就有,正如爱德华·赛义德(Edward Said)所言,原初计划的权威性受制于原始的干扰。[②] 我们在一些事情上对此习以为常,如新约批评家们就认为,语言不仅被附加的阐释扭曲,甚至在写下之前在其实质上就被扭曲了。因此这个世界发生了分化;一些人想要恢复真实的但是丢失了的东西,另外的人认为比喻的本质,甚至笼统说来,连叙事的本质都是"开放"的——即通过阐释(interpretation)对进入(penetration)敞开。用保罗·利科的公式就是,这些都是重新描述这个世界的模型;由于世界永远有可能被重新描述,所以这些模式处于永远变化之中。这就是说,叙事必然永远有其秘密。

叙事可以顺从于这样那样的思想欲望,而不放弃秘密的可能性。这种能力可以被大致呈现为故事和解读之间的对话。这一对话在作者开始动笔写作的时候就开始了,而在每一次不仅仅满足于顺从叙事顺序的阅读中,对话一直继续。在这个意义上不难看出,所有的叙事在写作和阅读中都与文本在心理分析过程中的持续改写(心理分析的过程会诱使我们把秘密与梦的浓缩与置换相联系),或者与元历史思维引起的历史叙事中的曲解有很多相同之处。

---

① 圣像的曲解利用,源自罗伯特·格雷夫斯(Robert Graves)在其著作《白色女神》(*The White Goddess*)和《希腊神话》(*The Greek Myths*)中的一个观点,认为希腊早期母系社会阶段的神话意象在后世被误读。例如,他推测早期的马神子宫中圣双胞胎的争斗的故事,延伸产生了特洛伊木马的神话意象。——译注

② 爱德华·W.赛义德,《开端》(*Beginnings*),1975年,第83页。

所有这些我都留给罗伊·谢弗①和海登·怀特来解决。我的当务之急是推出一个简单的观点：我们出于自身的目的，可能倾向于认为叙事是两个互相纠结的过程——寓言的陈述（presentation of a fable）以及（当然会改变其陈述的）逐步的阐释（progressive interpretation）——的产物。第一个过程趋向于清晰和规矩（"精致的常识"），第二个过程趋向于秘密，趋向于覆盖秘密的曲解。这个观点和现在已成经典的故事/情节（fabula/sujet）之间的区别并非完全不同。验证连通性（connexity，规矩一个很重要的方面）的方法是我们可以正确地推断出寓言（这不是说寓言有独立的先在）。情节是当阐释扭曲了寓言质朴的、按部就班的规矩的时候，寓言变成了**情节**（而不仅仅是通过颠倒其陈述的顺序，尽管颠倒的力量有时会提供一些机会，可以做出一种不明显的阐释；而这是顺序办不到的）。

我不知道叙事性是否有可以接受的最小值。（我们可以对谁进行可接受性测试呢？温德姆·刘易斯［Wyndham Lewis］的出租司机吗？菲利普·索莱尔斯［Philippe Sollers］吗？现代语言协会的主席吗？）但是，永远存在某种内在的，本质的解读，当对规矩的遵守减少的时候会增加解读，会产生曲解，产生秘密，后来的解读会对这些秘密展开调查。这样的观点看起来合乎情理。即使在有最专门的"阐释学"组织的侦探小说中，也总能找到对于一些材料的浓墨重彩的描写，引人瞩目。这些材料可以加以解读，但与线索和破案毫无关系；而如果我们愿意的话，可以阅读这些材料，尽管规矩建议对此忽略不计。② 在那些通常被赋予更高价值的叙事类型里，不合规矩的例子比比皆是，有更多更不受权威控制的材料，更不情愿顺从"清晰和效果"的原则，更明显敌视顺序、

---

① 我希望不是永远如此。他的论文及其"精妙的常识"对于更加普遍的叙事理论而言具有强大的暗示。（这篇论文名为《心理分析对话中的叙事》）["Narration in the Psychoanalytic Dialogue"]，最初是在芝加哥"叙事：顺序的幻象"的论坛上宣读的，本章也是同一论坛的论文。后来重登于 W. J. T. 米歇尔［W. J. T. Mitchell］编《叙事》[Narrative，1981年]第 25—49 页。海登·怀特的论文见《叙事》第 1—23 页。）

② 见本卷第二章。

阐释意见以及信息。它代表了权威的倒塌(作者具有权威和产权;但是他们在偷猎自己的猎物,因此给所有阐释者开了先河),这种倒塌实为幸事。

不论顺序、连通性带来何种安慰(我承认这些是不可或缺的),都不能说文本只能展示顺序和连通性。一些文本会漠视顺序性,甚至对它抱有敌意。而这些非顺序性的元素尽管可能从一些中规中矩的原始文本中生发出来,却可能无序生长,最后甚至让作者也不胜其扰。康拉德的例子就是这样,我随后将会再次讲到他。他一定意识到了规矩和阐释文本的反抗之间的冲突。毫无疑问,顺序,**品格**,以及**思想**有助于安抚并且确立生活的概念(这些概念可能首先来自叙事),甚至也许还构成一种世俗的最后晚餐,对个人的末世学,个人的生活及其终结的感觉产生密切的影响。这就是它带来的慰藉,有时我们非常需要这种感觉,甚至希望不要有这种感觉必然带来的一切:狡诈的文本,及其移置、缩减、放荡的意义以及非正式的同谋。因为作者可能自己受到这些现象的警示(但是也因为他们需要取悦读者),我们可以和他们结成共谋,把所有不听话的文本的证据仅仅当作可以置若罔闻的噪音,或者如果可以加之改变来增强规矩的外观的时候,有选择地用到这些证据。

简而言之,秘密与顺序没有冲突,而顺序被认为是规矩的一个方面。对顺序的热情可能导致对秘密的压抑。但是秘密依然存在着,知晓秘密的一个方式是找寻压抑的证据,有时候会显示出被压抑的秘密藏在何处。必须承认的是,几乎很少有人这样阅读,因为这样看上去很不自然。而这样阅读的时候,我们感觉到自己的做法不同于**通常的读者**(ordinary reader)采用而且应该采用的阅读方法,为此感觉很不自在。对于大多数人来说,读小说的时候做到预期结局的完成以及信息的接受就够了。他们觉得这种方式更容易接受,因为这样类似于平常的交流行为适用的方式。这样就消除了发送的信息和接受的信息之间的差距,这就是为什么很多人似乎都觉得不应该否定作者说过的话具有真实、标准化的权威。确实,不论作者如何深刻意识到其他可能性的存在，他们通常还是都非常希望帮助读者按照他们希望的那样，中规中矩地阅读：他们"前置"（foreground）了顺序和信息。要实现这种前置，必须把某些东西后置（background），而且小说的很大一部分几乎没有人读，这种状况的确屡见不鲜。文本中不那么显而易见的部分（其秘密）通常会一直保持着神秘性，通常会抗拒一切形式的阅读，除非你不同寻常地全力加以细察。要能读出其秘密，必须读得细致入微、精密、缓慢，甚至似乎违背了我们对于小说的"自然"感觉；似乎小说的历史和社会学都藏在这种感觉之后。文学类型的历史决定了大多数读者都没有读到位，而作者同样也会原有不充分的阅读，因为故事的成功取决于此。公众要求叙事能够达成共识，问题能够理性解决。同样，作者通常怀疑过度阅读的读者，通常这些读者都是特殊的学术阶层的成员，有足够时间来探查秘密。乔伊斯说过，他写了一本书让教授们忙个不亦乐乎。但是詹姆斯不会这样说，康拉德也不会，在他们的作品中规矩与秘密的抗争尤为激烈；而罗伯-格里耶也不会这样说，他说他是写给大街上的众人看的。小说家和大众的这种共谋（他事实上的契约或者说君子协定是与法庭和都市[la cour et la ville]，而不是与任何学派[l'école]制定的），有助于我们看到为什么秘密那么容易被忽略，看到为什么——考虑到只有当秘密被注意到的时候才开始有问题——即使今天也很难找到说出这些事情的合适的方式。

如果有人认为这样说过于夸张，不妨考虑一下福斯特（Forster）的《印度之行》（A Passage to India）。该书在出版后获得的非同寻常的成功，引发了关于小说中印度生活和政治描写的热烈讨论。但是只有很多年以后，才有人注意到其中的叙事秘密。另外，我花了很多时间与有学识的人在一起，他们都是福斯特忠诚的同事和朋友，都很熟悉《印度之行》。但是他们好像从来没有讨论过其中的秘密，只是讨论小说传达的信息，以及认为信息中存在的问题。

不过，现在应该来更加具体地探讨一个文本，《在西方的注视下》。

它在 1911 年或者之后都算不上畅销小说,但它提供了恰当的连通性和终结的方法(但是也不得不承认,书中还是有些背离了规矩的最高标准)。小说中的政治和心理信息非常复杂,令人大呼过瘾,在此只需讨论其中的**品格**和**思想**就可以投入一场富有启发性的评论性谈话。只需寥寥数语,就可以认定有一位聪慧的专业批评家做了有效的"阅读"。确实,至少直到现在,通常的体制游戏就是这样运作的。虽说不乏趣味性,但是这个游戏受到极为有限的规则的制约,而作者和体制是规则的共同制定者。在这些规则之下,不一定非要谈到叙事的秘密。有更加近便,更加触手可及,更加易于操作的神秘因素。

《在西方的注视下》想要参与这个游戏,但也不失时机提醒读者注意到另一种不同的游戏也有可能发生。小说通过各种符号暗示还有其他的事情值得考虑,尽管容易被忽视,但只要投以正确的关注,依然可以察觉。因此,这个文本适用于考量叙事中的秘密如何幸存。该叙事很大程度上关注小说的规矩,而其叙事者认为,"为了条理清晰和效果分明",应该遵守规矩。康拉德重视艺术,对公众不屑一顾,这就是为什么对他来说小说写作一直都像一种折磨。这迫使他陷入一种**分裂**(dédoublement)的境地,有时候反映在小说人物身上。一个作家致力于拯救"迟钝的"(dense)读者(那些可以说只用西方的眼光武装起来的读者)免于困惑、失望和忧虑;另一个作家致力于解释、致力于秘密,尽管同时也担心这些是秩序、顺序和信息的大敌。对所有这些特征的至高地位的反抗必须受到严格的压制,"以免小说写作沦为想象力的肆意泛滥",康拉德就这样告诉过加奈特夫人,后者担心《在西方的注视下》采用的方法有"自我限制"之嫌。①

我已经着手,并且还要继续粗略区分《在西方的注视下》真实或者潜在的读者群。康拉德希望小说有更多读者,尽管对他们不无鄙夷。

---

① 约瑟夫·康拉德,《约瑟夫·康拉德信札:1895—1924 年》(*Letters from Joseph Conrad, 1895—1924*),爱德华·加奈特(Edward Garnett)编,第 234 页。

在某种程度上,他通过惯常地打断故事的"正常"顺序,通过设置一个不可靠的叙事者,废除了权威(这点受到普通读者的大力褒扬)。故事所有的叙事者都不可靠,但是有些叙事者明显比另外的更加不可靠①。叙事者越不可靠,越是能够说出与规矩不相关或者甚至具有破坏性的话语。他们武断地添加事实,打破了叙事秩序和历史相似性之间的常规关系。他们使信息更为复杂。这或多或少必然会使简单的读者产生厌倦或者敌对的心理,感觉被置身局外,不能以自己的方式轻松理解小说之意,因为他们不愿意花心思,却习惯于遵从适度的连贯性,遵从权威的在场,这样他才不需要问一问为什么。这样足以解释公众对于《在西方的注视下》持有的冷淡态度。即使在今天,即使这部小说已经被奉为经典,公众的态度也没有多大改变。

要定论哪本是经典,是第二群读者,那些受过专门训练的人要做的事情。他们当然还有别的任务在身;其一是找出事实,以埃洛伊塞·克纳普·哈伊(Eloise Knapp Hay)和诺曼·谢理(Norman Sherry)的方式。希望大家都知道他们说了什么,而不是对此一无所知。文学批评的第一原则是,无论哪个原则都不能阻挡我们关注任何激发我们自然的兴趣的东西——例如,在康拉德没有写《在西方的注视下》的时候,他对俄罗斯、对斯拉夫"神秘主义"以及陀思妥耶夫斯基的思考。或者,康拉德原来计划要写的东西,他把什么当作写作的要点,以及写完之后删掉了哪些内容。他的东方眼睛关注的是正当合理的关注主题,尽管我们现在关注的是他在该小说中到底写了什么。这个群体其他成员的责任是告诉我们那是什么,如何思考才能最有帮助。

有很多论述康拉德的优秀专著,我在此几乎没有提及。艾伯特·格拉德(Albert Guerard)的《小说家康拉德》(*Conrad the Novelist*)尽管在1958年就面世了,但似乎仍然是研究著述的标杆之作,无疑是因为

---

① 问题不在于叙事者不可靠,而是我们把"可靠的"叙事者的虚构认可为事实。

该书观察敏锐、博闻广知①。但是这本书明显对叙事秘密不感兴趣。《在西方的注视下》中明白显示,作者的第一兴趣是拉佐莫夫的心理疾病,康拉德自己也曾这样说过。拉佐莫夫,孤独者,思想独立,具有理性,受到俄罗斯的暴政和无政府主义的挫败,比吉姆爷"……在心理层面上更加饱满"(p. 232)。**故事的设计**(synthesis tón pragmatón)备受称颂,因为拉佐莫夫能够在长期的负罪感和恐惧的折磨中保持沉默,而当危及他安全的所有威胁都消除之后,他却坦白陈说了一切。"很难构想一个情节,能够把戏剧悬念与心理—道德意义更完美地结合起来。"**神话**、**品格**,以及**思想**,三者都在场,而且安然无恙。

就连混乱的叙事顺序据说也具有一些优势:本来以寓言更为直白的呈现方式会显现的东西,被故事隐藏起来了,这使我们在发现拉佐莫夫已经受雇成为米古林手下一个间谍之前,就可以观察他在日内瓦的一举一动。这就是把叙事托付给一个不仅有限、有成见,而且毫无全知视角,也没有全方位交流能力的观察者时,得到的回报。但是得到这些回报是有代价的,因为老语言教师"提出权威性的问题,制造了不必要的障碍"(p. 248)。他是小说中一个稍嫌笨拙的叙事工具,告诉我们俄罗斯人的行为是通过一个相当"迟钝"的媒介报道的,以确保读者公平对待俄罗斯人。另一方面,第一人称叙事,此处采用了扩展的形式,赋予"目击证人可信度以及声音的权威性"(p. 249)。

这里有个矛盾,虽然也许只是表面上的,但很有趣。通常来说,权威不"提出权威性的问题"。没有权威的人才经常有权威性的问题。但是可以说康拉德既要求权威,又放弃了权威。拥有权威确保清晰和效果;康拉德是特罗洛普(Trollope)的拥趸②。没有权威就有任由想象力放纵的危险。批评家的矛盾复制了作者的冲突。在写作此书时,康拉

---

① 艾伯特·J. 格拉德,《小说家康拉德》,1958 年;所有与本书有关的引用见文本引文。

② 见弗莱德里克·R. 卡尔(Friedrick R. Karl),《约瑟夫·康拉德:三次生命》(*Joseph Conrad: The Three Lives*),1979 年,第 68 页。

德的境况比平时更为痛苦,他说"追随拉佐莫夫先生的心理"就"像是在地狱工作"。值得记住的是,追随这种心理要求康拉德同时做很多其他的事情,否则就不会这样如地狱般煎熬。当一个致力于清晰和效果的批评家认为书中的巧合(Chance)应该减去一半时,康拉德讽刺地回答说,没错,如果可以,故事"会写在一张卷烟纸上"①。清晰和效果是他出于需要也是出于渴望所追求的,但他也追求阐释。因此就有了我提到的双重性。在写作的煎熬中,我们看到一个作家投身于权威,另一个作家陷入不羁的想象。

在权威背后有想象泛滥的迹象存在,批评者对此该怎么说呢?格拉德不像露辛达,词语的确在某种程度上挡住了他的路。在小说开始不久,拉佐莫夫就看到了哈尔丁躺在雪地中的幻影。他把这事抛在脑后,直觉让他表现出了俄罗斯人的"神圣惰性"(sacred inertia),决定不管哈尔丁,把他留给警察处理。在小说故事中幻影时不时地闪现,但可以通过参考第一次幻觉产生的种种心理障碍加以解决。但是,真能如此吗?拉佐莫夫和索菲亚·安东诺芙娃在日内瓦的流放者别墅的花园里,讨论是否还剩下一点茶,以慰藉她闷坐在家的时光。拉佐莫夫说,她也许运气够好,能够发现"茶的冰冷灵魂"。格拉德把这个奇怪的细节描述为"有点强迫症的"。的确如此,但幸运的是这个细节可以被冠以"幻觉、心理象征,或者是隐秘的焦虑症状"等心理标签,而被读者一笔带过。这样,灵魂和幻影就屈从于清晰和效果的需要,被埋葬在心理学之中。我一会儿就要把它们挖掘出来。

还有其他方法用以消除叙事秘密。在书接近尾声的时候,拉佐莫夫说他曾经有能力窃取娜塔莉亚的灵魂。格拉德提到了在这个恶魔施展魔法时刻体现的陀思妥耶夫斯基式的力量,但因与罗伊·谢弗所说的他的"主导小说",他的解读原则不相称,所以很快就打消了这种观点。格拉德把拉佐莫夫的话扔在一边,认为康拉德此处第一次通过拉

---

① 康拉德,《偶然的事》(Chance)序言,1920年,第8页。

佐莫夫这个人,"充满想象力地回归到"他对小说的最初计划。拉佐莫夫本来是要娶娜塔莉娅的,因此才有窃取她的灵魂一语。因此这里的魔法只是一个不相关的插入,一个错误,一种发育不全的存在。同样,在小说结尾处,拉佐莫夫感觉到老教师是个魔鬼。格拉德只字不提这里再次说到的魔法,这是处理文本的尴尬之处时常用的方法。

有一种小说阅读的方法经受了时间的检验,并且完全受到推许,即用各种方式把与规矩相违的一切置之脑后,只关注与之相关的情节;尤其是当需要花很大工夫才能在合适的范围内搭建各种奇思怪论,而结果是费力不讨好,只会干扰自己的理解的时候(康拉德的小说经常如此),更应采取这种阅读方法。因此好的读者在感觉到解释之外还有其他元素时,会备感压力,这就不足为奇了。格拉德推崇《在西方的注视下》,但是承认因为有这样一个叙事者,故事缺少了"《吉姆爷》(*Lord Jim*)中丰富的隐义以及微妙而令人不安的节奏"(p. 252)。另一方面,这种"谦卑却更具理性的文笔巨大的优点是,不妨碍观点的戏剧化表现,也不干预背叛和救赎的戏剧情节"。也就是说,《在西方的注视下》缺少微妙性,但是条理清楚,效果明显。

这个观点相当精辟,而对于一位优秀的批评家来说,持有这一观点证明了他有强烈而不安的愿望,要在前路上扫清词语的障碍。毕竟,这可以说是露辛达观点的改良版。在没有被规矩模糊了视线,或者已经从规矩中清醒过来的人看来,这部小说极力夸耀了其叙事的"不理性"。要以格拉德希望的方式阅读这本小说,唯一的方法是不顾一切,压抑自己对于叙事秘密的关注。格拉德关于幽灵的心理分析以及给魔鬼的驱魔,与他认为该小说文笔谦卑而理性、缺少引起共鸣的力量,缺少内涵的观点如出一辙。

如果你想找,书中这样的情形随处可见。比如,埃洛伊塞·克纳普·哈伊就准确地问到了为什么拉佐莫夫在准备去日内瓦时需要有一个掩饰身份的托词,竟然会提到一种眼部疾病,还有要去眼科医生那里治病(在简单的情节发展中任何聚会地点都可以同样有效,他偏偏要写一个眼科诊所,但其实根本不需要这样具体的信息)①。注意到这一点之后,哈伊给出的分析是,拉佐莫夫在去看眼科医生的过程中,受命"用亲眼所见为国侦查"(p. 294)。她还提到了年轻的拉佐莫夫在背叛哈尔丁的晚上,被鼓眼泡的将军接见,在他的注视下感觉很不自在。但是仅仅停留在这样简单的寓言的层面上,就是否决了文本里众多这种明显的暗示。哈伊另一个有趣的发现是,在把俄国描写成"巨大的空白纸页,等待不可思议的历史来记录"之后,有可能存在密茨凯维奇(Mickiewicz)的一种观察,认为俄国是"一张待写的白纸"———一种发人警醒的想法,因为没有人知道魔鬼会不会在上帝之前把纸张写满(pp. 287 - 288)。但是她很满意地发现,康拉德的作品里"以各种方式提出了这个问题",没有提到上帝和魔鬼。此处她又一次准确地捕捉到了康拉德的人物及其假定的出处之间的关系。她没有问这种关系在书中的作用是什么,与恶魔元素之间的关系是什么。因此她也引用了康拉德写给康宁汉姆·格拉汉(Cunninghame Graham)的信,说不论效命于国家理想会引起怎样的痛苦,也好过服务一种已经死去,仅存一个幻影(phantom)的修辞的阴影(shadow)(p. 20)。我们可以认为,康拉德从《在西方的注视下》中找到了小说是什么,但也为此而痛苦。他在写作中找到了答案,白纸黑字,好像是对俄国的比喻。而对眼睛、幻影以及魔鬼所做的思索,并且决定从最后的版本中删除所有美国的材料,同样都是他找到答案的方式。他写的是俄国。

这些词句和观点是一个指数,指向其中的秘密,而这些秘密与情节的主线之间没有直接的关系。正如一些分析家所言,这些都不是问题的核心,而是问题的催化剂(catalysts);或者,像是西摩·查特曼(Seymour Chatman)所说的"卫星"(satellites)。但是它们形成了自己

---

① 埃洛伊塞·克纳普·哈伊,《约瑟夫·康拉德的政治小说》(The Political Novels of Joseph Conrad),1963年;所有与本书有关的引用见文本引文。同时参见 D. C. 叶尔顿(D. C. Yelton)的《模仿与隐喻》(Mimesis and Metaphor),1967年。该书发现"视觉的主题"与幻影之间有联系,但是只进行了心理层面的解读。

之间非顺序的联系，秘密地邀请解读，而不是要求审查。它们占据了一个世界，不是根据一些约定的体系来安排互相之间的关系，而是保持了自身的神秘或者可疑的形状。情节相对干净，真相大白于天下——就像是一个长方形的灯光明亮的房间，情节的高潮就在这里发生。而此处几乎没有阴影，视线被通常的终结切断，就像是瑞士一样，被汝拉山区①粗糙而无法越过的岩石阻断了地平线。

这个情节可能合乎沉闷民主的制度之中市民的口味。例如瑞士人，每天百无聊赖地呆坐着，喝着用亮闪闪的玻璃杯盛着的啤酒，在一无遮拦的阳光下一览无余。或者像是英国，与命运做了交易，用多少钱换多少自由，也知道这称得上一目了然。这样一个国家配得上像是日内瓦的景色的小说，拉佐莫夫身处其中却不屑地掉转身去，觉得它"可憎——可憎，令人备感压迫——因其不带暗示的终结之处：几个世纪的劳作和教化之后，终于得到了完全的中庸"。但是这本小说包含了另一个情节，神秘的、充满了幻影的情节，关于俄罗斯空白纸页的段落是其中一部分。只要有人把它与大量的黑与白、纸与墨水、雪与暗影的暗示之间的关系考虑进去（如果要找的话，这些暗示甚至都过分张扬了），也把它与写作本身的关系考虑进去，这简直不言自明了。

从这些秘密之中，通过一种奇怪的共谋的过程，我们的注意力转向了别处。阿弗洛姆·弗莱希曼（Avrom Fleishman）的一篇优秀的论文，令人惊喜地发现毕竟有人真注意到了这些秘密②。弗莱希曼观察到，叙事者的"朴实"不能保证其真实性，但是更能暗示文本的巧妙性。他

---

① 汝拉山区（Jura），瑞士地名。——译注
② 阿弗洛姆·弗莱希曼，《〈在西方的注视下〉中的演讲与写作》（"Speech and Writing in *Under Western Eyes*"），收录于《康拉德：纪念》（*Gonrad: A Commemoration*），诺曼·雪利（Norman Sherry）编，1976年，第119—128页。该文之后有杰里米·霍桑（Jeremy Hawthorn）的《约瑟夫·康拉德：语言与虚构的自我意识》（*Joseph Conrad: Language and Fictional Self-Consciousness*），1979年，其中对康拉德玩弄英语时态做出了有趣的评论，并且指出，当语言教师告诉哈尔丁小姐他知道"所有的单词"但是却不解其意的时候，他是在康拉德的想象中为读者代言（见第102—128页）。

梳理了那个老人使用的不同的文献资料之间的相互关系,注意到了篡改和省略的暗示,强调了小说对于写作行为和写作艺术的反常的兴趣。例如,当拉佐莫夫受到拉斯帕拉的鼓励,开始写作的时候,在(日内瓦)作家卢梭的雕像的阴影里写了他第一个(俄语的)间谍报告。他还认为这部小说从写作转变成了演讲,而事实也的确如此:索菲亚和叙事者最后一场不平常的谈话中,拉佐莫夫灵感迸发,他不再是一个演员,而成了一位令人喜爱的演讲者。弗莱希曼最终不再坚持(也许没有必要如此)认为这本书暗示了一种"对书面语,还有小说艺术的终极失望……"

而确实,很明显的是《西方的注视下》(而不是书中的任何一个角色)异常关注写作和耳聋——不光是耳朵失聪,还有眼睛的失明(伊万诺维奇好像是用眼睛说话;索菲亚·安东诺芙娃好像是"用瞳孔,而不是耳朵听他的声音",在小说的高潮部分叙事者被自己的惊讶蒙蔽了双眼,但是摔门的声音让他重新恢复了听觉)。存在一种暗示,我们可以从小说中读出更多的内容,而不仅仅是拉佐莫夫的心理状况,虽然也许我们不愿意这样做。如果我们愿意,会发现整个情节中有一个秘密的阴影。读者想要作品从头到尾像是亮闪闪的玻璃杯里的啤酒一样,而这个秘密的阴影拒绝迎合这些读者的口味。我一再举例证明,有些粗心大意的模式更加微妙,出自更加博学的读者,就连优秀读者也想方设法来忘掉这些证据,而不是投入研究。很容易找到更多的例子,例如,把文本中所有的灵魂和幻影解释为对《罪与罚》(Crime and Punishment)的驳斥或者戏仿,就可以用来消除康拉德文本的更大一部分。我的意思不是说不可以做这样的论断。它们同心理和政治阐释一样,同属于传统的普通阅读方式,可以做出完全智性的解读。我们甚至可以遵循其中的释义安排自己的生活。劳伦斯曾经宣布过,从阅读《安娜·卡列尼娜》中能找到生活的坐标。我所反对的,只是他们以此净化文本中的秘密。

现在允许我再举一两个例子,证明这部小说宣传和隐藏其秘密的方式。在拉佐莫夫背信弃义的故事到达危急关头之时,叙事者停了下来,注意到他的工作"事实上没有以叙事的形式精确地描写一个奇怪的人,而是展现……笼罩着这个地球一大片大陆的道德状况。这些状况不是很好理解,因受小说限制而更难发现,除非能够发现支持书页上每一个字眼的一个关键词。这个词如果本身不是真相,至少能够接近真相,有助于我们发现每个故事都应该有的道德"。他停下来,翻阅拉佐莫夫的日记,然后再次提笔,准备好"在白纸上写黑字"。接着他说出,这个关键词是"玩世不恭"(cynicism)。

这本小说从前言开始就相当不老实,但是并没有恶意(也许毕竟还是有些许恶意:在一定意义上恨自己的读者);即使如此,这一段读起来依然不同凡响。老人扮演一个坦率的叙事者的角色,一遍遍改变方向,越来越接近他神秘的分身。"这个地球的一大片大陆"说起来拐弯抹角,却很容易看出原来的那个概念,即俄罗斯。还有更多的类似修辞。他看出叙事的要诀不仅仅是,也不主要是心理层面上的,而是与"道德状况"的洞见越来越远。他提到一个关键词,停下来,好像无意中说到了本书的一个关键词("白纸黑字"),然后索性挑明了"愤世嫉俗",这本来就不言而喻,或者说没有相关之处。他用一个伪秘密取代真实的秘密,尽管他这样做时还是忍不住告诉有心的读者,还有一个秘密。跟他一样"迟钝"的读者会很喜欢"愤世嫉俗"。他们会跟上叙事顺序,而人物的分身自己却忙于研究那些秘密和关键词,例如"灵魂"、"眼睛",还有"黑与白"。种种不同的暗示指出这些词特别的功用。它们出现的频率相当反常,使用的方式扭曲了叙事,尤其是导致了对话的似是而非。有些例子可以解释为证明拉佐莫夫压力重重的境况("那么多我能走过的幻影,这不是我想要的",这种话肯定意味着存有某种压力)。但是其他的例子都明显显示出了一种文字的变形,任何识字的人都能从被认为"谦虚而理性的文笔"中观察到这个现象,不然才怪。

让我们看一看从一个长段中截取的一段文字,这样就可以在整体的语境中看出,怪诞色彩还有更甚之处。"来喝点茶",伊万诺维奇说,

174 引导拉佐莫夫来到他情人的客厅。他们经过了一片黑白棋盘格状的地板。伊万诺维奇亮闪闪的黑色帽子在客厅外面竖着，据说"它唤起的鬼魂附体在了帽子上，而且据推测，逃亡的革命家们也频频光顾"。（我们或许记得别墅本身"可能已经被某种中产阶级悲哀的，呻吟的，无力的鬼魂以传统的方式占据了"。）墙面嵌板上的白色漆已经有了裂纹。伊万诺维奇戴着黑色的眼镜，提到女性气质的真正光芒。他的情人如同死神的头颅一样的脸上有一双动人的眼睛，发出白色的光彩，但是瞳孔是黑色的。伊万诺维奇说的话像是发自他看不见的眼睛。他的情人"食尸鬼似的"吃着蛋糕，蛋糕是他用帽子装着带来的。拉佐莫夫一瞬间想到了苔克拉，那个**陪同的女子**(dame de compagnie)："他们用鬼魂把她吓疯了吗，还是只打了她？"他意识到必须要忍受幻影，忍受鬼魂。他的对话者伊万诺维奇好像聋了一样，对此好像一无所知。好像革命运动的目的是"把不满精神化"，而在谈到政治时，这个女人宣称自己是"超自然主义者"。她"闪亮的"眼睛能够看到拉佐莫夫的灵魂。她看到的是什么？拉佐莫夫问道。"在我的镜像中有某个幻影吗？……因为我觉得就是这样看见灵魂的。是个虚空的东西。有生者的幻影也有死者的幻影。"然后他告诉他们，他见到过一个幻影。他很快走了，经过了那顶"在那一片粗糙的白色中亮闪闪的黑色"大礼帽，眼睛盯着脚下的棋盘格地板。

此处我要暂且停笔，承认这是拉佐莫夫的到访故事中很片面的一部分。我提到这个情节，是为了理出"正常"阅读大多忽略的东西。"被……它唤起的灵魂附体了"，"他们用鬼魂把她吓疯了吗，还是只打了她？"，"我的镜像中有某个幻影吗？"——我们该如何解释这些怪异之处呢？我认为"唤起的灵魂"可以归因于康拉德用法文思考；可能"还是只打了她？"也是如此；但是不论出于何故写成这样，我们都有义务阅

175 读，而不是希望它们不存在。如果想要将它看成循着叙事顺序向前发展，进行心理探寻的一处对话，那么就会认为，评论苔克拉被吓坏了的外貌（她是被唤起的灵魂吓坏了吗？），或是评论那个预知未来的女人在

拉佐莫夫身上看到的幻影的性格,这些做法都怪异到令人无法忍受。但是我们的阅读也许过于强调顺序,所以甚至可以连看都不用看一眼,只须考虑到心理,就可以拣选出去。康拉德让拉佐莫夫做出一番即使受过审查也依然危险的叙述,回忆他与哈尔丁的幻影的遭遇,帮助我们从中把这些词句心理化。但是只有当回忆起那个时期的无政府主义者,回忆起他们对神秘主义和女性主义的涉猎,才能够解释为什么会对灵魂和幻影混为一谈感兴趣;除非提出新的见解,而也应该这样认为,对眼睛和耳朵的强调与灵魂、精灵、幻影、鬼魂、食尸鬼等不可控制的散布之间,存有神秘的联系。此处在不断重复的黑白的衬托下(衬着纸上的墨水,衬着我们正在看[seeing]的纸页),到处都证明着存在没看到的东西,和各种有可能或者不可能看到它们的眼睛。讨论这多种不理性的事物是有困难的,但假如要读出顺序还有秘密的话,我们必须如此——要避免把所有这些现象归因于拉佐莫夫的"精疲力竭"。

希望你相信,这样古怪的事情不光是纸上所书,也许正是这本小说的"灵魂"所在。如果继续跟着拉佐莫夫,就会看到他在和苔克拉谈话,还看到她的虎斑猫和她受到惊吓的眼睛。接着他与索菲亚·安东诺芙娃谈话,她的黑色眼睛和白色头发几乎每次都被提及。茶的鬼魂就是出现在这次会谈中。拉佐莫夫刚刚提到,他的脑子是一片阴暗的媒介,出现在其中的是哈尔丁那没有特征的阴影。他补充说道哈尔丁现在已经不再受女性的影响,除了这个唯灵论女士。"以前的死者可以安息,但是现在好像听命于一个脾气暴躁的老巫婆。""让我们希望,"索菲亚幽默地说,"她会尽力给我们变出一些茶叶来。"这个幽灵从有关唯灵论女士的谈话中自然地出现了。但是谈话还在继续。"那边一直都有茶叶的……要是你快点去……而不和像我这样怀疑个没完的女人浪费时间,你就能找到茶叶的鬼魂——冰冷的鬼魂——还在那里游荡……"而两页纸之后拉佐莫夫又一次告诉她,她可能错过了"茶叶的鬼魂本身"。索菲亚的回答中又一次用到了这个比喻。然后他们谈到了食尸鬼,吃人巨魔,还有吸血鬼。她否定自己是唯物主义者,被描述为像恶魔梅菲

176　斯特一般冷酷。最后拉佐莫夫讲了他逃跑的故事，其实是哈尔丁的故事。他在午夜从拉佐莫夫屋子里滑过，就像是一个幻影，当他经过时炉火摇曳不定。她在倾听，但是似乎不是用耳朵听，而是用眼睛听——她深不可测的黑色眼睛在白色头发下闪烁。过了一会儿索菲亚告诉他，"等你自己的脚步踩过自身的每一个粒子之后……你需要践踏自己感情的每一个颗粒"。这些话对于拉佐莫夫来说是私密的，也许对于她来说并不如此。只有他，也许还有地方议员米库林，才知道这种践踏是什么。那么我们应该在情节中寻找索菲亚用到这种说法的原因吗？不，因为哪怕她有一丝了解拉佐莫夫是个秘密警察，都会彻底毁了小说情节。拉佐莫夫感觉私密的这些话（如果按照坚守常规的人物形象来看会认为这是私密的）——他特有的心理状况的证据——流淌进入本书的肌理，与索菲亚紧密联系。我不知道还能不能在弗吉尼亚·伍尔夫（Virginia Woolf）以前的英文小说中找到任何类似的东西。还要注意的是这里的重复（"踩过"……"践踏"）：这暗示着我们需要停留下来，注意到此处的信息。

　　我在别处①已经提到了娜塔莉娅·哈尔丁的话很古怪——当她去别墅的时候她一开始没有看到一个人②，然后苔克拉进来，接着她确实（did）看到了一个鬼魂。也许康拉德没有意识到，"我没有看到一个人"（I didn't see a soul）这样意义否定的习惯用语不能加以意义肯定的转变。这无伤大雅，"看到人"（seeing a soul）是另一个重要的关键词组。这个古怪的表达是引起读者关注的一个方式，不应该简单认为是康拉德的英语表达问题。另外的关键词，还有那些重复也出于同一目的——四次提到茶叶的鬼魂当然不只是开开玩笑。"灵魂"，"鬼魂"，以及相关词汇的使用频率并没有完全被人忽视。但是如果我们回想一下，小说中这些词（如果不光注意到"灵魂"[spirit]一词，还算上"受到

---

　　①　见《小说的结构》（"The Structures of Fiction"），出自《变化的速度》（Velocities of Change），1974 年，第 198 页。
　　②　在这个习语中，"人"是用"鬼魂，灵魂"（soul）这个词来表达的。——译注

激发"[inspired]这个词的话)出现了足有一百多次(有时候出现的密度令人感觉怪异),另外还有几个幽灵一样的幻影,好像从地下升起一样的人物的出场,诸如此类,那么明显还没有人对此投入足够的重视。当然,所有这些用法在小说的事件和心理情节中都多少与哈尔丁的幻影的出现有关,但是不能完全把它们归结到其中。确实,在任何合理的细读中都不能这样做,因为它们扭曲了对话,而且不符合拉佐莫夫的任何心理状态;而拉佐莫夫一直都是理智而清醒的。我们也不应该忘记相联系的关键词的出现频率。我已经数过,小说中足有超过60次提到眼睛——一直提到或者描写过所有主要角色的眼睛——还有注视。白色之上的黑色出现了24次,有时候直接提及,更多时候比较含蓄——提到雪和黑暗,黑暗屋子里的光,还有我前面提到的纸上的墨水。所有这些累积在一起形成了一个相当大的文本主体,表面看来没有对叙事顺序有任何助益,而实际上阻碍了叙事。

如果要用更长的篇幅阐述《在西方的注视下》中"秘密"素材的特征,就需要让读者听到更多费力的报告。我的目的是给"直接"阅读做出补足,而直接阅读消除了文本中这样可观数量的素材。康拉德写这本书时最初把它命名为《拉佐莫夫》(Razumov),但是写完之后(实际上是在手稿的最后一页上)他把书名改为《在西方的注视下》。他知道了自己在做什么。大多数读者默默地重新采纳了旧书名,更加习惯想到拉佐莫夫而不是眼睛。他们想要的是清晰可见的东西,可以用文明的闲适轻易理解的信息。我们不妨看看另外一幕里拉佐莫夫对娜塔莉娅的坦白。

拉佐莫夫面色苍白,眼睛黝黯。与灯火辉煌的客厅相比,内室是幽暗的,哈尔丁夫人白色的脸被她暗色的座椅衬托着,小说没有说明座椅是什么质地。拉佐莫夫一直在写东西,他停下笔进来说话,因此也有了叙事者白纸黑字的书写。他很安全,雪上的幻影已经被脚步踩踏消失,尽管幻影的母亲像是鬼魂一样苍白。娜塔莉娅进来,像是鬼魂("她……不期而至,就像是她哥哥的幻影一样",此处用了"幻影"

[apparition]的双关语的两个意思①)。在别墅花园中娜塔莉娅也是这样突然出现,"一直像是闹鬼一样跟着他"。他们站在一个长方形的房间里,房间像是一个白纸做的没有阴影的盒子。我们可以说他们困在了一个理性的情节之中——叙事者把他们囚禁"在自己的视线之中"。拉佐莫夫说他生来头脑清醒,但是看到了鬼魂。娜塔莉娅的眼睛充满信任,一向如此。她说她哥哥的灵魂在拉佐莫夫身上,理性被灵魂不带恶意地占据了。他们站在那里,困在一个西方的房间里,从"巨大的困扰"之中被带了出来,为了西方的眼睛注视之便。他们没有看到那个老人。娜塔莉娅解开了她的面纱。她的眼睛闪烁着光芒,他听她说话就像是听音乐一样。她解释到她妈妈希望**看到**(see)自己死去的儿子。"她看见他之后就什么都好了。""很有可能,"拉佐莫夫回答,"那就是结局。她的灵魂就会离开了。"他提到了死者的幻影。娜塔莉娅的面纱落在他们中间的地板上。"你为什么这样看着我?……我需要……看见……"他开始对她坦白:提到了更多的幻影。老人干预了;拉佐莫夫踩在"在惨白的灯光下极黑"的面纱上面。他好像消失得无影无踪。他回到家里写了更多的日记,写到了眼睛,幻影,他想要偷走娜塔莉娅的灵魂。那个年老的英国人是一个恶魔吗("我被鬼魂附体了")?娜塔莉娅救了他,她是一个幽灵("你突然出现在我面前"),而老人是"一个失望的恶魔"。他把书写的东西用面纱裹了起来。

在午夜时分(鬼魂走动的时刻)他下楼,跑进暴雨中,雨像面纱一样包裹着他。后来,闪电震聋了他的耳朵,他又一次跑进暴雨中。暴雨洗掉了温文尔雅的日内瓦的单调乏味。闪电让他短暂失明,他"抬起胳膊挡住眼睛,重新恢复视觉",他游荡走进一片迷雾之中,"在幻影的世界里"行走。

这当然是一种心理描写,但是假如**仅仅**是心理描写的话,里面又有

---

① 这个双关语实际上是法语,因为英语中"幽灵"(apparition)等于"出现"(appearance)这一用法实质上已经被废弃了。

太多不相关的信息,太多赘言,以及太多稍嫌多余的修辞,即使其中包括了叙事顺序和心理因素。我说到了秘密,但其实这些秘密在小说中是公之于众的。小说的外表是日内瓦,但是最后实为俄罗斯的基调,朦胧的,精神层面的俄罗斯,其重要性隐而不宣。它没有地平线,只有通过诡计和共谋才能进入一个方形的、灯火通明的盒子。本书的书写,对巨大的空白页的覆盖,是一项"神秘自负的奇怪"的工程;它给西方的眼睛一个盒子,它平庸的文明,但是也保留着自己的秘密。这是一种适度的"堕落",如果我们选择像日内瓦人或者英国人一样阅读,就会忽略这个方面。这个问题关乎我们选择给予哪种关注的形式。在阅读中,符号的限定使我们一般把一些东西看作噪音,而如果以不同的方式耐心阅读的话,就可能具有另外的、更加难得的意义。问题是我们愿不愿意这样阅读。而文本几乎"玩世不恭"地告诉我们那里都有什么,并且确信我们会视而不见。

小说最开头,年长的语言教师在说到俄罗斯性格特征和语言的运用的时候,这样说:"小说的态度不合逻辑,结论独断专行,例外之处出现频率引人注目,对学过很多种语言语法的学生来说应该没有难度……在其言说中有一种慷慨的激情,没有沦为通常的饶舌,而语义过于不连贯,不能看成雄辩。"他为自己的离题做了辩解,让我们知道这不是离题,正如我们知道我们"不是随口问问"拉佐莫夫为什么留下写作的记录一样。他告诉我们(或者不妨说是他的分身像练口技一样告诉我们),他说的话有一大部分恰好是我们不想好好听的。他宣称出于职业的原因不相信文字,却谈到他本身所在的这本小说,这种白纸黑字。他是不可或缺的,因为就像拉佐莫夫所说,"在每种说话方式中都可能有真相。如果那种荒诞的说法(他自己可能'被选为上帝的器皿')本质上是真实的呢?",如果这个老英国人是谎言之父呢?

事实似乎是,书中有一种没有轮廓的、朦胧的"言说的方式"。是否存在某种把所有的关键词连在一起的伟大的想法,是否有文本着迷的一种语言呢?我们也许能不断找到这样的真相。白纸黑字是手稿或者小说,白纸黑字的阅读(包括看穿其灵魂或者鬼魂)是用眼睛听到,说出来的,而不是写出来的,因为这是不可见的。手稿就包裹在遮住娜塔莉娅的眼睛的面纱里。书的秘密是幻影,莫名地出现,被忽视,被践踏,被可怕的叙事者谎言之父变成谎言。眼睛不能正确地阅读这样一本书。这本书蔑视它那些要求亮闪闪而又显而易见的结构的日内瓦读者,他们对于异域的"神秘"缺少相关的兴趣和知识。

此处,何不加上一些传记的证据呢?康拉德在把《拉佐莫夫》改为《在西方的注视下》的时候,正在经历一场最大的危机。他写完该书后,遭遇了严重的崩溃。问题部分由于贫困,没有足够的读者读他的作品。他的书不够直白。因此这本书正确预言了自己的命运,以及所有同类作品共同的命运。就像语言教师,也像露辛达一样,我们不相信文字,认为如果文字看上去太野蛮或者太朦胧,最好对它视而不见。而跟语言教师一样,我们被小说的结尾震撼了。这是另一个故事的结尾,而不是他似乎掌控着的那个故事的结尾。叙事者想获得顺序、谨慎和限制,而真正的白纸黑字挫败了这种必然要把文本简而化之的努力。看上去好像是一个上帝和一个魔鬼同时写了这本书,不妨称之为另一个**分裂**,而优秀读者必须与之抗衡,否则就只会屈从于限制与权威的幻象,从而拒绝给上帝(隐藏的秘密的上帝)他应当奉上的东西。就这样,小说可能对我们通常阅读的方式大为不满,尽管似乎出于对规矩的尊重、想要获得"清晰和效果",它好像又怂恿我们这样来阅读。

(1980 年)

10. 波提切利的复兴

1983年,我在加利福尼亚大学厄湾分校的韦勒克图书馆(René Wellek Library)做了三次讲座,这是第一讲。当时,人们普遍对经典(canons)的性质很感兴趣,也纷纷争论为何艺术作品和艺术家会在"经典"的神秘殿堂忽而成为座上宾,忽而又被打入冷宫。本文在众多艺术家中挑出波提切利,作为一类艺术家的代表:他们曾经备受重视,后来无人问津,再后来对艺术感兴趣的人重新对其关注、尊敬。这一复兴的过程,有时充满热情,有时甚至不乏对其人其作的崇拜。先对艺术史做一点业余研究,然后才在下一章里考虑文学经典中地位比较稳固的一部作品,即《哈姆雷特》,这倒是个不错的想法。

在写作此文之前,我就开始对赫伯特·霍恩(Herbert Horne)的生平和事业感兴趣了。这种兴趣来自已故的伊恩·弗莱彻(Ian Fletcher),他当时是研究19世纪末"颓废派"诗人的首席权威。我还要感谢瓦尔堡学院(Warburg Institute),感谢已故的恩斯特·贡布里希(Ernst Gombrich),感谢乔·特拉普(Joe Trapp)——他自己就是那座非凡的图书馆的一部活目录;我的讲稿于1985年结集为《关注的形式》(Forms of Attention,芝加哥大学出版社)出版时,就是题献给他的。

书各有命（Habent sua fata libelli），绘画亦然。波提切利（Botticelli）的作品，有好几个世纪无人问津。有一位史学家非常权威地描述了波提切利重获盛名的前前后后。据他说，"迄今为止在所有的名画家中，恐怕没有谁像波提切利那样被人忽视了那么长时间"。① 迈克尔·利维（Michael Levey）说，波提切利去世的时间，"对他的名声很是不利"。但许多艺术家都是这样，不过再度声名鹊起的时间都比波提切利要早。他似乎在晚年时已经开始走下坡路，很可能是因为，与达·芬奇和米开朗基罗相比，他的风格显得过时，甚至故意走复古风格。当时艺术家的名声得以延续，主要得靠瓦萨里（Vasari），但瓦萨里对绘画艺术采取的是进化论式的观点。虽然他写的《波提切利的一生》(*Life of Botticelli*)至少让波提切利这个名字流传了下来，但他不可能认为波提切利能与下一代艺术家中那些非常伟大的人物相提并论，所以他的传记很有弊病，而且敷衍潦草。西斯廷教堂里波提切利的壁画和旁边那些巨作相比黯然失色，偶尔有人关注，也多半是通过对比而提出批评，比如弗塞利（Fuseli）就批评他的壁画"幼稚而张扬"②。类似的批评并不罕见。他为但丁的书所作的插图，要等到但丁本人重新受人推崇之后，又过了一段时间，才有人欣赏。总之，这位画家死后几乎被人彻底遗忘。所以可以设想，只有欣赏品位出现了奇特的变化，他才有可能重新让人记起。

而事实的确就是这样。《春》(*Primavera*)和《维纳斯的诞生》(*The*

---

① 迈克尔·利维，《波提切利与19世纪的英国》("Botticelli and Nineteenth-Century England")载于《瓦尔堡与考陶尔德学院学报》(*Journal of the Warburg & Courtauld Institutes*)第23期，1960年，第291—306页。我开头几页的内容有很多来自这篇文章。

② 同上，第294页。直到1887年，W. P. 弗里斯（W. P. Frith）(学者，其作品《赛马日》["Derby Day"]中有详细的现实主义描写，流传至今)还说波提切利"素描拙劣，油画更次，而且如此陶醉于丑陋的东西"(《我的自传》[*My Autobiography*]，1887年，第二章，第90页[转引自利维，第305页])。

Birth of Venus）不再默默无闻。1815 年，这两幅画挂在了乌菲兹美术馆里①。西斯廷教堂侧墙上的壁画开始有人关注，甚至有人赞赏了。1836 年，阿列克西-弗朗索瓦·里约（Alexis-François Rio）发表了《基督教诗歌》（De la poésie chrétienne），其中有些段落赞美了西斯廷壁画。1854 年，此书译成英文，利维认为就是这本书让罗斯金（Ruskin）第一次关注波提切利。（此事带来了一个难以预料的结果，那就是画家在《追忆逝水年华》中作为重要人物出场。）与此同时，对波提切利的兴趣要比对他的准确了解增长得快，所以要是出版一部文集，里面也许会有"各种各样的人眼中的波提切利，就是没有他本人眼中的自己"②。在画家之中，伯恩-琼斯（Burne-Jones）是十九世纪六十年代初期的一位仰慕者。世俗的眼光看到十五世纪意大利绘画中的异教主题，还是很容易感到震惊，但伯恩-琼斯的提倡，以及后来罗塞蒂（Rossetti）的提倡，却促进了先锋派的发展。

在十九世纪六十年代，有一个观点当时许多人都赞同，但我们今天看来会觉得诧异，那就是波提切利偏爱丑女，所以吸引力有限。六十年代出版的一部不错的绘画史里说，这些女人"粗俗而完全没有美感"③。1868 年，斯文伯恩（Swinburne）成了第一位纠正这一观点的英国人。之前所谓的笨拙，现在成了"淡淡的、几乎是痛苦的优雅"，那些丑陋的面孔具有了一种"有些瘦削、无肉的美，似乎因为某种疾病或天生的病痛而消瘦"④。波提切利的复古风格，他笔下的那些悲哀得不自然的圣母，不再是缺点。他在一种后期的历史传统、一种现代绘画体系里找到了位置，即将跻身对现代世界有特殊意义的艺术家行列。后来，马里奥·普拉兹（Mario Praz）在他的《浪漫的痛苦》（The Romantic Agony）

---

① 1864 年，《春》移到了学院美术馆，于 1919 年移回乌菲兹美术馆。
② 利维，第 296 页。
③ R. N. 沃努姆（R. N. Wornum），《油画时代》（Epochs of Painting），1860 年，第 160 页。（转引自利维，第 301 页）
④ 利维，第 302 页。

一书中，详细记载了这一传统的历史。

1870年，沃尔特·佩特(Walter Pater)发表了一篇著名的文章，后来稍加改动，收入《文艺复兴》(*The Renaissance*, 1873年)一书①。虽然这篇文章正赶上波提切利热，而且在很大程度上促进了这股潮流，佩特却写得很谨慎，没有忘记对波提切利提出那些通常的非难。佩特说："人们已经开始发现波提切利作品的魅力"，"上个世纪，他的名字还几乎不为人知，但现在正悄然兴起"。尽管如此，波提切利还是"一个二流画家"，需要为他辩护一番。佩特承认，他笔下的有些圣母也许看起来"脾气乖戾"，不符合"任何为人接受的美的类型"，甚至可以说，"她们有些低劣卑下的品质……因为面孔的抽象线条几乎毫无崇高可言……而且色彩苍白"。佩特认为，这些圣母超乎其角色之外，如同《圣母颂》("The Madonna of the Magnificat")中的圣母——对她而言，圣母颂歌那"高远而冰冷的歌词"几乎毫无意义。异教的维纳斯同样也是这么奇怪。佩特说："波提切利的兴趣不在于安吉利科(Angelico)笔下的圣徒那纯粹的善，也不在于奥卡尼亚(Orcagna)的《地狱》(*Inferno*)那纯粹的恶，而在于这样一些男女：他们身处混杂而不确定的境况之中，永远那么迷人，虽然有时被激情赋予优美与活力，却躲避伟大的事物，其阴影投在他们身上，让他们永远悲伤。"②

但《维纳斯的诞生》却让他想起安格尔(Ingres)，于是在他眼里成了现代作品；这位画家有一股强烈的希腊情怀，像是现代世界第一次回望古代艺术形式。而且，波提切利的梦幻特质与但丁非常相似；最后一点，波提切利是奇妙的文艺复兴早期艺术之真正代表。从某种意义上说，所有这些都可以归结为一点，那就是现代性。现代性包含了对希腊艺术，对但丁，对刚刚受到重视的十五世纪意大利文艺的一种新的整合(new appropriation)。各段迥异的历史在这里汇集，所以可以在波提切

---

① 沃尔特·佩特，《文艺复兴》，1893年版本，D. L. 希尔(D. L. Hill)编，1980年，第39页。

② 同上，第43页。

利身上发现一种现代的"无法言传的忧郁情绪"。他笔下的快乐女神,"受托保管着影响人生的巨大力量",就有这种情绪,从而表现出现代性的特质,而他画的圣母的现代性则体现为,对自己经历的事,不感到欣喜,而感到悲伤。所以,波提切利在一幅维纳斯的画像中描绘了"灰色肉体和苍白花朵中死的阴影",从而成了现代画家。

波提切利终于从历史的故纸堆里被解放了出来。人们称赞他风格新颖,没有学究气,和日本艺术有密切关系——当时日本艺术正通过茶叶箱涌入巴黎和伦敦。《笨拙》(Punch)杂志和《耐心》(Patience)杂志拿这股风潮当笑话讲。他的画出现了许多廉价的复制品。然而,虽然他流行起来,他给当时艺术留下的影响却要一直延续到现代主义晚期:

> 她如今的形象浮现在脑海——
> 是十五世纪的手指画出的么?
> 腮部凹陷如饮风,
> 瘦削两颊只勾勒散乱阴影。

此时,波提切利在新的背景下声名巩固,地位显赫,而且永远都不大可能完全失去这个地位。他的地位之所以上升,靠的不是学者,而是艺术家以及其他能够鉴赏现代性的人。这些人对历史的看法并不准确,但充满热情;如前文所说,他们的鉴赏力非常不准确。在这一阶段,准确的知识起不到什么作用。在这个现代的时刻,舆论——在某种程度上是有根据的——要求某种文艺复兴早期艺术,而波提切利和某些同时代人(他是其中的第一位)则恰好创造了这种艺术。此时,热情比研究重要,观点比知识重要。

我现在要说说一个人,他大约生于波提切利的艺术再度盛行的时代,深受佩特和莫里斯影响。所以,他起到的作用不是奠定,而是巩固波提切利的声名。赫伯特·霍恩并不赫赫有名,英国出版的《英国传记辞典》(Dictionary of National Biography)里竟然没有他,连一个短短的词条都没有。我们对他生平的了解,大都来自伊恩·弗莱彻搜集的

185　资料，本文在很大程度上参考了他已发表及未发表的著作①。霍恩生于 1864 年，恰好是叶芝和阿瑟·西蒙兹(Arthur Symons)的同时代人。和这两位一样，他也没上过大学，却很早就对好几门艺术有了专门的了解。他还是位早熟而成功的收藏家。他很快成了佩特的追随者。他十八岁时开始跟随建筑师、设计师 A. H. 麦克默多(A. H. Mackmurdo)学设计。麦克默多创办了"世纪行会"，目的在于统一各门艺术。霍恩和麦克默多一同编辑一本期刊，叫作《世纪行会老话题》(*The Century Guild Hobby Horse*)，刊载新诗以及谈艺术和古文物的文章，以达到艺术的统一。霍恩本人是画家、会装订书籍，也是建筑师、设计师、家具和古乐器方面的权威、著名的 18 世纪英国绘画收藏家，还是位诗人。

如果我们相信阿瑟·西蒙兹对霍恩的评价，那么霍恩似乎是个冷冰冰的人，很不招人喜欢，性情粗暴甚至凶恶，善于拈花惹草却又对女人不动感情，背地里其实是个同性恋。据弗莱彻说，有首未发表的诗，说诗人霍恩(年方二十左右)的性格中"火热和冰冷交织"，这种组合反映了他坚信的一个观点，那就是"诗性就是天堂和地狱的联姻"。讲到火热和冰冷的那一句诗，在半是深情款款的一批信件中再度出现，这些信现在藏于瓦尔堡学院图书馆。弗里茨·萨克斯尔(Fritz Saxl)很敬佩霍恩，认为这句诗是理解他整个性格的关键。从这些信中可以知道，1885 年，霍恩在"写诗、画画、搞设计，甚至还设计排水管"，还在一条高背长椅的面板上作了一幅寓言画，画的是无刺的玫瑰丛中"知识与死亡之树"。他说他欣赏《帕西法尔》(*Parsifal*)，却不欣赏《指环》(*The Ring*)，也许前者更加符合他当时写的诗里体现的那种相当模糊的虔诚意识。他说自己非常喜欢歌舞杂耍表演，希望某个有钱的赞助人能给他在欢乐剧场②租个前排座位，说到这里时，语气变得兴高采烈。

---

① 伊恩·弗莱彻，《早期的赫伯特·霍恩》("Herbert Horne: The Earlier Phase")，载于《英文杂集》(*English Miscellany*)(罗马)，第 21 期，1970 年，第 117—157 页。承蒙弗莱彻教授慨允拜读其所著霍恩传之部分手稿。

② 欢乐剧场(Gaiety)，爱尔兰都柏林著名剧院。——译注

只有不熟悉当时的艺术家、美学家所关注之事的人,才会觉得霍恩的这种想法很奇怪或很低俗。霍恩对艺术的态度一直很严肃,而几乎至高无上的艺术门类就是舞蹈。他对"欢乐剧院"和"阿罕布拉剧院"的兴趣,绝不完全是为了几个小时色迷迷的消遣。当然,目的之一是搭上几个舞女,但这种活动在美学方面自有其独特之处。诗人欧内斯特·道森(Ernest Dowson)感谢霍恩冒着风险在《老话题》上刊发了他的诗《不复故我》("Non sum qualis eram"),并且很敬重霍恩,因为他资助了莱昂内尔·约翰逊(Lionel Johnson),而且主持着1891年创办的"诗人俱乐部"(Rhymer's Club),但道森觉得霍恩太令人生畏,连和他单独吃饭都感觉不自在①。我提到这一点,是为了给道森讲的一件事做个铺垫:1890年1月的一个寒夜,在阿罕布拉剧院的后门,道森见到了霍恩和他那了不起的朋友,艺术家塞尔温·伊马热(Selwyn Image)(牛津大学艺术史斯雷德讲座教授)。他们介绍道森认识了"几个没名气的芭蕾舞演员"。道森接下来写道:"他俩站在一起显得有点怪诞:霍恩站得笔直,身材苗条,富于美感,伊马热则是伦敦最有派头的人,样子有点像个俗家方丈,又有点像波德莱尔,一副18世纪的举止,在剧院后门的过道里等着陪同芭蕾舞女……老实说,他为何这样崇拜芭蕾舞女,我真是不明白!!"②

其实,这里落伍的是道森,而不是他的朋友。他不肯崇拜芭蕾舞女,但这种崇拜在他的同侪中间是一股重要的潮流。当时的人把舞蹈和弥撒以及诗的意象联系起来,热爱舞者,从洛伊·富勒(Loïe Fuller)和简·阿夫里尔(Jane Avril)到高翘腿妮妮(Nini Patte-en-l'air),他们都喜欢。正派的牧师和艺术家、教授一道,在小巷里等候舞女,因为这

---

① 《欧内斯特·道森书信》(*Letters of Ernest Dowson*),德斯蒙德·弗拉尔(Desmond Flower)与亨利·马斯(Henry Maas)编,1967年。1891年3月4日致阿瑟·摩尔信;但次日道森却告诉摩尔,那顿饭吃得很愉快,霍恩"有魅力,态度和蔼",后来,夜里十一点半时,他们还"向着阿罕布拉剧院漫步",但"时候已晚,不能讨论神灵了"。

② 《欧内斯特·道森书信》,1890年1月27日。

是仪式所要求的①。这股风潮和波提切利笔下那些神秘的维纳斯大有关系。(E. H. 贡布里希猜想,《春》的核心人物——注家多认为是维纳斯——"迈着缓慢、迟疑的步子在跳舞",我不知道是否九十年代就有过类似的猜想。②)无论如何,当时有人写了许多诗,歌颂舞蹈,献给舞者。有许多首是写爪哇舞者和其他异国情调的舞者的,以西蒙兹所作的最为典型,还有许多首是写莎乐美的。这股潮流经过了几次重大的演变,产生了叶芝(Yeats)和艾略特笔下的舞蹈和舞女。霍恩在巷子里等待舞女,这样做正符合他的身份:九十年代艺术家,在高背长椅上作画的画家,欣赏《帕西法尔》的人,波提切利的爱好者。

像许多认识他的人一样,叶芝对霍恩和伊马热也持保留意见(霍恩说伊马热是"这个暗淡时代的宝石",当然口气是开玩笑的);他认为这两位是"过渡时代的典型代表,把他们的前辈粗制滥造做出的一大堆的东西,做出了学问精深、品位高雅的成就"。但他也很欣赏霍恩的"有意而为的技艺"。像他之后的萨克斯尔一样,他赞美霍恩在大理石拱门附近仿照托斯卡纳地区彼得拉桑塔的大教堂建造的教堂(后毁于轰炸,霍恩在伦敦造的多数建筑都遭此厄运)。他说霍恩拥有"我一直缺乏的东西:学问",说霍恩和其他一些人一样,教他认识到,"过于旺盛的精力会像燃烧的稻草一样,几分钟就耗尽了蓬勃的活力,所以在艺术中是无用的"③。这是事后明白,因为他写下这些话时,已经知道了霍恩后期那些耐心做出的重大成就。霍恩天生要做的事,原来不是昙花一现地展示天赋,而是更像烧一捆湿柴火。

然而,当时他还在继续从事其他工作:在高背长椅、印花棉布、壁炉栅栏、羽管键琴上画画,设计、装订书籍(他于 1894 年发表了一篇研究

---

① 关于这种崇拜的含义,见第一章。

② E. H. 贡布里希,《波提切利的神话》("Botticelli's Mythologies"),见《象征意象》(*Symbolic Images*),1972 年,第 31—81 页。"迈着缓慢、迟疑的步子跳舞"来自阿普列乌斯在《金驴》(*The Golden Ass*)中对维纳斯的描写。在阿普列乌斯的笔下,维纳斯还"微微侧着头"。

③ W. B. 叶芝,《自传》(*Autobiography*),1953 年,第 191 页。

书籍装订的文章),设计建筑,编辑詹姆斯一世时代的戏剧和赫里克(Herrick)的作品,收藏绘画,写诗。魏尔仑(Verlaine)访问伦敦和牛津时,是霍恩帮西蒙兹照顾他。霍恩正处于当代诗歌潮流的中心。1891年,正是"诗人俱乐部"的时代,他出版了自己的一本薄薄的诗集,题为《不同的颜色》(*Diversi Colores*),自己设计版面和装帧。这本书有四十多页诗,其风格深受坎皮恩(Campion)、赫里克、牧歌诗影响,包括几首热情的礼拜诗,还有几首冷静的爱情诗。就此而言,霍恩只是个小诗人,伊恩·弗莱彻对他仍未发表的诗仅仅稍作提及。而这绝对是历史性的时刻。霍恩是一位有天赋的小艺术家,处于他的世界之中心。他位于菲茨罗伊街的寓所里,各类艺术家云集,弗莱彻列举如下:道森和约翰逊、斯特奇·摩尔(Sturge Moore)、叶芝、西克尔特(Sickert)、沃尔特·克雷恩(Walter Crane)、奥古斯特·约翰(Augustus John)、奥斯卡·王尔德(Oscar Wilde)、阿瑟·西蒙兹、阿诺德·多尔梅什(Arnold Dolmetsch)(霍恩在上面作画的那架羽管键琴就是他做的)、罗杰·弗莱(Roger Fry)。

但他生命中的这个阶段即将告一段落。他对古文物愈发感兴趣,在《老话题》的内容上有所体现。他成了古建筑修复、书籍插图、十五世纪木刻画方面的权威。他又增添了非凡的藏品。弗莱彻说,在资源如此匮乏的情况下,积累起这些藏品,一定需要"某种不达目的不罢休的精神和超然态度"①。霍恩和麦克默多吵翻了,于是《老话题》停办了,他的美学阶段结束了。他越来越喜欢意大利艺术,开始在佛罗伦萨长期逗留,发表了一篇谈乌切罗(Uccello)的学术论文,但他的主要兴趣在于波提切利。

1908年,他把他的英国藏品的一大部分卖给了爱德华·马什(Edward Marsh),它们现在多数藏于伦敦的国家美术馆。1912年,他用得来的钱买下了佛罗伦萨的一处旧宫殿,并加以修复。1916年,他

---

① 弗莱彻,第151页。

死后把"霍恩宫"留给了佛罗伦萨市,还留下一笔钱用于维修,但这笔钱后来浪费在了失败的投资上。如今,霍恩博物馆也许还有人游览,但其最重要的藏品都已经移到了乌菲兹美术馆。

霍恩在佛罗伦萨的几年里,潜心写作谈波提切利的一部巨著,还写了关于这一学派的第二卷书。直到最近,人们还认为这第二卷没写完,但弗莱彻教授告诉我,在霍恩博物馆里找到了这本书,若得以出版,将是一件大事。据叶芝说,在移居佛罗伦萨之前,霍恩就早已"对波提切利很有研究","已经开始吹嘘,说他要是写波提切利,不会只有文学,全都是学问"①。霍恩的《人称桑德罗·波提切利的佛罗伦萨画家亚历山德罗·菲利佩皮》(Alessandro Filipepi Called Sandro Botticelli, Painter of Florence,1908年)似乎的确如此。现代艺术史学家认为,这是写文艺复兴画家写得最好的书之一。轩尼诗爵士(Sir John Pope-Hennessy)在1980年此书影印本的序中说,这本书"比其他任何一本讲艺术史的书更能经受时间的考验",而且"其后所有对波提切利的研究都依赖于"霍恩的研究②。弗里茨·萨克斯尔欣赏此书的朴素风格,欣赏霍恩让冰冷和火热脱离开来,说霍恩的行文"准确、客观,风格冰冷,几乎掩盖了作者的个性"。萨克斯尔认为,正是因为他如此自律,压

---

① 叶芝,第182页。

② 赫伯特·P. 霍恩,《佛罗伦萨画家波提切利》(Botticelli, Painter of Florence),收录有轩尼诗爵士新序,1980,xi。罗纳德·莱特布朗(Ronald Lightbrown)的《桑德罗·波提切利:生平、作品及完整作品目录》(Sandro Botticelli: Life and Works and Complete Catalogue)(上下卷,1978年)大体同意这一通常看法,但指出了霍恩书中确实错误与很可能错误之处,以及霍恩之研究方法的某些固有缺陷。例如,他也许把《春》的年代定得过早;这幅画是应洛伦佐·迪·皮耶尔弗朗切斯科之约,为装饰一间婚房所作,作于1482至1483年,而不是1477年;所以,霍恩把此画和《维纳斯的诞生》(也是为婚房所作)的创作间隔时间估计得过长。霍恩的书早在1903年就已开始写,所以无法包含其后发现的资料;雅克·梅尼尔(Jacques Mesnil)的《波提切利》(Botticelli,1938年)用自己的笔记对霍恩的书做了修正与补充。而且,霍恩的书(只印了240本)极长,且既不分章节,又无索引,用处自然受限;但话又说回来,霍恩认为,写作此书纯属自娱。

抑了性格中"火热"的一面,才写出了"一部无可挑剔的史学著作"①。

不能指望这样的一本书非常"火热",因为它的重点在于发现事实,在于正确地鉴别画家的作品并加以描述,在于向世人展示一个真实的波提切利,而不是他们所仰慕的那个虚假形象。写这样的书,要求态度冷静。其力量主要来自坚持不懈的研究——霍恩在佛罗伦萨的档案中不知疲倦地寻找,发现的若干资料,至今少有补充——来自习惯成自然的敏锐目光。阿瑟·西蒙兹说,霍恩"坐下来写东西时,文字中就会出现某种干燥、坚硬的东西"②。然而,我觉得这本书并不像萨克斯尔等人认为的那样冰冷。

到底是霍恩的书,所以就装帧和版面设计而言,这本书是一件美术品;假如没有那场视觉工艺美术运动——霍恩参与其中,牛刀小试——就不会有这本书。书的行文透着一股学究气的活泼劲儿,一种现代派的复古风格,似乎正适合作者;这是一种"美学"风格,但夹杂了由严谨学识而生的骄傲。当然,霍恩有意纠正那些和欣赏波提切利随之而来并推波助澜的观念。他对佩特很不客气,因为佩特文章里的一个主要观点"来源于一个错误,错把帕尔迈(Palmieri)画的一幅祭坛画当成了波提切利的作品"③。他解释道,那些"看上去脾气乖戾的圣母"不符合"任何得到认可的或明显的美的类型",其实是"画家那个流派的作品……波提切利的模仿者把他的独特风格夸大了"④,但人们渐渐认为这就代表了大师本人。霍恩认为,正是因为这些画和伯恩-琼斯那时髦的二流作品相似,所以才流行起来。但佩特的失误也是情有可原的,因为霍恩又说,1870年,也就是佩特的文章发表之时,"国家美术馆办了个名义上的波提切利画展,展出了三幅他那个流派的画家作的圣母像,

---

① 弗里茨·萨克斯尔,《三位佛罗伦萨人》("Three Florentines"),见《演讲集》(*Lectures*),1957年,第 331 页起。

② 弗莱彻,第 127 页。

③ 霍恩,第 xviii 页。

④ 霍恩,第 xix 页。

其中两幅是'圆形画'(Tondi),以及当时藏品中仅有的几幅真迹,署名为马萨乔(Masaccio)……和菲利皮诺·里皮(Filippino Lippi)……难怪圣母身边的天使那么幼稚地低着头"①。霍恩认为,佩特的文章虽然有错误,但"迄今为止,仍是从个人角度写的对波提切利最细致入微、最发人深思的鉴赏文章"②,所以这篇文章和"英国特有的对波提切利的崇拜之风"紧密相关,"这股风潮如今[十九世纪八十年代]成了一个思想和品位的阶段,或曰看似这样一个阶段的独有特征,是为我们这个奇特而又奢华的时代最为奇特而奢华的特征之一"③。霍恩的书题献给两个人,佩特就是其中之一。霍恩向我们保证,此书的主旨是收集资料,但尤其是谈鉴赏。从某种意义上说,我们也不妨把它看成一份礼物,由一个已经成熟的人嘲弄地献给自己成长阶段的做作和热情;它拒绝胡言乱语,排斥伪现代性,但仍然接受"我们这个奇特而奢华的时代"对波提切利的评价,赞扬自己在成长阶段取得的成就——不仅是潜心研究了佩特,而且更重要的是培养了一种依旧认可佩特的风格。和叶芝一样,霍恩的文章总是有佩特大师的影子,却意识到自身的优雅和严谨,也意识到自己拥有佩特所不具备的**男性气概**(aria virile)(真实的波提切利,不是虚幻的他,也有这种气概)。

在这部似乎本应完全秉持严谨学术风格的书里,可以不时发现佩特式的品位和态度。霍恩谈到《贤者朝圣》(Adoration of the Magi)时说,此画是画家所有作品中最朴素、最自然主义的一幅:"波提切利的古怪性情,在这幅画里完全没有体现;它的美庄重而合情合理,丝毫不受'怪诞'和'奇怪的比例'之影响,而这两者正是《春》和《诽谤》(Calumny)等作品的特征。"④更引人注目的是,他这样评论《春》:"在所有具备同样程度美感的画作中,没有哪一幅像它一样,有这么多造型

---

① 霍恩,第 xix 页。
② 霍恩,第 xviii 页。
③ 霍恩,第 xix 页。
④ 霍恩,第 43 页。

和特征如此迥异于公认的美的概念……其立意古色古香、庄重、虔诚，其表现手法，就当时而言是现代的，佛罗伦萨式的，怪诞、奇异……他这幅画完全取材于古代，但他对于希腊、罗马的雕塑、绘画一无所知，或者即使知道一点，也没有阻碍或扭曲他的幻想。所以，使后拉斐尔派的艺术萎靡甚至毁灭的东西，在波提切利身上却恰恰让他对周围世界的观察更加敏锐。"①倘若不是有佩特在先，这样的见识是否会以这种方式表达，似乎令人怀疑。霍恩对奥尼桑蒂教堂里圣奥古斯丁像的评论，同样如此。他引用了佩特的观点，即波提切利有但丁式风格，但表述得更严谨，同时强调了佩特所不了解的一点，那就是**男性气概**——波提切利的同时代人认为这是画家的显著特征："如今我们往往认为，他的作品里所谓'独特情感的潜流'，甚至他那个流派的许多冒他之名的作品对这种情感的夸张表现，就是波提切利风格与众不同的特点，但在他那个时代的佛罗伦萨人看来，这种强有力的但丁式气质——在圣奥古斯丁的壁画里首次鲜明地表现出来，佛罗伦萨人称之为**男性气概**——才能够把他的作品与他的学生及同时代人的作品区分开来。"②霍恩甚至试探着问道，画家之所以伟大，其奥秘是否恰恰在于近代对他的看法——把他看成一位富于幻想的画家，以及当代对他的看法——欣赏他的男子气，"从不同立场来看，同样正确"③。但他身为史学家的一面还是占了上风。比如，在修复波提切利的作品时，插入了较为甜美的或经过粉饰的片段（如《圣母颂》["Tondo of the Magnificat"]），减弱了原作的力度；霍恩相信，"这样的不幸……却对这幅画的盛名，起了很大的作用"④。佩特在此画中发现了异教圣母的怪诞趣味，可以说这是他"优美的个人幻想"，但他同时也多少掩盖了真相⑤。同样地，佩特所谓《维

---

① 霍恩，第59—60页。
② 霍恩，第69页。
③ 霍恩，第111页。
④ 霍恩，第121页。
⑤ 霍恩，第122页。

纳斯的诞生》那"死灰"的色彩,完全是颜料褪色造成的①。

毫无疑问,在"情感和理解上的现代性——这往往会扭曲我们的认识"②和历史事实之间,霍恩会有意识地选择后者。罗斯金认为波提切利的作品充斥着"怪异和阴暗",这只是因为"这位批评家其实是把英国风景画家和英国前拉斐尔派画家那种精致、优雅的艺术,当作了一切绘画问题的标准",所以在他看来,**男性气概**就会显得怪异而阴暗③。

看霍恩如何追溯波提切利艺术风格中的**男性气概**,是很有意思的。他不仅仅是档案保管员,自己也能写出这般气概的文字,比如写1478年巴齐家族谋害洛伦佐·德·美第奇(Lorenzo de' Medici)时,笔法生动,风格纯粹。他之所以详述此事,据他说是因为在阴谋失败之后,按当时的习惯,让波提切利画了被判罪或处决的共谋者的丑化像。他把这些人在老海关大门上画成一幅壁画,但若干年之后,发生了一场较为成功的政变,画像于是被毁。然而,因为要在画像中模仿安德里亚·达·卡斯塔尼奥(Andrea da Castagno)的自然主义风格——此前卡斯塔尼奥画过类似的画——波提切利获得了一种新的"粗犷力量"④,此后在其他作品中表现出来,首先是1480年所作的《圣奥古斯丁》(St Augustine);1482年前画的西斯廷壁画充分体现了这种力量。霍恩提出这一猜想时,其表述风格带有他自己的粗犷力量,和身后留下的复古风格散文形成了鲜明对照。

但他还是认为,随着新的流派盖过了他的名声,随着萨沃纳罗拉(Savonarola)进入他的生活,波提切利变得越来越造作,越来越紧张。"不仅在方法上,而且在构思和情感上,他愈发回归乔托风格绘画的传统,而他的艺术在很大程度上正是源于这个传统"⑤。波提切利的艺术

---

① 霍恩,第152页。
② 霍恩,第255页。
③ 霍恩,第333—334页。
④ 霍恩,第329页。
⑤ 霍恩,第308页。

复兴时期，有些人对他的误解，也许可以从这里找到另一个情有可原之处。罗斯金和佩特的观点毕竟还是有一点道理：波提切利有"不协调的特性"，有怪诞之处，有"情意绵绵的甜美"，也有复古风格①。无论如何，他们让我们重新注意到了霍恩所谓的"现代艺术的最高成就"②。

那么，可以说霍恩想要修正现代派对这位画家的陈腐看法，而并不完全否认他和他之前相对无知的波提切利爱好者之间关系密切。他想使散漫的幻想变得确切明晰，补充它所缺少的严谨，然而却并不希望完全否定它的成就。他一方面以批评态度和这种幻想保持距离，一方面也不相信学院派艺术史那种装腔作势的条分缕析。如果说美学家夸大了波提切利的"失落感或疏离感"③，那么教授们则会自命不凡，让人厌恶："施马尔佐夫（Schmarsow）教授准确地告诉我们，[西斯廷壁画中]哪几位教皇是梅洛佐（Melozzo）画的，但我没在拉格多科学院④念过书，看不懂这位离奇教授的高论，所以他的结论在这里只能不予讨论。"⑤

教授和波提切利的复兴几乎鲜有关联，或完全不相干，这毕竟是事实。波提切利的复兴是舆论的产物，而舆论总是伴随着它的阴影，也就是无知。主要是霍恩，而不是教授——他从未在任何学院就读——用知识充实了舆论，这样，他的研究对象虽不见得永远都会受人尊敬，却一定在时间的长河里获得了新的地位、新的姿态。

阿比·瓦尔堡（Aby Warburg）生于1866年，比霍恩小两岁，同样深受波提切利复兴年代的影响。他的出身和霍恩非常不同：他父亲是汉堡的银行家，所以他原本注定要成为公司老板，却成了学者，而且还

---

① 霍恩，第334页。
② 霍恩，第304页。
③ 霍恩，第147页。
④ 拉格多科学院：《格列佛游记》里虚构的学院，专门研究荒诞不经的学问。——译注
⑤ 霍恩，第88页。

是一位杰出的学者。E. H. 贡布里希为瓦尔堡作了一部精彩的"思想传记"①,其中详细描写了他所受的教育。不论当时还是今天,不论在英国还是美国,他的教育都和一般人的教育完全不同,当然和霍恩的非正式训练也是大相径庭。瓦尔堡的老师是一些如今已基本被人遗忘的伟大人物,如赫尔曼·乌色纳(Hermann Usener)(也许我们还记得他提出过"瞬间神"[momentary deity]这个说法,捍卫过恩斯特·卡西尔[Ernst Cassirer])、卡尔·兰普雷希特(Karl Lamprecht)、安东·施普林格(Anton Springer)、卡尔·尤斯蒂(Carl Justi),还有那位无意间惹恼了霍恩的奥古斯特·施马尔佐夫②。

瓦尔堡③的老师大都认为,应该把现代科学的成果用于人文学科。他们都在某些方面受了黑格尔的影响,但影响他们的东西还包括进化论,以及挥之不去的原始痕迹——在进化了的文明中,仍然表现出某些意象或行为,来自个人的思想或是种族,或者干脆就是文明的某个残留的或者返祖性的层面。兰普雷希特被贡布里希称为对瓦尔堡影响最深的大师,他把文化史分成五个阶段,渐次取代原始的"象征性"。施普林格感兴趣的是,中世纪和文艺复兴时期的人怎样看待古典时期。正是他把这叫作"古代的来生"(das Nachleben des Antike),后来这个说法

---

① E. H. 贡布里希,《阿比·瓦尔堡:思想传记》(*Aby Warburg*: *An Intellectual Biography*),1970 年,第 305 页。我文中讨论瓦尔堡的内容有许多取材于此书。

② J. B. 特拉普教授提醒我,瓦尔堡把他研究波提切利的著作题献给对他有重要影响的两位大师,安贝尔·雅尼切克(Humbert Janitschek)与阿道夫·米凯利斯(Adolf Michaelis)。此外,瓦尔堡还推崇布克哈特(Burckhardt)。

③ 是乌色纳让其后辈瓦尔堡注意到蒂托·维尼奥利(Tito Vignoli);瓦尔堡很看重维尼奥利的《神话与科学》(*Mito e scienza*, 1879 年)。玛利亚·米盖拉·萨西(Maria Michela Sassi)说,瓦尔堡以非常独特的方式读维尼奥利的书,印象最深的是维尼奥利主张,恐惧是让未知的东西"活起来"的动力——这种倾向一直延续到科学时代,因为人"给形象、思想、概念赋予人性与个性,使之变成有生命的客体,正如他最初时给天体和天文现象赋予人性与个性"。玛利亚·米盖拉·萨西,《乌色纳与阿比·瓦尔堡的宗教学》("Dalla scienza delle religioni di Usener ad Aby Warburg"),载于《宗教语文学家赫曼·乌色纳》(*Aspetti di Hermann Usener*),《比萨师范学校研讨会》(*Seminaro della Scuola Hormale di Pisa*),阿里盖蒂(G. Arrighetti)等人编,比萨,1982 年。

和瓦尔堡紧密联系起来。

在十九世纪后半叶,乌色纳寻找后来的文化时期中"消逝的时代留下的精神痕迹",还从事其他类似的研究,这也许表明,他的"**世纪末**"(fin de siècle)思考和霍恩与他的圈子的"世纪末"观念很不一样。这些学者关心的是,如何构建更具解释力的理论。我们很自然地会想到一位伟大得多的人物——弗洛伊德(当然瓦尔堡本人不会想到他)。弗洛伊德也关注原始的东西、原始的符号与文明之间的关系。在第三讲里,我会再次简略地讲到弗洛伊德以及他对于这些问题有何意义,但这里我提到他,只是因为,在那些寻找某种完整的历史解释的人当中,他是比较有名的一位;当然,其他人主要是在艺术中寻找象征性残留的证据。

瓦尔堡本人在他的笔记本里简略写下了若干理论体系,但其隐含的兴趣点的规律明显而又持久。他的笔记很少不包含理论上的推断,而这些推断与他的观察难以相符,令他感到痛苦。贡布里希对此做了精妙的解释:由于心理构成的缘故,瓦尔堡一定尤其在意这种观念——历史体现了从古代的恐惧状态向前的进步,那早期特有的符号和意象,在文明状态下可能再度出现,但已经不再有原先的酒神狂欢式的恐怖①。瓦尔堡终生饱受焦虑感的折磨,所以出于个人动机,不仅研究古代形式的残留,还要研究这些形式后来再度出现时的进化了

---

① "有时候,作为心理史学家,我觉得我似乎得依靠自传式的本能反应,根据西方文明的形象,诊断其精神分裂症,"瓦尔堡谈到仙女(Nympha)时如是写道(贡布里希,第303页)。的确,对于他而言,仙女的形象具有"躁狂"的特质(在这里,以及谈到他自己的病时,他似乎都混淆了躁狂抑郁症和精神分裂症)。但给仙女赋予这种意义的,并非仅他一人。丹纳也持此看法,只是表述平淡许多(见下文);几年之后,霍恩也在西斯廷壁画《诱惑》(the Temptation)中,特别挑出"那衣袂飘飘的女子,她举步向前,几乎只露出侧面,头上是一团橡树柴捆。波提切利创作的这个无与伦比的形象,充满了兴高采烈的生命活力,他甚至比多那太罗本人更接近希腊艺术的精神"(霍恩,第99页)。在这里,我们会发现"颓废"和"希腊"之间有一种奇特的密切关系,而这无疑源自佩特的文章。当然,丹纳与霍恩都不曾像瓦尔堡那样沉醉于仙女的形象;贡布里希说"瓦尔堡迷恋仙女的背后潜藏着恐惧"(贡布里希,第305页),而从丹纳与霍恩所说的话里,我们却感觉不到这层意味,即这个形象令人联想到猎头者、酒神的女祭司——可以设想,最终联系着阉割恐惧。

的状况。施普林格教导他,历史学家总是要从自己受历史局限的角度解释过去,同样地,"在艺术中,要解释的对象本身就是对某种早期来源的再度解释"①。所以,瓦尔堡一方面对古代符号一再发生转变抱着持久的兴趣,一方面细致入微地研究这些符号再度出现时社会的、图像的状况。他没有忘记兰普雷希特的教导:一切文物都是证据。他也知道,在思想史中,不论是艺术、宗教、巫术还是科学,原则上讲,没有任何东西和他的研究毫不相关。

和多数雄心勃勃的思想家一样,他从其他人的思想和观念体系中得到启发,而不是想着采纳还是不采纳。他寻找的不是现成的东西,而是暗示,是能够激发他灵感的东西。"古代的来世"成了他自己的研究课题,并非像温克尔曼(Winckelmann)那样,抱着老式的观念,把古典时代的影响看作平静而理想化的,而是把它看成关于被驯服而为人所用的东西的记忆。他认为,源于古代恐惧的意象会在比较令人安心的状况下再现,到那时,就会成为另一个时代思想状况的缩影。

"上帝寓于细节"是瓦尔堡的格言②,但他对细节的观察,对兴趣点的选择,取决于一种更宽泛的需要,即需要一种理论,在不断变化的历史条件下,能够象征性地重现。"一战"以后,他在一家精神病院住了六年。1924年,他重新开始工作,还在寻找有关超越个体的记忆(transindividual memory)的理论。他发现理查德·塞蒙(Richard Semon)的学说很有用③,这一学说研究的是个人的记忆痕迹(engrams)。他把这个概念加以引申,把反复出现的形式和符号看成一

---

① M. 鲍德罗(M. Podro),《艺术批评史学家》(*The Critical Historians of Art*),1982年,第157页。

② 许多人想弄清这个说法的出处;现在看来,这个说法似乎出自赫尔曼·乌色纳,他的方法就是通过研究某一项资料来寻找普遍规律(萨西,第86页,引用 D. 伍德克[D. Wuttke]的话)。乌色纳的话有几个版本,没有一个和瓦尔堡的说法完全相同。萨西指出,狄尔泰(Dilthey)也有同样的想法,但表述不同,她认为那出自歌德;她认为,瓦尔堡读过狄尔泰的书。此处再次表明,瓦尔堡在建构自己的研究课题时,是从德国传统的几个支脉中挑出他最感兴趣的主题。

③ R. 塞蒙,《记忆力》(*Mneme*),1921年译本。

种文化的记忆痕迹。艺术家接触这些记忆能量,而艺术史可以看成重新阐释的历史,在此过程中这些符号得以更新,消除了原先的迷醉和恐惧。他说,这样一来,"人性拥有的苦难变成了人道的财产"①。比如,他可以把马奈(Manet)的《草地上的午餐》(Déjeuner sur l'herbe)和石棺相比较——因为石棺通过文艺复兴的媒介作用,成了这幅画的来源——把马奈的画称为一个"恐惧的记忆痕迹"的变形②。

这样的想法有实用价值,和它们的理论价值相去甚远。它们提供了研究细节、选择研究什么细节的方法。1893年,瓦尔堡写了谈波提切利的《维纳斯的诞生》和《春》的论文。波提切利和他的赞助人是怎样想象古代的?要回答这个问题,就必须详细了解艺术家、赞助人、人文主义者之间的关系之类的问题。瓦尔堡给出了一些答案,尤其是这些画作的文学渊源。虽然许多人对这些作品的方案提出了不同意见,但瓦尔堡的早期研究成果仍然被人引用,而且通常都能得到认可③。

表面上看,这篇德国人写的艺术史论文,和佩特的文章,甚至霍恩那自信的鉴赏文字比较,简直毫无相像之处。然而,和霍恩一样,出于严谨的态度,瓦尔堡讨厌对十五世纪意大利文艺,尤其是对波提切利的新兴的庸俗崇拜;霍恩告诉叶芝,他那本写波提切利的书里"不会有文

---

① 贡布里希,第250页。
② 贡布里希,第241页起,275页。
③ 如 E. 帕诺夫斯基(E. Panofsky),《西方艺术中的文艺复兴》(*Renaissances and Renascences in Western Art*,1960年)(哈波尔火炬图书出版社[Harper Torchbook],1969年),第 191—200 页;E. 温德[E. Wind],《文艺复兴之异教奥秘》(*Pagan Mysteries of the Renaissance*),1958年;E. H. 贡布里希,《波提切利的神话》;较晚近者,如 R. 莱特布朗发现,这些画作那"直白的肉欲"所传达的信息,并不像新柏拉图主义或高度道德化的理论所认为的那样复杂(莱特布朗,第 81 页);又如,保罗·霍尔伯顿(Paul Holberton)在《波提切利的〈春〉:其意欲表达的》("Botticelli's 'Primavera': che volea s'intendesse")(载于《瓦尔堡与考陶尔德学报》第 45 期,1982年,第 202—210 页)中认为,瓦尔堡所指出的出处和主题大体正确,但画面中心位置的女子并非维纳斯。霍尔伯顿赞同贡布里希的观点,认为应该寻找道德意图,但认为此画的主题不是人性,而是把春情转化为"文雅"(gentilezza),即用爱情驯服野蛮的欲望。

学",说这话时,意在排斥的一切东西,正是瓦尔堡所憎恶的。也许这两位还有些较为正面的共同点。

《春》这幅画里有位奔跑的女性,裙子让微风吹拂着,贴在身上。瓦尔堡在她身上发现了一个独特的古典主题,是一个古代形象的"来生"(Nachleben),摆脱了当时佛罗伦萨流行的僵硬的北方风格。诗的文学渊源——奥维德,经过了当时的诗人波利齐亚诺(Poliziano)的改写——对古典主题做了类似的现代表现,但视觉形象会产生一种特殊的联想效果。衣衫被风吹皱的女性有时出现在十五世纪晚期的艺术品中,达·芬奇称之为"仙女"(Nympha),瓦尔堡也借用了这个词①。在他之前很久,依波利特·丹纳(Hippolyte Taine)曾经从位于圣母大教堂、由吉朗达约(Ghirlandaio)所作的施洗者约翰诞生壁画中,挑出一个人物来欣赏:"在《圣母诞生像》(*Nativity of the Virgin*)中,来访的一位穿丝裙的姑娘,是出身富贵之家的娴静淑女;在《施洗者约翰诞生像》(*Nativity of St John*)中,站着的女性是中世纪的公爵夫人;她身旁的侍女捧着水果,身穿雕像般的衣服,透着古代仙女的冲劲、活泼、力量。这样,两个时代的两种美,在同一种单纯的真情实感中融汇、统一起来。"②可是丹纳接下来说,这样的画作属于文艺复兴最初的作品,虽然有趣,但缺乏技巧,也缺少动作和色彩。这样退一步说,是受了瓦萨里

---

① 贡布里希,第65页。
② 依波利特·丹纳,《意大利:佛罗伦萨与威尼斯》(*Italy: Florence and Venice*),J.杜兰德(J. Durand)译,1889年,第129页。丹纳说,当时的绘画中,既有"干巴巴的轮廓,苍白的色彩,不规则而不优雅的人物",又有"深刻而热烈的情感"。谈到《施洗者约翰诞生像》中的女子和仙女时,他又说:"她们的唇上挂着清新的微笑;虽然她们有些僵硬,还带有不完美的绘画技巧留下的刻板痕迹,但仍然可以让人感受到健全的灵魂与健康的躯体中蕴含的热情。将来时代的奇思怪想和精雕细琢,他们还不曾接触。在他们那里,思想在沉睡;他们径直往前走或向前看,冷静而淡然,纯洁如处子;哪怕是再优雅活泼的教育,都比不上他们那厚重风格的神圣与粗犷。"

"因此,我高度推崇这个时代的绘画;这是我在佛罗伦萨研究得最多的作品。这些画往往技巧不足,而且老是很沉闷,既缺乏动感,又缺乏色彩。这是文艺复兴的黎明,是灰色的,有些凉意,如同春天时朝霞染红了苍白而晶莹的天空,又如同太阳的第一缕光芒像燃烧的飞镖般划过了犁沟的边缘。"

的影响，瓦尔堡认为是没有必要的。吉朗达约画的仙女让他颇感兴趣，他甚至计划专门研究这一主题。

瓦尔堡有位朋友对仙女也很感兴趣。在一封写给她的半开玩笑的信中，瓦尔堡把她比作莎乐美，"在淫荡的分封王公面前跳舞，散发着致死的魅力"，还把她比作朱迪丝①。贡布里希说："这个人物身上有某种东西，在这两位艺术学者看来体现了热情。"他指出，仙女和瓦尔堡时代的"新女性"有相似之处，而且当时要求在体育和舞蹈中对动作放松限制，从而解释了他们为何热衷于此。虽然如此，他还是断言："在瓦尔堡发表的所有文章中，没有哪一篇像这个最终流产的计划一样，如此鲜明地体现了'**世纪末**'思潮，以及那个时代流行的对文艺复兴的崇拜之风。"不论波提切利还是吉朗达约画中的仙女，都体现了文艺复兴时期的"异教信仰"，是"原始情感的爆发，冲破了基督教那自我克制的外壳"，或许说明两者变得"般配"（compatible）了——这个字眼是瓦尔堡从赫伯特·斯宾塞（Herbert Spencer）那里借用的②。

"我之前遇见过她吗？"她是不是一段记忆，源自"一千五百年"前？仙女是酒神的女祭司，还是以莎乐美的形象留下的痕迹，在十五世纪意大利艺术中爆发，一直影响到"**世纪末**"艺术？无疑，瓦尔堡对她的思考在后来塞蒙那里找到了更为具体的表现方式。她是对一个记忆痕迹的重新阐释，驾驭了那个古老形象的能量，教化了它。她代表了古代形式现代化的方法。通过理解波提切利和过去的交流，我们也理解了自己和过去的交流。

所以，瓦尔堡也以一种非常不同的方式，对跳舞的莎乐美着了迷。他和叶芝都认为，这个人物代表了某些在现代性中依然残留的意象，一种超越个人的记忆过程让这些意象变得不朽。他们俩一个是自学成才的诗人，一个是参加了许多研讨会、泡了许多图书馆的学者，他们之间

---

① 朱迪丝（Judith）：《圣经·旧约》中的犹太女英雄，杀亚述大将而救自己全族。——译注

② 贡布里希，第 106 页起，169 页。

的差异部分在笔调方面,但更多在于他们根据各自的成长经历而选择的思想体系。瓦尔堡的解释往往带有科学性质,这是他的学术训练使然,而叶芝则偏爱巫术。

经过多年努力,瓦尔堡建立了一座独特的跨学科大型图书馆,最初位于汉堡学院。他称之为"文化史观察站",一切和"来生"有点关系的东西都应该收藏于此①。为研究细节和重现的问题,他动用了大屏风,可以在上面排列意象,研究其间的记忆关系。他带着这些屏风乘火车穿越欧洲,它们是一个有钱人用来研究文化记忆痕迹的工具,奉献给记忆女神(Mnemosyne),他打算写的最后一本书就要用她的名字作标题。在这样的屏风上,也许会看见朱迪丝和古代女猎头者的关系,以及一个提着一篮水果的姑娘升华了的形象;在波提切利的梵蒂冈壁画中,她也许以仙女的形象出现,可能是秋天女神(Hora of Autumn),也可能是井边的拉结。也许还可以把酒神的女祭司和一个打高尔夫球的女人开玩笑地联系起来。贡布里希解释了仙女屏风的内容:一幅菲利波·里皮(Filippo Lippi)作的圆形画、风吹起的面纱之古典起源的几个例子、一件早期基督教象牙制品、一张头顶篮子的意大利农民照片、旅游海报上贬低了的仙女形象。瓦尔堡把这幅屏风叫作"施耐尔布灵小姐的童话"——这又是句玩笑话,但瓦尔堡也把她和他自己身上与文化史上的癫狂状态联系起来。②

很容易看出,他自己的心理既促进又限制了他的研究工作;他满怀热情地研究,却从未完全说明他采用的方法是正确的。贡布里希说,无法指出"残留的隐喻在何处结束,对这些实体(古代的符号)具有独立生命的信念在何处开始"③。然而,要把对信念的系统表述和较为难以理

---

① 据萨西(第 90 页)记载,恩斯特·卡西尔 1920 年去汉堡学院,见到当时还默默无闻的瓦尔堡时,"惊愕难言"。他看到瓦尔堡在图书馆里(似乎就是为了他自己)收集了所有的资料,讲巫术的书旁边就放着讲占星学和民俗的书,把艺术、文学、哲学联系在一起,以便把握各种"象征形式"之间的关系。
② 贡布里希,第 297—302 页。
③ 贡布里希,第 315 页。

解的需求或动力(这样的系统可以作为其隐喻)区分开来,也许从来就不是件容易的事。

对"来生"的研究有了新的形式,尽管可以看出,这些形式符合瓦尔堡的传统,说明他仍旧热衷于细节,仍旧崇拜记忆女神。他自己知道,遗忘和误解是记忆这一行为的重要组成部分,能明白这一点真是不寻常。他指出了佛罗伦萨社(Florentine camerata)的错误;这个社团意在复兴古代音乐,却误解了古代音乐,反倒促进了现代歌剧的诞生。① 他知道,那些异教的神祇,此前一直以几乎无法辨认的形式残留着,到文艺复兴时期才恢复了往日的荣耀和原先的特征,但仍然没有回归本来面目;他们的力量改变了,他们在后人眼中的地位也改变了,就连一尊古代的雕像,都无法再用古代的眼光去看待。他说,如何理解这些东西,"取决于后人的主观想象,而不是古典遗产的客观性质……每个时代都有其应有的文艺复兴"②。虽说如此,他还是急于纠正早先的学者对意大利文艺复兴之真正历史性质的误解,无疑希望他所处的时代是应该得知真相的。

他创办的学院从纳粹德国偷偷转移到伦敦,现在扎根于布鲁姆伯利。它的历史是瓦尔堡无法预见的,在那里从事的研究工作也是他无法预知的。学院的走廊里说的主要语言不再是德语,现任院长是第一位母语为英语的院长。但仍然可以看出,学院的图书馆是瓦尔堡的,如他们所言,其目的不是引你找到要找的书,而是你需要的书。摄影收藏部仍然维护着瓦尔堡的屏风,但恐怕没人还会把那上面的形象看成记忆痕迹;熟悉的瓦尔堡讲课风格还是要求动用两台投影机,以便比较图像。学院的门上用希腊字母写着"记忆女神"(MNEMOSYNE)。

瓦尔堡写道:"至于那些我如此看重的一般理念,也许有一天可以这样说或这样想:这些错误的体系至少起到了一点作用,那就是激发他

---

① 贡布里希,第 87 页。
② 贡布里希,第 238 页。

找出了此前不为人知的一件件事实。"①毫无疑问,他在这方面贡献良多,但留下的不仅是事实。比如,在帕诺夫斯基(Panofsky)论文艺复兴、论历史和阐释的相互影响、论"来生"理论之"来生"的著作里,在贡布里希对记忆和象征主义的兴趣中,在他对有意义的细节的关注中,都可以看到瓦尔堡式的主题和规则之变形。恩斯特爵士最近告诉美国文理科学院(American Academy of Arts and Science),人文学科就是文化的记忆。他这样说,也许是故意要讲出他的前辈在这样的场合下会说的话。我们看到,人们还在继续阐释波提切利的维纳斯,提出了各种观点,但不论怎么变,都意识到它们所属的那个传统,也意识到瓦尔堡在其构建中起到的重要作用。的确难以想象,这样的阐释会终止,会没有错误;也难以想象,后人的理解会完全模仿前人。如果我们构建起了体系,那不会和前人的体系相同。迈克尔·鲍德罗(Michael Podro)在研究德国艺术史传统的论著结尾处写道:"没有任何体系、任何系统的观点,可以认为和我们自己的思想和观念完全一致。如果这样想,思维就无法保持自由了。"②然而,连续性是**的确有的**,传统也是**的确有的**。

于是,这里有两位学者,一位把以德国为主的学术传统教给他的一切东西,拿来研究十五世纪意大利文艺,尤其是波提切利;一位在"世纪末"的伦敦混迹于艺术家、诗人、舞女之中,工作、玩乐,发现自己欣赏这位画家,而且对佛罗伦萨的历史感兴趣。就他们完全相互独立的研究而言,佛罗伦萨是渊源,也是焦点。假如当时不是有一股对波提切利的盲目崇拜之风,很难想象这两位会碰面,甚至想要碰面。但他们的确见面了,地点就在佛罗伦萨。他俩一个是职业学者,一个是业余学者,尊重彼此的学术研究。霍恩谈到瓦尔堡,和谈到另一位研究十五世纪的德国专家施马尔佐夫相比,口吻大相径庭。他们成了朋友,瓦尔堡不在

---

① 贡布里希,第 305 页。
② M. 鲍德罗,《艺术批评史学家》,1982 年,第 214 页。

佛罗伦萨时,他们就书信来往。后来,战争爆发,两人分开了,但到了1916年,霍恩在佛罗伦萨临终时,瓦尔堡还是去见了他,虽然霍恩是敌国的公民,而瓦尔堡则忠于德国。

就这样,两位学者的人生极为偶然地交错了,但霍恩的"来生"和瓦尔堡的"来生"非常不同。霍恩博物馆和它的创办人一样默默无闻,而创建于汉堡的瓦尔堡学院,经过改造,在霍恩土生土长的城市蓬勃发展,而且就设在布鲁姆伯利,霍恩当年在此相当活跃。当然,瓦尔堡绝不会想到,他的学院会坐落在这座城市,这个区域。霍恩并不富裕,也不可能想建立一所学院。和他的朋友贝伦森一样,他对德国的学术抱有深深的怀疑。瓦尔堡和霍恩的一切共同点在于,两人都认为真相寓于细节,而且都热衷于十五世纪意大利文艺,尤其是波提切利;假如他们早生了一百年,也许根本就不会知道这位画家;假如他们晚生了五十年,也许会认为,此人只配匆匆一瞥,顺便想到而已。

我希望我已经说明,他们两人都受了一场欣赏品位运动的影响,这场运动是他们无法控制的。虽然霍恩对佩特、罗斯金以及他年轻时从事的艺术做了礼貌或无礼的责难,却无法完全摆脱他所谓的"文学"。他笔下的波提切利,也许具有其同时代的强悍的佛罗伦萨人认为的**男性气概**,但他同时也是佩特所理解的,或认为自己理解的幻想家,性情忧郁,有时怪诞。虽然瓦尔堡和先锋派的神话与时尚相去甚远,却也不能完全不受"浪漫的痛苦"感染;同样地,在他年轻时,当时的主要美学观念就是把舞者和完美艺术的奥秘联系起来,这种观念对他也不是全无影响。他也追求客观,但他的客观与霍恩的客观之间有重大区别。瓦尔堡考虑细节(如仙女的衣衫或戴的花)的意义时,其背景是没有可见界限的文化史;原则上讲,他需要一切知识来理解文化记忆。它在进化的文明中以古代的面貌重现,这不仅要在艺术中研究,还要在科学、巫术、宗教中研究。他的身后站着构建体系的诸位教授。霍恩如此相信自己的眼光和头脑,在瓦尔堡看来,一定颇为不凡。据我们所知,霍恩完全不觉得,用他那超越时间的眼睛看他的研究对象,会有什么困难。他对方法毫无兴趣,有档案就足够了。假如不考虑他那独特的冷冷的文体,不考虑他如何娴熟地驾驭了复杂的叙事(当然我们不应该这么做),我们也许会认为,随着对档案的了解深入,他的书会被其他书所涵盖(其实没有深入多少;轩尼诗爵士在此书新版前言中,列出了霍恩的观点中几点过时或错误之处,只占了很短的篇幅)。在此书背后,没有瓦尔堡需要的艺术与文化理论,没有象征主义,也没有关于记忆的学说,不论字面还是隐喻。没有什么错误观念需要批判,也许只除了一点,那就是实际观察可以独立于理论。

波提切利成为经典画家,不是出于学者的努力,也不是出于偶然,而是因为舆论的缘故。此后,这两位学者得以研究他。他们接受当时的观点,但想要用学问去充实;他们都受了当时品位的影响,但是,为了把观点变成知识,他们采取了大不相同的方法,表现了迥异的性情。霍恩的杰作中没有什么要抛弃的,这也许反映了作者缺乏思想上的雄心壮志。瓦尔堡留下的遗产,不仅有研究成果,还有方法和态度。他知道,这些东西将来需要修正,甚至摒弃,或许因为发现了错误,或许因为这样的东西本来就会被后人排斥,因为新的著作可能需要重新考虑整个大课题,哪怕需要重新了解的东西是非常细微的。留下来的东西是专门技能、对可能采取的步骤的提示、判断问题本质的方法。如果强大的机制能够在某种程度上减缓时代的变迁,"理论"变得部分被人遗忘的过程,也许有时可以变慢。但这个过程通常是很快的,它的主要作用就是巩固某件艺术品的地位,也许只是用来解释为何它**的确是**经典的,为何它需要一再地重新阐释。邓恩把有些事堂皇地称为"无关紧要、理所当然之事"(unconcerning things, matters of fact),霍恩发现了许许多多这样的东西,比如关于那些没有列入经典的**学派**(scuola)的成员的事。但这些东西不能把一件艺术品的生命代代延续下去。要想这样,唯有阐释,而阐释也容易犯错误,就像最初让学者注意到波提切利的无知舆论一样。

选自《关注的形式》(1984 年)

11. 考尼律斯和伏提曼德*

《哈姆雷特》(Hamlet)剧中的分身①——关于剧情、人物以及语言——出现的频率之高,一直受到读者的关注。而我直到1983年在哥伦比亚大学做关于该剧的讲座的时候,才震惊于该剧是如何像有强迫症一样迷恋"重言"(hendiady)。我列举了很多例子,写了这一篇的一部分草稿,明确研究这些表达。我把草稿略作保留,交给爱德华·泰勒(Edward Tayler)看,他是莎剧研究的大家,指导我查阅乔治·T. 赖特(George T. Wright)刚写的一篇精彩的文章,以数据显示莎士比亚多么热衷这一技巧。重言在《哈姆雷特》中被加以个性化运用,达到数量上的顶峰,而就使用频率而言,排在其后的是写于该剧前后的那些剧本。重言在1599年以前用得很少,1599年以后用量也慢慢回落。

初读这篇关于重言的专论,我就像是任何自以为发现了别人没发现的东西的人一样,不由心情沮丧。赖特的论文实

---

* 本文参照的《哈姆雷特》为阿尔顿版本(Arden edition),H. 金肯斯(H. Jenkins)编,1981年。其他莎士比亚的作品参照的是 G. B. 埃文斯(G. B. Evans)编《河滨版莎士比亚》(*The Riverside Shakespeare*,1974年)。

① "分身"原文为 doubling,或译"复影"。——译注

至名归地获得了美国现代语言协会的年度最高奖项。但我还是继续写下去,感觉我看问题的角度有所不同,也许比赖特要更为鲁莽。本文研究中心是重言,但我认为重言不仅是一种使用频繁的修辞手段,而且精确地、几乎病理性地例证了分身更加普遍的惯用法,不光在《哈姆雷特》中得到使用,也见于很多其他莎剧中。我不确定此处观点是否值得探讨,而且《理查二世》中布希对王后的演讲那一段我还有些拿捏不稳。我怀疑布希或者莎士比亚弄错了,但是否我自己弄错了?关于这些可能有更多的研究。至于《哈姆雷特》,也许把现行的三个文本(Q1,Q2,F*)中的重言运用加以比较,不无启迪意义。这将非常耗时,但时间或许不会白费。但是本章意在对《哈姆雷特》发出新的声音,意在证明,尽管有关本剧研究文献浩瀚,还是有可能推陈出新。

我们看到波提切利从罹忘中被人拯救出来,声名鹊起,情形大体如此,至少有人已经开始筹划这件事,考虑这样做意味着什么。我现在讨论的例子几乎完全相反,是《哈姆雷特》——这部悲剧从诞生之日似乎就享有极大的知名度,可以说只有在品位上发生某种革命,才有可能剥夺我们对它的尊崇,而这种革命几乎难以想象。

确实有不少人尝试把《哈姆雷特》拉下世俗经典的神坛。伏尔泰(Voltaire)展开了反对莎士比亚的长期论战,说该剧没有章法,**是一部粗俗野蛮的作品**(une pièce grossière et barbare),在法国的话只配给农

---

* Q1:*The Tragicall Historie of Hamlet Prince of Denmarke By William Shakespeare*,1603 年出版,是为"第一个四开本"(First Quarto,简称 Q1),共 2 154 行。Q2:*The Tragicall Historie of Hamlet*,1604 年出版,是为"第二个四开本"(Second Quarto,简称 Q2)。Q2 长达 3 674 行,内容和 Q1 差别很大。*The Tragedie of Hamlet*,1623 年出版,是为"对开本"(Folio,简称 F),或称"第一个对开本"(First Folio,简称 F1)。F1 共含 3 535 行。——译注

民看。① 很显然,关于诚实的人在艺术中应该尊崇哪些品质,他的观点与众不同,而这个观点没有盛行,否则我们都会生活在完全不同的世界里,因为如果我们的评价方式发生如此巨大的改变,一定会在社会和文化中引发更大程度的巨变。托尔斯泰(Tolstoy)选择《李尔王》(King Lear)作靶子,并且意识到任务之重,因为他抨击的不仅是一部被过于赞誉的戏剧,也是赞誉它的这种社会,其腐败有害社会成员。他认为《哈姆雷特》的主人公根本没有个性,尽管饱学之士曾经对此大加赞叹。对莎士比亚的崇拜是极端非宗教的德国启蒙运动的产物。要想进攻得手,他必须首先让自己的新宗教完全取胜,并设法在未来社会中去掉莎士比亚,或者,连《安娜·卡列尼娜》(Anna Karenina)也毁掉。另一个著名的事例是莱默(Rymer)对《奥赛罗》(Othello)的抨击,理论是他相信自己确知悲剧的形式与伦理目的应该是什么。时间证明他并不真知道,而《奥赛罗》得到了更有智慧的观众的喜爱,正如加布里尔·哈维(Gabriel Harvey)一开始就证明《哈姆雷特》会赢得更多睿智的观众。

从《哈姆雷特》批评的历史,可以看出莎剧经得起时间的考验,给批评家创造了良机,让他们可以做出最与众不同、最出色的评论。康克林(Conklin)列举了冠以《哈姆雷特》的种种名号:男性气概,原始的,人性的,同性恋的,肃穆的,哀愁而乡绅气的,重要而狂野的,谨慎,粗鲁,英雄,软弱,超级微妙,或者延宕。1778年王子被本土化为德国人,而歌德不仅在《威廉·迈斯特》(Wilhelm Meister)中对此剧做了"过于明显的印象主义"的评论,还注意到整个剧本有一种颇为神秘的完整性和一体性,与人物区分明显,这个观点最终可能更有影响力。

而在歌德与弗里德里希·施莱格尔(Friedrich Schlegel)、柯勒律治(Coleridge)的评论背后,我们可以感觉到其中隐现着哲学的沉思,与他们自身和所处的时代相呼应,而不是呼应莎士比亚或者他的时代。这

---

① 见保罗·S. 康克林(Paul S. Conklin),《哈姆雷特批评史:1601—1821年》(A History of Hamlet Criticism: 1601—1821),1957年。

正表明,强大的评论家才能做到这样。他们将强制改变传统评论的走向,其力量自身异化于寻常头脑的产物,范畴之大,是平常评论家不能够或者不可尝试的。这种批评的效用总是使作品看上去有了新的外观,改变了它内在的平衡,关注被认为是边缘的东西,使其更接近中心,即使失去一向看似处于中心的东西,也在所不惜。

因为还没有哪个受人尊敬的文本确保永恒流传,文本依赖评论的媒介存在,这个说法是合理的。每代人都有不同的评论,因为要迎合不同的需求;重要的是有一直讨论的需求,而以不同的方法讨论的需求也同样迫切,因为提供评论的任务现在已经转交给一个特殊的职业。至少到目前为止,这个职业评价其成员的成就时,依照的标准是他们能否对经典文本说出新的东西,而又能和文本相得益彰。尊敬本义古已有之,可以限制漫无边际的解读。但是早期拉比制定的现象学的纲领,或者衡量**标准**(middot),不仅仅限制阅读,还提供有用的提示来获取新的解读。如果我们现在要构建自己的**标准**,可以如此这般:被边缘化的可能更加属于中心。50年以前,"人物"从中心的位置被驱逐出来(虽然我认为普通读者以及剧院观众当然没有这样做,演员也没有),而做了大量的关于意象和把戏剧当作诗歌的研究。这种研究大多已被人遗忘,这不要紧,我们也不再怎么听到弗洛伊德式的研究,更多是拉康的——假如可以确定有很多拉康式的解读的话。一定有新的评价,但必须是在剧中觉察到了新的关系,对中心和边缘有了新的调整的时候,才能旧作新评,并且在评论中表达得当。

要认识到事物的这种状态,可能要看到所有评论中一种游戏的元素——正如拉比们做过的那样,不过他们似乎从来没有认为自己从事的不是严肃工作,事实上反而认为这是世上最严肃的事。提到这个,是因为我意识到一种游戏马上就要开始。《哈姆雷特》不是《摩西五经》(Torah),但在相当有限而"顽皮的"意义上,还是可以允许或者容忍对该剧加以准拉比式的关注。

我开始要回忆（用到"回忆"一词可谓贴切）莎翁早期作品中的阴影和显示（shadows and shows），本体（substance）及其意象（images）[①]，还有镜子（mirror）。鲁克丽丝被阴影折磨，也希望有轮到塔尔昆受罪的时候。特洛伊挂毯上的赫卡柏是一个"悲伤的阴影"，或是鲁克丽丝的倒影，是她可以与之说话的自己的沉默意象。这是一个欺骗的分身，因为鲁克丽丝如果与赫卡柏有相似之处，也仅仅表现为对鲁克丽丝的强暴可以比照特洛伊的沦陷：赫卡柏的城市被狡猾地进入了。但是赫卡柏是废墟的一个意象。

十四行诗第 37 首中，儿子被称为父亲的影子，但当父亲风头不再时儿子却风华正茂，因此有比父亲更多的实质。但是他的"影子使影子更加明亮"（43）；这种阴影的冲突产生了明亮的意象，在下一行推动了"形式"的冲突——"影子的形式如何形成了快乐的表演"——在此行中名词两次当作动词来用，在此处产生一种"快乐的"表演，一个表象，一种展示，尽管并不是影子所在的所有地方都这么欢乐。

没有本体就没有影子，没有形成影子的形式就没有表演，这个少年的美貌一定有很多影子，影子的类型是反类型（antitype）的实现："你的本体为何，你从中得来/竟有几百万个奇怪的影子？"（53）。这些类型可能是海伦，阿多尼斯，或者是一朵玫瑰（"为什么可怜的美人间接地寻找/影子的玫瑰，而不知他的玫瑰是真的？"[67]），即真的玫瑰是非本体的（insubstantial），只是本体玫瑰（noumenal rose）——少年——的代理物（surrogate）。

本体及其呈现——影子、映像（reflection），或者表演（show）——之间的关系一直是个难题，可能诱使诗人或者评论家陷入神学或者哲学的复杂性中，我也曾经如此暗示过。"表演"一词相当不可靠。少年"甜美的美德"回答了他的"表演"吗，抑或他的美貌像是夏娃的苹果，只具表象上的美吗（93）？"他们有能力伤害，却不想伤害/他们最多展示

[①] 或译"实质"。——译注

的是自己不做的事情"(94)——这一句是著名的难点,但至少可以明显看出表现出来的和实际上做过的有何不同。而甚至在他的十四行诗中,世界是一个舞台,也是一种表演("这个巨大的舞台呈现的都是表演"[15])。阴影与本体,表演与事实,是对立的一对。它们一起表现似是而非,不可能,**和谐的不一致**(concordia discors)或者**不一致的和谐**(discordia concors),这出现在情人和他的欲望之间,或许令人惊讶:"我感情的主人-情妇"(20)。我们将会看到,性是这些结合的分离(conjoined disjuncts)的表征。

在剧院中——剧院本身就是这个世界的分身,是它自己的环球——莎士比亚早期对这个分身表示了兴趣。喜剧传统给他提供了孪生子的模式,在《错误的喜剧》(Comedy of Errors)中,他双重化了普劳图斯的分身。《维洛那二绅士》(Two Gentleman of Verona)中有两对情人,一对彼此忠实,另一对则相反。他们一起说了很多影子和本体的话。不忠的普洛丢斯问他朋友钟爱的女人西尔维娅要一幅画像:

> 因为您的卓越的本人
>
> 既然爱着他人,那么我不过是一个影子,
>
> 只好向您的影子贡献我的真情了。

朱利娅,他自己的情人,碰巧在偷听这一幕,旁白道:"这画像倘若是一个真人,你也一定会有一天欺骗她,/使她像我一样变成一个影子。"而西尔维娅回答:"先生,我很不愿意被你当作偶像,/可是你既然是一个虚伪成性的人,那么/让你去崇拜虚伪的影子,倒也于你很合适……"她让他拿走画像(iv.2.123起)。这美妙的一幕比看上去还要复杂得多。普洛丢斯宁愿在这种影子—本体的对立中,硬说西尔维娅与凡伦丁的定情让他只能陷入爱一个影子,而不是本体的境地。朱利娅说这幅画像要是真人的话,普洛丢斯的不忠也会很快把它变成一个影子,他就是这样对待她的。她在另一个层面上是一个影子,假扮成一个男孩,因此是她自己的本体的影子,或者假的表演。西尔维娅可能注意到了"奉

献",想到了影子是意象,而影像是偶像,是雕刻的影像,因此虚伪的普洛丢斯在同样虚假的影像前跪下是合适的,像是真的上帝的假的影像。当然相关的每一个人都在表演中饰演了一个角色,而两位女性在另一个意义上确实是在表演,因为西尔维娅是男扮女装,一个"主人-情妇",而朱利娅是男扮女装再假扮男装。

由于所有这些分身都很戏剧化,我们不需要惊讶这不只在喜剧中使用。《泰特斯·安德洛尼克斯》(*Titus Andronicus*)是奥维德的忒柔斯故事的阴影。奥维德笔下的强暴者在莎剧中有两个分身,狄米特律斯和契伦。拉维尼娅比奥维德的菲罗墨拉遭受了双倍的折磨,她的舌头被割下,说不出侮辱她的人的身份,手也被砍掉不能写出名字,而书写是说的分身或者影子;拉维尼娅的影子可以书写,但是口头表达的菲罗墨拉的本体不能书写。因此这一喜剧邀请我们仿效疯狂的主教,把"假的影子当成真的存在"(ⅲ.2.80)。这个手法在《亨利六世》(*Henry Ⅵ*)中不断使用,有时候说服力不够(塔尔伯特是他的本体,军队的影子,《亨利六世》Ⅰ,ⅲ.5.45);有时候敷衍了事,如被黜为总督的法王理查只会是他以前自我的一个影子(《亨利六世》Ⅰ,ⅴ.4.133起),或者大使是国王的影子(《亨利六世》Ⅱ,ⅰ.1.13-ⅰ.1.14)。但是有时候更多的是它常有的复杂性,如克莱伦斯和华威克(《亨利六世》Ⅲ,ⅳ.6)变成了亨利王的双重影子,暗示影子做了真实的工作,尽管国王必然是本体存在的。

这个主题或多或少的简单变体出现在其他历史剧中(例如《约翰王》[*King John*] ⅱ.1.149起),但是我此处只需讨论《理查二世》(*Richard Ⅱ*)中很难懂的一幕。在理查王离开后,布希安慰王后(ⅱ.2.144起):

> 每一个悲哀的本体都有二十个影子,
> 它们的形状都和悲哀本身一样,但它们没有实际的存在
> 因为镀着一层泪液的愁人之眼,
> 往往会把一件整个的东西化成无数的形象。

> 就像凹凸镜一般,从正面望去,
> 只见一片模糊,从侧面观看
> 却可以辨别形状,因此娘娘
> 把这次与王上分别的事情看偏了,所以
> 才会感到超乎别离以上的悲哀,
> 其实,从正面看去,它只不过是一些
> 并不存在的幻影。

布希的安抚隽语源自叫作畸像(anomorphosis)的视觉错觉,引起了16世纪一些画家的兴趣。其中著名的一例是荷尔拜因(Holbein)的油画《法国大使》(*The French Ambassadors*, 1533年)。画中两个人的脚之间有一个椭圆的形状,从正面看模糊不明,但是斜眼看去,表现了一个骷髅,一个"记住你必死"(momento mori)的象征。有时候这些不明的形状只能用三棱镜或者透镜才可以看出门道。荷尔拜因之后一百年,查理一世的纪念画像就是这样被秘密保存的。普通人熟悉"凹凸镜"形式的畸像,双重图像,通常是画像,画在同样背景上,通过这一方法让你从一个侧面看的时候看到一个画像,而转到另一个侧面看到的则是另一个。从正面只能看到一团混乱。莎士比亚不止一次提到这样诡诈的画像,例如《安东尼与克莉奥佩特拉》(*Atony and Cleopatra*, ⅱ.5.116-ⅱ.5.117),"尽管他一边的面孔像个狰狞的怪物,另一边却像威武的战神"。我们会看到,这个观念最主要用在《第十二夜》(*Twelfth Night*)之中。

那么,布希说的是王后泪眼婆婆,把一个本体的悲哀增加,变成了很多影子的忧伤,表演的忧伤。但是,他进入了一个视觉学中的形象,并且加以发挥,王后像是从正面看凹凸镜的人("正对着"[rightly]),看到的只是形状的混乱或者影子;而从侧面,斜眼看去的时候,会看到只有一个本体的悲伤。不幸的是布希自己弄乱了,说王后一直斜眼看着,而隽语不能巧妙发挥出来,尽管混乱好像不是完全不当。

在"废黜"一幕中,理查让人去取一个镜子,拿到后他说了一段像是十四行诗的台词。他仔细看了自己的映像后,说:"我的悲哀怎样在片刻之间毁灭了我的容颜。"而博林勃洛克告诉他:"你的悲哀的影子毁灭了你的面貌的影子。"他知道镜子中的影像是影子,也以为自己知道理查摔碎了镜子,不论是出于愤怒还是任性,这种感情都是从本体的悲哀中抛出的影子,是其外显的虚假表演。理查对博林勃洛克的评论甚为满意,修饰了这种说法,让它比预期的更加令人同情:

> 一点不错,我的悲哀都在我的心里;
> 这些表面上伤心恸哭,
> 不过是那悄悄地充溢在受难的灵魂中
> 不可见的悲哀的影子,
> 它的本体是在内心潜藏着的……(iv.1.291 起)

涉及国王的时候,不太容易总能区分清楚影子和实体。在国王的两个身体中,哪个是影子,哪个是本体?剥去他的所有"附加物"——用理查的话就是"去掉王权"——李尔王问谁能告诉他他是谁,而只有他的弄人才能做到:"李尔的影子。"(i.4.230 - i.4.231)国王和地方官员的袍子,他们的附加物,做了崭新的展示,但是它们只是官位和权力的本体。国王的两个身体则为彼此影子的实体,它们处在一种雌雄同体般的联合中,只有死亡能把它终结。

在剧场中,在世界的镜子中,当然也在别处,上演的东西被称为表演,就像市长大人穿过伦敦大街小巷进行表演一样。这可能很简单("有些欢迎我们进城的表演"[《驯悍记》(*Taming of the Shrew*) i.1.47]),也可能很壮观,像《麦克白》中国王的表演,或是在历史剧中见到的那种游行,为了取悦"那些来看一场两场/表演的人"(《亨利八世》[*Henry XIII*]前言)。或者可能是一幕哑剧。不论如何,目的都是展示和显示,为了给可能符合或者不能符合内在事实的某种感情或者命题找到外在的表达。剧场是映照的一幕,也是欺骗的一幕,而演员是表演中不完美的影子。麦克白想要扑灭投出生命影子——行走的影子——

的烛火;这个观点让他马上想到了表演中大步走动的焦急的演员,而且借此说出了一个痴人说梦的故事。莎士比亚似乎没有过多地考虑这个职业,演员是邓恩所说的"普通的虚无",是一个阴影,不过是本体的表演而已。对科利奥兰纳斯来说,所有的演出都是伪善,都是假的表演。

剧场提供了更多的分身,都与本体/影子,舞台与世界有关。我提到了古代戏剧传统中的孪生子,但是龙凤胎孪生子作为分裂的雌雄共体尤为有趣。薇奥拉和西巴斯辛在《第十二夜》结局处的同时出场令公爵发出如下赞叹:"一样的面孔,一样的声音,一样的装束,化成了两个身体!/一副天然的幻镜,真实和虚妄的对照!"(V.1.216 - V.1.217)布希的视觉学在此处强加在柏拉图的雌雄共体之上,而该剧的形而上的断言("是什么就是什么"……因为"什么"即是"什么","是"即是"是"[iv.2.19起])是用象征表征的,而这个象征也是一种视觉的幻象。薇奥拉自己,那个不是男孩而是女孩,不是女孩而是男孩的男孩("我并不是我饰演的角色",i.5.184;"我不是我自己",iii.2.141),那么最后,她穿上忠贞女人的黑色丧服,做了一个女孩,虽然只是在表演中,这迎合了穿塔夫塔平纹皱丝织品的那个时代的口味,迎合了某种在色欲上不确定的喜悦,因为剧场演出以及男性演员充斥那个时代,而传教士对此悲叹不已,引用律法中确定无误的规定,反对那些唯信仰论模糊了事物互相之间的界限。① 是假扮托比爵士的费斯特宣布了是什么就是什么,而假扮男孩的薇奥拉顶撞道既是也不是,她和她孪生哥哥站在幻镜之内,影像一模一样,但又截然不同。

顺便提一句,在莎剧的孪生子设计当中,我们也许还应该加上《仲夏夜之梦》(*A Midsummer Night's Dream*)和《罗密欧与朱丽叶》(*Romeo and Juliet*),分别是皮刺摩斯和提斯帕的喜剧和悲剧的变体。由于那个故事被简化成一个闹剧,也是波顿戏中的主题,喜剧本身就是

---

① 见 L. 贾尔丁(L. Jardine),《依然大谈女儿们》(*Still Harping on Daughters*),1983年,第一章。

分身，而且是对偶的，而其语言也提醒了我们。"我觉得好像这些事情我都用昏花的眼睛看着，"狄米特律斯说，"一切都化作了层叠的两重似的。""我也是这样想，"海丽娜回答说，"我得到了狄米特律斯，像是得到了一颗宝石，/好像是我自己的，又好像不是我自己的。"(ⅳ.1.189起)之前她告诉赫米娅她俩"这样生长在一起，/正如并蒂的樱桃，看似两个，/其实却连生在一起"(ⅲ.2.208起)。这是莎剧事件的典型状态。仙女的王国是雅典的分身，而剧本本身是世界的本体的影子。至于演员，"这行里最好的不过是影子"，本体及其所显示出来的也是《特洛伊罗斯与克瑞西达》(*Troilus and Cressida*)中的重要的一对。这个剧本关涉真相和阴影：观点。主人公们发现荣耀只是你在钢制的大门的镜像中看到的，在他人的眼睛里看到的，或者是拱门发出的回响，放大了荣耀的欢呼，也使声音变形(ⅲ.3.115起)。克瑞西达从特洛伊罗斯昏花的眼睛中看去，最后变成了两个，一个女人，还有一个男人对她的对偶的观点(ⅴ.2.146)。甚至在《裘力斯·恺撒》(*Julius Caeser*)中，尽管很多事情确保人应该只有一个正身(《安东尼与克莉奥佩特拉》，ⅱ.6.19)，还是有两个西那，政治家和他的影子——诗人，两个一起，暗示在普鲁塔克的作品中提到的苏埃托尼乌斯的那些和卡里古拉①一样残暴的暴民。他们杀死了影子，因为本体不在手边，②正如密谋叛乱者杀死了必死的恺撒，而不是他的君主本体，后来转成冷峻但是神圣的奥古斯都。《李尔王》中有愚蠢的孪生，国王的愚蠢和弄人的愚蠢，国王和可怜的汤姆，因为可怜的汤姆是必死的身体，是李尔的影子，爱德蒙和爱德伽是虚幻的，里根和高纳里尔是真正的分身，就像给马的干草上涂上奶油的男孩和他敲鳝鱼头的妹妹一样。《安东尼与克莉奥佩特拉》把罗马和埃及放在幻镜中给我们看，一个是岩石般坚硬，另一个在河中融化。克莉奥佩特拉和奥克泰维亚是一对，喜悦女神和美德女神，赫拉克

---

① 卡里古拉(Caligula)，古罗马暴君。——译注
② 说来难以置信，但我发现没有任何人注意到此处用到了《卡里古拉的生平》(*Life of Caligula*)。

勒斯(赫丘利)必须两者选一。安东尼的本体消解,像是云朵消散,像是阴影,是龙一样,熊一样,狮一样的本体在天空中的表演——不再是本体,只是转瞬即逝的表演(iv.14.1起)。

当然,莎士比亚对这些孪生子以及分裂的对子的兴趣看似非同寻常。斯宾塞几乎总是用"影子"(shadow)来指"暗影"(shade),的确他有自己的两个极端的意象,乌娜和杜爱萨,而一个是本体,两个或者很多是影子;他的孪生兄弟芙拉里梅尔斯,真实和虚假,他口是心非的阿奇梅戈。但是,尽管诗中充满了想象和表演,斯宾塞却没有挑起语言学争论。邓恩在这一方面更像是莎士比亚,他喜欢分身和分裂,喜欢被武断区分出东西方向的地图,喜欢不仅有正反面还有国王头像的影子印在其上的钱币。他喜欢情人眼中的受宠的分身,那些炼金术的联合,**在试管中**(in vitro)复制的宇宙雌雄共体论。但是他选择用例子来支持自己的短暂隽语,他不痴迷其中,几乎没有超出他所在的时代对博学而妙语如珠的诗人的期待,他的时代也许比大多数时代都更加建立在偏爱的几组对仗上:自然与上帝的恩典,行动和思索,真相与观点,本体的与现象的。但是,我不认为在别处能找到约翰·凯里(John Carey)在讨论邓恩①的时候所说的对"联合对立面"(joined opposites)的热情,而在莎剧中如此显明,在《凤凰与斑鸠》(The Phoenix and Turtle)一诗中达到了顶峰。

莎士比亚这首诗中的两只鸟在共同的火焰中形成分身,它们相爱,"就像是孪生子的爱/只有一个本质;/两种特征,没有分隔"。它们具有超越的单一性的品质:"在爱中抹杀了数字",因为根据他的说法,"一"不是数字。因此,只有在它们之中,完全单一的自我也神秘地成为另一个。"内在"(Property)——自我单一的状况——因为"自我不是同一个"而吓坏了。"同一"(selfsame)这个词在莎士比亚作品中并不罕见,

---

① 约翰·凯里,《约翰·邓恩的生平与艺术》(John Donne, His Life and Art),1981年,第264页起。

但是此处它却是"**独此一例**"的词（hapax legomenon），被分裂成**自我**（self）与**同样**（same），但还是同一的单词，依然包含自我的概念，性质，以一种新颖的方法与相似的概念合并，而相似与认同并不一致。学者的术语学——"内在"（property），"特征"（distinction）与"分隔"（division）相对，"单一"（simple）与"复合"（compound）相对——因为普通语言用词不当，而扭曲成为以**同一**为模型的反义联合词，反而加强了术语学："或者两者都不"（either neither）。在这个畸形的语言光学中，选择被中和了，而没有被抹除。它们形成幻镜，是几乎不可想象的本体的怪异表演。

柏拉图的雌雄共体带有两种性别的本质，但是被一分为二，因此自我不再同一，而分开的两部分试图合二为一，就像是一个硬币或一个符号断开的两部分是一个整体一样："两种特征，没有分隔。"在特征之中存在最初身份（primal identity）的原则。我们看到分成两半的苹果，看到孪生子，情人，或者三位一体，或者看到不论是天文学还是修辞的现象，只要是与隽语或者是星星有关的，能够让我们说**和谐的不一致**（concordia discors）和**不和谐的一致**（discordia concors），我们就会意识到这个原则。新柏拉图主义者还有神学家们以类似的方式，可以解释爱如何联合贫乏和富足，话语和肉体，不分隔的特征和"都不—或者其一"（neither-either）。

就是因为语言不得不接受用词不当，或者不论如何，因为语言不得不接受倾向于用词不当的暗喻的使用或滥用，所以我们才能提到那些玄学的巨大的凝练。在《凤凰与斑鸠》中见到的是它们超凡脱俗、纯净而绝对的形式，而我们不应该期待在诗歌中找到相似的东西，因为诗歌的初衷是为了听觉而作。环球剧院既是寰球，也不是寰球，它是地球的一个影子，一个世界的剧院既包含也不包含这个世界，"一个自然的幻镜，是，也不是"。它总是倾向于狂欢节的爆发，与简朴肃穆的现实相对立，把这种现实转换为一部戏剧，就像拜耳希·鲍勃闯进伶人的戏，像《第十二夜》中托巴斯爵士说的话，但是把他的话颠倒了，说"是什么，就不是什么"①。正是在《哈姆雷特》的语言中我们可以找到这些结合,幻镜,以及凝练——在《凤凰与斑鸠》中有完全集中的表达,极大地延展了严肃剧,而碰巧两者写于同一时间。

如我们所知,很长一段时间以来,关注的重心放在主人公的性格上,而付出的代价是长久忽略了剧本语言不单单证明了角色的性格,也忽略了语言中没有明显表露的内在关系。在歌德的评论中可以找到对两者共同的关注,但是直到相当晚近,直到大约半个世纪以前,才能更加明显地感觉到"话题的转变"(change in the conversation)(此处借用理查德·罗蒂[Richard Rorty]的一个术语,表达了哲学中类似的重点改变)。我们可以用《牛津英语辞典》给的释义来解释"对话"(conversation)这个词——比我们通常的释义范围更广,但也包含通常释义——在莎士比亚以及其后的时代依然通用:"与他人结交或者交易的行为;同住,贸易"。要认可这样的改变,需要一个社区在习惯上做出相当大的改变。而那些保守主义者们认定不远的过去就是全部传统,这样更减缓了改变的速度。L. C. 奈茨(L. C. Knights)在他的《麦克白夫人有几个孩子?》(*How Many Children Had Lady Macbeth?*)中,想要考察例如"你的欲望高远/但又希望只用崇高的手段"这样的表达,而不是麦克白夫人的"心理",要对整个文本加以类似的关注。这部论证的小册子,在50多年前就宣布了话题的转变,尽管它本身没有实现这种变化。而威尔森·奈特(Wilson Knight)没有参照奈茨(但受到T. S. 艾略特的有力支持),自行得出一个观点,敦促对经典文本做出不同的解读,采取与之相适合的方式,而我们假定文本中所有的部分都有神秘的内在联系——有时间的模式,也有"空间的"模式。而学者们也都各自开始更多注意莎士比亚的形式修辞,从此麦克白夫人的"高远—崇高"的用词可以看作一例双关语,尽管这种研究当然只是最早也是最显

---

① 马伏里奥抱怨自己被关在暗无天日的房子里,托巴斯爵士回答:"嘿,它的凸窗窗壁垒一样透明,向着南北方的顶窗像乌木一样发光呢。"(iv. 2. 36起)这个模仿的是拜耳希·鲍勃的狂欢节语调的倒置。

而易见的修辞研究。可以这样表达话题的转变:本剧的真实的语言,文本的肌理,一直被当成边缘的问题,被仅仅当作一种媒介,使我们能看到更多重要的东西。现在,我们可以进入兴趣的中心,而随后"人物"就被贬斥到相对边缘的位置。

我并不认为把《哈姆雷特》中找到的所有修辞都列出来是很有用的,尽管也许已经有人这样做过了;研究了很多用词不当,很多污言秽语(turpiloquium)(词被"绞在一起形成下流话")①,还有调度的例子("这样频繁的巧合发生在一些人身上")。这样做的是考古学的工作。让我们把一些旧有的名词放在威尔森·奈特的整体论中考虑其意义,并且考虑一下这些词对于 L. C. 奈茨诗性关注的现代人物分析的作用。奈茨沿用了罗曼·雅各布森(Roman Jakobson)提出的现代人物分析的观点。雅各布森认为"诗歌引发了语言学层面上的所有结构因素……一切都变为**有意义的**(significant),**交互的**(réciproque),**相反的**(converse),**对应的**(correspondant)";②雅各布森在阅读十四行诗时做了精心的研究,我此文中对《哈姆雷特》的小小研究当然不能与之相提并论。但是我们也不妨"把话语前景化",看看能有多少与整体有关的东西。

广义说来,《哈姆雷特》的主要修辞手段是分身,这回应了当时的修辞惯例。从《共同祈祷书》(*Book of Common Prayer*)中可以了解,16世纪的英语找到了圣餐仪式的本土对应语,但需要与日常语言有所区分;圣餐仪式本来一直是用拉丁文表达的。"我们承认并忏悔我们的种种罪和邪恶",总告解经文如此。这种告解模仿很多罪人一起说出各种罪行,起到了加倍的效果,而可能更多的是因为**承认**(acknowledge)和**忏悔**(confess)不完全是一回事,而**罪**(sin)在宗教意义上比**邪恶**

---

① L. 索尼诺(L. Sonnino),《16 世纪修辞手册》(*A Handbook to Sixteenth-Century Rhetoric*),1968 年,第 188 页(引用了理查德·谢利[Richard Sherry])。

② 罗曼·雅各布森,《选集(三):语法的诗歌和诗歌的语法》(*Selected Writings, III: Poetry of Grammar and Grammar of Poetry*),1981 年,第 767 页。

(wickedness)要更加具体。同样,"上帝啊,求您赦免忏悔过错的人,求您救赎悔过的人",这些告解词让我们想到诗篇作者的**平行诗句**(parallelismus membrorum),但在其分身之中,存在着意义上的略微不一致,因为赦免与救赎不是一回事,而即使很难区分悔过与告解,但如果没有悔过的话就不能告解,而缺少告解也不能做到正确的悔过,因此,两者是彼此相连的差异。而即使不是这样,即使它们在意义上完全等同,其同一性也会补足整体的意义,因为如霍斯金斯(Hoskins)在《论语言与风格》(*Directions for Speech and Style*,与《哈姆雷特》恰好同时代的一本书)中所说:"在语言中每一处重复都有重要性。"①

《哈姆雷特》一剧中包括了很多指意丰富的分身,但是语言上最意味深长也最有趣的分身无疑是重言法(hendiadys)。这是一种修辞手段,正如名称所示,"用两个"表达了"一个";如维吉尔说 pateris libamus et auro,"我们用杯子和黄金痛饮",而不是说"我们用黄金杯痛饮"。这一修辞手法在《哈姆雷特》中出现频率惊人,也得到了评论界一定的关注,但是因为我们话题的本质好像总是变化的,所以直到 1981 年,才有了第一个系统的研究。这是乔治·T. 赖特的《重言与〈哈姆雷特〉》(《现代语言协会会刊》[*PMLA*]96,168 页起),这篇文章不仅弥补了之前的评论忽略了的部分,其本身也是一篇出色的文学评论。重言最简单的技巧是在表达单个观念的时候,把两个截然不同的词连接起来,如"沉重的大理石的两颚"的表达中所示。但是如维吉尔的例子显示,这种组合也许更为有利,而联合在一起的概念分开来看同样重要。"沉重的"和"大理石的"很可能就是适合形容坟墓的"两颚"的不同称法(实际上这强调了"两颚"本身也是一个修辞:坟墓把人"吞没",因此有两颚,而实际上坟墓的两颚是沉重的大理石)。但是"一分钟的芬芳和喜悦"(雷欧提斯描述哈姆雷特对奥菲利娅的追求,i.3.9)更加复杂,因为喜

---

① 索尼诺,第 157 页。引用 J. 霍斯金斯(J. Hoskins),《演讲与方式指南》(*Direction for Speech and Style*),约 1600 年。

悦——"娱乐"、"消遣"或者类似的意思——沾染了芬芳的气息,而芬芳如果没有喜悦也无法适用于此句。"一分钟的芬芳"听起来没有"沉重的两颗"或者"大理石的两颗"那么适当。赖特指出,通过另一种连接中"语言永远的细微改变"(艾略特语),重言造成一种不安或者神秘。重言背离了原意,连词"和"连接的两个词超乎我们平时接受的连词的意义,违背了简单的并列一般的指意。这种效果可以类比于轭式搭配(一种出乎意外的结合,如"她离开了,泪如雨下,坐着轿椅"),轭式搭配中一个动词在句法中搭配两个句子的意思,因此其逻辑结构像是玄学隽语一样接近于一个玩笑。

但是,赖特进一步指出,重言并不是玩笑,不同词语的联合更倾向于制造不安。赖特明确地证明了莎士比亚在1599年后几年的时间里一直喜欢使用这一修辞手段。就是说,这可能碰巧与剧团搬到环球剧院发生在同时,"赫尔克勒斯和他的负担"意指这个世界,剧院作为世界,本身可以被读作一个重言("赫尔克勒斯的负担")。《哈姆雷特》是他所有剧作中最引以为豪的,也当然比其他剧本更多这种修辞的例子——根据赖特仔细而保守的计算,就多达66处,比其后一部悲剧《奥赛罗》中多了两倍还多,《奥赛罗》居于第二。

赖特的重言的标准是各部分之间有某种相互影响,因此这一修辞法比想象的需要更多的说明。"倘不是我自己的眼睛向我证明"(ⅰ.1.57)的意思有点像是"我眼睛的感官准确证明了我仅凭口头说明不能相信的东西",第一个形容词修饰第二个形容词,而不是修饰动词"证明"。赖特发现,这样的重言的例子精确表达了剧本作为一个整体,具有"欺骗性的联系"的特征,而他出色地证明了自己的观点。

我唯一的保留意见是,在他尝试谨慎区分重言和其他形式的分身的过程中,赖特倾向于排除后者,尽管后者明显与剧本的风格和效果大有关系。甚至可能存在成对物的等级秩序,重言是其中最复杂而居于最中心的。不论如何,在各种程度上体现出来的,不仅仅是重言而且还有分身。考尼律斯和伏提曼德难以辨别,没有分隔的特征,只需一个就足够了。而罗森格兰兹和吉尔登斯吞是并蒂的樱桃,看似分开,却连生在一起。戏中戏是《哈姆雷特》令人不安的分身,而哑剧表演是戏中戏不完美的影子或者表演。不论何时,只要有分身,就有复仇和复仇者、合法的间谍、鬼魂的探访。博纳多是这样记录时间的:

> 昨天晚上,
> 北极星西面的那颗星已经
> 移到了它现在正在吐射光辉
> 的地方……　　　　　　　(i.1.38-i.1.41)

霍拉旭在这一幕结尾时的时间记录法是一个分身:

> 可是瞧,清晨披着赤褐色的外衣
> 已经踏着那边东方高山上的露水走过来了
> 　　　　　　　　　　　(i.1.171-i.1.172)

而这两处美妙的词句像是括号一样,围绕着马西勒斯关于圣诞节的补充说明("一切都是圣洁而美好的"[i.1.169])。雷欧提斯本身是哈姆雷特的一个影子或者表演,两次离别,两次被父亲祝福("两度的祝福是双倍的福分"[i.3.53]);诸如此类。这些强制的副本随处可见,效果不一。有时候很简单,例如波洛涅斯滔滔不绝的发言更加强调了他的愚笨:

> 我们有智慧、有见识的人
> 往往用这种旁敲侧击的方法
> 间接达到我们的目的;
> 你也可以照着我上面所说的那一番话
> 探听出我的儿子的行为。你懂得我的意思没有?
> 　　　　　　　　　　(ii.1.64-ii.1.68)

(效果不亚于奥赛罗在剧本开始的那番谈论。)或者是描写奥菲利娅的无能为力:

>   ……国家所瞩望的一朵娇花,
>
>   时流的明镜,人伦的雅范,
>
>   举世瞩目的中心,这样无可挽回地陨落了!
>
>   我是一切妇女中间最伤心而不幸的
>
>   我曾经从他音乐一般的盟誓中吮吸芬芳的甘蜜,
>
>   现在却眼看着他的高贵无上的理智,
>
>   像一串美妙的银铃失去了和谐的音调,
>
>   无比的青春美貌,
>
>   在疯狂中凋谢!　　　　　(ⅲ.1.154-ⅲ.1.162)

这里除了一行以外,其他行都包含一对分身。罗森格兰兹和吉尔登斯吞在充当朝臣的时刻是这样处理分身的("担负着思想的全部重量与盔甲的/那个独一而特殊的生命",等等[ⅲ.3.11起]);但是哈姆雷特在独白中也是如此。这些分身,当然包括最奇特和最富比喻意义的重言,只是该剧的一个习惯。

在我们具体探讨更多分身的例子之前,可以顺便记住它的某些中心原则。可以说本剧深刻关注了两种主要的分身。一种是剧院与世界,剧院是一面镜子,演员是影子或映像,当他们饰演角色的时候,又是影子的影子。另一种重要的分身是婚姻,而且是以最为强烈而最为亲密的乱伦的形式出现的婚姻。

国王的葬礼,国王遗孀与另一个国王、他的弟弟的婚姻,是一个分身,引发了哈姆雷特苦涩的笑话,说到葬礼宴席和婚礼宴席的加倍。这些宴会在时间上过于接近,不合自然,体现了乱伦婚姻肉体上的接近。二人合一是一种节俭的形式,自我不再和原来一样,应该不同的东西不再分隔。当哈姆雷特向国王道别的时候,他说"再见,亲爱的母亲",国王纠正道:"我是你慈爱的父亲,哈姆雷特。"但是哈姆雷特知道自己说的是什么,他的逻辑是二者合一的逻辑:"我的母亲。父亲和母亲是夫妇两个,夫妇是一体之亲,所以再会吧,我的母亲。"(ⅳ.3.52-ⅳ.3.54)他不接受没有分隔的差异:婚姻,尤其是乱伦的婚姻,禽兽一样的勾当,是一种雌雄共体。或者,假如可以允许用词不当,是一种包括了神秘和不安的社会重言,展示了看似和谐,实则不然,或者过于和谐的一体:婶母—母亲和叔父—父亲的亲属关系过剩。我们可以提到更加令人排斥的婶母—父亲和叔父—母亲这样的称呼。哈姆雷特考虑这样的亲属关系,也把他的母亲称为"她丈夫的兄弟的妻子"(ⅲ.4.14)。这称呼虽然正确,但是强调了这个婚姻是在亲族允许的程度之外,而同时表现了这种复合的关系可怕的一面。哈姆雷特的第一句台词,"超乎寻常的亲族,莫不相干的路人"(A little more than kin and less than kind)(ⅰ.2.65),几乎可以放进双关语的教科书,其巧妙取决于一个词与另一个的相似。"亲族"(kin)与"路人"(kind)是不完美的分身,在发音上、正字法上、语义上都有关系,但在这几个层面都各有不同,表现为一个对偶。因此,这强调了如此接近而又亵渎的一种结合暗示着一种可怕的不协调。

乱伦错综复杂(丈夫—妻子,兄—妹),产生模棱两可("我的侄儿哈姆雷特,我的儿子……我们最主要的朝臣,侄儿,我的儿子"[ⅰ.2.64,117]);这种重复不只是啰嗦,因为这让克劳迪斯的篡位变成多重意义上的篡位("把我[们]当作你的父亲")——"我们"、"我们的"是国王自谓的复数形式。所有这些堆积起来的分身,且不论是否重言,整个布局本身就是一巨大的双关语,在此语境中必然创造出一种奇特和不安的感觉。我们可能忽略它们的存在,或者把它们看作神秘的存在,与秘密有关,而无关乎意义(见ⅲ.4.194)。通常我们的防御机制压抑了这些双关语的知识。有时候公然反抗一下这些机制也无可厚非。

列出文本中的所有分身是不可能的,遑论依次谈及。这里有一个从剧本前180行台词中找到的分身的清单,以及部分评论。

  a) **你在发抖,你的脸色这样惨白**(You tremble and look pale)。(普通语言)

  b) 倘不是我自己的眼睛

    向我证明(the sensible and true avouch)

我再也不会相信这样的怪事。(重言:见上文)(赖特同观点)

c) ……可是**大概推测起来**(the gross and scope of my opinion)("标准的"重言)(赖特)

d) **森严的戒备**(strict and most observant watch)(严密而戒备,但是接近于"严格戒备","严格保持",因此是接近于重言)

e) ……**被法律和纹章认可**(... ratified by law and heraldry)(重言,根据赖特的解释:"纹章盖印的法律";但是不比"森严的戒备"更像重言)

f) **被同一契约/和文件**(by the same cov'nant/And carriage of the article)(重言;阿登版编辑注解为"文件声称";被执行协议的[?])

g) **未经锻炼的烈火也似的**(unimproved mettle, hot and full)(重言:"充满热度")

h) **衣食**(food and diet)(简单复制)

i) **慌忙骚乱**(post-haste and rummage)("匆忙和混乱"[hurry and turmoil];但是一个词组,当然是临时组成的,模仿的是"慌慌张张"[helter-skelter],"杂乱"[hugger-mugger],"猜哪手有东西的游戏"[handy-dandy],"吵吵闹闹"[hurly-burly];是一种重言)

j) **富强繁盛**(high and palmy)(繁盛的高度[palmily high]?高度的繁盛[highly palmy]?)

k) **啾啾鬼语**(squeak and gibber)(是代表鬼发出的声音的一个复合词吗?是一个词组,不是两个不同的词吗?)

l) **拖着火尾,露水带血**(trains of fire and dews of blood)(成员的排比)

m) **甚至预报可怕事件的类似的现象**(even the like precurse of fear'd events)

　　像是**在命运之前而来的预兆**(harbingers preceding still the fates)

　　还有**天上地下一起**显示的(heaven and earth)

　　前兆来临的序言(prologue to the omen)

就要在我们的**疆域和人民**(climatures and countrymen)中出现。(极为重复:"预报","预兆","序言","前兆"——可能还可以算上"之前而来"——形成非常啰嗦的一个系列,每一个词都是其他词的分身,而简单的词组"天上地下",和更为奇特的组合"疆域和人民"搭档,意思类似"我们地区的居民",结束了这一系列的词语)

n)**要是你能出声,会开口**(If thou hast any sound or use of voice)(不知道能够得到怎样的回答,"出声"和"开口"都不能使他期望发出人的语言;鬼魂可能啾啾鬼语,此处又是一个普通环境下的重言的词组,不是非常符合公认的定义)

o)**可以使你的灵魂安息,使我蒙受恩典**(ease to you; grace to me)(此处"安息"与"恩典"是分隔了的分身,互为补充)

p)**高锐的啼声**(Lofty and shrill sounding)("崇高的啼声"[lofty throat]会有点牵强,第二个称号给第一个释义)

q)**到处浪游的有罪的灵魂**(th'extravagant and erring spirit)("浪游"和"有罪"显然是严格的分身,但是有语义上把它们分隔的潜在倾向,对比《奥赛罗》"到处为家、漂泊流浪的异邦人"[ⅰ.1.136]以及"因为犯这样荒唐的错误"[ⅰ.3.62])

r)**一切都是圣洁而美好的**(So hallow'd and so gracious is that time)(圣洁因为美好的方式而来)

在列举的18个段落中,赖特只认为有三处是真正的重言的例子,我也已经标出。在他附加的一个"如果不算是重言,但是接近于重言或者奇特的词组"、但他决定必须"最后拒绝"看作重言的列表中,他列出了另外四个例子:**森严的戒备**(strict and most observant),**烈火也似的**(hot and full),**衣食**(food and diet),**慌忙骚乱**(post-haste and rummage)。要在《哈姆雷特》的语言中评定数百个分身,衡量其奇特之处,测量与最奇特而完整的修辞格重言之间的距离有多远,可谓一件精细烦琐的任务。可以肯定的是,如果一个一个找出来的话,效果将会非常强烈,而且形式多种多样。如果波洛涅斯饶舌的替身整体上来说是喜剧性的,那么第一幕第五场的分身的语言却没有喜剧效果。此处,鬼魂说必须重新回到"硫磺的烈火里去受煎熬的痛苦";他必须等生前的过失"被火焰净化"。他要是讲述整个故事,不仅会使哈姆雷特魂飞魄散,而且让他血液凝冻成冰。会让他纠结的鬓发(台词原话这样形容)根根分开直竖。但是他不能把他的故事告诉有血有肉的人。谋害他的罪行肮脏邪恶,而且最逆天害理,而凶手既是乱伦者又是通奸者。毒药穿过了他身体的门户(或者大路),但也穿过了小巷,把他淡薄因而尊显高贵的血液凝结起来,让他全身结满肮脏而令人厌恶的鳞片。他的御寝变成了奢华**而又**(and)该诅咒的乱伦的卧榻——这是某种重言,乱伦因为奢华而受到双重诅咒,奢华因为是乱伦的而更为奢华。哈姆雷特的回答中带着一连串的分身:"琐碎愚蠢的记录"(trival fond records),"我的少年阅历留下的痕迹"(youth and observation)(经典重言),我脑筋的"书卷"(the book and volume)。与朋友重逢的时候,他两次催促他们去干各自的事,霍拉旭接话,说哈姆雷特的话"有些疯疯癫癫似的"(wild and whirling words)。这既是分身,也是双关语,然后所有喧闹之后,对句缩减了,成了普通但是基本的重言:"天上地下"(heaven and earth),"恩典和原宥"(grace and mercy),"爱与情谊"(love and friending)。

在这些台词之前,已经出现了快速的对话,没有时间考虑分身了。快节奏的对话有时使这首无可比拟的诗章发生了节奏的变化,而且其他更长的时间里由于缺少分身,有助于建立一种不同的语调。其中一段是第二幕第二场中,哈姆雷特和刚刚抵达的罗森格兰兹和吉尔登斯吞之间有一段散文体对白;如我们所知,这两个间谍献媚者相当擅长宫廷式的学舌与表里不一("但愿上天保佑,使我们能够/得到他的欢心,助他恢复常态"[ⅱ.2.38—ⅱ.2.39]);但是在回答哈姆雷特毫不做假的问候时,他们放下了宫廷腔,说话直率多了,哈姆雷特这才听出了他们的来意。更为有效的分身出现在以下著名的台词中:"我近来……一点兴致都提不起来,什么游乐的事都懒得过问"(ⅱ.2.295起),而哈姆雷特在对白结束时,提到了"礼节、俗套",提到了他的"叔父父亲和婶母母亲"(ⅱ.2.368起)。

这样的例子和波洛涅斯的分身更多具有的是艺术,而不是实体,让人说不出这种修辞法目的何在。例如,有的散文体场景中也用到了分身。哈姆雷特在提到戏子时,散文体对白中包含了很多分身:他把演员叫作"这一个时代的抽象而短暂的缩影"([ⅱ.2.520];赖特喜欢对照着 F1 和 Q1 解读"抽象"[abstract],认为这是一处重言)。他后来说,戏子们会展示"给它的时代看一看它自己演变发展的模型"([ⅲ.2.23-ⅲ.2.24]:"时代……时间"在赖特看来是重言);他们不应该大摇大摆,使劲叫喊,而应该"把动作和语言互相配合起来"(ⅲ.2.17)——在他看来,这一个词组太经常分开了。毫不为奇的是,伶甲的叙述让普里阿摩斯倒在皮洛斯利剑的"一阵风"之下(ⅱ.2.469);而哈姆雷特总结这非凡的一幕的独白意在继续使用重言,也毫不为怪:"啊,我是一个多么不中用的蠢材!"(ⅱ.2.544)。我们将会听到哈姆雷特说起虚构的故事和幻梦,理由和暗示,说到一个糊涂蛮干、垂头丧气的家伙,他的父亲"给人家用万恶的手段掠夺了他的权位,/杀害了他的最宝贵的生命"(权位"property"这个词用得可怕)。他"逆来顺受"①,"没有胆量"(lacks gall)(第二个表达解释了第一个,因为鸽子被认为有肝但没有胆)。他像一个下流女人,只会发发牢骚,学起泼妇骂街的样子来。但是,他设了一计,唯一但双重的目的就是考验国王和鬼魂——两者都是国王,两者都是他的父亲。

在这里,如别处一样,效果的多样性赋予了诗歌其特色。奥菲利娅机械的对句(国家瞩目的娇花,时流的明镜,人伦的雅范,举世瞩目的中心,伤心而不幸,失去和谐的音调,等等)与随即国王有力而急切的念白中的重言形成了鲜明生动的对照:

---

① 原文为"鸽子肝"(pigeon-liver'd),指怯弱。——译注

> 他有些什么心事
>
> 盘踞在他的灵魂里，
>
> 我怕它也许会产生
>
> 危险的结果……　　　　　　　　　　（ⅲ.1.166 起）

这只能解释为"在酝酿心事时泄露出来"，或以其他方式被发现，同样令人不快。这是一个绝佳的例子，证明这种分身受到语言上的干预，是笼罩着整部剧的一个不安的意象。一个简单的分身（例如王后看到波洛涅斯死了的时候叫喊的："啊，多么鲁莽残酷的行为！"[ⅲ.4.27]）可能紧跟着一串非常复杂的分身："残酷的行为！／好妈妈，简直就跟杀了一个国王／再去嫁给他的兄弟一样坏"（28 - 29），此处"好"似乎与"坏"对仗，但是"好"这个普通赞语中不乏反讽，在哈姆雷特看来，和"妈妈"连在一起很不合适。"杀"(kill)与"嫁"(marry)这两个对仗的词是邪恶的，而"妈妈"(mother)与"兄弟"(brother)的押韵，模仿了乱伦中过于丰富的韵律。王后寝宫这一幕充满太多这样的双关谜语，没法一一提及：形式与原因，凶器和使者，理性与秘密，等等。哈姆雷特最后一个独白，"我所见到、听到的一切……"（ⅳ.4.32 起），尽管场景不合适，仍然形成一种完结曲概述主题：幸福和目的，吃吃睡睡，瞻前顾后，能力和灵明的理智，鹿豕一般的健忘，怯懦的顾虑，勇猛的大军，空虚的诡计，娇弱，血肉之躯。54 行的症结（"真正的伟大／不是轻举妄动，／而是在荣誉遭遇危险的时候，／即使为了一根稻秆之微，也要慷慨力争"）引出一个问题，是否"不"应该是"不不"，一个不去做两个的事情，一份共同感情中出现两个负极。

那么这部戏中，自我有时候与同一合一，有时候与同一分离。两极连接，而相似物分隔。为什么霍拉旭既是熟悉的，又是个陌生人？为什么我们会困惑于鬼魂到底是不是说了实话？为什么哈姆雷特对女人实施双倍的虐待，像对他母后一样严厉申斥奥菲利娅？为什么在他已经让他母后认罪，直面自己的灵魂之后，他还要加倍谴责呢？为什么在把她的心劈成两半之后，还要重复关于节制的话？为什么他要不疯狂加倍,要不就根本没发疯呢?他不过是影子的演员的影子吗?简而言之,为什么这部剧更像一对孪生子,雌雄共体的分隔呢?根据《会饮篇》(*Symposium*)中阿里斯托芬的话,最初的雌雄共体在分开后,每一半的私处移到前面。他们在床上重会,流淌着臭汗,如《冬天的故事》(*The Winter's Tale*)所表述的那样肆无忌惮地互相触摸,干了禽兽的勾当,目的是想重新恢复最初的雌雄共体。

不论如何我们可以说,在莎士比亚写《哈姆雷特》、《凤凰与斑鸠》以及《第十二夜》的一年左右的时间里,他不但发展了自己对成对物的兴趣,包括乱伦一样成对出现的重言——重言在之前的创作中早有涉及——而且还把对孪生、男性和女性、自我与相同、自我与不同的兴趣发展到了极致。在社会生活中,在狂欢节、四旬斋以及所有其他能连接成对的传统对立物中——一与数字,知识与观点,本体与现象,实体与影子——存在着伟大的对偶性的分身,在诗歌语言中表现为押韵(或者—都不[either-neither],母亲—兄长[mother-brother]),或者元韵,双关语,或者重言。在主题上也许表现为孪生子的视角,或者婚姻与乱伦的一体。这一切共同制造了世界的镜子,这个世界是同一的,但是所有的结构都建立在对立的原则之上。

在这一对立中,本体—影子是原始的形象。在民间传说中,丢掉影子就是阉割或者不育。在一些语言中,同一个词同时表示"灵魂"和"影子",[①]因此意象与镜像也是灵魂的反射。镜子不能摔碎,在哀悼的时候要遮住镜子。在拉康的**镜像阶段**(stade du miroir)概念中,我们看到的是现代版的灵魂的不幸遭遇。

我们的意象或者分身也可能是一个对手,例如父亲的儿子,分身的行为本身是俄狄浦斯主题的反映。姐妹可以是兄弟的分身,那喀索斯把他的倒影误以为自己的妹妹。《第十二夜》中公爵认为西巴斯辛和薇

---

① 奥托·兰克(Otto Rank),《成对》(*The Double*),小哈利·塔克(Harry Tucker, Jr)译,1971年,1979年版,第58页。

奥拉是天然的幻镜,二者合一,而安东尼奥认为把一只苹果切成两半,也不会比这两人更为相像。但是他们也各有特征,而且互相对立;薇奥拉认为她哥哥是一个灵魂,"来吓我们"(V.1.236)。莎士比亚的双胞胎子女哈姆奈特(Hamnet)和朱迪斯(Judith)生于1585年;哈姆奈特死于1596年,同年莎士比亚写了孪生剧——《罗密欧与朱丽叶》和《仲夏夜之梦》。

D. W. 温尼科特①的一个拥趸曾经认为,双生子可以代替儿童成长时期常用的过渡性客体(transitional object),但作为代替品有点糟糕,因为与母亲太相像,太有生气,从而妨碍了儿童从内部到外部事实的转移,难以获得想要的分心(decathexis)。② 不论如何,有真的双生子,也有幻想的双生子。大家经常注意到哈姆雷特对父亲的超级关注(hypercathexis),真实的父亲是他影子的本体,而他的"权位"被篡夺之后,哈姆雷特失去了那个本体,只剩下邪恶的替代物,克劳狄斯:影子—国王,影子—丈夫,以及影子—父亲。他母亲分裂成二,是"这个"和"这个"的妻子,她的自我不再同一,而哈姆雷特被权位的名义震惊。在《凤凰与斑鸠》的用词不当,以及《第十二夜》的幻镜之中,我们可以看到多层面的分身与孪生的加强版本,而《哈姆雷特》在环球剧院已经把这些延展到了完全的戏剧层面,剧院本身就是世界的实体的影子。

我对《哈姆雷特》的上述评论意味着得出一些与过去大部分观点不同的假设,但与今天批评家们经常谈论的方式有共同之处。本文研究

---

① D. W. 温尼科特(D. W. Winnicott, 1896—1971),英国儿科医生,心理分析学家。——译注
② D. 帕里西(D. Parish),《双胞胎案例中过渡性客体与现象》("Transitional Objects and Phenomena in a Case of Twinship"),收录于 S. A. 格尔尼克(S. A. Goalnick)与 L. 巴尔金(L. Barkin)编《幻想与现实之间》(*Between Fantasy and Reality*),1978年,第273—287页。描述的案例是患有精神疾病的异卵双胞胎弟弟倾向于"把独立的人看成二分体的一半",尤其是当他想拒绝他们的时候。但是,他不信任这种感觉。哈姆雷特当然倾向于认为死者与活着的国王是二分体,希望拒绝后者。

方法的主线有关修辞,这并不是说我已经详细说明了修辞的全部变体,而仅仅用了书中各处找到的例子。赖特的研究令人称羡,他明确区分了重言和其他形式的分身,研究在文本中找到的多种双关语类型,我不能望其项背。我的推论当然是在剧中各处寻找与主要观点相似的地方,而在这里,就像亨利·詹姆斯（Henry James）在另一处联系中所说,"关系无处不在"。有时候这种关系似乎既显而易见,又牵强附会；为了一己之便,我不妨说这种关系时而彰显,时而隐而不露。

经典文本往往让人做出类似的典型推论。经典文选和圣典之间至少有一个共同之处：不论任何时代或者任何群体,不论他们如何定义哪种关注的形式是正确的,哪些段落才应该引起读者的兴趣,文本中都会永远存在其他不同的东西有待评说。虽然最后的论断谁也不能定夺,当然还是有发表不同意见的空间。但很难说推论经过检验之后一定会对研究有所推进。唯一可以确定的是,后来的研究者可以明显看出前人的观点有惊人的不足之处,而究竟哪种方法可以正确地把评论的影子加到戏剧的本体之上,对此也没有完全一致而不变的尺度。而这正是经典文本的意义。在一定意义上,这是歌德和柯勒律治玩过的同一个游戏,但是规则改变了。而我们仅仅是因为其渊源相同,才能辨别出游戏性质相同：所有游戏都承认文本有无所不在的重要性,所有游戏都有自己的经典解读,而且极为宽容,不加限制。看似关系必须终结于某处,而到底在何处终结,有的观点比其他的更为严格,但也都只是观点,不是最终决断。最重要的,无论持有如何敌对的观点,大家都能各抒己见,而发现殊途同归,原因就是《哈姆雷特》的经典地位不可动摇——要从经典中除掉这样的文本,当然也会把那些话语一起除掉,不论话语属于哪一派别。简而言之,对于所有解读游戏来说,唯一通用的法则,唯一的共同渊源,就是大家讨论不休的经典文献必然具有永恒的价值,并且具有永恒的现代性,而其实这两者是一回事。

在我写这篇文章的时候,有人给我讲了一个梦。他梦到自己超重,节食,然后变瘦了,感觉在这个过程中他获得了全新的个性。然后,他全新的身体又做了一个梦中梦,在这个梦中梦里,他看见自己原来的样子——胖得多了,但是这样更富态的体型不知如何让他觉得更加自在。他接着梦到自己决心心领神会,采取行动,恢复原来的肥胖。在这个梦醒来时,他发现自己的确胖了;后来他醒了,看到了真相。在外部的梦中,他已经把自己缩小为原来自己的一个影子,在内部的梦中,他重获了本体。

这不仅让我想到在戏剧一开始时哈姆雷特依然年轻,身材匀称,而到了结尾处,随着时间和感情的流逝,他 30 岁了,开始发胖;还让我想到他的戏是一场虚构,是一个感情的梦,梦中有梦,镜中反映出来的镜子不过是一个表演。另外,解读者的谈话也是或肥或瘦的影子或意象,而不是实体,只不过有影子处必有本体,也必有光线照亮。因此所有这些影子谈话的结局毕竟是为了使真实而有价值的物体存在。这,我再用一个重言来表达,就是我认为的解读的游戏和责任(play and duty of interpretation)。

选自《关注的形式》

12. 物的本义

这篇文章写于1984年,就开篇引用的史蒂文斯的一首佳作有感而发,是为耶路撒冷的希伯来大学(Hebrew University)一次有关圣经注释的会议所写。该文首发于一部论文集,其中收录的论文都比这篇更加渊博精深。论文集名为《米德拉什和文学》(*Midrash and Literature*),由杰弗里·哈特曼(Goeffrey Hartman)和桑福德·布迪克(Sanford Budick)编(1986年),再次试图把圣经注释问题延伸到其他学科,而在这一过程中就有赖于一些并非没受过质疑和挑战的权威。但是这样似乎再一次证明了尝试的必要性,尽管这一努力也许会将我置于博学之士的批评之下。谁也不能够博学到可以完全避免这种状况。

文章的题目取自华莱士·史蒂文斯(Wallace Stevens)的一首诗:

> 树叶落了以后,我们回到
> 物的一种本义之中。似乎
> 我们已经到了想象的尽头,
> 在一种惰气里,死气沉沉。

甚至很难选出一个词来形容
这种空洞的冰冷，这一毫无来由的悲哀。
伟大结构已变成一所无足轻重的房子。
没有一个包头巾的穆斯林从磨损了的地板上走过。

温室从来没有像现在一样急需刷漆。
烟囱有 50 年之久了，斜向一边。
奇妙的尝试失败了，重复，
在人群和苍蝇的重复里。

230

然而想象的缺失本身
也需要被想象。大池塘
在其本义上，没有倒影、树叶
泥泞，像脏玻璃一样的水，表达了一种

寂静，一只老鼠无声地出来看
池塘和莲花的残枝，所有种种
必须被想象为一种必需的知识，
必须，正如一种必然的要求。

这是史蒂文斯晚期的一首作品，但延续了很早以前开始的一种思绪。这一思绪以自身极为特殊的形式回应了现代哲学的一个中心主题。本义本身就是一种隐喻，没有办法从隐喻中脱身，语言的单义性不过是一个梦想。这个观点似曾相识，而史蒂文斯诗的有趣之处在于他并不仅仅承认这个观点，而更多地指出了伴随其思考的思想的运动。他特别注意到，即使只是想象、找到描述事物本义的语言，并且让这种语言在此处停留哪怕最短的时间，也需要极大的努力。他似乎说：这种试图注视"不在那里的空无和此在的虚空"的做法值得尝试，但是没有可能。在我刚引用的一首写于稍前时期的诗（《雪人》["The Snow Man"]）中，他认为做出这种尝试是"拥有冬天的思想"(CP, p. 9)。只有这样的思想,雪人的思想,才能够注目冻僵了的树,而不是给它们加上语言、人文的增量,即使这种增量是一种痛苦。

但是这样一个时刻,这样无法企及的绝对归零,无论如何却只能被想象为循环过程中的一个阶段。语言总是隐喻的,伪造冰冷的范式,丰富物的本义从而腐蚀本义,而物的本义也只能这样被腐蚀、被扭曲地表达。"没有就是欲望的开始。"(《最高虚构笔记》["Notes toward a Supreme Fiction"]①,见《史蒂文斯全集》)(CP, p. 382)。因此,隐喻,正如春天,装点了冰冷的范式。只有当欲望得到满足之后,我们才会厌倦夏天的葱翠,再次欢迎秋和冬。因此,物的本义一直都在经历着变化,而如果没有变化,本义就会变得僵硬而怪诞。物的本义必须变化,否则就会落入"我们思想更加退化的状态"("Notes",CP, p. 392)。但是变化不论如何都不可避免,因为我们获得本义的努力就带走了本义。情形如此,也许会让想要从隐喻中区分出原义的哲学家们感到沮丧,但是这也不失为一种诗歌的源泉:"冬与春,冷的连接词,拥抱/生发了狂喜的种种细节。"("Notes",CP, p. 392)。想象的注释是我们所知文本的一部分,即被隐喻、被次要的阐释所扭曲的部分。这就是史蒂文斯说到语言的欢乐对贫瘠的土著所产生的效果时想要表达的意思(《恶的美学》(["L'Esthetique du mal"]):根据人类的需要,调整物的本义的游戏、虚构以及隐喻。如果没有这种他所称的"制造",世界仅仅是"废墟和汹涌"(《桌上的行星》["The Planet on the Table"],CP, p. 532)。而制造本身很大程度上就是被想象出来的事实的一部分,是整体的一部分,而整体不仅仅、抑或不总是贫困的。世界的话语是世界的生命。

本文开头的诗中是一个冬天,一个恰如其分的季节。这个冬季的世界被剥去了想象的附加物,冰冷难当,抗拒我们的形容词。想象力制造的夏天世界现在一片疮痍,所有努力最终告败。因此,虽然也许很难

---

① 以下简称"Notes"。——译注

做到,我们还是努力要为这种空白、这种无法言喻的冰冷找到适当的形容词。但是说到"没有一个包头巾的穆斯林"的时候,诗人还是引入了穆斯林头巾的概念,一种异国情调的东西,想象力的赠品。地板尽管磨旧了,但依然完整存在,整个结构依旧是一所房子。想象力需要一个衰败的温室,一个摇摇欲坠的烟囱。空白本身变成了池塘,池塘中还有莲花和一只老鼠。"想象的缺失本身/也需要被想象。"池塘中有倒影、树叶、泥,是想象力在其最敏捷的时刻能够想象出来的一切。所有这些物必须被加上本义,如果我们想要本义的话。没有评论,没有诗歌,就不能够有本义。

  我这篇文章的开头看上去可能同任何与该文集相关的题目都有很大的距离:要求我写的是关于圣经注解的**犹太注释方式**①及其与更为广义的诗歌注释的关系(设若有任何关系的话)。诗歌中总是有本义,也有比本义更为宽泛的意义。我们不妨冒险断言,这种更为宽泛的意义与**本义**②相呼应,其他的则与**犹太注释方式**相呼应。但是我们知道圣经注释方式和本义本质上也是复数的,而要求其中一者的游戏,或者甚至可以说其中一者的欢乐,给难以企及的神秘的另一者赋予人类的意义。而我将要详细论述的,正是关于这种合作的另外例子。因此以一位如此洞察本义与人类需要的关系的诗人开始本文,似乎相当明智——他不是作为哲学家或者诠释学家,而是作为他自己作品的一个主要人物,尽可能进行观察,尽管这一主要人物会认为在最高的虚构中,本义与修辞、真实与虚构最终将会被看作一个整体,而世界就此停止。(史蒂文斯有时候把这个主要人物看作一位拉比。)对他来说,艾略特想要的那种诗歌将是诗歌的一部分,但也仅仅是一部分:"形销骨立的诗歌,或者透明的诗歌,过于透明,我们将不会看到诗歌,而是看到我

---

① "犹太注释方式"原文为"midrash",希伯来文,也译作"米德拉什"。——译注
② "本义"原文为"peshat",希伯来文。

们想要透过诗歌看到的东西。"①需要注意的是,提到这种不可能的赤裸或是透明的时候,诗人不得不借助了骷髅和窗户的想象。想表达本义的诗歌的最狂热的努力随之带来了自己的隐喻,自己的扭曲。用弗洛伊德的话说就是,考虑到了呈现的可能性,就有次要的阐发,有偶然的非根本的东西,岁月的残余物。他也许还会同意奥古斯丁的说法,认为有些事物的存在是为了被感知,而不是构成感知。而我们哪怕想要看一眼感知,唯一的方法就是注意那些不可避免的扭曲。

诺斯洛普·弗莱(Northrop Frye)认为诗歌的字面意思就是诗歌的全部。② 而构成字面意思的整体可能不是一首单独的诗,而对每个人来说,这个整体也不一定是同一个整体。一种文选也许定义一种整体,而同样的部分也许出现在不同的文选中。对于基督教的评论者而言,《诗篇》所属的整体,必然有别于犹太教评论者认为其所属的整体。他们也许都同意存在着救世主的诗篇,但是这些诗篇的本义对于二者来说必然不同,因为基督教的整体文本显示了救世主的誓言的实现。赫伯特的诗《神圣经卷(Ⅱ)》["The Holy Scriptures(Ⅱ)"]把《圣经》分散的文本比作一个星群,并对诗行遥远的互动做了如下评述:

> 这个经文做了标记,两者一起推动了
> 十页以后存在着的第三个经文……

但是对一些人来说,尽管他们可能接受这个准则,那十页却不在他们的圣经版本里。人子(Son of man)的说法出现在《诗篇》的八章 4 节,现代学者都认为这个仅仅意味着"人",不应该被认为与《但以理书》中有末日意思的词汇,或者《新约》中似乎来自《但以理书》的篇章有任何联系。但是,如约翰·巴顿(John Barton)所说,如果《新约》碰巧为了圣

---

① 见 F. O. 马希森(F. O. Matthiessen),《T. S. 艾略特的成就》(*The Achievement of T. S. Eliot*),第三版,1958年,第 90 页。

② 诺斯洛普·弗莱,《批评之剖析四论》(*Anatomy of Criticism: Four Essays*),1957年,第 76 页。

经学的目的①，从《诗篇》中引用了这个篇章的话，情况就不同了。不论如何，不那么学究的基督徒在看到这些句子，或者在一个月的第一天听到这些句子在教堂里被唱出的时候，都不可能完全从脑海中摒弃它们与《新约》篇章相回应的想法。

因此，决定部分的意义的整体，在不同的宗教和文选中都有不同。而在我后面的论点中将提到关于语境的进一步扩展，所以现在只要稍作介绍。罗马天主教认可了所有阐释的教权的权威性，而教会是一种传统的管理者。因此，在基督教圣经的两部分之外，又增加了一个上下文的因素，决定每部分的本义的整体就这样被延伸了。

但是，我们不需要这样来限制这个问题。很明显不同时代不同的人对于部分之间，以及部分和整体之间的关系都会形成自己的看法。例如，有的学者会坚持说《旧约》的基督教学释义只有在《新约》中得以阐发的时候才有效，而几个世纪以来为数不少的其他人却不能认同这种观点。而且，每个人、每个派别表达文本所用的语言也必然是修辞的。本义是基本常识所不能企及的。这就是为什么可以说："本义是隐藏的。"路德（Luther）认为"圣灵是天地之间用词最朴素的言说者和作者"。但是我们也可以认同伊拉斯谟（Erasmus）的质疑："如果《圣经》真的那么直白，为什么千百年以来这么多杰出的人都行走在黑暗之中？"②

我一直用到的**本义**（plain sense）这个词包含了字面意义、语法意义，以及历史意义互相重叠的概念。这也是**本义**（peshat）通常的一个译法。本义最直观地表明自身不是人类一个普遍的、明确的附属物，就是因为它抵制语言之间的翻译。一个著名的例子是约翰·莱昂斯（John Lyons）证明要找到"猫咪坐在地毯上"（the cat sat on the mat）的

---

① J. 巴顿，《〈旧约〉解读》（*Reading the Old Testament*），1984 年，第 85 页。
② 《解放专制》（*De libero arbitrio*），引自《从宗教改革到今天的西方》（*The West from the Reformation to the Present Day*），S. C. 格林斯雷德（S. C. Greenslade）编，《剑桥〈圣经〉历史》（*Cambridge History of the Bible*）第三卷，1969—1970，第 28 页。

法语对等词是何等困难。名词对等词已经够费劲了,动词更加难找。因为法语中"s'assit, s'est assis(e)和 s'asseyait"①的时态有区别,英语中则没有区分。我将在另一个联系中重提这个猫咪的例子。但是目前的观点是翻译本义的时候可能会困难重重。布鲁诺·贝特尔海姆(Bruno Bettelheim)哀叹道,弗洛伊德的英语翻译者拒绝使用**灵魂**(soul)一词,从而改变了他的意思。② 然而,这个词在英语中的意思与其德语同源词差别很大,英语中**灵魂**(soul)一词通常都是误用的。贝特尔海姆尤为痛心的是,通行本的翻译擅用了一个新词来对应**占据**(Besetzung),即"全神贯注"(cathexis),听起来很技术化。但是,"职业"或者"投入"真的适用吗?而我们又该如何处理**超占据**(überbesetzung)呢?毫无疑问,"超关注"(hypercathexis)意思是不同的,但是可能比"投资过度"(overinvestment)更加接近弗洛伊德的原意。"反关注"(anticathexis)也是如此。

  这些小的歧义或许象征着更大的歧义的存在。心理分析学从维也纳传送到其他文化中的时候发生了变化,再也回不到其在战前欧洲时的原来面目。正如其他的宗教,心理分析学在其初始阶段就是裂变的,不同的派别和个人一直从教条的本源中找到不同的本义。在基督教中有明显的相应例子。杰罗姆(Jerome)最先开始,拿出了**希伯来真理**(hebraica veritas),还有以拉丁文写就的希腊真理。从那以后**圣子**(logos)变成了**道**(verbum),而道成为神学传统如此坚定的一部分,以至于当伊拉斯谟出于正当的文献学的理由,把**圣子**译成**话语**(sermo)时,却惹了麻烦,因为**道**(verbum)似乎符合所需的本义,而骇人听闻的新词**话语**却不能表意。另一方面,摩尔(More)批评丁道尔(Tyndale)把 agape 译成"爱"(love),而不是"慈"(charity),但是现在"慈"已经改

---

① 约翰·莱昂斯,《语义学》(*Semantics*),第一卷,1977 年,第 237 页。
② 布鲁诺·贝特尔海姆,《弗洛伊德与人的灵魂》(*Freud and Man's Soul*),1983 年。

变了语境,而更倾向于选用"爱"的意义。① 新英语圣经的译者想为《旧约》的希伯来文提供本义上的对等词,这一天真愿望有时候把他们置于可谓误译的境地。例如在他们翻译底拿被示剑强奸的版本中(《创世纪》三十四章 3 节)译文如下:"但是他对底拿真心。"希伯来文**生命**、**灵魂**(nefesh)的意义丢失了,而詹姆士版本中的译文则为"而他的灵魂忠于底拿"。海蒙德(Hammond)注意到,这个译文传达了示剑爱欲情感的强烈。"'真心'恰是错误用词,因为其意为忠实和荣誉,这个故事的要点是示剑的奸淫没有满足他的爱欲。"②毫无疑问,这个观点足以引发争论,因为根据词典释义,nefesh 是一个非常复杂的词,而没有任何译法能够完全传达其义。但是詹姆斯的版本没有选择通常意义的对等词,反而能够忠实表意。

当涉及整个信仰体系的时候,难度就增加了。而在《圣经》的例子中总是涉及整体。基督教决定了摒弃马吉安版本,保有希伯来圣经,因此其与非希伯来宗教的关系的本质就成为另一个永远的问题。这在很大程度上是一个本义的问题。如果废除律法,《旧约》与《新约》的关系就主要是前修辞关系。它或多或少就变成了类型的知识库。但是它也包含了其他不容易被放弃的因素——道德教化和上帝的眷顾和承诺的历史。从很久以前,就有人反对把这一亚历山大时代的传统大肆寓言化,保留对**历史意识**(sensus historicus)的尊重。安提俄克(Antioch)学派把寓言阐释限定在保罗认可的事情上,例如他读到的萨拉和夏甲的儿子们的故事。摩普绥提亚的狄奥多若③选择历史性地理解《旧约》。例如,他拒绝对《以赛亚》五十三章中受苦的仆人的通常解读(这个解读在上下文中是不言而喻的)。但是狄奥多若死后饱受非议,而安提俄克

---

① 《剑桥〈圣经〉历史》,第三卷,第 11 页。
② 杰拉尔德·海蒙德(Gerald Hammond),《英语〈圣经〉的产生》(*The Making of the English Bible*),1982 年,第 10 页。
③ 摩普绥提亚的狄奥多若(Theodore of Mopsuestia,350—428),摩普绥提亚的主教,安提俄克圣经阐释学派的著名代表。——译注

派的大多数人不论如何都没有那样的历史意识,D. S. 华莱士-哈德里尔(D. S. Wallace-Hadrill)曾经对此做出过解释。①

然而,尽管寓言最终胜出,还是因循惯习,确认了字面意思的重要性。其中奥古斯丁的影响最为深远,他是狄奥多若的同时代人,但是遵循一个不同的传统。奥古斯丁是历史学家。作为注释者,他认为任何精神上的解释必须建立在对历史真实的理解的基础之上。他强调希伯来历史与基督徒是相连的,这个观点影响深远。但是他还规定,任何解读都不能够违背"慈":任何与道德守则和真信仰不一致的文学-历史意义都必须象征性地对待。而他给那些经常出现但是看上去与基督教没有特别联系的文本提供了理由:认为这些文本的存在是为了其他文本的存在,正如犁有把手。② 就这样,历史意义的典型特质保存了下来,而这种态度就像是 J. S. 普罗伊斯(J. S. Preuss)描述的一样:《旧约》的某些本义自身不断加以启发,但是其他的价值仅仅是因为意味着与表面所示的有不同之处。字面、语法和历史意义包括了那些不应该被比喻性地阐释的东西,还包括了必须被比喻性阐释的东西。但那些启发性的东西之所以具有启发性,也只是因为早就与《新约》相一致,而不具启发性的东西必须在《新约》意义上的比喻性解读中成为具有启发意义的东西。如是,延伸了的语境决定了本义,而《旧约》中的本义有效地存在于《新约》的文本中。存在一种犹太教或者肉体的意义,可以附加以或多或少的重要性;但是真正的意义是基督教的、精神的,而这种意义被呈现为本义。比喻性的变成了字面性的。

因此,尽管一次次重述**历史意识**(sensus historicus)必须是圣经解读的基础,但好像只有到了 11 世纪后期,才开始真正主动地关注《旧

---

① 贝若·史摩利(Beryl Smalley),《中世纪圣经研究》(*The Study of the Bible in the Middle Ages*),第二版,1952 年,第 15 页;D. S. 华莱士-哈德里尔,《基督教安提俄刻学派:早期东方基督教思想研究》(*Christian Antioch: A Study of Early Christian Thought in the East*),1982 年,第二章。

② 《上帝之城》(*City of God*),第十六章,2。

约》的历史意义,这在很大程度上是犹太教和基督教学者交流的结果。就在这个时刻,本义才进入了或者是再次进入了基督教思想。欧文·罗森塔尔(Erwin Rosenthal)清晰地解释了萨阿迪亚·加昂(Saadya Gaon)之后的犹太学术立场,指出本义与释义之间的差别如何越来越显著,本义如何成为反对基督教神学解读的一个武器,以及赖希(Rashi)对二者更为正确的理解如何影响了他同时代的犹太教人士,也影响了他同时代的基督教人士。① 本义和释义的极端信徒之间的冲突,字面意义与传统的冲突,字面意义和神秘的喀巴拉主义(kabbalistic)的意义的冲突,在犹太教传统中持续存在。但是同时,对希伯来文本的一种新的尊敬,以及犹太情感再一次改变了基督教阐释的语境。

贝若·史摩利(Beryl Smalley)确立了犹太学术对于维多利亚时代著述的影响。② 犹太教会与基督教圣经学者的关系从来就没有完全坦诚相见过,但是这个关系是建设性的,因为杰罗姆的"希伯来真理"现在被带回自己的语言之中。圣维克多的休格③粗通希伯来语。他咨询了犹太学者,并且报道了他们的阐释。犹太人对于历史意义重新做出了强调重视。休格预见了阿奎那(Aquinas)的观点,认为对符号的无知就是对符号所象征事物的无知,因此也不知道本身也是符号的所指又指向什么。然而,后人注意到这个公式不能改变如下观点,即对犹太圣经的真正了解取决于也附属于对《新约》的真正了解。因为虽然犹太圣经的阅读准确地执行了该过程的一个阶段,但是字面、语法和历史意义的建立在第二阶段却派不上用场,而第二阶段才决定了所指的指向。犹太圣经的意义仍然是肉体上的,是精神解读的初步阶段。

这样看来,犹太学者似乎更加大胆,因为他们有时候会为了本义尝

---

① 《剑桥〈圣经〉历史》,第二卷,第252页起。
② 史摩利,《中世纪圣经研究》,第四章。
③ 圣维克多的休格(Hugh of St Victor,1096—1141),中世纪哲学家、神学家,受神秘主义影响。——译注

试一切。约瑟夫·卡拉(Joseph Kara)早在 12 世纪就说道:"任何不知道圣经的字面意义,却倾向于圣经阐释的人,都像落水者想抓住一根救命稻草。"①他说,也许哈格达(Haggadah)的大师们会取笑他,但是开明的人宁愿看到真相。然而他告诉我们,他自己就经常听信犹太教的圣经阐释。后一代的犹太教学者,圣维克多的安德鲁②的同代人、贝若·史摩利的研究中的主角,才更为坚决地树立了字面意义的地位。安德鲁发明了一种普通的阐释的二元方法,对圣经的拉丁文文本做了基督教式的解释,希伯来文本做了犹太教的解释。字面意义是犹太人的。例如,在《以赛亚书》七章 14—16 节中,"看呐,一个处女将要怀孕",安德鲁引用了犹太拉比的话来强调字面意思是这样的:先知所说的新娘将要孕育一个拯救以色列的儿子。尽管他强烈地反对这种阐释,但他还是同意把这种解释作为字面意义的头一条。③但是基督徒们依靠精神而活,他们对这一段的解读建立在拉丁文公认圣经文本的基础上,即使不是字面意义,也是真实的意义。

史摩利提到,安德鲁把犹太人的观点看作"接通《旧约》的一种电话"④。这样他自然得罪了一些同时代人,被指责为"犹太化"。但是这种犹太化给了字面意义及其与精神意义的关系的预测提供了一个新的转向。因此,圣维克多的休格的观点被阿奎那重申并且赋予权威,开始盛行。词语只表示一个事物,但是这个意思可能是其他事物的符号,正是从这些次等事物中生发了精神意义。历史意义,圣经的凡人作者的意义就是他所说的意义,但是还有一个神圣的作者,他有与此不同的用意。"确实,字面意义是作者所意图说出的,但是神圣经书的作者是上

---

① 史摩利,《中世纪圣经研究》,第四章,第 151 页。
② 圣维克多的安德鲁(Andrew of St Victor),与圣维克多的休格同时代的圣经阐释者,受前者影响。——译注
③ 史摩利,《中世纪圣经研究》,第四章,第 163 页。
④ 同上,第 362 页。

帝,他以他的**智慧**(intellectus)瞬间明悟万物。"①因此,精神上的,或是象征性的,或是典型的解读比字面解读更加忠实于**心灵权威**(mens auctoris);尽管存在着被恰当地称为字面意义的东西,真正的意义却要从《新约》中被发现。

为了解决这个立场的模棱两可性,众人做了诸多尝试。影响力深远的评述者尼古拉斯·德·莱拉②说,字面意义本身就是二重性的,如果在《新约》中得到了公开证明,象征解读就要被当成字面意义(部分回归到了安提俄克的教义中)。当上帝说到所罗门的时候(《历代记:上》第二部分):"我要做他的父亲,他将要如同我的儿子",应用于所罗门身上的意义是字面的。但是因为《使徒书》的作者用这个文本来告诉希伯来人基督的地位高于众天使,它就有了第二个、也是神秘的字面意义。普罗伊斯认为这是"第一次……给《新约》对《旧约》篇章的解读郑重加上'字面'的标签,尽管主要意义并无新鲜之处"③。

那么,一种把基督教与字面意义之间的差距缩短的愿望好像在这个阶段一直都有增无减。但是既然字面意义仍然关涉《新约》,有些犹太学者现在放弃了自己的救世注解,转而忠于**历史意识**,以避免任何会支持基督教的解读的暗示,例如《诗篇》第2篇。又一次明显看出,不论基督徒如何忠于**希伯来真理**(hebraica veritas),也不可能像犹太人一样大胆,因为他们的解读一直都受不会犯错的传统的管理人监督,而这一传统有一部分独立于经文。当然犹太阐释者必须扭转圣经派信徒和喀巴拉寓言之间的关系,但是一统基督教解读的体制很强大,而宗教审判所可以强制实施传统权威,传统权威某种程度上支持《新约》,就像《新

---

① J. S. 普罗伊斯,《从影子到承诺:奥古斯丁到青年路德的旧约阐释》(*From Shadow to Promise : Old Testament Interpretation from Augustine to the Young Luther*),1969年,第53页。

② 尼古拉斯·德·莱拉(Nicholas de Lyra, 1270—1349),中世纪最著名的圣经阐释者之一。——译注

③ J. S. 普罗伊斯,《从影子到承诺:奥古斯丁到青年路德的旧约阐释》,1969年,第69页。

约》支持《旧约》一样。这些观点也不仅仅是博学意义上的。

15世纪的时候,字面意义的问题开始要求正式的讨论。让·格尔森(Jean Gerson)在1414年的《字面意义上的〈圣经〉》(De sensu litterali sacrae scripturae)一书中,断言教会独有权利决定什么是字面意义。教会的权威来自基督在《新约》中的允诺,也就是说,《新约》的字面意义授予教会权利来宣布任何文本的真实意义。普罗伊斯评论了这个声明的重要性和及时性。异端者声称他们的教义建立在经文的字面意义上,但是假如字面意义定义为"教会的字面意义",而不是更广泛意义上的意义,那么仅仅承认与教会的字面意义不同的意义就足以证明是异端。"从经文中得出的论点反对**教权**的可能性,第一次……从日程上以及理论上被消除了。"① 询问犹太人关于《旧约》篇章的本义不再有意义,这种本义是由基督和使徒们第一次显示的,然后就被保护起来,由教会加以研究,从而可以通过各种制裁加以强制实施。

因此路德的本义,他的唯一圣经,就和罗马教会的权威,经文意义的唯一教授者之间划出了泾渭分明的界限。路德指责历代教皇把自己塑造为"经文的主人",而事实就是如此。这一诠释的分歧在宗教、政治以及军事方面的后果更是毋庸置疑。令人吃惊的是,在我们自己的时代,只有清教徒的诠释学才坚持必须把传统理解为构成基础的部分,从这一地平线出发,我们必须以某种方式面对古老的文本,同时否认可以直接接触到这些文本。似乎格尔森和教皇们抓住了一个重要的观点,即所有解读最终能够证明有效,不是通过独立学者不借助外界帮助、不带权威性的研究,而是要仰仗第三方势力。而他们希望确定这一势力来自教会。

路德实际上也反对热心的阅读。就他的理解而言,闵采尔②和教

---

① J.S.普罗伊斯,《从影子到承诺:奥古斯丁到青年路德的旧约阐释》,1969年,第81页。

② 闵采尔(Thomas Müntzer,1489—1525),德国宗教改革的激进派领袖。——译注

皇都冒用了一种凌驾于经文之上的错误权威。但是下一个世纪里，特伦托的委员会重新强调了传统和权威，使模棱两可和妥协再无存身之处。从此，特伦托主教会议的决定主宰着天主教观点的历史。

要想给关于本义的这段简短的争论编年史做出结论，似乎需要观察在天主教现代主义时代必须解决的一些圣经注释的问题。19世纪末期的学术气氛，包括风行了大约一个时代之久的达尔文主义，以及也许更加具有威胁性的德国清教徒圣经学术的成就与名声，使权威和传统都受到了质问。在教会学者之间也产生了一种观点，认为官方的立场需要改写。这种推荐给教会的新的诠释学理解，可以在图灵根的天主教福音派神学家约翰·冯·库恩①的著作中找到最早的痕迹。约翰认同清教徒的观点，认为《圣经》比其他所有文献都更有优势，但是他说他们没有理解基督教传统，因为它有别于其他传统，是教会**在目前阶段**（in the present moment）的宣扬方式和意识形态。"传统是现在**福音传道的要旨**（kerygma），经文是过去的**传道要旨**，是现在的**教义**源泉（doctrina-source）。"②

这种新的程式把圣经的意义坚决地置于此时此在，否认了应用可以与理解分离。一个颇具时代特征的观点认为，宗教经历了进化的发展，而其文本和形式可以被认为是后来教义的类型。这个观点在当时的思潮中甚为流行，也在文学中（例如霍桑的作品）以及天主教的神学中得以表现（牛顿说"早先的预言是蕴含的文本，从中发展出了后来的陈述；它们是类型"）。③

这种观点在1870年受到了谴责，但是一代人以后，又以一种与现代主义自身相当不同的方式重现。支持者们尊崇传统胜过经文，把传

---

① 约翰·冯·库恩（Johann Evangelist von Kuhn, 1806—1887），德国天主教神学家。——译注
② J. T. 博切尔（J. T. Burtchaell），《1810年以来的天主教灵感理论》（*Catholic Theories of Inspiration since 1810*），1969年，第32页。
③ 同上，第69—70页。

统看作受启示的一个发展进程。教会的反应无疑是保守的,要退守到经文的位置。这毫不奇怪。冯·胡格尔(Von Hügel),一个无比虔敬的人(叶芝因为他接受了圣人的奇迹和光荣的神圣而赞扬过他)宣称,即使福音叙事与历史事件毫无联系,也依然是真实的,是"想象力的创造"——这个立场与某些现代新教徒的观点相差寥寥。教会要是听到他这样讲,一定会大惊失色。从英国国教天主教改宗的乔治·泰瑞尔(George Tyrrell),在罗马教会里吃惊地发现了他以为早就被抛在脑后的那种圣经宗教。他相信上帝是第一起因,而他之所以是《圣经》的作者恰是因为他是万物的作者。有两种立场,一种认为经文永远有效,另一种认为教条不断发展进步。泰瑞尔意识到很难在这两种立场之间进退自如。此处的问题依然是阐释学关于原初意义与应用意义的问题。泰瑞尔没有能够解决这个问题,并因此蒙羞。法国的阿尔弗雷德·卢瓦希(Alfred Loisy)表达了类似的但更为有力的观点,认为一本在所有时代都完全正确的书,在任何时代都将是无法了解的,这个观点相当具有现代性。他也看到了把一种现代宗教的观点读进《圣经》经文的危险性。他在这两个观点之间举棋不定,也因此得罪了教会,被逐出了教会。①

  圣经的本义,与其他任何事物的本义一样,是一个阐释学问题。我们已经看到了奥古斯丁、中世纪犹太学者、格尔森还有卢瓦希等人的阐释学是如何大相径庭。权威的地位的概念被严格地发展延续,体制有参照传统实施强化或者废除的权利。但是当泰瑞尔和卢瓦希被逐出教会的时候,权威的做法好像具有政治意味,因为在局外人看来,他们似乎试图给传统的概念注入新的力量。他们的提议与冯·库恩的提议一样,给教会提供了一种值得称许的现代的诠释,也提供了关于本源与此时此在之间的关系的合理观点。但是发展的观点还是太令人恐惧,尽管整个教义的历史都证明了这一观点。

---

① J. T. 博切尔,《1810 年以来的天主教灵感理论》,1969 年,第五章。

现代主义以一种现代的形式在 20 世纪 40 年代得以复兴，得到了梵蒂冈二世的部分认可。其主要的结果是允许天主教学者从事以前那种与新教学者有关的历史性研究。这看似为时已晚，因为在别处转变剧烈，远离那种学术的客观化的假设，朝向更新的诠释学发展。现在通常认为，假如存在本义，就必然是在此时此地，而不是在源头之处。

有一点确定无疑，即决定我们对本义概念的假设的实体一直都在改变之中，而确定本义的权威也是如此。正如新的经典批评显示，存在建立相关语境以及新的超文本权威的新方法，就像此处经典的观点一样。而一种允许变化和改写的诠释学很可能适合教会，就像是传统的护卫者，或者说，就像是犹太人传统已经在不牺牲原初的本义的情况下就适应了变化和改写，或者至少看上去如此。现代主义者看到的是，如果传统必然包含变化，就存在阐述理论的必要，这种理论会结束教条和文本之间不断扩大的差距，要求新的本义得以认可。这在实践上一直都是可行的。1950 年发布圣母升天的教条，取决于传统而不是经文，而且取决于最远只能追溯到第四世纪的一种传统。圣马可若有知，定然无比震惊。但是假如我们把传统看作天主教文选语境的第三部分的话，就可以认为升天是整体本义的一部分。而且不论如何，在其他两个部分中都存在各种假设。

本文的目的是提出一种设想，认为事物的本义总是取决于对更大整体的理解，取决于对习俗和权威的改变。因此本义从来不是裸露在外，而是必然会改变。但是正如诗人所说，本义也总是穿着某种虚构的外衣。不论权威如何抗拒，时间本身就改变着本义。本义当然必须如此。但是如果本义不能保持其基础文本，就做不到这些。而且，如果这个文本不能免于落入权威之手的命运，本义就不能使读者避免把自己的想象加入到冰冷的范式之中。

最后，本义更大程度上取决于诠释者的想象行为。想象被权威、诠释学的规则或者各种假说限制。但是如果文本要想有任何可交流的意义的话，所有限制就是必需的。我们回忆到拉斐尔·勒威（Raphael Loewe）官腔十足的论文《早期犹太教圣经的字面意义》("The 'plain' Meaning of Scripture in Early Jewish Exegesis")①。**本义**(peshat)这个词本身就是隐喻的,它的本义必须与"压平"、"延伸"有关,并且演化到与"简单、天真、缺少学习、与大众的、只读一遍、清楚的、普遍接受的、当下的"等等有关。但是勒威认为,中心意义就是权威。它被用来描述一种阅读,完全不逐字逐句,是"完全随意"的应用。勒威的结论是,至少是在犹太法典和犹太圣经解读方法的时代,这个词的最好翻译是"权威性的教学",这包含了传统教育和公认有权威的拉比的教育。而勒威说:"必须丢掉**本义**和**释义**(derash)的通常区别。"在勒威提到的时代更晚一些的时候,更加明确地把**本义**(peshat)等同于本义(plain sense),并且带来重要的结果。但是它与权威的历史联系,以及与释义的不可回避的联系,都很清晰地导向一个结论,即我们的思维不能够完全适应、感知文本自身,我们必然给文本提供语境。有些文本是被权威和传统强加的,另外还有一些文本的添加,是为了使其能够在一个不同的世界里有意义。

有些语言哲学家很可能提到一个"零文本"——认为"每一个句子的字面意义可以被解释为与任何语境相脱离的意义"。约翰·赛尔(John Searle)不同意这个观点,说即使是"猫咪坐在地毯上"这样的句子,其意义也取决于"背景假设"。他认为"不存在不变的、决定字面意义概念的系列假设"②。当我们讲述这个猫咪的时候,我们默默地做了一些假设。其中,本义取决于一种假设,认为猫咪和垫子在地球的引力场中。而赛尔用各种猜测的语境来造句,能够得到相当不同的意义。但是这个迷人的句子使我们考虑到其他有趣的潜在性因素。例如:感觉这个句子有些童稚,也许出自初级读物。它的朗朗上口归因于三重押韵——这种语音的结合使我们的注意力集中到代码上,而不是信息

---

① 《伦敦犹太研究所论文集》(*Papers of the Institute of Jewish Studies, London*),第一卷,J. G. 韦斯(J. G. Weiss)编,1964 年,第 141—185 页。
② 约翰·塞尔,《字面意义》("Literal Meaning"),出自《表达与意义:话语行为理论研究》(*Expression and Meaning: Studies in the Theory of Speech Acts*),1979 年。

上。这些过程是比喻的,而不是转喻的。这样句子有了一种诗歌的特质,有了更多潜在的内在文本(只要原来语言中有内在文本)。另外,这个句子有一种几乎可以被一直引用的特征——莱昂斯和赛尔都拿该句为例,我也引用了他们的列举。由于这个句子存在于这样纯净的语境中,其简单性当然是伪造的,而它的用法带上了或炫耀,或狡猾的不同色彩。它没有本义,只是一个人体活动模型,就像是诗人的冰冷的范式,有着倒影、老鼠和莲花的湖泊。

而且,我因此回到了本文开始的想象中的零语境。没有"静止不动的救世主",要说得好像有的话,就是已经说了"好像"。一旦我们开始思考或者去说到它,暗喻就开始重新塑造本义。如果史蒂文斯说"世界的话语就是世界的生命"的话是正确的,那么暗喻就在世界的血液中流淌,**释义**和**本义**好像是红细胞和白细胞,本质上就是复数的①。

我的例子大多数都是从宗教阐释中得来,这些阐释在很长的时间里作为神圣文本受到了极度崇拜。而这些阐释无疑痛恨有意的干预或扭曲的概念。米德拉什明显确立了由规则统治的想象的位置。在基督教传统中,有一种很不一样的想象上的挑战,因其基本信念是"犹太教圣经的意义必须在另外一本经书中找寻"。所有这些导致了**走样**、**扭曲**(Entstellung),而不是**阐释**、**表达**(Darstellung)。在成千上万的评论者中,既有拘泥字义者,也有不羁的诗人。但是所有评论者不论如何必须是创造者,即使他们希望把自己想象为处于想象力的尽头,湖面平静,没有倒影。或许存在寂静,但是这是某一种寂静,永远不是零寂静。

选自《米德拉什和文学》

---

① "红细胞与白细胞"原文为 the red and the white corpuscles,本身就是复数形式。——译注

13. 五味杂陈

1988年,我在伦敦大学学院(University College London)做了四场诺斯克利夫讲座(Northcliffe lectures),这是其中的第三讲。这几场讲座回顾了二十世纪三十年代的文学与社会;当时,我刚刚开始对文学和社会的问题产生兴趣。这一讲的内容之一就是指出,后人不应忽视爱德华·厄普沃德(Edward Upward)的作品;这位作家现已年届九旬,其作品却依旧新意盎然。那个时代的文学,太容易遭人忽视,或为人所笑;例如克里斯托弗·考德威尔(Christopher Caudwell)的作品,要是看晚近的马克思主义者的评论,似乎不值一提,其实却有趣得多。这个时代的某些作家相对受人忽视,部分原因乃是W. H. 奥登(W. H. Auden)声名太盛。下一章,我要着重谈谈奥登。

二十世纪三十年代资产阶级作家的头脑与精神所关注的危机,在他们看来,是独一无二的。至少在一个方面的确如此:我认为,在他们之前或之后,没有哪一位英国作家,对阶级间之不平等及尊重和关爱的缺乏,感触如此之深。显然,需要的不仅是同病相怜,也不仅是进步改革。他们不仅开始注意到穷人的苦难,而且关注着一项更加令人无法抗拒的需要——历史的巨变,革命和战争无法避免,社会上的贫困和阶级仇恨乃是征兆。理智加强了良心,而恐惧加深了爱同类的渴望。

因为这一切的缘故,三十年代给予了我们不知如何应对的东西:良心的文学,同时也是恐惧的文学,有时因恐惧而感到某种欣喜,甚至想要以聪明的态度面对这种恐惧与欣喜:

> 这些年,悲伤繁荣;
> 失业的印刷机发行了更多的绝望
> 而且可以兑现;
> 大饥饿每个月都雇佣新人,
> 在这里,在各地,建起巨大而
> 多余的车间;
> 欧洲担心起她自己的健康,
> 联合企业摇摇欲坠,信贷冻结,
> 企业在银行家的冬天里瑟瑟发抖……①

萧条的年代里,悲伤繁荣;绝望通货膨胀,仿佛被印成了许多钞票。饥饿成了实业家,雇了大批工人,而正常的大雇主关闭了工厂和船坞。如此颠倒,自以为是,也许我们会觉得有点过于卖弄聪明了,但在1936年的世界,这却是(现在仍是)生动的写照。说这话的人,我们当时是听的;是奥登找到而且形成了适合那个时代的风格。还有其他人发出警告:我们的精神是荒芜的。艾略特说我们是"体面的不信神的人",唯一的纪念碑就是"柏油路/和一千只丢失的高尔夫球"②。埃兹拉·庞德(Ezra Pound)谴责银行家、"新闻管制和反常的宣传",想要推销他的经

---

① 《英国时期的奥登》(*The English Auden*),E. 门德尔森(E. Mendelson)编,1977年,第142页。

② 《岩石》("The Rock")中的合唱,载于《诗歌与戏剧全集(1909—1950)》(*Complete Poems and Plays, 1909-1950*),1952年,第103页。

济万灵药。① 约翰·斯特雷奇(John Strachey)向左翼图书俱乐部(Left Book Club)众多的读者证明，共产主义既可取，又不可避免。但一位诗人即使相信这一点，在抒发随之而来的兴奋和惊恐的同时，也会表达一种感觉，那就是围绕这一信念的复杂情感，也包括怀旧与遗憾。很难想象未来的诗和现在的诗要处理现在的悲伤和威胁——这要求为了历史与良心的需要，舍弃许多过去的东西。

要理解身处此境的感受，首先必须知道，虽然过去的资产阶级思想者会不时地感到良心不安，现在也是如此，但当时的作家并不仅仅这样。对社会弊端出于良心的关注，其种类不同，的确会有质的区别。整个十九世纪，有钱人不时地关注无法忍受的社会状况，为了缓解其后果而采取了严厉措施。法国大革命之后，犯罪率大增，当权者乃谴责革命之放荡不羁，采取对策予以镇压。但自由派反而谴责政府本身的政策。1830年，威廉·麦金(William Maginn)写道："我们正朝着可以忍受的贫困的最低点迈进，速度之快，连最彻骨痛恨英国的敌人都会满意。"监狱把偶然犯法的小偷变成了职业惯犯，破产司空见惯；对付这些问题的主要手段就是自愿或强迫移民，造成劳动力匮乏。至于谁该对这些问题负责，舆论认为那一定是穷人。② 《纪事晨报》(Morning Chronicle)引用威廉·莫里斯(William Morris)的话说，城市的确成了"可怕的粪堆"，让读者暂时猛醒了一下；狄更斯谆谆告诫读者：富人穷人本是一体，贫民窟的疾病不见得会放过中产阶级。萨克雷(Thackeray)说，得知距离他自己的加里克俱乐部五分钟路程处，便有人住在贫民窟，不禁感到诧异。梅休(Mayhew)的《伦敦穷人的生活和工作》(Life and Labour of the London Poor)向公众展示了许多证据，有些很可怕，有

---

① 《散文选集》(Selected Prose)，W.库克森(W. Cookson)编，1973年，第249页。

② 《绝望的体系：贫困、犯罪与移民》("The Desperate System: Poverty, Crime and Emigration")，见《弗雷泽杂志》(Fraser's Magazine)，1830年7月，重印于《维多利亚时代意识的崛起》(The Emergence of Victorian Consciousness)，G.莱文(G. Levine)编，1967年，第272—283页。

些很奇特;《经济学人》(*The Economist*)杂志谴责他的书,说它"煽动共产主义"①。但恐惧过后,人们很快又变得漠然,问题再一次留给了英勇的慈善组织去处理,直到下一波心血来潮。这种对英国状况周期性的担忧,直到二十世纪还持续了很长时间,如今还在继续。电视剧《凯西回家》(*Cathy Come Home*)引起的轩然大波就很典型:托尼·加内特②对我说,该剧播出一年之后,要求采取措施的迫切呼吁已经平息,而和凯西处境相同的人,其数量反而大大增加了。这个数字现在无疑又增加了许多。

在这周期性的醒悟之间,许多中产阶级人士似乎再度认为,贫困是无法避免的,或是自作自受的。穷人(大概此时开始叫作无产阶级)是一个无名的、肮脏的群体,令人害怕,值得鄙视,还应加以管教。不得不接触他们的人,对待他们那么严厉,如果是要惩罚他们,甚至仅仅是剥削他们,是远远犯不着的;比如,上班迟到要重重地罚款,工厂里不准唱歌。③

大多数人接触的穷人,几乎仅仅是佣人。恩格斯(Engels)曾向世人描绘曼彻斯特工人的生活。当时有些手段,让有钱人永远不必看到这些工人的生活状况,令他印象深刻。从有钱人生活的郊区通往他们公司的路,虽然穿过工人阶级住的几个区,却不必经过穷街陋巷。他还发现,"中产阶级和世界上其他民族的共同点,远远超过了他们和无产阶级之间的共同点,虽然无产阶级就住在他们跟前"④。而这种情况下

---

① 见 G. 希摩法尔布(G. Himmelfarb),《贫困文化》("The Culture of Poverty"),收于《维多利亚时代的城市》(*The Victorian City*),1973 年,H. J. 狄奥斯(H. J. Dyos)与迈克尔·伍尔夫(Michael Wolf)编,第 707—736 页。
② 托尼·加内特(Tony Garnett),《凯西回家》制片人。——译注
③ 见 D. 克雷格(D. Craig),《真正的根基》(*The Real Foundations*),1974 年,第 89—90 页。
④ 见 S. 马尔库斯(S. Marcus),《阅读难辨之物》("Reading the Illegible"),见《维多利亚时代的城市》,第 257—276 页;以及 F. 恩格斯,《1844 年英国工人阶级状况》(*The Condition of the Working Class in England in 1844*),W. O. 亨德森(W. O. Henderson)和 W. H. 凯罗纳(W. H. Challoner)编译,1958 年。

工人阶级的俯首帖耳,也是相当显著。恩格斯看出,宪章运动的态度过于温良恭让,不可能达到目的。但他认为,再来一次萧条,就必将引起质变,爆发革命;不再会有恭让,中产阶级对穷人也不再会依其所好,一时关心一时冷漠;资产阶级不能想何时关注一下问题就关注一下,而是要卷入一个世界历史进程。

当然,他错了;三十年代,又有人持这种错误看法。当时,资本主义再度垂死挣扎,历史再次造成了革命之前的质变。但恭让态度又一次压倒了动武的势头。也许穷人的状况并没有什么变化。城市依然呈现一幅社会阶层隔膜的景象,往往和十九世纪没有多少区别。十九世纪,沃尔特·巴杰特(Walter Bagehot)做了个著名的比喻——放到今天,他能算后现代派了——他把城市比作报纸:"一切都有,一切都毫无关联"①;富裕和贫穷、美德与丑闻,全都在一处。十九世纪有一首流行歌曲,叫作《我找不到伯明翰》;二十世纪的一位中产阶级诗人路易·麦克尼斯(Louis MacNeice)曾流落到伯明翰,称之为"蔓延的墨迹"。他住在上流社会居住的城南,一有机会就抛开他那些"反应迟钝"、"营养不良"的学生,驾车而去。在牢房似的教室里,他们操着中部方言朗读荷马史诗;每当此时,他们和他幻想中"清爽的工人"的形象相去甚远,好似他们同牛津大学学生的差别。②"在伯明翰城北的工业区,空气就像个浑浊的池塘;对一切都无所期待的人,说话的声音像是一群青蛙在叫,对停滞的现状永远憎恨,也永远接受。"③

在这革命前的时代,无产阶级竟然如此平静而逆来顺受,让中产阶级的左翼人士很是不解,而这种不解正说明,突破阶级之间的界限是一项多么艰巨的任务。我又想到了埃德蒙·威尔逊(Edmund Wilson)的小说,其中的叙述者给他的工人阶级情妇讲解马克思主义,但很快就放

---

① 巴杰特钦佩狄更斯处理这种断裂状况的才能。见 P. 柯林斯(P. Collins),《狄更斯与伦敦》("Dickens and London"),载于《维多利亚时代的城市》,第 34 页。
② 路易·麦克尼斯,《走调的弦》(The Strings are False),1965 年,第 130 页。
③ 同上,第 135 页。

弃了,因为她不相信这东西和她有什么关系,和她了解而他不了解的生活方式有什么关系。三十年代的大部分时间,我住在马恩岛上的一个小城里,那里的季节性失业率很高。穷孩子很容易认出来,因为他们穿市政府给失业者的孩子免费发的木屐。我们的孩子看不起这些孩子,但也害怕他们。我们的孩子并不比他们富多少,穿着靴子或鞋子,家里人教他们不要学穿木屐的孩子那样粗野,如果淘气,就吓唬他们说让他们穿木屐去。如果日子特别难过,的确有人抱怨老板;极端贫困之时,甚至还会成功举行一次总罢工。但多数时候,工人阶级所关心的事,不会远远超出他们这个群体以及自己面临的问题。他们过得很快活,喜欢说三道四,因为大家都互相认识,至少认识对方的表亲。绅士阶层并不普遍招人嫉妒或讨厌,反倒受人尊敬(老是有人跟你说,举止要像个绅士)。仇恨大都针对低一等的人,也就是穿木屐的人。我不记得听谁讲过革命,"资产阶级"这个词没人说,"无产阶级"也没人说。

这一切让协同一致的无产阶级行动变得不大可能,而这正是糊里糊涂的资产阶级知识分子不会知道的。使这样的行动变得不大可能的,还有一种需要考虑的因素,我们不会为之感到惊讶,而三十年代的人则会觉得奇怪;当时甚至很少有人知道这一点(这说明了生活在一个时期和之后了解它的区别)。这个因素就是:有工作的人,比以往任何时候过得都要好;整个三十年代,实际工资持续增长,而有工作和失业的人之间的差距则一直在扩大。要对他人的不幸感同身受是不容易的,现在如此,当时亦然。当一个人开着车,沿着新铺的柏油路去往球散落一地的高尔夫球场时,那些不幸的人,像恩格斯笔下那些住贫民窟的人一样,根本是看不见的,假如偶尔想起,也是因为想起了他们没出息,不肯发家致富。但这些看不见的人不计其数,不仅有穷人,还有残疾人。二百五十多万人在领残疾养老金,那场让他们变成残废的战争才刚刚过去不久。养老金分配得很仔细:整个右胳膊没了,16 先令;一只胳膊肘部以下没了,14 先令,如此等等。这些人一般只在休战纪念日露面。如果你一周能挣 5 英镑,就不大可能会想到贫穷和匮乏。如果你是个一年拿 500 镑的"食利诗人",而能想到这些,那仅仅是因为你受过教育,有意动了恻隐之心。一旦决定走上这条路,你可能会对几乎全国所有人感到同情——当然这是没有必要的;体力劳动者一周大概挣 3 镑,全国 88% 的人年收入不足 250 镑。① 的确,像我家这样的家庭,一周 3 镑过得也挺好,而一周挣 5 镑的人,就过得相当舒适,令人羡慕了。但不能指望资产阶级诗人明白这一点。

关键在于,那种无产阶级需要并可能采取行动的意识,在很大程度上是由中产阶级的良心产生的。左派知识分子深受触动,逐渐开始相信,整个体制让贫穷和战争都不可避免,所以必须对其采取措施;如今我们觉得这些人幼稚,多少有些看不起他们,但在当时,他们这样想是值得称道的。他们加入共产党,或成为政治上的同路人,这样做并不是赶时髦。即使在战前最辉煌时,在《苏德互不侵犯条约》签订之前的左翼图书俱乐部时代,共产党也只有数千党员。直到 1938 年,普通人才开始担忧世界政治局势,在海德公园猛挖战壕,放阻塞气球——当时人觉得很怪异,但很快就习以为常了。1939 年发生的一系列事件,包括开始征兵,让政治争论变得无关紧要,对我这样的十九岁少年来说尤其如此。就连那些号称不会参加资本主义—帝国主义战争的人,都悄悄地当兵去了。所谓即将到来的无产阶级革命,没有多少人再提了。

我已经说过,这种鼓吹革命的说辞一直是多少有些无知的。无产阶级并不像支持共产主义的资产阶级幻想的那样,美丽,不幸,在劫难逃,但具有不可抗拒的潜力;这些人是把自己心目中受诅咒的弃儿形象转移到了工人身上。无产阶级这帮人很奇怪,也许还很可爱。知识分子创立了"大众观察"②,研究工人的生活和行为,好像工人是"原始"部

---

① 这组数字摘自 J. 史蒂文森(J. Stevenson):《英国社会,1914—1945》(*British Society, 1914 - 1945*),1984 年。P. 汉密尔顿(P. Hamilton)的小说《宿醉广场》(*Hangover Square*,1941 年)详细记载了战争前夕的生活状况,其中,两个人在一家很贵的伦敦餐馆吃一顿饭,再喝很多酒,要花 2 英镑 13 先令 7 便士。

② 大众观察(Mass Observation),1937 年在英国创立的社会调查机构。——译注

落,而观察者则是人类学家,向工人介绍一种外来文化,从他们那里学习一门新的语言。他们观察了乔治五世登基25周年庆、乔治六世加冕等事件,也观察了任意挑选的、完全普普通通的日子,如1937年5月12日。他们想知道,人们在舞厅、澡堂、酒馆里做些什么。他们开发了报告文学这个时髦的体裁,无意间确立了今天仍然很有用的市场调查技巧。他们的动机是极好的;他们想要了解未知的"他者",如果有可能的话,还想喜欢上它。

和从事"大众观察"的人相比,诗人看待无产阶级的眼光不那么有条理,而且更加具有猜测性质。他们往往互相重复。例如,他们都对一件事感到诧异:穷人似乎靠看电影来得到安慰——不是俄国电影,也不是约翰·格里尔逊①的电影,而是好莱坞的片子——

> 兄弟姐妹们,请走进梦想之屋
> 让债务沉睡,把过往丢在门口
> 这是英雄的家,这深情的黑暗
> 是你们买得起的毛皮……
>
> 你们沉浸于同样的源泉,
> 张着嘴,却并不好奇地看着
> 你们劳作时期待的东西——
> 你们的世界里那些狂暴而病态的形象
> 和怀有的幻想,
> 在银色的墙上梦游。②

塞西尔·戴-刘易斯(Cecil Day-Lewis)是怎么知道的?他并不知道,只是猜想一定是这样的。乔治·巴克(George Barker)在下面的诗

---

① 约翰·格里尔逊(John Grierson),英国纪录片创始人。——译注
② 塞西尔·戴-刘易斯,见《三十年代诗集》(*Poetry of the Thirties*),罗宾·斯盖尔顿(Robin Skelton)编,1964年,第69页。

句里用了"绝妙"(marvellous)一词;他是在什么地方看到这个词这样用的?

> 我碰上了游乐归来的人群,他们去了
> 伯恩茅斯馆,绝妙的花园,
> 安乐宫,天外天影院……①

这里的"绝妙"大意是"并非绝妙",或"普通人无知地以为绝妙的东西"。巴克当然是从奥登那里学到这个用法的("绝妙的长信",等等)。奥登也许是第一个散布这种观点的——对穷人来说,电影院是一种可怜巴巴的安慰:"在幸福的凉亭里/数千人手拉着手","在高蒙剧院/幻想利用饥饿,制造出/高贵的强盗,男孩的理想"②。如果你自己也把电影院当作逃避的手段,那是不要紧的。麦克尼斯和他的妻子在伯明翰时,一周看四到五次电影,他们去电影院

> 纯粹为了娱乐,不为看到有价值的东西,手拉着手,仿佛一个女店员和她的男友。风琴师从地板下面上来,紫色聚光灯打在抹了发油的脑袋上。他给我们弹《伦敦德里小调》,鞠了一躬,又回坟墓里去了。然后明星们会回来,丘比特之弓形的大嘴吞噬所有人的烦恼——不再有办公室、工厂、商店,也不再有老板、工头,不再有失业,也不再有就业,不再有得病或生孩子的危险,只有胶片世界里的幸福,这里玫瑰永远是红的,多瑙河永远是蓝的。③

从这口气可以看出,是电影院里的其他人在享受这种虚假的安慰,而不是麦克尼斯夫妇。他们和其他人在一起,却并不是其他人中的一分子。他们几乎每晚都去,为了娱乐,不为寻找价值,而其他人也许会受骗,认

---

① 塞西尔·戴-刘易斯,见《三十年代诗集》,罗宾·斯盖尔顿编,1964年,第186页。
② 《英国时期的奥登》,第142页。
③ 《走调的弦》,第138页。

为能找到价值。

他们认为,这就是对深受束缚的生活的补偿。另一位诗人描写了穷人是怎样生活的:

> 菜贩的板车,
> 买煮橘子和百眼巨人似的土豆,
> 为省半便士而讨价还价;
> 胳膊肘红红的、能生的女人,挎着篮子,
> 身边是没幽默感的男人。
> 这些人永远都不会抓到王牌,出门的距离
> 不会超过电车的终点站。他们的至善
> 就是三便士双份的,冒着啤酒花,
> 喝不完的苦啤酒。①

全诗很长,情绪是绝望、愤怒而又怜悯,但的确让穷人保持距离。贺拉斯风格的诗节本身就标志着一种冷漠,甚至退却。还有关于土豆的那个有学问的小玩笑,显出优越感的"至善"(summum bonum),和我们的女人那么不同的妇女("胳膊肘红红的、能生的"),还有她们的男人,和我们如此不同("没幽默感")。工人的安乐乡就是押了一笔可笑的赌注赢的一场赌博,还有流淌着啤酒的水沟。就像厄普沃德笔下的主人公对女友说的话一样,这首诗是在对穷人说:"你好丑啊!"但同时也想要加上一句:"这正是我们必须学着喜欢上的。"那些时髦的定冠词(板车[the cart]、讨价还价[the haggling]、橘子[the orange]、土豆[the potato]、女人[the women]、三便士双份[the threepenny double])②也是从奥登那里学来的(大卫·特罗特[David Trotter]给加了个漂亮的标签,称之为"未实现的具体性"③),意思是 ex uno disce omnes,即通过

---

① K. 阿洛特(K. Allott),《诗集》(*Collected Poems*),1975 年,第 17 页。
② 原文中这些词都带有定冠词 the。——译注
③ D. 特罗特,《读者的产生》(*The Making of the Reader*),1984 年,第 113 页。

这些类型,可以了解整体。"煮橘子"我不知道是什么东西,听上去有异国情调,但是和显然劣质的土豆放在一起,代表了一种我们还不曾经历(起码在这个阶段还不曾经历)的贫穷之异国情调。

肯尼思·阿洛特(Kenneth Allott)的诗接下来说,诗人躺在床上,想着这些事情,听见水在管子里流淌,也许是他自己心跳的声音;外面,"必需"的灯光唤醒了"季节和城市"。灯光是必需的,正如奥登笔下的恋人是必需的,是世界上发生的事情的一部分,而他正是在这个世界中思索自己的冷漠。"月亮还是和平常一样……行星像狮子一样冲向天琴座……明天来临。这是个世界,是条道路。"①平常的东西具有了宇宙的尺度,但我们并不属于它。虽然我们不过是宇宙中的破布,却一定要成为宇宙的一分子;然而,强调我们必得这么做,却让我们与众不同,正如我们虽然必须以某种方式,同胳膊肘红红的女人和没幽默感的男人在一起,却和他们不一样。要了解平凡的他人,就必须变得不平凡,而这就让人难以和平凡的人打成一片。这样写出来的诗,既冷静,又狂乱,鲜明地体现了当时的风尚和语调。所以要欣赏它的价值,需要在了解历史方面耐心地下一番功夫。既然如此,我们可以不完全按其本意去解读,而可以添加一点后人的同情(later sympathy),从而看出,它是在不情愿地努力寻求一种集中的宣泄(cathexis)。像奥登笔下的圣人教导的那样,这是想要抛弃"我们的虚荣心选择的东西","用性爱般的耐心寻求理解"。

像追求性爱一样寻求理解是很难的,乔治·奥威尔(George Orwell)冷静地把这种困难描述为既是道德上的,又是技术上的:

> [他说]写平凡人做平凡事的书是极少的,因为写这样的书的人,必须既处于平凡人之内,又处于他之外,就像乔伊斯那样,既处于布鲁姆之内,又处于他之外;但这就要求你承认,在九成的时间里,你的确就是个平凡人,而这正是知识分子所

---

① 《英国时期的奥登》,第165—166页。

不愿意的。①

但是，即使作家只在一成的时间里的确不平凡，你在写东西的时候就是个作家，是不平凡的，哪怕你写的是平凡的、必需的、平常的事情。这是不言自明的，同样可以拿乔伊斯来说明。奥威尔自己在巴塞罗那看到西班牙内战早期那些激动人心的场景时，举止也只得变得不平凡，写起田园诗来；当时，无产阶级好像就要得胜，连奥登也一时产生了和工人团结一心的感觉。奥威尔的文章《回顾西班牙内战》("Looking back on the Spanish War")的结尾是一首诗，写的是一个意大利民兵，"他伤痕累累的面孔／比任何女人的脸都纯洁"，还写了一次握手，既是男人间的，也是阶级间的：

> 强壮的手和纤弱的手
>
> 两只手掌只能
>
> 在枪声中相遇……②

所以，对奥威尔本人来说，作家似乎必须寻找并爱上平凡的智慧，这不同于他自己的智慧（那个意大利士兵"生来就知道／我从书本里慢慢学到的东西"）；这里用了"爱"这个词，并没有什么不准确，而且也不难理解奥威尔爱的是什么——代表一个阶级的一个人：

> 一张凶猛、可怜、纯真的脸……我只看见了一两分钟……对我而言，他象征着欧洲工人阶级的精华。这些人在各国都受到警察的骚扰，填满了西班牙战场的万人坑，如今成百万地烂在劳动营里。

---

① G. 奥威尔，《散文、报道、书信全集》(*Collected Essays, Journalism and Letters*)，S. 奥威尔 (S. Orwell) 与 I. 安格斯 (I. Angus) 编，1968 年，i，第 230 页，写于 1936 年 8 月。

② 《向加泰罗尼亚致敬》(*Homage to Catalonia*)。（这篇文章和这首诗收录于 1966 年企鹅版，第 246—247 页，最早收入 1953 年出版的《英国，你的英国》[*England Your England*]，但作者注明写于 1943 年。）

他是个士兵,也仅仅是个士兵而已:

……我在你脸上所看到的
任何力量都无法阻止它的传承:
任何爆开的炸弹
都粉碎不了晶莹的精神。

这是奥威尔少有的风格,但他此时这样写,表现了知识分子对待工人的态度之特殊性质,不管这种性质是多么难以表达。这并非早餐时感到良心上有点过不去,也不是莫里斯、罗斯金或萧伯纳的感受,也很不同于王尔德欣赏的"美学"形式的社会主义,这种社会主义不指望纤弱的和强壮的握手,而是希望通过收入和财产的分配,压根避免这种接触。"社会主义的主要优势无疑在于,它可以让我们不必为他人而活;在目前的状况下,为他人而活的需要沉甸甸地压在几乎每个人头上。"王尔德说,可憎的贫困、可憎的丑陋、可憎的饥饿让人想搞改良,但总是越改越糟。王尔德的文章虽然一副开玩笑的腔调,却反映了英国"客厅社会主义"较强烈的动机。三十年代作家的情绪不同于以往,因为他们想要,或试图想要和未知的、无辜的受压迫者握手。

当时有这种情况:一方面想去爱,另一方面却恰恰相反,惴惴不安,想要退却,像厄普沃德笔下的主人公那样感到厌恶。斯蒂芬·斯宾德(Stephen Spender)说,到最后,他别无选择,只能舍弃"历史上的正确立场",而信仰自己的美学个人主义。

认为通过支持"进步"力量而巩固我的个人自由,并不等于相信我的生命必须成为手段的工具,受政治领导人支配。我逐渐认识到,在为了一个更加正义的世界而斗争之中,还有一种斗争,一方是关心长远价值的个人,一方则不择手段达到政治目的,哪怕是正当目的。即使在好的社会事业中,人也有责任为个人良心的高尚地位而斗争……个人绝不能被社会人的概念所吞噬。①

斯宾德想到的,是党在当时采取的令人幻灭的手段,但反复出现的词是"个人",拒绝做出的牺牲是牺牲个人,牺牲那只纤弱的手。作家一旦明白自己的地位,除非像考德威尔或厄普沃德那样死心塌地,否则就不会让自己"无产阶级化"。要做出的牺牲太可怕了,他觉得那样的话,就不会留下什么让他去工作,甚至去爱了。

所以,在三十年代将近尾声之时,多数中产阶级作家不再活跃于左派政治。但他们对工人的一时热衷是值得敬佩的,我们不应该用对左倾或娘娘腔诗人的陈腐看法代替我们的判断。他们的感觉五味杂陈,然而,如奥登所言,诗"或许可以定义为:明确地表达五味杂陈的感觉"②,这感觉很可能包括对非凡的新鲜事物的感知,以及对爱上未知事物的深深的忧虑。

有一本书明确表达了类似的五味杂陈,那就是爱德华·厄普沃德的《螺旋上升》(*The Spiral Ascent*)三部曲,虽然构思已久,但直到1977年才写完。这本书没有得到应有的关注,也许是因为出得太晚,也许是因为人们容易批评他偏离了备受推崇的早期短篇小说《铁路事故》("The Railway Accident")的风格;据伊舍伍德(Isherwood)在《狮子与影子》(*Lions and Shadows*)中说,《铁路事故》是厄普沃德和他在剑桥时创作的莫特弥尔(Mortmere)幻想故事之一。这部小说的风格也不同于厄普沃德的早期长篇小说《边境之旅》(*Journey to the Border*,1938年)。塞缪尔·海因斯(Samuel Hynes)说,"他的想象和他的政治意识形态之间的紧张关系,使他的天赋枯竭,把他变成了一个干巴巴而没有想象力的现实主义作家,写的东西不堪卒读"③。海因斯很少判断失误,这次却说错了。其实,厄普沃德的确认为,他要根据社会主义的

---

① S. 斯宾德,《世界中的世界》(*World within World*),1951年,1956年版,第311—312页。
② W. H. 奥登,《新年札记》(*New Year Letter*),1941年,第119页。
③ S. 海因斯,《奥登一代人》(*The Auden Generation*),1976年,第317页。

要求,形成一种新的简单风格,但他认为,这样做的时候仍然可以保持艺术家的特色,因为"如果一位艺术家在他的艺术中,把政治放在第一位,把艺术放在第二位,就不能为政治事业做出最大贡献"。当然,这个立场很难坚持,而坚持这个立场正是本书的主旨之一。他不能完全摒弃他得心应手的幻想风格,然而,虽然三部曲的第一部代表了一种有意为之的社会主义现实主义,厄普沃德却有理由说,书的后两部变得丰富起来,不是旧瓶装新酒的巴尔扎克式小说,而是他所谓的"新形式"。他承认,他对政治幻灭之后,发现这样的转变容易起来——"我看得出,党正在背离马克思主义"——他 1948 年退党,于是可以抛弃社会主义现实主义的严格束缚,或者大大改造那种现实主义①。

小说的主人公是个中产阶级诗人,在一家公学教书,对自己该干哪行很肯定,然而,用考德威尔的话说,对自己的阶级——他老是称之为"浮华阶级"(poshocrats)——满怀无政府主义的仇恨。开头的几幕直截了当地描写了诗人和朋友之间幼稚的谈话;诗人就象征厄普沃德本人,他的朋友代表伊舍伍德。"那朋友说:'最近我意识到,我讨厌穿灯笼裤的财阀,喜欢伦敦东区的人和下层社会。'艾伦说:'我也喜欢这些人,但我没你那么有勇气。我怕他们看不起我。你是怎么做的?''举止自然就可以了。他们有个绅士做朋友,觉得很自豪呢。'"和下层社会的人形成对比的,有假日大饭店的住客、穿运动夹克的小伙子、昂首阔步的姑娘们。"他们的服装、说话的声音、每个细微的手势和面部表情,在艾伦看来,都代表了他在世上最痛恨的东西:他们是忠实支持那种权力的年轻人……这种权力鄙视活着的诗人,鄙视真理。"然而,此后不久,艾伦就和一位昂首阔步的姑娘上了床;她就要结婚了,但显然很喜欢这种资产阶级的浪荡做派。理论家总是说,社会主义现实主义只要揭露资产阶级的真面目,就足以让它声名狼藉。

---

① 《爱德华·厄普沃德记谈》("Conversation with Edward Upward"),载于《评论》(*Review*),1965 年,第 11—12 页,第 65—67 页。

读了这头几页,人们不禁会想,这样刻意创造出一种共产主义的写作风格,仅仅证明,未经改造的资产阶级必然会把这种新风格误以为文笔粗劣。然而,虽然这是第一部,厄普沃德还是写了些不错的资产阶级的东西,说明这种观点是错的。效果当然是很有新意的,而且在我看来,在直率的社会主义现实主义那平板而灰色的白描中,插入了显然是非无产阶级风格的段落,恰恰提高了作品的整体价值。例如,在描写自然景观时,厄普沃德不禁采用较为陈旧的风格,而且写得很好:"然后,小小的浪花脱离了精疲力尽的大浪,几乎没有独自运动的力量,落在沙滩上,一步一顿,像金属的椭圆在滚动,像奔跑的裸男的阳具在晃动。"厄普沃德的书虽然有鲜明的意识形态倾向,始终担心如何把个人艺术和同志式的党的事业结合起来,却总是**刻意写出**的,总是精心组织的,总是忠于一种自觉意识——这种意识被认为是特权阶级享有的特权。就此而言,它是牧歌式的,却并不顺从穷人的命运。1937年,厄普沃德说,只有采取马克思主义或近乎马克思主义的态度,才能写出好作品①。如果的确如此,那么,同样可以说——他自己也明白——只有好**作家**才能写出好作品,而且,因为传统思维和工作习惯的缘故,好作家和共产主义会有格格不入之处,还会发现难以避免对工人抱一种牧歌式的态度。

艾伦和他的朋友在舞会上看着几个工人。"'是什么东西让他们这么好看呢?'……'不会只是性吧。''不会,也许是美?''那么就是因为他们在**活着**。''对,有点像这么回事,但不完全是……我明白了……是因为他们注定要完蛋。''哎,你可说对了。''因为过了十到十五年,这些姑娘全都会提前进入中年,变得很丑。她们必定会烂掉,但现在却不管它,照样跳舞。''对,就是这样。'"后来,这一真知灼见得以发扬:不仅是年轻女人注定要完蛋,男人们也一样好看,也注定要完蛋。"小康生活

---

① 《马克思主义文学解读的概论》("Sketch for a Marxist Interpretation of Literature"),见 C. 戴-刘易斯编,《束缚的思想》(*The Mind in Chains*),1937年,第48页。

让人变坏,所以来住店的人多半很歹毒。这些人就是恶人,是魔鬼。只有注定要完蛋的才是好人,我们要永远站在他们这一边。"他的朋友表示赞同。"我们的责任就是生活在注定要完蛋的人当中,我们要在诗里写下并且歌颂他们的为人。"然后,艾伦说出了选择高贵、拒绝丑恶的代价:"我们自己也是注定要完蛋的……我们永远都要和别人格格不入,不会真正属于任何一个社会阶层。我们永远不会安定下来,必将在世上漂泊,必将下地狱。"

厄普沃德常常表现出一种宗教般的热情,但很少达到这段里的年轻人那样的程度:先是像使徒一样在世上漂泊,无家可归,身无长物,然后像基督一样,去折腾地狱。这似乎有点过头,很奇怪,而且绝对是过时了,但尽管如此,听起来却很对头。还可以说,这里有点自嘲的味道,有一丝矜持。这开头几页的内容,在 760 页之后,即三部曲的结尾,会再次重现,但经过了精彩的改头换面;直到那里,这几页的意义,我们才能完全领会。

紧接着这几页的情节,是艾伦和浮华阶级的姑娘上床,然后想自杀。他知道,投身共产主义可以拯救他,但害怕这样做会影响写作。迄今为止,他的诗作得不成功,因为他没有投身共产主义,他的诗没有扎根于生活和现实。要想写得好,他就必须入党,但不能仅仅为了写诗而入党,而且党的工作也许会妨碍他写作。最终他还是入了党,因为其他的选择都不堪忍受。

艾伦在当地的党支部见到工人们时,看到他们住的地方灰头土脸,但居民们却那么漂亮,印象很深刻:"他们的眼神或朦胧或明亮,有些人的脸营养不良,还有皮肤病,但从他们的眼中却可以看到未来的生活。"他们比饭店里那些衣冠楚楚的男女好看,比那个娇生惯养的姑娘漂亮——他是在他资产阶级生涯的最后几天爱上她的。他要和这些人一起工作,发传单,开会;他还要写作,但绝不向放荡不羁的生活或自由派无政府主义妥协。他不要资产阶级的浪漫,开始和艾尔西交往;她长得不好看,"没有淑女的模样"。他和她结婚,明摆着就是"和党结婚"。所以,她典型地代表了性化(sexualized)的政治,而这正是我要阐述的。

在党之外得不到拯救,但不能忘记,它那言之凿凿的末日式预言,那仪式化的谴责,还有反复灌输的宣传,会让人厌烦。然而,艾伦在他那"马厩改建的、布满灰尘的公寓"里说,信仰会获胜,生活在这个危急关头是件了不起的事——这场危机"和以往的周期性危机有质的不同"。早在1917年,这个时刻就应该到来——当时,工党搞的民主社会主义插了一脚,让时钟停摆了,而工党不过是资本主义的工具而已——现在,这个时刻来临了。

厄普沃德写书之时,这个事件已经过去。他一定意识到了历史的反讽。莫斯科为了支持人民阵线,突然说工党不是资本的驯服工具,于是工党就不是了。那自信的豪言壮语——"唯有共产主义坚定地站在悲苦的人一边,反对压迫者",此时一定听上去有点反讽的味道,因为斯大林的大清洗已经众人皆知了。但是,在这个阶段,艾伦信仰的是一种纯粹的共产主义,它可以和诗共存。他知道这两者之间有矛盾,但这种矛盾正是要通过信仰和作品来解决的。

厄普沃德的意图慢慢显现,其美妙之处在于表达了这样的冲突,而且在一件艺术作品中将其解决——也许只有这样才能解决。在这方面,这部作品也许是独一无二的。比厄普沃德年轻的同时代人中,有些人认为,他们的职责在于用文章、小册子或诗歌描写最会做传动带的人,这样就违背了他们关于诗之本质的想法。厄普沃德发现了一种方法,能够既描写一切庸常的细节,又把它和整部作品联系起来(恐怕现代马克思主义者是看不起这种价值标准的)。艾伦花了许多年工夫,终于完成了他的长诗,他的诗就是厄普沃德的小说,包含一切冗长乏味、令人难堪的内容。主人公厌恶党的花言巧语、老一套的姿态,甚至厌恶党的领导对马列主义的不忠。然而,他被开除出党时,却像个被开除教籍的教徒似的病倒了。

厄普沃德把他的三部曲称为"辩证三件套"——政治和诗学为正题和反题,在"螺旋上升"之后,以合题结尾。最后一部代表合题。艾伦不再以第三人称出现,叙事者变成了"我"。他回到了资产阶级的安逸生活,但写完此书的同时完成了他的诗作,所以书和诗有了个共同的漂亮尾声,其效果是诗和共产主义相结合。

要表达对如此精巧的结构和转变的赞赏,就要运用某种写作手法,这种写作手法被提倡无产阶级小说的人所排斥,然而却恰恰适合这样的技巧和创意。这样的赞美之词恰如其分,如果想很快就此得到肯定,不妨看看厄普沃德发表于 1985 年的短篇小说《在码头酒店》("At the Ferry Inn")。① 小说只讲述了一件事,看似一篇稍加掩饰的自传,平淡而过于琐碎,但仔细一看,原来根本不是这样。故事说的是一个叫作塞尔温的诗人——显然是指奥登——前来看望老友阿诺德·奥尔尼,即厄普沃德。奥尔尼住在怀特岛,而厄普沃德也恰好住在这里。他们已经彼此疏远了四十年(也许自奥登 1939 年去美国开始)。塞尔温乘渡轮来,在岛上待一天,然后去纽约。渡轮靠岸时的情景被描写得十分细致。奥尔尼看见乘客中有个小伙子,"个子高高的,宽臀削肩",一头浓密的黄发,两腮丰满而光滑。距离他们上次会面似乎只有一两周。

奥尔尼(厄普沃德)此前曾梦见自己在码头见到了朋友,同时,"正如梦所预示",想起了奥登的十四行诗。虽然没有明说,但诗中有这样几句:"每次见面,他都不得不明白/同样的误解会产生……"奥尔尼想:"奥登的十四行诗,真是写出了梦那种不合逻辑的感觉。"在梦中,诗人的脸"很苍老,皮肤松弛下垂"。在梦中,奥尔尼从一个陌生人手中接过一只手提箱,放在岸边的台阶上。

两个朋友在码头酒店喝酒,身旁是一群穿着蓝色运动夹克的浮华阶级分子。他们也许听见了奥尔尼告诉他的朋友,说他梦见了炸弹,也听见了塞尔温的解释:炸弹代表奥尔尼对多年从事激进政治活动的愧疚之情。诗人说:"你忠于奥登后来所谓的'聪明的希望',比我们这些

---

① 载于《伦敦杂志》(*London Magazine*),1985 年 7 月,第 3—13 页。

人坚持得都要长久。二十世纪三十年代时我们都曾迷恋于这种东西，但你的书最终把它给精彩地否定了。"他读了《螺旋上升》的第一部（其实是奥登死后四年才出版的）。书的作者不同意，说他放弃的不是共产主义，而是斯大林主义。但诗人还是要恭喜他明白了这一点：应该信任艺术家，而不是政客。他操着英裔美国人的法国腔，引用波德莱尔的话说："艺术是人类对其尊严的最好证明。"这时，他们感觉到周围穿运动服的浮华阶级分子对他们越来越不满，但作者还是肯定地说，在一个资本主义危机加重的世界上，他对马列主义这支力量抱有信心，而且即将到来的革命将避免核战争。诗人这时说，无产阶级革命并不是聪明的希望，而且诗人没有从毒气室救出过一个犹太人。说完他就去了厕所，让他的东道主思考驾游艇的人的敌意，而且想起，如果他不认识诗人，"就永远不会知道人生可以有多么精彩"。他等了好长时间之后，去找他的朋友，怕他病了或者被人打了一顿。但他已经走了，奥尔尼只能瞥见他坐着渡轮远去，他的脸比在梦中"还要老得可怕，皮肤更松弛下垂"。诗人不高兴了吗？没有。他兴高采烈地挥着手，两人不再疏远，虽然他们永远都不会重逢。

　　这是一个复杂的故事，梦中有梦；此中有一个如梦似幻的奥登的分身，引用自己的诗行，就好像引用另一位诗人。还有厄普沃德关于中产阶级做派的偏执观点。外层梦中的酒店是子宫，在故事的如此情形中，可以退避其中。诗人的脸在梦中苍老，在梦境的现实中又很年轻。存在着旧时热望与旧有冲突的整合，聪明的希望被提升到聪明之上。三十年代是叛变者的卑鄙时代，而正是这位诗人曾经在当时展示过人类生活能够如何"绝妙"。新闻报道与幻想言归与好了。波德莱尔说得没错；而马克思也说对了；同样的，卡夫卡的世界与梦境的结合也是如此。

　　有时候，有人说厄普沃德幼稚，或者说他无知，但如果附和这种看法，就等于接受一种错误看法——我前面说过，这部分是由奥威尔提出的，但在很大程度上也是来自温德姆·刘易斯（Wyndham Lewis）等和他在政治上对立的人。刘易斯对三十年代的政治和对人的尊严持相反看法。

他不想喜欢无产阶级——那些苦力,那些大众(Massenmenschen)——也不喜欢那些想要喜欢这些人的人,认为他们是蹩脚的艺术家,对他们嗤之以鼻。刘易斯不喜欢苦力,而且对资产阶级的个人也不感兴趣。他笔下的人物往往是类型、情绪,甚至木偶。

奥登几乎亲切地把刘易斯叫作"孤独的右派老火山"①。刘易斯在三十年代写的小册子大都被人遗忘了,但《希特勒》(*Hitler*,1931 年)、《欧洲上空的左翼》(*Left Wings over Europe*,1936 年)、《死亡统计》(*Count Your Death*,1937 年)在当时是比较重要的作品。最近给刘易斯写传记的作者说《希特勒》"写得很匆忙,没查什么资料"——刘易斯连《我的奋斗》(*Mein Kampf*)都没看过——但与其说这书是在宣传希特勒,还不如说它表明了作者憎恨魏玛共和国和同性恋,以及喜欢这两者的英国作家。② 它对大众鄙视得那么厉害,乃至马克思主义批评家弗雷德里克·詹姆逊(Fredric Jameson)可以通过巧妙的辩证法技巧论证,此书的"反对派立场"最终让它站在革命的一边。③ 如今,只有传记作者和历史学家想去读它,就连刘易斯迟来的放弃先前看法的书《犹太人是人吗?》(*The Jews, are they Human?*)和《希特勒崇拜》(*The Hitler Cult*)(均发表于 1939 年),都无人问津,但《为爱复仇》(*The Revenge for Love*)有时被誉为当时最好的政治小说。

刘易斯的小说发表于 1937 年。当时,多数左派作家都深深地卷入了共产主义运动,而这部书则被视为反共宣言。从某种程度上说的确如此,但在刘易斯看来,共产主义只是一个充满骗术的世界上的一种骗术而已。做共产党,不是当雇工,就是当牺牲品。刘易斯的立场的独特之处在于,他认为共产主义世界的肮脏类似于虚伪艺术的肮脏。戴-刘

---

① 《致拜伦勋爵的信》("Letter to Lord Byron"),第五部分,见《英国时期的奥登》,第 198 页。

② J. 迈尔斯(J. Meyers),《敌人:温德姆·刘易斯传记》(*The Enemy: A Biography of Wyndham Lewis*),1980 年,第 190 页。

③ F. 詹姆逊,《侵略的寓言》(*Fables of Aggression*),1979 年,第 179 页起。

易斯说他见到共产主义者就觉得自己渺小。刘易斯多次用嘲弄的语调引用这句话,以此说明冒牌货见到真家伙总是觉得渺小,不管这真家伙是多么丑陋。刘易斯描写的共党特务珀西·哈德卡斯特不是政治理想主义者,而是个技术人员:"总罢工、煽动、政变都是有**技巧**的,这些都是技术问题。一旦开始**行动**,而不是仅仅说一说,你就成了技术人员。"虽然会挨打,而且他的中产阶级合作伙伴是些呆头呆脑的生手,哈德卡斯特却都能够接受,认为这都是他工作的一部分;而真正的艺术家刘易斯虽然受到骗子、庸人以及周围那些外行的伪艺术家的粗暴对待,也同样安之若素。共产主义和造假画的营生在道德上是平起平坐的。

所以珀西反倒受人尊敬,因为他很专业;中产阶级知识分子才是真正的坏人。这本书认为其实只有这些中产阶级知识分子才是真正的共产党,因为共产主义就是个骗局,只有骗子才会说自己相信共产主义,而珀西起码不是骗子,工人出身的共产党也不是,这些工人当共产党是为了捞好处。工人当了共产党,

> 认为这无非就是另一份工作,报酬比老板给他的工资高多了。他把自己弄成共产党的时候,带来了工人阶级的玩世不恭、弱者的怯懦,对任何事、任何人都不信任……所以马克思坚持认为,要利用他的**恨**。

一个中产阶级知识分子说,他的目的是把工人从这样的道德枷锁中解救出来。有人告诉他无产阶级其实是多么不道德,嘲弄道:"你写共产主义的诗,一定要写上这个!"想要解放工人的人是个抽象派画家,这一点意味深长。"除了**抽象的东西**,你难道什么都看不见吗?就像你的画似的!但你打交道的是有血有肉的男女,一帮奸诈的白痴!你做的就是和他们打交道,而他们在窃笑,笑你这个笨蛋……"①

这就是反对派立场,以一本有关西班牙的书的形式出现。这本书

---

① W. 刘易斯,《为爱复仇》,1937 年,1962 年版,第 201,206,225—226 页。

认为搞共和主义运动的是一帮雇佣兵、骗子和受骗的人,对我一直赞扬的喜欢工人的左倾艺术家态度尤其严厉。但刘易斯对这些人和对工人的蔑视,其实只是厌恶整个人类世界的具体表现。他的小说有两个核心象征:一个奇形怪状的侏儒,一个怀着恶意号啕大哭的婴儿。他们代表逼着刘易斯与之为敌的东西——人类的繁衍延续着一个畸形、可憎、心怀怨恨的种族,教人厌恶。基本上出于同样的态度,他憎恨同性恋(很奇怪地认为,这是资产阶级婚姻法对男人不公的结果①);和共产主义一样,同性恋也是一种骗人的崇拜,但他认为这类崇拜有着侏儒和婴儿那恶毒而扭曲的活力。我认为,欣赏刘易斯的人往往把他抹平,忽视了他感到厌恶的深层次缘由;朱利安·西蒙兹(Julian Symons)为1962年版《为爱复仇》写的前言就有这个毛病。他认为这本书正当地抨击了"客厅共产主义者"和"自由派对共产主义行为的错误认识",我们现在都能看穿这种错误认识,因为我们了解"斯大林时代每个共产党组织里错综复杂的欺骗和背叛"。西蒙兹不无讽刺地引述了刘易斯的话,说他希望"有一天人们会把他的书当小说来读,忘记里面的政治内容"。在西蒙兹看来,这本书之所以成为二十世纪三大政治小说之一(另外两部是《旅途之中》[The Middle of the Journey,1947年]和《正午的黑暗》[Darkness at Noon,1940年]),正是因为它大力揭露了自由派的错误认识②。我承认这三本书都很好,但它们的价值不可能取决于"揭露了错误认识"——这本身就是一种错误认识。光是看穿一件事是不够的,刘易斯懂得这一点,知道和自己的看法很不相同的观点可以用在艺术作品里。在我看来,刘易斯的论战对厄普沃德的成就没有多少影响。他的小说和刘易斯的小说都不仅仅是对过去某个时代的政治态度的批判;这两部小说让我们惊奇,是因为自身的复杂,也是因为它们强烈地违背了通常的看法,一个是出于对利己、畸形、残暴、恶臭的人群的憎恨,一个

---

① W. 刘易斯,《邪恶的原则》(The Diabolical Principle),1931年,第146页。
② 《为爱复仇》前言,1962年,第ⅶ-ⅹⅵ页。

是出于对注定要完蛋的人的爱和想要拯救他们的渴望。

还有其他的错误认识,和西蒙兹想看到被推翻的那个错误认识一样,令人难以接受。比如,有一种看法认为,未腐化的、无阶级的艺术家独自面对着粗俗的暴民、油滑的暴民领袖、受骗上当的发昏的同伙、虚伪的艺术家、多愁善感的知识分子。不论我们是否同意刘易斯摆出的是这种科利奥兰纳斯①式的姿态——有些人同意,有些人不同意——他对左派知识分子的批判,似乎在很大程度上占了上风。人们愿意认为,这些作家的作品根源于无知(奥威尔多次这样批判),或者根源于欺骗和愚蠢(刘易斯多次这样批判)。而且,排斥二十世纪三十年代资产阶级左派的政治,言下之意,也就是要排斥其艺术。正因如此,我们过于愿意接受对这种文学的严厉批评——有时出自作家本人,但如果我们能摆脱这种错误认识,也许就会发现,这种文学既大胆,又教人不安,令人印象深刻。

我并不想说这些作家从来没有受骗,从来没有犯傻,也不想说他们向无产阶级献殷勤,没有让他们为难,脱离了他们熟悉的领域。但我们不应该以看待他们政治活动的眼光来判断他们的艺术。其实,只要大声说出来,就可以看出这一点是再明显不过了。如果我指的是上一辈中伟大的现代派作家,如叶芝、庞德、艾略特,这种看法不过是自明之理;然而,我们讨论三十年代时,连这样粗浅的认识也还达不到。也许难处在于,我们和三十年代作家多少还有些紧密联系,他们中的几位还健在,所以,在想到他们时,很难不把历史和价值混淆起来,很难不让我们对其政治活动的幻灭影响对其作品的阅读——这种倾向,在考虑较为久远的时代时,就比较容易避免。

然而,这不像是一个圆满而令人愉快的答案。三十年代不仅是让我们难以评判的社会主义的年代,也是得到纵容的法西斯主义的年代。

---

① 科利奥兰纳斯是莎士比亚悲剧《科利奥兰纳斯》的主人公,为罗马共和国的英雄,因性格多疑、脾气暴躁,得罪了公众,被逐出罗马。——译注

这个问题我显然还没讨论完,将在下一章继续讨论;在下一章里,我要谈谈这些作家中最重要,也是最有争议的一位——W. H. 奥登。

选自《历史与价值》,1988 年

14. 厄洛斯,城市的缔造者

本篇是诺斯克利夫讲座的第四讲,题目取自奥登致弗洛伊德的伟大挽歌中的结尾诗行:

一种理性的声音是沉寂。在他的坟墓之上
冲动之家哀悼一个他们深爱的人:

厄洛斯,城市的缔造者,悲哀
无政府主义的爱芙罗狄特在哭泣。

说到麦克尼斯时,我提到以赛亚·伯林(Isaiah Berlin)否定了斯蒂芬·斯宾德的硬橡皮桌子和温德姆·刘易斯画的油画的故事,我还很负责地对他的评论做了注释。但是斯宾德自己后来告诉我,故事完全真实。我们不应该太相信幸存者的自相矛盾的回忆。我敢说我对认识的另一个幸存者格伦韦·里斯(Goronwy Rees)所做的评价,可能在此处显得过于尖刻,但此处只不过是对那些形成了我的观点的时刻的回忆。

本章结尾处对"英国时代的奥登"做了辩护,青春时代的诗人奥登,他自己后来不再喜欢也不再相信了。在这个讲座中我推测,奥登于 1923 年拿到安东尼·科利特(Anthony Collett)的《英格兰的变迁》(*The Changing Face of England*)

的一本廉装本,做了精妙的引用,而几年以后他在《石灰岩颂》("In Praise of Limestone")一诗中再次提到了这本书。现在我知道,1947年他正在找科利特的另一本书,很可能已经找到了,因为这本书对那首诗歌杰作产生了影响。这在爱德华·门德尔森(Edward Mendelson)的《后期奥登》(*The Later Auden*,1999年)可以找到证据。门德尔森和我曾经就早期的奥登做过一次讨论,也许主要是关于《西班牙》("Spain")这首诗。这首诗我也会在本章中提到。观点上根深蒂固的不同,一点也没有减少我对门德尔森的敬意,他是一位出色的学者,奥登研究领域的首席权威。他不惜倾注心血,对奥登的《永存》(*Nachleben*)做了高超的研究。

诗人从科利特书中得到灵感,在世的第二号奥登研究权威约翰·富勒(John Fuller)的书《论奥登》(*W. H Auden: A Commentary*,1998年)中,对此也有所记载。珍妮特·亚当·史密斯(Janet Adam Smith)曾经注意到,奥登习惯于为了以后所用而储存词句。而他很受科利特书的吸引,书中这样的词句比比皆是。除此之外好像该书已经被人遗忘了,这是又一不公正之处,因为该书是一本非凡的力作,独具一格。书中的地质学现在无疑已经过时了,但这也恰到好处,似乎科利特的书模仿了自己描述的观点,即英国场景的永恒变动。该书文笔的力量和技巧使其流传下来。但是我怀疑科利特复兴的最大障碍是他的政治倾向过于偏于现代保守党的右翼。

作家受良知或者愿望驱使,想要超越阶级界限,主要的困难之一只不过是习惯,是对自己生活方式的依赖。一个厄普沃德(Upward)这样的人也许会教育自己痛恨这种生活,但是即便是他,也不能完全把资产阶级的方式与教育遗产充公上缴。而其他人尽管赞同应该牺牲这种生活,却还是不能说服自己去蔑视它,或在他们认为已经是其穷途末日之际抛弃这种生活方式。这种教育传统包括某些态度,与他们接近无产阶级时的态度区别很大——他们在与无产阶级打交道时,推行的是一脸严肃的庄重仪式。这些态度非常聪明,是小集团内部的,是私人笑话和奚落,有时候会发生噩梦一样的转变,像《有偿双方》("Paid on Both Sides",1930 年)以及 1933 年的《雄辩家》(*The Orators*)(两者都深受厄普沃德的早期方式的影响)中表现的那样。而且他们很自然地互相取笑,可能大家或许也希望,他们对那些在公开场合故作虚假,或者摆出压力重重的姿态的朋友加以评论。

在其死后出版的自传《走调的弦》(*The Strings are False*,1965 年)中,善于自嘲的路易·麦克尼斯(Louis MacNeice)取笑他的朋友们过多谈论了"障碍"等——他本来还可以加上"斗争"、"历史"以及"爱"。画面中有斯蒂芬·斯宾德,从自由主义转信共产主义,住在别致的公寓里,里面有硬橡皮的书桌和一幅温德姆·刘易斯的油画挂在壁炉上面。① 还有一位热情洋溢的威尔士人,在此让我们集中介绍一位在麦克尼斯圈子里很有意思的次要角色。他对着一群作家滔滔不绝,好像在讲坛上布道一样,但是他的目的不是用古老的美德来教诲他们,因为他说的是将来他们必须接受无产阶级的领导,放弃个性,成为人民的号手。劳动人民是斗争胜利的全部希望所在。会议结束了,累坏了的演讲者要求到普诺尼餐馆吃牡蛎,大家也同意了,虽然这家餐馆的牡蛎非常昂贵。

这个演说家就是格伦韦·里斯,他不是一个重要作家,但对研究 20 世纪 30 年代资产阶级的生活和爱情,以及剑桥的学生来说,是一个很有趣的人物。我在此提到他,因为希望在本章的结尾处把真正的妙文与仿作鲜明地区分开来,尽管像在其他时代一样,正品与复制品永远都密不可分。麦克尼斯对他很熟悉,喜欢带他去亭克汉姆球场看国际

---

① 据麦克尼斯。以赛亚·伯林爵士在讲座之后告诉我其中没有一句真话。

板球比赛,说他本来可以当一个"出色的巡回推销员"①,却当了全圣学院的研究员。牛津大学给他贴上了一个几乎没法摘下来的"杰出"的标签,而他也以充满魅力而著称。在我开始结识他并且一段时间与他共事的时候,他令人倾心的黑色卷发已经变白了,但是他的一系列蠢行和不幸还没有真正盖过他闻名遐迩的杰出或者其他品质。我知道现在有人正在讨论里斯是否曾经受雇于克格勃,后来又传言是中央情报局。但是如果以为他有趣的唯一原因是与间谍有来往的话,就错失多少趣事。

他生自一个威尔士牧师家庭,说他本来不想去牛津,认为牛津颠倒了他心目中事物的公正秩序。但是他很快改变了主意,庆幸自己免受剑桥的腐败;他认为剑桥不但要对他的朋友伯吉斯(Burgess)和麦克莱恩(MacLean)(无疑还有布伦特[Blunt],里斯对他的作为保持了沉默)的叛国罪负有责任,也要对当时在牛津肆虐的同性恋负责,认为这个问题至少一部分原因归于从剑桥很不明智地引进了 G. E. 摩尔(G. E. Moore)和 E. M. 福斯特(E. M. Forster)的教学内容。我们可以推断,在那些时候,牛津是一个男性社会,主要从公学里招生,而且看来把同性恋当作班级标志来大肆宣扬。这个年轻的威尔士人觉得这一切很奇怪,不知道这两所大学一个宣扬腐败,一个实施腐败,怎么竟然给这个国家提供统领者和间谍。尽管如此,他还是很快加入了这个颓废的社团。

但是,在 20 年代末 30 年代初的时候,道德氛围也发生了转变。现在必须要前往柏林才能过上牛津曾经提供的那种生活。之前没有任何人关注的政治现在变得重要了。1931 年里斯已经是一位社会主义者,成了全圣学院一个金牌研究员,年薪 300 英镑,还有免费食宿。"南威尔士一个失业家庭每周生活费是 30 镑,这个消息仅仅稍微影响到了我的快乐生活,"他写道。后来不久他应菲利克斯·法兰克福特(Felix

---

① 《走调的弦》,1956 年,第 168 页。

Frankfurter)邀请参加晚宴,从而遇到了"剑桥当时最出色的本科生",盖伊·伯吉斯(Guy Burgess)。①

里斯很公允地称赞当时的统治阶级爽快地接受了他这个出色的局外人,虽然他是威尔士人,卫斯理公会教徒,还是异性恋者。对于 20 年代的审美观如何转变成为 30 年代的快乐共产主义这个问题,他做出的解释不比别人强到哪里。这个变化与其说是一种阶级感情,不如说是一种兴趣的改变。而且不论他怎样轻易地被接纳,很难认为他被完全当作自己人。他虽然内心狂野,但与伯吉斯相比还是文静得多。他的文章简洁庄重,完全没有奥登或者他的朋友亨利·格林(Henry Green)的那种过度的艺术品鉴。他以极为悠闲而又奢侈的本科生的生活方式而著称。他对加入其中的那个群体很忠诚,为伯吉斯保守秘密长达 16 年之久,只在伯吉斯抽身以后才暴露出来。但是他是通过无产阶级的喉舌,星期天《人民报》(*People*)泄密的,令人不敢相信他有多么不谨慎。

为此他陷入了可怕的麻烦,而且无疑正是由于他在伯吉斯与布伦特的恋爱中所扮演的次要角色,他才会被人记住,但也可能因为其他的奇怪行为、不谨慎,还有他的出色品质。他也是一个迷人的**外乡佬**(métèque),才华横溢的模仿者。他让人好奇,非常迷人,大多数时候很严肃,不害怕**声名狼藉的人**(louche),但是也不怕"装修得体的大房子"("big houses where things are done properly")。这个词组来自伊丽莎白·鲍恩(Elizabeth Bowen)1938 年的小说《心之死》(*The Death of the Heart*),该书被认为描写了年轻时候的里斯的形象,不无道理。书中描写的那个团体优雅派头多过良知:"我们最大的希望,"其中一个角色说道,"就是继续侥幸逃脱惩罚,直到其他人当替罪羊。"另一个人说道:"最近谈话变得可怕了,大家的罪行不断浮出表面,让他们脸红。"他们应该努力赢得工人(封建主义)的尊敬吗?还是仅仅给他们支付他们的

---

① G. 里斯,《偶然事件篇》(*A Chapter of Accidents*),1972 年,第 106,110 页。

工资呢(金钱关系)？在这种环境中艾迪看似清白,就像女孩鲍西亚(也是一个很出名而且还在世的作家的写照),尽管是亲戚,还是被这个家庭看作出身卑微。但是,我们受过教育,知道在这样的环境中把清白看作没有诚意:"我们的感情体系对他们来说太腐败了,所以他们才会犯错、欺骗、背叛。"当鲍西亚逃走的时候,是佣人麦齐特去追这个女孩。这是一个完美的佣人,封建制度的化石,伦理标准;她的名字按照常规被简化了,对她的性别和洗礼做了双重否定。麦齐特的价值观不腐败,因为她没有卷进这个感情体系之中。艾迪一部分属于这个体系,在这个关键时刻却找不到人影了。因此,这家人把他描绘成"一个恶棍"——这多少有点反常——同时继续吃着晚饭。

艾迪例证了奥威尔的观点。奥威尔认为,不可能有底层阶级的知识分子,因为他们一旦变成知识分子,就被迫生活在一个截然不同的世界。我们还可以补充说,他们有时候还被迫生活在会促使他们犯错、欺骗和背叛的感情体系中。当习惯或者个人利益使人紧紧地依附于一种生活方式时,良知告诉他应该放弃,这是每个人都会遇到的一个严重的问题。之所以严重,是因为他们和其他居住者一样,发现要想觉得自在,就必须谴责刚刚才过上的那种生活。这会让人备受奚落,就像麦克尼斯那样,因为不能取笑他更为重要的朋友布伦特,就拿里斯开涮。在作家政治集会中的复兴运动中,他经过深思熟虑,表示重新做个不顺从者。麦克尼斯出身无产阶级,不可能一脸严肃地做这样的演讲。但是事后他要求吃牡蛎,让人忍俊不禁,化解了这一过失。

麦克尼斯并不总觉得好笑,但总是意识到效忠一种主义具有反讽意味。这种主义有多成功,要看他喜欢的生活方式受到多大程度的毁坏。他愿意自称势利鬼,喜欢住在舒适宜人的地方,喝葡萄酒,谈诗歌、上流社会的女人、古希腊和拉丁语经典、内部笑话,也喜欢亭克汉姆球场,远远胜过喜欢煮橘子和满是芽眼的土豆。他不愿放弃这些奢侈,尽管他确信他必须放弃。他的诗有时可能很饶舌,有时很悲伤,但一直坦陈了这种对奢侈的需求。尽管我们认为麦克尼斯是一个次要的诗人,他却和其他被称为次要诗人的诗人一样独出心裁,写了一种新的离别诗,语调上与奥登病态的怀旧截然不同:"再见,有红色墙纸的房子/再见,温暖的双人床的床单……"①在巴塞罗那沦陷、德军占领布拉格之后他写了《秋天日志》(Autumn Journal),感觉呼吁的不仅是一种令人理直气壮的正直,而且是决心不要冒险尝试言不由衷。正是因为他具有诚实的技术资源,《秋天日志》才流传下来,敏感地记录了一个阶级对于现在看似一种毁灭性的威胁的回应。即使在前文提及的固定主题的习作中,也显示了同情与自身利益的智慧混合:

> 秋天几乎结束了,人们
> 度假归来,晒黑了
> 大拇指上起了水泡,钱包里都是叮当响的零钱,还有一点
> 生活乐趣,是违禁品
> 它的持久力足够面对对年度狂欢的年度等待
> 像是褪色的**百合花徽章**(fleurs de lys)。
> 现在铁柜和打字机都呼唤着手指,
> 工人收集自己的工具
> 为了八小时的工作日,但是,在
> 电影或者足球场的安慰之后,
> 或者是八卦或拥抱,自我荣耀的瞬间
> 或者自我放纵的瞬间,看到疑惑时的眨眼
> 蓝色烟雾升起,褐色蕾丝滑下
> 在烈性黑啤的空杯子里。

这一段中,关于义务与享乐的一切代表了一个愿望,满怀同情地希望每个人都能像诗人一样幸运,这让人几乎过多地意识到其中那种自我庆幸的语调:**我们的狂欢更多,我们的工作没那么机械,我们的安慰**

---

① 《英国时期的奥登》,E. 门德尔森编,1977 年,第 208—209 页。

比电影和足球场更真切，当**我们拥抱时不叫作拥抱**，**我们的**交谈不仅是流言蜚语，尽管我们也会八卦。我们还可以把健力士黑啤的泡沫（当然是在**你们的**杯子里，不是我们的）比作褐色的蕾丝。我们哀叹这些对比，认为是因为

> 一种完全的失落而愚蠢的
> 体系，给几个人，以奇特的价格
> 给以奇特的生活
> 而一百人中九十九个从来没有出席过晚宴的
> 必须从餐刀上洗去时代的油脂。

但是尽管如此，

> 习惯使我
> 想到一个人的胜利暗示着另一个人的失败
> 自由意味着法令的力量，而法令是为了
> 保持精英们珍爱的价值
> 精英们必须只能是寥寥数人。很难想象
> 很多人享有机会的一个世界，而
> 智力生活水准不会下降
> 而且将没有知识分子喜欢的任何东西。

"害怕的事情，"他接着坚决地说，"必须被抑制。"但是这首诗的效果在于以那种放松的方式拒绝压制他们，尽管他没有对拒绝多花笔墨。他在诗中巧妙提到了个人的烦恼，以及他与没人想要的革命的纯粹知识分子的共谋，这些都没有阻止这个文明诗人在等待令人难以相信的枪托撞门的时候，依然保持自己的风度。① 但是头脑却不听心灵的话："我同情左派。纸面上以及灵魂上都是。可是心灵与胆量上不是……我的心灵和

---

① 《秋天日志》，1939年，第16,17页。

勇气哀叹阶级的消失。"①我们可以想象，但是不能感觉没法想象的事物。

能够努力想象核爆炸之后的冬天，并且尽力继续快乐地生活，与对这首诗的理解异曲同工。战争的意象在30年代是很不同的，更加有启示录一样的担忧（奥登笔下的洪水崩堤，燕卜荪笔下把松果烤熟的森林大火），但是这些都不可避免地由想象焊接在当时的世界冲突之上。在西班牙内战时期，有很多人不到20年前曾经在法国或者别处打过仗，甚至还有一些人还年轻，可以参加即将到来的大战：大家汇聚在西班牙，认为战争会像索姆河会战一样，再加上空袭和毒气、电光以及公民的恐慌。② 但是即使在格尔尼卡轰炸之后大多数人还是觉得这是场虚构，而左翼诗人有时感觉只有他们才意识到了这个历史状况，因此觉得这对他们的要求要比惯常的大，而且不一样。"很容易证明我们处于文明的第一个特殊危机之中。"杰弗里·格里格森（Geoffrey Grigson）写道，"而既然诗人现在经常以各种方式说到这个，那还有什么比这更重要的吗？"③而多年之后，回顾那些岁月，斯蒂芬·斯宾德强调了那些持有这种想法的诗人怎样孤立于众：

> 假如我们所说的"知识分子"（最近十年这个名词开始被广泛使用和滥用）之中有一小部分有天分的人，几乎催眠一样地意识到了纳粹的噩梦，并且大声地发出警示，那么大多数人——以及政府和统治阶级的成员——似乎决心忽略或者否认它。我们感觉自己属于少数人群，可以看到别人看不到的可怕事情。④

---

① L. 麦克尼斯，《穿过明奇》（*I Crossed the Minch*），1938年，第125页。

② 见 M. 希德尔（M. Ceadel），《流行小说与下一场战争》（"Popular Fiction and the Next War"），收于 F. 格洛弗史密斯（F. Gloversmith）编，《阶级文化与社会变化：三十年代新观》（*Class Culture and Social Change: A New View of the Thirties*），1980年，第161—184页。

③ 引自 S. 海因斯，《奥登一代》，1976年，第299页。

④ S. 斯宾德，《三十年代及其后》（*The Thirties and After*），1978年，第33页。

要想有这种感觉，当然需要从无产阶级中再次完全切断。越是敏觉于战争和无产阶级革命近在咫尺，越是意识到与大众的不同。麦克尼斯对此严肃的但又不带感情色彩的相当怀旧的理解，这才是《秋天日志》价值之所在。其他人感觉要采取比他更肯定的行动——写文章、写宣传册，去西班牙。最后大多数人开始看到自己所作所为无足轻重，看到斯宾德"谁活在战争的阴影之下，/我能做什么有用的事？"是一个错误的问题——一个自然的错误，甚至令人敬佩，很像是党自己犯的错误，把年轻作家送到西班牙送死。奥登、戴-刘易斯，还有麦克尼斯各自意识到了这一点。而且，如我在前面一章讲到，斯宾德比其他人更加了解政治，被迫做出结论，认为真实世界里的政治行为——唯一可能一方的政治行为——将会是对他的良知的公然羞辱，比不作为更糟糕。效忠于莫斯科意味着说谎。这是一个简单然而至关重要的想法。

他们不是最早对纯粹革命事业失去信心的诗人——他们意识到社会正义的理想与政治权力世界不能共存，因而感觉悲凉。他们身体力行，最终得出这种结论，这样的失败比某种成功更有价值。不论奥登最终认为诗歌无济于事（poetry can make nothing happen）的观点是否正确，无疑存在着这种有关诗歌无济于事，以及有关失败的诗歌。在这里有必要比较《边界人》(The Borderers)与斯宾德的《审判法官》(Trial of a Judge)，这两部作品作者都不满意，却在他的发展中颇为重要。华兹华斯推迟发表他的戏剧大约半个世纪，斯宾德则在近几年大量改写自己的作品。在原来的版本中，他好像认可麦克尼斯的观点，认为他努力尝试表达自由主义的缺点以及共产主义的必要性，但是这一努力"被斯宾德无意识的尊严所破坏。自由主义的法官举例说明'不会是什么'（what-not-to-be），轻易赢得了大家的同情"①。这部戏剧显示，法官平静地、确定地说出"我的真理会获胜"的时候，他其实错了；而他的敌人哈姆多夫也同样错误地说："抽象的公正是胡说八道。"尽管法官死于

---

① 《走调的弦》，第169页。

"悲惨的真空",他却拯救了哈姆多夫。在某种意义上来说,他的真理已经获胜,尽管国家权力消除了其胜利记录,或者加以篡改。戏剧有明显的硬伤,但没有得出麦克尼斯提到的那种政治观点,所以不算错误。在危机之中,法官除了受苦之外无能为力,但是公正的观念比他更加长命,不论这是否可以等同于身陷囹圄的共产主义者的希望。

同年,1938 年,雷克斯·华纳(Rex Warner)发表了小说《教授》(*The Professor*),这是一本值得长久流传的书,不是因为它是另一部自由主义的悲剧,或者对法西斯的另一个谴责,而是因为它对抽象的公正所做的研究。叙事者后见之明,向我们保证,当国家即将屈从于法西斯主义之时,教授会被召从政。他与这一政体格格不入,相信"存在一种有效的、更加人性的、自由的权利,比这种冷冰冰的国家机器更加温和"。故事的叙事者同意,将来某种文明也许会断定教授也有他自身的价值。但在世时他潦倒不得志,完败于法西斯分子的诡计、非共产主义工人领袖的愚蠢,以及自己深爱的情人的背叛。他与一个极富哲思的补鞋匠的见面也许是书中最重要的一个场景;他不希望有经济的改善,贫困的改变,也不想要疾病的治愈,认为人类无穷的苦难才是爱的真正基础。这一段出色的描写似乎是一个更加抽象的版本,例证了厄普沃德书中一个引人注目的主题,即穷人不乏对悲惨命运的热爱。

在华纳的小说里,教室、公园和街道不过是进行长久辩论的场景,尽管有时这些场景被赋予了一种梦幻般的恐惧,使人想到他以前的书《野鹅追捕》(*The Wild Goose Chase*,1937 年),还有卡夫卡和厄普沃德。这些场景看上去与这些讨论的荒谬逻辑完全符合:焚书、酷刑以及强奸似乎发生在梦中,但是当梦侵入清醒世界时,公正的存在只表现为缺席,而爱只表现为眼前的无爱。令我欣慰的是,这本庄重、悲惨而高贵的小说还没有被人完全遗忘。在其他任何时代都不可能写出这样的书,但它依然打动着读者的良知。该书完美表达了我们对于正义的兴趣,并且感觉正义的难以企及;同时其严肃性是对我们的谴责,谴责我们习惯于把这些书置之不理,仅仅因为觉得其表面意识形态过时了。

而当上述的书显然陷入一个令人不免尴尬的历史时刻,特别是如果这一历史时刻对那些致力于投身其中的作家来说,又是在细节上恰好暗示是极为重要的一个危机时刻的时候,这时我们就更加心安理得地忽略这些书了。因为事后看来,作家们根本就没有用武之地。刚才的例子中有迫在眉睫的贫困问题、战争还有革命的问题。我们知道发生了什么,而不能重新经历当时的激动和恐惧,也不能为此接受良心的拷问。即使最勤勉的历史学家也不可能重新建构这一时刻。我们不应该用徒劳的历史事实折磨自己,而应该依赖方便的虚构陈述重回过去。30 年代"粗俗的、不诚实的十年"①神话在 30 年代还没有结束前就开始流传了,而如我前面所述,奥威尔具有影响力的声音有助于将这一神话永恒:这个时代最享有盛名的作家是一些同性恋小团体、同性恋左派,因为缺乏摆脱阶级优越地位的勇气而更加不堪一击。他们可能想要破坏边界,想要越界,脱离阶级的观念,但是他们太缺乏这些知识,也太放纵自己,因而根本无法做到。

奥威尔是个越界者,是阶级边境,包括阶级修辞意义上的边境,把官方和大众分隔的边境的破坏者。可以想象他对喜欢普诺尼餐馆的里斯会作何评论,而且我们知道他说了奥登什么。奥威尔身体力行痛苦地生活,知道什么是贫穷,知道打仗和受伤意味着什么。那些喋喋不休但从没有做第一手调查的作家不算真正的艺术家,不算真正的人,也不算真正活着。他认为这些人在历史上不过转瞬即逝。上一代伟大作家没有上过公学,也没有上过英格兰的大学,他们不是共产主义者,其中大多数不是英格兰人。但是现在英国人从他们的教育保护禁地涌出,并且暂时控制了局面。时代禁止他们追求最适合他们的东西,"为艺术而艺术"。"在 1935 年到 1939 年之间,对于任何四十岁以下的作家来说,共产党都具有不可抗拒的吸引力。"因此这些年轻作家加入了共产党,或者接近党组织,就像上一代人打算加入教会一样。他们相信"**自**

---

① 《英国时期的奥登》,第 245 页。

由(laissez-faire)资本主义完蛋了",这没错,但他们错在以为因此必须投靠斯大林。他们没有认识到,俄国共产主义不过是当时苏维埃外交政策的一个工具,而且相当愚蠢,只有知识分子或者天真的工人才会认定这是可行的。他们感到迫切需要投入一种取代爱国主义、荣誉等等的事业,但是他们太无知,找不到真正的事业何在。在不如英国幸运的国家里生活意味着什么他们一无所知,也不知道警察国度生活的本来面目,因为英国"有教养"的中产阶级生活已经"文雅到了软弱的地步,甚至连公学教育——在势利的温水缸里泡了五年——回头看来都算得上是多事之秋"。在此他驳斥的是西里尔·康诺利(Cyril Connolly),该仁兄认为伊顿公学岁月之后,余生不过是反高潮,了无意趣。

奥威尔《在鲸腹中》(Inside the Whale,1940年)一书中用来打击这些温和派的武器出人意料,竟然是亨利·米勒(Henry Miller)。米勒的文章措辞强烈,通俗易懂,他是异性恋,具有非凡的男性气概,而且根本不在乎这个世界的命运。这些让他深得奥威尔的欣赏,虽然奥威尔深切关注世界的命运,但他强调通俗以及保持距离的重要性。他说,马克思主义可以很容易证明"资产阶级自由思想"是一种幻觉,但是如果没有这种幻想的自由"创造力就会枯萎"。因此,同性恋作家选择需要妥协的信仰是错误的。但是我认为,这些作家非常清楚这种困难:厄普沃德篇幅详尽地描述了其引起的痛苦,而其他人都逐渐意识到了他们的选择是一个幻觉,恰好是资产阶级的幻觉。奥威尔的批判概括而言就是他们无知、怯懦、利己主义,而的确他们不如他坚强、博知,但是他们对自己的问题以及解决问题要付出的代价却也不乏独特的认识。他们不怎么像是传说中那些三心二意、容易被人糊弄、没有胆识的30年代诗人。①

其中最伟大的诗人奥登用自己最翔实的经历,让人对这一传说深

---

① G. 奥威尔,《散文选集》(Selected Essays),1957年,第9—50页。

信不疑。他在巴塞罗那沦陷的当天到达纽约,欧战开始以后没有回国,好像宣扬资产阶级自由,不管它如何虚幻。但这还只是开始。我赞同芭芭拉·埃弗里特(Barbara Everett)的观点,认为奥登移居美国——算不上是一个严肃的决定——起因是一种永远的"分离的愿望",这是他自己下的诊断,而这最多只是一种"失礼的"举动。① 我依稀记得那时觉得他和伊舍伍德保全自己没有任何过错,不论是不是有意如此,而我现在还是认为这种看法是合理的。不论如何,奥登早期认定自己失败,并给这个失败神话添上更多的具体原因,是他任性地放弃了自己的作品,我认为这出于他的无知。他还暗自谴责自己是一个撒谎者,骗子,或者傻瓜。

想到30年代,奥登依然是其中心人物,尽管不少人对此强烈反对。而我在本章结尾讨论到他时,会占用稍微多一点的篇幅,这也似乎颇为合理。首先,我要提到他一个有名的乱管闲事和改弦易辙的例子:《看啊,陌生人》(Look, Stranger!)的序言部分(可能只有我更喜欢这个题目,而不是采用奥登自己选的《在这岛上》[On This Island],因为这让他与本岛保持了一定的距离,给了他想要找到但是还没有了解的全景观点)。50年来我一直认为"序言"是一首伟大的诗,尽管我承认这观点已经影响了对伟大的诗应有的判断标准。但是,奥登自己不喜欢这首诗,把它涂改得乱七八糟,后来干脆从自己的文选中删掉了。

爱德华·门德尔森可能比别人都了解奥登,当然比我知道的要多得多。他总是捍卫奥登在这种事上做出的决定,此处也不例外。他认为"序言"和其他一些诗"自相矛盾或者很不真实"。他提到1932年5月,该诗写成的时间,奥登的写作方式从此发生了重要改变,"从冷淡的距离感到说教的训诫"的转变。他闭口不提对最后几行的喜爱。如下所示:

　　在酒吧,在遮着网的机场,在灯塔,

---

① B. 埃弗里特,《诗人的时代》(Poets in their Time),1986年,第220页。

这几英亩穷困的局促的土地上，
绅士和淑女们站立，保持距离，孤身只影，

想想谨慎世界的那些岁月，
石和水开始了荒凉的精神婚姻。
但是，啊，在我们无望地叹息的此时

在内陆他们在思考但是观望着这些岛屿，
切斯特的孩子们注视着莫伊尔法马山，决定
在没有树的山冠的空地或者僻静处野餐，

某个可能的梦，在菊石的睡梦中久久蜷缩，
打开，准备在我们的谈话和善意之上
放上它军事的沉默，外科医生关于疼痛的看法；

并且走出未来，进入真正的历史，
正如驯马者梅林的领主们
还不知道什么是巨石阵，经过石柱①

进入不敢去的大洋，船头转向北方
而梅林的船龙骨屹然，
驶越暗夜和群星隐去的黎明，
驶向我们心中的初始碇泊处。②

"虽然修辞绝妙，"门德尔森说，"而把动词'驾驶'保留到最后令人拍案叫绝；但还是留下了一些疑问……"例如，"驯马者梅林"不准确，因为如

---

① 指赫丘利斯石柱，即直布罗陀海峡。——译注
② 《英国时期的奥登》，第119页。

果梅林跟随但丁的尤利西斯走出赫丘利斯石柱,他的命运就应该是尤利西斯的命运,不是遭遇千年,而是遭遇灾难。门德尔森列出了诗中其他的错误和不严谨之处,而他暗示,奥登从安东尼·科利特的书《英格兰的变迁》(1926年版,1932年5月出版了该书的廉装本,恰与该诗同一个月面市)那里剽窃来的东西,进一步证明了他的机会主义和不真实性。①

奥登自己很可能会接受批评,但是不论如何,这些批评还是不合明宜。这首诗并非真的说教,因为没有教诲的意味——它发出了预言,让人回忆起了冈特的约翰②。在门德尔森批评的牛顿一章中,爱(现在是厄洛斯,是一种巨大的非人的力量,缔造城市、改革社会)是这样写的:

> 此处在我们的小暗礁之上,展示你的力量
> 这个堡垒栖息在大西洋的悬崖之上,
> 整个欧洲和挤满流放者的海洋之间的防波堤;
>
> 让我们变成牛顿那样,在他的花园里注视
> 苹果朝英格兰落下,意识到
> 在他和她③之间的一个永恒的连接。

这确实是一个恰如其分的隽语,英格兰很小,是一个暗礁,一个堡垒,一道防波堤。跟诗中别处一样,这里从一个高度,从一定距离之外俯瞰英国,欧洲在一面发出威胁,另一面是海洋("挤满流放者"的说法丰富了海洋的含义,让海上挤满焦急的过客,上不着天下不着地;来对照我们的家,我们了解而喜爱的那片小小的领地,我们的花园,要是我们想平静地散散步,也就只有这里了)。万有引力把牛顿的苹果推落在这个小

---

① E.门德尔森,《早期奥登》(Early Auden),1982年,第246,142页。
② 冈特的约翰(John of Gaunt, 1340—1399),英王爱德华三世的第三子。——译注
③ 她,指英格兰。——译注

小的地点,海洋中伸出的一块岩石。因此显示,制衡星丛的那种力量巧妙地比喻了我们对自己微不足道的住处存在的另外一种宇宙力量的感觉,被称为爱的这种力量,也使斗转星移。

珍妮特·亚当·史密斯很久以前在对《看啊,陌生人!》的评论中,就注意到该诗受到了科利特的启发。她的论证令人信服,认为这是因为奥登有储藏词句的好习惯。① 科利特的书中已经储藏了很多词汇,而且考虑到这种书的类型,像奥登这样热爱全景观点和长历史视角的诗人要是不用的话,岂不发疯。书名本身——《英格兰的变迁》——恰好符合这个时代,但是要了解这本书有多么合用,我们需要注意科利特谈到的变迁是大范围的变迁——地质学的,行为学的,语文学等方面,而这让奥登能够把他的灾难性的政治变迁投射在那些巨大但是更为缓慢地改变了我们的海岸、河流和语言变化的范围之上。这是一本出色的书,现在当然已经过时;科利特笔下正在发生的东西现在已经发生过了,而他关于种族的爱国主义思索现在肯定会被认为有种族主义倾向。但他的书确实不凡,很有见地。提到奥登最著名的借用,正是他把其中的迷信巧妙地挪用于《皮下之狗》(The Dog beneath the Skin)的伟大副歌部分,最好地例证英格兰和欧陆的关系是一体但是分隔的关系。②在书中科利特说,北海"还是那么浅,如果圣保罗教堂安放在荷兰和英国海岸的任何一处,金色的十字架还能在水面以上闪闪发光"。奥登几乎不加任何修改地引用了这一句,正如莎士比亚也会原样照搬普鲁塔克的合适片段一样。而科利特在这个现代版的《变迁乐章》(Mutability Cantos)中栖居在看似不动的边界的不稳定性之上:大陆被海洋液化,海洋好像被大陆固化,看似永恒的边界永远是一个变量。一个像鹰或者像戴着头盔的飞行员一样,喜欢俯瞰这片岛屿的诗人很难不用科利特做航海图,标出那些远古的悬崖,但它们在地质时间上依

---

① 重载于 J. 海丰顿(J. Haffenden)编《W. H. 奥登:批评传统》(W. H. Auden: The Critical Heritage),1983 年,第 231 页。
② 《英国时期的奥登》,第 281 页。

然很新，还没有可靠性——"像是蜕皮的螃蟹一样，需要时间表层才变硬"——接着诗人接近了卷起的菊石，就像他在花园的狭长花坛里，曾经密切关注冒烟的烟蒂。奥登记得菊石，感激科利特给他指明这座研钵状的山，似乎记起阿伯加文尼站岗，还有切斯特的孩子们翻越莫伊尔法马山的山顶，判断天气变化的趋势。几年以后在写《石灰岩颂》的时候，他一定又想到了科利特；也许当他用威尔士词"nant"（小河谷）来表示溪流或者小河时也想到了他。科利特的书给他一种已经接近于诗歌的语言，两人对英格兰持有的同样的观点和热爱，在自己花园强烈感受到的宇宙的力量，还有对变动不居是世界的法则之观点确信不疑。

这就是为什么梅林（一个特洛伊人，因此是不列颠人的原型）从石柱北上，而但丁的尤利西斯（一个希腊人）是往南行。他找到的不是毁灭，而是英格兰，而当时甚至还没有英格兰这个概念。古老的梦想将会以同样的方式重来，改变这一片穷苦而局促的几英亩土地。奥登很乐于告诉我们这会带来不适，大喊大叫没有用处，我们的谈话和善意将不得不放在一边，因为总共只够"十个人"立足。因为这种交谈——"军事的沉默，外科医生关于疼痛的看法"——有些人推崇他；而另外有些人，比如奥威尔，认为他太轻易就说出他根本不理解的东西。但是现在我认为它自有正确性在其中。这就是沉思未来时感受到的，未来被历史长久地预示，现在即将来临，你对此无法掌控，从中不能期待有任何的舒适可言，除了良知和顺从。这将会是一场大灾难，却是奥登后来所说的那种祸中有福（eucatastrophe）。

因此，不应该认为这首诗最后一句仅仅是一处修辞，不论多么精妙。它借助延展的明喻和本身的神话指意，庆祝了一场不可能的，甚至是痛苦的善的胜利，非人为的、带着警示但最终是善意的历史的胜利——这场胜利，跟差不多30年以后他在另一首诗《哈默菲斯特》（"Hammerfest"）中庆祝的胜利一样，是划时代的。在后一首诗中，他认为这也是福祸相依：

……前冰河期的亚克兴①，巨大的
古代灌木在芬芳的花朵前低头
而大地被色彩征服……②

但是古植物学的胜利发生了，而特洛伊人梅林的航行和可能的梦想没有发生，因此当奥登认定"没有可爱的东西，/甚至诗歌也不可爱，这是另一个话题"③，他的结论是《序曲》（"Prologue"）这样的诗歌既无用，又虚假。当然《序曲》没有减少流放的人群，没有加剧千年的步伐，甚至也一点都没有为政党赢得新成员。假如它有点用处，就是预言了爱以及随之而来的恐怖。

《西班牙1937》也大致如此。我们都记得奥威尔对"必要的谋杀中意识到负罪感"这句诗不屑一顾——写出这句的人，只能是一个认为谋杀最多不过是一个**字眼**的人——但是没有多少人记得他还认为这首诗是"写西班牙内战的少数得体的诗之一"。斯蒂芬·斯宾德认为在这首诗中，奥登难得地采用了辩证的形式结构，认为这表示"他感觉到作为知识分子，这种态度是几个星期或者几个月的时间里需要被迫接受的，但他自己从不能真正感知这一态度"。④ 门德尔森同意诗人自己的评判，认为《西班牙1937》像《1939年9月1日》（"September 1, 1939"）一样"无可救药，染上了不诚实"——按照门德尔森的看法，这种不诚实存在于"含蓄地表示已经把个人意志的领域与公共利益的领域结合起来，而实际上仅仅是修辞力量所及的一种结合"。批评家从诗人那里继承了对"修辞"的不信任；而要达到结合，毕竟只有修辞这一种方式。而我认为门德尔森限制了这个词的意义，把它与宣传混为一谈。但是，他断定《西班牙1937》或者《1939年9月1日》都不仅是"面向公众的说

---

① 亚克兴（Actium），古希腊地名，又译海岩。古希腊一古镇，因屋大维于公元前31年在此打败马克·安东尼而闻名。——译注
② 《诗歌全集》（*Collected Poems*），1976年，第546页。
③ 《诗歌全集》，1976年，第433页。
④ 《三十年代及其后》，第30页。

教"那么简单,称其"模棱两可"①,而事实的确如此。奥登竟然这样糟糕地误解自己的诗歌,这有时候令人难以置信,除非他是出于一个简单的愿望,想忘却写作时的感觉。不论如何,斯宾德和门德尔森尽管熟悉诗人及其作品,却误读了《西班牙1937》。

1937年的西班牙内战提出了一个简单但是痛苦的选择,好像因而简化了很多重大的历史问题。斯宾德认为,个体可以相信他自己的作为或者不作为"会导致(这场战争)的输赢,甚至会决定第二次世界大战是否会发生"②。政府甚至在英国船只遭到轰炸的时候也似乎漠不关心,而大众看似继续做着"自由的美梦"③,根本不考虑从菊石中伸展开的另一个梦,浪峰很快就会打破"我们惬意的堤坝"④——那种中产阶级的自得其乐,或者是足球场,古怪的拥抱,苦涩的啤酒,还有一年一次"在一模一样的海边"⑤裸露肉体带给他们的可怜的满足感。如果奥登意识到,写诗打动这个大众中的一部分人这个想法是错误的抑或无望的,就不难理解为什么他自己也加入了恶意批评他的大军,哀悼他过去的徒劳。

但是《西班牙1937》不是一首进行曲,也不是征兵海报,而是尝试表达面对巨大的历史危机时的感受。这种危机根本上都有同样的元素,在这方面奥登的诗歌与马维尔(Marvell)"贺拉斯式的颂歌"(Horatian Ode)相似——我认为这确实是除了马维尔之外,写得最好的政治诗。两首诗都涉及时间的伟大作为,对个人意愿的毁灭,及其与历史力量的关系。两者都巧妙,语言夸张,而且都如门德尔森所说,"模棱两可"。正如查理一世的断头刑(把马维尔的诗一分为二)分隔了两个时代——不论我们如何惋惜过去,在未知的将来面前如何犹疑不

---

① 《早期奥登》,第200—203页。
② 《三十年代及其后》,第25页。
③ 《英国时期的奥登》,第155页。
④ 同上,第138页。
⑤ 同上。

定——同样,西班牙分隔了历史,聚焦于今天及其"斗争"。"明天,也许,将来……"扭曲的细节,其古怪与力量,可能让人觉得太具时代性,但是这首诗强大的结构让一切合情合理,就像马维尔的诗如此有力,其中的双关语和隽语当然也不显突兀。

奥登后来最痛恨最后一节:

> 星星死去了;动物不想注视;
> 只剩下我们和我们的时代,时间短暂而
> 历史对于失败者
> 可能发出一声长叹,但是无法帮助,也不能原谅——①

但是对我来说,一切都恰到好处。天与地把我们留给这个时刻;选择必须做出,失败不可挽回。当奥登说这"不能原谅"时,已经改变了对历史和救赎的看法;但这无妨这首诗以清晰而迫切的观点结尾,而马维尔的诗收尾处有同样的效果:"那种获取权力艺术,同样/也必须确保权力继续";"历史对于失败者/可能发出一声长叹,但是无法帮助,也不能原谅"。这些观点是古老的,政策是现代的,而个体对于诗歌的反应也同样如此。

因此《西班牙1937》反映的确实是这种状况,虽然诗人后来认为这是自己知识分子生涯中一个不安或耻辱的插曲。过去存在着,被巧妙地勾勒成一个仪器的历史——算盘,大教堂,发电机——而还不能如此清楚地定义未来;存在着生命,是一种一度独立进化的力量,曾经建立了"知更鸟的勇敢领域";但是生命现在取决于人类的决定。现在诗人大胆地把生命与西班牙等同起来,生命将要"持续或者断裂/正如人有的强壮有的脆弱"。他们告诉你要去选择,却不告诉你选择什么。历史的整体,既是文化的,又是进化的,在此刻,在西班牙达到顶点——西班牙成了一个比喻,喻示危机和必要选择,是过去与未来之间的暗礁或者

---

① 《英国时期的奥登》,第212页。

防波堤。我们一直都把个人的危机投射到历史之上,因此西班牙陷入一个类型学之中,而类型学的本质是要超越历史。因为我们都需要有时候做出或多或少绝望的选择,所以这一时刻西班牙的迫切性不会随时间消失。它成为我们神话习惯的一部分。正是这种类型的有效性,还有其中的夸张和机巧,才使奥登的诗流传至今。

我的辩护词没有要求我一定说奥登从来没有油腔滑调或虚假。他后来说过,他一直是一个英国的法利赛派①,和别人不一样,他没法做到在需要时至少看似意见坚定,或者要改变意见时能够做出合理的解释。我认为奥登从来没有刻意而为,而我们有充分的理由在阅读以及接受他 30 年代的诗歌的时候,不遵从他自己的判断。诗歌写作于相当尴尬的知识分子氛围之中,用斯宾德的话来说,那个时代确实强迫人们"做出跟自己的生活无关的选择"②。要做出这种选择需要付出很多努力,这有助奥登发现了一种夸张,应时应景。而在之后 30 多年的时间里他的作品中几乎没有重现过这种夸张,因为他误把它等同于虚假。

奥登曾经说到,吉卜林(Kipling)的诗一首接一首,全都是围困、危险还有恐惧,"模糊的险恶形状,要是不断采取行动就可以远离,但是永远不能最终把它征服"。③ 在这一描述中也有奥登自己的影子。他害怕围困——西班牙和 30 年代的政治,形式不同,但都是一种围困;它们四面涌来,侵入思想,而奥登缺少吉卜林修筑壁垒的能力,只能撤退——而撤退也非易事。他还写了害怕围困的诗歌,还有关于退出圈子,尝试与厄洛斯,城市的缔造者为伍,也尝试离弃厄洛斯,投奔爱(Agape)的怀抱。

本章开始时我讲到了一个次要的角色,格伦韦·里斯,他是熟人圈的一分子,这个圈子包括了很多诗人,还有那些间谍,他们多少带着些

---

① 《诗歌全集》,第 581 页。
② 《破坏因素》(*The Destructive Element*),1935 年,第 223 页。
③ 《前言与后记》(*Forewords and Afterwords*),E. 门德尔森编,1973 年。

爱意穿行在上流社会和无产阶级革命的政治之间。而本章结尾我讨论了同一个圈子里的一位主要诗人。我这样做，是希望这两个人的差别能够对大家有所启发。"滥用"和"神话"这两个词几乎不能同时适用于这两种情况。当奥登谈到"斗争"的时候他正投身其中，尽管诗艺精湛，主题却是斗争。他没有强迫其他作家接受无产阶级的美德、美还有力量。如果我们不能区分这两种不同的回应，可能是因为我们不再能明白产生差别的那些具体的成因，其中既有受人尊敬的，也有不那么受人尊敬的成分。这些观点是关于末世的，或者至少佯装末世，而我之前提到，我们对于末世的同感也许已经耗尽，因为曾经只是一瞬间的末世已经变成了一个时代，不再像末日审判，更加像永恒的偏头疼。现代爱尔兰诗人们对斗争有所了解，也知道个人生活与公众生活纠缠不清，但是我们已经对此感觉迟钝。在左派一方，我感觉思想越来越稀少而学术味越来越重，越来越不愿意和人民的生活亲密接触或者有亲密接触的渴望，越来越不关心围困的威胁，不关心危机的现实，而这种危机绝不只是一个概念。今天的核裁军运动需要一个厄普沃德这样的老战士，孤军奋战，从不放弃投入，从不忘记行动的必要。需要很久以前他说到政党时的那种语气作为盾牌，来防卫垂死的资本主义最后一次毁灭性的进攻。

我当然不是说，必须加入某个群体或者政党，才能理解30年代资产阶级文学的价值为何，才能考虑到历史神话为了方便起见而做的扭曲。需要做出批评的和历史性的努力，而假以努力，亲自检查之后，就可能会开始发现那些经常被诋毁的东西竟有其可取之处——一种文学经常在被迫与几乎难以想象的他者交战的那一刻，才达到了真正的辉煌——它穿过前线，差点被截断后路，被围困，但在撤退的瞬间依然不卑不亢。

我想说的是一个爱情故事，在其形式上几乎是一个禁恋的故事。如果让我来定义这个大词，我不想重复指涉弗洛伊德的厄洛斯，或者考德威尔的爱情经济学，而只想重述奥登曾经给爱下的一个定义："强烈的关注。"① 他很可能说的是,当看到"那些被打败和被损伤的人"②,或者西班牙战争,或者朋友们困顿的生活的时候,心中涌起的那种强烈的不安之情。

选自《历史与价值》

---

① W. H. 奥登,评论 V. 克里夫顿(V. Clifton)的《塔尔博特之书》(*The Book of Talbot*),见《英国时期的奥登》,第 319 页。

② 《英国时期的奥登》,第 156 页。

15. 记　忆

本章源于1994年在耶鲁大学做的关于自传的四个讲座之一。比该文短得多的一个版本在2001年1月份《审查索引》(*Index on Censorship*)中出现过，这是以记忆为主题的一期特刊。

论"遗忘"的一篇比这个要早，写于大约1988年。要是这些文章的写作是为了某个特别的场合的话，我也恰好忘了到底是什么了。在回忆时，我认为这个题目的有趣性会使我们原谅文字里的有些未成形的观点，而且出于同一个理由，我附加了一些似乎是我在构思扩充本篇时做的注释。我还没有整理好这些文章，希望它们现在的状态足以说明它们当时的本来面目。

记忆问题不能回避，不论这是个人问题，还是群体问题，而这群人被自传作家(作家们?)错误呈现为一个人。奥古斯丁正是我们需要了解的第一人。我们事先了解到他用"记忆"这个词的时候，比我们用的时候的意义要大得多。对他来说，记忆正是个人连续性的工具，是自我身份的基础,是"思想的肚子"。① 而且,记忆还是通往恩典之途。由于他的传记是自我在恩典之后的开放自身,记忆在任何意义上都是其基础。奥古斯丁把上帝以及上帝的神迹放进人类的记忆中,其重要性在于把上帝置于"人的绝对基础之中","在记忆的绝对根基里找到了上帝",而且他这样做,没有借助柏拉图关于出生以前的知识的概念。我们可以调查了解自己,因为我们有一种内在的气质以了解自我。我们在自我内部找寻通往自我知识的途径,而这个途径就像上帝一样,将会在记忆中找到。通往上述的道路是途经内部的。② 因此,正如查尔斯·泰勒(Charles Taylor)所言,"在奥古斯丁的教义中,自我存在的亲密性好像被神圣化了,对于西方文化具有极为深远的影响"。而奥古斯丁的表达是:上帝是"一种力量,在我头脑中开始了生命,在我思想最深的隐秘处开启生命"③。这使我有可能了解我寻找的是什么,以及最终我是什么。

记忆也提供了行使巨大职责的世界之路的线索,因为世界也堕落为物质和感知,世界之救赎就必须是一个历史问题,是宇宙记忆的问题。我们看到了奥古斯丁的自传叙事为什么遵循着哲学的拷问进入了记忆,这一叙述占据了《忏悔录》(*Confessions*)的第十章。以下是其中的著名片段:

> 我来到记忆的田野和宏大的殿堂,这里有各种被感知带入的物体的宝藏。藏在那里的是我们思考的全部,是一个过程,可以增加、减少,或者以某种方式改变感官的判断,或者任何被存放、被储备的还没有被遗忘吞没和埋葬的东西。当我身处这个储藏室,我要求它产生我想回忆起的东西,而某些东西立刻就出现了,有些需要更久的探求,好像必须要从更加隐

---

① 《忏悔录》,X. 8;见亨利·柴德维克(Henry Chadwick),《奥古斯丁》(*Augustine*),1986年,第9—70页。
② 查尔斯·泰勒,《自我的源泉》(*Sources of the Self*),1989年,第134—136页。
③ 泰勒,第140页;奥古斯丁,《忏悔录》,I. xiii (21)(柴德维克译本)。

蔽的容器中被拖出来。有的记忆喷薄而出,占据了思想。在我们找寻要求很不一样的东西的时候,记忆自己跳到中心,好像在说:"我们一定是你想要的吧?"我以心的手从我的记忆的脸上把它们赶跑,直到我想要的从迷雾中被释放出来,从藏身处现身。其他的记忆应我的要求从容来到面前,秩序井然。之前事件的记忆让位给后来的记忆,在经过时得以储存,在我需要时就可以重获。这就是当我凭记忆叙述一个事件时发生的情况。(Ⅹ.ⅷ)

这是一个简单的例子,基本上像是一座图书馆,把容易借到的书与需要预约的书明确区分开来。但是,这些书之间也有着互动。感官收集、储存的东西因为与"我们的任何思想"相联系而被改变。有的东西很容易,甚至太容易就来了,因此必须挥之而去;有的则藏在记忆的深处或者特殊的集合中。他随后描述了一种分类体系,五种感官:视觉、听觉、嗅觉、味觉以及触觉,介绍并且组织了记忆获取的东西。获取这些资源以后,我们能够欣赏和区别世界的形象:"我什么都不用闻,就分出了百合和紫罗兰的香味。"(Ⅹ.ⅷ)而在这些记忆的厅堂里"我遇见了自己,回忆起了我是谁,做过什么,在何时何地如何做的"。另外,随着这些记忆,其他不是马上就与自我相遇联系起来的意象也可能依次被混合、合并起来。

奥古斯丁与自我的相遇再次提醒我们,在一定意义上,所有的自传作者都具有双重角色,获得一种个人的含混。在此值得插入让·斯塔罗宾斯基(Jean Starobinski)的一个观点:

> 自传回忆所建立的差异是……两重的:既是时间的差异也是身份的差异。个人的指涉(第一人称,"我")保持一致。这种一致性也是含混的,因为叙事者当时不同于他今天的自己。但是他怎么可能认不出他曾经是的那个人呢?他怎么可能拒绝为自己的错误负责任呢?……不变的代词就好像是这

种永恒责任的矢量:第一人称既是当下回忆的基础,也是过去状态的多重性的基础。身份的变化为**动词**(verbal)和**定语**(attributive)因素所显示。

斯塔罗宾斯基接着描述了这些因素,从而可以把第一人称看作"准第三人称"。在法语中我们可以用不定过去时来表示"第一人称的他性的某种系数"。① 还有其他一些因素,用来更加笼统地描述这种自我遭遇。

要了解奥古斯丁在记忆内容中的自我探索意味着什么,我们需要思索的是,被收集和合并的并不仅仅是感官意象。观念在我们了解之前就已储存在记忆之中。就像柏拉图的《美诺篇》(Meno)中所言,学习就是记忆。这与奥古斯丁有很重要的不同之处,因为后者不承认有先验的知识。"我思想的感情"以类似的方式得以储存,是原始储存的一部分。就这样,记忆者在后来拥有记忆的时候就能够识别情感体验。但是当储存在记忆中的这些体验为探寻者所感知的时候,奇怪的是它们很可能不同于作为原始经验的记忆。显而易见,在这里有加倍的效果:"我记得自己曾经高兴的时候,可能一点也不高兴,而当我记起我过去难过的时候也可能一点都不难过。我毫无恐惧地想起了我曾经在某个时候害怕过……我怀着喜悦想起了一件伤心往事,也不无伤感地想到了一段逝去了的欢乐时光。"(X.xiv)

这与任何关于奥古斯丁的**记忆**(memoria)的说法都相差甚远。但是在此只需要再补充一两点重要的东西。首先,遗忘被认为是记忆的一种特征:"记忆保留遗忘……因此记忆的存在是怕我们忘记当时让我们遗忘的东西。"(X.xv)我必须记住遗忘,即使遗忘摧毁了我记住的一切。还有一点:怎么可能像所有人那样,热望一种人人知道但是从来没有真正经历过的福气呢?就记忆这个词的一般意义而言,我们没有任何可以塑造这种希望的先在的幸福体验。但是它们如果不是来自记

---

① 让·斯塔罗宾斯基,《活眼》(*The Living Eye*),1989年,第177页。

忆的话，又能从何处而来？幸福的概念一定在那里，被某种先在的机构放在那里，是内在的。上帝也在记忆之中。但是通过祂自己的干预，也许会很迟才出现，当人从迷恋祂的创造转为爱祂的时候，关于祂的记忆才能被人发现。这里就出现了节制的需要，是一定程度的放弃，只有通过恩典才能得到。**上帝必然给予祂要求的节制**（Da quod iubes）。只有那时才能够找到祂，而灵魂一直寻求祂，此时被赋予能力，来遇见自己。

从这一精彩篇章，我们能够认识到一种必要的双重性，以及成为记忆的经验在情感上与经验自身具有不同的性质。或者，我们几乎需要说明，成为记忆的经验与记住了的经验不是一回事。这是双重性中另外一个不同之处。回忆起来的痛苦被看作一种痛苦，然而回忆可能带着快乐，而过去了的欢乐可能在回忆时带着剧烈的伤痛（这一点但丁也许记得，在他一段著名的诗节中。华兹华斯也有记忆）。奥古斯丁与他的很多后继者一样，确信记忆在语气和重要性上都不能等同于记住的真实时刻。因为正如他在第十一章18节中所言，沉思过去和未来"记忆产生的不是过去了的真实的时间，而是从事件的意象孕育的话语。这些词句被事件固定在头脑之中，就像是留下了时间穿过感官时的烙印……当我回想过去，说出我的故事的时候，我是在现在回顾它的意象……"这个意象属于他所谓的"过去事件的现在时"（the present of things past）。其他的记忆已经在这个意象上发挥了作用——奥古斯丁在此预见了弗洛伊德的 Nachtraglichkeit，即**事后性**[①]；遗忘当然影响了记忆，但是，记忆也能通过修订原初的储存，来遗忘过去。当时间的产物和诸多重新加工最终必然转化为语言，原初的储存也被进一步改变了。

对奥古斯丁来说，任何这样的转译必然都是一种堕落。语言，因其本质是继承而来的，属于堕落后的世界，时间的世界。他把词语（the

---

① 在1896年12月6号写给弗利希的一封信中，弗洛伊德提到了"记忆踪迹为了适应新的环境，时不时地屈从于一种重新安排，屈从于重抄本"。

word)放在道(the Word)①的对立面,道属于**永恒的当下**(nunc stans)。道来居住于我们之中,但是它以人类语言、以时间说出的话语,又一个音节一个音节地坠落入过去。这个总体观点得到了卢梭的回应,他说:"终极智慧没有需要说理的必要。对它而言,既不存在前提,也不存在后果,甚至也没有命题。纯粹是直觉的。它既知道何为是(what is),也知道是能为何(what can be)。所有的真理对它来说只不过是一个观点而已,所有的地方不过是一个点,所有时间不过是一刻。"②自传作者了解到,他以自己的方式拟真了那个整体。

　　奥古斯丁在一著名段落之中(十一章28节)提到了一首诗篇的背诵。背诵之前他期望的是整体的背诵。当他一节一节地背诵的时候,诗篇进入了记忆,因此记忆与期待混合为一体。但是他的注意力是在当下,未来穿过当下进入过去。在他继续背诵之时,记忆扩展,期待缩小,直到整部诗篇背诵完,所有一切留在记忆之中。同样的行为发生在个体的生活之中:"所有的行为都是一个整体的部分,也是'人子'(《诗篇》三十篇20节)的全部历史的一部分,其中所有人的生命不过是某些部分。"因此,一个人的生命,在这方面像是其他所有生命一样,进入记忆,具有一种近乎完整性的典型品质。只要我们还活着,就能够在记忆中找寻它;永远记得以语言的形式来讲述的时候,我们已经以某种方式取消了这种完整性,因为我们用的是语言,也因为记忆永远包含遗忘。

　　尽管强调了记忆行为中的某种二元论,奥古斯丁并没有怀疑记忆和遗忘中的"我"的个体性的连续。然而,他把自己的生命,以及所有堕落了的生命,都看作分散了的碎片的集合体。但他并非想要如是呈现记忆——意象和自己对此的报告;因为要获得终结、总体性的时候,记忆已经具有了非时间性,模仿了永恒的道。他的故事实际上是通过自己的转化把那些碎片合一的过程,是他对叙事的终结,对分类的征服。因

---

① 这里的 the Word 指的是上帝的话语:"太初有道。"——译注
② 斯塔罗宾斯基,第48页,引用"萨瓦牧师的信仰自白"。

此在这个碎片化和自我的消散之中,可以说他意识到了记忆和主体的问题,但并不是说,他对这个问题的认识与尼采的语言所表述的是一样的,也不是说他能够接受巴特(Barthes)或者瓦雷里(Valéry)在《手册》(Cahiers)中提出的修辞上以及形式上的解决办法。奥古斯丁认识到了碎片化,但是他的所有期待是要修补碎片。这样,他与上述作家是对立的,也对立于亨利·亚当斯(Henry Adams),他为了让生命"从整体回到多样性",公然希望否认生命中的整体幻觉。这是现代自传的反奥古斯丁的潮流。但是奥古斯丁的张力依然很强大。

现代性关于记忆的主张很大程度上很可能发展自圣奥古斯丁时代没有的传统,正如他在其原属的完整哲学语境中的观点,我们也无从得到。我们可能更加直接回溯到弗洛伊德的传统。在最近发表的一篇文章《弗洛伊德与遗忘的作用》("Freud and the Uses of Forgetting")中,心理分析家亚当·菲利普斯(Adam Phillips)开篇就断言:"人们进行心理分析治疗,是因为他们记忆的方式使他们无法遗忘。"症状表现为欲望非自愿的、伪装的记忆,人们尝试自我治疗,却无功而返。那些记忆需要被忘却,但是对于弗洛伊德来说,欲望是不可能忘记的。压抑只是一种方式,通过保有事物,似乎可以加以摆脱。没有医治记忆的方法,尽管我们试图利用记忆来忘记,就像是屏蔽记忆——这种设置使我们能够忘记被禁止的欲望的记忆。心理分析试图唤起一种使遗忘成为可能的记忆,来治疗患者。唯一确定的治愈疗法是死亡。

此处记忆和遗忘呈现为一对,这存在着自相矛盾。在这个层面上,这种自相矛盾不由令人回想起奥古斯丁的观点。但是其不同之处至少已经有人指出。菲利普斯认为,弗洛伊德心理分析过程的逻辑与我们以为的自传作家的逻辑是相反的:"要不就是一个人过去最重要的片段是无意识的,要不就是通过解读化为遗忘,而把过去释放出来。"遗忘是记住的唯一方式;记忆也是获得良性遗忘的唯一方式。分析的产物不是自传而是清空。而菲利普斯在心理分析师理想的"自由漂浮"或者

"平衡悬置的注意力"的状态中,发现了遗忘的一个平行的用法。分析师必须学会不去注意脑中空白,他的工作需要不去努力记忆。对于大多数人的思维方式来说,这与专注阅读的行为没有丝毫相像之处(尽管有时认为这种做法是正确的,在安德烈·格林[André Green]和其他一些人的书中对此有所提及①)。

因此乍看起来,心理分析提出的记忆概念与自传的事实是对立的。我们宣称记住的东西,是我们设计来保护自己不受事实困扰的东西。甚至是(或者尤其是)当我们努力并且极力宣扬像卢梭那样,打算什么都不隐藏的时候,情形尤为如此。**事后性**这个概念解释了过去如何以一种变形的方式得以还原,童年的记忆变成了一种创痛,这个创痛和"真正"的童年回忆无关。记忆发明了过去。它重新运作,保护我们不受无意识永存的可怕困扰。我们能够记住我们记住的东西,是因为我们以错误的方式忘记,那时记忆变成了重复的形式,是表现出来的形式。如果分析师通过培养"记忆的运作"来治疗这一重复,那么他这样做的目的不是因为如此引发的记忆是有效的,而是因为他想要消除这些记忆,认为这些记忆对于病人来说是有害的,是需要遗忘的。

此处的永存(the timeless)不像奥古斯丁的意义上的永恒(eternity),而是无意识。而我们努力试图抗拒无意识的力量,采用代替的记忆写出应该被处理掉的东西,就是因为它与无意识的不可靠的虚假性有着不真实的联系。存在着事先储存好的记忆,奥古斯丁就有。但是他的记忆与幸福和上帝有关,而不是乱伦和谋杀。奥古斯丁需要的是获得永恒之路,而我们需要的则是尽可能完全遗忘。我们通过对移情(transference)的双重想象,了解了永恒的内容,但是我们这样做的时候,目的不是为了验证它,而是为了摧毁它。记住这些内容,或者即使

---

① E. 纳加瓦尼(E. Nakjavani)对于格林理论的精彩论述,参见《释放的过程:用'第三只耳'聆听文本的教学》("The Unbinding Process: The Pedagogy of Listening to the Text with the 'Third Ear'"),载《第九次国际文学心理学大会学报》(*Proceedings of the 9th International Conference on Literature and Psychology*),第25—34页。

是看似记住,都是一种策略,目的是放弃或者处理这些内容。但是奥古斯丁需要这些内容活着,因为他寻找永恒的原因与摧毁无关。他希望把自己的生命看作一个整体,像是《诗篇》一样具有形状,生命通过记忆的行为以及永恒获得外形,当生命结束之际进入永恒。

几乎毫无疑问,主宰自传的神话依然是奥古斯丁式的,而不是弗洛伊德式的。在弗洛伊德的学说中,所有自传无疑可能都有自卫的或者是抵制的色彩,而把一个在严格意义上不够真实的心理结构加以整体化、加以终结或者宣扬,这种行为本身就是一种错误,是一种逃避、推脱。但是事实上,很多作家致力于获取某种终结或者类似于结局的东西,并为此激动不已。而这样好像可以获得一个永恒的替代品。他们寻找、感知这种替代的永恒,甚至像拉斯金或者亨利·亚当斯一样,不能完稿,或者像詹姆斯那样避开所有象征终结的叙述手段。他们年复一年地修改,寻找被时间轨迹不断侵蚀的一种真实和充足,都只是为了寻找、感知结局。卢梭热烈追寻一种终结,事无巨细地坦白,插话,并且后来补充不计其数的真相,让读者自己将之统一成为一体。托尔斯泰开始还被《忏悔录》打动了,后来他不再受到《忏悔录》的影响,认为卢梭远非热爱真相,而是在撒谎,并且自己深信不疑①。这些谎言当然使他不能承受他自称渴求得到的事实。卢梭自己也承认,他的确对有些事避而不谈——出于纯粹的动机——而且有时候编造了事实。纳博科夫(Nabokov)极具艺术魅力的自传充满言辞优雅的各种细节,但是他有一次说过,给这种著作赋予价值的,是主题的重复。为了证明这个观点,他列举了一位将军的轶事。当纳博科夫还是个孩子的时候,将军用火柴玩把戏来逗他。几年以后将军出现了,穿着羊皮外衣,像个农民。他叫住了男孩的父亲,问他借个火。纳博科夫的父亲当时正从布尔什维克政权流亡。纳博科夫一方面希望这位将军也逃脱了苏维埃的监

---

① 他对马克西姆·高尔基说了这番话。见 J. M. 库切(J. M. Coetzee),《自传与忏悔》("Autobiography and Confession"),收录于《观点加倍》(*Doubling the Point*),1992年,第264页。

禁,一方面加了一笔:"但是这不是重点。令我得意的是火柴主题的演化……我认为,这种主题设计在人的生命中的延续,应该是自传的真正意图。"①这种方法给读者提供了给书加上一个结局的可能性。而读者受到同样荒诞的说法的激励,当然会助一臂之力。他们会找到某种方式来整合故事,像切利尼(Cellini)这样插曲式的、草率的故事也不介意。因为他们肯定能从他的自传里寻找到一种强烈的印象,即它的作者是一个单一的、直线条的男子,认为书本身也是简单、单一的。

约翰·斯特罗克(John Sturrock)写了一本著作,研究他所钟爱的现代传记的典范——从奥古斯丁到米歇尔·莱里斯(Michel Leiris)的自传。在著作结尾处,他采用了上述的观点。斯特罗克考虑到了现代文学理论改变了我们对自传的理解。有了文学理论,自传被看作一种类型,对其中真实性的问题会有不同的看法,自传与虚构的关系会有不同的理解,如此等等。但是他代表普通读者发出了一个请求,普通读者不论文学理论如何有限,也能够从自传的阅读中获得诸多乐趣。斯特罗克说,有"一种迫切要求希望所有人写自传,要求寻找各种程度的表达,不论是松散而短暂的对话体,还是有恒久艺术性的佳作。而从中我们可以假定存在动机和主题的结构,二者在自传中有具体的文本结合……"②这些结构由作者提供,交给读者理解,而有时候读者也可能提供这些结构。大家都知道游戏的规则。当然这种普遍的知识是巴特曾经说过的"endoxal",而那些与柏拉图一样的人,拒绝认为**成见**(doxa)是事实的敌人,他们将与此毫无关系。

斯特罗克尤其感兴趣的是,他所谓的"转折"的现象——顿悟或者皈依的时刻——在自传中如此频繁地出现,以至于可以被常规性地加以辨识。被描述的人这一刻把自我加以个性化或者个体化,找到了可以把一切连贯或一体的那个点,并且获得一种终结的圆满。这个时刻

---

① 弗拉基米尔·纳博科夫(Vladimir Nabokov),《论及记忆》(*Speak Memory*),1969年企鹅版,第23页。

② 《自传的语言》(*The Language of Autobiography*),1993年,第286页。

在奥古斯丁和纽曼(Newman)的传记中很容易可以看出来,但它几乎以某种形式遍及所有地方。它从某种经验或者行为规范中,召唤或者构成一种对异常(deviance)的记忆。这种异常通常看似微不足道,却至少使作者自认成为一个值得书写的个体。在这个过程中,他不可避免地提供相关的材料,使自己认为从中发生异常,因此自传之所以吸引我们,是因为我们感觉到其中既有正常之处,也有无数可能的异常。它的整体性也吸引了我们,我们在自述时寻找的就是这种整体性。每个人对此都认为理所当然,而如果他们想要加以证实,在接受心理分析的人的叙事中是找不到最好佐证的。心理分析叙事要求的是一种不一样的注意力形式,而且是专业的形式。而在那些了解艺术状况的人的作品中,可以找到证据,比如在华兹华斯这样的诗人身上。因为要想交流自己经历过的人生转折点,并且令人信服,有必要从事一种艺术。

各种不同的记忆从属于各种各样的分类。但是主要在艺术作品中,我们可以认识到,大体上来说自愿的和非自愿的两种记忆之间存有不同之处,粗略的、可以辨别的不同之处。普鲁斯特(Proust)和贝克特(Beckett)都在柏格森(Bergson)的理论中寻找这些现象的解释。贝克特论普鲁斯特的小册子是对于普鲁斯特版的记忆的一种探索,略显青涩,在形式上稍嫌造作,而且无疑还联想到了乔伊斯的相关篇章。记忆的心理学研究已经发展得更加精密,而对柏格森的忠实把他们定格为仅仅是现代主义者。不过,也许哲理的来源并不是那么重要。当德曼(de Man)和德里达(Derrida)论述记忆的时候,他们只字不提已经过时的柏格森。但有时他们谈论的,基本上似乎还是同样的事情。那些"转折点",整个叙事建立在其上的那些合页或者杠杆的支点,同时也证明了叙事的存在,是对意识的不自觉运动的一种很显眼、很"有意为之"的处理,而意识的不自觉运动暂时出现于记忆的某些较易到达的领域之中。用奥古斯丁的话,就是从特别的文集中取出,拿到开放的书架中,然后在一个更加简单的新的文集中展示出来。现在,它们脱颖而出,而且看似值得叙述,其装订既微妙又精细,在普通回忆的单调封面反衬之下闪闪发光。尽管这些时刻可以发生在每个人身上,而且可能也的确发生过,但是这些时刻受到特别的重视,难以用言语表达。这些不仅是作者真正想说的,也是对他是否应该成为作家的一次检验。

要列举世俗意义上的"转折"的例子,不妨看一下卢梭描述的"启示"。在前往万塞纳①的路上,当大门在卢梭面前关上,他得到了"启示",并且决定不再回日内瓦(斯塔罗宾斯基评价说,很难相信他那时候没有回想起奥古斯丁②)。斯特罗克提到这些偶然情节,认为其占据了"故事中的决定地位"。他好像是立下了专门为他们造的誓约,华兹华斯后来也一样。③ 其他的例子还有米尔的危机及其华兹华斯式的解决的时刻,纽曼的西西里经历,马克·卢瑟福(Mark Rutherford)发现了一本《抒情歌谣集》(*The Lyrical Ballads*)并把这一经历与保罗去往大马士革的经历相比较④。亨利·亚当斯稍带反讽的顿悟,在第25章由发电机引发。甚至吉本(Gibbon)也是如此,尽管他很可能不会承认他的生命会被外部的机构或者无意的选择所左右。他说到在洛桑的一堆大理石中发现了他的塑像。他的意思是,一种教育过程显示了早已存在的东西——用奥古斯丁的话就是储存在记忆之中——一个天资出众的历史学家的雕像。这个发现什么也没有改变,他也持这个观点。但是这在他的叙事中占据了一个关键的时刻,是一个象征性的时刻。⑤

在此我要借用巴里特·J. 曼德尔(Barrett J. Mandel)从埃德蒙·戈斯的(Edmund Gosse)《父与子》(*Father and Son*)中找到的一个精致的例子。作者把这个事件描述为构成生命的诸多"琐事"之一,但仍不失为"一个路标"。信奉正统基督教的父亲想让儿子拒绝一个晚会的邀

---

① 万塞纳(Vincennes),法国地名。——译注
② 斯塔罗宾斯基,第232页。
③ 斯特罗克,第142页。
④ 见杰罗姆·巴克雷(Jerome Buckley),《转动的钥匙》(*The Turning Key*),1984年,第87—88页。
⑤ 吉本,《自传》(*Autobiography*),乔治·A. 邦纳德(Georges A. Bonnard)编,1966年,第86页。

请,建议他祈祷,请上帝指示他是否该去。当父亲问他上帝的答案是什么的时候,男孩虽然非常明白父亲确信上帝会同意他的观点,还是说道:"主说我可以到布朗家里。"父亲"盯着我,惊愕难言",离开了房间,"摔门而去"。曼德尔欣赏这个片段,称之为真正的自传,但他补充说,作家戈斯比少年戈斯更加了解父亲及其想法,因此能够明了这个时刻是很重要的一次反抗。他把这种反抗置于一个更大的语境之中,来解释为什么很重要,为什么这是一个路标而不是一件琐事。作者希望我们因此明白,他现在从一个更大的角度来看生活的记忆,能够看出来事情是怎样衔接在一起的。这记录了成熟的回顾,记录了父子之间越来越大的代沟中一个重要的阶段,是一个设计来标识这个过程的叙事的一部分。毫无疑义,我们承认戈斯也许不可能记住他父亲当时的原话。但是从自己的记忆中,我们已经知道这样一个时刻与事实和记忆的关系的本质。用曼德尔的话就是,作者对读者说:"我的生命正如这个故事。"①这是个令人满意的公式,意味着告诉众人在这一形式中会有一种力量(就像这个故事)来表明路标,赋予意义,否则就只是对琐事的记忆。

可以补充说明的是,这种插曲可能是经过加工的,作者一次次地讲述给自己,也许还告诉了别人。作为记忆的记忆,也许是很多记忆的记忆,这需要奥古斯丁讲到的那些联系。要给记忆赋予这种程度的中心意义,赋予这种程度的整体性,或以纳博科夫推荐的方式对记忆"主题化",就是去设法给叙事增加一种力量以消除时间的限制,建立自己因果关系的律法,通过激发叶芝所说的"永恒的技巧"(the artifice of eternity)来赋予其整体性。自传大多都尝试仿效这种力量。

华兹华斯也讲述了自己的生活,称之为"我讲述的故事",尽管他可能已经接受了被时间驱散的因素与永恒的终极关系——奥古斯丁曾经

---

① 《此时充满生机》("Full of Life Now"),见詹姆斯·欧尔尼(James Olney)编,《自传》(*Autobiography*),第49—72页。

勾勒过这一关系的轮廓。也许他也认同,其中一些分散的插曲明显过于琐碎。正如德曼所说,英语诗歌爱好者——或者自传爱好者——不可能接受任何定律,把诗歌排除在自传之外(毫无疑问,长久以来有一种理论认为诗歌是撒谎)。一首序曲,不过是诗的前奏而已,其中到底应该包含多少普通的传记成分,怎么给这个陈述一个满意的结尾,在此处,而不是在他构思的更加宏大、如大教堂一样的结构中,柯勒律治要求的哲学诗应该占多大的比重——华兹华斯对这些问题无疑都还没有明确的看法。众所周知,壮观的斯诺屯诗行(Snowdon Passage)开始是设计给诗歌高潮部分的①,而且诗人也许还发现诗行有些空洞,与前面部分的关系颇为牵强。我们还可以认定,提到华兹华斯,就像卢梭说到自己的时候,"两次描摹自己的灵魂状态,一次是灵魂本来的样子,一次是在描述时灵魂的样子"。② 然而,我们的确把《序曲》(The Prelude)看作渴望达到,甚至是已经达到了某种暂时的整体性。它呈现了诗人思想的发展,而且多处暗示,不论将来会带来多少恩惠,这种成长已经完成了,是在出生到写作的时候完成的,之间历经重大的兴衰起伏。随着后来的修改和扩展,发展的源头也越来越遥远:"时间点"出现在 1798 年的两卷本《序曲》中,在 1805 年和 1850 年公认为更加分散的版本中依然存在,这两个版本对时间点越来越遥不可及的问题做了一点补充说明。因为自传者寻找的自我知识变得越来越复杂,所以模式也发生了变化。

　　华兹华斯于 1802 年在 1800 年前言中增加了一段,讨论了散文和诗歌,宣称二者实质上等同:"两者由同样的器官说出……其感情类似,

---

① J. M. 库切就自白式写作的问题做过有趣的评论:正如在卢梭的著作中,总是存在比自白者愿意承认的更加深层的真实的可能性。如果他愿意承认,就会有另一个更深的真实,每一个都加深了构成德里达式的"补充"的阐释,却并没有更加接近无法企及的"盲点"或者真实(《自白和双重思想:托尔斯泰、卢梭以及陀思妥耶夫斯基》["Confession and Double Thoughts: Tolstoy, Rousseau, Dostoevsky"],载于《观点加倍》,第 251—293 页)。

② 出自《忏悔录草稿》(Ebauche de Confessions),斯塔罗宾斯基译本,第 64 页。

几乎等同,甚至在程度上也不一定有差异……两者的血管中流动的同样是人的血液。"①他坚持认为诗歌应该说出众人的语言。他进而讨论了众人和诗人的关系(他自己身为自传诗人)。下面这些句子脍炙人口:

> 他是对人说话的人:的确,是一个被赋予了比一般人更活跃的敏感性、更多热情和温柔的人,是对人性有更多的了解,有更博知的灵魂的人。他喜欢自己的激情与意志,与其他人相比,他更加为自己身上的生命之灵魂而欢欣,乐于思索宇宙万物显示的同样的意志与激情……"②

诗人之于一般人就像是诗歌之于散文,但是诗歌和散文是类似的,而他的诗歌有时候必须是散文式的,这就是两者的亲和力的表现。他与一般人的不同只是程度上的不同,有时候这种不同对一般人,而不是诗人,反而更为有利。但是如果用给予快乐的能力和目的加以衡量的话,这种不同一直都非常明显。从引用的段落我们了解到,提供快乐所需的一切包括:敏感性、活跃、热情、温柔、对自我和自我激情的欢悦、快乐、高兴。实际上就是叶芝所言的那种"自得其乐"(self-delighting)。我们知道不稳定的快乐,在"决心与独立"中被激发,令人难忘,而且是诗人独有的,或者是伟大诗人独有的。诗人-自传者的任务,或许也是所有自传者的任务,就是要像华兹华斯一样承认快乐——或者使他感觉到自己的独特性的任何品质——与"人类赤裸而本质的尊严"的关系,与"快乐的基础原则"的关系。

华兹华斯谈到了"在最广泛的大众中散播的喜悦",但是要展示这种喜悦在他自己生命中清晰的力量及其起伏跌宕的痕迹,必须颇费一番心思。毫无疑问这是他的一个主要主题,一直与他愿意公开称作"普

---

① 《威廉·华兹华斯》(William Wordsworth),史蒂芬·吉尔(Stephen Gill)编,1984年,第602页。
② 同上,第603页。

通思想"(ⅱ.405)的东西区分开来。这就是《序曲》的使命,在某种程度上也是所有自传要做的事情。他为自己的天赋庆幸而感恩,当他说:"我们大家灵魂之内都有一些点/每一个都卓然而立"的时候,一定是想到了这个特性;但是他必须加上:"每个人对自己来说都是记忆……没有谁/一生中没有经历过神一样的时刻……"(ⅲ.187-192)神一样的时刻是每个人记住的时刻,尽管只有自得其乐的诗人才把它们记录下来。对他的自我认识和自我评价来说,华兹华斯身上的"地质均变"的张力是必不可少的,正如他对自己的卓然不群深信不疑。

《不曾**把现在**的欢乐变成我歌咏之物》("Not used/To make a *present* joy the matter of my song", ⅰ.55-ⅰ.56)这首自传诗歌计划通过记忆行为,从最初的把他与别人区分开来的欢乐中,通过提炼、丧失以及复得,把被作者称为"专心致志的灵魂"的天赋列举出来。华兹华斯的出彩之处是偷船或者偷鸟这样的场景,对于奥古斯丁而言,这会是羞耻和不能重生的证明,而对华兹华斯而言却是灵魂必要而有益的教育的一部分。他说:"尽管我的目标/低下、不体面,但是结局/却并非不光彩。"(ⅰ.339-ⅰ.341)。而他(一定是大张旗鼓地)庆贺自己已经从"不调和的因素"中得到了"一个社会"(ⅰ.354-ⅰ.355),以及"一个安宁的存在"(ⅰ.360)。

在自我识别的过程中,这种存在的某些因素值得进一步指出。像卢梭一样,华兹华斯意识到了所有自传作家都必须与之斗争的那种双重意识。童年时光在他的脑海中有"自我的存在"(ⅱ.30-ⅱ.32)。但是在更普遍意义上,正是现在的意识才说出了被重新创造的遥远过去,这些过去有时候被记忆,连自己也不能简单地说明为什么能被记住。我认为,这些记忆中最记忆犹新的是那些时间点:绞刑架、带水罐的女孩,一堵旧石墙的荒凉的音乐。这些是重要的记忆,而之所以重要是因为表达感情洋溢的语言可谓严重匮乏:语言无法说出说不出来的东西,只能尽力言说神秘,甚至言说令人不适的东西。当他写诗的时候,他似乎有时暗中期待某个伟大的高潮,就像写到翻越阿尔卑斯山脉之时。但是当他一直忠于原来经历的回忆,他却怎么也找不到它,只能像柯勒律治一样,省略记忆,进入想象。或者,提及看到花园中被驯服的"不羁的小溪",他承认当时的反应并非现在的感觉。另外,他现在能够把这条溪流看作自我的寓言,被横加在生命力量上的形式驯服,被日常生活的光照亮的真正回忆驯服(iv. 40-55)。

还存在其他形式的解脱;而华兹华斯了不起的一点,与奥古斯丁一样,是他会认为这些解脱最终构成了故事结尾处那个平静的社会,他怀着痛苦的喜悦在自己身上察觉到的那个社会。还有移置和取代:安妮特·瓦伦的插曲转到了《瓦德拉库瓦和茱莉亚》("Vaudracour and Julia")之中,诗人自己转到魏南德、老战士、《序曲》中的瞎眼乞丐、坎伯兰郡的老乞丐,还有采集水蛭的人的身上。这些是替身(double),有着替身所有的怪异之处。他们预示着丧失,预示着剥夺,而(正常生活中)唯一自卫性的反应必须是坚忍以对,尽管还有另外一个选择,即诗歌。这种丧失,以及有征兆不断预示着还有更多的丧失,使他需要获得安慰。"安慰"这个词最早出现在《序曲》(1805年)第三章108—109行中,与持久的"力量"同时出现。但是支点、灵光乍现的瞬间稍后才出现。他通宵跳舞,在"一个普通的黎明"时分动身。他认识到尽管没有立誓,但是"那一刻誓言为我而立",从此以后他将要做一个"虔诚的灵魂,除非犯下重罪。我继续前行/充满幸福,这感觉即使现在还挥之不去"。(iv. 337-iv. 345)

这种(kind)经历,此时如此精巧地表现出来,而在大多数自传中这种经历重复出现,总是作为一种荣誉的承诺、作为一种个体烙印、作为上帝选民的宣言而出现。尽管通常来说,根本没有那么惊天动地。因为最终脱颖而出的不是经历本身,而是宣布这一经历的语言的力量和权威性。宗教的口吻不容置疑,诗人感觉受到不由自主的召唤,平静地接受这种感觉。接受之时表现出来的勇敢和感伤"即使现在还挥之不去"。可以说这纯粹是华兹华斯式的口吻,稍后与战士见面的章节中也还是如此。诗人陷入了一种善感的情绪,达到一种孤独之境,从"我灵魂某个遥远的区域"激发与外界的接触——与"动物性的愉悦意识"的联系改变了这些意象,似乎奥古斯丁的计划在此处进行,深层记忆的内容穿越感官产生更容易企及的记忆,并且被记忆修改。接下来,突然之间,在路上偶遇象征性的人物:一个退伍兵。他静止不动,几乎毫无声息,除了抱怨地嘟囔几句。在诗人的请求之下,他才说出自己的故事。而诗人继续前行,身边有一个"高高的/苍白的人",一个奇怪的分身,朝一个劳动者的房子走去,在那里那个人可以栖身。在行走时士兵说:

> 庄严而光荣
> 他看似。但是他所说的一切,
> 有一种奇怪的心不在焉,和
> 虚弱和冷漠的语气,就像是
> 一个人记得他主题的重要性
> 但是再也不能感知。

这具有真正的心理力量——是一种有效的投射,甚至免除了自传担心忘记了为什么重要而产生的强烈恐慌——所以诗人可以"心情平静",继续前进(《序曲》,1805,ⅳ,504)。而我们知道《退伍兵》("The Discharged Soilder")是一首独立的诗,只是在后来才编排进了《序曲》,与《塌毁的茅舍》("The Ruined Cottage")大约同时写就。在《塌毁的茅舍》一诗中,"老者"讲述了玛格丽特的悲伤故事,最后还能够说"我转身离开/快乐地前进"(524 - 525;Gill, p. 44)。这些轶事具有净化作用。正如华兹华斯在1802年的"前言"中所指出,为他人的感情做出真实的叙事,这是诗人一个与众不同的标记。我们把这些分身理解为既证明了这种与众不同,也证明了在痛苦或者焦虑被转化之前,诗人必然具有与寡妇、流浪者同样的情感。这些叙事是为诗人自己正名。可以推断,他们在自传中的地位完全归功于那种创造力,尽管我们也许觉得必须寻找一个理由,来解释为什么自传要通过这些置换,来描述愧疚感和悲伤的记忆。"梦"这个字眼在两个篇章中都出现过,两首诗在重新阐释记忆的时候都恍若梦境,并且代表了某种赦免。诗中都成功地处理了某种被深刻记忆的焦虑。因此,正是在其他篇章中,例如有淹死的人的第五章,时年九岁的诗人借助了记忆的呈现,才可以看到这样的恐惧意象其中的美丽。

诗歌的结构由这样的时刻构成。在某些阶段,例如剑桥岁月,"清晨的欢愉"这一天赋的能力依然鲜活,即使到了34岁还同样不失活力(ⅵ.55-ⅵ.60)。诗歌也是由对这些阶段的重新提及而构成的。这一希望在科摩湖的林中重现(ⅵ结尾处),在那个免受世界"不幸和罪行"的孩子身上重现(ⅶ.396起),在那个乞丐(ⅶ.610起)具有教化意义的盲眼里重现。还有那个牧羊人,令人害怕的分身①与他的狗一起俨然压在心头,"他的羊像是格陵兰岛的熊"。但是希望在落日——一个迷雾和光的寓言中闪耀,一个希望的意象,穿越、升华感官的单纯报告,并且使诗人的面孔"转向真理"(ⅷ.397起)。他说有些记忆"只有在现在"才变得"神圣",当写到伦敦的重量和形状的时候(ⅷ.710)他几乎不知道该如何处理("哎,我感觉自己很琐碎"[ⅲ.706-ⅲ.707]),就好像只有现在,它们才开始多少具有了他想要的那种意义。现在他热泪盈眶,尽管在他记忆中,在法国的时候才更应该适合掉泪(ⅸ.273起)。至于瓦德拉库瓦,他的命运就是缄默。华兹华斯不能够在自身沉思这种命运,所以希望他的代替品身上有。虚构的主人公代替诗人受苦,其他很多人也已经做过同样的事。

和奥古斯丁的故事一样,这一叙事对于两个帮手的描述,有助于他保存自己或者恢复自己。这两人是他妹妹和柯勒律治——他为在"这篇传记诗歌"中没给她足够的关注而道歉(ⅹⅲ.341)。"转折点"的篇章是他们在身边的时候写就的。现在,通过他们的帮助,他能自称是"一个沉思的人、一个时常痛苦的人"。但是他马上补充到,"然而,我依然相信,信念丝毫未减"(ⅹⅲ.126-ⅹⅲ.127)。在诗的最后结尾处,

---

① 分身(doppelgänger),或译复影。——译注

这些帮手再次得到了认可。在斯诺屯的篇章里，光又一次穿过了迷雾。在这个自传中没有多少其他有名有姓的人，这是思想的强烈拷问，显示了在共同的人性背景之下辉煌的个性。

《序曲》是英语自传中最伟大、最具创新的一部作品。但是之所以如此，并不是因为华兹华斯的意图与其他大多数人有多么不同。在他的文章中我们特别清楚地看到，他渴望突破一些掌控或限制正常内省的期待和习惯，因为这限制了诗歌。并且这种突破有助于更深层次的自我检查的力量，在本源上都先在于常规或惯习，先在于牢房的暗影。因为日常生活的迷雾和喧嚷分散了注意力，这些力量深藏在记忆中难以触及。但是至少有时候记忆是可以企及的，可以从深藏的记忆库里拿到记录。毫不奇怪的是华兹华斯采用了柏拉图关于既往记忆的比喻，因为如奥古斯丁所深知，记忆包含了感官似乎不会放进去的东西。也许很多才能需经由这样的过程发现。我们大多数人对这些深层的、令人眼花缭乱的记忆大事件的了解来自文学作品，而不是来自我们自己——不是因为我们没有记忆，而是因为记忆需要有合适的表达方式或者设定形式。

未出版(1994 年)

16. 遗 忘

这些初步的观点,是探讨阐释学发展过程中似乎忽略或者遗忘了的遗忘的重要性。无须赘言,遗忘的地位在历史记录的保存和更新中显而易见,而从书写的过去复原的过程中,先要经过遗忘。无须提醒,我们就知道,对柏拉图而言,写作实施了对记忆的破坏。写作是一种实践,本身就是遗忘的同盟。我们还记得,对他来说,不遗忘,即回忆,有多么重要。

不少人,例如阿比·瓦尔堡(Aby Warburg),曾经努力试图描述记忆是如何从一个个体传到另一个个体,描述在意象和象征的历史上,在他认为的文化记忆中,记忆如何突然爆发,如何不断重现"记忆的痕迹"。在这一研究中,不论你自己何等否定,也必须把对意象的压抑,还有对意象的突然记忆这些因素考虑在内。比如15世纪突然之间到处都是把美娜德[1]画成仙女的油画,其中必然有对意象的压抑和回忆的原因。[2] 但是记忆比遗忘更有意思,遗忘是记忆的影子或者化身。要是我们不加干涉,调查者的重点一直都放在记忆上。我们记住了记忆,但是忘记了遗忘。我认为没有理由怀疑把遗忘列入被忘记了的东西之

---

[1] 美娜德(the Maenad),古希腊神话中酒神狄俄尼索斯的女性侍从。——译注
[2] 见上文《再论波提切利》("Botticelli Recovered"),以及 E. H. 贡布里希著《阿比·瓦尔堡:知识分子传记》(*Aby Warburg: An Intellectual Biography*),1970年。

列,不论这种忘记出于什么原因。

也许大家可以认同的是,对文学的接受,或者普遍而言对于艺术的接受,都取决于征求和获得的是哪种类型、哪种形式的关注。某些关注的类型很有难度,不动脑筋凭空臆想是不可能的。就是说,比如为了具有解构的严密与准确性,需要做好准备,压制、克服信手拈来的假设或者常规。在精确度不高的场合,当我们必须给以积极关注时,受到压制、克服的那些想法就会冒了出来。例如在戏剧中要求我们识别真相之时。

"我们把一件重要的事情给忘了!"奥本尼如是说,而毫不奇怪的是这句台词很大程度上已经被人忘记了,因为大多数的导演都忽略了(《李尔王》,Ⅴ.3.237),尽管在对开本(Folio)和两本四开本(Quarto)中都有这句的存在,而且一定是希望在演出中用上。你还记得奥本尼此际正在手忙脚乱之中。里根被下了毒。有一场武士决斗,爱德伽给了爱德蒙致命一击。爱德伽也讲了一段佛旦①式的台词,冗长之极,叙述他在整个戏剧中的所作所为,还有他父亲之死的详细描述。奥本尼自己刚刚获悉妻子高纳里尔自杀的消息。这些事件令人心慌意乱。他的回应坚定,合乎时宜,但是我们确信,这样让他的记忆不堪重负,等肯特进场寻找老王的时候,奥本尼已经完全忘记了李尔王——他的君主,与他齐名的英雄,现在已经沦为他的阶下囚。他也忘记了李尔王的女儿考狄利娅,被俘的法兰西王后,尽管实际上,才200行台词以前(Ⅴ.3.45起)爱德蒙才告诉他,已把他们两人送进了监狱。在这个过渡时期,大约是舞台时间的一刻钟,考狄利娅的死讯也加到了这一连串的死亡报告中去。

这么多事情纷沓而至,观众也似乎很可能把一件重要的事情给忘了。对大事件的关注已经被一连串的小事件、死讯、认识完全拖住了。剧作家可能指望着这个,并且把重大的醒悟放到最后,于惊慌中想起了

---

① 佛旦(Wotan),北欧神话中的主神。——译注

之前好像不能忘的事，舞台效果因而得以加深。

莎士比亚明显认为让大家关注这一谋划无伤大雅。现在我们看出来，我们被骗了——被自己骗了——竟会认定到目前为止所有事实的澄清（被称为琐事的坏人的死亡、天堂的判决、葛罗斯特悲喜交加等）是为了给剧终做好铺垫。而最后旋律奏响的时候（虚弱的疯老王杀了自己的手下，吓坏了众人。他与深爱的已经死去了的女儿出场，且不论他自己知道不知道这回事），我们才认识到这才是剧作家应许给我们的结尾，或者至少是一个这种恐怖的意象，而不是之前的一切。这种大结局既似曾相识，又令人备觉艰涩，既可怕，又难忘，因为假如我们没有卷入一场几乎可笑的集体遗忘之中的话，戏剧结局也许不是这样。而如果必须有人对这种遗忘感到羞耻的话，那就是我们，而不是文本。

对于戏剧结局来说，遗忘是至关重要的。这一观点也许亚里士多德暗示过，但是据我所知，在后来的理论中这个观点连同整个问题几乎被压抑了，特别是如果我们把"大结局"放进一个比戏剧化更大的语境中的时候。然而巴特在他的《S/Z》一书中（xciii），写到了那种"经典"文本，看似意义满溢，实则保留了一个意料之外的终极的意义，他称之为**认识**（reconnaissance）："是无法表达的东西（the inexpressible）的能指，而不是未表达的东西（the unexpressed）的能指。"可以说他是通过对文本的无意识的言说来总结这个问题，但是他也含蓄地承认了在《李尔王》结尾处的那种效果，尽管这一震惊效果更为复杂，我们出于幻觉，以为不能表达的被有意拿来接近于表达。之前经历的那些明显的认识现在似乎是代替品，似乎是借口，在真正的认识到来之前必须完成，真正的认识在挣脱之后才能感觉是真实的，是隐藏在丛林的猛兽；而前期工作的回报不是这幅我们出于种种理由幻想出来的画面：一个父亲和一个女儿，国王和王后最终和解、得到荣耀；而是我们认为灰暗丧气的最终结尾，或者是结尾的一个意象。或许我们也更愿意认为这个结尾更有益健康，更有宣泄意义。

我们开始了解了特伦斯·凯夫（Terrence Cave）所说的"认识的丑

闻"(the scandal of recognition)与遗忘的丑闻相连。① 在像奥本尼一样应对了(并没有让我们感到遗憾的)死亡与更多的死亡之后,我们最后得到的是这些重复遗漏的东西:不能被表达的被表达了,被压抑的回归了。

彼得·布鲁克斯(Peter Brooks)说到,一般而言,故事情节是"一种特定方式的句法,用以言说我们对于世界的了解"。他说:"文本的愿望(阅读的愿望)因此而成为对结尾的渴望,但是对结尾的渴望只有通过至少最小限度的复杂的迂回,有意的反常……即叙事的结构……才得以实现……朝向认识的重复构成了叙事文本的真实。"但是这是历尽曲折得到的:故事情节的中间部分是"一种错误状态:离题和误读"。② 最终我们不得不回到已然忘记了的大事上去,就像是皮普在《远大前程》(*Great Expectations*)中认识并且接受了马格威奇一样。这暗示着故事情节取决于认识的时刻,是一种遗忘,因为迂回道路提供了某种趣味,诱导读者忘记了结局。如果没有那种因为太投入而导致的遗忘,就没有最终的认识,就没有补偿错误的真实,也没有补偿虚构的生与死。

布鲁克斯明显采用了一种心理分析的模板,并且同位引用了弗洛伊德关于移情的动力学的描述:"无意识冲动不想以心理疗法希望的那种方式被记起,但试图按照无意识的永恒性以及幻觉能力来复制自身。"这是缺少了认识的故事情节。被分析者讲一个不够好的故事,缺少(遗忘)在移情的情况下必须在场的欲望的真实记忆。认识,在其到来之时,必须是完全的记忆,不再只是局部且虚妄的遗忘的终结。

故事情节在技术层面依靠一种假设,以为我们会受到引导,错把偶然性当作绝对,把反常当作目的。这是穆丽尔·斯巴克(Muriel Spark)在她的寓言小说《勿扰》(*Not to Disturb*,1971年)中提出的观点之一。

---

① 特伦斯·凯夫,《认识:诗学研究》(*Recognitions: A Study in Poetics*),1988年,第212页。

② 彼得·布鲁克斯,《为情节而读》(*Reading for the Plot*),1984年,第7,104,108,226—227页。

结尾早已定好,故事情节对于作者来说似乎只是一个"庸俗的编年史"问题,而任何能让读者觉得好像干扰到结尾(结尾已然发生,因为大多数小说都是用过去时态写就,虽然这本书不包括在内)的东西,都可能被粗暴地处置或者被抛在脑后。它们只是假象,目的是为了延迟我们对真相的认识,为了加强真正相关的认识,而这一真相早已预先设定,回荡在记忆之中。我们接受的训练使我们听命于这些设置,忘记了虚构的真实过程。我们心安理得,忽略或者遗忘作者的错误,这就是明证。而作者的错误如果不是出于其他原因,就是因为作者也是读者,受到了相同的训练,忘记了故事情节。

在此应该对小说中很随意的遗忘事例的相关性做出评估。我们遗忘了的大事其实很显然根本就不是大事,这在生活中也屡见不鲜。即使叙事所应许的乐趣取决于是否绝对忠实于公认的合理性,这种遗忘也会发生。在《汤姆·琼斯》(*Tom Jones*)中有时间上的错误。托尔斯泰在《战争与和平》(*War and Peace*)中弄错了不少日期。狄更斯因为是分段写小说,意识到有可能健忘,必须要在备忘录里记下人物的年龄以及互相之间的关系,例如马格威奇被捕时潮水的状态这样的细节,还有他在叙事发展中希望最终能够整合好的各种零碎材料。细心的学术阅读——毕竟是一种反常的密切关注——已经证明他还是忘记了一些东西,例如在《董贝父子》(*Dombey and Son*)的最后部分戴奥真尼斯这条狗的细节。当他必须要在最后一刻补充证据,用来理顺故事的时候,他加了两种修改过的不同版本,给叙事困难提供了两种不同的解决方案。

可以将错就错用新的误差来抹除前面的错误,这样即兴创作的情节大概可以不受任何限制了。斯巴克小说中,仆役长-作家李斯特,解释说毫不费力就可以做出必要的调整,并且还做了展示。小说用不无崇敬的语气告诉我们,因为李斯特胜任,意思是他知道如何处理仅仅是偶然性的东西:"李斯特可以调整任何东西。李斯特从来不会让事情混杂,他做到了对称。"在"发生过的事件以及接踵而来的事件"之间,他认为"那些发生过的事件更好",并且相应地加以安排。毕竟这些事件只是通往结局的欺骗过程的一部分而已。

李斯特可以轻松自如,设计出诸多难以一一罗列的事件,说明大多数情节材料都是可以任意使用的。在认识发生之前,必须要提供一些东西以备遗忘,作为必要的准备,使我们能想起这种认识。故事情节不能制造得太紧张,让人没法进行无数的穿插和改变,不论如何,就像布鲁克斯所说,这就是一处歧路(或者,就像是斯巴克女士引用韦伯斯特的话所说的,就像是生活,"涌起一团错误的迷雾")。有些错误明显无关宏旨,可以保留,由其自生自灭,也就是说,等着被人遗忘;另一些错误具有更加难忘的潜质,因此有可能引起错误的问题,就可能需要调整。在《大卫·科波菲尔》($David\ Copperfield$)的第八部分(第 22 节)中,狄更斯醒目地推出了滑稽古怪的莫切尔小姐,可能是想以后让她作为斯迪尔福斯的帮手,安排艾米丽的私奔。然而,一位名叫希尔夫人的手足病医生写信给狄更斯,抗议说莫切尔小姐是她本人可以对号入座的漫画像,而且有辱她的形象。于是,狄更斯做出道歉,并且承诺"在故事的自然进程和趋势中"修改这一错误印象。他需要做一点李斯特式的调试和对称。狄更斯在第十部分做了初次尝试,但是事实证明难度很大。当莫切尔小姐确实在第十一部分重新登场的时候,很明显狄更斯的尝试失败了,但如果换成李斯特来解决的话,一定不在话下。该莫切尔小姐简直变成了另一个人,而现在已经不能做斯迪尔福斯的同谋者了。如此粗劣的前后不一,我不知道有多少读者注意到了,但是可以肯定的是,大多数读者根本就记不得那么清楚,不会感觉强烈到会对此加以指责,或者他们早已习以为常,以为这种前后不一致在合适的时机可能会变得一致、对称起来,而就算没能对称,他们也早已忘在脑后了。

顺便一提的是,在这本小说中有一处写到"迪克先生偏爱姜汁面包(gingerbread)"。这句话被排字工误读排成了"迪克先生偏爱出国(going abroad)"。这个错误会惹起麻烦,在校稿的时候被挑出来了,但是假如没有挑出来,狄更斯也可以或者写一个去布伦旅行的故事,或者就碰一下运气,决定再次相信靠读者普遍存在的忘性可以糊弄过去,赌一把读者不会"想从中生事"。因为阅读时,读者必须不断做出决定,是否从中横生枝节,还是一笔带过,"算了吧,忘了吧"。①

直到今天,狄更斯的编辑还必须再次决定,怎么处理小说中有时出现的大段描写。必须在最后时刻删节这些段落,否则这一部分就太过冗长,而删掉的部分没有人会在意。有人猜测,除了布尔沃·利顿(Bulwer Lytton)强加给狄更斯《远大前程》的结尾之外,是否还有一个完全不同的版本?与他的朋友福斯特一样,我们认为原来的结尾是更为恰当的认识,但是利顿认为当代读者不愿这样想。而《李尔王》原来的结尾差不多在两个世纪的时间里都被禁止搬上舞台,好像这是件令人羞愧的事情,剧中的认识令人反感,不适合演出。

关于错误和遗忘,在福特·默多克·福特(Ford Madox Ford)的《好兵》(*The Good Soldier*)之中,可以找到更神秘、更意味深长的例子。这本小说以如此精心的艺术品位写就,使我们不禁以为这些失忆本身也是小说有意设计的。小说曾被认真地细读过。年代的混乱大胆为之,作品的力量大部分来自这种安排。福特追求的是"角度的穷尽",拒绝他所鄙弃的简单顺序和简单"故事"。但与此同时,这样的结构想必在一定程度上也大大考验了作家的记忆力和灵活性。然后他再次引入了某些具有分裂性潜质的变化,从小说第一部分在一战即将爆发之际发表在《冲击波》(*BLAST*)上就可以看出。福特痴迷于 8 月 4 号这个日期,试图让更多的重大灾难发生在这个日期,这样就使小说原本就复杂的情节承受了不少压力。

不论如何,令人惊叹的是,他通过故事的叙述者把南希这个女孩说成已经死去,而同时我们知道她和他住在同一座房子里,虽然发疯了,但还活着。而这仅仅是几个明显的错误中最奇怪的一个。莱诺拉对叙

---

① 约翰·巴特(John Butt)与凯思琳·提勒逊(Kathleen Tillotson),《工作中的狄更斯》(*Dickens at Work*),1957 年,引自 1968 年版,第 21,30—32,141—142,145—146 页。

事者杜维尔坦白南希发疯了,在此之前他已经四次提及了这个事实。这几乎看似有两条并行的情节,一条是杜维尔在开始写作的时候就知道南希的命运,而另一条情节中他又毫不知情。另外,关于南希母亲已死的陈述看似真实,最后证明被极度夸大了。莱诺拉打了梅西,这件事不可能发生在杜维尔一家和艾史本海姆一家见面的同一天,等等。①

对此一种解释是,福特的确有意让叙事者杜维尔承认自己几乎一无所知,把他描述为一个什么也看不到的偷窥者,貌似有理由认为他不会区分哪些该记住,哪些该忘记,是否该从中得到什么,还是就干脆忘记。他为所有错误负责,从而获得结构上的胜利,而不必对那些不符合逻辑的部分负责。假如游戏规则如此,作者就可以赌一场不怕输的赌博——不用太关心小说的精确性。杜维尔肯定会出错,这些错不可能是福特的错:关于DSO,关于圣体节的宴会,但是这些错误可以归因于他的国籍、宗教,或者他的愚蠢。因此,他的虚假报告以及喜剧性的发现,成为他这个不可靠的叙事者性格的一部分。

但是很难相信,本书精心设计的叙事手法就是为了那么枯燥的结尾。很明显小说有更远大的理想,福特感兴趣的是事件的结构,以及关于文明和宗教方面的同心暗指。他要是知道,自己写的书是对一个无趣而感觉迟钝的美国人的心理研究,其具体入微令人难以置信,必然会勃然大怒。我们倒是可以说他是在试验,设计的情景是为了避免一种叙事,在其中有一长串可以掌控的偶然事件,最终是一个可以识别的结局。他想在小说中从头到尾采用最后识别的材料,书中的每一个高潮

---

① 帕特西亚·麦克菲特(Patricia McFate)与布鲁斯·高福斯(Bruce Goffers)的《好兵:绝望悲剧》("The Good Soldier: a tragedy of despair",刊于《当代小说研究9》[*Modern Fiction Studies* 9],1963—1964)中列出了小说中的错误。其他的错误由R. A. 卡塞尔(R. A. Cassell)在《福特·马多克斯·福特:小说研究》(*Ford Madox Ford: A Study of his Novels*,1961年),以及C. 欧曼(C. Ohmann)的《福特·马多克斯·福特》(*Ford Madox Ford*,1964年)中指出。本文写完以后,这个问题在马丁·斯坦纳德(Martin Stannard)版本的该小说(1995年)以及麦克斯·桑德尔(Max Saunders)的传记中(1996年,两卷)中得到了富有成效的讨论。

(通常是死亡,有时候更为复杂,例如抗议的场景)其实都是结局的东西,尽管读者(在第一次阅读时)还有杜维尔都不能充分认识到这一点。

不论如何,似乎这种尝试给每个插曲或者每个事件群中都赋予认识以重要地位,从而避免认识不清带来的问题,即遗忘。而这种尝试却一直都包含着遗忘点。当然,也似乎不能一直区分清楚有意的遗忘和无意的遗忘。沿着《好兵》的道路走下去,不远处就看得见罗伯-格里耶(Robbe-Grillet)的有意欺骗,其中什么也没有忘记,恰恰是认识本身令人失望。存在这种关于不可能的目标的小说,就像是埃舍尔(Escher)的油画一样,通过向你展示认识的机制来迷惑你,而你可能惊讶地认识到小说所依赖的遗忘则具有天生的局限。这就是高水平的小说游戏。

我们当然应该记得,保罗·利科(Paul Ricoeur)提醒过这个游戏不是在所有场合都有效,例如在某种历史传记中就没有这个游戏的份,而这就把历史与小说截然分开了。"历史传记的存在,可以仅仅因为好奇心使然,而不需要记忆……但是有些罪是不能遗忘的,受害者的苦难呼唤的,更多的是叙述,而不是复仇。不想遗忘的愿望本身,就能够阻止这些罪行再次发生。"①但是在小说中利科的所有警告都失效了。我刚刚提及的这种"高级"小说,就是意图揭露对真实的透明信念中,存在着不假思索的习以为常。奇怪的是,这些小说一直都被看作试验性作品,甚至被看作怪癖或者消遣。好像没有谁因为读了罗伯-格里耶的小说和论文就改变了对小说的基本期许。过去曾经有人争论,小说史的下一阶段永远都是反小说,而反小说最后就会变成小说,等另一种反小说加以对抗。《喧哗与骚动》(The Sound and the Fury)的结构现在看来依然不同寻常,先锋派小说在很长一段历史中一直保持其先锋性,如果按照这个理论的话就行不通了。而福特小说的杰出之处就是不炫耀对常规的背离,就像詹姆斯和康拉德一样,他在阅读期待的普通视野之

---

① 保罗·利科,《时间与叙事》(Time and Narrative),K. 布莱梅(K. Blamey)和 D. 佩洛埃(D. Pellauer)译,第三卷,1988年,第189页。

内——就在其中——找到了足够多的事来做。而普通的期待既希望读者记住,也会容许读者遗忘;但是不包括认出结构中的错误,或大或小的缝合,或明显或无意的修补。

我还没有忘记,我的观点是关于小说或者戏剧中的遗忘问题,似乎鲜有严肃理论对此加以探讨。但是这个问题调查起来绝非易事,一定是被众人忽略了。即使心理学家在这个话题上也似乎无话可说,除了弗洛伊德之外(他永远是例外);要是我没有弄错的话,他们更感兴趣的是关于记忆的肯定的话题,而不是关于遗忘的话题。然而,还是值得指出关于遗忘我发现了哪些有助于讨论的材料。

遗忘的通常作用是什么?巴特利特(Bartlett)①在30年代展示,回忆的过程可能会影响到在我们处理长篇小说中难免会出现的巨大的细节群的方式。他说,我们在回忆中不仅把材料提交给个人的兴趣机制,也提交给上升为常规的一套兴趣机制,而作为社会或者文化的一员,我们是接受这些常规的。有时候相应而来的后果是很奇怪的,而坚持与转换机制能够生产出的结果,与我们最初的记录相差甚远。而尽管可能有很多简化(这些工具之一就是忘记),也存有一种旺盛的好奇心,对明显与简化或者转换系统无关的细节保持好奇。巴特利特对此做了详尽的文献论述。

不同的社会有不同的记忆传统,也因此有不同的记忆(和遗忘)的方式。巴特利特注意到,对于一系列事件的陈述,如果来自一个未受教育的目击者,或者来自另外一个文化的目击者,因其堆积的细节看似完全不相干,会让地方法官大伤脑筋。我注意到了孩子身上也有类似的情形,比如当他们给你讲一个电影故事时。艾略特在《荒原》的酒店场景未完成的叙事中,模拟了这一状况("嗯,那个星期天艾伯特在家,他

---

① F. C. 巴特利特,《记忆:实验心理学与社会心理学研究》(*Remembering: a Study in Experimental and Social Psychology*),1932年。

们吃了热的腌猪腿")。虽然要求目击者或者汇报者说话不要离题,但是会有人真的不懂,还有人真的糊涂。

巴特利特所说的"记忆的社会控制",其必然的结果就是某种遗忘的社会控制。① 普遍而言,我们具有一种多少与群体其他成员相同的能力,用来保持"要点",而代价是,某些由于缺少明显的相关性而被认为不是要点的东西被扭曲或者消除了。而如果我们试图填补丢失的部分,就可能出错。或者如菲利普·约翰逊-莱尔德(Philip Johnson-Laird)所说,是"模糊不清的"。② 我们是否认为这种模糊是一种困扰,取决于我们如何分组。巴特利特提及的地方法官觉得斯威士的目击证人所说的话含糊不清,令人无法忍受。约翰逊-莱尔德提到了一些科学研究者,他们对要点和扭曲的对比很感兴趣。在小说阅读中,在要点与模糊之间有相似的区分,这一区别对于普通的读者来说几乎不是问题,因为无论在何种情况下,他们对要点的选择都比专家要更为传统。

当然也有专家认为要点必然是假的,或者是不真实的。选择要点、加以安排,这被称为"主题化",被认为是糟糕的事情。你可以说正是模糊才提供了解构要加以解构的要点。很清楚的是,解构不喜欢传统的要点,要点是"主题化"的产物。鲁道夫·加谢(Rodolphe Gasché)③的解读认为,德里达在此处主要的关注点是哲学意义上的,他争论的一部分是与现象学,尤其是与胡塞尔之间展开的。对胡塞尔而言,主题化是"对在最初的自然观点中,出于某种原因,以一种非主题化、不加思考

---

① 巴特利特,1967年版,第8、14、15章。
② P. N. 约翰逊-莱尔德在《计算机与思想:认知科学入门》(*The Computer and the Mind: an Introduction to Cognitive Science*,1988年)中提到了巴特利特,并且引用了艾尔利克·内瑟尔对约翰·迪恩在水门事件前的对话的记忆与录音带的记录做了对比。迪恩记住了主要意思,但是忘记了其余的细节。约翰逊-莱尔德认为"任何独立的单元的行为都是相对不重要的。如果其运作失灵或者被毁掉,系统不会受到强烈的破坏"(第181页)。这发生在小说家忘记了我们认为的琐事的时候,以上一些例子已经证明。
③ 鲁道夫·加谢,《镜子的锡箔:德里达与映像哲学》(*The Tain of the Mirror: Derrida and the Philosophy of Reflection*),1986年,第264—265页。

的、不可预测的方式隐含其中的东西，加以清晰表述……清晰的判断中形成了中立观点，主题化把其中那些没有主题化的东西加以客体化"，而这是"它在这个围绕它的真实世界里面对的事物的事实存在"。德里达反对的是未曾主题化的事物以这种方式加以简化的观点。他"质疑了通过主题化达到一种**终极创造**（Endstiftung）的终极可能性"。这样他对于文学主题化的抨击，就只是他对于现象学的主题化的普遍批判的一个层面。

但是，这是文学上最重要的一个层面。对德里达而言，我们在想到文学文本时习惯犯下的简化错误是一种篡改，这些简化直接忘记了能指的游戏，因而不可原谅，就像结构主义的批评依赖某种"清晰的简化"而忘记了文本的具体性一样。主题化批评忽略了它所关注的文本的不确定性。

这种主题化批评最终似乎是对所有实际批评的批判。主题化导致了极权化。因此有了对于《圣经》的批评，认为它是一种虚假的整体，"受到神学与逻各斯中心主义的百科全书式的保护，不受书写的干扰"。① 在持有严重保留意见的情况下，允许某种"双重性"解说的必要性，它应该与解构的过程辩证地存在。可以推测，这种批评应该实施尼采所说的"遗忘的艺术"，其不可或缺，是因为生存就是去解读，那些被遗忘了的，正是文本的无限以及不可主题化的游戏。德里达不止一次回想到了尼采的"积极的遗忘"，据说是为了保护我们不受历史的限制，因此使我们能够行动并且"为新事物留出空间"。问题可能是，德里达的哲学是否像他批判的哲学一样，成为我们应该"积极遗忘"的历史的一部分。他认为文学批评受到了哲学历史性的奴役。遗忘是为了如尼采所说不丢失现在，如果没有遗忘就没有现在。那么就有一种无疑是说谎的知识，但对人文主义来说又是有用的，而这种知识只有通过遗忘

---

① 雅克·德里达（Jacques Derrida），《论文字学》（*On Grammatology*），G. C. 斯皮瓦克（G. C. Spivak）译，1976年，第18页。见前言中第xxx-xxxiii页对德里达关于尼采的遗忘概念的态度的有趣讨论（"没有遗忘就没有现在"）。

才能得到。

　　这就是我们在阅读的时候通常运用到的那种知识。我们与文本以及文本世界达成默许的暂时性协议，认同其局限性，接受环绕其周围的虚幻围篱。假如这是一种简化，一种还原（reductive），则我们与寄居其中的任何世界所打的交道大多数都必然是简化、还原的。我们的身体居住在世界之中，并且实用地理解这个世界。我们在这个世界里实践着还原性。我们跟从这些手法，而且必须把这些手法加以内化才可以做到。当然，这也是为什么我们重视那些陌生化的因素，这让我们有意义地记住在通常的遵从过程中会遗忘的东西。可能最好的莫过于陌生化能够使我们记住开始时就已经存在的东西，而经过一种新的、精心挑选的再-收集（re-collection）、再-获得（re-cognition），在一系列的遗忘之后，会令人吃惊。亚里士多德对此也定会赞同。

　　关于普通阅读的主题化的问题就讲到这里。主题化阅读使我们能够通过建立主题与终结，来忽略不属于具体的社会记忆的视野之内的东西，认同属于其中的东西——不论重新记叙的是《米德尔马契》（Middlemarch）的故事，还是昨天晚上的电影。当然就连更加常规的文学批评家，尤其是那些相信多重意义的人，都试图做得更多，虽然他们所做的将会受制于同一种禁令。他们也许会讨论《米德尔马契》中的珠宝意象，或者讨论比写作时间早40年的政治、宗教、医药等诸方面的危机致使的现代危机，而且会引入其他好几十种想法，所有这一切都涉及组织单一的主题使其成为整体。他们可能会声称，根据阐释团体的观察，大多数对于普通读者而言不过是细枝末节的东西，有可能是他们眼中的要点所在。在细枝末节中寻找那些非要点、小小的泄露，寻找某个毫不起眼的、可以被解开的绳子的末端，诸如此类的解构性探索，是一种对更加古老的阅读实践的否定性改变，就像是用无所不在的不确定性来代替过去虚假的本体论命题一样。但是这些非要点必须是被选中的，解构主义团体的记忆状况认定他们不应该被遗忘。而选择必然受到"积极的遗忘"的影响。

即使在批评理论史上的前解构时代,有关社会或者体制的记忆范围的问题就已经很复杂。比如,卡尔海因·施蒂尔勒(Karlheinz Stierle)提到了一种关注模仿幻觉的阅读技术,或者说是"准实证主义接受"(quasi-pragmatic reception)。他还提到一种更高级的阅读,称之为"自动指涉"(autoreferential)(显然只有少数局内人才这样阅读)。他甚至还提到了更为高级的部分,能够从文本中找到**相关性**(Relevanzfigur),这一要求正好是解构的禁区,但是肯定很常见,是一种叙事元素的秩序化。其他叙事研究者和接受理论者有相似的要求,做了类似的假设。用伊瑟尔的超越模式(transcendental model)的术语描述文本,或者通过查特曼(Chatman)称之为"读出来"(reading out)的过程,从表面进入叙事的深层结构,都需要训练有素。当然,这些公式试图解释的行为几乎自动发生,但是依赖一种内化了的能力,能做出选择,区分哪些内容能使阅读连贯、哪些只需"忘记"。所有这样的能力——我们想到了医学诊断——取决于"积极的遗忘"。①

文学理论中几乎没有直接处理遗忘的类似方式,虽然屡有提及。因此珀西·卢伯克(Percy Lubbock)对这个主题再三斟酌,并且在很久以前写过,他会谴责文学评论"长久以来对……理论存在的问题漠不关心"。他说,托尔斯泰忘了《战争与和平》的主题,但是读者可以运用积极遗忘的实际手法解决这个问题,就是每当视野中出现关于拿破仑历史学家们任何不公正的专题论述,都大可忽略不读。② 巴特在《S/Z》的开篇更加深入地探讨了这个问题,认为在多重文本中忘记一种意义,不是读者的错误:

---

① 卡尔海因·施蒂尔勒,《小说文本阅读》("The Reading of fiction texts"),见 S. R. 苏雷曼(S. R. Suleiman)和英格·克罗斯曼(Inge Crosman)编《文本中的读者》(*The Reader in the Text*),1980 年,第 83—105 页;沃尔夫冈·伊瑟尔(Wolfgang Iser),同上书,第 106—119 页;S. 查特曼,《故事与话语》(*Story and Discourse*),1978 年,第 41—42 页。

② 珀西·卢伯克,《小说技巧》(*The Craft of Fiction*),1965 年版(初版于 1921 年),第 35,197 页。

忘记,忘记了什么呢？什么是文本的总体？意义很可能被忘记,但是只发生在读者已经选择在文本上加上唯一(即非多重)一种细读的时候。而阅读不在于抓住系统之链,不在于建立一种真实,建立一种合法的建构的文本,这种文本相应地在读者中建立"过错"。相反,阅读在于使这些系统互相结合,根据的不是有限的局限性,而是其多重性(这是具有实体的东西,而不是被计算出来的)：我经过,我说话,我切断联系；我算不上什么。忘记意义不需要借口,不是演出中不合适的错误,而是一种肯定的价值,是肯定文本中的不负责任的一种方式,体系中的多重性(假如我需要给这一串例子画上句号,我不免要重新建立一个单一的、神学的意义,仅仅是因为我忘记了我读过了什么)。①

这里遗忘是一种避免单一的封闭文本的神话的方式,一种解放文本,使其参与多重游戏的方式,正如巴特在某处说过,对普鲁斯特的解读永远不可能重复,因为在每次阅读中,读者会忽略不同的段落。这种阅读的秘密是每次只关注一个片段(lexie),认为这个意义由多重符号交叉并行。在"经典"文本中语气的不稳定性由所谓的"消隐"(fading)产生,通过"消隐",对本源或者这个片段(被选择的片段,但是与"主题"不同,是被机械选择的)的一个意义的寻找就会无功而返。大多数经典的、与现代泾渭分明的**可书写**(scriptible)的文本,归功于一个具体的说话者,从而消隐成为一种重要的方式,来建立经典文本所允许的有限多重性。解释的声音"消失了,好像从话语的一个洞里泄露出来"。

这种"消隐"的概念取自拉康(Lacan),拉康则是从远程通信中借用了这个术语,加以转换,用于心理学以讲述"主体的消失"。② 这变成了

---

① 《S/Z》,1971年,第18页。(我查询过理查德·米勒[Richard Miller]1974年译本第10页,感觉有必要以更加自由的方式重译。)

② 安妮特·莱沃斯(Annette Lavers),《罗兰·巴特》(*Roland Barthes*),1982年,第200页。

巴特后来区分**快乐**(plaisir)与**快感**(jouissance)的一个重要组成部分，因为快乐来自持续性，而**快感**，更强大更复杂的体验，则来自不持续性、被打断、丧失以及沮丧。现代文本的价值在于其表里不一：大体来说，没有了已知的和持续的**快乐**，就没有**快感**。而快感几乎就是快乐的对立面，甚至缺少一种语言。① 也许我们不必顾虑重重，可以把快感与遗忘联系在一起，而正是持续性才要求被记忆。

毫无疑问，这里肯定受到了早期德里达思想的启迪。但是巴特调度自己的符号，公开为"社会记忆"的运作保驾护航，而德里达的部分目的则是排除这些运作。记忆通过设定等级偏好和保护，通过其假设伪造在场与整体性，通过其对"游戏"的控制，否定记忆隐藏的东西。记忆"应该在批评性阅读中有自己的位置"，从而避免可以无处不在和"几乎无话不说"的"批评产品"的荒谬性，但是它仅仅监督或者辅助了"过度"(exorbitant)的阅读。德里达说，传统批评的"护栏"(guard rail)阅读有其规则，尽管还说不清楚是怎样的规则。②

这种对传统批评明显矛盾的态度——既要压抑或忘记传统批评，也要记住并运用它——已经受到诸如罗伯特·斯科尔斯(Robert Scholes)和约翰·M. 埃利斯(John M. Ellis)等人的犀利批评。他们认为，这种尴尬源于误把所有"传统批评"认同为"朗松主义"(Lansonism)③。面对这些整体而独断的文学史批评方式，一种巴黎式的反叛(巴特是为统领)势在必行，值得称道。埃利斯认为，美国不需要这样一场革命，认为美国的一些门徒为了追逐异国风味而早已，或者将

---

① 《文本的乐趣》(Le Plaisir du texte)，1973年，第15页。同时参照史蒂芬·希斯(Stephen Heath)，《错位的眩晕》(Vertige du déplacement)，1974年，第155—156页。
② 《论文字学》，第158页；《立场》(Positions)，1981年，第63页。
③ 朗松(Gustave Lanson，1857—1934)，法国20世纪初大学体系改革的重要人物，推行文学社会学观点，重视文学历史，其观点被称为朗松主义。——译注

要出卖珍贵的传承。① 当然对此也有一些简而化之的看法，认为传统的批评取决于某种遗忘，对应的批评手法是决定不去遗忘同样的事情。

后一种批评手法导致了对难题，而不是对认识的偏好。这是由老式的遗忘决定的，不妨称为消隐，为了隐藏一个能指链而损害其他的能指链。巴特的"谜团"取决于记忆的拖延，他的水平符号对记忆实施了强制。无疑，老一辈批评家接受他的分析时持有的平和态度，使一些人产生了怀疑和不信任。他们认为巴特允许多样性，但是依然受到"经典"文本的限制，对于"游戏"欠缺宽容，而他在偏爱**可写性的**（scriptible）文本的时候，还记得**可读性的**（lisible）文本的"护栏"。受到拥趸的是一种更加反直觉的记忆，而我们可以认为，这种记忆受到青睐，是因为那些旧有的心理习惯还被逻各斯主义，被指涉的神话所奴役，困顿于写作与主题和整体性的迷惑之中、声音与人物的迷惑之中。

似乎不无反讽的是，德里达其人、其声音是那么令人难忘，这是另一种矛盾，与罗伯特·斯科尔斯敏锐地注意到的那些矛盾有关。还有一个是我注意到的。如果我们发现，这个"本体神学论"传统为了"在场"的神话，而压制了真理，那么这种发现难道不是一种认识，一种真正启示性的力量吗？它恢复了我们遗忘了的大事，暗示应许的终结，并加以寓言化。

我还几乎没有提到弗洛伊德，就已经快到了这些推论的结尾。他的在场简直太显而易见了，令人无法遗忘，尽管此处适合回忆起他的观点，认为记忆的错误产生了小说。对他来说，最伟大的一种遗忘是儿童时期的遗忘——他说，我们遗忘了那些"对于整个……后来的生活发展产生决定性作用的""儿时的成就"。他惊讶于我们竟然不对这种遗忘

---

① R. 斯科尔斯，《解构与交流》（"Deconstruction and communication"），载于《批评探索》（*Critical Inquiry*），14 期，1988 年冬，第 278—295 页；约翰 M. 艾利斯，《解构的贡献为何？》（"What does deconstruction contribute?"），载于《文学新历史》（*New Literary History*），19 期，1988 年冬，第 259—279 页。

感到震惊，而我们不得不从他人那里了解到我们自己遗忘了的童年事迹。① 巴特通过详细论证，认为三岁的孩子一下子发明了句子、故事，还有俄狄浦斯②：就是说，两种极权主义的形式加上一个谜团、权力和罪恶的情结，还有对此的认识。除非研究他人，否则我们已经忘记了其来源，忘记了其运作，但我们还是认为，弗洛伊德的记忆已经建立了可以辨识的真相。

也许我们可以说，从个体发育的角度来看，我们似乎必须忘记很多，也必须记住很多，所有那些东西要把我们的生活和思想捶打成为一个整体，一个不确定的整体性，尽管这不失荒谬。如果你愿意，不妨认为存在一种记忆与遗忘、主题与分散、整体与碎片的配合。没有记忆与整体，就没有**快乐**；没有分散、沮丧、记忆的丧失，就没有**愉悦**。遗忘的功用也许是我们忘了大事，尽管只有记住不够伟大的事情的时候，大事才成为大事。

笔记（1988年5月12号）

我从梦中醒来，脑子里是一系列对位诗句："哎，尽管他们注定毁灭，/这些小小的受害者在嬉戏，/不知道厄运将临，/不关系今天以外的事。"——这首诗很准确（"关系"应为"关心"），但是与其呼应的是以下的句子："但是悲伤的［空白］快乐在于/从另一张脸上找到它的踪迹。"这取自考珀（Cowper）《被抛弃的人》（"The Castaway"）中的两行："但是悲伤依然喜欢寻觅/另一个人的情况和它相似。"同时响起的第三首曲调是："他们徒劳流血，徒劳顽抗，/他们没有诗人，已经死亡。"这是蒲柏

---

① 《标准版本》（*Standard Edition*），Ⅵ（1960年），第46—47页；Ⅶ（1953年），第174—176页。

② 《关于叙事结构分析的介绍》（"Introduction à l'analyse structurale des récits"），载于《交流》（*Communications*）8期，1966年，第27页。

(Pope)译贺拉斯(Horace)《颂歌》(*Odes*)iv. 9 的一个变体:"Vixere fortes ante Agamemnona …"(我能准确记住其拉丁原文,但记不住英语译文了:"首领和智者的骄傲徒劳无功,/他们没有诗人,死后功名成空!")这一定是因为联系到了库珀(被遗忘了的)诗行:"没有诗人为他垂泪;但是那书页/诚恳地记载着/他的名字、价值、年纪/被安森的泪水浸湿。/吟游诗人和英雄的眼泪/都让死者不朽。"

我醒来时想到的,并不是需要给这一记忆联合体找到合适的心理解释。我想到的是:我记住的并不是这些词,甚至不是这些韵律,而是一种曲调,而每一种曲调都独属于诗歌的整体,虽然我大多数情况下都记不住诗歌的整体(例如格雷[Gray]的诗太长了,我记不全,而我没有把贺拉斯的诗与蒲柏的解释联系起来,也没有记住其他任何部分)。我想要提出的是,对诗歌的体验、曲调的独一无二,都取决于对整体的理解(豪斯曼[Housman]"获赠"了诗行或者节奏,使他激动到头发倒竖,但是这些已经是一首必须要写出来的诗的一部分;瓦雷里[Valéry]最初找到的是节奏,再为节奏找词句,就好像去发现使节奏有趣的语境一样)。而我脑中的这些片段也与比单首诗歌更大的整体有关,这取决于我自己建构的联系,可能也因为我对所有这些,包括贺拉斯的拉丁文诗歌的初次接触要回溯到十几岁的时候。因为给这样自发性的练习提供语境的,是文化历史的一部分。然而,这些"曲调"的独特性可能是一群人能够记住的原因,而尽管此处这些诗行一起露面是我个人的原因,也可以说是偶然的,但是它们与原诗其他诗行之间的必然一致性,证明了这些诗歌实质性的泾渭分明的一致性。

笔记(1988 年 5 月 27 号)

《记忆与历史之间》(*Between Memory and History*),M. N. 布尔热(M. N. Bourguet)、L. 瓦朗西(L. Valensi)、N. 瓦赫特尔(N. Wachtel)编

(《历史与人类学》[History and Anthropology], II, ii, 1986 年 10 月)。对集体的解构决定了对记忆的解构。由一种手头现有的工具摆弄出来填充的差距就形成了。(R. 巴斯第德[R. Bastide],《集体记忆与"自己动手"的社会学》[Mémoire collective et sociologie du bricolage],《社会学年鉴》[L'année sociologique], 1970 年, 第 215 页。内森·瓦赫特尔在序言中引用)莫里斯·哈布瓦赫(Maurice Halbwachs)是柏格森(Bergson)的弟子,涂尔干(Durkheim)的门徒。他在 1924 年出版《论集体记忆》(Les Cadres sociaux de la mémoire),创建了这一研究:"……只有在与他人的记忆相连时,个体记忆才存在,并且停留在过去;个人仅仅作为社会集体的一个成员才有记忆。个体性,个人记忆不可简约的原创性,实际上是记忆的几个系列纵横交错而得来的,而这些记忆本身对应的是我们从属的不同群体(家庭,朋友,政党,社会阶级,民族)。"即使你离开了这个群体,这种属性依然存在,因为其力量已经被内化了(第 212—213 页)。从 16 世纪开始,国家主义的历史形成了一种普通记忆,现在因为从叙事历史到"问题历史"的转向而复杂化了(第 218 页)。

J-M. 古勒莫(J-M Goulemot)在《文学史与民族记忆》("Histoire littéraire et mémoire nationale")中,说文学史的书写是使其合法化的君主宣传的一部分,效果是制造国家经典文献,取代修辞学研究(第 225 页起)。

在《记忆的崩溃》("The collapse of memory")中, M. 博宗(M. Bozen)和 A-M. 提思(A-M Thiesse)研究了社会群体的集体失败引起大规模失忆的问题。受害人回忆起来的不是过去的生活故事,而是过去的生活,以避免对失败的理解带来的痛苦。在这个过程中,这些法国北方的农民混淆了德国军队到来之前的两次飞行的故事(1914 年, 1940 年)。他们压缩了历史(第 250—251 页)。衰退的记忆也是记忆的衰退。

其他的事例证实了犹太人个体的回忆对已存范式的顺从(L. 瓦伦西[L. Valensi],《从神圣历史到历史回忆又重回神圣历史:犹太人的过去》["From sacred history to historical memory and back: the Jewish past"],第 283 页起[突尼斯的犹太人社区]。也见 N. 瓦赫特尔《永远铭记不忘》["Remember and never forget"],第 307—335 页,大多数是关于波兰犹太人的自传。其他有墨西哥印第安人关于西班牙入侵的记忆的不同版本研究,以及在非洲国家的西班牙入侵研究[例如扎伊尔的城市油画]——个体记忆与**社会想象**[imaginaire social]的关系)。

这种方法可以应用于我们自己的特殊机制。可以认为古勒莫提到的范式变化(从修辞到经典文献)已经被颠倒了,因此文选的衰退伴随着修辞的复兴,甚至是由后者引起。结果是我们处于社会性遗忘的文学之中。

关于 T. S. 艾略特作品中的误引
(1988 年 7 月 21 号)

误引:"在一些思想中,来自阅读也来自生活的某些记忆充满了感情意义。利用所有这些,为了获得强烈的效果,不惜牺牲表达的清晰。"(来自艾略特在 1933 年做的关于《尤利西斯》的一个未发表的讲座,由 F. O. 马西森[F. O. Matthiessen]引用,见《T. S. 艾略特的成就》[*The Achievement of T. S. Eliot*],第三版[平装本]第 56 页。)见 F. K. 的《T. S. 艾略特选文》(*Selected Prose of T. S. Eliot*,1975 年)中第 26 页的注释。(F. K.)

F. K. 307 页起的选文:"我热爱这个女人,不顾我的内心"(《换子》①,5.3);正确的应为"不顾她的内心"。

"我那是你的血肉。"("I that am of your blood")(《换子》,5.3);正确的应为:"我是你的血肉。"("I am that of your blood")

米德尔顿(Middleton)的这一幕明显非常重要——这是剧本的高潮,比阿特丽丝-J 认识到了自己的堕落,而德·弗洛里斯虽然知道她

---

① 《换子》(*The Changeling*),是托马斯·米德尔顿(Thomas Middleton)与威廉·罗利(William Rowley)合著的一部悲剧,公认为英国文艺复兴时期最杰出的悲剧之一。——译注

的堕落,还是第一次向她做了表白。艾略特做出修改,让他俩在堕落中结合。他也认识到了自己的堕落。但是记忆中原来的阅读是他认识到了她的堕落。在第二个误引中有更简单的解释,错误的版本更加简单,但还是与家庭有关,真版本把她即将到来的死亡,看作为了她家庭的复原而做的外科放血(她的家庭被认为因她的存在而染病),并且解释下面一行:"让公共下水道把它带走,不再醒目"——他在(1920年)论迈辛格的文中[F. K. 156]孤立于其他诗行加以引用,大加赞赏("语言的那种永恒的小小变化"),无疑是注意到了接续放血这个比喻用到了具体的"下水道"这个词,之后却出乎意料地用到了抽象的"醒目"一词。是"公共下水道","公共"①此处与"醒目"相对,但是"公共下水道"的表达意味着"排放城镇所有的或者大部分污水的管道,主要的管道……"(《牛津英语辞典》,2)——根据《牛津英语辞典》,这个词条的意义可能来自1606年有关城市排污的一条法案;这个剧本写于1622年,因此这个想法可能相当新颖别致。部分乐趣来自"普通,公共"这个词的双重功用,首先用这个词来形容"下水道"相当新潮,其次,出乎想象的是,与形容有品位的人的类型的词——"醒目"——加以对比,好像显赫的人等一般不往下水道倾倒任何污水,但是现在将要这样做了。选择稳妥、目光敏锐的艾略特怎么会漏掉了与上面一句的联系呢?他好像是单独记住了这句——这又是来自同一幕中的另一行台词,与一种独立性相一致,在我们看来却失去了其大部分的力量。然而在他的头脑中,这句与某种地下的语境汇合,是一种标准。在1927年论米德尔顿的论文中他成段引用了"我那是(原文如此)……",包括接下来的一个精彩的比喻,"在星星之下,在你的流星之上/我的命运悬挂,'与会腐败之物同列'"。此处又是把星星的不朽性("醒目")与流星(德·弗洛里斯)做了对比,因为流星被认为是从大地的腹部发出,也即与污秽同列。这段的日期为:"我爱这个女人……"1917年(正确应为1927年,他引用了好

---

① 公共(common),也是"普通"的意思。——译注

几行台词,无疑手边有剧本参照:"最终她属于德·弗洛里斯……")(顺便提一句,德·弗洛里斯把得到比阿特丽丝的"荣誉"比作饮酒,要一饮而尽,不剩一滴,以免别人祝酒)。"让公共下水道"在1920年被引用时没有加上上文,很难说出意义为何,与米德尔顿另一个剧本《女人当心女人》(*Women Beware Women*)中的一行重合在一起:"肉欲与健忘一直在我们身边"——但这是在1927年的语境之中。

未出版(1988年)

17. 剑桥关系

本文是为 2000 年 1 月份由不同演讲者在伦敦节日厅所做的系列讲座所作。因为面对的是普通听众,他们对该系列有关现代文学批评的主题有兴趣,但是不具备专业素养,因此文章力求直白易懂。该主题当然在其他地方得到了更为详尽的阐释,但此处所需要的是关于"关系"的重要性的普通记叙。

毫无疑问,出身剑桥,然后讨论剑桥对于现代文学批评的重要性,容易惹人指责为地方保护主义。但是我必须冒险为之,因为现代英语文学批评确实在"一战"以后起源于剑桥。这一批评传统已经繁荣了很久,在 50 年代和 60 年代或许已经到达了某种顶峰。

那时候的文学批评是一门学科,显而易见吸引了为数众多的非专家、非学院派、受过教育的大众。彬彬有礼的普通出版商也很乐意把文学评论纳入其出版目录中。后文我会提到这一大众如何形成并维持下去,以及为什么诸如查图 & 文德斯出版社(Chatto & Windus)以及劳特利奇出版社(Routledge)会出版这么多文学评论,比各种大学出版社出版的还要多得多。有些教授会觉得,这种评论书籍的数目之多到了令人震惊的程度。但是其中一位教授说到,这让她想起了 19 世纪布道的流行,而随着时间推移,这一新的风潮也同样会烟消云散。

这一预见还没有得到应验。数量庞大的批评书籍依然在版，不过现在已经几乎完全是学术性的，并没有给更广泛的大众预留阅读的空间。莱昂内尔·特里林（Lionel Trilling）作为一位优秀的、可谓老派的独立评论家，总是关注要打开在学院和更大意义上的知识阶层之间的沟通渠道。讨论文学以及其他类似政治与社会问题的严肃期刊在上述大众读者群之间日渐被冷落，这一现象使他不无忧虑。这种写作还没有完全绝迹，但确实已经数量锐减，也许质量上也在滑坡。这是一个理论的时代，而理论既难懂，也通常与我所提及的大众读者的兴趣毫无干系。扩展以及专业化意味着，艾略特所说的、也得到 F. R. 李维斯（F. R. Leavis）回应的"对真实判断的普遍追求"，如今已经没有过去那种普遍性了。

前文提到，批评的时代（如果可以这样称呼的话）可以追溯到剑桥1918年以后的几年间。把英语文学作为学术研究的合适形式，这一观念在牛津与剑桥一直都没有得到认可。而在那些接受这一观念的学院，例如伦敦大学学院以及北方的著名大学，所采用的研究方式大多数基于日耳曼语言学以及文学史。美国大学中情况也大体如此，只是稍有不同。研究母语文学看似过于简单，因此采用了古英语和中古英语以充当古希腊和拉丁语法的功用。变化的动机之一在下文将要描述，这是一种新的观点，认为真正的文学批评并没有那么容易，除了常识之外，它还需要具备深厚的理论功底，以及高超的分析能力。

文学批评的重要性被认为是国家文化的一个必要的方面，这一观点自身并没有什么新颖之处。19世纪伟大评论家们的成就依然历历在目。这一维多利亚时代文明传统的其他传承者们包括马修·阿诺德（Matthew Arnold），以及比他稍逊一等的莱斯利·史蒂芬（Leslie Stephen），他们的写作风格与当代的星期天报纸评论形成了鲜明的对比。值得注意的是，这些典范尽管都是学术界的产物，本质上却都是非学术的。确实，史蒂芬得到推崇，原因之一是他有意放弃了剑桥的教

328　职,成为类似现代的自由专栏写手,而同时保持了学术水准以及权威性。剑桥的新批评家们希望在他们自己时代的文化中培养更加有价值的元素,因此尽管其方式与前提有种种巨大不同,他们与这些先驱仍然共有基本的伦理上的出发点。

这些学者致力于在剑桥引进一种文学研究的新风格,而他们绝非"英语文学"科班出身。无论如何,在牛津剑桥也没有这种文学训练。他们以古典学者、历史学学者以及哲学家的身份入手,但是其所受的教育经历远远超出这些专业身份所显示的范围,因为剑桥大学相对较小,学科之间联系密切,而他们从中受益匪浅。同时,一些非常引人瞩目的思想家在学校的存在以及学术影响,也是他们的灵感来源之一。I. A. 瑞恰兹(I. A. Richards)在学习历史、继而学习道德科学的时候,就接触到了诸如波特兰·罗素(Bertrand Russell)及其弟子维特根斯坦(Wittgenstein)(但是后者的影响对于瑞恰兹来说"微不足道")、G. E. 摩尔(G. E. Moore),还有 J. M. E. 麦塔格特(J. M. E. McTaggart)这样的哲学巨人。心理学家詹姆斯·瓦尔德(James Ward)是他的老师,而如果没有查尔斯·谢灵顿(Charles Sherrington)的神经学研究,瑞恰兹的《原则》(*Principle*)一书也将难以成型。

在瑞恰兹的同辈以及合作者中,博学大师 C. K. 奥格登(C. K. Ogden)天天和他共处("作为一个智者,他简直令人难以置信")。瑞恰兹说:"在那些剑桥岁月,我们没有指定的阅读书目。"他把道德科学的课程称为"哲学野性的最后话语"。但是,道德科学俱乐部(Moral Science Club)的听众很可能包括了罗素、摩尔、F. C. 巴特利特(F. C. Bartlett)、麦塔格特和其他的新黑格尔派学者,也许洛伊斯·迪金森(Lowes Dickinson)、福斯特(Forster)、凯恩斯(Keynes)也在场。对瑞恰兹来说,摩尔的影响尤为深远,但是奥格登作为他的同辈以及语义学的重要论著《意义的意义》(*Meaning of Meaning*)一书的合著者,对他的影响也许更为直接。同样还有曼斯菲尔德·福布斯(Mansfield Forbes),一位英年早逝的杰出同事,他是唯一与瑞恰兹在文学批评理论以及实践方面兴趣一致的人。

瑞恰兹在"道德科学"上开了先河,最终这使他的道路越走越顺,他的哲学语言学分析法则传播到了新创立的英语学院中(该课程名为"英语文学、生命以及思索")。关于这一学院以及后来的英语学院系形成的历史已经被重述了无数次:其中充斥着古典主义学者和其他人的反对之声,大家质疑这样一门缺少其他学校要求的语言学学习的课程,是否具有足够的难度,是否可以成为一门学科。所有人都承认瑞恰兹的权威不容置疑,但是他以及他的同情者们在大学里都没有任何实权,因为他们不被认作大学教师。因此,他们在新教师队伍的管理发展中难以作为。接下来的数年间,英语学院在剑桥一直都很引人瞩目,不像其他学校的类似专业,但还没有达到福布斯与瑞恰兹所期许的那种重要程度。

有必要强调的是,尽管在诸如《文学批评原理》(*The Principles of Literary Criticism*,1924年)这样的书中纳入了心理元素,而其后续《实用批评》(*Practical Critism*,1929年)中存在着方法论上的新颖性,但是瑞恰兹的书中总是具有很强的伦理成分。他当然对科学感兴趣,但他相信高等艺术不可或缺,用以补足科学家们的认知成就。他特别同意马修·阿诺德的观点,认为诗歌的作用可以等同于宗教(诗歌是"极有可能征服混乱的一种方式")。但是要获取这个结果,必须理解诗歌是如何运作的。"我对心理学感兴趣……但是我的心理学来自 G. F. 斯塔特(G. F. Stout)……还有威廉·詹姆斯(William James)的《心理学原理》(*The Principles of Psychology*)。这些才是真正的构成性的东西。还有谢灵顿[Sherrington]的《神经系统的整合行为》(*Integrative Action of the Nervous System*),把生理学植入其中。我沉浸在心理学和神经学之中,完成的是一本关于文学研究手法的书。"

对于这一心理机制的展示与解释,很大程度上局限于他的早期作品——所有关于冲动的制衡的讨论,对他高度推崇诗歌进行的心理学辩护,都服从**实用**(practical)批评的迫切需要,服从"书页上的文字"的精密研究。瑞恰兹讲到其目的时说,他意在"给那些喜欢文化当代状态的人介绍一种新的文件,不论他们是评论家、哲学家、心理学家,还是仅为好事者"。其次,为那些希望探究自己如何理解、感受诗歌,以及自己为什么会喜欢或者不喜欢诗歌的人,提供一种新的技巧。第三,在教育方法上,提供比当前所用的更行之有效的方式,来加强我们对于耳闻目睹的诗歌的辨别力以及理解能力。当然,他的反对者认为教育大家阅读自己的母语很荒唐。但是我们可以认为,瑞恰兹通过剑桥课程的努力成果,打败了对手。后来,更为强势的对立面来自卷土重来的马克思主义,来自更为年轻的批评家雷蒙德·威廉斯(Raymond Williams),他认为瑞恰兹关于"制衡"的观念完全被动:瑞恰兹认为,诗歌的预期效果是达到不需要任何进一步举动的境地,而威廉斯则认为,这样就会使过程停留在该采取政治行动的点上举步不前了。这些反对意见甚为重要。瑞恰兹影响的衰落,意味着剑桥关系第一个时代的终结。他的方法让位给了一种更新的、反审美的批评风格,而这一风格今天依然在学术界处于统治地位。

　　让我们再回到20年代:只要英语系还存在,局面对于瑞恰兹和他的同事们就越发艰难,因为我已经提到他们都不是正式的任职教员。而当他们的事业开始分崩离析的时候,瑞恰兹开始考虑在剑桥以外发展新的可能性。他受到了中国和美国的吸引,似乎在剑桥致力于对几个人的教育之后,他想要从事的事务变成了教育全世界的大业。他把更多的时间花费在基础英语的发展上,基础英语是奥格登发明的,瑞恰兹助了一臂之力。他一直都是文学写作的多产作家,但是他在批评界的影响衰退了。他继续写诗、登山,在美国、在中国都受到了极大的尊重。但是在晚年回到剑桥的时候,他感到自己已经人微言轻,沦为局外人,成了剑桥著名的矜持而冷漠的社会气候的受害者。但是,他依然是一个不容忽视的人物,而我们忽略、遗忘了他所做出的榜样,这是我们的一大损失。

　　当然他属于一个离现在很遥远的世界。他对弗洛伊德几乎不感兴趣,与奥格登一起断然否定了索绪尔的观点,而弗洛伊德与索绪尔正是现代批评的两大起源。尽管如此,我们还是可以接受一种复兴,不是旧式的心理学、语言学以及语义学的复兴,而是在真正的文学文本中投入智力的复兴。

实用批评的论文依然是剑桥大学英语文学学士荣誉学位考试中必须提交的,而且在整个英语世界中实用批评一直被模仿,有无数的变体。瑞恰兹的书由于运用了"原型"并做了批评错误列表(如缺乏明确意义、回应千篇一律、学说前后不连贯等等),现在看来在某些方面似乎有些怪异,但是在整合所有这些因素的过程中,他发现了一个真相,在今天看来依然和在1929年时一样重要。他发现那些受过能够接受的最好的教育的人,在对他所给定的诗歌写评论文章时,会犯最低级的可笑错误,这一发现令他吃惊而难以置信。他们没有把握最基本的意思,反应僵化,用教条的假设来判断诗歌,诸如此类。尽管有文凭证明这样的读者受过正规教育,但极其无知,明显缺少训练,不能接受诗歌给人身心的裨益,在其他素质上也差强人意。

瑞恰兹推荐的不是松散随意或者放肆的解读。他对他后来称为"万能主义"(omnipossibilism)的一种主张持强烈的反对态度。很久以后,他这样解释:"阅读中的深度自由,只有通过最宽泛的表面一致性(surface conformities)才有了可能。"这就是为什么可以教学生学会"深度阅读"。对表面一致性的关注必然先于并且掌控具有想象力的解读。

这一立场对于后来的文学批评的重要性是不言而喻的。读者可以接受训练,他们因此也会成为更加平衡、更加有价值的人。实用批评,对文本而非教条的深度并且训练有素的关注,在所有的知识学科中让人获益最多。你可以在这方面非常擅长,同时还能使感受力更加敏锐,平衡自己的冲动,并且得到一种类似于宗教安慰的现代替代品。

这样的解读经历不一定局限于学术界。以1920年艾略特《神圣的树林》(The Sacred Wood)的适时面世为标志,出现了卓越的非学术批评。瑞恰兹与艾略特互有往来,尽管他们意见并不总能达成一致。瑞恰兹给《荒原》(The Waste Land)写了第一篇重要的评论,而三一学院对艾略特也青眼有加,授予其克拉克学者(Clark Lecturer)的荣誉学术地位。

那么可见,20年代充满了新型批评的可能性。虽然这个时代并没有对瑞恰兹唯命是从,但他是时代的主要学术人物。很快,在瑞恰兹的杰出学生威廉·燕卜荪(William Empson)的影响之下,整个叙事将要发生新的转型。燕卜荪出生于1906年,比瑞恰兹年轻13岁。他在麦格达伦学院就读数学,但是在参加荣誉学位考试第二部分的时候转学英语,成为瑞恰兹的学生。和他的老师一样,而且部分也是仿效他的榜样,燕卜荪在国外——主要在中国和日本——待了很多年,他忠诚地推行基础英语,哀叹其最终的失败,指责(也许毫无理由)是丘吉尔的推波助澜才导致了基础英语的消亡。尽管有时候他对瑞恰兹也有所批评,在气质上也与其导师大有不同,但是燕卜荪一直忠于自己的恩师,并且把自认为其主要成果的《复杂词的结构》(The Structure of Complex Words,1951年)一书献给了导师。

燕卜荪的第一部评论集,《含混七型》(Seven Types of Ambiguity,1930年),众所周知源于他提交给瑞恰兹的本科论文。在我所知的天才少年的作品中,无出其右者。很幸运的是,瑞恰兹手边就有这个天才少年,来证明高度智慧加上一定程度的年少轻狂,运用文本细读的手法,能够获得何等非凡的成就。尽管燕卜荪确信,他评论中的描述不论如何天马行空,都一直是作者的意图,但是他的主要兴趣还是在他的独创性之上。很多人认为,他在万能主义的观点上嘲弄了他的导师瑞恰兹。但是任何人只要体验过燕卜荪早期著作中的狂喜以及大胆,都会对他的不逊不以为意。《复杂词的结构》在燕卜荪精彩纷呈的历险事业之后写就,那时他四十岁。该书可能比《含混七型》或者后续之作《田园诗的几种形式》(Some Versions of Pastoral,1935年)还要伟大,作者自己一定对此坚信不疑,但是比起后者却已经少了很多惊人之语。

到30年代后期,我在读本科的时候,所有年轻教师还有那些充满进取心的学生,已经是人手一册燕卜荪的早期作品,尽管比他们年长的人对这些作品还持有些许怀疑。我敢说还从来没有人有过这样的影响。随便举个例子就足以证明。在《哈姆雷特》第三幕中克劳狄斯的独白中有这样几句:

> 非分攫取的利益还在手里,就可以幸邀宽恕吗?
> 在这个世界的腐败洪流中,
> 罪恶镀金的手也许可以把公道推开不顾,
> 暴徒的赃物往往成为枉法的贿赂;
> 可是天上却不是这样的,
> 在那边一切都无法蒙混,任何行动都要
> 显出它的真相,我们必须当面为我们的罪恶作证,
> 即使与罪行的牙齿与前额正对面。
>
> (Ⅲ. ⅲ. 56 - Ⅲ. ⅲ. 64)

下面是燕卜荪给出的与"最宽泛的一致性"相一致的合格注释:克劳狄斯已经知道答案,却还是问询他是否可以悔过,同时却保有犯罪所获得的益处。"保留罪行"(Retain th'offence)一词相当凝练,这样一种独白因其语速压缩以及铺陈的杰出变奏而引人瞩目(其中一些词句,例如"牙齿与前额"是《哈姆雷特》语言风格的典型例证)。克劳狄斯讲到了"这个世界的腐败洪流",而"洪流"(currents)一词是意义含混的——可以指事件的过程,正如在现代的"当今事件"中的意义,但是也可以具有"流动"的含义,甚或是"滑坡"、"有下滑坠落的倾向"。"腐败洪流"可以是一个下水道。克劳狄斯作为狡诈的暴徒的代表,没有发挥这个观点,而是给出一个类比,粗粗勾勒而成,几乎看不出是一个类比:罪行,手里拿着钱,与正义同行——把正义挤到一边去。然后,回到字面意义上,说话者这样来叙述这件事:犯罪获得的金钱可以作为贿赂,来确保犯罪者的安全。他把这种状况与上述这个"无法蒙混,任何行为都要/显出它的真相"的世界中所获得的一切加以对照。"蒙混"指的是秘密

的或者模棱两可的行为，在此处尤指法律上的花招（克劳狄斯从公道转向了法律）。行动（检举人在法庭的讼案）存在着——可以支撑下去，彻底坦白是不可避免的。"即使与罪行的牙齿与前额正对面"：前额，能够泄露一个人内心的面部表情，现在与牙齿联系在了一起。通常我们认为这些诗行意味着面对面的对质，但要点是被告的证据达到了完全坦白的地步，牙齿与前额如果不挑战的话简直就是耻辱了。罪行现在变成了一个不加隐藏的耻辱，任何面具或者头盔都没法掩盖。这一精彩段落中，强烈的暗喻迅速转换，预示了莎士比亚后期语言的复杂性。如果文学批评要完成交给自己的任务的话，这才是必须要缜密细读之所在。

而这正是燕卜荪做出的细读。他坚持认为这一段需要读者"天马行空"，做出与这些词语相关的所有联系。在做出以下评论之前，他继而引用了这一独白的五行（《含混七型》，企鹅出版社版，第91—92页）：

你把手伸到洞里，触摸老鼠的头和脸（前额）并试图把它拖出来，那么（它的牙齿）会咬你。"上帝会迫使我们把自己的过错拿到光天化日之下，不论我们如何挣扎。"**前额**除了会挨揍，也会脸红或者皱眉。"我们因为不得不坦白这样的事情而深感羞辱并有点恼怒。"**牙齿**除了是攻击的武器，在坦白时也派上用场，而且我认为，如果被打了牙齿，正是表明对你的脆弱的蔑视，尽管牙齿也是你看似最危险的部分。"我们必须老老实实坦白一切，否则上帝在我们的牙齿中放进谎言。"也许，**前额**也遮盖了大脑中谋划**过错**（fault）的部分，而牙齿用来执行过错（不论是说还是咬），这样就分别代表了犯罪的意志以及犯罪的举动。或者，我们试图还原词语的语法意义，以对照在此处**牙齿**和**前额**不是**我们的**，而属于我们的**罪行**（faults）："我们必须在我们罪行的最底部给出证据，然后一直向上，到达顶部，在顶部过错最惊人而且至关重要。"**牙齿**是骨骼中裸露的部分，而**前额**骨头突出，"最后的判决很少针对肉体，甚至无关肉体,为了招供罪行,我们将要直达根基"。

读者也许以为这些分析都很奇怪,似乎毫无关联。但是在这些为了辩证而做的材料注释中,在这一生理学速记式的诗歌中,有哪些是(is)相关的呢?每个身体都有牙齿和前额,众人皆知审判日的概念,这些会由读者的想象力联系起来。尽管不存在显而易见的意义,但还是有一种急迫感,有一种实用性,给人感觉好像是被一个无所不能的侦探抓在股掌之中。这种效果也许不在于我所暗示的幻想瞬间的方向,正常的读者会不会有这种幻想,我不得而知。但是这一效果在于,在这样一个语境中词语本身包括了我所给出的幻想瞬间的方向的可能性,成为理解词语的方式的一部分。词语是为了舞台而用的,当然包含了面向观众的东西,而词语没有时间包含任何更加确定的东西,因为独白瞬间滑过,给观众另一个类似的效果。

这些老鼠是怎么溜进讨论之中的?燕卜荪有点支吾其词,但是很明显,他关于联系的范畴的概念比瑞恰兹的概念要宽松得多,而他对于自称的"联系的大游行"(the great parades of association)(第93页)的热爱,几乎达到了接受"万能主义"的程度。

而这是一个重要的问题,是从瑞恰兹的先驱事业传承下来的文学批评所提出的。问题是如何使评论界定在一定范围之内,来表示对最宽泛的可能的一致性的尊重。在瑞恰兹传统的另一发展时期,这个问题卷土重来。瑞恰兹及其作品在美国开始成名,也许主要归功于柯林斯·布鲁克斯(Cleanth Brooks)的作品介绍,但也是燕卜荪的影响使然。布鲁克斯那时正好是罗德斯学者,而他得以认识了瑞恰兹及其作品。他把后者的观点带到了范得比尔特,受到了约翰·克罗·兰森(John Crowe Ransom)、罗伯特·佩恩·华伦(Robert Penn Warren)以及其他人的欢迎。后来被称为新批评的文学批评由此诞生,通过布鲁克斯与华伦合著的选读《理解诗歌》(*Understanding Poetry*)而成为影响广泛的一股教育力量。存在一些教条上的差异,布鲁克斯是基督徒,新批评运动在政治上与南方的农业主义有关。这一运动从艾略特处继承了17世纪与感性脱离的历史命题,这一观点对其批评有一定的影响。但是大家都赞同教条不是主要的问题,诗歌当然不应该说教,伟大诗歌的标志是把"非凡的异质性"的冲动加以调和,正如瑞恰兹所宣称的。需要严谨的精确阅读才可以察觉并且体会这一妥协。

布鲁克斯发展了自己的术语学(张力、似是而非)。新批评运动植根耶鲁,在发展进程中收获了自己的理论家与裁定者,W. K. 维姆萨特(W. K. Wimsatt)。有一条通用的原则,认为不适合从传记与文学史角度讨论文学。维姆萨特写了一篇著名的论文,关于"有意的谬误",反对在作者的传记中找寻意义。

与此同时,老派的文学史学者和语言学者激烈反对这些革新者。新批评赢得了一场伟大的胜利,但是好景不长。有人指责说这导致了一种状况:聪明的学生甚至不需要钻进图书馆的故纸堆中,就可以写出博士论文来,而在不那么聪明的学生手中,新批评的方法可能变成机械性的、令人乏味的工具。这一指责不无道理。新批评对于历史和教条完全扬弃的态度,最终证明是其致命之处,一种新型的、复兴了的反美学的历史主义意味着新批评的终结。

诗歌与信仰(尤其是基督教信仰)之间的关系问题,是那个时代的流行主题。但是尽管在一定意义上来说,瑞恰兹的目的一直都是伦理上的(借助了心理学),有关"教条连贯性"的词句却把诗歌从普通意义上的信仰中解放了出来。在他的观点背后,存在一种心理学家的人文主义,但大体上可以、也应该采用他的方法,不论你有没有宗教上的坚持。形式主义批评学家们当然在其内部就各执一词,与其他学派更是争论不休,而有不少人的确认为他们太关注文学理论,特别是由维姆萨特创立并且讨论的那些理论(他碰巧是一名天主教信徒,艾伦·退特[Allen Tate]也是,同时也是著名的诗人、评论家)。新批评的全盛时代终结于60年代,甚至早于新新批评的出现。而对马克思主义的兴趣的复兴,以一种前所未有的复杂精密的形式出现,象征着对教条的重新评估。但是,考虑到这个世界的瞬息万变,瑞恰兹创始于20年代的观点,到了60年代还在成千上万的美国教室里有着影响。这一事实还是令人惊叹,且不论这影响有多么细微。值得补充的是,新的体制从来都几乎没给布鲁克斯式的"细读"批评留出时间,而有人认为,现在应该是文本细读回归的时刻了,不论细读以何种新的理论外表出现。为了保持对文本本身关注的持久性,就必须有文本细读,而不是把文本作为互相竞争的当代话语中的一种加以研究。研究的方法,就是对文本的特定历史阶段中权利和对抗的冲突的例证。

同时,在剑桥,另一套观念以其特有的方式强调伦理,归根结底也是源自瑞恰兹。但是这一方式很不同——新学派将会随时间推移彻底否认瑞恰兹的学说。该学派的中心人物是F. R. 李维斯。他在英语学院成立之初,在"一战"刚刚结束的年代,就出现在画面之中。李维斯时年24岁,在法国服过役。弗朗西斯·马尔赫恩(Francis Mulhern)是《细察》(Scrutiny)杂志(该杂志成了李维斯学术见解的主要承载工具)令人敬仰的主编、历史学家。他指出,英语成为一门课程,这一观念的转变与大学社会结构的改变正好巧合,因为新一波的教师(以及学生)大多数来自中产阶级以及中产以下的阶层,包括了那些没有受过经典作品教育的人,以及算不上学者-绅士的人。L. C. 奈茨(L. C. Knights)是该杂志的创办者,他是一名左翼分子,唐尼的拥趸。他确信如果要真正理解人类的价值,文学评论是必不可少的一个工具,并且确信"批判的少数派"具有净化社会的力量。李维斯的妻子,Q. D. 李维斯是一位严厉的评判者,也是社会学家。她全力效仿R. S. 林德(R. S. Lynd)与H. M. 林德(H. M. Lynd)的《中心镇》丛书(Middletown Books)中的榜样,毫不留情地抨击存在于文学作品以及上流社会中的虚伪。

但是这个群体项目在其最初几年中,还是直接从瑞恰兹发展而来。后来他们提出要有权威的经典书目的主张,还有他们动摇不定的左翼政治主张,都另当别论。他们关注了与认知话语相对照的情感话语的重要性，关注批评实际上是智力的最好训练的观点。当然，这意味着爱德华三世时代最早的教授奎乐-库奇（Quiller-Couch）之流所写的绅士风格的批评文章必然式微（尽管李维斯本人对这个有名无实的领袖一直忠心耿耿）。目的又一次成为伦理性的目的，姿态也必然是反对的姿态，因为这个群体几乎没有学术势力，而且确实经常没有工作。这就是为什么奈茨去了曼彻斯特大学，直到30多年以后才重回剑桥。

李维斯是一位优秀的"细读评论家"，尽管不失严苛。但是他不认为细读的举动本身就是目的。他觉得他那些推崇文本细读的同事和学生都属于一个新精英阶层，甚至正如穆尔赫恩（Mulhern）所说："是一个新的产业：一个紧凑的，'不动感情'的知识阶层，因为共同认同并致力于'人类价值'而联盟，其目的是观察社会并且引领社会的进步。"这就是《细察》的项目，意在挽救文化。文化在那个时代被公认为处于危机之中，而当然其他时代也总是认为文化陷于重重危机之中。这个学派的敌人不仅有糟糕的批判者、伦敦文学界、布鲁姆斯伯里团体、读书俱乐部，也包括了广告、大规模生产、出版界、电影、教育体系。这些敌对者所代表的价值，大众文明的价值，必须遭到反对。反对者正是这少数人，他们致力于复兴铭记在伟大的维多利亚时代期刊中、也铭记在17世纪早期英格兰文化中的价值观，那时是农民社区以及语言具有非凡生命活力的时代。

《细察》因此不仅仅是一本文学批评期刊。文学批评成为文化的主要代理。该期刊采用了瑞恰兹的一些观点（例如对伟大艺术以及诗歌的需求，两者都是个体和社会健康所不可或缺的），也发展了他的观点，方式之不同令瑞恰兹始料未及。在团体内部，就像是这种形式的团体中常见的一样，他们经常争吵，把一些人驱逐出去，并越来越认同李维斯的领袖风范和地位。但是其追随者来到了学校里，使局面大为改观。他们在剑桥的敌人还是同一批人，但他们交到了新朋友，发展了新的信徒。有趣的是，他们当中的一些人后来成名了，走的道路也许是他们的导师们所不乐意认同的。我想到的是卡尔·米勒（Karl Miller），他加入了《细察》学派痛恨的伦敦文学界(甚至有一两次还劝说李维斯给他写文章),还有在美国的马略·比尤利(Marius Bewley)、理查德·普瓦里耶(Richard Poirier)以及极端右翼杂志《评论》(Commentary)的编辑诺曼·波德霍雷茨(Norman Podhoretz),因为这些访问者按《退伍军人法案》的待遇来到剑桥,受到了这个好斗的、规划得有条不紊的英语研究中心的吸引。李维斯在他对《细察》的回顾中说道:"那些曾经在我家里聚会的研究生和本科生没有料到,他们是在'剑桥英语'的官方中心聚会,或者说,我家本身就是一个中心,深受官方势力青睐。"

历史和社会理论对这个项目而言至关重要。李维斯写道:"我坚信(训练)能够把学生变成更加优秀的文学批评家,但是要测试他是不是真正学有所得,不光要看他如何处理一部小说,或者一本诗集,更要看他如何阅读一部历史或者社会学著作。"他们提供文学"技巧",相应的推荐书目要认真阅读,但是整个方案远远不限于文学方面。

杂志从1932年一直出版到1953年。这本身就已成就斐然:任何少数派杂志能够持续20年就算长命的了。杂志最后停办让李维斯深感疲惫,郁郁不快。这是剑桥的成就,按他的说法也只有剑桥才能有此佳绩。他不无挑衅地说,杂志的理想是成就"伟大的时刻",而"只有在剑桥,《细察》的创立才能成型,成为一股不可阻挡的潮流,一直都生机勃勃,才招致愤恨。但成效是有目共睹的"。

1963年剑桥大学出版社重版了这一系列,附加了李维斯的《回顾》("Retrospect")。他之后还从事了很多年的研究工作——研究劳伦斯、狄更斯,甚至还有托尔斯泰,尽管托翁没有用英语写作,他的门生也一直活跃于学术界。但是播撒了第一颗种子的瑞恰兹却早已不受众人爱戴,而一度是众人效仿榜样的艾略特也被搁置一边了。李维斯的语气越来越尖酸,文风日渐扭曲。"李维斯派"在中学和大学校园中不再独领风骚。由索绪尔创立,德里达、德曼以及其他学者发展壮大的新新批评学派现在风生水起。在一些大学里马克思主义批评也方兴未艾。唐宁学院的学派如批评学派一样,曾经红极一时,然后走向衰亡,我们只能寄希望于他们留给后来者一些有价值的东西。

有意思的是,该学派与它的反对势力之间的关系是学术上的、有点地方性色彩(只有剑桥才行),而同时又是反学术的。它出产了一大批我之前提到的批评论著丛书。从创立伊始该学派就处于论争交锋的战场中,因此很有吸引人之处,也富有政治色彩,言辞常常过于犀利刻薄。但是在我们所说的"剑桥关系"之中,好的方面大多源自李维斯及其学派。(读完《回顾》就会知道,李维斯说在剑桥没有人愿意屈尊同情他的杂志停刊,尽管剑桥之外同情者大有人在。这也在意料之中。)

尽管外力给这个学派如此迥异的外形以及命运,但是归根结底,该学派还是传承自瑞恰兹。在他漫长的事业里,他离开了文学分析领域,转而致力于其他事业,不论幸与不幸,总之是越来越缺少影响力。在他无限活跃的一生的尽头,他在北京而不是在剑桥反而大受推崇;在剑桥,几乎没有人注意他的后期作品。《细察》学派意识到了需要对立的文化非主流,而瑞恰兹相信他的方法的益处原本更加普遍可得,而不是非得依赖于某个特别赋予或者训练的仪式的存在才行。如果他一直留在剑桥,局面也许会大为不同,但是我怀疑,他无论如何也无法与李维斯的道德狂热媲美。他也许会受到来自激烈的反科学主义的压力,而这驱使李维斯投入了争论之中。最著名的一场论战是对 C. P. 斯诺(C. P. Snow)的"两种文化"的抨击。而现在,就连这种狂热也消失了,随之消失的是瑞恰兹对更广泛大众的残余影响,这一大众远在剑桥校园之外。

在美国,他的后裔、新批评学派也受到了排挤。其他自成一家、以自己独到的理论和解读才能著称的批评家们——肯尼思·伯克(Kenneth Burke)、R. P. 布莱克穆尔(R. P. Blackmur)还有伊沃尔·温特斯(Yvor Winters),使美国批评界百花齐放。他在英国的后继者减少了对他的传承,并加以政治化。但是,书写他们历史的时候不可能不提到瑞恰兹,还有对他的最初洞见加以**诙谐**(scherzando)改写的燕卜荪。他做了那么多贡献,使李维斯和燕卜荪的成就成为可能,也给了新批评以方法，才让他们统领了美国的人文教育。瑞恰兹的贡献不可谓不大。这还不是瑞恰兹值得我们感激的唯一原因，但是完全有理由在这一系列关于剑桥关系的讲座中把他包括在内。

未出版（2000 年）

18. 文学批评:新旧风格

　　这是我于 2001 年 2 月 14 日在牛津做的一次讲座,发表于《批评文集》(*Essays in Criticism*)4 月号。这似乎是倚老卖老的难得机会:我从这份杂志创办时就开始读它了,而且认识 F. W. 贝特森(F. W. Bateson)。写这篇讲稿时,我对"新历史主义"的某些过分做法有点恼火,想拿它开开玩笑。有些听众显然对我的方法,尤其是结尾,感到不安。不过,他们听得还算兴高采烈,而且大多数人都同意,看多了大学教授沉重的高头讲章,偶尔来点雅谑,是完全可以的。

　　F. W. 贝特森的《批评文集》大概正好五十岁了,所以这时也许可以用怀旧的眼光回顾一下最初的几期。创刊号的首篇文章是已故的约翰·霍洛韦(John Holloway)写的《马修·阿诺德和现代困境》("Matthew Arnold and the Modern Dilemma");贝特森的主编宣言《当前批评的功能》可能还没写好,因为直到第三期才发表。这两篇文章的标题似乎是在温和地坚称:前诗歌教授的影响还在。

　　霍洛韦说:"现代批评有两大最有特色的信条,也许就是:诗是想象的融合;诗把许多元素融合成一个有机统一的综合体。"这句话本身就说明,对批评界的风潮而言,五十年是多么漫长。在现代批评中,像"想象的融合",尤其是"有机统一"这样的说法,是非常罕见的。霍洛韦赞许地说,"对阿诺德而言,关键在于区分主要和次要作品";他支持的这个立场,现在普遍认为是幼稚而应受谴责的。如果他引用阿诺德的话,"对诗无动于衷的人……很可能对作为一般表达手段的语言也麻木不仁",来回应批评他的人,也于事无补,虽然从几个依然在世的人看来,阿诺德的话仍然适用。

第一期的撰稿人中,有几个名字是出乎意料的,例如有 L. A. G. 斯特朗(L. A. G. Strong),还有蒙哥马利·贝尔金(Montgomery Belgion)、米德顿·穆里(Middleton Murry)。当时还有本《细察》杂志,有那么一两年和《批评文集》是对头。《批评文集》不同于《细察》,并没有,或曰还没有和大学之外的批评界(也就是李维斯博士经常批评的伦敦文坛)完全脱离关系。贝尔金曾经常给 T. S. 艾略特主编的《标准》(Criterion)杂志撰稿,如今人们只记得他写了篇反犹太评论,这篇文章一度被误以为是艾略特所作。穆里是位活跃的文学记者兼编辑,和 D. H. 劳伦斯、T. S. 艾略特很熟,也不时和这两人针锋相对。《风格问题》(The Problem of Style)发表于 1922 年,现在偶然还有人提起,对一本批评著作而言,算是了不起了,但穆里为人关注,主要还是他和凯瑟琳·曼斯菲尔德(Katherine Mansfield)的婚姻。斯特朗的主业是写小说,但也写了本论乔伊斯的书。他一度在剑桥任教,贝特森很可能就是在剑桥见到他的。这几位作者在《批评文集》上转瞬即逝,没有几个人对此感到遗憾,但他们这么快就消失,的确暗示着文学批评越来越倾向于学术化。

贝特森本人针对莱斯利·霍特森(Leslie Hotson)论莎士比亚十四行诗《人间的月亮》(Mortal Moon)的一篇文章,写了一篇有趣的反驳,告诫人们注意"纯粹学术的局限";他还写了创刊号上的词条"风俗喜剧",这样的词条要积累起来,编成批评术语词典。他的总体意图,就是这份杂志要一直办下去,要够学术,够有批判性;事实也的确如此,这是创刊主编及其继任者的一大骄傲。

我当时是个有抱负的青年批评家,看到这份新杂志,也和众人一样欢欣鼓舞。它有望成为对《细察》的反击——这是我们中的许多人想看到的——起码可以起到补充作用。当然,我们当时并不知道,《细察》撑不了多久了——1953年,它就出人意料地停办了,贝特森的杂志于是地位上升。当时有一种普遍看法,现在看来既怪异又过时,那就是文学批评是极其重要的,也许是最重要的人文学科,不仅在大学中如此,在整个文明世界中也是如此。那时,伦敦有声望的出版社向青年批评家积极约稿。当然,不应否认,《细察》对创造这种局面起了很大作用,但此时伦敦的"书探"关注的是《批评文集》。我们当然都想为它撰稿。我的一篇文章给删掉了许多掉书袋的脚注,发表于第二期,让我很是自得。

此时,这份杂志的学术味道已经相当浓厚。到第二期时,那些伦敦学者和文人就不见了,取而代之的,大多是年纪轻轻的英国大学教授。比如有伊恩·瓦特(Ian Watt)论《鲁滨孙漂流记》的名篇,还有J. W. 桑德斯(J. W. Saunders)的一篇同样经久不衰的文章,题为《出版的耻辱》("The Stigma of Print"),讲的是伊丽莎白时代宫廷(courtly)作家在出版方面受的限制。杂志并不是那么狭隘,有几篇文章就出自杰出的外国批评家之手,如恩斯特·库尔提乌斯(Ernst Curtius)、肯尼思·伯克(Kenneth Burke)、马歇尔·麦克卢汉(Marshall McLuhan)、休·肯纳(Hugh Kenner)、哈里·莱文(Harry Levin)、R. B. 海尔曼(R. B. Heilman)。但总体而言,撰稿人是年轻而热情的英国学者。

总之,能办好这份杂志,需要主编有天分、有决心。1951年并不是创办这样一份杂志的好时机,因为纸张和货币都短缺。后来情况仍是如此;迟至第六期,贝特森还抱怨他得为罗伯特·格拉夫(Robert Graves)以诗歌教授身份做的一场讲座,付给格拉夫的经纪人20个几尼[①]——这数目大得出奇;要知道,贝特森一般不给撰稿人付稿费,而这些人还就甘愿白写。他的编辑风格博采众长,有名无名作者的作品都采用,不拉帮结派,但这种风格并不是人人喜欢;他相信批评要以学

[①] 几尼(guineas),英国旧时金币名。——译注

术为后盾——学术,但不是学究,这种观点也不是人人都接受。但许多人都盼着下一期,表现出不寻常的急切。

然而,读着读着,即使读得很畅快——年轻些的读者恐怕不会读得这么畅快——也不可能不察觉,整个杂志看上去过时了。不是死了(dead),而是过时了(dated)。当然,它有活力,有时是一种坏脾气的活力,但话又说回来,文学批评的活力往往是坏脾气的,有时不可理喻。李维斯(Leavis)的批评毫不留情。刚从中国归来的威廉·燕卜荪(William Empson)表现出一种乖戾的兴趣。他的出场很重要,但他猛烈且有时过于粗暴地抨击了他所谓的"现代年轻人那奇怪的严苛态度",指的是他们往往采取他所不认可的道德立场。他已经不再是过去的那个神童,但也才四十多岁,却感觉到很深的代沟,显然认为这表明文学批评在令人沮丧地走下坡路。1956年,他写下我上面引用的那句话时,《含混七型》已经发表了25年,其后,除了燕卜荪自己的书之外,再无显眼的后继之作。显而易见的原因是,其他人都没他这么聪明,但他倒是喜欢把批评的衰落归咎于一种有害的新基督教的发展,在《批评文集》中偶尔可以看到这种迹象,令人愤慨。李维斯则反对人们对新杂志的创办表现出的乐观态度;他认为,有些人居然愿意相信,文学文化(literary culture)比20年前情况要好,真是令人诧异。

但我认为,我们可以说,虽然有人挑刺,有人争吵,虽然出现了许许多多批评方法——美国新批评、芝加哥批评派、特立独行的温特斯(Winters)、特立独行的伯克(Burke)、特立独行的弗莱(Frye)——还是有一个基本共识:文学批评极其重要,可以教,对文明,甚至对提高个人修养都有影响。批评家可以正大光明地说,自己继承了阿诺德的衣钵。不太明显的是,早期的I. A. 瑞恰兹(I. A. Richards)的改良主义冲动依然存在。这些批评家所培养的批评的文化和教育功用,通过非常多样的方式,得到了李维斯、贝特森等献身事业的教师和编辑的支持。

自那以来情况发生的变化,就是我要讲的主题。一开头,我要荡开一笔,讲一则关于一位二十世纪作曲家的轶事。这样做的原因,我希望你们以后会了解。这位作曲家是理查德·施特劳斯(Richard Strauss),帝国音乐局(the Reichsmusikkammer)局长。他有个儿媳,是犹太人,名叫爱丽丝,她的祖母住在布拉格。虽然施特劳斯和犹太人关系密切,却仍不免被控反犹。但他也是个很顾家的人,要求所有家人都要按照他的期望得到优待。他的确享有许多特权,与戈培尔和戈林关系不错,甚至还能见到希特勒,因为纳粹的上层很关心音乐政治——其关注程度在英国政府里是无法想象的,他们就无调性主义(atonality)和国家歌剧院的节目单和演出计划展开争论,分成派别。

施特劳斯找了关系,把儿媳的祖母从布拉格接到维也纳,认为到了那里就比较安全了。但事与愿违,老太太给送进了特莱西恩施塔集中营。他认为,以自己的名望、在德国社会中的地位,还有他堂堂的仪表,把老太太救出来是不成问题的。他让人开着一辆大轿车,把他送到集中营门口,对党卫军卫兵说:"我是作曲家施特劳斯。"卫兵回答的原话不得而知,大概是"是吗"之类,然后施特劳斯就被打发回家了。在这样的环境中,他的名字无足轻重。①

这位被公认为在世的最有名的作曲家之一,此时却碰了一鼻子灰,想必很是震惊。他似乎有种魔力般的自信,认为报上大名,集中营的门就会打开。结果门没开,他坐车灰溜溜地走了。奇怪的是,几年之后,得胜的美国人来到他位于加米施的别墅,给他20分钟时间,让他和家人离开。他告诉美国人,他是理查德·施特劳斯,美国人立马走了,不再打扰他。

名字也许会有权力,但并非总是如此。在《暴风雨》(The Tempest)的开头,水手长吼道:"这些波涛哪里管得了什么国王不国王?"在《一报还一报》(Measure for Measure, ⅱ.4.4 - ⅱ.4.5)中,安哲鲁说"上天在我口中/仿佛我只咀嚼他的名字"——原本多半是"上帝在我口中",但

---

① 这则轶事摘自迈克尔·H.凯特(Michael H. Kater),《纳粹时代的作曲家》(Composers of the Nazi Era),2000年。

1606年通过的一项法律不准这样说话。上帝之名意味着圣餐礼表示的上帝的力量,但安哲鲁此时满怀罪恶的欲望,却贬低、亵渎了上帝之名,把它变成了一片无用的面包。当理查二世说到"老刚特"①时,刚特老人愤懑地说这名字对他正合适:他名叫刚特(Gaunt),而且的确憔悴(gaunt);理查讥笑他,说他是个玩弄自己名字的病人,刚特答道,国王想"杀掉我的名字"(kill my name in me, ⅱ.1.86)。一般认为,这句话的意思是,国王放逐了波林勃洛克,断绝了刚特家族的血脉;但刚特说这话还有一层意思,就是他的权力已经没有了。后来理查发怒,指出是由他掌权,包括将老人斩首的权力,从而证实了上面这层意思。这权力是和他的名字相关的:

> 我忘了我是谁了。我不是国王吗?
> 醒来,你这怯懦的国王! 你睡着了。
> 国王的名字不是可以抵得上两万个名字吗?
> 武装起来,我的名字! （ⅲ.2.83-ⅲ.2.86）

的确,莎士比亚不止一次让观众思考名字的力量。在相认的场面中,名字的重要性很明显,例如《佩力克里斯》(*Pericles*,ⅴ.1)中玛丽娜和她父亲的那一大段对白。他不停地追问她的家世和亲属,然后问出了她的名字。她说,她的名字"是一位掌权的人给我起的/也就是我的父亲,一位国王",言下之意,这名字反映了他的权力。"怎么,你是国王的女儿?/居然叫玛丽娜?"此时佩力克里斯当然已很有把握;如果他听信了玛丽娜的话,相认的事也就到此为止了。但他茫然地继续问下去,问她为何叫玛丽娜,想知道她的母亲是谁,结果她说出了保姆的名字。佩力克里斯还是不信,问她"长"在何处,玛丽娜回答得拐弯抹角。最终,她说自己的父亲叫佩力克里斯。她问佩力克里斯姓甚名谁(title,"怎么称呼"),他说了;但直到她说对了母亲的名字时,他才愿意表示自己信

---

① "老刚特"(aged Gaunt),亦可理解为"老而憔悴"。——译注

服了。劳伦斯·泰安(Laurence Twine)的《痛苦的冒险模式》(*The Pattern of Painful Adventures*)和乔治·威尔金斯(George Wilkins)的《痛苦的冒险》(*The Painful Adventures*)是两个相关文本,在其中,人物也互通了姓名,这是难以避免的——在这种情况下,名字就像胎记一样必需——但仅止于此,没有再大惊小怪,也没有再啰啰嗦嗦地要求证明。是莎士比亚把这个问题提出来,把名字变成了权力和真相大白的动因。

在普鲁塔克的书中,科利奥兰纳斯在家中面对奥菲狄乌斯时,说事到如今,他只剩下了自己的名字,这个名字是在战斗中从敌人那里赢得的,但现在他却要把当初的敌人当作盟友。但普鲁塔克并未在这一点上深入下去,只是让科利奥兰纳斯讲了一大段话,说他明白自己恐怕不受欢迎。然而莎士比亚却把这一段处理成了很长的相认场面(《科利奥兰纳斯》第五幕第五场)。奥菲狄乌斯让罗马人报上名来,科利奥兰纳斯则让奥菲狄乌斯自报家门。奥菲狄乌斯又问了四遍:"你叫什么名字?"然后科利奥兰纳斯方才说出他的姓①科利奥兰纳斯,而不是他的名(birth name)。"只剩下了这个名字。"在即将剧终时,奥菲狄乌斯连这个偷来的姓也不肯叫,只许他叫"马修斯"(Martius),但这个名字也没被允许,因为它和"战神"(Mars)相关:"你这哭哭啼啼的小子,不准说神的名字!"(Ⅴ.6.100)他的姓(cognomen)是专属于他的,但已经丧失;如今连"马修斯"都叫不得了。他失去了两个重要的名字,被人侮蔑地称为"小子"(boy)。他既愤怒又惊诧地重复了这个侮辱性的名字。"名字"(name)这个词贯穿全剧,我想我们无法不得出结论:莎士比亚在玩一场名字和命名的游戏,当然是一场严肃的游戏。② 此前,他曾颇

---

① 姓(cognomen),罗马人姓名中的第三个名字。——译注
② 见 D. J. 戈登(D. J. Gordon)的妙文,《名字与名声:莎士比亚笔下的科利奥兰纳斯》("Name and Fame: Shakespeare's Coriolanus"),收录于 S. 奥格尔(S. Orgel)编《文艺复兴时期的想象力:D. J. 戈登散文与讲座》(*The Renaissance Imagination: Essays and Lectures by D. J. Gordon*),1975 年,第 203—219 页。

为严肃地涉及这个问题:

> "恺撒"那个名字又有什么了不得?
> 为什么人们只是提起它而不提起勃鲁托斯?
> 把那两个名字写在一起,您的名字并不比他的难看,
> 放在嘴上念起来,也一样顺口;
> 称起重量来,是一样的重;要是用它们呼神召鬼,
> "勃鲁托斯"也可以同样感动幽灵,正像"恺撒"一样。
>
> (ⅰ.2.142—ⅰ.2.147)

但其实不能;原来"恺撒"才是有魔力的名字。凯歇斯所做的,是提出一个大问题(一种看法认为,魔鬼住的世界里名字很重要,是魔鬼或幽灵所固有的),但是用一种怀疑的态度提出来,好劝说勃鲁托斯。而且,莎士比亚之所以对恺撒的故事感兴趣,其部分原因似乎就是恺撒很重视名字,至少重视"名字可能是件大事"这种看法,至少对这种看法感兴趣。("西纳"是个不祥的名字,使一个诗人被当成了政客,而可笑之处在于,在该剧中,这个诗人是个软弱可笑的人物。)勃鲁托斯担心的事情之一就是,恺撒也许会称王,从而权力无限膨胀:"他会被加冕/这会怎样改变他的秉性,倒是个问题。"(ⅱ.1.12—ⅱ.1.13)这只是对名字的普遍兴趣的一个引申。在《维洛那二绅士》中,一个名字被人写下来又撕碎,像人一样受伤("我把你的名字扔到石头上,让它摔得鼻青脸肿")(ⅱ.2.108)。伊阿古告诉奥赛罗,"男人和女人的好名声……是他们灵魂最切身的珠宝"(ⅲ.3.155—ⅲ.3.156)。这与他不久之前和罗德里戈谈名誉的话(ⅱ.3.262—ⅱ.3.270)相矛盾,这里他是在道貌岸然地提出传统的观点。

《科利奥兰纳斯》中的一处(Ⅴ.2)为该剧对名字的着迷提供了一则奇特而有趣的旁证。梅涅尼乌斯前往罗马城外的沃尔西营地,想劝科利奥兰纳斯放弃围城,拯救罗马。哨兵拦住了他,他报上了姓名。哨兵说:"你的名字再好/在这里是不顶用的。"他还是要见科利奥兰纳斯,不

相信自己的名字会不起作用。然后,科利奥兰纳斯本人出场,却把他的朋友打发走了。梅涅尼乌斯走时,哨兵嘲弄道:"阁下,您的名字叫梅涅尼乌斯吗?瞧,它是个咒语,很有魔力呢。"梅涅尼乌斯的名字是无力的,因为它的权力并非来自本身,而是来自科利奥兰纳斯的话。普鲁塔克没写到这一段,这是属于莎士比亚的游戏。

在文献中短暂地旅行了一番,把特莱西恩施塔的施特劳斯和沃尔西营地的梅涅尼乌斯并列之后,能否从中发现值得评论的东西呢?通常会按照新历史主义的做法,认为施特劳斯的轶事有特殊意义。例如,1831年的《美国浸信会杂志》(*American Baptist Magazine*)上刊发了一篇文章,作者是后任布朗大学校长的弗朗西斯·韦兰德神父(the Reverend Francis Wayland)。他发现他15个月大的儿子非常任性,于是开始"驯服"这孩子,先不让他吃饭,如果他肯听话,才让他吃。他费了很大劲,终于成功了,孩子的性情变得"温和而顺从",任性的劲儿被压住了——做父亲的希望他一辈子都能这样。他以前躲着他父亲,现在却会亲吻父亲,而且父亲叫他亲谁,他就亲谁。

349　　斯蒂芬·格林布拉特(Stephen Greenblatt)用这个故事来解读《李尔王》。牧师和李尔王采用了相同的"爱的试验"(love-test)。考狄利娅不肯对父王表达敬爱,李尔王没有不让她吃饭,而是剥夺了她的继承权。研究伊丽莎白时代和詹姆士一世时代戏剧的学者,和基思·托马斯(Keith Thomas)、劳伦斯·斯通(Lawrence Stone)等历史学家意见一致,认为莎士比亚时代的人觉得需要对青少年严加管教。任性是要加以管束的。两者的不同在于在孩子多大时可以行使"家父权"(patria potestas),以使孩子就范。而这位新历史主义批评家感兴趣的是两者的相似之处,以及两者在历史上的联系。在牧师的故事中,父权从国家下放到了家里,而在李尔王的故事中,父权具有明显的政治及公共权威,但两种情况本质上是相似的。格林布拉特的论述考虑了两百年来的文化变迁,尤其是新教的胜利,但"爱的试验"保存了下来,只是形式略有变化。在文章结尾处,他的笔调有些酸楚,告诉我们说,韦兰德那备受摧残的儿子后来为他那忧心忡忡的父亲写了两卷的回忆录,而李尔王"死的时候,看着女儿的双唇,想听到她未曾说出的话"①。

这场精彩的表演(我在这里模仿了一番)需要用到轶事,显然是随机碰上的,这是新历史主义批评文章的典型特征。开头讲述的事件(例如韦兰德成功驯子的故事)不一定非要和"目标作品"(不妨这样说)的时代相一致——在这篇文章里,"目标作品"就是《李尔王》。所讨论的例子之间可以隔着两百年,此前没有人想到可以将它们相提并论。在我举的例子中,施特劳斯和梅涅尼乌斯相隔三百多年。我们只要把间隔填上就行了,不然的话,开头讲的轶事就没意义了。这里需要一点聪明才智,还需要一番解释。

要为这种方法辩护,可以说,"**小叙事**"(petit récit),即似乎位于叙事历史主流旁侧的轶事,也许会颠覆传统的"**大叙事**"(grant récit)——用格林布拉特的话说,会"刺破它镶嵌其中的历史**大叙事**"。似乎可以在历史中溯游从之,一直寻找"反历史"(counter-history),寻找在传统史学家看来微不足道或无足轻重的东西。这样,就可能发现先前未曾料到的联系。

格林布拉特和凯瑟琳·加拉格尔(Catherine Gallagher)合著的《新历史主义批评实践》(*Practicing New Historicism*,2000 年)中有一篇文章,赞扬了这种方法的优点。两位作者认为,有用的轶事必须"奇特而不寻常",才能"保留过去时代极为奇怪的性质"。通过应用这些未经考虑的存档信息,可以把文学文本"逆着关于其决定因素的普遍看法的纹理摩擦"。如果这些反历史的"目标尚未确定,其轨迹与最常走的道路交叉,就会更加令人激动"。达到了目标时,你会发现,轶事已经"把历史和反历史打成了结,它们在其中既相互矛盾,又相互依存"(第 68 页)。这样,"文学本身那蛰伏的反历史生命就可能复活:中断了的可能,未实现的幻想,未完成的计划,受压抑的雄心壮志,隐约感觉到的疑

---

① 格林布拉特,《学会诅咒》(*Learning to Curse*),1990 年,第 80—88 页。

惑、不满、渴望——这些都能找到"(第 74 页)。

这种对轶事的崇拜,旨在向文学史的书写引入非主流史学家(即显然处于边缘的史学家,如年鉴学派)享受的一些好处,并利用福柯质疑当前政治、文化秩序的研究成果。这种方法中潜藏着的一种假设——在某种程度上当然令人兴奋——似乎部分来自赫尔德(Herder):"诗……不是通往超越历史的真理的道路,不论心理分析的真理、解构的真理,还是纯粹形式的真理;而是能够揭示特定的嵌入历史背景的社会与心理构成。"(第 7 页)新历史主义不会像过时的"细读"那样,"导向更为强烈的惊奇与敬佩,与歌颂天才相关",而是要"怀疑、警惕,不故弄玄虚,持批判甚至对立的态度"。然而,尽管如此,"伟大的艺术品还是至关重要",虽然"如今被一大批其他的文本和形象推推搡搡"。

我在后面还会重新提到艺术作品"至关重要",认为并不是所有的新历史主义批评家都会接受这个观点,而且进一步指出,虽然我们得相信这些才华横溢的人写的东西,有时却难以理解:他们既然在理论地位上举足轻重,怎么还会持这种观点? 轶事似乎是越离奇越好,和通常的历史叙事关系越远越好。福柯说"被官方历史抛弃的东西,权力的'他者'"能给人以启迪;这些批评家关于轶事的论述便和福柯的话一样权威。

乔尔·法恩曼(Joel Fineman)是一位批评家,和这种"学术姿态"的创始人及支持者关系密切。他说,这种批评方法"特点就是在历史的故纸堆里漫无目的地游荡,侥幸发现一点东西,然后公布出来"①。法恩曼提出了关于轶事的理论,这段文字的笔调显然透着敌意,但还是值得引用,因为它的确表明,这种方法也许和它要找的轶事一样散漫无章。新历史主义的宗旨在于证明,虽然轶事看似离奇或无关紧要,却可以促进或修正对当时复杂的文化状况的理解,尤其是被较为传统的史学家以狭隘的眼光描写过的文化状况;其次,要想办法把轶事和较为重要的

---

① 《轶事的历史》("The History of the Anecdote"),见 H. 阿兰姆·威瑟(H. Aram Veeser)编《新历史主义》(*The New Historicism*),1989 年,第 52 页。

文本联系起来,文本和轶事可以在同一时代,也可以在不同时代。显然,如果两者大体同时代,那么要容易得多,但如果相隔几百年,则会更有意思(我要重申:这的确是一种游戏)。

我既然在模仿或戏仿这种"学术姿态",就应该把施特劳斯和梅涅尼乌斯在历史上联系起来。例如(我在这里借用一下杰弗里·哈特曼[Jeoffrey Hartman]的观点),索绪尔区分了两种名词:一是"桌"、"椅"等普通名词,指代物的世界中的指示对象,但需要依靠"桌"、"椅"的**概念**(concept)来指代;二是名字(names),是纯粹的能指,只有一个指示对象(所指的人),没有概念,也没有所指。只有一种名字不是纯粹的指代,那就是绰号①。我们也许记得,在前面提到的刚特的约翰(John of Gaunt)和理查二世的对话中,刚特这个名字其实被贬低成了一个绰号。

但这是现代的构想,而许多证据表明,过去的人通常不像这样把名字看成纯粹的能指。《克拉底鲁篇》(Cratylus)发起了一段很长的辩论,题目是"名的正确性"。有些人认为,可以通过词源来判断,而苏格拉底自己也追溯了许多词的来源,却并不像克拉底鲁那样,认为这就是找出名之自然意义的正确方法。然而,他并没有接着说,名的意义只是约定俗成的——我们把某人叫作约翰或彼得,却压根不认为他具有圣徒彼得和约翰的品质。在书中,克拉底鲁最终不肯相信有什么东西能够长久到可以被指代,于是放弃了词语,仅用手指指点点。然而,他早先的立场,即名具有被命名者的性质,为基督教喀巴拉派用来支持他们的观点:不仅词语,连词的组成字母都可以用于巫术。希伯来人类似的做法同样极端,广为人知。有些词,书写时要用代表上帝之名的四个字母②代替,与其指示对象(在此情况下即为上帝)直接联系,故一旦说出

---

① 《批评家之旅:1958—1998 年间文学回顾》(A Critic's Journey, 1958—1998: Literary Reflections),1999 年,第 227 页。

② Tetragrammaton,希伯来文 יהוה,英文通常译为 YHWH。——译注

即为渎神;其实,这四个字母的安排,正是要人说不出口。

"词语之力"(vis verborum)的概念在柏拉图学派信徒之中根深蒂固,和巫术的功效相关,所以正统观点认为,在词语的力量方面,需要区分巫术和宗教。圣餐礼上牧师说的话(hoc est corpus meum,"此乃吾体"),其力量并非巫术之力,虽然托马斯·阿奎那认为只说这句话,以及"此乃盛吾血之杯"(hic est calix sanguinis mei),而其余的话一概不讲,才会发生"体变"①。不论牧师犯下大罪(mortal sin)还是信奉邪说,这样的祝圣之词都是有效的,但如果用方言(vernacular)说出,则为无效。我们也许会说,这并非巫术,是因为上帝让它生效,赋予它力量。而巫术的咒语虽然看似和圣言相仿,却只能是属于魔鬼的。这是一个重大区别,但双方都依赖于"一种语言理论,认为词语和其所暗示的联系是确确实实的,而不是约定俗成的"②。在宗教改革时期,这个问题显然非常重要。在本身并非巫术或礼拜仪式性质的文字中,也可以发现名的力量。《圣经》里就有一个先例:"他名如其人:他叫拿八③,的确是个蠢人。"(《撒母耳记上》二十五章 25 节)

显然,这种通过词源发现名的本质的习惯,从希腊时期到文艺复兴时期,一直到很久以后,都很普遍。有人嘲笑这种习惯——lucus a non lucendo④ 原本是斯多葛派的一个严肃命题;人类把神圣的原文弄得讹误百出。昆体良(Quintilian)说 ludus 可以指"学校",因为学校里不准玩耍。塞维利亚的伊西多尔(Isidore of Seville)学识渊博而广为人知,出了名的爱研究词源。简单地说,现在还有人想通过词源来为某种用法辩护,或解释词义。

---

① transubstantiation,指面饼和葡萄酒经祝圣后变成基督的体血,只留下饼、酒的外形。——译注

② D. P. 沃克(D. P. Walker),《精灵术与魔鬼巫术,从费奇诺到坎佩内拉》(Spiritual and Demonic Magic, from Ficino to Campanella),1958 年,第 80 页。

③ 拿八(Nabal),有"愚蠢"之义。——译注

④ 意为"树丛(lucus)之所以叫作树丛,是因为不透光(lucendo)";4 世纪语法学家霍诺阿图斯以此讽刺荒谬的词源分析。——译注

所有这些例子都要求寻找词语里面的力量,这种寻找在不同时代有不同形式,体现了对这种力量的不懈追求。所以可以这样说:名字如果起得对、用得对,就能够赋予力量,比如雅各得到祝福,更名为以色列;要注意到,雅各要求他的对手报上姓名,却被拒绝了。不肯说出的名字可能是有力量的,宣告出来的名字也是如此。名字可以用来行使或展示权力或特权,也可能受伤(比如哈代在《苔丝》的扉页上引用了《维洛那二绅士》中的话:露西塔那"可怜的受伤的名字")。如果想用名字行使权力而不成,就要受到嘲笑和讥讽。

理查德·施特劳斯的遭遇,来自使梅涅尼乌斯的要求变得空洞无力的同一传统,两人都遭遇了政治上的失败,因为他们从强大的人物或组织(一个是科利奥兰纳斯,一个是纳粹党)那里得到了权力,以此而洋洋自得。而这种情况下,权力一旦委托给无知的士兵,名字拥有的力量就会轻易被废除。

我们看到,名字一变,王权就失去了。从爱德华国王到温莎公爵,这个变化表示他惨痛地失去了被赐予而不是世袭的权力。一旦没人再叫公主"殿下",她的地位就大大下降了。新名字,代表力量的名字,被不断地创造出来。可以说,名字有很大的威力,但这种威力永远是不稳定的,能维持多久,取决于其所源自的权力。

为实践现代批评的方法,我举出了一则理查德·施特劳斯的轶事,以及一部莎剧中似乎与之毫不相干的片段,追溯了两者的联系。对五十年前为贝特森撰稿的批评家而言,这种方法是不可思议的。几乎一切都取决于如何选择开头引述的轶事。特莱西恩施塔的卫兵对施特劳斯这个名字无动于衷,沃尔西的哨兵不承认梅涅尼乌斯的名字具有威力。游戏在于弥合这两者的间隔,间隔越大、越看似无法填补,游戏就越好玩。

我又翻了翻《批评文集》的开头几期,看有没有人写《科利奥兰纳斯》。果然,第四期上有一篇 D. J. 恩赖特(D. J. Enright)的文章,题为"《科利奥兰纳斯》:是悲剧还是辩论?"("*Coriolanus*: Tragedy or

Debate?"）。恩赖特认为，虽然莎翁写了许多谈论科利奥兰纳斯的话，却并没有塑造"一个活生生的人，不管他离现实有多远"。主人公的性格一直是"朦胧"的，所以这部剧"缺乏张力"，没有"悲剧性的冲突"，"只能引起理性的好奇"。它"虽然成功，却比《麦克白》整个低一个档次"，而且最好压根别把它看成悲剧，而看成一场辩论。I. R. 布朗宁（I. R. Browning）写了篇文章回应恩赖特，强调莎士比亚改动了普鲁塔克笔下的科利奥兰纳斯，把原来那"高贵的漫不经心"换成了愤怒和憎恨，而且关注伏伦妮娅这个人物，是她把儿子"变成了男人"。科利奥兰纳斯干下那些血腥的勾当，为的是得到爱；他像个孩子那样，通过讨人嫌来要人爱他、关注他。

恩赖特教授是诗人，也是批评家，在接下来的半个世纪中，他的思想让我们都获益匪浅。之所以提到他这篇青涩的论文，只是想告诉大家，这是那个时代的产物，恰好出自一位赞赏李维斯的人之手。此文按照阿诺德的方式，认为一部剧不如另外一部，甚至不肯尊它为悲剧。如今的青年批评家绝不会这样写。还可以补充一点：这位批评家曾经是，现在还是杰出的诗人，他认为《科利奥兰纳斯》的诗歌价值微不足道，当然，"缺乏张力"这个说法在这里是不相干的。

布朗宁的兴趣虽然主要仍是在人物上，关心"真正具有人性"的东西之类，但也许更有远见；他强调主人公的母亲，以及愤怒的重要性，喜欢做心理分析的现代批评家会对此颇感兴趣。伏伦妮娅不是个慈母。她说"愤怒就是我的肉，我以自己为食"（iv. 2. 50），科利奥兰纳斯是她的男性化身，一心要成为"孤独挺立的阳具"；血比奶美丽，如此等等。我参考了珍妮特·阿德尔曼（Janet Adelman）①的一篇很著名的论文。她是一位博学而聪颖的女性主义者，其关于愤怒的论述比五十年前的任何人都要深入得多，也许只有燕卜荪在心情好时才能与她比肩。

---

① 《令人窒息的母亲们：莎士比亚戏剧母性起源的幻想》（*Suffocating Mothers: Fantasies of Maternal Origin in Shakespeare's Plays*），1992年，第130—164页。

以上所描述的,就是所谓批评的进步。人尽皆知,批评曾向着跨学科突飞猛进——如今,文学批评大体可以和人类学、语言学、精神分析、女性主义、"酷儿理论"和某些哲学门类相提并论。这有点赶时髦的味道,但很可能也代表了一场根本的变革。我在开头从霍洛韦的文章里引用的马修·阿诺德的话,意味着确立经典(canon),而新批评在原则上是厌恶经典这个概念的。虽然某些重要的批评家还对伟大的艺术品抱有些残存的尊敬,然而总体态度似乎就是:根本没有什么评价经典的标准;之所以有这样的评价,只不过是因为别人教我们赞赏那些艺术品,而我们则不假思索地对之称赞一番。

不论新批评的优秀作品多么有趣,有一点可以肯定:其成就是花了巨大代价换来的。新批评比五十年前的批评研究范围广了许多,青年批评家那"奇怪的严苛态度"的表现形式有了变化,也不再那么虔诚。但新批评的缺点也很明显:其原则其实让它无法仔细研究重要作品的语言(只要我们认为这种描述是可以接受的),即研究作品本身,而不是研究可以代替作品的某种更为相宜、更加有趣的东西。我认为,没人想走回头路,但应该对未来怀有一点担忧:担心文学本身恐怕难以抵挡散漫无章的跨学科研究,而文学批评更是如此。我认为,如果现在要创办一份类似《批评文集》的杂志,就连弗雷迪·贝特森也是办不到的。

最后,我也许最好指出,在我看来,理查德·施特劳斯和梅涅尼乌斯之间的联系是相当虚幻的。

选自《批评文集》(2001年)

19. 莎士比亚和博伊托

这篇文章的写作,源于我对威尔第(Verdi)的《奥赛罗》敬畏有加。我第一次看这部歌剧,是在20世纪50年代中期在考文特花园与格里·布洛文思蒂(Gré Brouwenstijn)、莱蒙·维内(Ramon Vinay),还有提多·戈比(Tito Gobbi)(不经常和他看戏)一起。以后又多次看过。多年以后,我为在大剧院的一个新剧目写了项目笔记。在帕特里克·加耐基(Patrick Carnegy)的劝说之下,后来剧作家也发出了邀请,让我做一个关于莎士比亚和歌剧的关系的讲座。但是,又过了一段时间,时任剑桥新音乐教授的罗杰·帕克(Roger Parker)要求我就这个话题做一个讲座,我才想到要说些更加有条理、更加别出心裁的话。帕克教授是著名的威尔第研究者,我不由战栗而听命。

我当然一直熟悉并且敬仰约瑟夫·科尔曼(Joseph Kerman)在其《作为戏剧的歌剧》(*Opera as Drama*)中著名的文章,也读过 J. A. 西伯科斯基(J. A. Hepokoski)论述歌剧的小专著。但是需要考虑的还有更多,而我的摘要如果未加人为的限制,将会更长。其后果之一就是我对《福斯塔夫》(*Falstaff*)几乎只字未提,尽管我毫不怀疑详细研究与戏剧有关的歌剧歌词(或剧本)将有持续的价值。另一个结果是，比起威尔第，我有关博伊托(Boito)更有话说。最后看起来，尽管博伊托具备种种美德，却自觉不自觉地与众多人一起，认为有必要缩减莎士比亚的戏剧来保护大众。他是一个智慧的检查员，能够容忍威尔第把恐怖带回的事实，就像是他在《梦之歌》(*Era la notte*)以及别处所做的那样。

从故事最开始，就能看出莎剧《奥赛罗》和歌剧《奥赛罗》几乎毫无相似之处。威尔第的《奥赛罗》一开场就是狂风骤雨；奥赛罗发出精彩宣告，慷慨邀请安排暴风雨的上帝分享自己的胜利。人人都对他尊崇有加，除了伊阿古，他正在为奥赛罗将军的战舰没有沉没而懊丧不已。奥赛罗立刻出发，身后一片欢欣，篝火熊熊。

博伊托和威尔第花了五分钟的时间把奥赛罗放在了塞浦路斯，而莎士比亚则用了三刻钟还多的时间。而且他的开篇没有风暴和胜利，而是在贫民区、在黑暗之中，带有猥亵的意味，而没有胜利的颂歌。在威尼斯的一条街上，两个也许微醺的士兵，很显然嘴里不干不净，一起嘀嘀咕咕。长夜将尽时士兵都差不多这个德行。我们不知道他们是谁，但是可以推断出其中一个想要报复他的长官，因为他没有让他晋升；而另一个想把显然刚刚和这个长官一起私奔的那个女人弄到手。他们共同厌恨的是一个外国人，一个黑人。年长的士兵煽动另一个到私奔女人的父亲——一个议员家门前吵嚷。他们直接告诉老头，他的漂亮女儿已经和"一个放纵的、不择手段的陌生人"跑了，她此刻正在干那件禽兽一样的勾当——和"一头老黑羊""交尾"，或者换个说法就是"被一匹北非伊斯兰教地区的马骑了"，还说了其他诸如此类"礼貌有加"的话。老爷子理所当然大为震惊，跑前跑后，召集了一群邻居，给初度良宵的这一对情侣搅局。

这种婚礼之夜的搅局源于一种胡闹的习俗——邻居们在洞房外面大吵大闹，出言讽刺、喝倒彩、敲茶壶、垃圾桶盖，来表示对婚姻的异议，这有可能是因为新娘的第一任丈夫才死不久，或者她的奸情败露，或者是两人年龄不相称，令人不快，或者因为新郎是外地人，或是不同种族。这种风俗古已有之，一度几乎在全球通行，据说不过最近才在欧洲绝迹。

因此，有关这件事我们首先听到的是：新娘的父亲听信了士兵的说法，认为他女儿偷偷地和一个淫荡的老黑人结婚，这段婚姻不够纯洁，令人厌恶。要知道观众对于奥赛罗和苔丝狄蒙娜一无所知，两人又不是安东尼和克莉奥佩特拉那样的历史人物。在此阶段，观众连他们的名字也还不知道。因此当我们发现被大家称作"摩尔人"的奥赛罗——连苔丝狄蒙娜也这样说——原来是一位出众的尊贵的将军的时候，很可能会大吃一惊。奥赛罗自信、言辞稍嫌浮夸，但显然非常诚实，是一位重要的国家公仆，根本不是一个追名逐利的"厚嘴唇"。他甚至一直与这位议员关系良好，最后拐走了他的女儿，并因此僭越了这种熟人关系的社会限制：他可以是来共进晚餐的客人，但是不能成为乘龙快婿。然而他在议员面前为自己辩护成功，并且获许携新婚妻子去往他的任务目的地塞浦路斯。

在威尔第的歌剧中找不到与此有关的只言片语。除了结尾处爱情二重奏的回忆之外，歌剧完全省略了莎剧的第一幕内容。剧本作家博伊托说他后悔删去了这一幕，而这显然是必须做的，当然也付出了不菲的代价。首先，苔丝狄蒙娜闷闷不乐的父亲、议员勃拉班修，私奔的情节，吵闹洞房的元素，在歌剧中都不见了影踪。而这一删除涉及了某些审查制度，不论是不是有意为之。我将在后文重回这个话题。

莎士比亚戏剧的历史一部分是受审查的历史。这个剧本大约写于1602到1604年之间，因此面世至今已有400周年，值得庆祝。而该剧在他死后以两种不同的版本出版。两种版本不同之处不下几百处，如后来的版本有第一个版本没有的160行，等等。两个文本之间的关系的细节是一个永恒的编辑问题，尽管现在大家似乎都认同，第二个版本可能部分基于莎士比亚的亲自修改。1606年，议会通过了一项《限制演员粗口法案》,旨在约束舞台上的谩骂。每一次粗口都要被罚 10 英镑,罚金是一笔不小的数目。从那以后,早先版本中 52 处粗口的问题就迎刃而解了。520 英镑的罚金将不啻灭顶之灾。莎士比亚很可能为了删除那些粗话不得已在文本中做了其他的修改,这就解释了为什么里面有更多不一致之处和附加的内容,并且感觉语调上也不无变化。

上述一切的有趣之处,在于《奥赛罗》一写完不久就开始了删节的过程,而我认为,博伊托的歌剧版本中修改还在持续。剧中的第一个字是罗德利哥语气温和的诅咒"呸"(Tush),但是伊阿古在第四行中的第一个词是"他妈的"('Sblood)。尽管出于谨慎起见需要删掉这些词,但是罗德利哥不过略加谩骂,粗口也符合其性格,而伊阿古说的话技术上来说就不无猥亵,很明显是法案规定禁止的。可以认为伊阿古是最可能用这种语言的一个角色,但是奥赛罗自己也好几次说了"混蛋"(Zounds),和"他妈的"不相上下。而他的不雅用语被适时地、不偏不倚地清除了。由于粗俗的诅咒有违奥赛罗通常的高尚语言风格,因此其出现表明是一种失控。我认为,修改者被迫删掉第四幕第一场的第三行("和她睡觉!""混蛋"),但他感觉有必要再找些什么来填补空缺,因此他加了一些句子,作为奥赛罗脾气发作前的序曲,来分散别人的注意力。

然而,必须说明的是,除了删除平常的粗话以合乎法律要求之外,后来的版本几乎没有过分拘泥的迹象。根本就没有减弱伊阿古的粗鄙,甚至在已经非常令人厌倦的部分增添了新的细节,例如罗德利哥对于苔丝狄蒙娜私奔的叙述:

> 身边并没有一个人保护
> 让一个下贱的谁都可以雇佣的船夫
> 把她送进一个贪淫的摩尔人粗鲁的怀抱……
> 把她的责任、美貌、智慧和财产
> 全部交给一个到处为家、漂泊流浪的异邦人……
>
> (ⅰ.1.124-ⅰ.1.136)

我们还有其他例子，显示修改者非但没有删改，反而更为强化了剧本的功能。但是没过多久，对《奥赛罗》的真正审查开始了。关于这一点，大卫·利特尔约翰（David Littlejohn）在一篇饶有趣味的论文中指出："奥赛罗是有史以来描写**性**的优秀剧本中，最野蛮，最不加掩饰的一部。"①而且正因如此，它才一直都令人惴惴不安，感觉难以驾驭。后复辟时代的演出剧团对该剧大力删节，尽管开始引入女性演员扮演苔丝狄蒙娜的事实据说增强了其色情效果。评论家们觉得粗鄙字眼破坏了奥赛罗文雅的谈吐，备感忧虑，需要密切关注奥赛罗一角。"爱情和嫉妒无关士兵的本性，"评论家托马斯·莱默（Thomas Rymer）如是说。他认为整个剧本很可笑。其他人理顺剧情，把修正的重点放在奥赛罗的英勇之上。例如，不允许他说家庭主妇可以拿他的头盔做长柄浅锅，这样太有失庄重（ⅰ.3.272）。

我认为，本质上来说，他们都被这个剧本及其明确无误的主题吓坏了，这也情有可原。后来少了对修辞上的礼节的重视，更多强调的是直接与道德有关的种种谨慎。不独约翰逊博士发现了这部悲剧的语言中，有"现代观众不会轻易容忍的词汇"。早在19世纪初，为了上演之便，就有了很多洁本，但依然不乏对剧中"赤裸裸的粗俗和淫秽"的抱怨。《奥赛罗》据说"确实是莎士比亚脑子里的一个大妓院，充斥着可恶至极的'山羊和猴子'"……托马斯·波德勒（Thomas Bowdler）是最著名的删节派代表；他说，即使你删掉了所有不合时宜的词句，一些看似"本质上干净"的其他词句还是保留在剧本中，由于上下文的原因依然指涉淫秽。比如"支撑"（bolster）这样单纯的词，在伊阿古的嘴里就变得"粗俗不当"："让他俩下地狱吧，假如活人的眼睛确实看到他们支撑

---

① 《终极艺术》（*The Ultimate Art*），1992年，第216页。利特尔约翰对嫉妒的谋杀者的病理做了有趣的论断："我认为这一角色潜在的力量大部分与精确度有关，他的行为不仅依照真实的事件，而且依照弗洛伊德认为在普通人之中具有的一种几乎普遍性的冲动——以奥赛罗为例，他如此明显顺从这种冲动，甚至连我们自己健康地压抑了的直觉也可能受到触动。"（第220页）

了比自己更多的东西。"(ⅲ.3.398–ⅲ.3.400)至于"顶"(tupped)①还有"高过"(topped)②这样的词就更加露骨。但是波德勒一眼看出,如果你把剧本删节到这样的程度,"支撑"等词必须连同"躺着"之类的普通词汇一起去掉,那么整个故事就根本没法讲述了。③

这个问题,几乎就是读者以及观众对《奥赛罗》一剧的接受中最中心的问题。在所有悲剧中,偏偏该剧最密切地触及大多数人——按弗洛伊德的观点则是每一个人——都能够有所洞察或体会的一种病理。这就是为什么在伊阿古的努力培养下,奥赛罗发展出来的受虐狂以及色情的想象,可以看来既如此痛苦,又令人厌恶。如果剥夺了剧中的性恐惧,这个剧本就没有意义了。而波德勒对此明白无误,毕竟他对识别淫词秽语训练有素。17世纪初期剧场中上演过的戏剧中,相当一部分都充斥着公然的性元素——不论是变态的、残酷的还是玩世不恭的——而且还没有淡出人们的眼帘,例如米德顿(Middleton)、韦伯斯特(Webster)还有图尔诺(Tourneur)的作品。但是即使其中最伟大、最蓄意惊世骇俗的戏剧——比如《换子》(*The Changeling*)、《复仇者的悲剧》(*The Revenger's Tragedy*)或者《马尔菲的公爵夫人》(*The Duchess of Malfi*),不论何其令人毛骨悚然,却总看似一直说的都是其他人的事情;而不知为何,《奥赛罗》却具有令人不安的气氛,直指每一个人。

如果有人想知道无性的《奥赛罗》看上去如何,应该读一读特罗洛普(Trollope)的小说《他知道他是正确的》(*He Knew He Was Right*)。这本书写于1869年,大约与《唐·卡洛斯》(Don Carlos)以及《阿伊达》(Aida)同时代。某本杂志上的一篇文章宣称,不可能有现代版的《奥赛

---

① "tupped"有"交尾"之意。——译注
② "topped"有"骑、跨"之意。——译注
③ 马文·罗森堡(Marvin Rosenberg)的《奥赛罗的面具》(*The Masks of Othello*,1961年)一书给予本文很多启迪,在此致谢。

罗》。特罗洛普感觉受到了挑战,因此着手写作该书。① 他的主人公道德上的崩溃确实与奥赛罗遥相呼应,但是他从始至终都面对难以续笔的一个难题,即男主角的妻子,一个维多利亚时代出身世家的贵妇,不可能被指控通奸,而让她丈夫发狂的原因显然不过是一段清白无辜的友谊。这位芳名艾米莉的妻子尽管无疑忠于婚姻,却很不听话,固执地保持着和另一个男人的友情——这个男人刚好是一个年长的人,比卡西奥的年龄要大一倍,也许这样让人感觉安全一些。

只有丈夫雇来的私家侦探才会认为可能存有奸情。这是一个伊阿古一样的角色,日常事务是怀疑或者假设存在不轨的性行为。丈夫很自然没有疑神疑鬼。因此这是一个无性的《奥赛罗》,没有"交尾"(topping),没有在床上一小时的赤裸相对,不论这样做要不要紧。男主角因为妻子拒绝和一个老朋友断交,最后陷入精神忧郁症。

但是这本书的背景旋律,不论多么微弱,依然是病态的嫉妒。特罗洛普在令人难以置信的局限之中大作道场,给读者提供了一个维多利亚版的洁本《奥赛罗》,而性的不在场几乎就如其在场一样醒目。也许只有在萨尔维尼(Salvini)的《奥赛罗》(意大利语版)在伦敦大获成功的时候,这样绝对色情的内容才再次回到了舞台之上。而重要的是,这位革命者奥赛罗是一个知名的热心肠意大利人,一个四处为家、漂泊流浪的异邦人。他好像确实竟敢,在文本暗示他应该打苔丝狄蒙娜的时候真的动了手。即使如此,看上去他还是需要稍微冷静一下。②

那么,如我前文指出,博伊托的歌剧中没有一点关于私奔、闹洞房的描写,没有什么四处为家、漂泊流浪的异邦人,没有我们在一开始就听说的给奥赛罗贴上的标签,没有放荡好色,没有黝黑的胸膛,没有谣传的巫术,甚至也没有他过分膨胀的自我的意识,有关他的这些传言曾

---

① 可能特罗洛普受到利特尔约翰所说的通常方式的触动。维多利亚·哥伦丁(Victoria Glendinning)认为他不断引用勃拉班修的言辞,说苔丝狄蒙娜抛弃了"我们国家卷发的可爱的人",投入了奥赛罗"乌黑的怀抱"(特罗洛普,1992年,第29页)。

② 该资料还是来自罗森堡的论著。

经给公爵——但没有给勃拉班修——留下深刻的印象。伊阿古对奥赛罗将军骄傲自大的评论也不见了,虽然这些话放在此处本来完全应景。而这样就必须强调奥赛罗的谦逊,就像他自己知道并且说过,他不用别人提词就知道该说什么(ⅰ.2.83-ⅰ.2.84)。但是博伊托一点也不允许暗示奥赛罗自我吹嘘。因此,需要删节很多内容,需要做出某些选择。

很多在删节者看来可有可无的东西,却不可避免地增加了戏剧的深度。例如,议会一幕,一片忙乱无章,都相关国家紧急事务,看似有些不真实;要为与土耳其人开战做准备,不断有变更的情报来到——所有这一切都对该剧意义重大。结尾亦是如此,关注的焦点不是一个吻,而是更多的紧急安排:奥赛罗的财务要分割,要向国家递送军事公文,伊阿古要受刑。就像莎士比亚别的作品一样,家庭的悲剧可能发生在高度政治化的语境之中。奥赛罗已死,但世界还要继续。约瑟夫·科尔曼(Joseph Kerman)的评论与莱默有些奇怪的对应之处,他认为博伊托的奥赛罗尽管军人派头十足,在剧中却被削减到不过区区一个恋人的分量。① 而在删掉了的议会一幕之中,在言语之间能听到一个动机,对莎士比亚来说很重要,就像一个吻对威尔第来说一样重要——勃拉班修警告道:"留心看好她,摩尔人,不要视而不见;/ 她已经愚弄了她的父亲,她也会把你欺骗。"(ⅰ.3.292-ⅰ.3.293)她的罪名是"骨肉的叛逆"(ⅰ.1.169)——这些我们应该谨记在心。伊阿古对奥赛罗提及这些(ⅲ.3.206),让他相信有必要看到妻子的不忠,要"眼见为实"(ⅲ.3.360)。在歌剧中,没有哪些片段能提醒我们想起勃拉班修阴郁的预言,也没有一句哪怕最微弱的合理言辞支持伊阿古的观点,认为这是"一个误入歧途的野蛮人和一个诡计多端的威尼斯女人之间"(ⅰ.3.355-ⅰ.3.356)的婚姻。博伊托不需要这种观点。

因此他的选择一直都合情合理,但几乎总是包含了某种缺失。只

---

① 《作为戏剧的歌剧》,1986年版,第137页。

要是最适合歌剧的他都马上添加进来。因此他选择加上"杨柳的歌"（在最初的戏剧版本中没有），但是选择去掉了1623年加在爱米利娅角色上的那段精彩的、支持女性性自由的台词：

>……我认为这都是丈夫的过错。
>
>如果妻子堕落……
>
>让做丈夫的人们知道，
>
>他们的妻子也和他们有同样的感觉：
>
>她们的眼睛也能辨别美恶，
>
>她们的鼻子也能辨别香臭，
>
>她们的舌头也能辨别甜酸；正像她们的丈夫们一样。
>
>难道我们就不会对别人产生爱情，①
>
>难道我就没有逢场作戏的欲望，难道我们就不会喜新厌旧，跟男人们一样吗？　　　　　（ⅳ.3.86-ⅳ.3.101）

这段女性主义的原型思索一共有18行，可能加在了第二版里，也可能是从第一版中删掉的。之前是爱米利娅和苔丝狄蒙娜之间相当琐碎的闲聊，提到女性忠诚的限度，这一段台词的加入极大地加强了谈话的分量。也许加上这些，是为了把纯洁无瑕的苔丝狄蒙娜和道德上不够完美的女人加以对比，而爱米利娅的丈夫伊阿古说到，在威尼斯到处都是这样的女人，在这里女士们"背着丈夫干的风流活剧，/是不瞒天地的"（ⅲ.3.302）。博伊托对此不感兴趣，而这种兴趣的缺乏也会形成一种有意或者无意的文本审查。有人认为这些对话可以证明伊阿古怀疑爱米利娅和奥赛罗私通，给他戴了绿帽子，但是博伊托也无暇关心这个。至于爱米利娅，他干脆就大删特删——把她简化为一个闺蜜的角色，其对剧情的全部贡献就是供出一方手帕，然后得到一个无与伦比的美丽诀别。谋杀发生以后，爱米利娅厉声指斥奥赛罗是"笨蛋"、"傻瓜"、"泥

---

① "感情"（affections）此处解释为具有"激情"（passions）的强烈的当代意义。

土一样蠢的家伙"(V.2.163-V.2.164),这构成了戏剧中相当震撼的一个场面。但是在歌剧脚本中,她只是称他为"杀手",这一称谓当然不失公允,但是用词温和得多。她告诉伊阿古,她是他的妻子,而不是他的奴隶,在戏剧中曾经旗帜鲜明的女性主义主张在歌剧中只剩下一点残垣断壁。比安卡从演员表中的消失是另一个明显的缺失;在剧中她的作用是证明我们对凯西奥的尊重毫不为过。考虑到他对比安卡的态度,凯西奥对苔丝狄蒙娜惯性的热情歌咏用一种轻蔑的放荡标准看来,已经算得上一往情深。最后,莎士比亚玩的与"诚实"、"看到"以及"认为"等词汇有关的大多数可怕的诗歌游戏,博伊托也许不免都一律忽略了。

因此,博伊托也许难免投入了对该剧普遍实施的审查事宜之中。他的歌剧脚本被认为是文学作品,在一定程度上是维多利亚时代的《奥赛罗》删减本,虽然他远没有特罗洛普那么含蓄或者谨小慎微。然而,最重要的也是,他能够依仗作曲家的力量来添加脚本作家不可能得到的效果,这是我很快要讲到的另一个问题。

在此之前我想大体概述一下使戏剧和歌剧分离的另一种力量——歌剧翻译的那种难以控制、几乎无法解释的要求。此处有一个故事来加以例证。

博伊托在写作《福斯塔夫》的歌剧脚本时,写到了《温莎的风流娘儿们》(*The Merry Wives of Windsor*)中快嘴贵嫂告诉福斯塔夫,爱丽丝·福德邀请他在"十点和十一点之间"她丈夫不在家的时候去她那儿。这个时间段对博伊托来说不很合适——也许不是因为他觉得这不是温莎的风流娘们应该寻欢作乐的合适时间,而是因为翻译成意大利语时这种表达很拗口:dalle dieci alle undici。因此他改变了幽会的时间,写下了 dalle due alle tre,即从两点到三点,而威尔第会用这个妥帖而大胆的词组制造出绝妙的喜剧效果。现在让我们设想这个词组必须翻译回英语——原作的语言,以用于歌剧中。莎士比亚的"从十点到十一点"还是行不通。而"从两点到三点"也不理想,因为这两种表达都不符合威尔第的六音符词组,而这正是歌剧的结构部分。英国国家歌剧院的翻译者,阿曼达·霍尔登(Amanda Holden),相当聪明地将其改写为"从十一点到十二点",这样正好合上了音乐的节拍,尽管这又一次更改了幽会的时间——这次是改回到了午饭以前。我们不禁好奇其他语言的译者会怎样解决这个问题。可能现代法语译者会情不自禁想译为"de cinq à sept",即从五点到七点,但也不太合适。

这只是一个小例子,证明翻译的方式可能会要求改变文本的情节。这在《福斯塔夫》中无关痛痒,因为没有人会因此名誉受损——整个事件不过是个玩笑,正如最后的遁走曲所强调的那样。故事是传统讽刺寓言诗类型的主题的一个变奏,这对威尔第和博伊托而言,显然和对英国人而言一样亲切,英国人依然喜爱比利·邦特被同班同学捉弄的情节。福斯塔夫既贪婪又谎话连篇,但是主要错在太胖。威尔第也持同样的观点,他在信中提到福斯塔夫的时候说他是"大肚子",说他愿意看到他"被鞭子啪啪地抽打"(1889 年 7 月 6 日的信件)。他表面上是因为淫荡而受到惩罚,实际上却是因为肥胖,这种不正常的状态让他沦为笑柄,他的闹剧绝不是因为他信口吹嘘自己无中生有的性能力,也不是因为他和其他所有人一样,对自己的大肚子大加品评。

而《奥赛罗》情况则不同。原剧如此恢宏壮大,令人生畏,当然不是可以随意取笑的素材。博伊托和所有的评述者一样,对有关剧情结构方面的处理既灵活又雄心勃勃。例如,他改变了苔丝狄蒙娜第一次迷住凯西奥的时间,这样事情发生之时,奥赛罗已经对妻子产生了怀疑。还有把《饮酒歌》的天才片段作为他的**歌剧《饮酒歌》**唱段,抓住这个素材作为非凡的四幕结尾曲——歌剧写作优美,基于深思熟虑和大量研究,而且极度尊重原作。博伊托和威尔第都敬重莎士比亚。《奥赛罗》中一些古怪的台词引起了博伊托的想象,激发他用于脚本当中,尽管不是取其原意,也不在原来的上下文之中,这令我印象深刻。在塞浦路斯,奥赛罗用相当自负的赞语迎接他妻子的到来:"啊,我的娇美的战士。"(O my fair warrior)(ⅱ.1.180)但是博伊托改写为"我杰出的战士"(Mio superbo guerrier),把"娇美的"改成了"**杰出的**"(superbo),把该词献给苔丝狄蒙娜,把赞扬给了奥赛罗。博伊托希望保持这个词组,但不想保有这个充满感情的英语玩笑,可莎士比亚原文的一丝痕迹还留在了他的脑中,写在了他的书页上。他具有艺术家对批评天生的反感,为此引用了伊阿古对苔丝狄蒙娜的讽刺——"我的脾气是吹毛求疵"(ii.1.119)——这出现在一段无聊的打趣对话之中。他删除了,给这句话找到了一个更好的去处:当醉得跟跟跄跄的凯西奥催着伊阿古一起赞美苔丝狄蒙娜的时候,伊阿古说:io non sono che un critico——**我不过是个批评家**——凯西奥那些诗意的溢美之词他可不买账。这很好笑,同时也恰到好处,因为这句话用在这一新的位置,强调了伊阿古装腔作势的讥讽和审慎,与想成为苔丝狄蒙娜情人的凯西奥的热情相比,对比何其鲜明。

也许现在可以提出一个问题了:博伊托对这个悲剧的知识有多少直接来自原文? 歌唱家布兰奇·罗斯福(Blanche Roosevelt)认识博伊托,说"他能够很好地阅读英文版莎士比亚"。朱利安·巴登(Julian Budden)说他不过"一知半解",威廉·韦弗(William Weaver)说他的知识"不可靠"。詹姆斯·A.西伯科斯基在他论歌剧的书中说到,博伊托能够"磕磕绊绊地大体弄懂英文原意"——这一说法语气更为肯定,因为戏剧的语言一点都不简单,即使对以英语为母语的人来说也是如此。① 确实这是大家公认的观点,而西伯科斯基不失公允地记录下来。博伊托歌剧的主要来源是弗朗索瓦·维克多·雨果(François Victor Hugo)的法语译本。博伊托拥有的英语版是德国莎士比亚德利乌斯版本(German Shakespearian Delius),里面有误印之处。他还有一套称为

---

① 见 A. 格鲁斯(A. Groos)和 R. 帕克(R. Parker),《阅读歌剧》(*Reading Opera*),1988 年,第 12—59 页;J. 巴登(J. Budden),《威尔第的歌剧》(*The Operas of Verdi*),1981 年,第三卷;M. 康纳提(M. Conati)和 M. 美第奇(M. Medici)编《威尔第—博伊托书信集》(*The Verdi-Boito Correspondence*),W. 韦弗(W. Weaver)翻译并作序,1994 年,第 89 页;J. A. 西伯科斯基,《居塞比·威尔第:奥赛罗》(*Giuseppe Verdi: Otello*),1987 年,第 25 页,以及《阅读歌剧》。

莎士比亚便携本(Handy-Volume Shakespeare)的东西,很明显是19世纪后半叶的流行丛书,几乎可以肯定是删节本;另有一本单册的1883年版千多斯经典文选(Chandos Classic edition)。有人评论到,这部戏剧没有两个版本是完全相同的,但是当然需要选择的时候没有人愿意选择威尔第手中的任何一个版本。① 在德利乌斯版本中有几处微不足道的、西伯科斯基认为完全是语义上的改正,而这些改正也没有与歌剧脚本有联系。除此之外,并没有太多迹象表明威尔第与英语原著有亲密的接触。② 但是尽管歌剧依托的是法文译本,尽管缺失了那么多对于主题至关重要的材料,我还是认为这个歌剧几乎与原剧一样,可以作为病理研究一个强大的案例。而我们必须要问的是,原剧那么多部分在歌剧中没有直接涉及,在这种情况之下又是怎样达到了同样的效果。我前文提到了,开场一幕中的猥亵台词不见了。另一个之前提到的例子是看看歌剧如何处理这一场景:奥赛罗想要亲眼看到妻子的不忠,而伊阿古评论如下。

> 将军,您还想眼睁睁当场
> 看她被人奸污吗?
> 叫他们当场出丑,我想很不容易;
> 他们干这种事总是要避人耳目的……
> 即使他们像山羊一样风骚,猴子一样好色,
> 豺狼一样贪淫,即使他们是糊涂透顶的傻瓜,
> 您也看不到他们这一幕把戏。　　(ⅲ.3.398-ⅲ.3.408)

博伊托能够做到的最接近原文的尝试,是让伊阿古问奥赛罗他是否愿意看到两个情人拥抱(Avvinti/ Vederli forse)。这几乎完全丢失了莎

---

① E. A. J. 霍尼格曼(E. A. J. Honigmann),阿登版,1997年,第351页。
② 补充一小点:女主人公在歌剧中的名字的读音(Desdémona)可能是从雨果的译本中得来,尽管有可能博伊托受到杰拉尔迪·辛提欧(Giraldi Cinthio)的"迪斯蒂蒙娜"的影响。威尔第虽然对莎士比亚满怀热情,但可能在这个问题上没有权威认识。后来他不得不问博伊托"福斯塔夫"这个名字的重音落在哪个音节上。

士比亚的原意。在原剧中,伊阿古好像要看看自己到底能够无耻到什么地步,于是做了三次令人恶心的评论,来试探奥赛罗陷入色情的嫉妒中到底有多深。后来我们知道了到底有多深——奥赛罗置身极度的悲痛之中,当着来自威尼斯的使节的面,他不禁喊出:"山羊和猴子!"(iv.1.263)

博伊托把所有这些都省略而过,可能因为他认为这对于当代的观众来说有点过分,或者不确定这将对他的作曲家提出何种要求。但是当伊阿古继续讲述他与凯西奥同床的那个晚上的故事时,看起来这个问题无法永远回避了。博伊托把这一段包含在脚本中,而提供相应的音乐的任务就落在了威尔第的身上。他也果然不负众望:

> 世上有一种人,
> 他们的灵魂是不能保守秘密的,
> 往往会在睡梦之中吐露他们的私事,凯西奥也就是这一种人;
> 我听见他在梦寝中说,"亲爱的苔丝狄蒙娜,
> 我们须要小心,不要让别人窥破了我们的爱情!"
> 于是,将军,他就紧紧地捏住我的手,
> 嘴里喊,"啊,可爱的人儿!"然后狠狠地吻着我,
> 好像那些吻是长在我的嘴唇上,他恨不能把它们连根拔起一样;
> 然后他又把他的脚搁在我的大腿上,
> 叹一口气,亲一个吻,喊一声"该死的命运,
> 把你给了那摩尔人!" （iii.3.428 - iii.3.438）

在博伊托的版本中我们找到了梦和小心(cauti vegliamo),还有对命运的诅咒;但是现在凯西奥吻的是苔丝狄蒙娜的影像(l'interno imago quasi baciando),而且也没有把脚搁在大腿上的画面。博伊托当然意识到这些身体动作展示的是什么,即使仅仅出自雨果的译本,但他和英国

的编辑一样确定无疑地删节了这些。然而,这些动作本身是很重要的,因为伊阿古厚颜无耻的性的诱惑而添加了新的性变态的意味,而且这也强调了奥赛罗有多么轻信。把这些全部删去,会使情节削弱,因此必须保留。这需要用音乐达到效果,因此创作《夜之歌》(*Era la notte*)的任务就托付给了威尔第。这段音乐几乎不遗余力地说明了伊阿古有多么邪恶,也多么善于在黑暗中行事,就像躲在妒忌的下水道中。值得说明的是,即使在《福斯塔夫》中,戴绿帽子也只不过是一个玩笑而已,绝无任何可能;而博伊托和威尔第还是给疑心重重的福德谱写了一段热烈的、不带任何喜剧色彩的咏叹调(《是梦是真?》[*E'sogno? O realtà?*])。即使他们不能用上莎士比亚这一幕中所有的语言,还是可以指望以音乐补足一些为了得体起见而不得不缺失的片段。此处很怪诞地,甚至是很漂亮地规避了审查。

我们特别注意到这一句"天堂的狂喜淹没了我"(*l'estasi del ciel m'innonda*),这是伊阿古唱给凯西奥的。这一句与莎士比亚的原文没有任何对应之处,但是我认为我们可以指认其来处。莎士比亚的原剧第二幕第二场,奥赛罗与苔丝狄蒙娜重聚的时候,他说:"我不能充分说出我心头的快乐;/ 太多的欢喜窒息了我的呼吸。"雨果是这样翻译的:Je ne peux pas expliquer ce ravissement/ Il m' étouffe, c'est trop de joie(我不能表达这种狂喜 /这太多的喜悦,令人窒息)。西伯科斯基注意到,博伊托在他的雨果译本中标出了这些句子。把"快乐"翻译成"ravissement"(狂喜)一定被认为是一处误译,一部分说明了为什么意大利语歌剧中有 la gioia m'innonda,"喜悦笼罩了我"。而 estasi(狂喜)这个词更加适用于描述凯西奥梦中可能会有的喜悦,而不是奥赛罗在重聚时的感受——他很"快乐",非常高兴,但是还没有到就要高潮来临的地步。快乐不是 ravissement 或者狂喜。因此在把这个词用在更加合适的情爱场景之时,博伊托想到了雨果。然后在《夜之歌》中,他记起了雨果的时候想到了奥赛罗,于是写下了 l'estasi del ciel m'innonda,"天堂的狂喜笼罩了我",用在他虚构的凯西奥情爱幻想的记述之中。

这种或有意或无意的回应制造了一种邪恶的反讽——奥赛罗名正言顺的喜悦被伊阿古作践了，加到他想象的苔丝狄蒙娜情人凯西奥的身上。他喜悦的语言交给了它的毁灭者。难怪威尔第不相信法语译者，说道"把歌剧从意大利语翻译成法语，如同刑罚一样，这种劳役甚至比从法语翻译成意大利语更加艰巨"。① 然而此处雨果的法语译文的介入，以及博伊托乐于把剧本的一部分偷用于另一部分，都有助于写就《夜之歌》。

这段古怪的音乐证明威尔第胜任了自己的工作。如果你要赞扬一番，说音乐效果是莎士比亚式的，他一定会对此颇为自得。然而，实际上在歌剧脚本中称为"莎士比亚式的"那一段不是此处，而是伊阿古在接近第二幕开始的那段《信经》(Credo)咏叹调。② 对于这段非凡的乐章，大家莫衷一是。这个伊阿古宣称自己的邪恶不是绝无仅有，而存在于所有男人身上（son scellerato perché son uomo）。对于一些人来说这太不像莎士比亚笔下的伊阿古，而他也不像威尔第一开始想象的那样——冷淡，彬彬有礼，举止随意。这段音乐也不是他一开始想给伊阿古的音乐——没有任何特别之处，大部分都是念白，低语（parlando, mezza voce），"除了几处亮点"(éclats)，还有几处必需的（虚伪的）抒情时刻。③ 而伊阿古的角色大部分时候都符合这种设定，只有第二幕结尾的二重唱 Si pel ciel 除外，而原因也很明显，还有就是这段《信经》。

博伊托从他本来要给蓬基耶利④的一部歌剧作的歌词中，借用了这段激昂的演说，以昭示他的无神论和渎神观念。这种无神论是19世纪的，和与马洛联系在一起的那种文艺复兴时代的无神论变体不尽相同，而比威尔第喜爱的《李尔王》中爱德蒙的论调更加肃穆。前面提到，

---

① 《威尔第—博伊托书信集》，第63页。
② 同上，第75页。
③ 西伯科斯基，《居塞比·威尔第：奥赛罗》，第104页。威尔第强调了清晰版本的至关重要，说"在那个部分必须不唱也不提高嗓门（除了几处例外）"。
④ 阿米尔卡雷·蓬基耶利（Amilcare Ponchielli, 1834—1886），意大利作曲家。——译注

有时据说这首咏叹调是整部歌剧的污点,尽管为之辩护的也大有人在。① 对我来说,威尔第此处好像让伊阿古做尽了他所说的所有不当之事,因为伊阿古曾经高声宣布(而不是低语[*mezza voce*])他的虚无主义观点,认为生命是一段从细胞到蠕虫的无神进展,宣称他要依照一套完好的信仰行事,而不是天性喜欢邪恶的伎俩。我认为可以说这种大言不惭中带有一些小奸小恶的快乐色彩,而声音中有一种音乐的跳跃,或许还存在一种讽刺的共谋姿态——苔丝狄蒙娜出场时,她代表他看透的一个世界,这个世界的一举一动他都能够模仿,却像痛恨自己一样痛恨它。

伊阿古出于一己之私想要那个世界接受他。这解释了这部歌剧中的一个谜团,也是该歌剧中的乐趣之一——在伊阿古与其他角色打交道时音乐的音质。博伊托和威尔第一定达成了共识,认为需要有适合伊阿古与其他人互动时的音乐。曾经他们想让伊阿古在第一幕中偷听并且评论爱的二重唱——类似撒旦观察亚当和夏娃快乐的婚姻——后来他们改变了主意。这是一个绝妙的想法,但是最终会在实施中失败,会改变整个作品的基调。然而他们找到了其他方式,让伊阿古的声音和纯真的情感以及音乐形成合音。

例如伊阿古向奥赛罗灌输了嫉妒这个词和这个概念之后的那个插曲。他在一首恶毒的咏叹调中如愿以偿,如科尔曼指出,嫉妒的概念成为第三幕序曲的主题,事先暗示伊阿古和奥赛罗随后谈话的话题。② 塞浦路斯人在幕后唱起苔丝狄蒙娜的赞歌的时候,奥赛罗就已经深受折磨了。伊阿古即将宣布他有苔丝狄蒙娜的罪行的证据。他告诉奥赛罗要紧紧盯着苔丝狄蒙娜,而塞浦路斯人的音乐被伊阿古几乎音乐一般的警告打断:**警觉**,要警觉。这个警告用近乎甜蜜的旋律唱了出来,好像与农民歌唱家们串通好了一样。

---

① 见加里·史密德格尔(Gary Schmidgal),《莎士比亚与歌剧》(*Shakespeare and Opera*),牛津出版社,1990年,第245页。

② 科尔曼,第127页。

歌唱完了,奥赛罗差点忘记了伊阿古几分钟前做的警告。他反复说到"这首歌征服了我"(Quel canto mi conquide)。苔丝狄蒙娜唱到了欢乐、爱情和希望。伊阿古评论道,美和爱情甜蜜的和弦。随后他记起了莎士比亚原作中的几行台词,发誓要破坏这和声:"啊,你们现在是琴瑟调和,看我在不动声色之间,/ 就叫你们松了弦线走了音。"(ⅱ.1.199-ⅱ.1.200)他自己刚才还一度是和弦的一部分。然后苔丝狄蒙娜开始请求奥赛罗宽恕凯西奥,不和谐音就此开始了。

有时候认为合唱的插曲是用来凑数的,但是我感觉听起来好像出于精心安排。愉快的音乐一直持续着,琴弦走调之后出现了不和谐音;伊阿古的评论没有破坏和声,本身也成了不和谐音的序曲。伊阿古非常擅长音乐,悦耳的和弦代表着他认为必须要破坏掉的一切。而所有这些都以各自的方式遵从了原作的精神,正如华丽的**《饮酒歌》**遵从了原剧中朴实的出处。

因此翻译和重新想象的过程带来了本身的回报;莎剧中哪来伊阿古这么多富有创意的而又邪恶的音乐瞬间!但是我可能更有资格说出在翻译和改编之中缺失了什么,而不是猜测得到了什么。因此在这里,在本文结尾处,我有另外两个关于缺失的例子:第一个是莎士比亚戏剧中的一段对话,是伊阿古和凯西奥在喝酒一幕以前的对话。

伊阿古:我们的将军因为舍不得他的新夫人,所以这么早就打发我们出去;可是我们也怪不得他,他还没有跟她真个销魂,而她这个人,任是天神见了也要动心的。

凯西奥:她是一位人间无双的佳人。

伊阿古:我可以担保她是个风情万种的女人。

凯西奥:她的确是一个娇艳可爱的女郎。

伊阿古:她的眼睛多么迷人!简直摄人魂魄。

凯西奥:一双动人的眼睛;可是却有一种端庄贞静的神气。

伊阿古:她说话的时候,不就是爱情的警报吗?

  凯西奥:她真是十全十美。

  伊阿古:好,愿他们被窝里快乐!　　(ⅱ.3.12-ⅱ.3.29)

  博伊托没法用上这一段精彩对白。凯西奥礼貌地回绝了伊阿古冷酷的猥亵言谈,这段对话在歌剧中缺失了。但是凯西奥做得很好,虽然他有些尴尬,没有像通常一样不吝溢美之词,因为在此处是不合时宜的。对伊阿古来说,这种粗鄙的挑逗正是他思维习惯的一部分。不妨再次回顾一下奥赛罗来问到骚乱的时候,伊阿古的回答用了一个淫秽的比喻,足以令人浮想联翩:"我不知道,"他说,直到打斗开始之前他们还是"好好的朋友,/像正在宽衣解带的新夫妇一般／相亲相爱"(ⅱ.3.175-ⅱ.3.177)。博伊托不想这样写,他改为:Non so ... qui tutti eran cortesi amici / Dinanzi, e giocondi——"刚才大家都还是礼貌有加的朋友,而且很快乐"。另一处绝妙的文字被审查抹去了。

  尽管其中心叙事相对来说流于简单,《奥赛罗》还是一部长剧(在莎翁文选中只比《哈姆雷特》略短),并且当然也不妨时有离题和横生枝节,而这在歌剧中就很不合适。歌剧不能寄望于传达每一个微小的含混或者矛盾用词的微妙差异。剧中一个引人注目的例子,是苔丝狄蒙娜在被公开羞辱和打击之后和爱米利娅的对话。她在闺房等待奥赛罗,正要唱杨柳之歌的时候,爱米利娅帮她换衣:

  爱米利娅:我要不要就去把你的睡衣拿来?

  苔丝狄蒙娜:不,先替我取下这儿的别针。

  这个罗多维科是一个俊美的男子。

  爱米利娅:一个很漂亮的人。

  苔丝狄蒙娜:他的谈吐很高雅。

  爱米利娅:我知道威尼斯有一个女郎,愿意赤了脚步行到巴勒斯坦,只为碰一碰他的下唇。　　(ⅳ.3.32-ⅳ.3.39)

  这不是莎士比亚离题乱写,而是他对原稿的改写:这一段绝非偶然，是第二版之后加上的。① 在这个当口苔丝狄蒙娜竟然还以欣赏的口吻提到另一个男人，虽然也许不过随口一说，却还是让今天的编辑大为不快。而有些人，包括最近还有人把"这个罗多维科是一个俊美的男子"这句话转给了爱米利娅，认为不然的话就会"使角色失真"。② 但是，苔丝狄蒙娜在妓院一幕中刚刚受尽了奥赛罗的羞辱，爱米利娅问她怎样了，她的回答也一样奇怪："我是在半睡半醒之中。"(iv.2.99)博伊托和威尔第也没有采用这段对话。这是一种缺失，但是在扔下这样的话以后，我们也应该考虑到第三幕令人惊异的开场，其技艺如此娴熟，远远超越了任何话剧所能企及的范畴。很多缺失了的含混和间接表述在这里得到了补偿。

然而，恰恰是这样一些间接表述，给莎士比亚的大多数作品赋予了生命力。而我列举的例子显示，他插入的对话正有引起含混的功用，并且引发回应的复杂性。博伊托所受的教育以及从事的行业，都不能让他胜任再现这样复杂而令人迷惑的对话的工作。威尔第可能也不想要这种对话，尽管他自己精妙的复杂风格也在日渐形成。我们面前有两部同样主题的天才巨作，这是个奇迹，尽管后者明显有赖于前者的激发，尽管有漫长的审查体制干预的历史，尽管在类型上如此迥然相异。虽然从技术和力量上来看两部作品都是成熟之作，而且各有不同之美，但它们都以各自的方式要求我们尽力做到最好的、最有修养的理解和欣赏，最终触及的都是我们深藏于心的同样的原始情感。

未出版(2002年)

---

① 或者，可以正确地补充认为，从一开始就被删节。
② E. A. J. 霍尼格曼，阿登版，1997年，第291页。

短　评

20. 雷蒙德·卡佛

雷蒙德·卡佛(Raymond Carver)对一个想法很感兴趣——每位作家都在创造一个独特的世界:"每个伟大作家,甚至每个优秀作家,都按自己的要求,把世界改造一番……变成专属于他的世界。"这个想法恐怕不是他的原创,但能够理解为什么讨他喜欢。卡佛的世界有点像一个房间,电视老是开着,除非他安排邻居偶尔在家看个电影。烟灰缸堆满了烟头。也许有个酒鬼,可能仍在酗酒,也可能改邪归正了,躺在客厅沙发上。他是在惦记着藏在垫子下的那一品脱威士忌,还是刚刚从一场累人的戒酒者聚会回到家里?他有份工作,却并不喜欢它,和他老婆关系不好。他老婆很可能是在快餐店上班。如果的确如此,他也许会过去坐坐,看男顾客偷偷打量他老婆的身材。他住在美国西北部,大概在考虑搬家,也许刚好越过州界,搬到波特兰去——他经常提起这个城市,却从来没去过。或者想得更大胆也更绝望点,准备搬到阿拉斯加去。然而,他从来都没有真要搬家的样子,就算真的到了阿拉斯加,他还是会花很多时间坐在沙发上抽烟,看电视。如果他有孩子,他也不会真心实意地祝福他们。他知道他需要爱孩子,却无法让自己相信为人父母的快乐胜过痛苦。

他和他老婆只和邻居偶尔来往;如果有人请他们出去吃晚饭,那他们就得面临一场小规模的社交危机,所有人都笨拙地尽量想表现出平时毫不熟练的礼仪,重复着老一套的东西,令人同情。卡佛把他们在这类场合说的那种话,和在其他所有场合说的话都准确地记录下来,笔调冷峻,不动感情。在外面那冷漠无情的大世界里,离他们住的街道不远处,有许多汽车旅馆和加油站,它们灯火通明,完全漠视人的处境;这景象恰到好处地画在书的护封上,那上面的照片一定会令人不由自主想起爱德华·霍珀①。不论这附近发生什么事,多半都会令人沮丧——也许只是夫妻吵架,严重点儿可能是邻居家房子着火,或是死了个孩子。要找点乐子,就只能去钓鱼,但就连去钓鱼也可能发现水上漂来浮尸,扫兴之至。但有些故事却出人意料地滑稽。

这本最近出版的卡佛文集②是一本杂集,包括五篇在作者死后发现的小说,五篇此前未曾结集的早期小说,还有几篇散文和评论。有几篇散文是自传性质的。他父亲也叫雷蒙德,在锯木厂上班,经常搬家,经常喝酒。卡佛早早结了婚,也是经常搬家,经常喝酒。他有当作家的抱负,但他总是需要赚点钱,孩子们又让他烦个不休,所以一直没写成长篇,只能写写短篇小说和诗,后来开始偏爱简洁的文风。"进去,出来。别逗留。继续走。"另一句忠告是他在一个创作培训班上听到的:"别耍花招",并且他认真遵守了。不准耍的花招包括出人意料的结尾,但有时候他也允许自己写一个这样的结尾,比如最后这本书中的小说《汪达尔人》("Vandals")。不准耍的花招也包括更为现代的"形式创新";这些并不必要的创新破坏了小说和现实之间的联系:"在一首诗或一篇小说里,可以用普通而精确的语言描写普通的事物,如椅子、窗帘、女人的耳环,并赋予其巨大甚至惊人的力量。可以写一行看似毫无恶意的对话,却让读者看了脊背发凉……"

卡佛越来越擅长写短篇小说,不仅是因为他肯花工夫,而且因为他听从了其他人的忠告,近的有约翰·加德纳(John Gardner),远一点的

---

① 爱德华·霍珀(Edward Hopper,1882—1967),美国现代画家。——译注
② 雷蒙德·卡佛,《需要时,请给我电话:小说散文散佚集》(*Call Me If You Need Me*: *The Uncollected Fiction and Prose*),哈维尔出版社,2000年。

有海明威、契诃夫、V. S. 普里切特（V. S. Pritchett）。他学到了许多东西，包括一稿接一稿使劲地修改；另一个教训是：作家要相信他写的故事。劳伦斯建议读者相信他的故事——这个建议广为人知，但作家也得相信自己写的故事，是因为如果他的作品有点价值的话，故事会帮助他写作。弗兰纳里·奥康纳（Flannery O'Connor）的一句话给卡佛的印象很深，她说她开始写作时，并不知道故事会怎么发展。她动笔写《乡下好人》("Cood Country People")时，"不知道里面会出现一个装着条假腿的博士"。卡佛的脑子里也许有一句话作为**前提**（donnée）："电话响时，他正在用吸尘器。"假以时日，其他的句子逐渐依附于这开头一句，最后就写成了一篇小说，叫作《换位思索》("Put yourself in my shoes")，这是他最有趣的小说之一，当然也有点哀伤。

下面是卡佛几篇小说的开头：

我有工作，帕蒂没有。

厄尔·欧伯是个推销员，现在没工作。

我的婚姻刚刚破裂。我找不到工作。我又找了个姑娘，可她不在城里。

我失业了，但我天天指望北方来消息。我躺在沙发上听雨。

正当八月中旬，迈尔斯处于生活的转折期。

最后一句来自这个集子里的一篇小说，题为《生火》("Kindling")。迈尔斯是个酒鬼，刚在一个戒酒中心待了28天回来，这段时间里，他老婆跟另一个酒鬼跑了。他在一则小广告上看到出租房间的广告，便租了下来，结果发现那是栋小房子，还住着一对客气而神经质的夫妻，这对夫妻很穷，说不上和善还是不和善，既不大方，也不抠门。迈尔斯和他们住一起感到不自在，不和他们打交道。那男的不上班时就看电视，他老婆想写作，打算写迈尔斯。一天，有人送来了一堆柴禾。劈柴是个累活，那丈夫没时间干。没人叫迈尔斯劈柴，也没人给他钱，可他自己去把柴禾劈了；但人家不让他生火，他也就没生火。他干完了活，在笔记本里把这件事写了下来："今晚我的衬衫袖口上有锯木屑，气味清香。"然后他就走了。

你可以认为，劈柴对他有好处，甚至可以认为他要从此开始新的生活，但作者并没有直接描写艰苦劳动的治疗效果，也没有交代迈尔斯为什么突然变得这么慷慨；这些恰恰是卡佛下了苦功夫之后学会不说的。他最好的短篇小说之一是《好事一小件》（"A Small, Good Thing"），收入《大教堂》（Cathedral）这本集子。一个女人在当地的面包房订了个蛋糕，可她还在上学的儿子在生日那天被车撞了，死在了医院。她没去取面包，面包房老板不停地给她打电话，想叫她付钱。这女人和她丈夫去找老板论理。他们对骂了一阵，然后又好心好意地和解了，一起坐下来，吃了点店里最精致的面包。要说出这篇小说的深度和人性关怀，只能用作者自己的话来讲；这是卡佛后期的作品，当时他允许自己写得长一点，因为后来他决心以契诃夫的《六号病房》（"Ward 6"）为楷模，写长一些。他把《大教堂》看成自己写作生涯的转折点，他的最后一个集子就以此为题。可是他的写作生涯突然画上了句号。如果他还活着，也许会转向中篇小说的创作。可以肯定，这两篇小说 V. S. 普里切特都会喜欢；同样的，卡佛也欣赏普里切特的《当我的女孩回家时》（"When My Girl Comes Home"），这是普里切特的得意之作，也是卡佛最喜欢的作品之一。

出于各种原因，英语短篇小说如今主要成了一种美国文学体裁。伦敦没有多少家杂志还发表短篇小说，而纽约还幸存着几家，有时候还接受英国的短篇，如西尔维亚·唐森德·华纳（Sylvia Townsend Warner），当然还有普里切特等人的小说。有不少年度短篇小说奖。而且，这种体裁比长篇小说更适合创作培训班，这种培训班全国各地都有，往往由优秀作家授课。卡佛说，1976 年他的第一个集子《请你安静些，好吗？》（Will You Please Be Quiet, Please?）发表时，颇费了一番周折。这个集子他写了 13 年（"耽搁了这么久，部分原因是结婚早，要抚养小孩,而且干的是蓝领工作,只能在匆忙中求学"),而且要费些工夫说服出版商,但就是那时,美国作家也比同时代英国作家更有前途。后来,卡佛在一篇调子乐观的文章里写到,对有抱负的同胞和同时代人来说,现在就是最好的时代;并不是说干这行容易,但至少远远没有以往那么困难。他说,"短篇小说正在繁荣",读者也在增加。

当然,在大洋的这一边,没有哪位作家会这样说,而卡佛已经沉浸在一种已被本土化的传统和他自己的世界之中。他的一篇小说有点让我想起威廉·特雷弗(William Trevor)的一篇杰作,叫作《破裂的家庭》("Broken Homes"),讲的是一群来自破裂家庭的少年,作为"社区关系"实验的对象,给送到一位87岁的老太太家,结果把她家糟蹋得一塌糊涂。更可怕的事情在于,把这些"好孩子"送来的老师,听了老太太的抱怨,居然无动于衷;最后,老太太只得责怪自己没能和孩子们沟通。他们在她的厨房和地毯上乱涂油漆,把她养的虎皮鹦鹉放跑了,还在她床上做爱。卡佛也写过关于残酷和暮年的小说,但也许有点奇怪的是,他并不那么喜欢强调折磨人的那些人是多么下作。他最严肃的作品中透出一种天生的虔诚态度,或许让他不愿叫人受这样骇人的侮辱。

还可能是因为,他在美国学到的东西教他不要写这种内容。似乎有一条规矩:在任何情况下都要看上去不动声色。《大教堂》集子里的短篇小说《维他命》("Vitamins")就是个很好的例子。叙述者干着份"烂工作",他老婆挨家挨户卖维他命。他和他老婆的一个同事约会,把她带到一家黑人酒吧。有个越战老兵过来吓唬他们,手里拿着个香烟盒子,里面有一只耳朵:"这是我从一个越南佬头上割下来的,他不会再用这只耳朵听声音了。我想给自己留个纪念品。"这老兵喝醉了酒,但态度冷漠,粗俗下流而又声色俱厉,向那姑娘求欢。酒吧老板过来劝,他们才没有打得头破血流。这件小事于是了结了,他们离开了酒吧。姑娘说她本来是可以为了钱答应那老兵的,她决心去波特兰。男人回到家,弄醒了老婆,吵着要阿司匹林。在这个绝望的故事里,并没有真正的暴力,但老兵的话让人毛骨悚然,而叙述者和那姑娘的行为则画出了一个绝望的社会。

的确,卡佛的短篇小说里都没有多少暴力,但他非常善于写道德沦丧,以及某些类型的痛苦。1976年出版过与短篇《请你安静些,好吗?》同名的小说集,讲的是一位很正派的年轻教师,发现他老婆多年前有一次喝醉了酒,和一个朋友有了一夜情。虽然他早就开始怀疑,但一旦证实,还是痛苦万分,这种痛苦被描写得细致而又含蓄。还有轻一点的痛苦,比如要和老婆过去的情人友好相处,卡佛在这些方面也都把握得很好。批评家经常说卡佛的文笔"清晰",当然说得很中肯,但总有一些东西是要读者自己说的,而且会说得糊里糊涂,因为小说暗示的极其宽广的语境需要得以补充说明。

卡佛50岁时死于肺癌。他短短的一生中发生过很多事情,都不利于他的写作。首先,他需要求学,但因为要靠卑微的工作谋生而受到重重阻挠。其次,还有孩子:"我20岁之前他们就出生了,我和他们在同一屋檐下总共住了大概19年,从头至尾,我的生活里没有任何一处不遭受他们强烈而且往往有害的影响。"在一篇自传性的短文中,他写了一件小事,说明他过得多么悲惨。20世纪60年代中期的一天,他"在一家自助式洗衣店里,有五六堆衣服要洗,大都是小孩的衣服"。他等着用烘干机,等了好长时间,心里很着急,因为时候不早了,他要去接孩子。那种痛苦难以忘怀;他"处于这种境地,有卸不掉的包袱,永远感到懊恼",几乎要落下泪来。他或是在加油站上班,或是看大门,或是送货,并且看来还要在这种不像作家的状态中度过许多年,这和他所景仰的著名作家的处境大不相同。他花了多年时间抚养孩子,直到精疲力尽之后,又因酗酒出现了停滞,整整十年没有写作。遇到了现在的编辑苔丝·加拉格尔(Tess Gallagher)之后,他才重新开始写作。

卡佛相信,人可以通过不断修改,发现手头在写的小说的真实面貌,从而学着成为一个好作家。而且他不止一次地写到,他感激他的老师约翰·加德纳,还有他的编辑戈登·利什(Gordon Lish)。他之所以能成为著名作家——至少在美国很出名——有他们的一份功劳。

1976 年,《请你安静些,好吗?》出版时,戈登给我寄了六本,认为我一定会把这个好消息传开的。我老老实实地把这几本书寄给文学批评界的同行,等待回音,却没有等到。要过一段时间,英国人才开始接受卡佛。罗伯特·阿尔特曼(Robert Altman)1993 年的电影《浮世男女》(*Short Cuts*)取材于卡佛的九个短篇小说和一首诗,这让更多的人注意到卡佛。这几篇小说包括《好事一小件》,就是讲一对丧子夫妻和催款的面包房老板的那篇,还有《脚下流淌的深河》("So Much Water So Close to Home"),讲的是一个人钓鱼时看到一个女孩的尸体,却没有报告。这几篇都写得很好,他的其他作品里有许多也写得很好。现在,在哈维尔出版社出的集子里,几乎可以读到卡佛所有的作品。

其中有许多诗,大都曾载入《火》(*Fires*,1984 年)。美国人似乎比我们更懂得诗和小说的密切联系。也许就是因为这点不同,所以我没有看出这些诗的好处来。还有几篇散文,分量有所不同,大都曾收入《火》,也收入现在的这个集子,写得也都很用心,一如既往;有短评和选集序言之类,但就本身价值而论,似乎不是全都值得保存。当然,自传性的文字绝无此弊。至于那些次要的篇什,之所以被收集起来,是为了向一位伟人致敬。这样做合情合理,因为我们知道,这些零零碎碎的文字本身并不重要;重要的是,它们出自写了那些小说的人之手。

21. 詹姆斯·利斯-米尔恩

多年以来,詹姆斯·利斯-米尔恩(James Lees-Milne)发表了七本日记,其中两本又以精美平装本形式再版,还出版了第八本,是迈克尔·布洛克(Michael Bloch)编的精装本选集。① 这些日记都冠以"先人之声"(*Ancestral Voices*)、"冰窟"(*Caves of Ice*)、"漫步林间幽谷"(*Through Wood and Dale*)、"海浪之间"(*Midway on the Waves*)、"预言和平"(*Prophesying Peace*)之类的标题,有文化素养的读者一定会注意到,这些标题都来自《忽必烈汗》("Kubla Khan"),其中一个稍作了改动。不太好解释为什么要这样揪着柯勒律治的诗不放,因为利斯-米尔恩虽然懂得许多稀奇古怪的学问,却并没有说自己喜欢闪亮的眼睛和飘逸的头发,而且这些题目似乎和书的内容没什么关系。柯勒律治说过,拜伦很欣赏《忽必烈汗》,而利斯-米尔恩强调过他欣赏拜伦,但这种联系似乎还是很牵强。

我自己也是第一次读这些日记——有些人说一读会上瘾——发现还有一些东西不好理解。作者显然有许多有钱而有趣的朋友,但经常

---

① 《浪漫的鸿沟:1979—1981 年日记》(*Deep Romantic Chasm:Diaries 1979—1981*)、《和声:1953—1972 年日记》(*A Mingled Measure:Diaries 1953—1972*)、《青山不老:1973—1974 年日记》(*Ancient as the Hills:Diaries 1973—1974*),约翰·莫里(John Murray)出版社,2000 年。

强调他自己并不是个有趣的人。他说,他是个半路出家的文人(opsimath)。我和他是半斤八两,但我怀疑,他那关于大人物和大房子的渊博知识,可能在很年轻时就开始积累了。他说他不是个"有高雅品位、喜欢思考的人",而是"头脑简单,相当愚蠢"。他这样说,也许是要和艾丝佩丝·赫胥黎①比谦虚,但他有时候也许真的会对他所交游的人感到敬畏不已。有一次,他去参加一场非常盛大的午餐会,见到了"十位见多识广的客人聚在一起",若不是他老婆在场把他稳住,他就要撒腿开溜了。"在这种场合,我的公共场所恐惧症(agoraphobia)会发作。"(他是不是当真如此?)

这也许有点普鲁弗洛克②的味道,表现了普遍的人性,无伤大雅。一般人也许认为,他与这些书里提到的那么多出身名门的人物频频为伍,应该永远不再会有露怯之嫌。他的女性朋友中,有许多是以郡或重要的市区命名姓氏的,如戴安娜·维斯特摩兰(Diana Westmoreland)、萨莉·威斯敏斯特(Sally Westminster)、卡罗琳·萨默塞特(Caroline Somerset)、黛博拉·德文舍(Deborah Devonshire)。文中他有无数的熟人,其名字平淡无奇,一看脚注,才知道原来都是公爵、伯爵之流。有些人因为家族日积月累的原因,竟有四个姓。如果只保留两个,当然也无妨,但这样一来,是不是就会让人对自己的地位不那么确定了?

于是,我的主要兴趣在于弄清日记作者的社会地位。1979年,一份地方杂志(《格洛斯特生活》[*Gloucester Life*])说他是"学者、绅士",但"这两种身份,我都不敢自居"。他不是一名贵族("我注意到,贵族要么像索尔兹伯里勋爵[Lord Salisbury]那样,温文尔雅,关心地位比他们低的人,彬彬有礼,但还是认识到自己的地位高人一等;要么出言不逊,好斗而粗鲁,如伦道夫[Randolph]、爱德华·斯坦利[Edward

---

① 艾丝佩丝·赫胥黎(Elspeth Huxley,1907—1997),英国作家、记者,环保主义者。——译注
② 普鲁弗洛克是艾略特的诗《J. 阿尔弗雷德·普鲁弗洛克的情歌》("The Love Song of J. Alfred Prufrock")的主人公,是一个敏感而怯懦的中年人。——译注

Stanley]、奈杰尔·伯奇[Nigel Birch]等人"),而且他似乎连绅士也不愿当。他说,萨默塞特·毛姆(Somerset Maugham)说吉卜林(Kipling)"不太像个绅士"。有一次吉卜林说某人"是个白人",毛姆心想:"我真希望他说那人是个'帕卡萨西伯'①,好证实我对他的成见。"吉卜林接着说:"他的确是个'帕卡萨西伯'。"所以就这一句话,吉卜林出局了。但考虑到吉卜林当时已经79岁,"他的脸就像个胡桃夹子,用羊皮纸马马虎虎地包着",所以毛姆的评论并无权威性。要成为真正让人敬佩的绅士,最好还是年轻漂亮些,日记中多次强调这一点。要当绅士,还有其他的法子:据奥斯瓦尔德·莫斯利爵士(Sir Oswald Mosley)说,希特勒"温文尔雅,像个绅士,害羞地溜进了房间"。

如果还是对社会地位有点疑惑,那么不妨看一看并非绅士的人,也许能找准定位。这些人的地位要么是比绅士阶层高得多,要么是低得多。日记作者住在巴德明顿庄园(Badminton estate),不可能完全接触不到博福特公爵(Duke of Beaufort)。此人当然不是绅士,却是个大牌贵族,人家总是称呼他"老爷"。有一次,利斯-米尔恩的狗惊扰了老爷地皮上的小狐狸,被狠狠训了一通,于是决心从此以后不再搭理这个脾气暴躁的地主,或者只是出于绅士风度,见面时草草地问候他一声。有一次,萨莉·威斯敏斯特请阿诺德·温斯托克爵士(Sir Arnold Weinstock)吃午饭,和博福特公爵夫妇见个面。老爷称赞阿诺德爵士,说他刚买的那块地上"灌木丛长得很好",可阿诺德爵士却说,他讨厌打猎,不准人家靠近他的领地,老爷听了满脸通红,什么也没再说。这次灾难性的交锋倒是幸好让老爷忘掉了利斯-米尔恩的狗犯的小过失,但说明老爷的确是个贵族。从社交角度来说,这次事件对阿诺德爵士有何影响,可以猜个八九不离十。他被描绘成"一个盛气凌人、反应机敏、见多识广、自以为是的小个子男人,长得也非常之丑","当时的情景,好

---

① "帕卡萨西伯"原文为 pukka sahib,印地语,本义为"真正的老爷",指"真正的绅士"。——译注

比莱斯特·德洛克爵士见了他管家的当制造商的儿子……或者奥姆尼厄姆公爵在盖瑟拉姆城堡见到一群傲慢无礼的**暴发户**,强压着怒火"①。

至于王室成员,虽然在社交场合难得一见,却偶尔也能碰上,而且也并不能免受批评。在国家遭受燃料危机,放肆的罢工此起彼伏时,安妮公主的大婚却照常大操大办,老百姓还很赞成:"大众都决心要瞧个热闹,看那丑公主怎样嫁给一个勉强算得上绅士的帅小伙。"但女王却是风度翩翩,而且在册封嘉德骑士的庆典上总是有好位子坐。不管日记作者的社会地位究竟如何,他几乎在任何地方都通行无阻,而且备受优待,显然更接近那些最上层的人士,而不是普通大众。

他不时地对那些绝对当不了绅士的人大感兴趣,像个人类学家那样好奇地研究他们。他把这些人统称为"白丁"(bedint),这个说法来自哈罗德·尼克尔森(Harold Nicolson)和维塔·萨克维尔-韦斯特(Vita Sackville-West),意思大概是伺候人的人,其行为举止适合低人一等的地位。他们也许是"利物浦乔迪"②("白丁"之间是不好区分的),或者是在一所"红砖大学"③念过书;如果是后者,他们就会操着一副冒充高雅的口音,"土得要命"。

一个年轻人,大概是利物浦大学的历史学博士……他在写一本讲维妮公主(Winaretta de Polignac)的书。他敏感,聪明,认真。长得不帅,却有一张俊脸,手指修长白皙而又神经质。把"意大利"说成"意大儿利",拿叉子的样子很难看,好像拿的是一把危险的器具。他老是说这样的话:"公主真的认识

---

① 出自英国作家安东尼·特罗洛普的小说《索恩博士》(*Dr. Thorne*);"奥姆尼厄姆-盖瑟拉姆"(Omnium-Gatherum)为英文成语,意为"杂凑"或"各色人等的集会"。——译注

② "乔迪"(Geordies)是英国泰恩塞德地区人的绰号。——译注

③ "红砖大学"(redbrick university),指地方设的,声望不及牛津、剑桥的大学。——译注

戴安娜·库伯夫人、丘纳德夫人、科尔法克斯夫人、罗莎蒙德·莱曼小姐吗?"我们认识这些人,几乎要为此感到内疚……不知道他怎么能理解这个圈子,又会怎样理解。这人生于战争快结束的时候,住在利物浦近郊一座冒充体面的别墅里。对这些,他哪里会有一点头绪?

我们看到,这个有才的小伙子给弄得不上不下。他的志向在他的老师看来也许无可指责,但经过此中老手明察秋毫,就立刻毫无指望。或许这是可以原谅的,而且他有些话想必说得还不错,所以作者说他敏感而又聪明,当然我们并不知道他说了什么。绅士阶层以下的人不肯安分守己,这就很麻烦。当然,他们有时候非常不错,却是"太有上进心了"。"他们就想少干活,多拿钱,毫不尊重真理。他们给惯坏了,烂透了。我希望失业率达到天文数字,这样他们就会颜面扫地,手拿帽子来乞求工作了。"

在1973年,这个国家的状况显然很糟糕,主要是工会的原因。而且,死刑也被不合理地废除了。希思①快下台了,爱尔兰共和军在伦敦搞爆炸,而且就要出现严重的石油危机。萨谢弗雷尔·西特韦尔(Sacheverell Sitwell)传达了"举足轻重的城里朋友"发出的警告:"'我们'只有三个月的时间撤离英国。"另一位这样的朋友告诉他要:

……囤积弹药,因为这段时间里会有枪战……昨天我们和戴安娜·维斯特摩兰吃午饭。她对工会火冒三丈,最恨戈姆利先生,因为他在广播里说,他给大众惹了什么麻烦,他才不管呢,这个圣诞节他要过得开开心心的。她想给他写信。写什么呢?我说可以写:"维斯特摩兰伯爵遗孀向戈姆利先生致意,冒昧告知:您是坨屎。"伯爵遗孀想得更绝:"不,我会写:'滚到俄国去吧!'"

---

① 希思(Heath),时任英国首相。——译注

与此同时,那缺德的希利正在广播上大讲巴伯先生的坏话。

需要的是纪律:

> 这个国家要命的问题就是软弱……我认为不到四个月就可能打起来。如果希思这次向工会让了步,占人口80%的温和派就要绝望了。极端分子会变本加厉。必须有个超级领导人以武力镇压。

他看了电视上的英国职工大会,认为共产主义势不可遏。《每日电讯报》(*Telegraph*)的卡姆罗斯勋爵(Lord Camrose)认为,一夜之间共产党就会夺取政权。多年以前,我们的日记作者说过,假如莫斯利夫妇是斯大林主义者,他就不会和他们吃饭了,"但我从来不反对纳粹党"。他恨左派,一直恨到1848年的巴黎公社社员("可恶的害虫")。到70年代末,"我们"还在,由于撒切尔夫人的缘故,不急着移民了。在巴德明顿庄园,公爵秘书知道村里每个人投了谁的票。"他们给保守党交钱,却投工党的票,(撒切尔的)胜利让他们兴高采烈。"然而,到了1981年,他还在担心俄国人会发出最后通牒,"勒令一周内全部投降"。问题在于"人民"心怀不满,贪得无厌,满口谎言,佣人们老是烦得人写不成东西。

如果说国家还是一团糟,那么教会更是乱七八糟。利斯-米尔恩曾经改信了天主教,但此时却很讨厌它,因为"秘密共党分子"败坏了传统仪式,废弃了拉丁文,把天主教推向了邪路。英国国教也好不了多少。日记作者的妻子在圣餐礼上领到的是一块放陈了的圣饼,牧师的指头也不干净。不幸的是,英国国教的圣餐既有圣饼也有葡萄酒,但那个钟点喝酒太早了,而且那酒还是"文家宜"牌的;那主持仪式的牧师只是"马马虎虎地"擦了擦圣餐杯。也许就是这牧师,曾经在祭衣室里跟一个人唠叨他的大便情况,听得叫人震惊。大众不再上教堂,所以自己去的教堂不久也要变成学校,而且是**公立**学校,日记作者现在站的地方要改成壁球场。好个美妙的新世界啊,每所综合中学都有个壁球场!

国人有个通病，就是佩服真正了不起的势利眼，但对我来说，在这卷帙浩繁的日记中，有些段落并非用阶级属性来取代活生生的人，而是对作者较为可亲的怪癖表现出单纯的兴趣，这些段落才是最有意思的。他跟自己聊天，聊每天怎样洗漱，聊夫妻口角，还有他的梦想，或者写下一段宗教或航海的体验。他躺在床上看书，朝上一望，注意到对面墙上的壁毯。"刹那间，我理解了存在的全部意义。"如果是叶芝这样的诗人这么说，我们往往会严肃对待；这段文字虽然意义不那么重大，但周围的文字尽是不动声色、没完没了的对午餐、晚餐还有开车（motoring）转来转去的描写，这些才突显了这段文字（为什么动词"开车"[to motor]属于上流社会，而名词"汽车"[motor]则属于老百姓？）。

在这些琐碎的描写中，有一些的确饶有趣味。有一次，他在高速公路上开着一辆小车，时速达每小时70英里，还有一辆车与他并行。他不由得想象自己在玩碰碰车，想开心地撞一下对方，然后弹开。他不仅喜欢记下自己的怪念头和出丑经历，也喜欢记下别人的这种事情。有一次，他听到一个希腊人（没有说明属于什么阶级）对卡罗琳·萨默塞特说"哎呀，你的口臭熏死人"（I say, your breath smells beastly），而其实他说的是"我最近见到你最好的朋友了"（I saw you best friend lately）。还有其他这样的精彩片段。

无可否认，他的日记之所以有趣，很大的原因是他谁都认识。他细致入微地描写了科莱特（Colette），写她在午餐时对食物的奇怪选择："她谈到鱼，说狗鱼非常聪明。她说她母亲养了只乌龟，叫夏洛特，整个冬天都在睡觉。每年都有那么一天，她会听她母亲喊：'夏洛特，快醒醒，春天来了。'①"也许，当萨默塞特·毛姆吻她时，她想到的就是这只乌龟。这位作家在其他许多方面也让我们长见识。他肯定地指出，有人叫几个工人把济慈墓旁边的两棵松树砍掉，结果工人把济慈墓打开了，砸烂了济慈和塞文的棺材。利斯-米尔恩是济慈-雪莱委员会的成

---

① 原文为法语。——译注

员,但告诉他这件事的人让他别通知委员会的人。不过对日记作者和他的圈子来说,这算不上秘密。

这样,我们对这个人开始有了一点了解。他对家具、教堂、小摆设、房子知道得非常多,但说得非常简洁("18世纪晚期的房子需要维护,因为容易腐朽")。他喜欢音乐(或者知道他喜欢什么类型的音乐),对自己并不很了解的音乐也很感兴趣。他喜欢美,不论男性美还是女性美,而且描写得很利索(格雷厄姆·萨瑟兰[Graham Sutherland]的妻子"一头乌黑光亮的头发,像留声机唱片一样光滑")。他自己是个双性恋,对此安之若素,而且同情同性恋("搞鸡奸的人好脆弱的")。他对正常和不正常的性行为总体持开明态度,当然也是为了给自己开脱;他更重视谨慎,而不是禁欲。他很佩服记者帕特里克·奥多诺万(Patrick O'Donovan),此人当时在爱尔兰卫队里当军官,"在胜利游行时,他上身探出坦克,接受国王和王后致敬,而他的勤务兵却在下面给他吹箫"。但他能够辨别色欲(不重要)和爱(很关键)。他幻想着,在 A. C. 本森(A. C. Benson)执掌剑桥时,"每个教授都爱着几乎每个本科生"。

这部新的集子《浪漫的鸿沟》(*Deep Romantic Chasm*)是作者年事已高时写的,如他所言,这本集子有变成讣告的危险。但他深深地爱着如今是他编辑的那个年轻人,而且活跃得叫人羡慕。在一般的日记之外,还附有他在诺曼底、卡拉布里亚、阿索斯山的游记,他的阿索斯山之旅还颇为艰苦。此人惯于享受,喜欢吃沙丁鱼和肯德尔薄荷蛋糕,却居然能在阴冷的修道院里苦捱,不能不叫人佩服。

由此,我们也许会思索日记中没有写出来的东西:虽然花了那么多笔墨写豪华的午餐会、开车到这到那、大房子、伦敦俱乐部、葬礼和悼念仪式,但他对于自己如何艰辛劳作,如何不仅写出了这些日记,还写了诸多成就斐然的书,却几乎只字未提。可以说这位作家具备文艺复兴时期所谓"**举重若轻**"(sprezzatura)的品质,能把事情做得很好,却看似不费吹灰之力,简直就像根本没做。

深植于他的性格的势利作风(认为黑人气味难闻)也许令人惊骇。

390 装成上层阶级的样子的确叫人厌恶,但判断一个人是否有显赫的家世要比猜他有多大岁数要容易。而且,只有超级势利眼才写得出这样的句子:"英国的绅士阶层真是势利得叫人吃惊。我们每次去吃午饭或晚饭,都要按等级入座"——那意思想必是,本性不如他那么有趣或重要的人,只因祖上高人一等,就受到优待。他就这样写下去,一本接一本,从头到尾操着如今仍然有权有势的那帮人的腔调。而我们这些可怜的
391 "白丁"会情不自禁,觉得他写得真精彩。

22. 奥登论莎士比亚

奥登于1946至1947学年在格林尼治村的新社会研究学校（New School for Social Research）开设了讲座，这些讲稿[①]系亚瑟·基尔希（Arthur Kirsch）根据四位听讲人的笔记整理而成。多年之后，讲座内容根据学生笔记被整理出来，标志着该人不同凡响，我一时能想起的只还有索绪尔和维特根斯坦，也许还可以加上耶稣。帕斯卡的《沉思录》（Pensées）在他死后很久才被大致整理出来，但他生前已经写好了，所以不需要考虑听错、记错的情况，也不需要考虑学生偶尔会听不懂老师的论述。对老师其实说了什么有争议，看来是难免的，索绪尔的情况就是如此。但基尔希有一个很可靠的听讲人，即阿伦·安森（Alan Ansen），他在听讲之后很快就当上了奥登的秘书。安森听课非常专注，而且博览群书，但他有几场讲座没去听。编辑要把这几场补上，只得依靠远不如安森可靠的霍华德·格里芬（Howard Griffin）（他后来也当了奥登的秘书），以及另外两位女性志愿者，她们保留了春季学期的笔记。

最后编成的这本书，完完整整地记录了诗人说的话，其中不仅谈到

[①] W. H. 奥登（W. H. Auden），亚瑟·基尔希编《莎士比亚讲稿》（Lectures on Shakespeare），2000年。

莎士比亚,而且讨论了许多其他的话题。在做这些讲座的时候,奥登年近四十,已定居纽约。此前几年,即使按照奥登自己的标准,也是极其多产的几年。他于1941年发表了《新年信札》(*New Year Letter*)(在美国出版时题为《双重人》[*The Double Man*]);1944年发表了《暂且》(*For the Time Being*)(《海与镜》[*The Sea and the Mirror*]亦收入其中);1945年出版了一部文集;1947年发表了写于他讲课期间的《焦虑的年代》(*The Age of Anxiety*)。这些作品,尤其是精彩的《暴风雨》(*The Tempest*)续篇兼评论《海与镜》,代表了一位大诗人的巅峰。他是敬业勤奋的典范,这几年里还写了大量散文。

他之所以承担如此繁重的课程,大概和写散文的原因一样,那就是需要赚钱,但从这些讲稿里几乎看不出匆忙或不耐烦地拼凑的痕迹,也看不出他把讲课看成每周都要完成的无聊任务。他不仅讲课,而且还腾出周六下午的时间,和小群学生见面,以便让学生和他近距离交流,而不是只听他在大讲堂里"滔滔不绝"。他一定花了不少时间看书备课,不仅看批评文章,也看文本。他没有写出讲稿,只是做了些笔记,根据笔记讲课,讲完就扔;他似乎没想到要以此为基础写本书。他当时提出的一些想法,十五年后的确出现在《染匠之手》(*The Dyer's Hand*)中论莎士比亚的一组文章里,但这期间他又做了深入的思考。例如,《染匠之手》中那篇论《奥赛罗》的名作,把伊阿古视为恶作剧者,而在相应的讲稿中,却根本没有提到他邪恶性格的这一面;在讲稿中,作者把伊阿古叫作"颠倒的圣人",说他犯下了"**无端之过**"(acte gratuit),如同圣奥古斯丁,偷了梨却并不想吃,拿去喂猪了。过了这么长时间,重点有所改变,是很自然的事,所以基尔希用奥登后来文章中的内容来增补其讲稿时,就得谨慎一点。他对什么时候需要增补、为何要增补,讲得都很明白。

当时,奥登已经很有授课经验,而且他在讲台上那副并不一本正经的态度很受听众喜爱。他的听众人数很多,据说多达五百。有人说,哪怕是莎士比亚来讲奥登,听众的反应也不会更热烈。他们很可能期待奥登讲些奇怪的笑话,发表些逗人的乖谬言论,当然讲座里的确有这些东西;但他们偶尔也肯定愿意听听往往会被误认为布道的讲座。

他受了莱因霍德·尼布尔(Reinhold Niebuhr)和乌苏拉·尼布尔(Ursula Niebuhr)的影响,想努力接受基督教;他读了帕斯卡(在"怀疑"方面很有启发)、奥古斯丁(论述"罪"的权威)、布伯(Buber)、蒂利希(Tillich)的书,尤其是克尔凯郭尔(Kierkegaard)的著作,已经形成了多种基督教存在主义观念,他在这些讲座里曾反复阐述。他特别喜欢尤金·罗森斯托克-休伊斯(Eugen Rosenstock-Huessy)的《源自革命》(*Out of Revolution*),这是一部非常个人化的基督教史;爱德华·门德尔森(Edward Mendelson)贬低此书,说它"追溯的模式是别人想都想不出来的",诗人后来也接受了这种看法。他写《焦虑的年代》时,思想自始至终带有惨淡的宗教色彩。这首诗的背景是万灵节之夜;这个节日设立于公元998年,用门德尔森的话说,罗森斯托克-休伊斯视之为"欧洲历史上最重大的转折性事件之一"。另一方面,他的周围都是犹太知识分子,而且充分了解了纳粹对犹太人的恐怖大屠杀——这也是一个转折性事件,他开始对犹太教非常感兴趣,一度还考虑过入教。在诗的末尾,加拿大空军军官马林回到了岗位上,于是"回归了现实世界,在那里,时间是真实的,所以诗对之毫无吸引力"。他在给学生讲莎士比亚时,脑子里就是这些思想。

几乎从一开始起,他就开始讲"本质的自我"和"存在的自我"(the essential and the existential self)之间的区别。听众肯定觉得这种东西很难懂,他们是来听人讲莎士比亚的,大概没想到课上会谈到克尔凯郭尔之类;就算印在纸上,还是不太好懂。第一次谈到这个问题时,给出的理由是:由此出发,可以讨论理查三世的丑陋如何让他把本质的自我变成非自我,而且绝对强大;相比而言,唐·璜拥有存在的自我,"存在的冲动演变成无穷的系列",所以就有了一连串的征服。书里有好多这样的内容。

奥登本人也特别喜欢一连串的东西,而且喜欢把话题分成小节;我们觉得,与其说这是为了便于听众理解,还不如说是为了满足某种个人的需要。"必须辨别**人性/自然**(nature)的不同含义,"他这样开头,"可以辨别出两种含义:一个和人类特有的东西相关,一个关系到我们必须生活于其中的'物质框架'。古典作家和中国作家用的是第一种含义,而现代西方用的是第二种含义;这第二种含义又可分为四类……"这是为了引出关于《仲夏夜之梦》的讨论。在该剧中,莎士比亚"把自然神秘地人格化,让自然变得像人,缩减自然的配角地位以迎合喜剧的情节"。接下来专门讨论神话,提到了《图腾与禁忌》(*Totem and Taboo*)、弥尔顿的《耶稣诞生颂》("Nativity Ode")和但丁。至于精灵对人生的干涉,应该认为这反映了由命运带来,而我们必须承受的大大小小的厄运。这是责任的问题:"我们的责任是……(一)……(二)……(三)……"说着说着,他话锋一转,说他不喜欢纽约的自然气候;他认为,大自然从来没有想让谁住在这种地方,而只想让人住在"欧洲的一小块地方和新西兰"。他总算讲了点轻松的内容,真是叫人松一口气。

他说到《终成眷属》(*All's Well that Ends Well*),"有两种对自我的满足……"。在《一报还一报》(*Measure for Measure*)中,有"针对一条我们认为不公正的法律的四条声明"。要理解《麦克白》,必须认清"三类罪"和"三种社会"。爱的花言巧语也可以说有三种。对喜剧之类问题的专门论述没有这么严谨,但同样严肃,其中包括这样的看法:主人有本质,而佣人只有存在——可惜雇佣人不流行了,佣人可是很有用的戏剧素材(见《染匠之手》中的《巴兰和他的驴子》)。

这样的解释可以没完没了,有时候甚至没多少时间讨论戏剧本身。奥登的脑子里想的全是基督教伦理学和心理学,借讲莎士比亚之机加以阐释;而且莎士比亚对这些问题的看法显然是基督教性质的,这就更让奥登有了大事渲染之机。社会是什么?我应该怎样爱我的邻人?我必须怎样爱上帝?他宣称:"除了宗教信仰之外,别无信仰。"他认为他早期诗作的毛病就是伪信仰,而莎士比亚的早期诗作则没有这个毛病。

由这些信念出发，似乎可以说，美学、艺术的总体，尤其是他自己的诗歌艺术，和严肃的宗教信仰联系在一起考虑的时候，都显得微不足道。"艺术家从严重的自我问题出发。艺术完全没有必要。像爱情一样，艺术不是个责任的问题。"他赞成克尔凯郭尔对美学和伦理的区分，指责前者实为绝望。要紧的是从伦理、宗教的意义上认识到自己和上帝之间的关系。这种观点，奥登在其他作品中更直接、更有力地表达过，影响了他关于莎士比亚的许多论述，也将影响他自己的诗歌创作。后来，他想把诗写得尽量像散文，而又不完全舍弃韵律；在这里，他举出《辛白林》(*Cymbeline*)第五幕第三场第 28—51 行来欣赏，这段话"导演经常删去"。"这种文字不是马上就能引人注意的，但每个练习写诗的人都会一再回顾这样的段落，而不是看似精彩的东西……想学习技艺的作家，可以通过研究这些段落学会写诗。"

奥登极少评论莎士比亚的语言，这是其中一例。他也许会提到特定的一段，如亨利五世关于操劳国事的独白，说它是"糟糕透顶的诗"，但也就点到为止，只是说这"本该如此"。他有时会大段地朗读，不作评论。这样一来听众倒是很受用；他们不需要费劲的解释，因为他们来听讲这件事本身就是要表明，他们有资格辨别好的文字。奥登的编辑说，"当然，他能够深刻理解莎士比亚的诗"，实际情况当然的确如此，但他故意很少这样做。他偶尔为之，有时明智地参照乔治·赖兰(George Ryland)的《词语和诗歌》(*Words and Poetry*)，此书出版于 1928 年，同类著作无出其右者。奥登对莎翁诗歌的讨论，很可能有一些没有流传下来，但不论如何，他的主要兴趣不在于此。

在某种意义上，他认为莎士比亚的主要兴趣也不在于此。"我发现莎士比亚对待其工作的态度尤其让人喜欢。有些最伟大的艺术家，如但丁、乔伊斯、弥尔顿，一心要写出鸿篇巨制，以此为傲，这有点让人恼火。能够既献身于艺术，又不忘记艺术之浅薄无聊，这才是个人品格的巨大成就。莎士比亚从来不把自己太当回事。"在此情况下，这大概就是他所能给予的最高褒奖了。

奥登当时身陷一场令他焦虑不安的风流韵事;他虽然一般不直接提到自己的生活,却偶尔思索爱情,以及更广泛的问题,即一个人对另一个人的责任。他引用丹尼斯·鲁日蒙爵士(Denis de Rougemont)的话(浪漫爱情是相当荒谬的幻觉),欣赏克尔凯郭尔的崇高思想:婚姻是精神关系的试验场。这些就是他长期以来思考的事情,来自那些年他自己的境况。给他写传记的人会对之感兴趣,但他自己却认为,艺术家的传记就是他的作品,除此之外,谈论他的生活,只是令人生厌的飞短流长。但他有时候的确会猜测莎翁的生活,这很叫人诧异,其言下之意是,他是个诗人,所以比其他人更能了解这个问题。艺术家得学会干一样活,而他们有时候会讨厌这种活,也许一直都讨厌。他认为莎士比亚一定就是这样。他发现,有一个时期,莎士比亚"要么是病了,要么是累坏了",在此期间写了(或写了一部分)《雅典的泰门》(Timon of Athens)、《辛白林》、《佩力克里斯》。他还颇为肯定地认为,莎士比亚会和他一样认为,艺术往往"相当无聊"。

他谈到了小作家和大作家的区别,说得很有趣:大作家"永远不停地努力",总是尝试新东西,失败了也不在乎,莎士比亚、瓦格纳、毕加索属于这一类;而小作家只写一部代表作,要让它达到同类作品的完美境界,但丁和普鲁斯特属于这一类。莎翁的十四行诗让他有点烦恼,一切关心似乎属于个人问题(如性欲问题)的诗都让他烦恼。他问道:"为什么这么多诗都是写爱情的,而很少写吃呢?吃和性爱一样让人快乐,而且从不让人失望。"在关于《罗密欧与朱丽叶》的一讲中,他较为详细地讨论了这些问题。他基本上都是恭恭敬敬地讨论莎翁的作品,却偶尔不肯涉及他看不起的几部剧,其中包括《驯悍记》(Taming of the Shrew)和《温莎的风流娘儿们》。他不愿讨论《温莎的风流娘儿们》,对学生说,他们应该感谢莎翁写了这部剧,因为有了这部剧,才有人写出"一部非常了不起的歌剧"。然后他放了《福斯塔夫》的唱片。见他如此偷梁换柱,一个学生提出抗议,说他交了钱是要听奥登讲课的,不是来听他放唱片的。

对《哈姆雷特》《麦克白》《科利奥兰纳斯》这几部戏，他与众不同，对它们持贬低的态度。他认为莎士比亚一定对《哈姆雷特》很不满意，不喜欢其中的独白，因为这些独白可以多少独立于这部戏——这个观点有道理，但也有争议；更奇怪的是，他认为整部戏一定是用来存心和演员过不去的。有时候，他虽然并不太喜欢某部戏，却仍然觉得有许多话可谈，比如在讲《皆大欢喜》(As You Like It)时，他认真讲解了古代的尚古主义和燕卜荪对田园诗的论述，引用了一首爱尔兰古诗和歌德的诗，还有《爱丽丝漫游奇境记》。讨论《爱的徒劳》(Love's Labours Lost)时，他根据 C. S. 刘易斯（C. S. Lewis）的《爱的寓言》(The Allegory of Love)，概述了"宫廷爱情"(Courtly Love)；他还颇为在行地讲述了文艺复兴时期的新柏拉图主义，大都合情合理地借自欧文·帕诺夫斯基（Erwin Panofsky）的观点。他认为《爱的徒劳》是莎翁最完美的剧作之一，称赞了它的机智幽默。

论《威尼斯商人》(The Merchant of Venice)的一章，在我看过的论述该剧的文章中属于上乘之作，该文章清楚地描绘了莎士比亚眼中的威尼斯社会，精彩地讨论了放高利贷的问题，对夏洛克的论述既有道理也有见识。但他还是最善于写他最欣赏的几部戏——《亨利四世》上下部与《安东尼与克莉奥佩特拉》。讲稿中对《亨利四世》的论述，在《染匠之手》里得到了进一步发挥。奥登厌恶亨利王子——那种后来成为政治家或大学校长的人。（门德尔森说，奥登对哈佛大学校长詹姆斯·布莱恩·科南[James Bryant Conant]的看法是："这是真正的敌人。"）然而，他喜欢福斯塔夫，但不是把他看成空虚、慈爱、无与伦比的约翰爵士，而是喜欢他是个有血有肉的人，和那怕人的王子恰恰形成对照。这种人你不会让他去治理国家或管理大学，却很有气派。他很胖，但和哈尔①的言行举止比起来，胖的是那王子。接下来，奥登思考了人长胖的

---

① 哈尔(Hal)，亨利王子的绰号。——译注

原因:他们吃下卑微的饼①,把骄傲当酒吞下②,而酒让人忘记时间(奥登认为,时间在这些剧中非常重要),使人变得像孩子般天真无邪。福斯塔夫要通过哈尔获得生命力,遭到拒绝之后他就死了。福斯塔夫可以当个艺术家,只是艺术家不仅需要天生活泼,谈吐机智幽默,还需要一点哈尔的权术和谨慎。

奥登称赞《冬天的故事》第三幕第三场,说它是"莎士比亚戏剧中最美的场景":在波希米亚的海岸上,安提哥纳斯放下了婴儿潘狄塔;牧羊人发现孩子时,安提哥纳斯被熊吃掉了。但奥登欣赏的是情景,而不是语言;他说,你可以用别的话来描述这个情景,结果还是会像梦境一样美。奥登认为,神话不论怎么讲述都可以成立;他不信任语言,但又崇拜语言——这是优秀诗人的权利。但他之所以觉得这个场面格外美,想必是因为老牧羊人说的那段有名的话。

除此之外,他最推崇的只有《安东尼与克莉奥佩特拉》,对这部剧的论述颇为华丽。他同情主角之间的爱情,这种爱迥异于罗密欧与朱丽叶之间、特洛伊罗斯与克瑞西达之间的爱;前者只是初尝男女之爱,而后者则粗鄙而虚假。而安东尼和克莉奥佩特拉两人都是最后一次恋爱,目的是摆脱未来、衰老、死亡。"他们需要最大限度地公开,最大限度地与美食、华服、美酒为伴。"他们诗歌体的情话像美食一样,即使感官已经冷静下来,也仍然使人兴奋。为了说明这一点,他引用了几行"极好"的诗,的确极好:

> 万君之君,
> 你无限完美的英雄啊!你带着微笑
> 从天罗地网之中脱身归来了吗?

还有一个小小的诚然是神来之笔的场面,其中"安东尼所崇拜的赫剌克

---

① 原文为"eat humble pie",英文成语,意为"认错道歉"。——译注
② 原文为"swallow their pride as drink",为英文成语,意为"忍气吞声"。——译注

勒斯/现在离开他了";奥登说这段"很美"(beautiful),而这位批评家是很少这样说的。这部戏最让他感动,虽然他也喜欢莎翁的某些晚期喜剧,因为这些喜剧把世界描绘成"你想要的模样,除此之外,没有什么东西更让你想哭"。但他更感兴趣的还是这部讲罗马时代的戏——背景是宏大的皇宫,文提狄斯替安东尼在遥远的东部边疆打仗,屋大维在罗马策划阴谋,已知世界的未来悬而未决——而这对恋人却卿卿我我,互相倾诉着美妙的话语,爱得死去活来,也恨得毫无节制。奥登说这部戏"非常震撼"(tremendous power),也表现了人人都有的俗世情怀,因为"我们都会遇到赫剌克勒斯离我们而去的时候"。

最后一讲客观公正地说到,在伊丽莎白-詹姆士一世时代戏剧短暂的繁荣期中,莎士比亚胜过了所有的对手。在短短几年里,莎士比亚形成了他的"中期风格",用赖兰的话说,是一种"与内容合拍"的风格;在《冬天的故事》开头,莱昂提斯说的那些话,"词句风格完全自由",表现了这种风格达到了非凡而难能可贵的成熟阶段。奥登在周六下午和学生见面时,分析过这种段落,要是有人把他的话记下来就好了。

于是,我们看到这样一个莎士比亚,和他的阐释者一样,创造艺术却又不把它太当回事。"他越来越强烈地暗示……艺术相当无聊。"然而,尽管这本书里有许多类似的话,对莎士比亚却的确是认真对待的,其表现之一,就是这位讨论莎翁的诗人按照其所设计的诗人形象,重新阐释莎士比亚。奥登有时候一定觉得这个差使是浪费时间,但还是在其中投入了这么多热忱与智慧,投入的程度也许会让我们感到惊讶。他从未想过把讲座笔记保存下来写成书,我们因此对这本书更加怀有敬意。这是来自一位技艺娴熟的同行的献礼,他的学问足堪此任——虽然在研究深度上当然比不上约翰·贝里曼(John Berryman)论莎翁的书,却足以阐明讲座的话题,也顺便让我们了解讲课的人。这是一项了不起的成就,借用弥尔顿的话,是用"左手"完成的。

23. 唐·德里罗

出版商对《行为艺术家》①一书冠以"单薄"一词,意指其风格洗练,同时也委婉地表示该书"相当短,特别是考虑到其定价的时候"。这本书紧接着《地下世界》(*Underworld*)出版,而《地下世界》的长度(或者厚度)是前者的七倍之多。几乎人尽皆知《地下世界》的开篇描写的是一场著名的垒球比赛,而《行为艺术家》全书大概只有这场垒球比赛的长度。

唐·德里罗(Don DeLillo)是一位风格多样的严肃作家,我们需要把他尽小说极长或者极短之能事看作为了反映其才华不同层面的有意为之。《地下世界》位居美国小说巨著之列,也是所有真正的作家梦寐以求的作品。从结构上该小说类似于品钦的《万有引力之虹》(*Gravity's Rainbow*)。我们不由想起品钦也写过一部极为出色的中篇小说《拍卖第49批》(*The Crying of Lot 49*)。如果说美国小说写作有两大传统的话,则两者都在德里罗的两部小说中淋漓尽致地呈现了出来。其传统之一可说源于霍桑,另外一个则承自梅尔维尔;前者单薄内敛,后者厚重磅礴、洋洋洒洒,立意涵盖整个世界。总体而言近年来重量级作品占了上风,而对类似格伦韦·韦斯科特(Glenway Westcott)

---

① 唐·德里罗(Don DeLillo),《行为艺术家》(*The Body Artist*),2001年。

的评论已经鲜少闻及。韦斯科特是那种风格纤细的作家,葛特鲁德·斯泰因(Gertrude Stein)曾对他有以下评论:"他的作品犹如糖浆,但是流不出来。"当我读《身体艺术家》的时候不由回想到该论断。但是这本小说中,糖浆的确是缓慢流了出来。

《地下世界》旨在塑造的复杂意象是20世纪后半叶美国绝望的状况,同时也稍稍提及世界的其他地区,因为如果只谈论美国,还是不能够穷尽与生活、文明以及未来的衰退有关的所有话题。该小说有一个基本的叙事观点;回顾垒球的历史,其实类似我们有时候在学校里所做的练习,例如追踪一枚六便士硬币的历险之类,只不过是一个更为宏大的版本。但是,德里罗的观点却可能包含众多的叙事主体和角色,我必须承认自己无法完全把握所有一切。垃圾是其中一个核心的、常被重述的主题。垃圾正在统治这个世界:"我们排泄的东西回过头来吃我们。"

在此处,垒球,与几乎所有其他影响我们生活的事物相比,往往具有一种田园般的简单特质。这本薄薄的小说很可能萌芽于这一事实,即举行那场伟大的短旗决定赛的当天,苏联正在进行第一颗原子弹爆炸的实验。而辐射微尘如果不算是宇宙意义上的垃圾,又能是什么呢?它象征了所有希望的终结,就连垒球赛也不再是简单纯粹的垒球赛。但是实际上,因为一些重量级观众,例如 J. 埃德加·胡佛(J. Edgar Hoover)及其亲信随从的出场,比赛早就被污染了。

在这个关键时刻之后,现代历史似乎开始全面走向下坡路。20世纪60年代是一个"疑心重重"的年代。邪恶发展成为一个体系。世界处于邪恶的"系统控制之下",控制如此之宽广,我们甚至都无法设想橙汁和橙剂①之间有任何关系,而体系将这两者"以超出"我们理解的"程度联系在一起"。甚至连离现在不远的前体系时代的过去也成了我们

---

① 美国在越战中使用的落叶剂橙剂,造成越南民众大量死亡,并引发了严重的后遗症。——译注

怀旧的食粮。一首旋律能够带你"找到床边收音机和厨房香味,以及冰箱边的地板革起皱的样子的回忆"。我们甚至都怀念冷战时代。

> 很多依附在权力平衡和恐惧平衡之上的东西都破灭、脱离了。现在一切已经没有了限度。钱没有了限度。我不再能够理解钱的意义。金钱破灭了,暴力破灭了。现在暴力更加容易实施,被连根拔起,失去控制,不再有尺度,不再有价值度。

《地下世界》是一本勇敢的著作,论断坚定有力,在时空范畴之上气势宏大。其叙事由非凡的想象力推动,对话技巧引人瞩目,描写充满生机。德里罗不是第一次写出一部杰作。品位更为温和的读者也许更推崇一些早期作品,尤其是创作于1984年的《白噪音》(White Noise),回归美好的冷战时代的旧时光。故事发生在新英格兰一个小小的大学城,笼罩全篇的是一次工业污染事件、一场致命的毒雾,但是保存了邻里之间的欢乐回忆。故事几乎一直都谐趣横生,有时甚至很滑稽,也有点温情脉脉。(在新故事中"有点"[somehow]被描述为语言中语气最弱的词,是一个不名誉的词,乔伊斯保留它用来替代"是"。)

德里罗放弃复杂和博大的巨著,并代之以撰写一部精密的结晶一样的中篇小说,这看似一种对写作能力的挑战。而在现在这个变小了的世界里,语言的生动和洞察力的持续却不一定也减少了。这位巨著作家所有的能量现在必须应用到一个不比简·奥斯汀的故事情境更复杂的简单的特定情节之中。

前面小说题目中的"白噪音"实为死亡,而德里罗的头脑里全是这些大概念。《行为艺术家》一书的腰封就立刻告诉我们,这些大概念包括空间、爱情,以及死亡。一个星期天早晨,在新英格兰一处租来的大房子里,一个男人和一个女人在厨房吃早饭。他的烟抽完了,他在找车钥匙。他开车出去了,可不但没有带着烟回家,反而开到了纽约,在一位前情人的公寓里开枪自杀了。

女人一直住在租来的房子里。她是一名"行为艺术家",白天一切如常,到了晚上就在互联网上看一个不知名的芬兰小城郊区的交通录像。

最终她察觉到家里住着一个擅自闯入者,这个陌生人说着口音古怪的英语,不会用语法时态,在很多其他方面也明显低于规范标准,但是她却和他形成了一种紧密的关系。他偷听到她死去的丈夫——一个电影导演——曾经对磁带刻录机说过话,发现自己可以模仿这个死去的人的声音。女人把陌生人接纳为家庭的一名成员,并且想通过磁带刻录机来和他谈话。但是尝试失败了,因为缺少私人交流所依赖的莫名的在场性特质。这两个谈话者不能分享共处于过去和未来之间一个特定时段的感觉。陌生男子发展了一种类似诵经的谈话,似乎能够以此把自己等同于一个既不是现在,也不是过去和未来的时刻。"他是另一种结构,另一种文化,其中时间就像是这种结构或者文化:透明、空洞、全无遮掩。"有时候他重复死去的丈夫的只言片语,或者女人的话,时态有时是过去时,有时是不太明显的未来时态,因为"这是一个记得未来的人"。

当她的客人消失的时候,她自己在电话上模仿他的声音。她,这个行为艺术家,在马萨诸塞州的剑桥镇做了一次行为艺术表演,表达她对于时间的新发现。她不光模仿了闯入者,还在行为表演中加了很多其他指涉,甚至还播放了那个芬兰小城的双车道高速公路的录像。她在行为表演中尽可能消除了时间的流逝感,而一些容易不耐烦的观众感觉这样似乎没完没了,于是起身离去。她回到房子里,似乎终于感到了事实和幻想是分离的,又一次感觉到"自己体内时间的流动"。

在我如此讲述这个故事的时候,我没有违背规则泄露任何故事情节,因为这本书的有趣之处主要就在其文本结构之中。其不断重复的碎片式主题——手不可避免地接触到楼梯的栏杆支柱,当她脱下自己总是邋里邋遢的毛线衣时胳膊碰到头顶的灯,一个日本邻居走路的步态(后来在剑桥的表演中她把这一步态融合于其中),还有在花园喂食器那里鸟儿的姿态和鸣声——使人感觉这好像是一本旧式的"新小说"。

要想读懂这个故事，必须学会阅读故事开头一章。厨房的细节——水从水管里流出来，先是清澈，然后变得不透明；必须按两次吐司机的键才能把面包片烤成想要的褐色；麦片盒、一把蓝莓，还有大豆的碎粒——所有这些细节都有其用意，使人感觉物质充裕的过去的好时光又回来了。丈夫试图想起他要说什么，最终想起来了，却没有说出口。收音机开着，他关了，又打开，想起来他刚刚才关上，于是又关上了。夫妻两人以很微妙的方式分隔开来（好久没有在一起了），但是在其他方面更像是一体。她要把一根头发从嘴里弄出来，他剃须的时候割到了下巴。尽管她知道他想跟她说什么，还是坚持让他说出来，然而他没有说。这些看起来都像是很平常的无法交流的症状。

当他离开了房间，她意识到自己要告诉他些什么。有时候直到他离开他们在的房间时，她才能想起来她想告诉他什么。然后她思考了一会儿。然后她会喊住他，或者就此作罢，而他有时候会回答，有时候不会。

他想说但没有说的，是他听见房子里有种声音。后来，在他走了以后，我们就会发现这声音是楼上那个闯入者发出来的。

诸如此类。最终他问她车钥匙在哪里，然后出门了。这一幕的有趣之处部分在于对 50 年代的旧技巧的娴熟运用，作家建立起一种细节充溢的幻觉气氛、一个灯光明亮的时刻，尽管我们当然不知道这是这对夫妻死别的时刻。但其中也很巧妙地穿插了一个更加常规的情节安排，即楼上传来的轻微声音的意义被延迟。

重读此书，读者不由得感到作家的技艺几乎毫不逊于鸿篇巨制的《地下世界》。但是我还是要说，《地下世界》的很多拥趸会觉得这本新小说像绊脚石，除非他们能够看出——就像书的封面告诉我们的一样——这是又一本关于时间和死亡的沉思录，是这位雄心勃勃的作家的力量和视野的又一次证明。

24. 马丁·艾米斯

这个集子①的主标题乍看似乎刻意追求平淡无奇,但其实恰到好处。如果想写出好文章,首先要注意的,就是避免坏文风和陈腐思想。正面的要求可以留待以后,但最好不要让读者等太久。陈词滥调(cliché)表现出的症状就是思想陈腐,毫无例外。马丁·艾米斯(Martin Amis)一直想当个好作家,而且得偿所愿。他早早地养成了警觉的习惯,拒陈词滥调于大门之外,而且这个习惯是不容易打破的。有几位批评家哪怕连在报纸上发表一篇短短的书评,都要考虑一番书的结构、其文理上的瑕疵、其中的陈词滥调;马丁·艾米斯就是其中之一。

多年以来,艾米斯一直坚持原则,对陈词滥调大为不满。约翰·福尔斯(John Fowles)是个突出的靶子:"他挤出了一个苦笑"(He managed a wan smile);"天哪,你真幼稚"(God, you are so naïve)。虽然他大谈笛卡儿、马里沃②、朗浦利哀③、阿里斯托芬,但写出这种东西,却不可原谅。其他的书评家也许会称赞托马斯·哈里斯(Thomas Harris),说他不会写出"一句丑陋或者死板的句子",但艾米斯却发现

---

① 马丁·艾米斯(Martin Amis),《推陈出新:1971—2000 年间论文与评论集》(The War Against Cliché: Essays and Reviews, 1971—2000),2001 年。
② 马里沃(Marivaux),法国 18 世纪喜剧大师。——译注
③ 朗浦利哀(Lemprière),英国 18—19 世纪古典学者。——译注

了许多这样的句子,称哈里斯为"英文句子的连环杀手",说《汉尼拔》(Hannibal)是"文章的大坟场"。他认为,其他的评论者之所以看法与他相反,是因为他们没有去"听"文章,而且,更普遍的原因是,他们对文字已经没有高下优劣之感了。有的作家的确胜过其他作家,但这些人却看不出来,因为他们"有一种铲平差别的冲动"。"玛尔戈不由自主地大笑起来"(Margot laughed in spite of herself)和"鲍勃·斯尼德打破了沉默"(Bob Sneed broke the silence)这样的句子不仅死板,而且给一切好作家造成无端的痛苦。像许多作家一样,哈里斯时不时地来一点"捉摸不透的陈腐诗语",这只能让情况变得更糟。他说某个东西"的确有树脂般的心"(truly of the resinous heart),艾米斯不知道他在说什么,我也不知道,但我能感觉到其中的一丝诗意,知道这是盗用了叶芝的诗。这果真是"技艺精湛的庸俗"。艾米斯本人有时候也借用一点高雅文学("绿色而苍白"[green and pale]、"塞满了承诺"[promise-crammed]、"衰老的唯一结果"[the only end of age]),但总是用得有意义,而且他总是宅心仁厚地认为,像样的读者不仅知道那是什么意思,而且知道其出处,知道为什么值得盗用。

如果是凭记忆引用,要做到准确无误。安德鲁·姆辛(Andrew Motion)并不受艾米斯推崇。姆辛说,拉金(Larkin)的选集旨在提倡"他想要人家用以欣赏他的品位"(the taste by which he wished to be relished);这话改写自华兹华斯——"每位作家,只要是伟大而又**有创意**的作家,都要**创造**那种人家用以欣赏他的品位"(*creating* the taste by which he is to be enjoyed)。但姆辛写的是"which ... wished ... relished",这在华兹华斯和艾米斯那里都是通不过的。也许这都是小问题,但如果你像艾米斯那样,认为这些问题反映了一种危害极大的病症,或者哪怕仅仅将其看作恶劣文风,就不会这样想了。

作家应该在各方面都彬彬有礼,态度要谦恭,文学功底要好。如果"一个句子必须读两遍,即使你连一遍都不想读",这罪就受得冤枉。更糟糕的是叫人皱眉的斯文话:"四十分钟的远足之后,我和狗来到山巅。"(a forty-minute hike brought the dog and I to the top of the hill)艾米斯是富勒①迟来的弟子,痛恨"求雅换词"②:"总统在纽约时似乎支持激进派,而在华盛顿时却似乎支持保守派"(If the president seemed to support the Radicals in New York, in Washington he appeared to back the Conservatives)。我这才发现,这里不仅有"求雅换词",而且还有一处大过——"无意义的交错法"③。

除了贝娄(Bellow)和纳博科夫(Nabokov),没有人能确保不挨他痛批。他这样严厉,似乎是出于学究气,但其实不然。如果他只是对富勒认可的正确语言怀有狭隘的兴趣,也许并不值得向陈词滥调宣战。但陈词滥调是一种必须根除的病,它感染头脑,甚至心灵,它使人无法诚实,而在艾米斯看来,诚实是作家无可置疑的责任。在序言中,他说他年轻时喜欢出言犀利,语带讥讽,但现在要努力避免。那样哗众取宠固然让读者和不成熟的读者觉得快活,但对于人到中年的重要人物而言,就不合适了。这种态度倒是比豪斯曼(Housman)的做法厚道多了——此人杜撰若干精辟的骂人话,藏起来留待日后使用。艾米斯说,如果中年人出言犀利,语带讥讽,那就像"装扮成绵羊的羊肉"。他这样放弃过去的做法,反映了坚定的道德立场,但他仍然有责任向陈词滥调和"邋遢文字"开战。

极少有人免遭批评。他轻而易举地打败了安格斯·威尔逊(Angus Wilson):此人会描写"令人敬佩的克罗夫特海军上将"(the admirable Admiral Croft)和"令人作呕的革命行为"(a revolting revolutionary act)。虽然在深思熟虑之后,艾米斯对 V. S. 普里切特(V. S. Pritchett)表现出亲切的欣赏态度(在一篇早期的文章里,他的钦佩之情表达得更充分一些),却认为他连标点的基本用法也不懂,其标

---

① 富勒(Fowler),英国词典编纂家,与其弟合著《标准英语》一书。——译注
② "求雅换词"原文为 Elegant Variation,即用同义词指代同一事物。——译注
③ "无意义的交错法"原文为 Pointless Chiasmus;chiasmus(交错法)指把排比结构的第二句倒装。——译注

点"纠缠不清,大用特用,是维多利亚时代的风格",而且形容他的有些句子为"堆砌辞藻"或"火车失事"。艾米斯的铅笔好比起重机,在这些句子上转悠了一会儿,遗憾地收回去了。艾丽丝·默多克(Iris Murdoch)徒劳地想通过使用引号来避免陈词滥调:"不利的处境"(the wrong end of the stick)、"有价值的活动"(worthwhile activities),但别想这么容易逃过艾米斯的眼睛:"陈词滥调或敷衍充数,就算放在引号里,也还是陈词滥调,还是敷衍充数。"默多克也喜欢用"火车失事般的形容词",这一点也对她不利。

特别容易感染陈词滥调的一个地方是副词。如果唐·德里罗笔下的一个人物"轻声地"说出什么话,你就知道他在借用"轻声地说"这个悠久的传统,这等于是宣布:下面要讲的话是特别重要的。一般的书评家,甚至包括这位不一般的书评家,都无法避免"真正地高兴"(genuinely pleased)、"精彩地实现"(brilliantly realized)、"精彩地讲述"(brilliantly told)之类的断语。艾米斯自己在一些很罕见的情况下也染上了这个毛病,和他的许多写得不怎么精彩的文字一样,这些评语往往出现于写他最尊敬的作家的文章里;在这本书里,他最推崇的是 V. S. 奈保尔(V. S. Naipaul)。

一般来说,为了保护他的健康和品行,他尽量远离副词的常规用法。我把矫揉造作的副词列了个单子,这里是其中一些:乐观得容光焕发(beamingly upbeat)、写得跟跟跄跄(lurchingly written)、深深地未感震惊(deeply unshocked)、好得令人难堪(embarrassingly good)、大大地紧张(tremendously unrelaxed)、不安地成果丰硕(fruitfully uneasy)(出自普里切特)、光秃秃地可怜(pitifully denuded)(当然适于形容书架上李维斯派批评家的作品)、刺耳地东拉西扯(janglingly discursive)、残酷无情地放纵(remorselessly indulgent)、头脑清醒得怕人(scarily illusionless)、极度地缺乏魅力(hugely charmless)、庞杂地专心致志(promiscuously absorbed)、习惯性地腐烂(customarily rotted)、哈哈大笑地让人习惯(chortingly habituate)、施展巧计地残酷(finessingly cruel)、有才得不依不饶（implacably talented）、嘴巴臭烘烘地吵架（bicker halitotically）。

这种表达方法的一大好处在于，作者可以相当肯定，这些说法不会有人再用，更不可能变成清晰思想和高尚品德的新阻碍。艾米斯偶尔允许自己写一点不那么"不落俗套"（off the beaten track）（默多克小姐会这样说）的东西，比如"被残酷地重压着"（cruelly burdened），而不是"被重负压得要垮掉"（crunchingly loaded）之类，或者说一本书已经"极为陈旧"（aged dramatically）（如果另一位作家用这个副词，他很可能认为是俗套），或者写道：某人"赞成……自由性爱"（espoused ... free love）。但他因为在这样的"长途跋涉"中"不停地卖力"，与陈词滥调做斗争而功不可没，可以免受非议。

作者没有忽视，要在文字中、头脑里或者心里面阻止陈词滥调，还有其他同样巧妙的办法。他认为，乔伊斯是能够让陈词滥调"搬起石头砸自己脚"的大师。"夏夜已经开始把世界揽入它那神秘的怀抱"——《尤利西斯》中讲瑙西卡的一节这样开头，艾米斯在本书中说这一节是"一切文学中最伟大的段落之一"。艾米斯准确地指出，女主人公格蒂·麦克道威尔是个"陈词滥调的美妙贫民窟"。他发现，乔伊斯"从来不天真地使用陈词滥调"，说整部小说就是"关于陈词滥调"的。这种泻药似的成就带来一个轻微的副作用，就是《尤利西斯》一书本身，整体而言是一个"结构性的陈词滥调"，会让人觉得无聊。在马车夫的住所发生的那一幕，是故意侮辱写作这个概念本身，是一场噩梦，充斥着重复、同义反复、双重否定、求雅换词、愚蠢错误、无依着修饰语："莫扎特的《第十二弥撒曲》让他陶醉，其中的《荣耀颂歌》在他看来是一流的音乐，简直把其他的一切扫进了一只三角帽。"艾米斯看了许多页这种东西，实在受够了："作者有能力带你去任何地方（他无所不能），但老是带你到你不想去的地方"，"哪怕别的什么都不干，光看《尤利西斯》，也要花一星期"，这一点是有意义的。艾米斯总是觉得自己能够既承认一部作品很伟大，又不否认它也许很无聊，而且太费时间。发自内心的钦佩和诚实的批评相结合，很是吸引人。

经典文选已经死亡，艾米斯年轻时熟悉的那种文学批评也已经成为历史，他为此感到遗憾，却并不认为值得花宝贵的时间来讨论这个。尽管如此，他还是遍览经典，随时表现出一种强烈但逐渐减弱的兴趣，其对象并非文学批评时代的伟大人物，如 I. A. 瑞恰兹（I. A. Richards）、F. R. 李维斯（F. R. Leavis）、诺斯洛普·弗莱（Northrop Frye），而是可以很含糊地称为黑兹利特①传统。但他还是略受"意图谬见"②的困扰，所以偶尔会出现逻辑混乱："在考察作家的作品时，虽然他们的生活只是额外的东西，不一定非要考虑，但简·奥斯汀那沉闷的老姑娘生涯——长得不好看、没有子嗣、死时还是处女——让她的喜剧带着失意的调子，还有一种无家可归的意味。这也证实了一种感觉，那就是她后期作品的女主人公变得越来越虚无缥缈……"而且，他还责怪处女奥斯汀对莉蒂亚太残忍。"读者开始觉得，艺术家应该不至于此；我们希望他们不至于此。"《傲慢与偏见》虽然具有"永恒的幽默和活力"，却算不上艺术品；问题是，假如我们不知道作者因长得丑和终生未嫁而令人失望，还会不会有这样的看法。

总之，或者像艾米斯允许自己说的，"简而言之"，这里有一位功力非凡的文学批评家，一位"后文学批评"批评家，总是好讽刺人，直截了当地批评作品本身。在此书中，说得对和说得滑稽往往是同一句话的两个不同侧面。读着读着，你常常会不由自主地轻声咯咯笑（quietly giggling），或咯咯地轻笑（gigglingly quiet）。他的抨击惊人的准确，与之相符的是直言不讳的谴责。亚历山大·瑟鲁（Alexander Theroux）在句子中间从 which 换到 that，作者将之斥为"假求雅换词"。更糟糕的是，那个句子本身就是"一场灾难：丑陋、虚假、文理不通"。

---

① 威廉·黑兹利特（William Hazlitt，1778—1830），英国著名浪漫主义文论家。——译注

② "意图谬见"原文为 Intentional Fallacy，文学批评术语，指认为文学作品中作者的意图是最为重要的观点；新批评派视之为谬见。——译注

更为出名的作家照样挨批。一篇谈《堂吉诃德》的文章开门见山："《堂吉诃德》尽管显然是无懈可击的杰作,却有个相当严重的缺点:根本不堪卒读。"人人都可以壮着胆子这样说,但没有几个人能像艾米斯那样,在这篇文章中轻快而又有力地说明原因。文体上的灵活技巧与判断相辅相成。他思考了很久以前英格兰足球队的一次管理上的危机,得出结论:"要责怪罗恩·格林伍德实在是轻而易举,但我认为,我们就应该责怪罗恩·格林伍德。"然后他就把格林伍德批得体无完肤,因为他选的守门员"侧身跑出球门线,挥舞着胳膊拦截根本不会进球的横传;整个晚上,好像一个沙滩球都能从他两腿之间漏过,直入球门"。当然,那是二十年前的事了,现在评论足球的语言都严格讲究宽厚温和。

艾米斯喜欢看比赛,尤其是网球和扑克,但他看的更多的是象棋比赛。他写过一篇谈鲍比·菲舍尔(Bobby Fischer)的文章,可以说很精彩;菲舍尔在雷克雅未克大获全胜,乔治·斯坦纳(George Steiner)就此写了一本书,艾米斯则写了篇友好的书评。他以敬佩的语气写道："没有对中局和巴赫的《赋格的艺术》做任何详细比较。他一页接着一页写下去,没有一处提到奥斯维辛。"所有写得好的文字(艾米斯不礼貌地称之为"灾难性的肌肉男")都只写象棋本身:"整场比赛落棋那充满活力的流畅衔接,晶体电枢展开的分叉,在第一着里就发生了内爆......"年轻气盛的批评家对此书的优点恰到好处地赞赏一番之后,不揣冒昧地建议其著名的作者把调子放冷静点,并学会区别光彩夺目和让人眼花缭乱。

这位作家写的东西属于小说风格,所以我们希望他对小说家,尤其是 20 世纪的小说家,而不是诗人、剧作家之类,多做详细评论,而他的确是这样做的。他对巴拉德(Ballard)和伯吉斯(Burgess)的评论友好而犀利("失败之处[令人烦恼地、无聊地、难以形容地]总是语言上的失败")。迈克尔·克莱顿(Michael Crichton)的陈词滥调现象很严重:"他只善于写动物,尤其是——甚至仅仅是迅猛龙。他不会写人;人,还有文章。"克莱顿的书里"陈词滥调成群,随处游荡"。你会听见"一声怪叫"(unearthly cry)或"震耳欲聋的吼声"(deafening roar),"惊得说不出话来"(stunned silence)。伊夫林·沃(Evelyn Waugh)"写《旧地重游》(*Brideshead Revisited*)时,写得飞快,感到不同寻常的兴奋,而且深信此书是杰作。长久存在的次品,当之无愧的'出色的平庸之作'(good bad book),就只能是这样写出来的。"马尔科姆·劳里(Malcolm Lowry)是个"世界级骗子"(a world-class liar)。对约翰·厄普代克(John Updike)的评论颇为冷峻,但一旦表现出尊敬,就不那么冷静了:"滔滔不绝,意味深长……文字总是那么新鲜、肉感(nubile)、不会枯萎。"(是的,的确用了"肉感"一词。)艾米斯很钦佩菲利普·罗斯(Philip Roth),却对他的《安息日剧院》(*Sabbath's Theater*)表现出少有的惊恐:"一部令人惊讶的任性之作……想找出一点干净的段落都得费尽力气。"梅勒(Mailer)则是"华而不实而又愚钝不堪"。如此等等。这一切都深刻而有趣,有趣而深刻;在讨论美国文学大师(我们不禁会觉得,他希望人家把他同这些大师相提并论)时,尤其如此。于是,他对纳博科夫和贝娄大唱赞歌——"世人从未听到过这样的文章",他这样写道,毫无讽刺之意,"这么美得晶莹剔透、令人战栗的文笔"。唐·德里罗后来得以跻身成为后卫,得到艾米斯的赏识,而不论厄普代克多么跃跃欲试,还是得坐在冷板凳上。

当然,在大洋的这一边,也有些好作家。奈保尔兄弟和拉金是一定要赞扬的。那篇曾发表在《纽约客》上的谈拉金的重要长文,大概是本书中最为人重视,也是最具有永久价值的一篇。这篇文章重提了他早先的一些见解,起到了很好的辩护作用。在所有的文章中,这一篇最能让人肯定,艾米斯是这个时代最好的实业批评家——像鼎盛时期的普里切特一样,且没有糟糕的标点和刺耳的"火车失事"。

25. 伊恩·麦克尤恩

伊恩·麦克尤恩(Ian McEwan)的这部小说①有点像亨利·詹姆斯(Henry James)的《梅西知道什么》(*What Maisie Knew*),这一点已经有人指出,值得关注。詹姆斯的小说从一个小女孩的视角描写了发生在现代的离婚和通奸,作者详细地记录了其小说的发展过程。小说根源于所罗门的故事:两个女人都说一个孩子是自己的,所罗门说可以把孩子一劈两半;但从作者第一次在笔记本上写下对这个题目的想法,到多年以后写出这部关于"**劈成两半**(partagé)的孩子"的小说,其间这个故事变得更复杂了。作者刚开始打算写一篇万把字的小说,但可以设想,这会造成一些有意思的技术问题:"时间的问题","和表现持续时间有关的小秘密",以及需要使用"**布景方法**"(scenic method)的问题。在笔记中,詹姆斯祈祷他不会受到诱惑,"不再严格遵守这一有效而有利的方法——这个结构严谨、严丝合缝的初步框架"。只有先搭起了框架,他才准备开始着手所谓的"实事"(doing)。

伊恩·麦克尤恩的新作——我觉得很可能是他写得最好的小说——有一个严丝合缝的框架,适合"**动作的行进**"(march of action)——詹姆斯认为,"至少对我来说,唯有这样的框架,才能**创作**出

---

① 伊恩·麦克尤恩,《赎罪》(*Atonement*),2001年。

作品"。麦克尤恩恐怕不会这么说,但这的确点出了其方法的实质,尤其除了对技巧的强烈兴趣以外,作者还和詹姆斯一样,着迷于视角。小说的核心人物是一个名叫布莱奥妮的十三岁小女孩,她已经开始写小说和戏剧了,所以已经是个作家,她虚构的作品只具有其本身的那种真实,依赖于幻想;她要读者来分享她的幻想,可以质疑,也可以相信,随他们便。

布莱奥妮的父亲是个身居要职的文职人员,有一座巨大而丑陋的乡间宅第。时为1933年,战争在即,所以他在伦敦白厅忙于繁重的政府公务。除此之外,他还要找些消遣来放松自己,所以没有出场,就连故事开头那场特别的庆祝活动里也没有他。那是一个炎热的夏日,命运让小说家布莱奥妮——具体地说是麦克尤恩——目睹了奇特的一幕:她那刚从剑桥格顿学院回来的姐姐塞西莉亚,脱掉外衣,跳入喷泉;在场的还有罗比·特纳,家里忠实的清洁女工之子,女孩的父亲花钱把他也送到了剑桥。罗比在剑桥学得不错,但此时却决定重新开始,当医生去,从而得以"认识命运那骇人的规律,以及对无可避免之事的枉然而滑稽的否认",说得好像他要当个小说家似的。然而,他还没能从医,此时此刻,在喷泉边,命运的骇人规律就开始影响他了。喷泉边发生的事改变了他的计划,改变了一切。

麦克尤恩的读者会联想起其他类似的偶然而决定性的变化,猛烈或微妙地打乱了日常生活的时间和行为;梦一般的恐怖事件突然降临,比如《时间中的孩子》(The Child in Time)里,一个三岁的女孩被人夺走,还有《爱无可忍》(Enduring Love)中的那只捣乱的气球。但我认为,这一招在近期作品《阿姆斯特丹》(Amsterdam)里效果不太好;这部小说有一个有点炫技的对称结构,精心设计了关于安乐死和奸诈的荷兰医生的线索,形成了它的框架,但书里的"实事"却不那么有趣。书中花了很大篇幅写一位作曲家怎样创作其最后一首交响曲,最后却没有写成;说得不好听一点,这恰好象征了这部小说。但其中有一段写得不错:作曲家在湖泊区徒步旅行,在路上见一位女性横遭强暴,却不肯相救;这残酷的现实一幕干扰了他已经想好的乐思,但他还是认定音乐是首要的,就像对于小说家来说,小说是首要的一样。

在新作中,喷泉边的一幕同样震撼,也带着一点怪诞色彩——这是作者特别的才能之一。塞西莉亚和罗比半开玩笑地争着用喷泉里的水灌满一只值钱的花瓶,罗比想替她灌。谁承想,这场小打小闹的后果有点严重:他们抢花瓶时,两块三角形的东西从瓶口脱落,掉进了喷泉里。(顺便说一句:三角形构成了一个让读者玩味不已的次要主题。)罗比想跳进去,把东西捞出来,但塞西莉亚脱了衣服,先跳了进去。受损的花瓶后来的结局更惨;花瓶受损是个预兆,与其他珍贵而易碎的脆弱之物相呼应,如塞西莉亚的童贞,甚至生命本身。

一大群人正在准备共进晚餐,这时布莱奥妮恰好来到书房,撞见罗比和塞西莉亚云雨正欢。此前,罗比给塞西莉亚写了封平淡无奇的信,却错将一段粗俗文字送给了她,写的是对她的肉欲,而且尤其强调了对她私处的欲望。信是由布莱奥妮转交的,而布莱奥妮是个作家,所以当然看了信。就是这封信勾起了塞西莉亚的欲火,但后来传播开来时却让大家全倒了胃口。

与此同时,布莱奥妮有几个表亲因为父母离异,无人照顾,所以住在这里。有两个闷闷不乐的九岁双胞胎男孩,其中一个的耳朵缺了三角形的一块。那天晚上,那顿倒霉的晚饭时分,这两个孩子跑了。他们的姐姐萝拉比布莱奥妮大一点,她在找他们的时候受到了性侵犯。虽然天黑,但布莱奥妮还是认为,侵犯萝拉的人就是大色狼罗比。于是罗比被捕入狱。后来他给放出来,派去当兵,参加了敦刻尔克大撤退——这一段参考了大量史实,写得也很有想象力。有一处很有意思:罗比和战友同士气低落的英国远征军残部走向海边,惊讶地看见精干而纪律严明的卫队朝相反方向走去,应该是去当难逃劫数的后卫部队。在这里,像在别处一样,我们会问:是谁想起了这件事,把它写进了故事里?这的确发生过吗?谁来担保这是真事?作者是否出于爱国心而对卫队情有独钟?这是一处细节,但引出的问题却在小说中一再出现。在叙事的结尾,签名是"B. T.",即布莱奥妮的姓名首字母,算是给出了一个模棱两可的答案。

布莱奥妮为家庭聚会写了一出戏,叫作《阿拉贝拉磨难记》,但由于种种原因未能上演。这是一位非常年轻的作家写的一出幻想剧,她认为自己可以在寥寥几页纸上创造一个世界,其中有惊恐,也有高潮,还有必要的心照不宣——这个想法让她陶醉。整部小说就是这出戏的成人版,是真相和幻想的冲突或结合,体现了一位小说家如何处理其幻想为真的东西。布莱奥妮就是这位小说家;据说她母亲发现(或者说,是作者或布莱奥妮说她发现了),她生活在"一个完整的内心世界,写作只是这个世界可见的表面"。我们只能相信,有人说出了接近真相的东西。在罗比和塞西莉亚在幽暗的书房角落里做爱的一幕中(这是关键的一幕,对**任何人**来说都非常难写),布莱奥妮进来了,在罗比的肩头看见她姐姐"惊恐的双眼"。谁在说她很惊恐?谁在说塞西莉亚"挣脱"了她沉重的伴侣?难道她不是陶醉于肉欲,从那以后变成了罗比的忠实情人吗?我们只能设想,布莱奥妮是在这段复杂恋情结束时写下这一段的,是在想象她十三岁时会怎样理解那一幕。她一定是误会了这一场面,因为我们得知,这对恋人"面对他们完成的巨大变化",其实"感到了一种平静的快乐"。此时此刻,塞西莉亚陶醉于一张俊美的脸,而此前她一直对之习以为常。她的眼睛会是惊恐的吗?还是布莱奥妮把根本不同的表情看成了惊恐?

由于这样的巧妙安排,应该原谅作者带着一丝詹姆斯式的沾沾自喜、自我鼓励的调子;在大师那里,这种调子通常都是用法文表达的:voyons, voyons, mon bon! (瞧啊,瞧啊,我的老天!)来看看我,以及后来的他们,怎样理解这种处理。布莱奥妮来救表姐萝拉时,讲述当时状况的,不是萝拉,而是布莱奥妮:"是她的故事,是写的发生在她周围的故事。"她敢肯定那强暴者是谁,但萝拉并不明确赞同;我们甚至可以怀疑,这轻佻的孩子清楚地知道,那人不是罗比,而其实是她哥哥的一个朋友,他来这儿只是一个访客,但在续篇中却注定要扮演重要角色。但萝拉越是不愿承认真相，布莱奥妮就越是相信自己的说法，而她的说法造成的后果，对罗比来说是灾难性的。她看了那封信，看到了其中那个可怕的字眼，于是更加坚信自己所认为的真相。她一口咬定是罗比干的，她的证词再也收不回来了。

如果再讨论后面那部分表现的精湛技艺——萝拉和侵犯她的人后来怎么样了，塞西莉亚和罗比有没有走在一起，那座又大又丑的房子结局如何——就会剥夺读者理应得到的满足，但这让评论者进退两难。要好好讨论"实事"，就必须以全书为题。也许不妨透露，因为布莱奥妮作证害了罗比，她和塞西莉亚完全疏远了，在"二战"中她们都当了护士（又出现了令人称羡的具体描写：医院里的纪律时常荒谬至极，努力忍耐，可怕而无可救药的伤口）。书的标题似乎说明，布莱奥妮要用行动来赎罪，但似乎并没有什么真的称得上赎罪的行动发生。我们最后才得知（也许此前已料到了），问题在于："小说家有绝对的权力决定结局，如同上帝，怎么能赎罪呢？没有比她更高的人或实体或形态，可以让她对之请求，与之和解，或者原谅她。上帝和小说家是无须赎罪的……"

这些话出现在最后一章"伦敦，1999"中，我称之为"尾声"。布莱奥妮此时已经七十七岁，当了一辈子成功的小说家，这也许在我们意料之中。她经受了一连串的轻微中风，被告知她的记忆可能会逐渐减退。像伊恩·麦克尤恩一样，她最近一直在帝国战争博物馆的图书馆里查资料。和伊恩·麦克尤恩的书一样，她的书写成了，情节似乎完全一样。该章接下来讲述了一系列令人难以置信的邂逅。她写道："如果我真的那么在乎事实，我就会写出一本不同的书。"她希望自己能写出一个美满的结局，皆大欢喜，情人团聚——"这并不是不可能"。其实，她已经写出来了，而我们也已经读过了，很可能还信以为真。

麦克尤恩的技巧已炉火纯青，不仅让人愉悦，而且令人不安。也许令人不安一直是他的抱负；他的最初几个短篇小说都以不同的方式让人惊讶。现在他已然技艺超群，我们甚至会想，这本书最好的读者也许是亨利·詹姆斯和福特·马多克斯·福特（Ford Madox Ford）。这是一部哲理小说——也许哲理小说只能这么写,让想象力和它必须想象的东西对立,假如我们能哄骗自己相信虚构与具体的现实能够对应的话,就会得到虚假的安慰。想从中得到愉悦,就要看我们愿意暂时信以为真,或者暂且不以为许。

例如,书中说,布莱奥妮还在战争中当护士时,给《地平线》编辑寄去了一部中篇小说,叫作《喷泉边的两个人》。小说并未发表,但编辑西里尔·康诺利①(反正是一个签名为 C. C. 的人)给她写了一封一千多字的信,赞扬了我们已经欣赏过的句子。言下之意,这本小说就是那篇早期作品的扩充。我们甚至能发现从中篇到长篇的变化(例如,塞西莉亚"穿着整齐"地跳进了喷泉),可以把改进之处归功于 C. C. 善意的建议。他怀疑这位年轻的作者"是否在技巧上太受伍尔夫夫人的影响了"。他指出,那个中篇缺乏故事的进展,缺乏"简单叙事的潜在牵引力"。他认为那个花瓶不应该是明代的(太贵了,不适合拿到室外;也许产自塞夫勒或宁芬堡的会更适合一些?)她提到的贝尔尼尼喷泉不在纳沃纳广场,而是在巴贝里尼广场(长篇里改过来了)。布莱奥妮的故事以罗比和塞西莉亚走后,喷泉留下的潮湿印迹结尾,他认为不好(这在长篇里仍然得以保留,但只是故事的开头)。伊丽莎白·鲍恩(Elizabeth Bowen)似乎很感兴趣地读了那个中篇,却认为它过于多愁善感,除了与《含糊的回答》(*Dusty Answer*)相呼应的部分以外。她邀请作者有空时来她的办公室坐坐,喝杯酒。她想顺便问问:你是不是有个姐姐六七年前在格顿学院读书? 你的地址是医院,那你是医生还是病人?

这段精彩的虚构首先是戏仿,而且起到了很重要的詹姆斯所谓的结构作用。这一段很有意思,因为虽然模仿得很像康诺利的口吻,但他本人肯定不会写这样的信;像整本书一样,这一段处于幻想和事实的边

---

① 西里尔·康诺利(Cyril Connolly, 1903—1974),英国作家,文学评论家。《地平线》杂志的编辑。——译注

界,那里的确是小说的领地。麦克尤恩聪明而有创造性地认真考察了这片领地,而且大概可以说,在同时代的作家中,没有谁比他更加热忱地致力于小说的艺术。

26. 汤姆·波林

这本书①里是一连串，或者说一组诗和其他作品，讲的是从《凡尔赛和约》到不列颠之战期间欧洲发生的事情。有些事件和人物，如《凡尔赛和约》、《洛迦诺公约》，注释颇为详尽，但其他的事件和人物，有的比这些鲜为人知得多，是没有注释的。所以，用亨利·詹姆斯的话说，这本书读者得花上一半的力气；换句话说，除非你是位博学的历史学家，而且懂点文学，否则，要弄清波林的意思，就得费一番心思。

这样说并非抱怨；我们讨论的是一位现代诗人，很难指望他对两次大战之间的那些岁月给出连贯而流畅的历史性描述，那段岁月中，一件事必然而悲剧性地引发另一事件；当然，在关于《凡尔赛和约》的几页里有这种内容——这个和约不可避免地带来了不止经济上的后果。有些方面引起了诗人的关注，于是他加以关注，并不觉得自己应该说明他为什么要写某一件事而不是另一件事。书中文章的段落，有的出自作者之手，有的来自他收集的资料，有的则兼而有之；有的出现在正文里，有的位于页边。有时候，很难分辨是谁在说话。读者必须判断，自己是否想要把一切理出个头绪，把握通篇的主旨。

书的主要或默认样式，就是一首首风格喧闹或快散架的短诗。这

---

① 汤姆·波林（Tom Paulin），《入侵指南》（*The Invasion Handbook*），2002年。

些诗往往就是分行的散文。在一首关于瓦尔特·本雅明（Walter Benjamin）的小品中，他这样写道："他逃离柏林之后/国家图书馆/就变成了他允许自己感觉轻松自在的/唯一的地方/它不是个避难所/因为它只能给予他/一个短暂的幻觉/幻想那随着德国人的占领/而终结的安全。"这一段以九行诗的形式出现，分行如上，没有标点。我明白为什么"终结"和"安全"要放在短短的一行里，但排成诗而不是散文，到底有什么好处，还真看不出来，只是总体说来，统一成诗的样式，倒是有好处的。下面一段的分行应该是有意义的，但我没看出来：

　　自由世界会惩罚，会谴责
　　——不，不是特鲁迪——
　　——是人和其他一切……

如喜欢波林的人所料，在这粗犷的几行诗句中，波林的语言一如既往地粗放而通俗（北爱尔兰俚语或方言），有异国风味（有许多德语词，还有法语的段落）。我猜想，他之所以写成这种风格，是因为受了米洛斯拉夫·赫鲁伯（Miroslav Holub）的影响，这是一位他很崇敬的诗人，其作品之一可以翻译如下：

　　里面也许长出了
　　一个被遗弃的房间，
　　光秃秃的墙，苍白的方格子，上面挂着画，
　　拔掉线的电话，
　　羽毛落在地上
　　编百科全书的人搬出去了
　　陀思妥耶夫斯基从来没有找到
　　消失在风景里的那个地方
　　在那里，只有外科医生
　　才写诗——

波林在赞扬赫鲁伯时，专门提到过这一段，认为他是一位"反诗人"

(anti-poet),"生活在真实中,揶揄而坚定地说出了真相"。他引用了几行赫鲁伯的诗,从中颇能看出在他书中运用的方法:

> 十年之后,
>
> 巴斯德死于强音(ictus),
>
> 五十五年之后
>
> 看门人梅斯特
>
> 自杀了
>
> 因为德国人占领了
>
> 他的巴斯德学院
>
> 还有里面那些可怜的狗——

波林还称赞了彼得·雷丁(Peter Reading),说他"不便于使用"①,而且通过避免抑扬格,来表现"他与国家政见不同"。

波林在他精彩的《费伯方言诗选》(*Faber Book of Vernacular Verse*)的序言中,解释了为什么他喜用俗词,喜欢霍普金斯(Hopkins)和克里斯蒂娜·罗塞蒂(Christina Rossetti)的自然节奏,而不是上流社会的语言和规整的抑扬格。像多恩(Donne)一样,他为自己的粗粝风格而感到自豪。他不告诉读者,"prittstick"、"boortree"、"cuas"是什么东西——我不认识这些词,《牛津英语大辞典》里也查不到。大概能从上下文里猜出,"stocious"就是爱尔兰语里的"醉";同一行里还有个"pochles",我问了个爱尔兰人,但他也不知道是什么意思。然而,"poddy"的意思是"肿","loy"是爱尔兰的"锹"。如此等等。"jeddo"原来就是日内瓦湖里的**大喷泉**(jet d'eau)。同时,那些点缀了这些新奇词汇的诗哐啷作响,就像没装弹簧的车子在沿着车辙走。麦子上的尘土"skinks and twindles",雪橇"轻快地滑行"(skitter and slip)。"听见马蹄的得得声/一阵纷乱弥散开来/像木屐走在石子路上"(There was

---

① "不便于使用"原文为 user-hostile,仿 user-friendly(意为"便于使用")造的词。——译注

heard the plockplock of horsehooves/a toltering bustle clipped scatter/like sabots clocking the cobbles)。但有时这种风格用得恰到好处，比如这里的一段，写的是在一条小街上看到的捷克工人食堂：

> ……哦，真是凄惨
> 一个板着脸的女人
> 给我们碗里盛汤
> ——黑乎乎，油腻腻——
> 亲密而不干净
> 就像在医院里
> 陪着一个垂死的人吃饭
> 我们尝到的全是无望

通俗风格很适合这种奇思怪想。但这位通俗诗人也是个文学味很浓的诗人，在写到最精致、最有雄心的段落时，往往可以听见不远处经典的回音。波林讨厌艾略特关于传统的看法，在这里，为表示轻蔑，写艾略特和蒙哥马利·贝尔金（Montgomery Belgion）（编《标准》杂志的助手）在萨沃伊饭店（Savoy Grill）或里兹饭店（Ritz）一起吃午饭，说着波林认为他会说的话。但艾略特的散文则完全不同，是诗中挥之不去的幽魂之一，在方言中间突然出现，譬如这里，克莱蒙梭发言时：

> 谢尔登剧院里的拉丁语演说家
> 把我变成了本年度的老虎基督
> 正值青春年少——一个错字，
> 弹性十足……

这段引文的学究气一点不少，因为不仅借用了艾略特的话，而且指出了他的错误。说到希特勒时，提到了施塔恩贝格湖。有一节题为"希特勒总理的讲话"，呼应了艾略特的《克利奥兰》（"Coriolan"）中的军备目录，结尾处承认了自己剽窃。（这种目录毕竟是一种史诗性的传统，在敦刻尔克大撤退后清点英国丢弃的武器时，再次出现）有时候这种影射是难以捉摸的：一个荷兰人蹲在窗台上，"脚下的土地出于某种礼貌/而粗野的原因/布满了粪便①而不是大粪"；"打着补丁，皮肤剥落"来自一段文字，描写战斗机飞行员被烧得吓人的脸。哈利法克斯被描绘成一个熟悉的幽灵。

乔伊斯和他的《尤利西斯》占了很长一段，其中还顺便提到了"良心的愧疚"和"宽敞的再循环"。霍普金斯对节奏持自由观点，所以备受诗人喜爱，被安排悄悄出现在关于托洛茨基的思考中，而且诗人还提到他赞美了创造的起伏和颂歌。在结尾处，根据康拉德的《在西方的注视下》的主题，有一段精彩的长篇幅幻想（这并不奇怪，而且恰到好处），但并没有提到这部作品的题目，也没有提到作者，这正体现了笼罩全书的那种含蓄的风格。写《雄辩家》(The Orators)的奥登出现在"魏玛"一节中超现实的疾病目录中，也出现于散文《入侵指南》("The Invasion Handbook")中，这是一份文件，旨在告诉德国侵略军英国的地理和英国社会（大部分是共济会员）的奇特之处；有一份特别的逮捕名单，只有两个名字：拉塞尔斯·阿培克朗比(Lascelles Abercrombie)和斯蒂芬·茨威格(Stefan Zweig)。有一份名单列出了两千名要消灭的人，但劳埃德·乔治(Lloyd George)和萧伯纳却明确地得到豁免。入侵成功后，温莎公爵将重登王位，亨利·威廉姆森(Henry Williamson)将代替约翰·梅斯菲尔德(John Masefield)成为桂冠诗人。

如果这些说明和预言都来自一份真实的文件，那么这份文件一定是奥登风格的。但在不那么奇异的时刻也可以听见奥登的声音。譬如在一首早期的好诗（后来题为《分水岭》["The Watershed"]）中，汽车的灯光扫过卧室；还有潮水的起伏（"pluck"），呼应《看啊，陌生人！》("Look, Stranger!")。也有叶芝的影子，在《最后的诗》(Last Poems)中回忆《长足虻》("Long-Legged Fly")的段落中可以感觉到。"碎片、零碎和断片"(orts, scraps and fragments)这个短语，还以"des bribes et

---

① 原文为法语。——译注

des morceaux"的形式出现,这一定来自弗吉尼亚·伍尔夫的《幕间》(Between the Acts)。我认为还有庞德的影响,虽然不那么明显;他的《诗章》也许影响了这些诗的形式和结构。

诗人从弥尔顿那里借来了"石化的权杖",其上下文其实指的是把东西变成石头,而这不是弥尔顿的意思;在一处页边注释中,弥尔顿的诗句以更壮观的形式出现:"在夏季的一天,它滚动着,从早晨到中午,从中午到晚上,太阳落山后,它像一颗陨落的星星,从天顶坠落。"①这一句也出现在魏玛一节中。我不知道为什么是法文,就连为什么出现这一句也都不知道,但听上去的确不错。莎士比亚自然是很重要的来源,诗人有时从他那里借用一个说法——《特洛勒罗斯与克瑞西达》(Troilus and Cressida)中的"等待香气飘过",十四行诗第53首中的"无数奇怪的阴影",还有《安东尼与克莉奥佩特拉》与《哈姆雷特》的片段。斯皮尔在贝希特斯加登说,德国人的双手已经沾满了鲜血,所以回不去了;托洛茨基把他在墨西哥的土房子牧场叫作他"多产的摇篮",让人想到《麦克白》中,邓肯到来时,就是这样夸赞麦克白的城堡的;也许我们应该想到,这样的夸赞之后就是死亡,凶器是匕首或碎冰锥。

整本书是波林所谓的"活页史诗",很容易看出,这只是一个系列中的第一部。他有一个宏大的计划,可以在其中无限发挥;他永远不必停歇,因为有无数事件和人物要写。写的题目有最初的萨拉热窝刺杀事件(倒叙),包豪斯建筑学派,贾罗工人运动,慕尼黑协定,德国入侵波兰、挪威、低地国家、法国,不列颠之战,敦刻尔克大撤退,德国空袭英国。涉及的人物包括凯恩斯(Keynes)(他的《和平的经济后果》[Economic Consequences of the Peace]极其重要)、奥斯丁·张伯伦(Austen Chamberlain)(上流社会软弱派,远不如强硬的欧洲外交家)、内维尔·张伯伦(Neville Chamberlain)(更差劲)、哈利法克斯勋爵(Lord Halifax)(绰号"神圣狐狸",特权阶层的阴谋家)、乔治五世、托洛

---

① 原文为法语。——译注

茨基、施特雷泽曼(Stresemann)、希特勒、斯皮尔(Speer)、丘吉尔、海德格尔、本雅明、道丁(Dowding)、理查德·希拉里(Richard Hillary),还有温莎公爵——和希特勒过从甚密,结婚的时候希特勒送过他一件昂贵的礼物。此外还有许多人,我得承认,除了书里多少有些拐弯抹角的描述之外,我对他们一无所知。

  有些故事纯属流言蜚语。例如,理查德·希拉里和梅尔·奥伯伦(Merle Oberon)之间有一次很温馨的邂逅,描写得也很温馨;但从公学毕业的希拉里似乎不是波林喜欢的那种青年。然而他善于描写英雄主义,写起战斗场面来很有男子气概。如《西线进攻》("The Attack in the West"),其中有激烈的战斗场面,也包括一则揭露真相的轶事;斯图登特将军似乎违反命令,把最机密的入侵计划带上了飞机,结果飞机坠毁,机上人员想烧毁文件,却被制止了;邪恶的温莎公爵却让纳粹统帅部得知盟军已经获取文件,害得盟军白忙一场。还有,你知不知道英格兰银行的蒙塔古·诺曼"有一条秘密专线,连着里宾特洛甫/让他在狡猾的走廊里/和英国女王甜言蜜语"?你是否知道,哈利法克斯自己有一把钥匙,可以进出御花园?

  这些都是顺带着说的,波林还是继续写战争。马其诺防线是无用的,但其保卫者的按兵不动可以引出一些有趣的看法:

> 我们一动不动
>
> 看着他们开着摩托车巡逻
>
> 双筒望远镜一闪一闪
>
> 像结巴的灯塔
>
> 正午时分
>
> 拴在废弃农场门上的狗
>
> 发出《旧约》中的嚎叫
>
> 乳房胀大的奶牛低叫着
>
> 一个法国骑兵
>
> 把排成一行的马

> 挨个用枪打死
>
> 那时我就知道我们完了

一个幸存者抵达了敦刻尔克的海滩：

> 像埃涅阿斯一样
>
> 穿过了活着的阴影
>
> 穿过了二十副打牌的人
>
> 潮水上漂浮着
>
> 穿着大衣淹死的士兵
>
> 那灰黄而肿胀的脸

这里出现了一个文绉绉的典故，通俗语言连忙赶来圆场。书里还说丘吉尔也把自己看成瞥见拉丁姆海岸的埃涅阿斯，但他毕竟上过哈罗公学。

英国人逃掉了，法国人很羡慕，而且得以用法语表达他们的羡慕：

> 英国人跑掉了
>
> 真是好得很
>
> 我们没那个福气
>
> 他们像英雄般回家了
>
> 我们则是耻辱地归来
>
> 遭遇了巨大的惨败
>
> 法国想把我们忘掉
>
> 我们就像外国字……

看了一部分——但绝不是全部——这本塞满了庞杂内容的书之后，可以肯定，这是一本涉及面广而且雄心勃勃的书，处处表现了诗人的才能，还有他通常都会表现出来的一些令人恼火的特点。我想，许多读者都会同意，如果出一部姊妹篇，解释一下那些关于庞德、艾略特、乔伊斯的诗行，一定大有帮助。波林常常走出主流，譬如以钦佩的口吻讲述空军元帅道丁的事迹,此人对我们打赢不列颠之战功劳最大,但很快被撤职,之后一直鲜为人知;还有"喷火"式战斗机的设计师米切尔;还有危急关头的丘吉尔,是他而不是哈利法克斯获准接替内维尔·张伯伦出任首相。有些人物和他们的冒险经历当然没有如此重大的历史意义,而且有时难以理解他们在诗中起到什么作用,但诗人完全可以说,这需要我们来发现,而且大概的确有些热心人打算相信他说的是真话。我自己也想要更好地了解这部杰作,所以我保证会买他们的书。

致　谢

《佳吉列夫之前的诗人与舞者》("Poet and Dancer Before Diaghilev")首先发表于《宗派评论》(*Partisan Review*)及《谜与顿悟》(*Puzzles and Epiphanies*)(劳特利奇与凯根·保罗和奇尔马克出版社,1962年)。

《时间与永恒之间》("Between Time and Eternity")(节选自文章《没有起点与终点的世界》["World Without End or Beginning"])与《单独监禁》("Solitary Confinement")均选自《结尾的意义》(*The Sense of an Ending*)(牛津大学出版社,1967年,2000年)。

《霍桑与类型》("Hawthorne and the Types")与《作为经典的〈呼啸山庄〉》("*Wuthering Heights* as a Classic")都选自《经典》(*The Classic*)(费伯-费伯与维京出版社,1975年)。

《穿雨褂的人》("The Man in the Macintosh")选自《秘密的起源》(*The Genesis of Secrecy*)(哈佛大学出版社,1979年)。

《康涅狄格:诗意栖居》("Dwelling Poetically in Connecticut")选自弗兰克·道吉特(Frank Doggett)和罗伯特·布特尔(Robert Buttell)合编的《华莱士·史蒂文斯:贺词》(*Wallace Stevens: A Celebration*)(普林斯顿大学出版社,1980年)。

《波提切利的复兴》("Botticelli Recovered")与《考尼律斯和伏提曼德》("Cornelius and Voltemand")均选自《关注的形式》(*Forms of Attention*)(芝加哥大学出版社,1985年)。

《物的本义》("The Plain Sense of Things")选自杰弗里·H.哈特曼(Geoffrey H. Hartman)和桑福德·布迪克(Stanford Budick)合编的《米德拉什和文学》(*Midrash and Literature*)(耶鲁大学出版社,

1986年)。

《五味杂陈》("Mixed Feelings")与《厄洛斯,城市的缔造者》("Eros, Builder of Cities")均选自《历史与价值》(*History and Value*)(牛津大学出版社,1988年)。

《文学批评:新旧风格》("Literary Criticism, Old and New Styles")选自《批评文集》(*Essays in Criticism*),第51卷,第2期(2001年4月)。

所有短评都来自1994年至2001年间的《伦敦书评》(*London Review of Books*)。

索　引

（索引中的页码为原著页码，检索时请查本书边码。）

Academy (journal) 《学术》(期刊)，67

Adams, Henry 亚当斯，亨利，294，299

Adams, Robert M. 亚当斯，罗伯特，M.，123，125，127，131，141

Adelman, Janet 阿德尔曼，珍妮特，356

Agassiz, Louis 阿加西兹，路易，82-84，85，87，89

Allen, Maud 艾伦，莫德，19

Allot, Kenneth 阿洛特，肯尼思，254

Alter, Robert 阿尔特，罗伯特，120

Altman, Robert 阿尔特曼，罗伯特
　Short Cuts (film) 阿尔特曼《浮世男女》(电影)，382-383

American Baptist Magazine 《美国浸信会杂志》，349

Amis, Martin 艾米斯，马丁，406-412
　on Cervantes: Don Quixote 艾米斯论塞万提斯：《堂吉诃德》，410
　on Larkin 艾米斯论拉金，412
　The War Against Cliché... 艾米斯《推陈出新》，406-412

Andrew of St Victor 圣维克多的安德鲁，238

Ansen, Alan 安森，阿伦，392，393

Aquinas, St Thomas 阿奎那，托马斯，32，33，238，353

Archer, William 阿彻，威廉，61

Aristotle 亚里士多德，6，32，35，161，162，309

Arnold, Matthew 阿诺德，马修，328，330，353
　John Holloway on 约翰·霍洛韦论阿诺德，342-343，356
　Sohrab and Rustum 阿诺德《苏赫

拉布与拉斯特姆》, 135
Atlantic Monthly 《大西洋月刊》, 68
Auden, W. H. 奥登, W. H., 246, 247, 253, 254, 276, 278, 279-288, 423-424

    The Age of Anxiety 奥登《焦虑的年代》, 392-393, 394

    "The Dog beneath the Skin" 奥登《皮下之狗》, 282

    The Double Man see *New Year Letter* below 奥登《双重人》, 见《新年信札》

    The Dyer's Hand 奥登《染匠之手》, 393, 395, 398

    For the Time Being 奥登《暂且》, 392

    on Freud 奥登论弗洛伊德, 268

    "Hammerfest" 奥登《哈默菲斯特》, 283-284

    "In Praise of Limestone" 奥登《石灰岩颂》, 268, 283

    Lectures on Shakespeare 奥登《莎士比亚讲稿》, 392-400

    on Wyndham Lewis 奥登论温德姆·刘易斯, 264

    Look, Stranger! 奥登《看啊,陌生人!》, 280, 282, 424

    Edward Mendelson on 爱德华·门德尔森论奥登, 268-269, 280-281, 284, 285

    New Year Letter 奥登《新年信札》, 392

    on poetry 奥登论诗歌, 257

    On This Island see *Look, Stranger!* above 奥登《在这岛上》, 见《看啊,陌生人!》

    The Orators 奥登《雄辩家》, 269, 423

    "Paid on Both Sides" 奥登《有偿双方》, 269

    his politics 奥登的政治观点, 276

    The Sea and The Mirror 奥登《海与镜》, 392

    "September 1, 1939" 奥登《1939年9月1日》, 284

    on Shakespeare 奥登论莎士比亚, 392-400

    "Spain 1937" 奥登《西班牙1937》, 284, 285, 286

    in United States 奥登在美国, 262, 279

    Edward Upward and 爱德华·厄普沃德和奥登, 262, 263-264

    "The Watershed" 奥登《分水岭》, 424

    writing style 奥登的写作风格, 271

Auerbach, Erich 奥尔巴赫,埃里希, 78

St Augustine 奥古斯丁, 297, 298, 299, 300, 302, 303, 304, 305, 306

on choice 奥古斯丁论选择,35,36

Confessions 奥古斯丁《忏悔录》,290-296

Influence/importance 奥古斯丁的影响/重要性,236-237,289-290

his world view 奥古斯丁的世界观,49

Austen, Jane 奥斯汀,简

Pride and Prejudice 奥斯汀《傲慢与偏见》,410

Austin, L. J. 奥斯汀,L. J.,27

Avril, Jane 阿夫里尔,简,3,10-12,29,187

Backman, Eugene Louis 巴克曼,尤金·路易

Religious Dances 巴克曼《虔诚的舞蹈》,8

Bacon, Francis 培根,弗朗西斯,33

Bagehot, Walter 巴杰特,沃尔特,249

Barclay, Florence 巴克利,弗洛伦斯,60

The Rosary 巴克利《玫瑰经》,64-65

Barfield, Owen 巴菲尔德,欧文,7

Barker, George 巴克,乔治,252-253

Barrès, Maurice 巴雷斯,莫里斯,10

Barthes, Roland 巴特,罗兰,114-115,125,294,309,319-321

Le Plaisir du texte 巴特《文本的乐趣》,115

Racine 巴特《论拉辛》,114

Bartlett, F. C. 巴特利特,F. C.,315,316,329

Barton, John 巴顿,约翰,234

Bastide, R 巴斯第德,R

"Mémoire collective et sociologie du bricolage" 巴斯第德《集体记忆和"自己动手"的社会学》,323

Bateson, F. W. 贝特森,F. W.,355

Essays in Criticism 贝特森《批评文集》,342-345,355,356

"The Function of Criticism at the Present Time" 贝特森《当前批评的功能》,342

Batteux, Charles 巴托,查尔斯,6

Baudelaire, Charles 波德莱尔,查尔斯,28

Beardsley, Aubrey 比亚兹莱,奥布里,18

Beckett, Samuel 贝克特,塞缪尔,298

Belfort, May 贝尔福特,梅,10,17

Belgion, Montgomery 贝尔金,蒙哥马利,343,423

Benjamin, Walter 本雅明,瓦尔特,420-421

Bennett, Arnold 贝内特,阿诺德,70

Henry James on 亨利·詹姆斯论贝内特,70

The Old Wives' Tale 贝内特《老妇人的故事》,60

Benson, R. H. 本森,R. H.

"On the Dance as a Religious Exercise" 本森《论舞蹈之为宗教仪式》,8

Bergson, Henri 柏格森,亨利,298

Berlin, Isaiah 伯林,以赛亚,268

Bernhardt, Sarah 伯恩哈特,萨拉,20

Berryman, John 贝里曼,约翰,400

Bettelheim, Bruno 贝特尔海姆,布鲁诺,235

Bewley, Marius 比尤利,马略,339

Blackmur, R. P. 布莱克穆尔,R. P.,341

Bloch, Mlle ("Gaby") 布洛克小姐("加比"),17

Bloch, Michael 布洛克,迈克尔

as editor of James Lees-Milnes's diaries 作为詹姆斯·利斯-米尔恩日记编辑的布洛克,384

Blunt, Anthony 布伦特,安东尼,270,271,272

Boito, Arrigo 博伊托,阿里格

as librettist of Verdi: *Otello* 作为威尔第的剧本《奥赛罗》的作者的博伊托,357,358,359,360,362,363-373; *Falstaff* 作为威尔第的剧本《福斯塔夫》的作者的博伊托,365

Bonniet 博尼耶

Preface to Mallarmé's *Igitur* 博尼耶为马拉美《伊纪杜尔》所作前言,27

Book of Common Prayer 《共同祈祷书》,217

Botticelli, Sandro 波提切利,桑德罗,182-203,205

Adoration of the Magi 波提切利《贤者朝圣》,191

The Birth of Venus 波提切利《维纳斯的诞生》,183,184

Herbert P. Horne on 赫伯特·P.霍恩论波提切利,182,185-194,196,202,202

The Madonna of the Magnificat 波提切利《圣母颂》,184

Walter Pater on 沃尔特·佩特论波提切利,190-191,192,193,194

Primavera 波提切利《春》,183,187,191,196

St Augustine 波提切利《圣奥古斯丁》,193

Bourguet, M. N. (ed.) 布尔热,M. N.(编),

Between Memory and History 布

尔热(编)《记忆与历史之间》,323

Bowdler, Thomas 波德勒,托马斯, 361

Bowen, Elizabeth 鲍恩,伊丽莎白

 The Death of the Heart 鲍恩《心之死》,271-272

Bozon, M 博宗,M

 "The collapse of memory" 博宗《记忆的崩溃》,324

Brontë, Charlotte 勃朗特,夏洛蒂, 99,102

Brontë, Emily 勃朗特,艾米莉

 Q. D. Levis on Q. D.李维斯论勃朗特,109-112,113,117

 Wuthering Heights 勃朗特《呼啸山庄》,55,98-118

Brooks, Cleanth 布鲁克斯,柯林斯, 336

 Understanding Poetry 布鲁克斯《理解诗歌》,336

Brooks, Peter 布鲁克斯,彼得,309, 310

Brownell 布劳内尔,68

Browning, I. R. 布朗宁 I. R. ,355

Bruant, Aristide 布吕昂,阿里斯蒂德,9-10

Budden, Julian 巴登,朱利安,366

Budick, Sanford 布迪克,桑福德

 Midrash and Literature 布迪克《米德拉什和文学》,230

Buffon, Georges Louis Leclerc 布封,乔治·路易·勒克莱尔

 Natural History 布封《自然历史》,85-86,89

Burgess, Guy 伯吉斯,盖伊,270,271

Burke, Kenneth 伯克,肯尼思,55, 341,344,345

Burne-Jones, Edward Coley 伯恩-琼斯,爱德华·科利,183,190

Burney, Christopher 伯尼,克里斯托弗,40,42-47,54-55,57

 Solitary Confinement 伯尼《单独监禁》,40,42-47

The Cambridge ABC 《剑桥ABC》杂志,18

Carey, John 凯里,约翰,214

Carnegy, Patrick 卡内基,帕特里克, 357

Carver, Raymond 卡佛,雷蒙德,377-383

 Call Me If You Need Me … 卡佛《需要时,请给我电话》,378

 Cathedral 卡佛《大教堂》,380,381

 Fires 卡佛《火》,383

 "Kindling" 卡佛《生火》,379

 "Put yourself in my Shoes" 卡佛《换位思索》,379

 short stories 卡佛的短篇故事,378-380

"A Small Good Thing" 卡佛《好事一小件》,380,382-383

"So Much Water Close to Home" 卡佛《脚下流淌的深河》,383

"Vandals" 卡佛《汪达尔人》,378,380,382

"Vitamins" 卡佛《维他命》,381

Will You Please Be Quiet, Please? 卡佛《请你安静些,好吗?》,380,381,382

Cassirer, Ernst 卡西尔,恩斯特,194

Cathy Come Home (television play)《凯西回家》(电视剧),248

Caudwell, Christopher 考德威尔,克里斯托弗,246,257,258,288

Cave, Terence 凯夫,特伦斯,309

Cellini, Benvenuto 切利尼,本韦努托,297

Century Guild 世纪行会,186

The Century Guild Hobby Horse (journal)《世纪行会老话题》(杂志),186,187,188,189

Cervantes, Miguel de 塞万提斯,米盖尔·德

Don Quixote 塞万提斯《堂吉诃德》,41,410

Chambers, Robert 钱伯斯,罗伯特

Vestiges of the Creation 钱伯斯《造物遗痕》,82

Charcot, J. M. 夏科,J. M.,12

Les Démoniaques dans l'art 夏科《艺术中的魔鬼附体》,12

Charron, Pierre 沙朗,皮埃尔,11

Chatman, Seymour 查特曼,西摩,172

Chaucer, Geoffrey 乔叟,杰弗里

The Franklin's Tale 乔叟《自由农的故事》,43

Chekhov, Anton 契诃夫,安东,378

"Ward 6" 契诃夫《六号病房》,380

Chéret, Jule 舍雷,儒勒,16

Chesterton, G. K. 切斯特顿,G. K.,64

The Man Who Was Thursday 切斯特顿《名叫星期四的人》,60,75,76,77

The Napoleon of Notting Hill 切斯特顿《诺丁山的拿破仑》,75

Childers, Erskine 奇尔德斯,厄斯金,63

Church, Barbara 丘奇,巴巴拉,149

Church and Stage Guild 教会与戏剧协会,7,8

Church Reformer《教会改革者评论》,7

Clement of Alexandria 亚历山德丽亚的克莱门特,37,127-128,129

Coleridge, Samuel Taylor 柯勒律治,塞缪尔·泰勒

"Kubla Khan" 柯勒律治《忽必烈汗》,384

Colette, Sidonie Gabrielle 科莱特，西多尼・盖布丽埃尔, 389
Collett, Anthony 科利特，安东尼
　　The Changing Face of England 科利特《英格兰的变迁》, 268, 269, 281, 282, 283
Commentary（journal）《评论》（杂志）, 339
Conklin, Paul S. 康克林，保罗. S, 206
Conrad, Joseph 康拉德，约瑟夫, 60, 64, 68-69, 70, 165, 166
　　Chance 康拉德《偶然的事》, 69
　　Lord Jim 康拉德《吉姆爷》, 170
　　Nostromo 康拉德《诺斯托诺莫》, 60, 70
　　The Secret Agent 康拉德《间谍》, 60, 62, 75, 76, 77
　　Razumov see *Under Western Eyes* below 康拉德《拉佐莫夫》, 见《在西方的注视下》
　　Under Western Eyes 康拉德《在西方的注视下》, 160, 166-181, 423
Cowper, William 考珀，威廉
　　"The Castaway" 考珀《被抛弃的人》, 322
Craig, Gordon 克雷格，戈登, 5, 21
Crichton, Michael 克莱顿，迈克尔, 411
Criterion（journal）《标准》（杂志）, 6, 343, 423
Culler, Jonathan 卡勒，乔纳森, 115
Curtius, Ernst 库尔提乌斯，恩斯特, 344
Cuvier, Georges 居维叶，乔治, 82

da Castagno, Andrea 达・卡斯塔尼奥，安德里亚, 193
Daguerre, Louis 达盖尔，路易, 80, 84
Darwin, Charles 达尔文，查尔斯, 50
　　The Origin of Species《物种起源》, 83, 84
Day-Lewis, Cecil 戴-刘易斯，塞西尔, 252, 264, 276
de Lillo, Don 德里罗，唐, 401-405, 408, 412
　　The Body Artist 德里罗《行为艺术家》, 401, 403-405
　　Underworld 德里罗《地下世界》, 401-403, 405
　　White Noise 德里罗《白噪音》, 403
de Lyra, Nicholas 德・莱拉，尼古拉斯, 239
de Man, Paul 德曼，保罗, 160, 298, 300, 340
de Ménil, F 德・梅尼尔，F
　　Histoire de la Danse 德・梅尼尔《舞蹈史》, 23
de Morgan, William 德・摩根，威

廉,60,67,77

Alice-for-Short 德·摩根《简称爱丽丝》,65-66

It Can Never Happen Again 德·摩根《永远不会再发生》,65

Joseph Vance 德·摩根《约瑟夫·万斯》,65

De Quincey, Thomas 德·昆西,托马斯,54,58

De Wulf 狄胡夫,33

Debussy, Claude 德彪西,克劳德,19

Defoe, Daniel 笛福,丹尼尔

 Robinson Crusoe 笛福《鲁滨孙漂流记》,344

Delfel, Guy 德尔斐,居伊,27

Delsarte, Jean Frédéric 德尔萨特,让·弗雷德里克,7

Denham, John 德纳姆,约翰

 "Cooper's Hill" 德纳姆《库珀山》50

Derrida, Jacques 德里达,雅克,160,298,320,321,340

 on thematization 德里达论主题化,316-317

Diaghilev, Serge 佳吉列夫,塞尔日,3,4,5,13,28

Dickens, Charles 狄更斯,查尔斯,248

 David Copperfield 狄更斯《大卫·科波菲尔》,311-312

 Dombey and Son 狄更斯《董贝父子》,311

 Great Expectations 狄更斯《远大前程》,310,311,312

Dickinson, Lowes 迪金森,洛伊斯,329

Diedrick, James 迪德里克,詹姆斯,412

Dobell, Sidney 多贝尔,西德尼,99

Donne, Jone 邓恩,约翰

 "Air and Angles" 邓恩《空气与天使》,33

Dostoevsky, Fyodor 陀思妥耶夫斯基,费奥多尔

 Crime and Punishment 陀思妥耶夫斯基《罪与罚》,173

Dowson, Ernest 道森,欧内斯特,3,187

 "Non sum quails eram" 道森《不复故我》,187

Duncan, Isadora 邓肯,伊莎多拉,4,5,7,13,29-30

 Loïe Fuller and 洛伊·富勒和邓肯,16-17,18

Durkheim, Emile 涂尔干,埃米尔,323

The Economist 《经济学人》,248

Edinburgh Review 《爱丁堡评论》,67

Edwardes, George 爱德华兹,乔治
　In Town（musical） 爱德华兹《镇上》(音乐剧),17
Edwards, Jonathan 爱德华兹,乔纳森,79
Eliot George 艾略特,乔治,55
　Middlemarch 艾略特《米德尔马契》,318
Eliot, T. S. 艾略特,T. S.,6,9,30,216,247,340,343,423
　"Coriolan" 艾略特《克利奥兰》,423
　Criterion 艾略特《标准》,343
　The Sacred Wood 艾略特《神圣的树林》,332
　The Waste Land 艾略特《荒原》,55,316,332
T. S. Eliot Memorial Lectures, University of Kent at Canterbury 坎特伯雷的肯特大学,T. S. 艾略特纪念讲座,78,98
Ellis, John M. 埃利斯,约翰. M,320
Elton, Oliver 埃尔顿,奥利弗,68
Emerson, Ralph Waldo 爱默生,拉尔夫·沃尔多,79,84
Empson, William 燕卜荪,威廉,332-336,341,345,356
　Seven Types of Ambiguity 燕卜荪《含混七型》,333,345
　Some versions of Pastoral 燕卜荪《田园诗的几种形式》,333
　The Structure of Complex Words 燕卜荪《复杂词的结构》,333
Engels, Friedrich 恩格斯,弗里德里希,249,251
Enright, D. J. 恩赖特,D. J.
　"Coriolanus: Tragedy or Debate?" 恩赖特《〈科利奥兰纳斯〉:悲剧还是辩论?》355
Erasmus 伊拉斯谟,234,235
Essays in Criticism 《批评文集》,342-345,355,356
Everett, Barbara 埃弗里特,芭芭拉,279

Farrer, Austin 法勒,奥斯汀,130-134,139,140-141
Faulkner, William 福克纳,威廉
　The Sound and the Fury 福克纳《喧哗与骚动》,315
Femmes de Paris（film）《巴黎女子》(电影),17
Fernandez, Ramon 费尔南德斯,拉蒙,57
Fielding, Henry 菲尔丁,亨利
　Tom Jones 菲尔丁《汤姆·琼斯》,310
Le Figaro 《费加罗报》,23
Fineman, Joel 法恩曼,乔尔,352
Fleishman, Avrom 弗莱希曼,阿弗

洛姆,172-173
Fletcher, Ian 弗莱彻,伊恩
  on Herbert P. Horne 弗莱彻论赫伯特·P. 霍恩,182,185-186,188,189
Mary Flexner lectures, Bryn Mawr College 布林莫尔学院,玛丽·弗莱克斯纳讲座,32,40
Fokine, Michel 福金,米歇尔,3
Forbes, Mansfield 福布斯,曼斯菲尔德,329,330
Ford, Ford Madox 福特,福特·马多克斯,60,69,70,74,418
  The Good Soldier 福特《好兵》,69,70,312-314,315
  The Marsden Case 福特《马斯登案》,13
  Forms of Attention 《关注的形式》,182
Forster, E. M. 福斯特,E. M.,270,329
  The Longest Journey 福斯特《最漫长的旅程》,60
  A Passage to India 福斯特《印度之行》,55,166
  A Room with a View 福斯特《看得见风景的房间》,60
Foucault, Michel 福柯,米歇尔,117,351
Fowles, John 福尔斯,约翰,406

France, Anatole 弗朗西,阿纳托尔,9,16
Frank, Joseph 弗兰克,约瑟夫,57
Frankfurter, Felix 法兰克福特,菲利克斯,271
Frazer, J. G. 弗雷泽,J. G.,6
Frazier, Katharine 弗莱泽,凯瑟琳,144
Freud, Sigmund 弗洛伊德,西格蒙德,233,296,331
  W. H. Auden on 奥登论弗洛伊德,268
  M. Charcot and 夏科和弗洛伊德,12
  English translations of 弗洛伊德著作英译本,235
  on forgetting 弗洛伊德论遗忘,321-323
  The Interpretation of Dreams 弗洛伊德《梦的解析》,61
  Adam Phillips on 亚当·菲利普斯论弗洛伊德,294-295
  Totem and Taboo 弗洛伊德《图腾与禁忌》,395
  on transference 弗洛伊德论移情,310
Fréville, Gustave 弗里维尔,古斯塔夫,23
Friedman, Alan 弗里德曼,阿伦
  The Turn of the Novel 弗里德曼

《小说的转向》,70
Frye, Northrop 弗莱,诺斯洛普,233,345,410
Fuller, John 富勒,约翰
　W. H. Auden: A Commentary 富勒《论奥登》,269
Fuller, Loïe 富勒,洛伊,4,7,10,11,13-31,187
　dancing style 富勒的舞蹈风格,14-15,17,18-20
　death 富勒的去世,17
　Isadora Duncan and 伊莎多拉·邓肯和富勒,16-17,18
　Fifteen Years of a Dancer's Life 富勒《一个舞者生命中的十五年》,13,14
　Anatole France on 阿纳托尔·弗朗西论富勒,9
　her health 富勒的健康状况,13-14
　influence/importance 富勒的影响/重要性,22,24-25,27-28
　André Levinson on 安德烈·莱文森论富勒,21
　Stéphane Mallarmé on 斯特凡·马拉美论富勒,20,22,23,24,25-27,28,29,31
　light/optical effects, use of 富勒的灯光/视觉效果,应用,20-21,22-23
　in London 富勒在伦敦,17-18,19
　Camille Mauclair on 卡米尔·莫克莱论富勒,5
　Auguste Rodin and 奥古斯特·罗丹和富勒,16
　W. B. Yeats and 叶芝和富勒,3,23,25
Fuseli, Henry 弗塞利,亨利,183

Gallagher, Catherine 加拉格尔,凯瑟琳
　Practicing New Historicism 加拉格尔《新历史主义批评实践》,351
Gallagher, Tess 加拉格尔,苔丝,382
Galsworthy, John 高尔斯华绥,约翰,64
　The Country House 高尔斯华绥《乡寓》,70-74
　The Man of Property 高尔斯华绥《有产业的人》,70,74
Gaon, Saadya 加昂,萨阿迪亚,237
Gardner, John 加德纳,约翰,378,382
Garnett, Tony 加内特,托尼,248
Gasché, Rodolphe 加谢,鲁道夫,316
Gasset, Ortega y 加塞特,奥特加·伊,7
Gautier, Théophile 戈蒂埃,泰奥菲勒,28
Gerson, Jean 格尔森,让,242

De sensu litterali sacrae Scripturae 格尔森《字面意义上的〈圣经〉》,240

Ghéon, Henri 吉纶,亨利,4

Ghirlandaio, Domenico 吉朗达约,多梅尼科,197

Gibbon, Edward 吉本,爱德华,299

Gillet, Louis 吉莱,路易,136

Glyn, Elinor 格林,埃莉诺,60,69,77

Three Weeks 格林《三周》,62-63

Goethe, Johann Wolfgang 歌德,约翰·沃尔夫冈

Wilhelm Meister 歌德《威廉·迈斯特》,206

Goldman, Arnold 戈德曼,阿诺德,57

Gombrich, E. H. 贡布里希,E. H.,182,187,194,195,197,198,199

Goncourt brothers 龚古尔兄弟,9,23

Goodfield, June 古德菲尔德,琼

The Discovery of Time 古德菲尔德《探索时间》,50

Gosse, Edmund 戈斯,埃德蒙

Father and Son 戈斯《父与子》,299-300

Goulemot, J.-M. 古勒莫,J.-M.,324

"Histoire littéraire et mémoire nationale" 古勒莫《文学史与民族记忆》,324

Graves, Robert 格拉夫,罗伯特,344

Gray, Asa 格雷,阿萨,84

Gray, Thomas 格雷,托马斯,322-323

Green, André 格林,安德烈,295

Green, Henry 格林,亨利,271

Greenblatt, Stephen 格林布拉特,斯蒂芬,349,350

Practicing New Historicism 格林布拉特《新历史主义批评实践》,351

Griffin, Howard 格里芬,霍华德,392

Grigson, Geoffrey 格里格森,杰弗里,275

Groethuysen, Bernard 格勒图森,伯纳德,145

Guerard, Albert 格拉德,艾伯特

Conrad the Novelist 格拉德《小说家康拉德》,168,169,170,171

Guilbert, Yvette 吉博特,伊维特,9,10

Hake, T. Gordon 哈克,T. 戈登,8

Halbwachs, Maurice 哈布瓦赫,莫里斯

Les Cadres sociaux de la Mémoire 哈布瓦赫《论集体记忆》,323

Hammer, Victor 汉默,维克多,144-

145, 158
Hardy, Thomas 哈代,托马斯
 Jude the Obscure 哈代《无名的裘德》,70
Harris, Thomas 哈里斯,托马斯,406-407
 Hannibal 哈里斯《汉尼拔》,406
Harrison, Jane 哈里森,简,6
Hartman, Geoffrey 哈特曼,杰弗里,352
 Midrash and Literature (edited by) 哈特曼(编)《米德拉什和文学》,230
Harvard College 哈佛学院,60
Harvey, Gabriel 哈维,加布里尔,205
Havelock-Ellis, Henry 哈维洛克·艾利斯,亨利,6,8
 The Dance of Life 哈维洛克《生命之舞》,5
Hawthorne, Nathaniel 霍桑,纳撒尼尔,78-97
 The Blithedale Romance 霍桑《福谷传奇》,86
 The House of the Seven Gables 霍桑《七个尖角顶的宅第》,78-81,84-92,97
 The Marble Faun 霍桑《玉石雕像》,81,85,91,95-96
 "My Kinsman Major Molineux" (short story) 霍桑《我的亲戚莫利诺少校》(短篇小说),79
 The Scarlet Letter 霍桑《红字》,81,84,85,87,92-95,97
Hay, Eloise Knapp 哈伊,埃洛伊塞·克纳普,168,171
Headlam, Stewart 黑德勒姆,斯图尔特,7,8
Hebrew University, Jerusalem 希伯来大学,耶路撒冷,230
Heidegger, Martin 海德格尔,马丁,148,149,150,154,157,158
 "Aus der Erfahrung des Denkens" ("The Thinker as Poet") 海德格尔《诗人哲学家》,153
 Being and Time 海德格尔《存在与时间》,155
 Existence and Being 海德格尔《实存与存在》,145,158
 on Friedrich Hölderlin 海德格尔论弗里德里希·荷尔德林,144,147,150,152-153,155,156
 Wallace Stevens and 华莱士·史蒂文斯和海德格尔,145-146,149
Heilman, R. B. 海尔曼,R. B.,344
Heine, Thomas Theodor 海涅,托马斯·西奥多,3
Hemingway, Ernest 海明威,厄内斯特,378

Farewell to Arms 海明威《永别了,武器》,135

Hepokoski, J. A. 西伯科斯基,J. A.,357,366,367,369

Herbert, George 赫伯特,乔治,48
"The Holy Scriptures II" 赫伯特《神圣经卷》II,233
"Prayer" 赫伯特《祈祷文》,40

Herder, Johann Gottfried 赫尔德,约翰·戈特弗雷德,351

Hirsch, E. D. 赫希,E. D.,113

Hofstadter, Albert 霍夫斯塔特,艾伯特,152

Holbein, Hans 荷尔拜因,汉斯
The French Ambassadors 荷尔拜因《法国大使》,210

Holden, Amanda 霍尔登,阿曼达,365

Hölderlin, Friedrich 荷尔德林,弗里德里希
Martin Heidegger on 马丁·海德格尔论荷尔德林,144,147,150,152-153,155,156
"Heimkunft" ("Homecoming") 荷尔德林《归家》,148,154-155
Poems 1796—1804 荷尔德林《诗集1796—1804》,144,145
"The Poet's Vocation" 荷尔德林《诗人的使命》,147
Wallace Stevens and 华莱士·史蒂文斯和荷尔德林,143-144,145,147,148,150,151-158

Holloway, John 霍洛韦,约翰
"Matthew Arnold and the Modern Dilemma" 霍洛韦《马修·阿诺德和现代困境》,342-343,356

Holub, Miroslav 赫鲁伯,米洛斯拉夫,421-423

Homer 荷马
Odyssey 荷马《奥德赛》,122

Hopkins, Gerard Manley 霍普金斯,杰拉德·曼利,423

Horace 贺拉斯
Odes 贺拉斯《颂歌》,322

Horne, Herbert P. 霍恩,赫伯特.P,182
Alessandro Filipepi called Sandro Botticelli ... 霍恩《人称桑德罗·波提切利的佛罗伦萨画家亚历山德罗·菲利佩皮》,189
on Sandro Botticelli 霍恩论桑德罗·波提切利,182,185-194,196,201,202
Diversi Colore 霍恩《不同的颜色》,188
Ian Fletcher on 伊恩·弗莱彻论霍恩,182,185-186,188,189
Walter Pater and 沃尔特·佩特和霍恩,185,186,190-191

Hoskins, John 霍斯金斯,约翰

Directions for Speech and Style
霍斯金斯《论语言与风格》,217
Hotson, Leslie 霍特森,莱斯利,343
Hugh of St Victor 圣维克多的休格, 237,238
Hugo, François Victor 雨果,弗朗索瓦·维克多,366-367
Hulme, T. E. 休姆,T. E.,30
Husserl, Edmund 胡塞尔,埃德蒙,16
Hutchinson, Sara 哈钦森,萨拉,51,52
Hutton, James 哈顿,詹姆斯,50
Hymn of Jesus 《耶稣颂歌》,8
Hynes, Samuel 海因斯,塞缪尔,257

Image, Selwyn 伊马热,塞尔温,187
Index on Censorship 《审查索引》,289
St Irenaeus 圣伊勒内,37
Isidore of Seville 塞维利亚的伊西多尔,354
Iser, Wolfgang 伊瑟尔,沃尔夫冈,109
Isherwood, Christopher 伊舍伍德,克里斯托弗,258,279
 Lions and Shadows 伊舍伍德《狮子与影子》,257

Jakobson, Roman 雅各布森,罗曼,216
James, Henry 詹姆斯,亨利,60,69,166,228,296,418,420
 on Arnold Bennett 詹姆斯论阿诺德·贝内特,70
 critical response to 对詹姆斯的文学批判回应,67-68
 on First World War 詹姆斯论第一次世界大战,61
 The Golden Bowl 詹姆斯《金碗》,50,68
 Roderick Hudson 詹姆斯《罗德里克·赫德森》,56
 What Maisie Knew 詹姆斯《梅西知道什么》,67-68,69,413
James, William 詹姆斯,威廉
 The Pluralistic Universe 詹姆斯《一个多元的宇宙》,147
 The Principles of Psychology 詹姆斯《心理学原理》,330
Jameson, Fredric 詹姆逊,弗雷德里克,113,264
Jarrell, Randall 贾雷尔,兰德尔,152
Jefferson, Thomas 杰斐逊,托马斯
 Notes on Virginia 杰斐逊《弗吉尼亚札记》,85-86
Johnson, Lionel 约翰逊,莱昂内尔,187
Johnson-Laird, Philip 约翰逊-莱尔德,菲利普,316

Jourdain, François 茹尔丹,弗兰西斯,11,17,23
Joyce, James 乔伊斯,詹姆斯,60,166,298,409
  Dubliners 乔伊斯《都柏林人》,123
  Finnegans Wake 乔伊斯《芬尼根守灵》,136
  Ulysses 乔伊斯《尤利西斯》,57,58,119,120-125,133-134,136,409,423
Justi, Carl 尤斯蒂,卡尔,194

Kafka, Franz 卡夫卡,弗朗茨,54
Kara, Joseph 卡拉,约瑟夫,238
Keats, John 济慈,约翰,161,162
Kenner, Hugh 肯纳,休,344
Kerman, Joseph 科尔曼,约瑟夫,363
  Opera as Drama 科尔曼《作为戏剧的歌剧》,357
Keynes, John Maynard 凯恩斯,约翰·梅纳德
  Economic Consequences of the Peace 凯恩斯《和平的经济后果》,425
Khairallah, George 凯莱拉,乔治
  "Our Latest Master of the Arts" 凯莱拉《我们如今的文学硕士》,160
Kipling, Rudyard 吉卜林,拉迪亚德,287

Kirsch, Arthur 基尔希,亚瑟
  W. H. Auden: *Lectures on Shakespeare*, edited by 基尔希编奥登:《莎士比亚讲稿》,392,393
Knight, Wilson 奈特,威尔逊,216
Knights, L. C. 奈茨,L. C.,35,338
  How Many Children Had Lady Macbeth? 奈茨《麦克白夫人有几个孩子?》,216
Koestler, Arthur 科斯特勒,亚瑟
  Darkness at Noon 科斯特勒《正午的黑暗》,266
Kredel, Fritz 克雷德尔,弗里茨,145

Lacan, Jacques 拉康,雅克,320
Lamprecht, Karl 兰普雷希特,卡尔,194
Langer, Mrs 兰格夫人,30
  Feeling and Form 兰格夫人《情感与形式》,6
  Problems of Art 兰格夫人《艺术的难题》,6
Larkin, Philip 拉金,菲利普,58,407
  Martin Amis on 马丁·艾米斯论拉金,412
Lawrence, D. H. 劳伦斯,D. H.,60,343
  Women in Love 劳伦斯《恋爱中的女人》,70
Leavis, F. R. 李维斯,F. R.,328,

340,345,355,410

influence/importance 李维斯的影响/重要性,337-338,341

"Retrospect" 李维斯《回顾》,339,340,343

Scrutiny and 《细察》和李维斯,337,339

Leavis,Q. D. 李维斯,Q. D.,338,339

"A Fresh Approach to Wuthering Heights" 李维斯《〈呼啸山庄〉新读》,109-112,113,117

Lee,Peter H. 李,彼得. H,145-146

Lees-Milnes,James 利斯-米尔恩,詹姆斯,384-391

Ancestral Voices 利斯-米尔恩《先人之声》,384

Ancient as the Hills:Diaries 1973—1974 利斯-米尔恩《青山不老:1973—1974年日记》,384

Caves of Ice 利斯-米尔恩《冰窟》,384

Deep Romantic Chasm:Diaries 1979—1981 利斯-米尔恩《浪漫的鸿沟:1979—1981年日记》,384,390

Midway on the Waves 利斯-米尔恩《海浪之间》,384

Prophesying Peace 利斯-米尔恩

《预言和平》,384

Through Wood and Dale 利斯-米尔恩《漫步林间幽谷》,384

A Mingled Measure:Diaries 1953—1972 利斯-米尔恩《和声:1953—1972年日记》,384

Left Book Club 左翼图书俱乐部,247,251

Leiris,Michel 莱里斯,米歇尔,297

Levey,Michael 利维,迈克尔,182,183

Lévi-Strauss,Claude 列维-斯特劳斯,克劳德,113

Levin,Harry 莱文,哈里,344

Levinson,André 莱文森,安德烈,13,25,27,31

on Loïe Fuller 莱文森论洛伊·富勒,21

Paul Valéry ... 莱文森《写舞蹈的诗人保罗·瓦雷里》,28-29

Lewis,C. S. 刘易斯,C. S.

The Allegory of Love 刘易斯《爱的寓言》,398

Lewis,Janet 刘易斯,珍妮特

The Earth-Bound 刘易斯《固守土地者》,144

Lewis,Wyndham 刘易斯,温德姆,57,264-266,268,269

W. H. Auden on 奥登论刘易斯,264

Count Your Dead 刘易斯《死亡统计》,264

Hitler 刘易斯《希特勒》,264

The Hitler Cult 刘易斯《希特勒崇拜》,264

The Jews are they Human? 刘易斯《犹太人是人吗?》,264

Left Wings over Europe 刘易斯《欧洲上空的左翼》

The Revenge for Love 刘易斯《为爱复仇》,254-266

Lippi, Filippo 利比,菲利波,198

Lish, Gordon 利什,戈登,382

Littlejohn, David 利特尔约翰,大卫,360

Lloyd, Marie 劳埃德,玛丽,9

Loewe, Raphael 勒威,拉斐尔

"The 'Plain' Meaning of Scripture..." 勒威《早期犹太教〈圣经〉的"字面"意义》,243-244

Loisy, Alfred 卢瓦希,阿尔弗雷德,242

Lorrain, Jean 洛兰,让,22-23

Lowry, Malcolm 劳里,马尔科姆,411

Lubbock, Percy 卢伯克,珀西,319

Luther, Martin 路德,马丁,234,240

Lyell, Charles 莱尔,查尔斯

Geology 莱尔《地质学》,82

Lynd, R. S. and H. M. 林德,R. S. 和林德,H. M.

Middletown 林德《中心镇》,338

Lyons, John 莱昂斯,约翰,235,244

Lytton, Bulwer 利顿,布尔沃,312

McEwan, Ian 麦克尤恩,伊恩,413-419

Amsterdam 麦克尤恩《阿姆斯特丹》,414

Atonement 麦克尤恩《赎罪》,413-419

A Child in Time 麦克尤恩《时间中的孩子》,414

Enduring Love 麦克尤恩《爱无可忍》,414

Mackmurdo, A. H. 麦克默多,186,189

MacLean, Donald 麦克莱恩,唐纳德,270

McLuhan, Marshall 麦克卢汉,马歇尔,344

MacNeice, Louis 麦克尼斯,路易,268,270,272-274,275,276

Autumn Journal 麦克尼斯《秋天日志》273-274,275

on Birmingham 麦克尼斯论伯明翰,249-250,253

The Strings are False 麦克尼斯《走调的弦》,269

McTaggart, J. M. E. 麦塔格特,J.

M. E., 329
Maginn, William 麦金, 威廉, 248
Mailer, Norman 梅勒, 诺曼, 411
Mallarmé, Stéphane 马拉美, 斯特凡, 3, 4, 5, 11
 Crayonné au Théâtre 马拉美《戏剧素描》, 27
 on Loïe Fuller 马拉美论洛伊·富勒, 20, 22, 23, 24, 25 - 27, 28, 29, 31
Mandel, Barrett J. 曼德尔, 巴里特. J., 299 - 300
Manet, Edward 马奈, 爱德华
 Déjeuner sur l'herbe 马奈《草地上的午餐》, 196
Mansfield, Katherine 曼斯菲尔德, 凯瑟琳, 343
St Mark's Gospel 《马可福音》, 119, 125 - 141
Marsh, Edward 马什, 爱德华, 189
Marvell, Andrew 马维尔, 安德鲁
 "An Horatian Ode" 马维尔《一首贺拉斯式的颂歌》, 285 - 286
Marx, Roger 马克思, 罗杰, 25
The Mask (journal) 《面具》(杂志), 4 - 5
Massenet, Jules 马斯内, 儒勒, 19
Massine, Léonide 马塞恩, 莱奥尼德, 6
Masterman, Charles 马斯特曼, 查尔斯
 The Condition of England 马斯特曼《英国的状况》, 69
Mather, Cotton 玛瑟, 科顿, 84
Matthiessen, F. O. 马希森, F. O.
 The Achievement of T. S. Eliot 马希森《T. S. 艾略特的成就》, 324
Mauclair, Camille 莫克莱, 卡米尔, 4, 5, 25
Mayhew, Henry 梅休, 亨利
 Life and Labour of the London Poor 梅休《伦敦穷人的生活和工作》, 248
Mead, G. R. S. 米德, G. R. S., 8 - 9
 "The Sacred Dance of Jesus" 米德《耶稣的圣舞》, 8
Mendelson, Edward 门德尔森, 爱德华, 394
 on W. H. Auden 门德尔森论奥登, 268 - 269, 280 - 281, 284, 285
 The Later Auden 门德尔森《后期奥登》, 268
Meyer, Leonard 迈尔, 伦纳德, 99 - 100
Miller, Henry 米勒, 亨利, 279
Miller, J. Hillis 米勒, J. 希利斯, 54
Miller, Jonathan 米勒, 乔纳森, 4
Miller, Karl 米勒, 卡尔, 339
Milton, John 弥尔顿, 约翰, 33, 38, 424

Moore, G. E.　摩尔, G. E., 270, 329
Moral Science Club　道德科学俱乐部, 329
Morning Chronicle　《纪事晨报》, 248
Morris, Margaret　莫里斯, 玛格丽特, 13
Morris, William　莫里斯, 威廉, 248
Motion, Andrew　姆辛, 安德鲁, 407
Mulhern, Francis　马尔赫恩, 弗朗西斯, 337-338
Murdoch, Iris　默多克, 艾丽丝, 408
Murry, John Middleton　穆里, 约翰·米德顿, 343
　　The Problem of Style　穆里《风格问题》343

Nabokov, Vladimir　纳博科夫, 弗拉基米尔, 296, 300
Naipaul, V. S.　奈保尔, V. S., 408, 412
"Narrative: The Illusion of Sequence" (Chicago conference)　"叙事：顺序的幻象"（芝加哥会议）, 160
New School for Social Research, New York, lectures　新社会研究学校, 纽约, 讲座, 392
Nicol, E. J.　尼科尔, E. J., 3-4, 13, 14, 17, 19, 21
Niebuhr, Reinhold and Ursula　尼布尔, 莱因霍德和乌苏拉, 394

Nietzsche, Friedrich　尼采, 弗里德里希, 317
Nijinsky, Vaslav　尼金斯基, 瓦斯拉夫, 3
Noh plays　能剧, 6, 7, 23
Nolan, Miss　诺兰小姐, 13, 21
Northcliffe lectures, University College London　诺斯克利夫讲座, 伦敦大学学院, 246, 268
Charles Eliot Norton lectures, Harvard University　查尔斯·艾略特·诺顿讲座, 哈佛大学, 119

O'Connor, Flannery　奥康纳, 弗兰纳里, 379
　　"Good Country People"　奥康纳《乡下好人》, 379
O'Donovan, Patrick　奥多诺万, 帕特里克, 390
Ogden, C. K.　奥格登, C. K., 329, 331
　　The Meaning of Meaning　奥格登《意义的意义》, 329
Ombres Gigantesques (ballet)　《巨大的阴影》（芭蕾）, 19
O'Neill, John　奥尼尔, 约翰, 119
Orcagna, Andrea　奥卡尼亚, 安德里亚
　　Inferno (painting)　奥尔卡尼亚《炼狱》（画）, 184

Ortega y Gasset, José 加塞特·伊·奥特加,何塞,30,53
   Meditations on Don Quixote 加塞特《〈堂吉诃德〉思考录》,41
Orwell, George 奥威尔,乔治,263-264,266,283
   Inside the Whale 奥威尔《在鲸腹中》,279
   on intellectuals 奥威尔论知识分子,272,278-279
   "Looking back on the Spanish War" 奥威尔《回顾西班牙内战》,255-256,284
   on the Thirties 奥威尔论三十年代,278
The Oxford Companion to English Literature 《牛津英国文学指南》,40

Panofsky, Erwin 帕诺夫斯基,欧文,398
Parker, Roger 帕克,罗杰,357
Parkinson, Thomas 帕金森,托马斯,30
Partisan Review 《党派评论》,3
Pascal, Blaise 帕斯卡,布莱斯
   Pensées 帕斯卡《沉思录》,392
Pater, Walter 佩特,沃尔特
   on Botticelli 佩特论波提切利,190-191,193,193,196
   influence/importance 佩特的影响/重要性,185,186
   The Renaissance 佩特《文艺复兴》,184
Paulhan, Jean 保兰,让,33
Paulin, Tom 波林,汤姆
   "The Attack in the West" 波林《西线进攻》,425
   Faber Book of Vernacular Verse 波林《费伯方言诗选》,422-423
   The Invasion Handbook 波林《入侵指南》,420-427
Payne, Nina 佩恩,尼娜,13
Peabody, Sophia 皮博迪,索菲亚,84
Pearson's Weekly 《皮尔森周刊》,18,20,22,25
Phillips, Adam 菲利普斯,亚当,295
   "Freud and the Uses of Forgetting" 菲利普斯《弗洛伊德与遗忘的作用》,294
Phillips, William 菲利普斯·威廉,41,54
Picard, Raymond 皮卡尔,雷蒙德,114,115
   Nouvelle Critique ou nouvelle imposture 皮卡尔《新批评还是新骗术》,114
Pieper, Josef 皮珀,约瑟夫,49
Peirce, C. S. 皮尔斯,C. S.,146
Plato 柏拉图

Cratylus 柏拉图《克拉底鲁篇》,353

Meno 柏拉图《美诺篇》,291

Symposium 柏拉图《会饮篇》,226

Podhoretz, Norman 波德霍雷茨,诺曼,339

Podro, Michael 鲍德罗,迈克尔,200

Poirier, Richard 普瓦里耶,理查德,339

Pope, Alexander 蒲柏,亚历山大,322

Pope-Hennessy, Sir John 约翰·轩尼诗爵士,189,202

Pound, Ezra 庞德,埃兹拉,28,247

 Pisan Cantos 庞德《比萨诗章》,30,424

Praz, Mario 普拉兹,马里奥

 The Romantic Agony 普拉兹《浪漫的痛苦》,184

Preuss, J. S. 普罗伊斯,J. S.,237,239,240

Pridden, Deirdre 普里登,迪尔德丽,7

Pritchett, V. S. 普里切特,V. S.,378,408,412

 "When My Girl Comes Home" 普里切特《当我的女孩回家时》,380

Proust, Marcel 普鲁斯特,马塞尔,51,54,57,298,319

 A la Recherche du temps perdu 普鲁斯特《追忆逝水年华》,125,183

Pynchon, Thomas 品钦,托马斯

 The Crying of Lot 49 品钦《拍卖第49批》,401

 Gravity's Rainbow 品钦《万有引力之虹》,401

The Quarterly Review 《批评季刊》,146

The Quest (journal) 《求索》(杂志),8

Quiller-Couch, Sir Arthur 亚瑟·奎乐-库奇爵士,338

Quintilian 昆体良,354

Raffalovitch, André 拉法洛维奇,安德烈,9

Ransom, John Crowe 兰森,约翰·克罗,336

Rashi (Rabbi Shlomo ben Yitzchak) 赖希(拉比),237,238

Reading, Peter 雷丁,彼得,422

Rees, Goronwy 里斯,格伦韦,268,270-273,278,287

 at Oxford 里斯在牛津,270-272

Renard, Jules 雷纳德,儒勒,16

Renoir, Pierre Auguste 雷诺阿,皮埃尔·奥古斯特,10

Rhymers' Club 诗人俱乐部,187,188

Richards, I. A. 瑞恰兹,I. A.,337

at Cambridge 瑞恰兹在剑桥,329-332

influence/importance 瑞恰兹的影响/重要性,336,338,340-341,345,416

The Meaning of Meaning 瑞恰兹《意义的意义》,329

Practical Criticism 瑞恰兹《实用批评》,330

The Principles of Literary Criticism 瑞恰兹《文学批评原理》,329,330

Richardson, Joan 理查森,琼,143

Richer, Paul 理查,保罗

Les Demoniaques dans l'art 理查《艺术中的魔鬼附体》,12

Ricoeur, Paul 利科,保罗,160,163,314

Rio, Alexis-François 里约,阿列克西-弗朗索瓦

De la poésie chrétienne 里约《基督教诗歌》,183

Robbe-Grillet, Alain 罗伯-格里耶,阿兰,166,314

Les Gommes 罗伯-格里耶《橡皮》,124

Le Voyeur 罗伯-格里耶《窥视者》,75

Roche, Pierre 罗什,皮埃尔,20

Rodenbach, Georges 罗登巴赫,乔治,27

"La Loïe Fuller" 罗登巴赫《洛伊·富勒》,23-24

Rodin, Auguste 罗丹,奥古斯特,19

Loïe Fuller and 洛伊·富勒和罗丹,16

Romantic Image 《浪漫影像》,3,4

Roosevelt, Blanche 罗斯福,布兰奇,366

Rorty, Richard 罗蒂,理查德,215

Rosenstock-Huessy, Eugen 罗森斯托克-休伊斯,尤金

Out of Revolution 罗森斯托克-休伊斯《源自革命》,394

Rosenthal, Erwin 罗森塔尔,欧文,237

Rossetti, Dante Gabriel 罗塞蒂,但丁·加布里尔,183

Roth, Philip 罗斯,菲利普,411

Sabbath's Theater 罗斯《安息日剧院》,411

Rousseau, Jean-Jacques 卢梭,让-雅克,296,299,300,302

Russell, Bertrand 罗素,波特兰,329

Rutherford, Mark 卢瑟福,马克,299

Rylands, George 赖兰,乔治,400

Words and Poetry 赖兰《词语和诗歌》,396

Rymer, Thomas 莱默,托马斯,205,360,363

Said, Edward 赛义德,爱德华,163

St Denis, Ruth 圣丹尼斯,露丝,14

Saint-Point, Valentine de 圣普安,瓦伦丁,13

Santayana, George 桑塔耶纳,乔治,149,151,154

Sartre, Jean-Paul 萨特,让-保罗,41,55

　　La Nausée 萨特《恶心》,40,45

Saturday Review 《周六评论》,67-68

Saunders, J. W. 桑德斯,J.W.

　　"The Stigma of Print" 桑德斯《出版的耻辱》,344

Saussure, Ferdinand de 索绪尔,弗迪南·德,331,340,352,392

Saxl, Fritz 萨克斯尔,弗里茨,186,188,189,190

Schafer, Roy 谢弗,罗伊,160,163,170

Schlegel, Friedrich 施莱格尔,弗里德里希,206

Schmarsow, August 施马尔佐夫,奥古斯特,193,194,201

Schmitt, Florent 施密特,弗洛伦,19

Scholes, Robert 斯科尔斯,罗伯特,320,321

Scrutiny (journal) 《细察》(杂志),337,338-340,343,344

Searle, John 塞尔,约翰,244

Semon, Richard 塞蒙,理查德,196,198

The Sense of an Ending 《结尾的意义》,32

Shakespeare, Hamnet 莎士比亚,哈姆奈特,227

Shakespeare, Judith 莎士比亚,茱迪斯,227

Shakespeare, William 莎士比亚,威廉,392-400

　　All's Well that Ends Well 莎士比亚《终成眷属》,395

　　Antony and Cleopatra 莎士比亚《安东尼与克莉奥佩特拉》,210,213,398,399,424

　　As You Like It 莎士比亚《皆大欢喜》,398

　　Comedy of Errors 莎士比亚《错误的喜剧》,208

　　Coriolanus 莎士比亚《科利奥兰纳斯》,348,349,355,398

　　Cymbeline 莎士比亚《辛白林》,396,397

　　Hamlet 莎士比亚《哈姆雷特》,38,204-207,215,216-229,333-335,372,398,424

　　Henry IV 莎士比亚《亨利四世》,398

　　Henry VI 莎士比亚《亨利六世》,209

Henry VIII 莎士比亚《亨利八世》,211

Julius Caesar 莎士比亚《裘力斯·恺撒》,213

King John 莎士比亚《约翰王》,210

King Lear 莎士比亚《李尔王》,34,38,205,213,308,309,312,349-350

Love's Labours Lost 莎士比亚《爱的徒劳》,398

Macbeth 莎士比亚《麦克白》,34-38,212,355,395,398,424

Measure for Measure 莎士比亚《一报还一报》,346,395

The Merchant of Venice 莎士比亚《威尼斯商人》,398

The Merry Wives of Windsor 莎士比亚《温莎的风流娘儿们》,365,397

A Midsummer Night's Dream 莎士比亚《仲夏夜之梦》,212-213,227,395

Othello 莎士比亚《奥赛罗》,38,205,218,357-373,393,395

Pericles 莎士比亚《佩力克里斯》,347,397

"The Poenix and Turtle" 莎士比亚《凤凰与斑鸠》,215,226,227

Richard II 莎士比亚《理查二世》,47,204,210-211

Romeo and Juliet 莎士比亚《罗密欧与朱丽叶》,212,227,397

his sonnets 莎士比亚的十四行诗,207-208,397

Taming of the Shrew 莎士比亚《驯悍记》,211,397

The Tempest 莎士比亚《暴风雨》,346,393

Timon of Athens 莎士比亚《雅典的泰门》,397

Titus Andronicus 莎士比亚《泰特斯·安德洛尼克斯》,209

Troilus and Cressida 莎士比亚《特洛伊罗斯与克瑞西达》,213,424

Twelfth Night 莎士比亚《第十二夜》,210,212,215,226,227

Two Gentlemen of Verona 莎士比亚《维洛那二绅士》,208,349,354

The Winter's Tale 莎士比亚《冬天的故事》,399,400

Shaw, George Bernard 萧伯纳,乔治·伯纳德

Major Barbara 萧伯纳《巴巴拉少校》,64

Shelley, Percy Bysshe 雪莱,珀西·比希

"The Sensitive Plant" 雪莱《含羞草》,50

Sherrington, Charles 谢灵顿,查尔斯,329
   Integrative Action of the Nervous System 谢灵顿《神经系统的整合行为》,330
Sherry, Norman 谢理,诺曼,168
Shklovsky, Viktor 什克洛夫斯基,维克多,134-135,136
Sketch 《速写》,19
Smalley, Beryl 史摩利,贝若,237,238
Smith, Janet Adam 史密斯,珍妮特·亚当,282
Smith, Morton 史密斯,莫顿,127,128-130,133-134
Snow, C. P. 斯诺,C. P.,341
Socrates 苏格拉底,353
Spark, Muriel 斯巴克,穆丽尔
   Not to Disturb 斯巴克《勿扰》,310,311
Spender, Stephen 斯宾德,斯蒂芬,256-257,268,269,275,276,284,285
   Trial of a Judge 斯宾德《审讯法官》,276
Spenser, Edmund 斯宾塞,埃德蒙,32,33,38
Springer, Anton 施普林格,安东,194
Starobinski, Jean 斯塔罗宾斯基,让,291,298
Stein, Gertrude 斯泰因,葛特鲁德,60
Steinlen, Theophile Alexandre 斯坦伦,泰奥菲勒·亚历山大,16
Stephen, Leslie 斯蒂芬,莱斯利,328
Stevens, Wallace 史蒂文斯,华莱士,40,41,49,143-159,230,233,245
   "Adagia" 史蒂文斯《阿达及亚》,143,152,153
   "Angel Surrounded by Paysans" 史蒂文斯《被农民围绕的天使》,145
   "The Auroras of Autumn" 史蒂文斯《秋天的极光》,151,158
   "The Bird with the Coppery, Keen Claws" 史蒂文斯《长着棕色利爪的鸟》,147
   Collected Poems 史蒂文斯《诗集》,146,149,150,151,154,155,157,231
   "Credences of Summer" 史蒂文斯《夏之书》,151
   "Effects of Analogy" 史蒂文斯《类比的效果》,148
   "L'Esthetique du Mal" 史蒂文斯《恶的美学》,232
   Harmonium 史蒂文斯《簧风琴》,143

Martin Heidegger and 马丁·海德格尔和史蒂文斯,145-146,149

Friedrich Hölderlin and 弗里德里希·荷尔德林和史蒂文斯,143-144

"Imagination as Value" 史蒂文斯《想象作为价值》,148

Letters 史蒂文斯《信札》,144,149,150,158

The Necessary Angel 史蒂文斯《必要的天使》,147,148-149

Notes toward a Supreme Fiction 史蒂文斯《最高虚构笔记》,144,231,232

"Of Mere Being" 史蒂文斯《仅仅是存在》,157

Opus Posthumous 史蒂文斯《遗作》,143,152,155,157

"An Ordinary Evening in New Haven" 史蒂文斯《纽黑文的平常一夜》,150

"Owl's Clover" 史蒂文斯《猫头鹰的三叶草》,150

"The Planet on the Table" 史蒂文斯《桌上的行星》,232

on poetry 史蒂文斯论诗歌,33-34,40,51,59

"Prologues to What is Possible" 史蒂文斯《写在可能之前》,150

"The Rock" 史蒂文斯《岩石》,152

"The Snow Man" 史蒂文斯《雪人》,231

"To an Old Philosopher in Rome" 史蒂文斯《致罗马的一位老哲人》,149-150

Stierle, Karlheinz 施蒂尔勒,卡尔海因,318

Stoehr, Taylor 斯托尔,泰勒,85

Stone, Lawrence 斯通,劳伦斯,350

Strachey, John 斯特雷奇,约翰,247

Strauss, Richard 施特劳斯,理查德,345-346,349,350,352,354,355,356

Strindberg, Mme 斯特林堡夫人 13

"Cave of the Golden Calf" 斯特林堡夫人《金牛洞》,13

Strong, L. A. G. 斯特朗,L. A. G.,343

Sturrock, John 斯特罗克,约翰,297,299

Swinburne, Algernon Charles 斯文伯恩,阿尔杰农·查尔斯,183-184

Symons, Arthur 西蒙兹,阿瑟,186,188,190

dance, interest in 西蒙兹对舞蹈的兴趣,3,7,8,9,10,11,28,187

"The World as Ballet" 西蒙兹《世界就像芭蕾》,10,22

"La Mélinite:Moulin Rouge" 西蒙兹《麦宁炸药:红磨坊》,11

Symons, Julian 西蒙兹,朱利安,266

Taine, Hippolyte 丹纳,依波利特, 197
Tate, Allen 退特,艾伦,337
Tayler, Edward 泰勒,爱德华,204
Taylor, Charles 泰勒,查尔斯,290
Tennyson, Alfred Lord 丁尼生,阿尔弗雷德爵士
  In Memoriam 丁尼生《悼念集》, 81-82
Thackeray, William Makepeace 萨克雷,威廉·梅克皮斯,248
Theatre Arts (journal) 《戏剧艺术》(杂志),3
Theodore of Mopsuestia 摩普绥提亚的狄奥多若,236
Theroux, Alexander 瑟鲁,亚历山大,410
Thibauder, Jean-Ives 蒂博代,让-艾夫斯,27
Thiesse, A.-M. 提斯,A.-M.,
  "The collapse of memory" 提斯《记忆的崩溃》,324
Thomas, Keith 托马斯,基思,350
Tilley, M. P. 蒂利,M. P.,36
Tindall, Mr 廷德尔先生,18,19,22
Tolstoy, Leo 托尔斯泰,列夫,205
  Anna Karenina 托尔斯泰《安娜·卡列尼娜》,55-56,173,205

War and Peace 托尔斯泰《战争与和平》,310-311,319
Toulmin, Stephen 图尔明,斯蒂芬
  The Discovery of Time 图尔明《探索时间》,50
Toulouse-Lautrec, Henri de 图卢兹-劳特雷克,亨利·德,3,9,10,11, 12,15,15
Trapp, Joseph T. 特拉普,约瑟夫,T.,182
Trevor, William 特雷弗,威廉
  "Broken Homes" 特雷弗《破裂的家庭》,381
Trilling, Lionel 特里林,莱昂内尔,328
  The Middle of the Journey 特里林《旅途之中》,266
Trocmé, Etienne 特罗克梅,艾蒂安, 140
Trollope, Anthony 特罗洛普,安东尼,365
  He Knew He Was Right 特罗洛普《他知道他是正确的》,362
Trotter, David 特罗特,大卫,254
Twine, Laurence 泰安,劳伦斯
  The Pattern of Painful Adventures 泰安《痛苦的冒险模式》,347
Tyrrell, George 泰瑞尔,乔治,242

Updike, John 厄普代克,约翰,411,

412

Upward, Edward 厄普沃德,爱德华,246,254,256,269,279,288

W. H. Auden and 奥登和厄普沃德,262,263-264

"At the Ferry Inn" 厄普沃德《在码头酒店》,262-263

Journey to the Border 厄普沃德《边境之旅》,257

"The Railway Accident" 厄普沃德《铁路事故》,257

The Spiral Ascent 厄普沃德《螺旋上升》,257-263

Usener, Hermann 乌色纳,赫尔曼,194

Ussher 厄舍尔,49

Valensi, L. 瓦朗西,L.,324

Between Memory and History (edited by) 瓦朗西编《记忆与历史之间》,323

Valéry, Paul 瓦雷里,保罗,5,6,27,28,29,30,323

"L'Ame et la Danse" 瓦雷里《灵魂和舞蹈》,28

Cahiers 瓦雷里《手册》,294

Levinson on 莱文森论瓦雷里,28

Vasari, Giorgio 瓦萨里,乔治,183

Life of Botticelli 瓦萨里《波提切利的一生》,183

Vaughan, Kate 沃恩,凯特,10-11

Verdi, Giuseppe 威尔第,居塞比

Aida 威尔第《阿依达》,362

Arrigo Boito as librettist for 阿里格·博伊托作为威尔第的剧本作者,363-373

Don Carlos 威尔第《唐·卡洛斯》,362

Falstaff 威尔第《福斯塔夫》,357,365,397

Otello 威尔第《奥赛罗》,357-358,368-373

Vidal, Paule 维达尔,波勒,145

Voltaire (François Marie Arouet) 伏尔泰(弗朗索瓦·马利-阿鲁埃),205

von Balthasar, Hans Urs 冯·巴尔塔萨,汉斯·乌尔斯,37

Von Hügel, Friedrich 冯·胡格尔,弗里德里希,241-242

von Kuhn, Johann Evangelist 冯·库恩,约翰·伊万吉里斯特,241,242

Wachtel, Nathan 瓦赫特尔,内森,324

Between Memory and History (edited by) 瓦赫特尔编《记忆与历史之间》,323

Wagenknecht, E. 瓦根克内希特,

E., 84

Wallace-Hadrill, D. S. 华莱士-哈德里尔,D. S.,236

Warburg, Aby 瓦尔堡,阿比,194-200,201,202,307

Warburg Institute 瓦尔堡学院,199-200,201

Warner, Rex 华纳,雷克斯
 The Professor 华纳《教授》,276-277
 The Wild Goose Chase 华纳《野鹅追捕》,277

Warner, Sylvia Townsend 华纳,西尔维亚·唐森德,380

Warren, Robert Penn 华伦,罗伯特·佩恩,336
 Understanding Poetry 沃伦《理解诗歌》,336

Wasserman, Earl R. 瓦瑟尔曼,厄尔·R.
 The Subtler Language 瓦瑟尔曼《更微妙的语言》,50

Watt, Ian 瓦特,伊恩
 Defoe: Robinson Crusoe 瓦特《笛福：鲁滨孙·克鲁索》,344

Waugh, Evelyn 沃,伊夫林
 Brideshead Revisited 沃《旧地重游》,411

Wayland, Revd Francis 韦兰德,弗朗西斯神父,349,350

Weaver, William 韦弗,威廉,366

Weiss, Theodore 韦斯,西奥多,146

René Wellek Library lectures, University of California 加利福尼亚大学韦勒克图书馆讲座,182

Wells, H. G. 威尔斯,H. G.,63,64,70
 The War in the Air 威尔斯《大空战》,60

Westcott, Glenway 韦斯科特,格伦韦,401

White, Hayden 怀特,海登,160,163

Whitehead, Alfred North 怀特海,阿尔弗雷德·诺斯,31

Wilde, Oscar 王尔德,奥斯卡,256

Wilkins, George 威尔金斯,乔治
 The Painful Adventures 威尔金斯《痛苦的冒险》,347

Williams, Raymond 威廉斯,雷蒙德,331

Williams, William Carlos 威廉斯,威廉·卡洛斯,31

Wilson, Angus 威尔逊,安格斯,408

Wilson, Edmund 威尔逊,埃德蒙,250

Wimsatt, W. K. 维姆萨特,W. K.,336,337

Winnicott, D. W. 温尼科特,D. W.,227

Winters, Yvor 温特斯,伊沃尔,341,

345

Wittgenstein, Ludwig 维特根斯坦,路德维希, 392

Woolf, Virginia 伍尔夫,弗吉尼亚, 57,177

 Between the Acts 伍尔夫《幕间》, 424

Wordsworth, Dorothy 华兹华斯,多萝西, 51

Wordsworth, John 华兹华斯,约翰, 52

Wordsworth, William 华兹华斯,威廉, 51-54,299,302-306,407

 The Borderers 华兹华斯《边界人》, 276

 "The Discharged Soldier" 华兹华斯《退伍兵》, 304

 Lyrical Ballads 华兹华斯《抒情歌谣集》, 53,299

 The Prelude 华兹华斯《序曲》, 300-301,302,303,304-306

 "Resolution and Independence" 华兹华斯《决心与独立》, 40-41, 51-54,302

 The Ruined Cottage 华兹华斯《塌毁的茅舍》, 304

"World Without End or Beginning" 《没有终点与起点的世界》, 32

Wright, George T. 赖特,乔治·T., 204,223,224

 "Hendiadys and *Hamlet*" 赖特《重言与〈哈姆雷特〉》, 217-219

Wyczewa, Theodor 维泽瓦,西奥多, 10

Yacco, Sada 川上贞奴, 18

Yale University lectures 耶鲁大学讲座, 289

Yeats, William Butler 叶芝,威廉·巴特勒, 8,11,187-188

 dance, interest in 叶芝对舞蹈的兴趣, 3,5,7,23,25,28,198

 Loïe Fuller and 洛伊·富勒和叶芝, 3,23,25

 "Long-Legged Fly" 叶芝《长足虻》, 424

《当代学术棱镜译丛》
已出书目

媒介文化系列

第二媒介时代 ［美］马克·波斯特

电视与社会 ［英］尼古拉斯·阿伯克龙比

思想无羁 ［美］保罗·莱文森

媒介建构：流行文化中的大众媒介 ［美］格罗斯伯格 等

揣测与媒介：媒介现象学 ［德］鲍里斯·格罗伊斯

媒介学宣言 ［法］雷吉斯·德布雷

全球文化系列

认同的空间——全球媒介、电子世界景观与文化边界 ［英］戴维·莫利

全球化的文化 ［美］弗雷德里克·杰姆逊 三好将夫

全球化与文化 ［英］约翰·汤姆林森

后现代转向 ［美］斯蒂芬·贝斯特 道格拉斯·科尔纳

文化地理学 ［英］迈克·克朗

文化的观念 ［英］特瑞·伊格尔顿

主体的退隐 ［德］彼得·毕尔格

反"日语论" ［日］莲实重彦

酷的征服——商业文化、反主流文化与嬉皮消费主义的兴起 ［美］托马斯·弗兰克

超越文化转向 ［美］理查德·比尔纳其 等

全球现代性：全球资本主义时代的现代性 ［美］阿里夫·德里克

文化政策 ［澳］托比·米勒 ［美］乔治·尤迪思

通俗文化系列

解读大众文化　[美]约翰·菲斯克
文化理论与通俗文化导论(第二版)　[英]约翰·斯道雷
通俗文化、媒介和日常生活中的叙事　[美]阿瑟·阿萨·伯格
文化民粹主义　[英]吉姆·麦克盖根
詹姆斯·邦德：时代精神的特工　[德]维尔纳·格雷夫

消费文化系列

消费社会　[法]让·鲍德里亚
消费文化——20世纪后期英国男性气质和社会空间　[英]弗兰克·莫特
消费文化　[英]西莉娅·卢瑞

大师精粹系列

麦克卢汉精粹　[加]埃里克·麦克卢汉　弗兰克·秦格龙
卡尔·曼海姆精粹　[德]卡尔·曼海姆
沃勒斯坦精粹　[美]伊曼纽尔·沃勒斯坦
哈贝马斯精粹　[德]尤尔根·哈贝马斯
赫斯精粹　[德]莫泽斯·赫斯
九鬼周造著作精粹　[日]九鬼周造

社会学系列

孤独的人群　[美]大卫·理斯曼
世界风险社会　[德]乌尔里希·贝克
权力精英　[美]查尔斯·赖特·米尔斯
科学的社会用途——写给科学场的临床社会学　[法]皮埃尔·布尔迪厄
文化社会学——浮现中的理论视野　[美]戴安娜·克兰

白领：美国的中产阶级 [美]C. 莱特·米尔斯

论文明、权力与知识 [德]诺贝特·埃利亚斯

解析社会：分析社会学原理 [瑞典]彼得·赫斯特洛姆

局外人：越轨的社会学研究 [美]霍华德·S. 贝克尔

社会的构建 [美]爱德华·希尔斯

新学科系列

后殖民理论——语境 实践 政治 [英]巴特·穆尔—吉尔伯特

趣味社会学 [芬]尤卡·格罗瑙

跨越边界——知识学科 学科互涉 [美]朱丽·汤普森·克莱恩

人文地理学导论：21世纪的议题 [英]彼得·丹尼尔斯 等

文化学研究导论：理论基础·方法思路·研究视角 [德]安斯加·纽宁 [德]维拉·纽宁主编

世纪学术论争系列

"索卡尔事件"与科学大战 [美]艾伦·索卡尔 [法]雅克·德里达 等

沙滩上的房子 [美]诺里塔·克瑞杰

被困的普罗米修斯 [美]诺曼·列维特

科学知识：一种社会学的分析 [英]巴里·巴恩斯 大卫·布鲁尔 约翰·亨利

实践的冲撞——时间、力量与科学 [美]安德鲁·皮克林

爱因斯坦、历史与其他激情——20世纪末对科学的反叛 [美]杰拉尔德·霍尔顿

广松哲学系列

物象化论的构图 [日]广松涉

事的世界观的前哨 [日]广松涉

文献学语境中的《德意志意识形态》 [日]广松涉

存在与意义（第一卷） [日]广松涉
存在与意义（第二卷） [日]广松涉
唯物史观的原像 [日]广松涉
哲学家广松涉的自白式回忆录 [日]广松涉
资本论的哲学 [日]广松涉

国外马克思主义与后马克思思潮系列

图绘意识形态 [斯洛文尼亚]斯拉沃热·齐泽克 等
自然的理由——生态学马克思主义研究 [美]詹姆斯·奥康纳
希望的空间 [美]大卫·哈维
甜蜜的暴力——悲剧的观念 [英]特里·伊格尔顿
晚期马克思主义 [美]弗雷德里克·杰姆逊
符号政治经济学批判 [法]让·鲍德里亚
世纪 [法]阿兰·巴迪欧
列宁、黑格尔和西方马克思主义：一种批判性研究 [美]凯文·安德森
列宁主义 [英]尼尔·哈丁
福柯、马克思主义与历史：生产方式与信息方式 [美]马克·波斯特
战后法国的存在主义马克思主义：从萨特到阿尔都塞 [美]马克·波斯特

经典补遗系列

卢卡奇早期文选 [匈]格奥尔格·卢卡奇
胡塞尔《几何学的起源》引论 [法]雅克·德里达
科学、信仰与社会 [英]迈克尔·波兰尼
黑格尔的幽灵——政治哲学论文集[Ⅰ] [法]路易·阿尔都塞
语言与生命 [法]沙尔·巴依
意识的奥秘 [美]约翰·塞尔
论现象学流派 [法]保罗·利科
脑力劳动与体力劳动：西方历史的认识论 [德]阿尔弗雷德·索恩—雷特尔

黑格尔 [德]马丁·海德格尔
黑格尔的精神现象学 [德]马丁·海德格尔

先锋派系列

先锋派散论——现代主义、表现主义和后现代性问题 [英]理查德·墨菲
诗歌的先锋派：博尔赫斯、奥登和布列东团体 [美]贝雷泰·E. 斯特朗

情境主义国际系列

日常生活实践 1.实践的艺术 [法]米歇尔·德·塞托
日常生活实践 2.居住与烹饪
[法]米歇尔·德·塞托　吕斯·贾尔　皮埃尔·梅约尔
日常生活的革命 [法]鲁尔·瓦纳格姆
居伊·德波——诗歌革命 [法]樊尚·考夫曼
景观社会 [法]居伊·德波

当代文学理论系列

怎样做理论 [德]沃尔夫冈·伊瑟尔
21 世纪批评述介 [英]朱利安·沃尔弗雷斯
后现代主义诗学：历史·理论·小说 [加]琳达·哈琴
大分野之后：现代主义、大众文化、后现代主义 [美]安德列亚斯·胡伊森
理论的幽灵：文学与常识 [法]安托万·孔帕尼翁
反抗的文化：拒绝表征 [美]贝尔·胡克斯
戏仿：古代、现代与后现代 [英]玛格丽特·A. 罗斯
理论入门 [英]彼得·巴里
现代主义 [英]蒂姆·阿姆斯特朗
叙事的本质 [美]罗伯特·斯科尔斯　詹姆斯·费伦　罗伯特·凯洛格
文学制度 [美]杰弗里·J. 威廉斯
新批评之后 [美]弗兰克·伦特里奇亚

文学批评史:从柏拉图到现在 [美]M. A. R. 哈比布
德国浪漫主义文学理论 [美]恩斯特・贝勒尔
萌在他乡:米勒中国演讲集 [美]J. 希利斯・米勒
文学的类别:文类和模态理论导论 [英]阿拉斯泰尔・福勒
思想絮语:文学批评自选集(1958—2002) [英]弗兰克・克默德

核心概念系列

文化 [英]弗雷德・英格利斯
风险 [澳大利亚]狄波拉・勒普顿

学术研究指南系列

美学指南 [美]彼得・基维
文化研究指南 [美]托比・米勒
文化社会学指南 [美]马克・D. 雅各布斯 南希・韦斯・汉拉恩
艺术理论指南 [英]保罗・史密斯 卡罗琳・瓦尔德

《德意志意识形态》与文献学系列

梁赞诺夫版《德意志意识形态・费尔巴哈》
　　[苏]大卫・鲍里索维奇・梁赞诺夫
《德意志意识形态》与MEGA文献研究 [韩]郑文吉
巴加图利亚版《德意志意识形态・费尔巴哈》 [俄]巴加图利亚
MEGA:陶伯特版《德意志意识形态・费尔巴哈》 [德]英格・陶伯特

当代美学理论系列

今日艺术理论 [美]诺埃尔・卡罗尔
艺术与社会理论——美学中的社会学论争 [英]奥斯汀・哈灵顿
艺术哲学:当代分析美学导论 [美]诺埃尔・卡罗尔
美的六种命名 [美]克里斯平・萨特韦尔

文化的政治及其他 [英]罗杰·斯克鲁顿

现代日本学术系列

带你踏上知识之旅 [日]中村雄二郎　山口昌男
反·哲学入门 [日]高桥哲哉
作为事件的阅读 [日]小森阳一
超越民族与历史 [日]小森阳一　高桥哲哉

现代思想史系列

现代化的先驱——20世纪思潮里的群英谱 [美]威廉·R.埃弗德尔
现代哲学简史 [英]罗杰·斯克拉顿
美国人对哲学的逃避：实用主义的谱系 [美]康乃尔·韦斯特

视觉文化与艺术史系列

可见的签名 [美]弗雷德里克·詹姆逊
摄影与电影 [英]戴维·卡帕尼
艺术史向导 [意]朱利奥·卡洛·阿尔甘　毛里齐奥·法焦洛

当代逻辑理论与应用研究系列

重塑实在论：关于因果、目的和心智的精密理论 [美]罗伯特·C.孔斯
情境与态度 [美]乔恩·巴威斯　约翰·佩里
逻辑与社会：矛盾与可能世界 [美]乔恩·埃尔斯特
指称与意向性 [挪威]奥拉夫·阿斯海姆

波兰尼意会哲学系列

认知与存在：迈克尔·波兰尼文集 [英]迈克尔·波兰尼

图书在版编目(CIP)数据

思想絮语:文学批评自选集(1958—2002)/(英)弗兰克·克默德著;樊淑英,金宝译. — 南京:南京大学出版社,2018.10
(当代学术棱镜译丛/张一兵主编)
书名原文:Pieces of My Mind:Essays and Criticism 1958-2002
ISBN 978-7-305-19694-2

Ⅰ.①思… Ⅱ.①弗… ②樊… ③金… Ⅲ.①文学研究-文集 Ⅳ.①I0-53

中国版本图书馆CIP数据核字(2017)第314087号

Pieces of My Mind
Copyright © 2003 by Frank Kermode
Simplified Chinese translation copyright © 2018 by NJUP
Arranged with Andrew Nurnberg Associates International Limited
All rights reserved.

江苏省版权局著作权合同登记 图字:10-2009-104号

出版发行	南京大学出版社
社　　址	南京市汉口路22号　邮　编　210093
出 版 人	金鑫荣
丛 书 名	当代学术棱镜译丛
书　　名	思想絮语:文学批评自选集(1958—2002)
著　　者	[英]弗兰克·克默德
译　　者	樊淑英　金　宝
责任编辑	沈清清
照　　排	南京南琳图文制作有限公司
印　　刷	南京鸿图印务有限公司
开　　本	635×965　1/16　印张 34.25　字数 460千
版　　次	2018年10月第1版　2018年10月第1次印刷
ISBN 978-7-305-19694-2	
定　　价	88.00元

网址:http://www.njupco.com
官方微博:http://weibo.com/njupco
官方微信号:njupress
销售咨询热线:(025)83594756

* 版权所有,侵权必究
* 凡购买南大版图书,如有印装质量问题,请与所购图书销售部门联系调换